오디세이아

오디세이아
❷

니코스 카잔차키스 서사시 | 안정효 옮김

일러두기

1. 번역은 모두 영어판을 대본으로 했다. 번역 대본의 서지 사항은 각 권의 〈옮긴이의 말〉에 밝혀 두었다.

2. 그리스 여성의 성(姓)은 남성과 어미가 다르다. 엘레니가 결혼 후 취득한 성 〈카잔차키〉는 〈카잔차키스〉 집안의 여인임을 뜻한다. 〈알렉시우〉나 〈사미우〉도 마찬가지로, 〈알렉시오스〉와 〈사미오스〉 집안에 속함을 뜻하는 것이다. 외국 독자들을 배려하여 여성의 성을 남성과 일치시키는 관례는 영어판에서 흔히 찾아볼 수 있으나 여기서는 그리스식에 따랐다.

3. 그리스어의 로마자 표기와 우리말 표기는 그리스어 발음대로 적되 관용적으로 굳어진 일부 용어는 예외를 두었다. 고대 그리스, 신화상의 인명 및 지명 표기는 열린책들의 『그리스·로마 신화 사전』을 따랐다.

이 책은 실로 꿰매어 제본하는 정통적인 사철 방식으로 만들어졌습니다.
사철 방식으로 제본된 책은 오랫동안 보관해도 손상되지 않습니다.

오디세이아 ❷   529

풀이   1035

제10편

황금빛 뿔이 달린 숫양처럼, 봉납하는 살진 짐승처럼,
튼튼한 수사슴처럼 태양이 모래밭으로 내려갔고,
입술이 장밋빛으로 변한 모든 화강암 동상들이 웃었고
오므린 그들의 손아귀에는 황금빛 광채가 공처럼 가득했다.
모래밭과 타오르던 대지가 식어 붉은 머리의 낮이   5
기절하는 저녁을 품에 안고 사라졌다.
노예들이 노래를 부르며 시원하고 값진 아마포를 짜고,
발밑에서는 분주히 돌아다니는 개미 떼처럼 하인들이 돌아다니고,
창고들은 모두 가득 찼는데, 믿음직한 친구들과 함께
시원한 그늘에 앉아 한참 동안 얘기를 주고받으니,   10
신이여, 이토록 즐겁고 축복받은 시간이 또 어디 있겠는가.
우리들은 어디에서 왔으며 어디로 가고 세상은 무엇인지,
자리에 앉아 위대한 과업들에 관한 얘기를 주고받으면
한 마디 한 마디 말이 가느다란 실을 타고 오묘하게 흘러가
담청색 밤하늘을 진주로 장식하며,   15
세월에 닳은 오래된 호박 염주를 매만지면서
묵직한 마흔 개의 구슬 하나에 한 마디씩 읊는다.

「도둑질도 아니했고, 거짓말도 아니했고, 살인도 아니했으니
선량한 나는 훗날 자랑스럽게 엘리시온 들판을 거닐리라.」
그날 신의 꿈을 풀이하는 자들과 점쟁이들이 얘기했으며   20
무당들은 세상의 높다란 봉우리들을 거두어들였고,
배가 부르도록 먹고 머리에는 향수를 뿌렸으며
맛 좋은 열매를 씹고 시원한 과일즙을 천천히 마셨고,
눈부신 대기 속에서 흔들리던 갈라진 촛대에서
타오르는 별들과 미덕과 신들을 얘기하며 걸었다.   25
마당에서는 노예들이 성스러운 잔치를 마련했고,
아들을 점지해 달라고 늙은 신랑이 신에게 봉납하러 가져온
살지고 어린 멧돼지를 죽이러 끌고 나왔다.
백정이 어린 돼지의 목을 능숙한 솜씨로 치니
물레방아에서 쏟아지는 물처럼 피가   30
위대한 용신(龍神)의 화강암 종아리로 튀었다.
그들은 커다란 가마솥을 돌멩이에 올려놓고 불을 지펴
끓는 물에다 얼른 데치려고 돼지를 집어넣었다.
그러자 젊은 노예가 봉납을 한 멍청한 사람을 비웃었다.
「차라리 멧돼지를 먹으면 신 따위는 필요도 없을 텐데.   35
아홉 달이 지나면 마누라가 쌍둥이 아들을 낳을 테니까!」
백정이 교활하게 웃고는 하늘을 올려다보았다.
「저 친구는 워낙 똑똑해서 빈틈없이 해놓으려는 겁니다!
살지고 수다스러운 성직자들은 정말로 잘 먹어서
만일 그가 아들을 열 명 원한다면 어느 날 밤 그들 모두   40
살그머니 빠져나가 넘치는 멧돼지의 힘으로 아들을 만들죠!」
노예들이 이런 얘기를 나누는 동안 높다란 테라스 위에서는
새로 면도를 하고 턱이 셋인 늙은 제사장이 앉아

그가 섬기는 짐승 신을 우렁찬 목소리로 찬양했다.
어젯밤 잘 먹고 잘 마시고 난 다음에 그는
온갖 은총이 넘치는 그의 신에게 감동한 나머지
밀랍 필기판을 집어 들고는 밤새도록
비늘로 덮인 주인을 찬양하는 노래를 지었다.
「오, 한없이 먹고 모든 것을 집어삼키는 똥거름 주인이시여,
그대는 배가 터지도록 먹고 마시고는 구정물 속에 널브러져
푸짐한 식사로 노곤하여 천천히 두 눈을 감았나이다.
온 세상이 썩은 고기처럼 그대의 이빨 사이에 물렸고
그대의 선발대*인 똥파리들이 와서
상상력의 알록달록한 오물을 맛보는군요!
그리고 사랑의 기쁨이나 좌절을 모르는 내시인 그대는
불룩한 배를 똥물 속에 담그고 슬그머니 방귀를 뀌어
그대의 기름지고 신성한 악취가 대기를 온통 물들입니다.
훌륭한 그대는 세상을 사랑하여 입술에서 흘러내리는 기름 방울과
작은 고기 조각과 찌꺼기와 구정물을 우리에게 베풀어 주고,
그대의 풍요한 이빨을 내가 쪼아 파먹게 해줍니다!*
그대는 위대한 악이요 나는 한 마리 벌레일 따름이지만
나는 그대 살의 살이요, 악취 나는 그대 숨결의 숨결입니다.
아, 이 초라한 벌레가 훗날 그대처럼 되게 해주소서!」
제사장이 살진 턱에서 흘러내리는 땀을 찍어 내고는
나태한 성직자들에게 험악한 눈초리를 던졌고,
사제들은 통통한 손으로 불룩한 배를 쓰다듬으며 한숨지었다.
「그대의 찬가는 훌륭하고 그대의 재능은 위대하며,
오늘 밤 멧돼지를 먹고 나서 우리들도 그것을 찬미하겠나이다.」
그들이 반쯤 눈을 감고 밑에서 기다리는 노예들을 굽어보았더니,

노예들은 빛나는 멧돼지를 꺼내 놓고 털을 뽑았고　　　　　　　70
어둠이 짙어지는 가운데 하얀 껍질이 반짝였다.
그들은 창자를 뜯어내고 커다란 불알을 던져 주었고
몰려든 아이들은 불알을 먼저 재에 파묻어 굴리고는
속에다 말린 옥수수 씨앗을 넣어 시끄러운 딸랑이를 만들었다.
입맛을 돋우기 위해 그들은 뜨겁게 타오르는 아궁이에서　　　　75
통통한 고환과 음경과 튀어나온 목뼈를 구웠고
높은 자리에서 성직자들이 탐욕스럽게 입맛을 다셨다.
그러자 음탕하고 추한 매부리코 사제가 먼저 입을 열었다.
「멧돼지가 맛있으니 우리들의 축복이 결실을 맺어 여기서 가장
건장한 사람이 신부에게 신의 은총을 가져다줄 것이오!」　　　　80
그들이 한참 웃어 대려니까, 김이 무럭무럭 나는 곱창을 담은
뜨거운 질그릇 단지를 과부의 아들인 한 소년이 그들에게 주었고,
소년은 굶주려 쓰라린 배를 움켜쥐고 그들을 쳐다보았다.
사제들은 독수리처럼 고기에 달려들어 마구 삼켰으며
연약한 소년은 빈 창자가 축 늘어지고 심장이 기절할 때까지　　　85
향기로운 고기 냄새를 맡으며 서서 떨기만 했다.
그러더니 갑자기 그는 신의 발치에 쓰러져 죽었다.
노예들이 그를 들어다 어머니에게 가져다주는 사이에
늙은 제사장이 엄숙하게 머리를 저으며 비웃었다.
「노예의 영혼은 당당하고 자유롭게 위대한 대지를 밟는　　　　90
힘이 결여되었으므로, 아무런 가치도 없도다.
엷은 안개에 지나지 않아서 산들바람이 흐르고
향기만 맡아도 쓰러지는 가엾은 노예들이 한심하구나.
그들은 땅바닥에서 엉금엉금 기어 다녀야만 어울리도다.
오늘 나는 신에게 노래를 바쳐 이런 위대한 은총을 칭송하리라.」　95

이렇듯 신을 모독하는 자들이 먹고 마시며 웃는 동안
과부의 오두막에서는 걷잡을 수 없는 통곡이 터져 나왔다.
「높고 높은 살인자 신이여, 이리 내려와 내 말을 들어라!
항상 아들을 보고 그대를 잊지 않으려면 아이를 어디에 묻어야 할지,
나는 사방을 둘러보고 있도다, 흉악무도한 신이여!   100
땅에 묻으면 아들을 먹어 치우라고 그대가 대지에게 말하겠고
내 마음속에 묻으면 그대가 내 가슴과 폐를 썩혀 버리며,
그대 밥상으로 던져 버리면 그대의 노예들이 달려와 내 아들을
월계수 잎사귀로 덮어 그대의 눈에 보이지 않도록 하리라!
나는 내 고통이 힘을 이끌고 전진해 나아가도록   105
내 아들의 몸에다 날카로운 창을 찔러 두겠다!*
그는 참된 신이 아니니 머리를 부숴 버려라, 형제들이여!
우리 아이들이 굶어 죽고 어머니들이 울며 통곡하니
인간의 마음은 더 이상 그대를 원하지 않아 뱉어 버린다!」
어머니가 가슴을 치며 통곡하고는 문턱을 뛰어넘어   110
마당으로 나가 아들을 검은 깃발처럼 휘둘렀다.
불의(不義)가 깍깍거리고는 날개를 치며 날아가 버렸다.
신이여, 가난하고 초라한 자들이, 벌거벗은 영혼이 너무나 많고
뒤틀린 육체와, 창백한 입술과, 피투성이 발도 너무 많도다!
농민들이 흥분하여 들끓고, 그들의 입김은 굶주림의 악취를 풍겼다.   115
미라 인*들과, 마차꾼들과, 직조공들과, 쪼글쪼글한 여자들이
먼지가 무릎까지 일 정도로 묘지 골짜기로 줄지어 들어갔지만
계곡으로 들어가려던 그들은 겁이 나서 걸음을 멈추었는데,
쿵쿵거리는 것은 그들의 심장일까 전쟁의 북소리일까,
아니면 사나운 사막의 사자, 포효하는 신이었을까?   120
그들은 도망치거나 숨을 곳을 찾아 두리번거리며 떨었고,

머리카락이 치렁치렁한 처녀가 모래밭을 달려 내려와
머리를 꼿꼿이 들고 묵직한 북을 두드리는 모습을 보았다.
「랄라로구나, 랄라야!」 손을 벌리며 그들이 외치고 소리쳤다.
하얀 수건으로 활활 타오르는 머리카락을 묶은 여자가 북을 쳤고, 125
그녀의 환한 두 눈에는 굶주린 사람들과
무너지는 성과, 불길과, 칼과, 준마가 가득 넘쳤다.
그녀는 묘지 골짜기가 온통 속이 빈 북처럼 울리고
처녀의 젖가슴이 모래밭에서 타오를 때까지 두드렸다.
살아 있는 자들의 깊은 뱃속에서 조상들이 움직였고, 130
죽은 자를 목구멍으로 삼키고 모래처럼 씹었으므로
울렁이는 목구멍이 막힐 정도로 일어난 것은 먼지가 아니었으며,
모두들 재를 가득 채운 죽음의 씁쓸한 석류를 먹었고,
산 자와 죽은 자가 잔뜩 몰리자 그들의 지도자 굶주림의 유령이
사납게 머리카락을 곤두세우고 충혈된 눈으로 달려 나왔다. 135
「이제 죽은 자와 산 자가 다 같이 세상을 불태워 버리자!」
랄라가 소리친 다음 요란한 노래를 부르기 시작했다.
가난한 자들이 공감을 느껴 무덤이 떠나갈 듯 함께 노래했다.
「헤이호, 마흔 명의 거인, 마흔 명의 젊은 사나이가
마흔 마리 무서운 독수리처럼 성 주위를 스치고 날아갔도다. 140
헤이호, 왕궁의 황금 대문 앞에서 굶주림을 만난 그들은
입가심으로 먹으라고 심장을, 피를 마시라고 내놓았으며
굶주림은 기운을 차려 머릿수건을, 피에 젖어 새까만 수건을,
헤이호, 하늘 높이 휘둘렀다네, 청년들이여!
굶주림이 수건을 높이 휘두르니 성이 무너지는구나! 145
해가 뜨고 대지가 흔들리니 마흔 명의 용감한 자들은,
헤이호, 마흔 명의 일하는 노예들과 노비들이로다!」

죽은 자의 동굴이 울리고 죽은 자들이 깨어나자 수많은 혼령이
뜨거운 모래밭을 약탈하고, 엇갈린 손들이 모두
미라 옷의 꿰맨 솔기를 뚫고 나왔으며, 썩은 귀들은 150
힘이 생겨 벌떡 일어나 일꾼들이 신음하는 소리를 들었고,
죽은 노예 하나가 다른 노예를 밀자 모두들 줄지어 일어났다.
대지의 깊은 자궁 속에서 영겁 동안 모두들 기다리는
무서운 부름이 바로 이것이요, 꽃이 만발한 대지에서
감미로운 부활을 알리는 무서운 나팔 소리가 바로 이것일까? 155
땀이 흐르는 어깨 위에서 랄라의 긴 머리카락에 불이 붙었고
성직자들이 대문을 닫고 무기를 집어 들기 전에 그녀는
재빨리 북을 치며 죽은 자들을 불러 모았다. 그러자 갑자기
모든 목이 부풀어 오르고 씩씩한 노랫소리가 걸렸으며
높고 험한 흙벽 위에 마흔 명의 신이 길게 줄을 지어 160
노예들을 포도송이처럼 목에서 목으로 엮어 버리려고
기다랗게 꼬아 놓은 끈을 저마다 들고 망을 보았으므로
그들은 두려워서 모두 무릎이 덜덜 떨렸다.
요란해지는 소음을 듣고 사제들은 음식을 먹다 말고 달려가
어둠 속에서 소리를 지르고 뜨거운 밭에서 몰려다니는 165
분주한 그림자들이 무엇인지 알아보려고 분주했다.
그들은 하나같이 뼈와 가죽만 남은 노예들을 이끌고
머리카락을 휘날리며 북을 치는 랄라를 보고 웃었다.
「다시금 굶주림에 시달려 그들은 미쳐 버렸도다!
그들은 굶주려서 신의 곡식을 먹으려다가 그 곡식에게 먹힌다! 170
궁핍한 모든 인간을 신이 경멸한다는 사실을 우리들은 잘 알지만
그래도 나는 불쌍히 생각하니, 그들에게 빵을 던져 주자.」
이렇게 말하고는 뺨이 통통하고 무정한 성직자가

커다란 돌을 집어 마구 비웃으며 굶주린 군중에게 던졌다.
사람들이 광분하여 함성을 지르고 문을 향해 달려갔지만   175
제사장이 신호를 하자 끓는 물 구멍들이 활짝 열리고는
잔뜩 몰린 군중의 머리 위로 거품 나는 뜨거운 물이 쏟아졌다.
뼈가 앙상한 그들의 몸이 끓고 살에서 김이 피어올랐으며
창백한 여인의 멍한 눈알이 축축한 땅바닥으로 떨어졌다.
눈이 이글거리는 처녀가 장식한 기둥들 사이로 미끄러져   180
성역의 비밀 옆문까지 대담하게 나아가서는
무거운 빗장을 풀고 길거리로 뛰쳐나가 소리쳤다.
「랄라, 문이 열렸어요! 나를 따라와요, 동지들이여!」
그러자 랄라가 달려 나와 겁에 질린 노동자들을 불러 모으고는
모두들 비밀의 문을 넘어설 때까지 미친 듯 북을 두드렸다.   185
문 위쪽에서 독수리 신들이 분노하여 황금빛 날개를 펼치고
오합지중을 노려보자 신전에서는 섬광이 번뜩였다.
그러나 랄라가 사납게 소리쳐 일꾼들의 분노를 채찍질했다.
「우리들의 차례가 왔고 때가 되었으니, 햇불을 밝혀라!
기회는 지금뿐이니 자유를 위해 힘껏 싸워라, 형제들이여!」   190
몇 사람이 궁정의 지하 감옥으로 앞을 다투어 뛰어들었다.
「살인자들아!」 죽은 아들을 높이 치켜들고 어머니가 소리쳤지만
진홍빛* 화살이 그녀의 야윈 목을 꿰뚫었으며, 여인의 거센 절규는
꾸르륵거리는 피 때문에 목이 메어 들리지 않았고
아이를 가슴에 꼭 끌어안은 채로 비틀거리다가 쓰러졌다.   195
그러자 노동자들이 육중한 기둥 주위를 무리 지어 다니는 사이에,
신전의 문이 활짝 열리고는 진홍빛 턱뼈가 튼튼하고
몸집이 거대한 악어가 높이 모습을 드러냈으며,
대지의 캄캄한 뿌리가 요란한 지진처럼 뒤흔들렸다.

그러나 랄라는 신의 가면 뒤에 웅크린 음흉한 인간의 얼굴을　　　200
보았기 때문에, 성역에다 불을 지르려고 횃불을 들고 달려갔으며,
경비병들이 그녀를 생포하려고 황급히 잔뜩 몰려들어
그녀의 머리띠와 치렁치렁한 머리채를 비틀어 낚아챘으며,
억지로 두 손을 뒤로 돌려 허리띠로 묶었는데 ─ 바로 그때
가운데 마당에 불쑥 오디세우스가 코웃음을 치며 나타났다!　　　205

불타는 모래밭의 함성과 군중의 폭주를 따라서
궁수는 묘지 골짜기를 지나 신의 성역에 이르렀고,
횃불 속에서 그는 겁에 질려 전율에 빠진 노동자들과
불리한 처지에서 싸우는 랄라의 모습을 보았다.
새로운 신이 신음하자 그의 마음속에서 거센 목소리가 울렸지만　　　210
교활한 자는 비웃으며 응답도 하지 않고 입술을 깨물었으며,
깊은 마음속의 외침을 다시 들었다. 「오디세우스여!」
그는 기둥을 꽉 움켜잡았고, 분노가 그의 이성을 채찍질했다.
「내가 죽으면 너도 죽으니, 그것은 옳지 못하다!」 그래도
숨 막히는 목구멍 속에서 외침이 울려 나왔다. 「오디세우스여!」　　　215
그러자 격노한 살인자가 욕설을 퍼부으며 기둥에서 뛰쳐나와
이를 악물고는 굶주린 칼을 뽑아 들었고, 피를 머금은
고집 센 입술로 고함쳤다. 「그대가 원하는 바가 그것이더냐?
내가 두려워 물러난다는 소리는 하지 말라!」
그는 자신의 몸에 채찍질을 했고, 두 차례 냅다 뛰어　　　220
랄라를 묶으려고 헐떡이며 버둥거리는 경비병들에게 덤벼들었다.
그들은 마당이 흔들릴 정도로 야수가 고함치는 소리를 들었고,
펄럭거리는 횃불 속에서 팔다리가 버둥거리고 칼이 번쩍였으며,
새끼 사슴처럼 검은 눈을 들어 창백한 랄라가 살펴보니

철검을 높이 든 팔다리가 힘찬 사나이가, 그녀의 신이 225
눈부신 혼란의 한가운데 우상처럼 우뚝 솟았다.
그는 입술을 깨물고 격노하여 무자비한 팔을 들어
뒤엉킨 폭도를 내리치고, 쩌렁거리며 울리는 돌바닥에
짙고 뜨거운 피를 뚝뚝 흘리는 팔을 다시금 치켜들었다.
들끓는 투쟁 속에서 남자들의 몸뚱어리가 뱀처럼 식식거리고 230
어둠 속에서 미끄러지며 다시금 빛을 받아 번득이고는
지글거리는 그들의 피가 궁정의 돌바닥으로 뿜어 나갔다.
랄라의 목구멍에서 갑자기 거센 외침이 찢어져 나왔고
키가 큰 낯선 이가 부딪혀 떨어지자 그의 두개골에서는
깊이 박힌 청동 검이 음산한 대기 속에서 반짝였다. 235
부상당한 멧돼지에게 경비병들이 개처럼 한꺼번에 덤벼들어
횃불을 가져오라고 소리치고는, 무릎을 꿇고 놀란 눈으로 쳐다보았다.
그는 움직이지 않았지만 눈은 숨 막힌 우물처럼 껌벅이며,
슬픔에 잠긴 뱀처럼 잠깐 동안 다정하게 물끄러미 쳐다보더니
나지막이 으르렁거리며 손을 재빨리 머리로 가져가 240
피에 젖은 두개골에서 넓은 쐐기 같은 칼날을 뽑았고,
그에게서 뿜어 나오는 피가 랄라의 머리끝부터 발끝까지 뒤덮었다.
그녀는 떨면서 뜨거운 피를 움켜잡고 머리의 띠를 낚아채어
시커먼 피로 적시고는 비통한 저주의 말을 퍼부었다.
「우리 자유의 깃발처럼 이 피에 젖은 머릿수건을 언젠가 245
신전의 지붕에 매달 때까지 나는 죽지 않으리라!」
그녀가 말하고는 붉은 입술로 부드럽고 뜨거운 피를 핥았다.
그러자 경비병들은 부상당한 몸뚱어리들을 허리띠로 단단히 묶어
방패에 얹고는 은밀하면서도 빠른 걸음으로
한밤중에 강둑을 따라 시내로 몰래 들어갔다. 250

하늘에서는 별들이 두근거리는 가슴처럼 즐거워 맥동 쳤고
랄라는 밤새도록 암사슴 같은 눈을 뜨고 있었으며
높다랗고 꼭대기가 뾰족한 대추야자와, 강물과, 배들과
높은 탑과 절벽 정원과 청동 성문이 그들의 옆을 지나 마침내
침침한 등잔에서 연기가 피어나는, 축축한 지하 감옥에 이르니   255
창백한 세 노동자가 그녀 주변에서 험한 손을 흔들었다.
「어서 와요, 사냥개처럼 사납고 용감한 랄라를 환영합니다!」

이렇듯 반항하는 두 마리 독수리가 이제는 날개가 피에 젖어
성의 깊은 지하 감옥 속에 쓰러져 있는 동안
대지의 표면에서는 어느 모래밭 베틀에서   260
달빛처럼 물결치는 하얀 실로 무수히 많은 교묘한 장식을 하며
신비한 삶의 옷감이 계속해서 엮여 나왔다.
까마귀의 울음소리가 밤의 배 속으로 흘러내렸고
대지는 손을 포개고* 인간과 짐승들과 강물도 잠들었으며
밤에 돌아다니는 〈사랑〉과 〈죽음〉*만이 이리저리 거닐었다.   265
카론이 문에다 빗장을 지르자 이웃 사람들이 소리를 지르지만
사나운 백정*은 묵직한 열쇠를 단단히 허리춤에 차고
사슬로 묶인 가난한 자들과 자유로운 귀족들을 끌어낸다.
발에 날개가 돋은 아프로디테의 소년 에로스*가 모든 문을
여는 마력을 지닌 철(鐵)의 풀잎을 움켜잡으니,   270
반쯤 벌거숭이 가슴이 빛났으며, 손톱을 칠한 기다란 손가락들이
손짓해 불러, 연인들이 살금살금 돌아다니고 침대가 노래를 부르며
보라! 거미줄이 덮인 문간에 다시금 아이들이 가득하도다!
달빛이 가득하고 조용한 왕의 궁정에서는 거대하고 잔인한
할아버지의 모습이 새까만 대리석 형상을 갖추고 빛나며   275

돌 밑동 그의 발치에 꿇어 엎드린 조각한 노예들은
목에 밧줄을 묶고 낮게 엎드려 그의 무릎에 입을 맞추지만
멀리 사막 쪽을 쳐다보는 그의 머리, 커다란 두개골 위에서
그는 돌독수리가 분노하여 덮치고는 두 날개로 세차게 휘감아
깨질 듯 정교한 부리를 머리에 박고는 280
세상을 정복하는 왕의 골과 피를 빨아먹는 기분을 느낀다.
엉터리 시인이며 나약한 폐물인 손자가
한가하고 슬픈 촉이나 휘둘러 위대한 종족에게 수치를 가져와
그의 왕관들은 이제 흩어졌고 왕국이 폐허가 되었으니
한심한 작가는 왕이 아니라 장인(匠人)이 아니겠는가! 285
한밤중이 지나고 우두머리가 없는 배에서는 아직도
잠을 못 이루고 동지들이 그들의 지도자를 기다렸다.
〈너무 날뛰는 여우는 덫에 걸리고 마는데!〉*
굶주린 굼벵이처럼 마음을 죄며 피리쟁이가 생각했다.
드디어 날이 밝자 그들은 강둑으로 올라가 길거리를 뒤졌는데, 290
아, 그의 뾰족한 모자만 나타난다면 바다*가 빛날 텐데!
모두들 떨기는 했지만 불길하고 어두운 기분을 드러내지 않았고,
피가 흐르는 상처처럼 저마다 남모르는 고통에 시달렸다.
낮이 오고 저녁이 되었으며, 밤이 숨 막히게 짓눌렀고
다시금 한밤중이 그들을 괴롭히다가 새로운 하루가 동텄으며 295
오랫동안 응시하다가 눈이 멍해진 선원들이 떨었고
사흘 밤 사흘 낮이 지나도 선장은 아직 돌아오지 않았다.
그러자 충실한 사냥개처럼 철석이 남몰래 말없이 강둑을 올라가
허공을 냄새 맡고 더듬어 찾았지만, 대지가 무너져 잘린 듯
뾰족한 모자는 어디를 가도 눈에 띄지 않았다. 300
그러자 산의 추장은 마음속에서 비밀의 전율처럼 일어나는

인간의 자유를 느꼈기 때문에 눈이 활활 타올랐고,
땀을 흘리며 빤히 쳐다보던 그는 다시 땀을 흘리고 절망하더니
가벼운 발걸음으로 산등성이로 가서 모습이 사라졌다.
닻을 내린 배에서 오르페우스가 목이 메어 탄식했더니   305
켄타우로스가 목을 일으켜 배가 기울어질 정도로 몸부림을 쳤다.
「만일 누가 그를 해쳤다면 이 도시를 물 위로 받치는
이곳의 기둥들을 내가 모조리 뽑아 버릴 것이다!
오호, 마음이 약해 무너지려고 하니, 그만 울어라!」
그러나 상심한 울보가 흐느껴 울자 봄철 허공에서는   310
나지막한 울음소리가 버림받은 벌집처럼 떨렸다.
고통을 이기고 마음을 진정시키려고 애쓰며 가엾은 바위는
물을 두레박으로 길어 갑판을 부지런히 문질러 닦고
밧줄을 모두 손질하고, 구멍들은 단단히 막고,
산 노래를 나지막이 불렀지만 아직도 고통을 속일 길이 없었다.   315
갑자기 그는 칼을 차고 허리띠를 죄었다.
「운다는 것은 크게 부끄러운 짓이니 우는 소리는 그만두게나.
고독한 자가 우리들에게 자유를 가르치지 않았던가!
나는 멀리 떠나겠는데, 만일 세상이 정말로 둥그런 원반이라면
훗날 우리들은 틀림없이 만날 때가 있으리라!」   320
그가 말하고는 어느새 배에서 내려 남쪽으로 사라졌다.

한편 멀리서 오디세우스는 사나이답게 죽음과 싸웠으며,
창백한 얼굴들이 그의 주변에서 떠돌아다녔고, 좁다란 문간에서는
희미한 불빛이 퀴퀴하고 낡은 벽들을 비추었다.
밤낮으로 랄라는 허리를 숙이고 그의 머리를 손으로 잡았고   325
말 없는 동지들이 가까이 몰려들어 정성껏 그를 간호하며

부드러운 향유 덩어리를 빚어 심한 상처에 문질러 발랐다.
그는 마력의 약초를 먹었기 때문에 죽음을 속여 넘겼고,
육신이 다시금 위로 솟구치고 피가 계속 흘러
심장이 다시금 평상시처럼 제대로 일을 했다. 330
아직도 반항적인 그의 이성만 허공에서 서성거렸으며
그의 쪽빛 섬이 하얀 구름처럼 흘러 지나갔고
날이 밝자 새벽 별빛이 하늘에서 하얗게 벗겨졌다.
그는 머나먼 언덕에서 아들이 사냥을 하려고 달려가다가
사냥개들이 토끼 냄새를 맡자 우뚝 멈춰 서는 모습을 보았다. 335
푸른 갈대가 너무나 향기롭고 고사리가 바스락거렸으며
자고들이 잠을 깨자 온 세상이 얼마나 시끄러워졌던가!
그러자 지극히 품위 있는 여인이 테라스를 올린 옥상에서 거니는데
시커먼 파도가 아니라 산을 물끄러미 쳐다보는 그녀에게로
널찍한 포도 잎사귀로 감싸고 이슬에 젖은 시커먼 무화과를 340
두 손에 가득 들고 늙은 유모가 가까이 왔으며,
왕비는 기뻐하며 돌아서서 가장 잘 익은 무화과를 골랐다.
「금년은 풍년이어서 내 입술은 맛 좋은 무화과와 포도를 맛보고
아들딸들이 감미로운 내 젖을 먹게 될 것이라오, 유모여.」
그녀는 달콤한 무화과로 하얀 목구멍을 적시고는 웃었으며, 345
작은 섬이 안개가 되어 한 가닥씩 풀리더니
궁수의 머릿속에서 천천히 사라졌다.
마침내 여섯째 밤에 오디세우스가 눈을 들었고
교활한 시선이 랄라에게서 멈추자 눈을 깜박이며
그녀를 기억해 내려고 애쓰는 사이에 온몸에서 땀이 났는데 — 350
소란스러운 목소리들, 석양, 미친 듯 몰려가던 노동자들,
넓은 궁정과 돌 우상들과 번득이던 칼들, 그리고

피투성이로 그의 발치에 쓰러져 널브러졌던 바로 이 여자.
모든 장면이 고통을 받는 남자의 희미한 이성 속에서 번갯불처럼
번득이며 흘러가자 그는 처녀의 머리에 아픈 손을 얹었고,   355
엿새 동안 잠을 못 이루고 밤낮으로 간호를 했던 그녀는
진통이 오는 듯 비명을 지르더니 기진맥진하여 기절해 쓰러졌고
육체를 아물게 하는 포근한 잠이 쏟아져 그녀를 감쌌다.
정신을 차린 랄라는 커다랗고 검은 눈을 돌려
그녀가 사냥개처럼 뒤따랐던 세 명의 위대한 사냥꾼이   360
낯선 이의 침대 위로 몸을 수그리고 수군거리는 것을 보았다.
그들은 어떤 비밀 목적을 띠고 어디에서 왔으며
철로 만든 무기를 가득 실은 배들이 뒤따라오는지 그에게 물었다.
그러나 죽음과 씨름하던 교활한 자는 말없이 미소만 지었고,
대지의 미지근한 냄새가 천천히 마음속 깊이 가라앉자   365
노려보는 그의 눈으로 다시금 사람들이 물 흐르듯 드나들고
이마에서 피가 맥동 치는 기분 좋은 소리를 들었지만,
사람들의 말을 구별하지도 못하고 알아듣지도 못했다.
마침내 귀가 트이고 눈이 제대로 활동하게 되자
대지가 다시금 커다란 나무처럼 기우뚱 흔들리고,   370
기쁨과 슬픔이 아몬드꽃처럼 머리 위로 다시금 가볍게 떨어졌다.
그를 굽어보며 그들은 무슨 위대한 목표에 대해서 중얼거렸던 것일까?
그는 마음이 감당하기 힘들 만큼 벅찬 기쁨과 함께
상처받은 커다란 몸뚱어리가 다시금 살아나는 기분을 느꼈다.
또다시 그의 육신은 하늘과 바닷가와 신들을 엮기 시작했고   375
베틀 북이 쉬지 않고 열심히 머리끝부터 발목까지 오락가락 다니며
눈에 보이거나 안 보이는 모든 것을 허공에 장식하고,
공간 속에다 새 길을 열고는 표지판들을 세웠으며,

어디로 걸어가 어느 절벽을 오를지 알고 싶어 몸을 일으켰다.
처음으로 그는 지극히 부드럽게 그의 육신에게 말했다. 380
「그대는 내가 지나간 바다요, 내가 탄 배이며
그대는 나의 선장이요 선원이요 무서운 바람이며
온 세상을 거울처럼 그대 손바닥에 들었으니, 그대가 넘어져
거울이 깨지면 하늘과 땅은 그대와 더불어 죽으리라.」
그러자 그는 피곤하여 눈을 감았고, 귓속이 요란히 울렸으며 385
해초가 무성한 잠의 깊은 물속으로 곧장 미끄러져 내려갔다.
간수들이 빗장을 열고는 사람들에게 쓰레기 같은 돼지죽과
돌처럼 딱딱한 빵과 푸석푸석한 뼈다귀를 던져 주었다.
세 친구가 기어가서 개들이나 먹을 만한 음식을 나눠 갖고는
굳어 버린 손을 땅 위에다 대고 기도를 드렸다. 390
「땅과 바다에서 배불리 먹는 모든 자는 저주를 받고,
굶으면서도 반항하여 봉기하지 않는 자는 저주를 받고,
착취한 자의 뱃속 깊숙이 날마다 내려가서
자유의 절규가 아니라 살인자의 무자비한 칼이 되는
빵과 포도주와 고기는 저주를 받을지어다!」 395

사흘 밤 더 자리에 누워 오디세우스는 말없이 생각에 잠겨
거룩한 고요함을 한껏 즐기면서 축축한 허공으로부터
흩어진 환상들을 차분하게 정리하며 되새겼다.
그리고 그가 카론과 용감히 싸우는 사이에
이리저리 갈라져 나간 강물이 들끓고 흙탕물을 일으키면서 400
옛 아내 대지를 미끈거리는 흙으로 덮어 올라타려고 찾아 다녔다.
신의 귀는 오만하여 인간의 굶주림을 듣거나 불쌍히 여기지도 않아
기도와 눈물이 전혀 그의 마음을 움직이지 못했고, 머나먼 산에다

눈을 열두 자나 쏟아 놓기만 해서 검둥이 태양의 땡볕에
그냥 녹아내리게 했다. 강물이 움직여 흘러가며 405
그들의 농토가 침식되지 않도록 막으려고 겁이 난 영주들이 세운
진흙벽돌 담들을 무너뜨렸으며,
강물은 모든 것을 차지하고 말없이 흐르며 벽들을 없애 버렸다.
강물이 숫양처럼 나아가며 암양 대지에게 덤벼들었고
대지는 젖은 살을 지격거리며 사타구니와 허벅지를 벌렸고 410
뿌려진 씨앗이 대지의 배 속에서 정신을 차리고 춤추며 돌아다녔고
축축한 땅에서 어린 양들이 즐거워 뛰놀고 대추야자들이 빛났으며
아이를 못 낳는 여자들이 미지근한 흙탕 속에서 뒹굴어
그들의 삭막한 엉덩이가 벌어지고 아들이 나오기를 빌었다.
이제 밀이 다시금 살쪄 사람의 무리가 먹고 415
신이 깊은 배 속에 다시 곡식이 바닥짐처럼 남게 하려고
제신들까지도 공중에 매달려 배를 비벼 대었다.
그러나 귀먹은 강물은 시퍼런 흙탕물을 말없이 밀고 내려가며
인간이나 짐승은 거들떠보지도 않고 제신들에게도 관심 없이
흘러넘치는 힘을 그냥 제멋대로 낭비해 버렸다. 420
큰고랭이 돗자리에 누운 오디세우스는 강물 소리를 못 들었지만,
물에 푹 젖은 진흙 같은 빵을 씹어 먹어 피로 만들었고
육신이 건강해지자 희미하던 그의 이성도 단단해졌으며,
그는 땅을 밀고 일어나 벽에 몸을 기대었다.
「나는 여자에게서 태어난 남자의 씨앗 같지 않구나. 425
되돌이켜 보면 내 자랑스러운 영혼은 내 나라를 지나
파도를 타고 달려가는 전함이라고 여겨진다.
앞을 보니 제신들이 전갈처럼 꿈틀거리고 성들이 불에 타며
내 두 주먹에는 귀와 귀고리가 가득하도다.」

랄라는 깜짝 놀랐지만 기뻐하며 그의 발을 어루만지고   430
감옥의 세 동지가 얘기를 나누려고 그에게 가까이 모여들었다.
가장 야윈 독수리 눈이 궁수의 사나운 손을 붙잡고는
거센 바람에 휩쓸린 횃불의 연기처럼 분노하여 몸부림쳤다.
「운명이란 항상 못된 것은 아니어서, 그대를 잡아
우리 동굴로 던졌으니, 이 얼마나 반가운지 모르겠소!   435
우리들이 불을 지필 터이니, 친구여, 그대는 모루를 치시오!
대지는 불의와 굶주림으로 넘치고, 날이 밝으면
우리 마음과 입술은 빵과 사랑으로 가득할 것이니,
앞장서 달리는 우리 마음에 바로 그날이 왔소.」
그러자 성을 부수는 자의 영혼이 기뻐 흔들리며 날뛰었다.   440
「그대는 사자의 굴로 떨어졌으니, 일어나라, 나의 영혼이여!
타오르는 불길은 틀림없이 잃어버린 그대의 세 형제이리라!」
독수리 눈은 초조한 불길처럼 아직도 타오르며 펄럭였고,
갑충은 대지처럼 침울하게 홀로 떨어져
땅바닥에 무릎을 꿇고 앉아 말없이 낯선 이를 살펴보았는데,   445
변덕이 심한 농부였던 그의 혼탁한 이성은 의심이 가득하여
믿어야 하나 믿지 말아야 하나 갈피를 잡지 못했지만,
나일 강은 탁해지는 공기 속에서 꼼짝도 하지 않고
연기도 없는 빛처럼 번득이며 벽 앞에 우뚝 일어섰다.
오디세우스는 새로운 동지들에게 시선을 고정시키고는   450
세상의 뿌리를 갈고 씨 뿌리는 영혼들을 살펴보았다.
첫 번째 남자는 불모의 땅을 분노의 불길로 태웠고,
두 번째는 흙투성이 발로 땅에다 이랑을 일구었고
가장 훌륭한 세 번째 남자는 뿌릴 씨를 손에 들었으며,
랄라는 새파란 불꽃이 이는 그녀의 찬란한 배를 신이 핥는 동안 455

이슬로 촉촉하게 젖은 어둠의 대기 속에서 빛을 내며 날아다니는
반딧불이처럼 온통 빛과 불길에 휩싸여 돌아다녔다.
인내하는 자가 그녀의 검은 눈어, 호리호리한 몸매와,
칼처럼 날카롭고 가느다란 입술을 보고 탄복하며 생각했다.
〈불쌍한 불나방처럼 새로운 불이 세상을 휩쓸면 타죽으려고   460
불길로 뛰어드는 처녀들을 나는 얼마나 많이 보았던가!
힘찬 소용돌이 속에서 그들은 여자의 의무를 망각하고
아이 낳는 일을 비웃고, 활을 쏘는 데 방해를 받지 않으려고
오른쪽 젖가슴을 뿌리째로 잘라 내어*
한쪽 젖가슴으로 용감하게 신의 군대로 달려갔지.〉   465
랄라가 부드럽게 미소를 짓고 부상당한 남자에게로 갔다.
「낯선 이여, 사람들이 서로 사귀고 불꽃이 만날 시간은 따로 있으니,
그대는 지쳐 눈이 아플 테니 잠을 자도록 하세요.」
그녀는 시원한 손을 바다에 씻긴 그의 이마에 얹었고
그의 이성은 평온해지며 뜨거운 눈꺼풀이 감겼으며,   470
넘치는 무슨 말을 하려고 그의 입술이 아직도 떨렸지만
랄라가 얌전히 손가락을 그의 입술에 얹은 다음
〈가만히 있어요〉라고 나지막이 속삭였으며
용맹한 살인자는 여인의 감미로움 앞에서 전율했다.
그는 이성의 다섯 대문*을 닫고 부르르 떨고는   475
아주 어린 처녀도, 아무리 신이라고 해도 성숙한 남자를 아들처럼,
품에 꼭 껴안고 위로해 줄 수 있다는 사실을 깨달았다.

한편 세 동지가 한쪽 구석에서 언쟁을 벌였는데,
갑충이 험악한 표정으로 독수리 눈을 꾸짖었다.
「자넨 참을성이 없어 하나도 비밀을 지킬 줄 모르니   480

아무리 여러 번 타일러도 소용이 없겠구먼.
난 가위처럼 나불거리는 자네의 혀가 불과, 사랑과, 굶주림과
복수와 함대에 대한 얘기를 어쩌나 잘 지껄이는지 놀랐어!
난 낯선 이에 대해서 항상 의혹을 품어 왔는데,
그는 노동자가 아니라 교활하고 배를 소유한 도둑으로   485
값싼 상품처럼 세상을 팔고는 다시 팔기나 하고
가난하고 굶주린 자나 복수에는 아예 관심도 없다네.
나는 이처럼 겉과 속이 다른 못된 사람들을 잘 아는데,
이런 사람은 아궁이에 재도 안 남을 정도로 빨리 돌아다니지.」*
그러나 독수리 눈이 동지의 무자비한 두 무릎을 움켜잡았다.   490
「난 낯선 이가 무슨 엄청난 힘을 지녔다고 생각하는데,
여행을 많이 한 크레테의 불타는 사람 같아. 우리 이 사람이
당분간 우리들과 함께 세상에 불을 지르게 하세.」
나일 강의 벗겨진 머리가 땀으로 번들거릴 정도로 웃었다.
「두 사람 얘기가 다 맞으니 싸움은 그만두게나.   495
그는 선주이고 불장난을 벌이는 위대한 영주이며 지금은
우리들이 사막의 모래밭에다 지른 불길에 휩싸이고 말았지.
횃불을 가지고 와도 그를 환영하고, 떠나더라도 좋을 걸세!」
우뚝한 목에다 굳센 이마, 그리고 허연 수염,
털이 무성하게 돋은 강인하고 철석같이 딱 벌어진 가슴,   500
말없이 랄라는 낯선 방랑자의 모습을 물끄러미 쳐다보았다.
갑자기 잠결에 그의 입술이 벌어져 미소를 지었고
그녀도 부드럽게 미소를 지으며 자기도 모르게 한숨을 내쉬었다.
위대한 방랑자는 이제 잠이 들었을 때도 나태하지 않아서,
그의 잠은 길고 긴 해안선이며 이성은 빠른 배였고   505
밤에 걷는 자가 꿈나라의 항구에서 돛을 걷어 올렸다.

보라, 그는 숨 막히는 분노로 천둥 치고 섬광을 번득이며
검은 구름이 덮인 하늘이 깔리는 동안 끓는 납처럼
바다가 펼쳐진 황량한 해변에 우뚝 섰으며,
캄캄한 하늘과 땅 사이 숨 막히는 대기 속에서 510
매끈한 3층 갤리선이 돛을 활짝 펼치고 빛을 뿜는 별처럼
거품을 일으키며 쏜살같이 달려갔다.
고뇌하는 자가 두 손을 내밀고 〈내 마음이여!〉라고 외쳤으며,
씁쓸한 그의 입술이 잠결에 부드러운 미소를 지었고
다정한 미소가 랄라의 눈에 띄자 그녀의 입술도 515
부드럽게 반사되듯 희미한 미소를 지었다.
이튿날 나일 강은 낯선 이에게 땅속 깊은 곳에서 수많은 동지들이
개미 떼처럼 일하고 있으며, 멀리 떨어진 바닷가에서
지금 무장한 배들이 모여드는 중이라고 귀띔을 했다.
「인간의 절망적인 마음이 무슨 짓을 할지 아무도 모르니, 520
이제는 우리 마음을 해방시키고 세상을 불태울 때가 되었소.」
궁수는 가장 최근에 듣게 된 자유의 외침에 귀를 기울였고
마음이 흐뭇해진 그는 초조한 두뇌가 다시금 뛰었는데 ―
힘찬 이성으로부터 아직 얼마나 많은 날개가 돋아날 것이며,
세상을 바꿔 놓기 위해서 아직 얼마나 많은 술을 마셔야 할까? 525
항상 인간의 영혼에서는 예기치 않던 공기 봉우리가 솟아오른다!
세상의 새로운 모험가들의 얘기를 듣게 된 궁수는
귀와 눈이 충일하여 넘치며 머리를 번쩍 들었고,
날카로운 봉우리가 허공을 갈랐으며, 그는 몸을 일으켰다.
그가 빛나는 이마를 치켜들고 말없이 깊은 생각에 잠겨 530
대답을 선택하느라고 한참 따지는 모습을 지켜보고 나일 강은
조심스럽게 새로운 길을 헤치고 나가는 이성에게 탄복했다.

그러나 긴박한 시간에 어느 쪽이 좋은지 영혼이 따지도록
용납할 수 없었던 독수리 눈은 흥분해서 부르르 떨었고
요란하게 분노를 발산하려고 입을 벌렸지만   535
갑충이 그의 열띤 입술을 커다란 손으로 쳤다.
「결정하기 전에 영혼이 판단하는 것이 옳으니 잠자코 있게.」
커다란 두 눈에 그리움이 가득 차고 고뇌에 빠진 랄라가
궁수의 다문 입술을 쳐다보며 남몰래 기도를 드렸다.
「신이여, 그가 찬성하여 내 곁을 떠나지 않게 하소서!」   540
천천히 몸을 일으킨 오디세우스의 번득이는 눈에서
뱀 한 마리가 지켜보는 사람들을 어두컴컴한 골방 안으로 유인했다.
「형제들이여, 내 이성은 깨닫고 파악하고 얘기를 나누었으며,
나는 초라하고 가난한 자와 부유한 영주들의 얘기도 들었고,
그들을 한 가닥 줄에 꿰어 커다란 하나의 송이처럼 높이   545
허공에다 매다는 소리도 역시 들었소이다.
기억이 천천히 깨어나고 뱃속에 대지가 가득하니
나도 역시 어머니의 아들이요 남자의 씨앗에서 태어났음을 알지만
그래도 나는 〈농민〉이라고 부르는 짐승을 사랑하는지
아니면 그들의 주인들과 더 오래 살고 싶은지를 모르겠는데,   550
내 마음속에서는 뿌리가 둘로 갈라져 있지 않습니다.
그래도 나는 한 가지 우렁찬 외침은 똑똑히 듣는데,
굶주리는 모든 가난한 자이거나 나 자신의 이성일지도 모르고
그것이 마음에 맞기 때문에 누더기를 걸치고
귀족들을 쫓아내기 위해 찾아온 신*의 외침일지도 모르며,   555
갈대밭을 스치고 지나가는 바람 소리에 불과한지도 모릅니다.
그것이 무엇인지는 몰라도 나는 그 목소리가 좋아 피가 끓고,
그것이 진실한지 옳은지도 개의치 않으니 묻지도 않겠으며,

마음의 소리만 듣고 그 명령을 따르기로 하겠습니다.
동지들이여, 내 마음은 그대들과 힘을 모으라고 하는군요!」   560
그가 말하자 세 친구는 한참 동안 침묵을 지켰는데,
그는 좋은 친구 같기도 하고 약아빠진 적 같기도 했으니,
무서운 싸움에서 그에게 어떤 탑을 맡길 수 있겠는가?
나일 강이 손을 잡자, 그의 이성에는 생각이 가득했다.
「사랑이나 끓어오르는 분노나 신의 추구, 어떤 이유에서라도   565
우리 의로운 반란에는 그대 입장을 지키며 참여해도 환영하겠고,
워낙 큰 사명이어서 저마다 해야 할 일이 많을 터이며,
그 일이 끝나면 저마다 한껏 복수를 맛보고 나서, 형제여,
우리들은 두 갈래 길에서 포옹하고 헤어질 것이오. 그대는 여전히
그대의 신을 추구하겠지만 땅에 엎드려 사는 우리들은   570
노예가 된 인류에게 가능한 한 많은 자유와 빵과 정의를
온 세상에 가져다주기 위해 투쟁할 것입니다.」
그러나 궁수는 이제 더 이상 노동자의 우두머리들이 하는 소리를
듣거나 얘기하고 싶지도 않았고, 그의 이성은 미소를 지으며
고요한 잠의 화원으로 차분하게 가라앉았고   575
높은 산봉우리에 잠복하고 있었던 듯싶은 꿈이 갑자기
매처럼 내려와 덮치더니 그의 뇌를 꿰뚫었는데 ―
무서운 싸움터로 나가는 듯 군대가 번쩍이면서 줄지어 나아갔고,
음울한 장군처럼 신이 친구들 앞을 한 사람씩 차례로 지나가며
그들의 눈을 깊이 들여다보고는 아무 감정도 없이 선발했지만,   580
궁수의 앞에 다다르자 신은 상반되는 두 눈을 한참 동안 살펴보며
말없이 그의 이성을 판단하려고 했는데,
그 눈의 깊은 곳에는 여우와 겁을 모르는 사자가 눈에 띄었고
화살처럼 가느다란 배에서는 공기의 베틀에다 재빠른 솜씨로

뒤엉킨 실로 제신들의 모습을 짰다가 풀고는 했다.*   585
장군이 왼손잡이 오른손잡이 남자를 꽉 붙잡았다.
「오, 불타는 사자 여우여, 그대는 훌륭한 주인과 더불어
오른쪽에서 싸우려 하다가는 왼쪽으로 눈을 돌리고,
왼쪽의 적을 치려고 하다가는 재빠르고 교활한 발톱이 달린
눈을 날카롭게 내 주인을 향해서 돌리는구나.   590
그대의 영혼을 낭비하지 않으려면 내가 어떻게 해야 할까?
양쪽 군대의 식량 징발관이라도 되어 마음대로 오락가락하면서
양쪽 편에다 보급품을 실어다 주면 어떻겠느냐!」
신이 말하자 두 얼굴의 오디세우스가 잠결에 웃었고,
놀란 동지들은 허리를 숙여 이제 뱀처럼 그의 입술로부터   595
두툼한 귀로 번져 나가는 교활한 미소를 보았다.

태양이 떠나가자 대지는 짐을 벗고 몸을 식혔으며
깃털이 덮인 날개 밑으로 새들이 시끄러운 머리를 내밀었고
그늘 속에서 잎사귀들이 엉키고 나무들이 서로 이어졌으며
별들이 밤의 머리카락에 걸리고 귀고리처럼 매달렸다.   600
마음속으로 피를 흘리는 슬픔을 느끼며 오르페우스는 깨끗한 갑판에서
타향의 널빤지에다 거지 굴에서나 먹는 짜디짠 빵을 펴놓았고,
켄타우로스는 오가는 배를 지켜보며 한숨을 지었다.
「내가 태어났을 때는 탄식 소리가 아직 태어나지 않았었지!*
오르페우스, 우린 금관을 잃었고 날개가 잘려 나갔으며,   605
우리 배의 주요 장식인 소중한 삭구도 사라졌고,
피리쟁이여, 삭구도 사라지고 우리들만 남았으며,
용감한 사내다움도 사라지고 쓰레기만 남았다네.」
그러나 사팔뜨기가 어색하게 웃고는 겁이 나서 침을 삼켰다.

「그는 일곱 번이나 죽음을 이길 사람이니 잊지 말게! 610
그 사람은 재주가 너무 많아 벼룩에게 징을 박을 줄도 알지!*
내 미간에는 선견지명을 지닌 똑똑한 굼벵이가 들어서
미래를 보고 앞으로 닥칠 일을 미리 얘기해 주니까*
그만 징징거리고 이제는 정신을 차려야 하는데,
다시 우리들의 노래가 들리고, 무기와 배와 사람들이 보이며 615
우리들은 배가 삐걱거릴 정도로 다시금 웃고 농담을 나누지.」
먹보가 3층을 이룬 몸을 반쯤 일으켰다. 「대머리 바보여,
자네 두뇌에서 꿀이 흐르는 모양이니,* 그 얘기 다시 한 번 해주게!
그는 이성이 매 같아서, 책임을 저버릴 사람이 절대로 아니고,
그를 쓰러뜨리기 전에 죽음이 먼저 시커먼 피를 흘리겠지! 620
자네 때문에 배가 고파졌으니 식사를 하고 기운을 차리세.」
그들은 식사를 한 다음 인간이 은근히 바라는 모든 것을
손아귀에 쥐고 있는 잠의 커다란 품으로 곧장 뛰어들었다.
한편 꿀을 마시고 깨어난 연약한 파라오는 따스한 목욕탕에서
기지개를 켜고는 키프로스의 사신들이 가지고 온 편지를 625
하인들이 읽어 주는 소리에 나른한 귀를 기울였다. 황공하게도
키프로스의 왕이 보낸 글의 내용이 목욕하는 젊은이의
따분한 귀에는 건성으로 들렸고, 그는 하품을 했다.
〈사랑하는 형제여, 그대의 수많은 아들과 아내와 영주들,
그리고 그대의 무기에게 기쁨과 부와 건강이 함께 하기를! 630
악령들의 귀에는 납이 녹아 흘러 들어가기를 빌어요!
내 양 떼가 새끼를 낳고 암탉들까지도 알을 낳으며
노예들은 수컷을 낳고 낙타들은 암컷을 낳고,*
만사가 잘 되어서 나는 내 사신들 편에 내 건강을 빌며 마시라고
가장 오래된 포도주가 가득 넘치는 큰 항아리 다섯 개와 635

들지 못할 만큼 커다란 청동 술통 열두 개를 보내오!
하지만 선물은 주고받아야 마땅하니, 훌륭한 아마포를 짜도록
내 노예들을 가르칠 직조공들을 보내 주시오.
나는 시체를 파먹는 까마귀를 쫓아 버릴 무당 한 사람과
악령으로부터 나를 지켜 줄 위대한 신도 필요합니다.   640
나는 값진 선물을 보내고, 그대에게서 값진 선물을 기대하오.〉*
통통한 내시들이 글이 적힌 양피지 두루마리를 감더니
절을 한 다음 왕에게 품위 있는 답장을 써달라고 청했지만
창백한 군주는 어깨를 추스르고 나른한 눈을 반쯤 감았다.
「난 지쳤으니 가서 미남 소년들더러 오라고 하여라.   645
오늘 나는 아주 슬프고, 내 입술에서는 아직도 독이 흘러내리니
나는 죽을 때까지 찬양을 받았다가 나무처럼 병이 들어서
내 이성에서는 꽃 한 송이도 피어나지 않고, 잠자리에서도 나는
열매를 맺지 못하니, 내 황금 옷을 별들에게 펼쳐 보여라.*
나는 따분해서 기운이 없어. 내가 슬픔으로 숨이 막히기 전에   650
내 신을 태워 버리려고 반기를 들었던 건방진 남녀를 데려오라.
나는 울음소리를 실컷 들어 내 지친 마음을 달래고 싶도다.」

그가 말하자 흑인 노예들이 지하 감옥으로 달려가
남녀를 밀어 서둘러 위 세계로 끌고 올라왔다.
조용하면서도 힘차게 걸어가는 오디세우스의 뒤에서는   655
사나운 암사슴의 눈초리에 이마가 날카로운 랄라가 쫓아갔다.
그들은 달빛으로 흐려진 마당과 그늘진 정원을 지나갔고,
재스민 덩굴과 뒤엉켜 길게 줄지어 선 대추야자들을 지나갔고,
여인들의 처소에서 이리저리 돌아가는 서늘한 복도를 지나가며
그곳의 풍요하고 화려한 장식들을 멍하니 쳐다보았다.   660

가엾은 랄라가 경멸하는 코웃음을 치고 저주를 퍼부었지만
삶이 훌륭하고 향기가 훌륭하고 여인들의 숨결이 좋기에
음모를 짜는 남자의 사나운 눈초리가 기뻐했고,
그래서 그는 대지를 찬양하며 속으로 중얼거렸다.
「왕이 이제 살기가 등등한 시선을 우리들에게 고정시켰으니   665
화려한 정원이여, 새들이여, 향기로운 꽃이여, 잘 있거라,
모든 나른한 눈과 민첩하고 꿋꿋한 손이여, 잘 있거라!」
그러나 따스한 목욕탕이 가까워지자 목욕탕의 매끄러운
대리석 바닥에 궁정의 광대들과 더불어 향수를 치고 화장도 한
세상의 왕이 앉아 있는 모습을 보고 가슴이 두근거렸다.   670
그는 귀한 밀랍 필기판과 상아촉을 들고는 모인 사람들에게
오만한 목소리로 그가 지은 노래를 읽어 주었다.
「할아버지시여, 나는 하찮은 앵무새처럼 그대의 주먹에 앉아
담청색 연기 같은 날개와 붉은 장미 같은 배를 드러내고
높고 동그란 머리에는 허공을 왕관으로 쓰고 있나이다.   675
나는 그대를 찬양하고 싶지만 그대는 입을 벌린 절벽이요,
밤에 잠들기 전에 그대와 얘기를 나누고 싶지만
그대는 화를 내며 국경은 어디이고 군대는 어찌 되었는지
그대의 왕좌에 대해서 당장 묻기 시작하는군요.
진격하는 군대와 국경에 관해서 내가 무엇을 알겠나이까?   680
오, 할아버지시여, 세상은 바람과 먼지, 깃털에 불과하며
나는 새파란 하늘을 날아가는 담청색 앵무새일 따름입니다.」
궁정 광대들은 모자와 종을 천장 높이 차올리고, 노예들이 미소 짓고,
통통하고 피부가 하얀 시동들이 수줍어 킬킬거리고,
반달문 밑에 매달린 황금빛 새장에서 자그마한 앵무새 한 마리가   685
잠이 깨어 소리쳤다. 「할아버지시여!」

위축된 젊은 왕이 한숨을 짓고 광대들을 가까이 불렀다.
「광대들이여, 예술은 힘든 일, 왕관보다도 힘든 일이어서,
어휘 맞추기란 군대 통솔하기보다 훨씬 힘들고,
운을 맞춰야 하는 정복되지 않은 어휘들은 훈련받은 군대이니   690
허공에서 흩어지지 않는 이성의 가장 막강한 적이니라.
어휘, 오직 어휘들만이 높은 산처럼 세월이나 죽음을
두려워하지 않는다는 사실을 나는 잘 알고 있으니
한 곡의 좋은 노래를 위해서는 온 나라라도 주겠노라.」
향수를 뿌린 젊은이가 긴 의자의 베개에 기대고 이렇게 말하고는   695
다시금 한숨을 짓더니 눈물을 글썽거리는 눈을 가만히 감았다.
한편 문간의 궁수는 꼼짝도 하지 않았지만
그의 이성은 줄달음치고 세상이 머릿속에서 빙글빙글 돌았으며,
어쩌면 숨도 못 쉬는 연약한 왕들의 씨앗이 한 말이 옳아서
두뇌가 없는 대지 위에서는 아마도 미친 방울새의 노래 한 곡이   700
두뇌나 청동보다도 세월을 더 잘 견딜지도 모를 일이었다.
아, 그에게 영혼이 일곱이었다면 하나를 부드러운 피리에게 주어
황량한 세상을 방랑하며 모든 바람에게 휘파람을 불라고 하겠지만,
영혼은 오직 하나뿐이니 그것을 낭비할 수는 없다!
북풍이 구름을 몰고 가듯 생각이 그를 휩쓸었고,   705
왕은 근심 걱정을 잊고 벌떡 일어나 문 쪽을 쳐다보고는
갑자기 입술에 미소를 지으며 랄라를 향해 돌아서더니
무척 조심스럽게 어휘를 골라 가면서 조롱했다.
「그대가 지나가는 모습을 보려고 장미꽃들이 머리를 드는구나!
검은 눈, 두터운 입술, 불타는 눈, 매처럼 구부러진 코,   710
오, 거룩한 우리 조상들의 성스러운 흙에다 농사를 짓는
떠돌이 집시의 마음아, 오, 저주받은 족속아!」

그러자 갑자기 젊은 왕이 부르르 떨고는 백조의 털을 넣은
비단 방석에 몸을 푹 파묻고 나지막이 한숨을 짓더니
다시금 기운을 차리고는 가느다란 손가락들을 비틀었다. 715
「나는 시원한 목욕을 살육으로 더럽히고 싶지 않으며,
부드러운 노래에 뜨거운 피가 튀는 것을 원하지 않는다.
내가 갈 길은 젖과 꿀의 길이요, 나는 그대들을 자유롭게
풀어 주겠노라! 마음이 내키건 안 내키건 훗날 언젠가는
그대들도 내 크나큰 친절을 생각하고 마음이 누그러지리라. 720
아, 독수리 같은 우리 할아버지의 무겁고 큰 날개 밑에서
세상의 여러 백성이 평화롭게 산다면 얼마나 좋으랴!
신은 어떤 사람은 노예로 어떤 사람은 자유인으로 창조했고,
어떤 사람은 갑작스러운 생각처럼 신의 두뇌에서 잉태되었으며
어떤 사람들은 그의 이두박근에서 생겨났지만, 오, 그대는 725
그의 힘찬 발자국에서 일어난 검은 먼지에 지나지 않도다!」
왕은 피곤하여 긴 의자의 베개로 다시 쓰러졌고
눈이 이글거리는 랄라가 분노하여 번득이는 입술을 놀렸다.
「나는 그대 아버지의 이두박근이나 이성이나 먼지가 아니고
내가 섬기는 신은 오직 하나, 꼬리로 위협하며 몸을 도사리고, 730
독을 품은 자그마한 전갈, 인간의 자유로운 이성뿐이다!」
그녀의 목소리가 가슴을 찌르자 왕은 얼굴이 창백해졌다.
「난 혀가 두 가닥으로 갈라진 뱀 같은 그대의 이성을 잘 안다!
저 여자를 잡아 단단히 묶고 목에다 올가미를 걸어라!」

그러자 문간에서 교활한 남자가 무척 침착하게 움직이며 735
죽음과 희롱하느라고, 마음속에서 시든 사과를
푸른 하늘로 던져 올렸다가 다시 잡았고, 열 손가락에서

사과 냄새가 났기 때문에 그는 마음이 기뻤다.
파라오가 창백한 얼굴로 지친 눈을 들었다.
「말없이 찾아온 사나운 선장이여, 그대는 누구인가?   740
서성이는 검은 짐승과 같은 그대의 눈에서 나는
늙은 바다의 악마들이 보내는 무서운 전갈을 읽는다.」
그러자 들끓는 자신의 이성을 아직은 명확한 어휘로 감히
벽처럼 둘러싸지 못했던 별 같은 이성의 남자는
젊은 왕이 추측한 말을 듣고 마음이 가벼워졌다.   745
그의 이성 속에 씨앗이 떨어져 열매 맺는 나무가 피어나고
비옥한 그의 두뇌에서는 새로운 신화가 싹텄다.
「나는 재난의 소식을 전하러 거품이 일어나는 바다를 달려왔도다!
우리들은 자손이 많아 이제는 우리 땅이 비좁아졌노라.
술과 빵을 달라고 아들들이 소리치고 딸들이 외치는구나.   750
〈어머니, 어서 대지의 왕을 찾아가기로 해요!〉
아기를 업고 손에는 도끼를 들고 우리들은
차가운 북풍을 올라타고 그대의 청동 성문을 두드린다.
주인이시여, 자선을 베푸는 대신 그대의 거룩한 머리를 달라!」
왕이 새처럼 비명을 지르고는 내시들에게 몸을 기대었다.   755
「나는 살인도 하지 않았고 도둑질도, 악행도 하지 않았다!
우리 조상들은 전쟁을 벌이고 무자비하게 사람들을 살육했지만
아주 행복하게 땅을 지나 하데스를 향해서 달려갔고,
제신과 인간들은 그들에게 야비한 말을 하지 않았도다.
나는 선량하여 온 세상에 사랑을 가르치고, 그들의 죄에 대한 760
대가는 치러야 하므로 칼이 아니라 가벼운 깃털로
세상을 다스리는데, 이런 처우는 가당치도 않은 일이로다!」
그러나 마음이 누그러지지 않은 궁수는 자비를 느끼지 못했으니,

손자는 이제 분명히 할아버지의 죄에 대한 벌을 받아야 했고
모든 잎사귀는 인간의 종족이라는 같은 나무 뿌리에서 물을 마시고, 765
그래서 그는 자신이 지어낸 거짓된 신화를 잔인하게 늘어놓았다.
「나는 크나큰 소식을 가져와서 지금 전하겠노니,
머나먼 곳 유명한 섬에서 나는 성들이 불타는 광경을 보았고,
눈이 덮인 높은 산에서는 파란 눈의 용들이 거대한 나무를 잘라
돛을 활짝 펴 달고 남쪽으로 내려오는 광경을 보았도다. 770
나는 사막의 샘물가에서 길게 늘어선 낙타의 행렬과
날카로운 초승달이 떠오르면 길을 떠나려고
하늘의 길 밑에서 꼿꼿하게 서서 기다리는 젊은이들을 보았노라.
나는 모든 마을에서 소리치고 모든 도시에서 외쳤도다.
〈영주들이여, 지하 창고의 문에 어서 이중으로 빗장을 질러라! 775
수전노들이여, 돈 자루를 땅속 깊이 묻어라!
험악한 밤에 내가 그대들의 어두운 문을 마구 두드릴 터이니,
마지막으로 배불리 먹고 아내에게 입맞춤을 하라!〉
왕이여, 그대의 머리 위에서 번득이는 칼이 보이는구나!」
그가 말하고는 품속에서 그들에게 먹으라고 던져 주던 780
더러운 빵의 퍼런 곰팡이와 찝찔한 땀과 피로 오랫동안
감옥에서 천천히 빚어 놓은, 귀와 이빨이 크고, 눈은 충혈되고,
머리카락과 수염이 허연 난쟁이의 형상을 꺼내
떨고 있던 왕의 무릎 위에다 말없이 놓았다.
창백한 젊은이는 겁에 질려 푹신한 긴 의자로 자빠졌다. 785
「악한 난쟁이를 치우고 무당의 주술을 물리쳐라!」
그러자 무자비하고 교활한 남자가 천천히 말했다.
「우리 험한 나라에서는 이것이 전쟁을 선포하는 징표니라!」
파랗게 질린 왕이 한숨을 짓고 두 손을 하늘로 치켜 올렸다.

「사랑과 평화와 안락함은 축복을 받을지니, 우리는 모두 형제고
대지가 모두의 어머니고 태양은 모두의 아버지니라.」
그러나 살인자의 입에서 조롱하는 웃음이 터져 나왔고
창백한 왕은 혈관에서 피가 말라붙는 기분을 느꼈으며,
고독한 자가 검푸른 눈에 소름끼치는 미소를 짓고
커다란 도끼를 들고 슬그머니 접근하는 모습을 보았다.
「내 눈에 보이지 않는 곳으로 가서 절대로 돌아오지 말라!」
왕이 소리치고는 어린아이처럼 흐느껴 울기 시작했다.
바다에서 싸우는 억센 자의 가슴이 놀라 울렁거렸는데,
그는 초라한 젊은이를 품에 안고 선량한 아버지처럼
위로하며 어루만져 주고 싶은 충동을 느꼈다.
그러자 그는 대지에서 수많은 대군을 지휘하던 전투의 신이
어느 날 밤 꿈에서 그의 두뇌 속에 나타났던 생각이 났는데,
그때 신이 그에게 부여했던 높은 지위가 생각나서 웃었다.
「아, 신이 나를 믿지 않고 지켜보기를 잘했지.
입맞춤을 할 때 두 입술이 만드는 동그란 과일처럼
만일 내가 적과 친구들과 다 같이 싸우고, 신과 악마,
긍정과 부정이 내 마음속에서 하나가 될 수만 있다면!」
이성은 이렇게 갈팡질팡했지만, 굴복할 줄 모르는 꿋꿋한 의지가
어떤 우유부단함도 없이 자유를 향한 길을 터놓았고,
그래서 궁수는 말없이 돌아서서 문을 지나
대리석 궁정과 어두운 정원과 바깥문도 지나고,
재빨리 넓고 자유로운 길로 경쾌하게 나아갔다.
그의 뒤에서 칼처럼 날카롭고 불길 같은 랄라가 따라왔다.
「당신 없이는 이 세상에 나에게는 희망이 남지 않았으니……」
무자비한 그의 손을 잡고 크게 고뇌하며 말했으나

눈에는 눈물이 가득하고 목이 메어 말이 나오지 않았다.
머리 위에서는 별들이 양치기의 화톳불처럼 짙게 타올랐고
랄라는 눈부신 발처럼 불타며 대지 위에서 움직였으며
그녀는 두근거리는 가슴을 진정시키고 목소리를 가다듬었다.
「항구에서 벌써 전갈이 왔을지도 모르니   820
우리 당장 동지들의 비밀 거처로 서둘러 갑시다.」
재빨리 그들은 밤중에 시끄러운 도시의 길거리를 지나갔는데,
노예들이 화려하게 장식한 가마에 따분한 주인들을 태우고 갔으며
어떤 사람들은 환한 빛깔의 등불을 흔들며 서둘러 나아갔다.
랄라가 곁눈질로 보니 침착하고 말 없는 궁수가 빠른 걸음으로   825
좁은 골목을 따라 뚜벅뚜벅 걸어가느라고 그의 억센 손과
약삭빠른 눈과 높다란 뱃사람 모자가 불길처럼 번득였다.
그녀는 떨면서 세상을 창조하는 주먹들을 만져 보았다.
「당신이 하는 말을 듣고 목욕한 왕의 몸뚱어리가 핏기를 잃었을 때,
당신의 눈에는 섬들이 가득했고 항구들이 기우뚱거렸으며   830
세상의 모든 사람이 당신 말을 들으려고 목을 길게 뽑았어요.
내 눈도 불타오르는 대기 속에서 긴 노에 선체는 갸름한
3층 갤리선이 돛을 활짝 펴고 떠나는 광경을 정말로 보았고
낙타와 준마와 칼이 타일 바닥에서 울리는 소리를 들었어요.」
마음이 사자 같은 자가 그녀의 머리카락을 어루만지고 웃었다.   835
「그대의 감미롭고 불타는 입이 진실을 얘기하였소, 랄라.
얘기를 하는 동안 나도 역시 기운이 용솟음치고,
사나운 이성이 뚜벅뚜벅 땅을 밟는 기분을 느꼈다오.」
랄라는 한참 떨고 나서 그의 검은 눈을 흘끗 쳐다보았다.
「신화를 보면 신이 세상을 모두 말씀으로 창조했다는군요.   840
〈나무가 있으라!〉고 신이 말하니 당장 나무들이 생겨났어요.

〈새가 있으라!〉고 하니 당장 공중에서 새들이 날아갔고요.
신이 흙을 한 덩어리 쥐고 인간더러 일어나라고 하니
그의 말이 흙에 닿자 씨앗이 열매를 맺듯이
남자와 여자가 순식간에 일어났답니다.   845
그의 말은 이렇듯 대지로 뛰어들어 재빨리 새끼를 쳤습니다.」
교활한 남자는 자신의 내면에서 그의 힘이 지닌 한계점을
보았기 때문에 웃었고, 한계의 범위를 넓히려고 하루 종일,
밤새도록 대지 위에서 악착같이 싸웠다.
감미로운 여름날 밤이어서 미덕의 여주인이 그들의 가랑이 사이에   850
자리를 잡고 앉았기 때문에* 덕망이 높은 여인들은
방파제 위에서 뽐내며 걸었고, 고상한 얘기를 새침하게 나누었다.
화원의 냄새가 풍겼고 높다란 대추야자나무들이 기우뚱거렸으며
흐뭇한 마음으로 귀족들과 귀부인들이 서느한 강가에서 웃었다.
하늘이 신비한 공원처럼 흔들렸고 흘러가는 강물 속에   855
별들과 나무들과 집들이 바다로 휩쓸려 가서 몽땅 빠졌다.
가슴이 풍만한 처녀들이 파는 재스민을 사서 갓 목욕한 여인들이
향기가 나는 별처럼 그들의 굽이치는 멋진 머리에다 꽂았지만
강가에서는 젖통이 말라붙은 말 없는 어머니들이
핏기 잃은 아이를 품에 안고 강물을 굽어본 다음에   860
그들의 보물을 꼭 껴안고 다시금 터벅거리며 걸었다.
가엾은 랄라가 소리치고 싶었지만 목이 메었고
서글퍼진 궁수는 새로운 투쟁을 맞보고 새로운 종류의 고통을
의식하고는, 이성이 재빨리 팽창되는 기분을 느꼈다.
「나의 신은 날이 갈수록 내 마음속에서 자라 흘러넘쳐요.」   865
그가 중얼거리며 글썽거리는 눈을 퉁명스럽게 닦았다.
치솟는 벽을 넘어 그들이 들판에 다다르니

깨어나는 흙 위로 축축한 산들바람이 불었으며,
이른 아침 하늘의 수탉이 일어나 날개를 치자
랄라가 재빠른 사냥개처럼 킁킁거리며 길을 안내했다. 870
그녀가 도랑을 뛰어넘고 길을 되짚어 가며
캄캄한 외딴 오두막에 조심스럽게 다가가더니
북처럼 두드리고는, 밤까마귀처럼 목쉰 소리로 세 차례 울었다.
나지막한 문이 천천히 열리더니 연약한 처녀가
사랑에 젖어 갑자기 랄라의 품으로 몸을 던졌다. 875
희미한 등잔 불빛이 비추는 깊은 곳에서 오디세우스는
기뻐하며 반겨 맞으려고 뛰어나오는 잡다한 집단을 보았는데,
토박이 농부들과 피부가 검은 노예들과 푸른 눈의 젊은이들
그리고 이마에 깊은 주름이 진 고수머리의 흑인들이었다.
그들은 무척 기뻐하며 랄라에게 인사하고는 소식을 전했다. 880
「듣고 싶어 하던 모든 소식을 어젯밤 전령들이 가져왔는데 —
모든 섬들이 무장 봉기하여 우리들을 도우러 배로 오고 있으니
당장이라도 해안에는 배들이 가득 들어찰 것입니다!」
랄라는 동지들의 팔에 안겨 춤추며 소리쳤다.
「자유의 바람이 불어 나무들이 부풀어 오르는구나, 친구들이여, 885
지하 감옥으로 달려가 청동 문들을 때려 부수고
우리 세 추장을 싸움터에서 앞장세우도록 하자!
희망의 씨앗을 뿌린 자가 불길을 거두리라!」*
모든 마음에 불이 붙어 넘치는 희망으로 부풀었지만
많은 고통을 겪은 자는 그런 하찮은 기쁨에 코웃음 치고 890
몸을 일으켜 그들의 마음과 두뇌에 단호한 명령을 내렸다.
「동지들이여, 나는 많은 바다와 영혼을 오랫동안 돌아다녔고,
내 눈은 질병과 제신과 유령들과 인간들도 보았지만

564

어디에서도 나는 머리가 텅 비고 수다스럽고 장님 같은 희망이라는
잡년보다 더 거짓되고 흉악한 세이렌은 본 적이 없다!   895
희망의 감미로운 노래를 듣고 그녀의 하얀 젖가슴을 구경하느라고
소중한 내 친구 여럿이 머나먼 바닷가에서 썩고 말았도다.
아, 마음을 단단히 먹고 희망의 소리에 귀를 기울이지 말라!
모든 해안선이 황량하고 이성은 신이나 희망도 알지 못하는데
그래도 계속해서 싸우는 결사적인 인간에게 기쁨이 있으라!   900
그대들의 꿋꿋한 두뇌와 욕망을 잘 섞고 살펴보아서
맑은 눈으로 바닷가에 배가 몇 척인지 자세히 알아보라.
그들이 어디에서 왔고 군사력은 어느 정도이며
무슨 이득을 바라고 서둘러 우리들을 도우러 달려왔는지?
무엇인지 얻는 바가 없다면 어떤 때도 돛을 올리지 않고,   905
확실한 보상이 없다면 어떤 인간도 길을 떠나지 않으리라.」
그의 말을 듣고 뜨끔하여 모든 어수룩한 날개들이 축 늘어졌지만,
모두들 새로운 기운을 얻어 그의 주변으로 바싹 모여들었고,
거짓된 희망은 무르익은 사상이 이끄는 행동으로 무장했다.

태양이 마침내 대지를 둘러쌌고 도시가 잠에서 깨어나자   910
많은 고통을 겪은 자는 욕망을 억눌러 떨리는 무릎으로
걸음을 서둘러 그의 보잘것없는 배로 갔다.
그러자 그는 놀라서 물고기처럼 퍼덕거리는 가슴으로 멈췄는데,
강물이 짙은 분홍빛 피처럼 끓으며 흘러가서
거룩한 대추야자나무들의 꼭대기를 진흙으로 핥았고   915
언덕 꼭대기 촌락들을 섬처럼 빛나게 남겨 두고
소용돌이치는 물이 허리를 감으며 휩쓸고 내려갔다.
살진 물고기 떼가 흐르는 물속에서 반짝거리며 휩쓸리면

다리가 긴 황새들이 주둥이를 벌려 잡아먹었고,
진홍빛 날개의 굶주린 홍학들도 뛰어들어 잡아먹었다. 920
비옥하고 걸쭉한 물이 범람하는 무서운 강물의 엄청난 힘을
물끄러미 쳐다보다가 궁수는 겁이 나서 몸을 부르르 떨었지만,
자신의 이성을 생각하고는 자부심을 느꼈다.
「나는 우리들의 어머니인 대지에 넘치며 올라타는
시커먼 신의 둑에서 자라는 작은 갈대에 지나지 않지만, 925
갈대의 가장 가느다란 부분에, 순수한 육체의 꽃에
크나큰 강이 모두 이슬방울처럼 매달려 떨린다.」
터벅거리며 걸어가던 발이 서늘한 진흙 속에 가라앉고
깊은 뿌리를 내리자, 그는 동지들이 초라한 그들의 마음을 달래고
굶주린 배를 채우기 위해 틀림없이 도망쳤으리라고 생각했지만 930
천장이 둥근 동굴 속에서 공허하게 되울리는 파도 소리처럼
강둑에서 뚱뚱한 켄타우로스가 코를 고는 소리를 들었다.
즐거운 새끼 염소처럼 당장 마음이 즐거워진 선장은
그의 영혼을 식히려고 사랑하는 친구에게로 달려갔다.
긴 날개를 퍼덕이며 물을 마시는 하얀 갈매기처럼 935
햇빛에 바랜 강물 위에서 그의 배가 가볍게 오르락내리락거렸고,
마음속에서 도망을 못 치도록 단단히 돛과 밧줄과 널빤지가
묶였기 때문에 궁수는 차츰 기분이 차분해졌다. 그러자 그는
가볍게 갑판으로 뛰어올라 뱃머리에 널브러져 누워
코를 고는 짐승에게로 달려가 웃으면서 940
털이 잔뜩 난 친구의 어깨죽지를 그리워하는 손으로 만졌다.
엉덩이가 큰 자가 기지개를 켜고, 머리 위에서 띠도는 멋진 꿈을
잘 보려는 듯, 잠으로 퉁퉁 부은 눈을 반쯤만 뜨고는,
장면을 붙잡아 두려고 다시 눈을 꼭 감았다.

「나는 꿈이 아니니까 어서 일어나라, 미련한 뚱보야!   945
나는 배가 고프니 어서 불을 지피도록 하자!」
먹보는 입을 잔뜩 벌리며 빙그레 웃었고,
야윈 살과 뼈를 손으로 움켜잡더니 함성을 질렀으며,
그들의 억센 씨름에 배가 기우뚱거리고 춤추었다.
이물의 끝에서 둘둘 말아 놓은 밧줄 더미로부터 뾰족한 머리가   950
비죽 나오더니 환한 곳에 서서 웃던 오디세우스를 보자
그의 희미한 두뇌는 당장 소용돌이를 일으키며 핑핑 돌았다.
너무나 기쁜 나머지 피리쟁이는 정신을 못 차리고 소리를 질렀으며
꼽추 고슴도치처럼 갑판으로 굴러 내려와
숨을 헐떡이며 주인의 두 무릎을 잡았고,   955
먹보는 궁수의 부상당한 머리를 움켜잡더니
마구 울렁거리는 가슴으로 잔뜩 질문을 퍼부었다.
그러나 많은 고통을 겪은 자가 한참 웃고는 그들을 밀어냈다.
「우리들의 첫 번째 의무이니 우선 식사를 좀 하고,
그러면 후식으로 나오는 싱싱한 과일처럼 얘기가 나오겠지.   960
피리쟁이, 자네는 가서 불을 지피고 자네 마당발 친구는
산사람 두 친구가 왜 배에 없는지 그 얘기나 하게.」
그러자 오르페우스가 불을 지피려고 앉았으며, 켄타우로스가 말했다.
「선장이시여, 번쩍거리는 도끼로 뱀의 머리를 쪼개면
몸뚱어리가 꿈틀거린다는 사실은 잘 알고 계시겠지만,   965
우리들도 그 꼴이 되어 강가에 홀로 남았답니다.
산사람들은 흔적도 남기지 않고 어디론가 날아가 버렸지만
우리들은 죽어 가는 불꽃 같은 그대의 머나먼 계획을 살리며
이 연약한 배를 열심히 지켰답니다.
나는 초라한 빵이나마 얻을까 구걸을 나갈 생각도 했고   970

우리 술 자루를 가지고 집집마다 물을 길어다 주기도 하고
뜨거운 길거리에서 지빠귀처럼 큰 소리로 노래도 불렀으며,
우리 불쌍한 피리쟁이는 장례식과 결혼식에서 피리를 불고
운명이 시키는 대로 슬프거나 즐거운 노래를 불렀으며
잔칫상으로 숨어 들어가 빵부스러기를 훔치기도 했답니다.   975
굶주림은 아무리 고상한 사람도 초라하게 만들죠.
저녁이면 우리들은 초라한 배로 돌아와 널브러져서
그대의 뾰족한 모자가 강둑에서 번쩍이기를 기다리며
게걸스럽게 먹고는 용감한 행동과 기쁨과 머나먼 항해에 관한 얘기를,
기나긴 얘기를 주고받으며 밤을 보내고는 했답니다.」   980
그가 말하고는 주인의 무릎을 부드럽게 잡고 쓰다듬었지만
아첨을 모르는 이성은 두개골 안에서 조용히 도사렸다.
「두 사람 다 먹고 산다는 일상생활의 고통에 적응했고
끈끈한 추억이라는 감초 뿌리를 핥았구나.
멍에를 벗어 버리고 떠나간 두 사람이 가장 훌륭하도다.」   985
다정한 동지들이 그에게 음식과 잠자리를 마련해 주는 동안
그는 그들의 이성에 불을 붙일 방법을 궁리해 보았고,
말없이 먹고 마시고 난 다음 뱃전에 길게 누워
시원한 손바닥의 잠을 강물로부터 불렀으며
잠은 그의 곁으로 올라와 서서, 서늘하고 푸른 부채를 부쳤다.   990

그가 잠이 들어 기진맥진한 몸을 뿌리 내리는 사이에
머나먼 곳에서 철석은 모든 검은 조약돌이
반짝이는 사파이어로 바뀔 때까지 걷고 또 걸었다.
수정처럼 맑은 물에 뜬 진홍빛 생각을 하며
햇볕에 그을은 그의 몸은 바다를 향해 분주히 내려갔고   995

의기양양한 그의 입술에서는 싱싱하고 새로운 노래가 튀어나왔다.
「오, 날개가 어색하고 발톱이 여물지 않은 새끼 독수리여,
아버지에게 작별도 고하지 않고 흔적도 남기지 않으며
둥지를 박차고 나오는 그대의 기쁨을 나는 알겠도다.
온순한 이성으로 우월한 자의 얘기에 귀를 기울이며 1000
위대한 영혼의 발톱을 말없이 가꾸는 일도 좋겠지만,
끝없는 희망과 길 없는 바람이 그대 앞에 펼쳐질 때
날개를 펼치면 더욱 훌륭하도다, 아, 사랑하는 신이여.」
이렇게 철석은 노래하며 터벅거리고, 널찍한 어깻죽지를
날개처럼 흔들며 원시적인 자유로부터 깊은 기쁨을 얻었다. 1005
한편 그의 친한 친구는 질긴 다리로 남쪽을 향해 걸었고,
눈물을 멈추기는 했지만 입술에서는 기쁨과 슬픔이 흘러내렸으니,
사자 같은 마음의 어루만짐과 거센 숨결이 좋았고,
그의 곁에 선 커다란 그림자와, 팽팽하게 당긴 무거운 활과
움켜잡은 묵직한 노 또한 좋았고, 1010
〈나는 자유다〉라거나 〈싫다〉는 말을 전혀 하지 않고,
스스로 무엇을 결정하거나 질문을 해야 할 필요가 전혀 없이
자신이 가야 할 길만 충실히 따르며, 나보다 훨씬 높은 자에 대한
소속감이 곧 자유라고 느끼는 기분도 또한 좋았다.
이제 그가 없어지고, 늘어났던 인간의 울타리가 줄었으니 1015
용맹한 기사를 잃은 빠른 암말처럼
다시금 대지는 나지막한 마구간으로 되돌아갔고,
그러니 주인 잃은 우리 이마에다 머리띠를 두르고
우리들이 훔친 불꽃이 계속해서 타오르게 하여라!
이렇게 속으로 중얼거리며 허리띠를 바싹 죄고 바위는 1020
모래 먼지를 일으키며 남쪽을 물끄러미 쳐다보았다.

한편 오디세우스는 갑판에서 크게 놀라 잠이 깨어
두 그루의 대추야자나무나 공중의 매 두 마리를 보듯
산에서 온 두 사나이를 꿈에서 보았다고 생각했지만,
그들은 눈물처럼 말없이 그의 눈에서 미끄러져 사라졌다.   1025
그러더니 그는 곁에서 깊이 잠든 두 사람에게로 시선을 돌려
그들을 깨우고는 그가 겪은 이상한 모험 얘기를 얼른 했는데,
그가 입었던 부상과 지하 감옥과 사납고 새로운 신을 섬기는 동지들과
격렬한 그의 머릿속에서 함성치는 새로운 분노를 얘기했다.
「대지는 절망하는 인간의 영혼만큼이나 넓다네, 여보게들!」   1030
그러나 야윈 피리쟁이가 얼굴을 찌푸리고 대담하게 말했다.
「그대에게서는 문어처럼 항상 새로운 팔이 돋아나고, 온 세상도
그대를 충족시키지 못하니 그대의 운명은 저주를 받았어요.
우리들은 불멸의 물을 마시려고 다른 곳을 향해 길을 떠났지만
10년 동안 고향으로 항해하는 체하면서, 교활한 여우여,   1035
해안선에서 노략질을 하거나 시원한 동굴 안에서
그대의 나라를 잊고 불멸의 품에 안겨 신처럼 지냈던 것처럼
이제 또다시 못된 길을 찾아 나서려고 그러는군요.
우린 비밀의 샘을 찾아 여행했지만 이제 우리 영혼의 안내자는
걸음을 멈추고 굶주린 노동자와 코흘리개들을 더듬거립니다!」   1040
그러나 먹보는 즐거워서 주인의 무릎을 잡았다.
「산의 눈이 녹고 강물이 둑까지 불었으며
새로운 사람들이 그대의 이성으로 뛰어들어 넘치게 해서
씨앗이 가득 담긴 시뻘건 강물이 대지 속으로 흘러갑니다.
그대를 넘치게 하는 이 비밀의 샘도 거룩하고 훌륭합니다!   1045
나도 역시 범선처럼 그대의 깊은 물살을 따라 흘러 내려가겠고,
피리쟁이처럼 우리들이 왜 어디로 가느냐고 묻지도 않겠소.

헤이호! 천 년 동안 살고 항해를 하더라도 나는 절대로
그대의 엄청난 선창(船艙)을 모두 돌아보지는 못하겠어요!」
흉악한 남자는 오르페우스가 사자의 갈기 위에 웅크리고 앉아　　　1050
작은 귀뚜라미처럼 대담하게 노래를 부르는 모습을 보고 기뻤지만
젊음이 넘치는 힘으로 선량한 먹보의 손을 움켜잡았다.
「나도 돌고래처럼 어두운 신의 피가 흐르는 빠른 물살을 따라
즐겁게 흘러 내려가며 왜 어디로 가는지 묻지 않겠어요!」

동지들이 두 손으로 마음을 잡고 얘기를 나누는 동안　　　1055
위대한 옷감을 짜는 사나운 태양이 북을 크게 놀려
공기의 베틀에다 모든 인간을 짰다가 풀고는 했으며
그러다가 마침내 진홍빛 술을 줄줄이 걸어 놓고 짜기 시작했다.
멀리서 신의 물길을 타고 안개 자욱한 북쪽으로부터
몸뚱어리가 노란빛인 사람들을 태우고 수많은 배가 내려왔으며,　　　1060
그들은 마상이를 강둑으로 끌고 올라와 횃불을 집어 들고는
되돌아가겠다는 모든 희망을 없애 버리려고 삭구와 돛과
검은 용골에 불을 질러 배를 모조리 불태워 잿더미로 만들었다.
그들이 닻을 내린 땅과 밀밭은 훌륭했고
강과 수많은 날개가 달린 깨끗한 대기, 꿀 향기를 내며　　　1065
입 안에서 녹아내리는 달콤한 대추야자도 좋기만 했다.
제신들과 개들이 앞서서 강둑을 줄지어 내려갔으며
지축이 흔들릴 정도로 수많은 남녀가 그 뒤를 따라갔고,
날카로운 양날 도끼와 기다란 나팔을 허리에 둘러 차고
그들은 고향에서 가져온 굵은 갈대 횃불에 불을 붙였다.　　　1070
땅을 집어삼키는 강물처럼 지나가며 그들은 소와 말과 처녀들을
줄줄이 끌고 갔다. 요란한 통곡 소리가 들려왔고

왕은 그 소리를 듣고 두려워서 사신들을 보냈다.
그는 약삭빠르고 사악한 말과 기만하는 두뇌로
야만인 약탈자들을 성스러운 땅에서 쫓아내려고 1075
가장 입심이 좋고 꾀가 많은 원로들을 골랐다.
그들은 기다란 가죽 두루마리에다 그들이 할 말을 그려 넣고는
두뇌라는 강력한 올가미로 야만적인 멍청이들을 옭아매려고
교활한 술책을 꾸미기 위해 여우 같은 이성을 뒤져 보았다.
혹이 난 낙타 두 마리에다 편지 두 꾸러미를 싣고 갔는데, 1080
말랑말랑한 흙에 새의 발자국처럼 검은 글자들이 꼬불거렸고,
양피 위에서는 무수한 개미 떼가 옛날 얘기와 용맹한 모험과
하데스에서 인간이 겪어야 하는 고통을 설명했다.
그들은 모래 언덕 위로 와서 오디새들처럼 서서는
두루마리를 편 다음 하나의 목소리처럼 콧소리를 맞춰 1085
공중에 뜬 솔개를 본 암탉들처럼 날카롭게 캑캑거렸다.
그런 소리를 내며 그들은 몸을 앞뒤로 흔들었고,
때로는 소리가 나른한 자장가처럼 길게 늘어지기도 했고,
때로는 폭포처럼 쏟아지는 돌무더기처럼 위협적으로 으르렁거렸고
그들은 하늘을 가리키기도 하고 거룩한 경전을 잔뜩 짊어지고 1090
허리를 굽힌 채 풀을 뜯는 낙타들을 가리키기도 했다.
그들의 얘기를 듣고 야만인들은 입이 딱 벌어져 멍하니 쳐다보고
새로 빨아 입은 그들의 옷을 냄새 맡고 진홍 허리띠를 만져 보았고
노인들의 귀를 잡아당겨 금 귀고리를 구경했다.
어떤 사람들은 잔소리가 잔뜩 적힌 마력의 가죽을 굽어보고 1095
불과 목과 머리들을 보고는 그들의 고향에서 벌어지던
심한 살육을 구경하는 듯 요란하게 웃었다.
노인들은 죽음 이후에 오는 달콤한 삶이나 흉악한 귀신에 관해서

기다란 하나의 흐름처럼 읊조리고 한없이 얘기를 늘어놓았다.
그들은 손을 높이 들고 그들의 제신이 위대해서
그들의 땅을 밟는 모든 적을 징벌할 터이지만
이방인들은 고향으로 돌아가면 기쁨을 얻으리라고 다짐했다.
「흙으로 만든 덧없는 육신이여, 그대들의 이성을 펼치거라!
제신들은 그대들이 떠나기를 소리쳐 원하고, 꿈속에서
신들은 훌륭한 노예와 살진 황소를 그대들에게 줄 것이며,
그대들이 죽은 다음에는 모든 인간의 기쁨과 선을 묘사하는
짙은 빛깔의 벽화를 그려 그대들을 기릴 것이다!」
원로들의 당당한 혀가 누그러졌고, 그들은 화려하게 장식하고
조각한 갈대에다 두루마리를 감은 다음 입을 다물었으며,
모래 언덕 위에서 숨을 몰아쉬고 씨근덕거리면서
길고 가느다란 엄지손가락을 비비 틀고 대답을 기다렸다.
그러나 대담한 약탈자들은 코웃음을 쳤고,
이성에 달린 혀가 없어서 우둔한 머릿속에서는 몇 마디 말만 울렸는데,
그들은 굶주린 짐승처럼 으르렁거리기만 하고 대답은 하지 않았다.
젊은 야만인 두 명이 꼼꼼하게 적은 마력의 두루마리를 낚아채어
글자들로부터 방금 한 수많은 아득한 소리가 혹시 들려오는지
알고 싶은 듯 조가비처럼 두루마리를
털이 잔뜩 난 귀에다 바싹 대고는 허리를 숙이고 들어 보았다.
수염 난 불한당이 얼굴을 찌푸리고는 위협적으로 창을 흔들었다.
「너희들이 늘어놓은 코맹맹이 소리는 하나도 못 알아듣겠다!
갓 태어난 새끼 곰처럼 씨근덕거리고 킹킹대기만 했으니 말이다!」
그들의 마력이 헛수고였음을 깨닫고 분개한 원로들은
쓸데없는 농간을 집어치우고 몇 마디 퉁명스럽게 내뱉었다.
「세상을 다스리는 군주가 그대들의 신속한 대답을 기다린다!

그대들이 우리 거룩한 땅을 밟은 이유가 무엇이냐?」 1125
그러나 야만인들은 웃으며 갈대 횃불을 흔들어 대었다.
「우리들은 너희들의 땅과 여자와 풍요하고 훌륭한 식량을 원하고
너희들의 쇠고기와 준마, 아들딸들을 원하며
깃털과 비늘과 털이 난 모든 것을 우리들이 차지하겠다!」
「그것은 옳지 않은 일이니, 우리 제신들을 잊지 말라!」 1130
그러더니 그들은 다시금 두루마리들을 내보이며 무엇이 옳고
옳지 않으며, 무엇이 선하고 악한지, 무엇이 내 것이고 네 것인지
인간의 열두 가지 오래된 미덕에 관한 설명을 늘어놓았다.
그러나 고상한 얘기에 골치가 아픈 야만인들이 소리쳤다.
「너희들은 그런 헛소리로 머리통이 가득 찬 모양이로구나! 1135
모두 멀리 물러나서 우리들이 설 땅을 마련하라!
우리들이 하고 싶은 얘기를 힘찬 춤으로 표현하겠노라!
여보게들, 어서 소용돌이치는 춤으로 우리 이성을 보여 줘라!」
모두들 허리띠를 매고 철검을 뽑아 들고 고함을 지르더니
야만적인 북방의 춤을 추느라고 상반신을 흔들어 대며 1140
칼날을 부딪치고 힘찬 목청을 돋우었다.
「왕은 취하기 위해 포도주를 잔뜩 마시고,
왕관을 쓰고는 귀에다 카네이션을 한 송이 꽂고,
잘 담근 술 열두 자루와 통통한 처녀 열둘,
눈먼 시인 열두 명을 데리고 그의 왕실로 곧장 가누나. 1145
정신이 제멋대로 돌아갈 때까지 술을 마신 왕은
그가 싸웠던 들판을 보고 칼에 맞아 쓰러진 자들도 보고,
무릎까지 피에 잠긴 채로 선 그의 준마를 보고,
그의 말 허리에 걸터앉은 그의 신도 보는구나!
그는 침실이 기우뚱거릴 때까지 마시고 또 마시며, 1150

친구들과 적들이 피와 살로 그의 곡식에 밑거름을 주고
친구들과 적들이 그의 밭과 포도원에 똥거름을 잘 주고,
그의 마음은 거름이 잘 되어 다른 똥은 필요도 없도다!
그는 이성에 가시가 돋을 때까지 모든 술을 마시고 또 마시며
웃어 대다가 통통한 열두 여자를 벽으로 내동댕이치고, 1155
시인들의 목덜미를 잡아 거꾸로 처박고는
와서 같이 놀자고 그의 무서운 신을 소리쳐 부른다!
벌벌 떨며 마법사들이 그들의 신을 품에 꼭 껴안고 가져오면
왕이 커다란 통나무로 판 우상을 무릎에 놓고는
송곳으로 천천히 신의 금니를 뽑아내고 1160
날카로운 꼬챙이로 구슬을 박은 눈알을 천천히 파내고,
왕은 마시고 또 마셔 술에 취하고
동틀 녘에 보니 신은 방 안에 여기저기 흩어졌으며
왕은 널브러진 자세로 속이 빈 신의 두개골을 두 손으로 들고,
그 두개골을 바가지로 삼아 천천히 술을 마시는구나.」 1165
이렇게 야만인들은 칼을 부딪치고 춤추고 소리치며 노래했고
세계의 위대한 왕에게 다른 대답은 아무것도 하지 않았다.
해 질 녘까지 원로들이 대답을 기다렸지만 어둠이 세상을 뒤덮자
그들은 편지를 다시 기다란 갈대 자루에다 둘둘 말아서
다시금 낙타에 올라타고는 털이 잔뜩 나고 눈먼 쐐기벌레처럼 1170
모래밭을 가로질러 집을 향해 기어갔다.

무서운 소식이 전해지자 강변 촌락들이 두려움으로 떨었다.
「금발의 귀신들이 우리 땅으로 쳐들어와 집들을 때려 부순다!
그들의 말이 한 번 힝힝거리기만 해도 우리 암말들은 새끼를 배고
그들이 멀리서 검은 칼을 갈기만 해도 우리 목이 근질거리고* 1175

그들은 굵고 둥근 갈대에다 불의 신을 담아 가지고 온다!」
마법사들이 주문을 외우고 주술을 읊으며
마력으로 적의 눈을 멀게 하고 길을 막을 수 있도록
양쪽 강둑을 진홍빛 밀랍 끈으로 연결해 놓았다.
그리고 그들의 육중한 발자국 소리를 듣고 턱이 날카로운 악어는   1180
질퍽한 진흙에서 몸을 일으켜 갈대 사이로 맛 좋아 보이는
금발의 먹이가 눈에 띄자 탐욕스러운 입을 쩍 벌렸으며
저렇게 통통하고 탐스러운 고기는 아직 먹어 본 적도 없었으므로
게걸스러운 욕망으로 퍼런 침이 질질 흘러내렸다!
화강암 선조가 움직이고 궁전 전체가 흔들렸다.   1185
전쟁이 검은 말에 올라탔고 돌멩이들이 불을 뿜었으며,
전쟁은 밤중에 술집들을 두드리고 동틀 녘에 집집마다 문을 두드려
아낙네들과 어머니들이 흐느껴 울고 누이들이 기절했지만,
전쟁은 젊은이들의 머리채를 잡아 안장에다 매달았다.
한밤중에 감옥의 문이 살그머니 열리고는   1190
세 명의 지도자가 몰래 빠져나와 벽에 달라붙었고
버림받은 궁정을 소리 없이 지나 어둠 속으로 스며들었다.
랄라는 그녀의 초라한 문간에서 개처럼 웅크리고 앉아
등불을 밝히고 밤새도록 망을 보며
한밤의 길에서 그들의 발자국 소리가 들려오기를 기다렸다.   1195
그녀는 자신의 마음이 어둠 속에서 흐느끼는 소리를 들었고
열이 난 입술을 피가 날 정도로 깨물었다.
「두 마리 답답한 짐승 같은 여자의 젖가슴은 저주를 받아야 하고
항상 갈망하여 벌어지는 사타구니는 세 차례 저주를 받아라.」
늙은 노파 같은 유혹의 밤을 응시하려니까   1200
어둠이 천천히 아이들로 가득 차 랄라는 벌벌 떨었고,

흐느끼는 노동자나 굶주린 불꽃을 보지는 않았고
황소처럼 신음하는 도살장의 젊은 남자들이나
오늘 밤 그녀가 기다리는 세 명의 추장도 보지 못했으며 —
요람에 담긴 아기들과 높다란 모자*만 눈에 띄었고,   1205
그래서 분노한 손톱으로 가슴을 찢으며 그녀가 저주했다.
「썩어서 젖이 되는 진홍빛 핏줄도 저주를 받을지어다!」
몸을 일으킨 그녀는 말 없는 선조들이 그녀의 내면에서 술렁거리며
부어오른 젖통을 잡아 그녀를 땅으로 끌어 내리는 기분을 느꼈다.
「여인의 젖을 빠는 아기가 사랑스럽도다, 랄라,   1210
밤의 어둠 속에서 남자의 포옹도 감미롭도다, 랄라.
정의 때문에 고뇌하지 말고 가난한 자들 때문에 괴로워하지 말고
다른 할 일이 없는 남자들이나 미쳐 날뛰게 내버려 두고
세상에서 쓸데없이 남자들을 적으로 갈라놓는 그런 걱정은,
랄라, 그대는 여자이니까 망각해도 좋고,   1215
적과 친구를 다정하게 결합시키는 두 개의 젖이 그대에게 달렸으니
인내심을 가지고 이제 여인의 의무를 다하여라, 랄라.」
그녀의 무거운 마음속에서 이렇게 옛 목소리들이 위로했으며
랄라는 사나운 밤에 부끄러워 흐느껴 울고 소리쳤다.
「나는 두 번 죽어도 내 고귀한 불길을 꺼뜨리지 못하겠노라!」   1220
그녀의 마음은 진정되었으며, 그녀를 구원할 죽음을
부드러운 손에 쥐었으므로 갑자기 빛이 그녀를 찾아왔다.
죽음이 자유임을 갑자기 깨닫게 된 지금처럼
그녀가 깊은 평화로움을 마음속으로 느꼈던 적은 없었다.
돌을 밟는 발자국 소리를 듣고 그녀가 문으로 달려가   1225
얼른 빗장을 벗기고는 지친 추장들을 반겨 맞아들였다.
나지막한 오두막에서 계략을 꾸미려고 만난 그들은

앞에 닥친 커다란 새로운 위험을 빵처럼 셋이서 함께 나누었다.
독수리 눈이 가게마다 들러 날카로운 목소리로 외칠 터였다.
「형제들이여, 이집트 군대에게 보급품 조달을 거부하고, 1230
죽은 자들을 미라로 만들지 말고 썩어 버리게 하라!
무기를 들지 말고 전쟁의 도살장으로 진군하지 말라!」
갑충은 밭과 들판의 굶주린 농민들에게 봉기하여 주인들을
불태워 죽이고 모든 노예가 땅을 나눠 가지라고 부추기리라.
「씨를 뿌리는 자가 거두고 일하는 자가 먹어야 한다!」 1235
나일 강은 교묘하게 군대로 침투하여 싸움터로 같이 진군하며
모든 사람의 마음속에서 반란의 문을 열어 주기로 했다.
그러나 랄라는 마치 그들만이 참된 후계자라는 듯
모든 위험을 그들끼리만 분담하는 얘기를 잠잠히 듣기만 했으며,
아무도 그녀의 굶주린 마음을 위로하려고 손을 내밀지 않았다. 1240
다시금 나지막한 오두막 안에 혼자 남은 랄라는
그녀의 살림살이를 정돈하고, 얼른 불을 지펴서 물을 끓여
싱싱한 월계딸기를 섞어 만병초 향기가 나게 하고
문에다 이중으로 빗장을 지르고는 이른 새벽에
처녀인 그녀의 몸을 시체처럼 씻기 시작했으며, 1245
눈물이 그녀의 뺨을 말없이 줄줄 흘러내렸다.
목욕을 한 다음 초라한 혼숫감을 담아 둔 나무 궤짝을 열어
가장 좋은 옷을 골라서 새색시처럼 몸단장을 했지만,
그녀는 마음이 아팠다. 「슬프도다, 너덜너덜한
내 시체를 그들이 보게 된다면 얼마나 부끄러운 일인가!」 1250

한편 궁수는 갑판에 비스듬히 누워
반짝이는 황금 브로치와 기다란 은빛 장식품이 달린

밤의 성스러운 옷, 곱게 단장한 하늘을 우러러보았다.
하늘에서는 별들이 신비하게 글자처럼 돌아다녔는데,
어떤 것들은 하늘의 언저리에서 전갈처럼 꿈틀거렸고, 1255
어떤 것들은 칼과 눈과 독사와 배와 불의 폭포 모양을 이루었다.
말없이 궁수는 모래알처럼 흩어진 별들을 찾아보고
매혹된 그의 마음은 별들이 호소하는 소리를 듣고 흔들렸다.
「나의 외아들아, 모래밭에서 우리 영혼을 구원해 다오!」
별 같은 눈의 궁수가 몸을 일으켜 그의 두 동지에게 말했다. 1260
「내 모든 질문에 두 목소리가 대답을 했도다, 친구들이여.
항상 신중한 이성이 신중하게 나한테 대답하기를 —
〈네 땅의 변경을 지키고 네 재물의 둘레에 성벽을 쌓고,
타인의 굶주림에 배고프지 말며 타인의 고통에 아파하지 말고,
사막에다 네 탑을 세워 고독을 경멸의 성채로 삼을 것이며, 1265
굶주린 사냥개들로 하여금 성채를 지키게 하라.
내 문들을 모두 닫고 창문을 널빤지로 폐쇄하고 다리를 부수고,
좁은 틈이 난 무너지지 않는 단단한 성벽을 나에게 다오!
나는 세상의 일터, 이성이어서, 일어나 도리깨질을 하리라!〉
이렇듯 외로운 이성이 소리치며 내 두개골 성을 돌아다니지만 1270
허리띠를 풀고 동정심이 많은 내 마음이 가슴에서 뛰쳐나와
거지처럼 돌아다니며 집집마다 문을 두드린다.
〈형제들이여, 내가 함께 나누도록 그대들의 고통을 달라!
신이여, 네 것과 내 것, 친구의 것과 적의 것이 따로 없으니
나는 쉴 수 없는 이 세상 노동자들의 마음이더라!〉」 1275
그러더니 그는 잠잠해져서 충실한 두 친구의 얼굴을 살펴보고는
그들의 눈에서 빛나는 자신의 얼굴을 보고 기뻐했으며,
그의 말을 듣고 그들이 떨었어도 그는 웃으며 말을 계속했다.

「내 나쁜 두 이웃이 서로 잡아먹겠다고 덤비지 않도록 내가
손을 쓸 테니, 그렇게 슬픈 표정은 짓지 말라, 친구들이여. 1280
위대한 왕처럼 나는 왜소한 이성을 궁중 광대처럼 거느리며
그의 이마를 깃털로, 모자를 방울로 장식하고
그의 재담과 재주를 구경하며 세상의 슬픔을 견디고
가끔 내 마음을 희롱하여 그의 자부심을 자극하리라.
그리고 비록 마음을 늦춰 내가 집집마다 문을 두드리더라도 1285
나는 공기처럼 파랗고 눈에 보이지 않는 고삐를 당겨
매처럼 사냥하는 마음이 내키거나 안 내키거나 다시금
내리꽂혀 사냥한 새를 집으로 가지고 오게 하리라.
이렇듯 재치를 부리는 광대와 매, 두 마리 짐승을 훈련시켜
나는 천천히 미덕이 불타는 사막 길을 올라가리라.」 1290
많은 고통을 겪은 자가 이렇게 얘기하자 새벽이 미소를 지었고,
먹보는 배가 고파 생선과 빵과 대추야자를 나눠 준 다음
영혼이 두 가닥으로 솟은 남자에게 술잔을 주었으며,
목을 뒤로 젖힌 그는 거룩한 술이 꿀꺽거리며 흘러 내려가
두뇌 속의 고랑들을 가득 채우는 소리를 들었다. 1295
다 마신 다음 그는 깔깔거리는 정부*를 켄타우로스에게 돌려주었고,
먹보는 그의 육중한 몸이 버즘나무처럼 태양을 받아 널브러지고
핏줄이 살 속에서 뒤엉켜 부풀어 오른다고 느꼈다.
성스러운 젖을 빨아먹고 오르페우스도 역시 대담해졌다.
「나는 가끔 세상을 생각해 보지만 이성이 흔들립니다! 1300
땅이 너무 넓어 어느 누구도 품에 안을 수가 없지만
붉은 물*을 마시거나 고기 한 점을 먹으면
온 세상이 두려워 떠는 처녀처럼 우리 품에 안기는군요.
정말로 신이 존재한다면 그는 고기와 포도주로 이루어졌습니다!」

581

그러자 형제가 많은 오디세우스가 소리쳤다. 1305
「돛을 모두 올려라! 곧 북쪽으로 떠나야 하겠다!
어제 한밤중에 내 새로운 동지들이 말하기를 포도주처럼 붉은
수염을 기른 〈전쟁〉이 이곳 우리들 사이에 닻을 내렸으며,
노예들이 벌써 불붙여 신호를 보낸다고 하더라.」
오르페우스의 사타구니에서 포도주가 힘을 내어 피로 변했다. 1310
「괴물 같은 새로운 노래가 하늘로 솟아올라 나를 때려눕히니
새로운 노래를 시작하게 새로워지거라, 나의 피리여!
술을 잔뜩 마셔 내 이성이 타오를 때만, 궁수여, 나는 그대가
우리들을 어디로 왜 휩쓸고 가는지 잘 이해합니다!
나는 보다 자유롭고 보다 안정된 영혼을 아직껏 본 적이 없고, 1315
아직 잡지 못한 푸른 날개의 새를 하늘에서 잡으려고
마음이 원하기 때문에 우리들은 모두 남쪽으로 몰려가지만,
우리들이 남쪽으로 달려가는 사이에, 마음대로 전진하거나
뒤로 물러나는 그대의 영혼은 우뚝 멈춰 섰습니다.
그대의 이성이 사냥을 하겠다고 동틀 녘에 길을 떠났지만 1320
어떤 짐승을 몰아 잡을지 도중에 잊어버리고 말았습니다.
〈불멸하는 물의 근원을 찾자〉고 그대가 말했지만
길을 떠난 다음 거센 바람이 불어 닥치자, 인간의 마음속에서
솟구치는 새로운 샘물의 소리를 듣고는 멈춰 섰으니,
술을 마시지 않은 나까지도 그대를 놀랄 수가 있습니다. 1325
〈위대한 이성이 이제는 마치 삶의 마지막 목표가 안락이라는 듯
불쌍하고 가난한 자들 때문에 감상적이 되었군요!〉
그러나 나는 노략질을 끝내고 돌아가면 곧 새로운 길을 찾고
군대와 가족을 모두 탑 안으로 데리고 들어가
잔칫상을 벌여 배불리 먹고 놀이판도 마련하여 1330

용감한 사내들이 전쟁을 못하도록 기운이 빠지라고 무척 교활하게
사람들의 뱃속을 술과 음식으로 가득 채우고
자신들은 까마귀 신이 되어 그들의 창자를 뜯어 먹을
그런 부유한 영주들보다는 그대의 알찬 이성을 좋아합니다!」
똥배가 나온 먹보가 웃고 피리쟁이의 목덜미를 움켜잡았다. 1335
「술이 단 한 방울도 자네 배로 들어가지 않고 모조리
벗겨진 머리로 뛰어 올라가 두뇌와 지혜로 변했구먼!
자네가 모든 얘기를 잘 정돈해서 빈틈없이 얘기는 했지만
요점은 이걸세 — 우리 마음을 유혹하는 여기 이 사람은
모든 얘기를 한 귀로 듣고 다른 귀로 흘려버리지!」 1340
그러나 경박한 노래쟁이의 이성은 끄떡도 하지 않았다.
「그게 무슨 소린가! 우리 주인은 두 귀를 곤두세우고
듣는 보는 얘기를 약삭빠른 이성이 신으로 만들어
천둥과 번개가 치고 공허한 말을 바람의 휘파람으로 만든다네!」
그들이 얘기를 나누는 동안 오디세우스는 말없이 생각에 잠겼다. 1345
〈이 두 사람은《신》이상은 더 생각할 능력이 없지만
나는 비밀의 돛을 달고 내 배에다 가장 새로운
세이렌을 싣고 황량한 바다를 항해하지.〉
고독한 자가 허리를 굽혀 굵은 밧줄을 풀고 돛을 달았다.
「바다의 물고기만큼 많은 얘기를 늘어놓더라도, 1350
신이란 공기의 거짓된 가능성이나 살로 이루어지지 않고
날마다 초라한 인간이 흘리는 땀으로 이루어졌음을 잊지 말게.」
그리고 그들은 노를 꽂았고 느릿느릿 강물이 흘러내리며
목마른 대지에다 비옥한 진흙을 펼쳐 놓았다.
태양이 뛰어올라 대지에 빛을 쏟았고, 노동자들이 깨어났고, 1355
아녀자들이 울며 남자들이 전쟁 준비를 하도록 도와주었고,

무사히 돌아오라고 삼나무를, 힘을 얻으라고 산딸나무 가지를
가져다주었고, 부부들이 영원히 헤어지지 않으려는 듯 포옹했다.
그들은 모두 이성이 취할 때까지 술을 마셨고 용감한 사내들은
목에다 붉은 끈을 두르고 길을 떠났으며,* 앞에서는   1360
거미줄로 뒤엉킨 창백하고 슬픈 〈어둠의 왕〉이 달려갔다.*
제신들과 인간들에게 소리를 지르느라 목이 쉰 파라오는
부드러운 창을, 그의 뾰족한 갈대촉을 다시 집어
밀랍 필기판을 손으로 고르고는 그의 가냘픈 척추에서
새로운 시가 나올 때까지 노래를 적어 내려갔다.   1365
이제 위기를 맞아 그의 가슴속에서는 해 질 녘 산봉우리에서
희롱하는 마지막 빛처럼 온 세상이 분출했고
그의 가느다란 갈대촉에 당장 날개가 돋아 날아갔다.
「삶이란 젖은 땅바닥의 이슬 한 방울, 꿈, 안개, 공기이며
전쟁은 날카로운 손톱을 감추고 불타오르는 구름이어서,   1370
남자들의 높다란 머리와 여자들의 둥그런 젖가슴 위로
하늘의 저녁 배가 고요한 적막을 싣고 흘러가는구나.
그리고 나도 공기요 안개요 꿈에 지나지 않고, 검은 태양이 오면
검은 수탉 죽음이 울고 나도 역시 사라지리라.」
칼로 베어 버린 머리처럼 태양이 천천히 모래밭으로 굴러 내려갔고 1375
강가에서는 짙은 담청색 안개가 피어올랐으며
노란 강둑에서는 빛이 서글프게 사라졌다.
검은 들판에 모래알처럼 별들이 넘치고 끝없는 하늘은
커다란 맷돌처럼 음울한 어둠을 갈아 대기 시작했다.
야생의 새끼 사슴들이 떨리는 가슴으로 물을 마시러 가고   1380
굶주린 이리가 가난한 사람들의 무덤을 파헤치고
밤의 제신들은 방금 죽은 모든 사내아이들을 싱싱한 포도 잎사귀로

찬찬히 싸서 먹으려고 모래밭에 웅크리고 앉았다.
그날 아름다운 이집트의 공주가 죽어
밤에 강변을 따라 사뿐히 거닐다가, 다정한 친구들에게서   1385
썩어 버린 얼굴을 숨기려고 허리를 숙였으며,
겨드랑이에서 향기가 나는 밤이 한가하게 지나갔고
들판에서는 지극히 부드럽고 풋풋한 빛이 만발했으며
동틀 녘이 되자 어수룩한 송아지가 강둑을 비틀거리며 내려왔다.
세 친구는 장미꽃이 덮인 강물의 흐름을 따라 내려갔고,   1390
매끄러운 빛을 뿌리는 하얀 새들이 머리 위로 지나갔으며,
물속에서는 물고기들이 뛰놀고 모래밭에서는 촌락들이
탁탁거리며 불타고, 처녀들이 머리카락을 잡아 뜯으며 통곡했다.
궁수의 두뇌는 땅거미가 지는 화원에서
밤의 재스민 향기를 맡은 듯, 온갖 감미롭고 어지러운 마력을 품은   1395
죽음의 서늘한 봄철 숨결을 깊이 호흡했다.
그의 이성이 회오리치고 세상의 모든 경계선들이 사라졌고
옛날에 알았던 사람들과 다시금 어울린 듯
긴 활을 가지고 사슴을 사냥하던 푸른 들판과 산이
술 취한 안개 속처럼 모두가 갑자기 달라졌으며,   1400
그의 무서운 활은 털가시나무 가지처럼 움이 텄고 사슴이
두려움을 모르고 가까이 와서 활의 푸른 잎사귀를 뜯어 먹었다.

제11편

「여인의 체취나, 낯선 땅의 사과나, 과부가 된 나라의 베개 냄새를
젊은 남자들이 얼마나 잘 맡던가, 사랑하는 신이여!*
어머니시여, 따스한 바람이 불어 고향이 나를 붙잡지 못하니,
여인의 가슴을 지닌 새들이 남쪽에서 날아와
얇은 편지를 발톱으로 움켜쥐고 달콤한 소식을 전하니, 5
큰 강에서 과부가, 발정한 과부가 목욕을 하고
뜨거운 모래밭에서 기지개를 켜니 뼈마디가 지끈거리고,
황야를 둘러보고 한숨을 지으며 아무도 빨아 주지 않아
썩은 사과처럼 찌든 젖가슴을 보고는, 전령들을 보내어
따스한 바람과 새들과 베어 먹은 사과*의 소식을 전하는구나. 10
젊음이 나를 질식시키니, 어머니시여, 입에는 사랑의 노래
허리에는 감미로운 향기를 무기로 삼아 차고
타오르는 온몸으로 나는 발정한 과부와 한 몸이 되리라.」

신랑이 여왕벌의 주변에 떼를 지어 몰리듯이
젊은이들이 떼를 지어 과부 이집트의 주변으로 몰려든다. 15
강둑은 시끄럽게 요동치고 길이 갈라져 기우뚱거리며

기다리는 모래밭에서 힘차게 욕정의 씨름을 치르려고
사막의 사타구니에 불이 붙어 허벅지가 벌어지니,
사랑의 첫 깨뭄, 첫 싸움이, 욕정을 불러일으키는 처음의,
처음의 격렬한 애무가 이제 시작되었다. 20
그들은 탈취한 과부의 무르팍에다 높다랗게 천막을 지었고
욕정과 두려움에 떨며 그녀가 첫 비명을 질렀다.
노비들이 서늘한 그늘에 줄지어 서면, 젊은이들이 이를 살펴보고
젖가슴과 허벅지를 만져 본 다음에 하나씩 골라잡으니,
이 여자는 밭일을 잘 하고, 저 여자는 빵을 잘 빚으며 25
이 여자는 밤이면 방사(房事)가 기막히고, 저것은 곡식을 잘 빻겠구나.
이것은 내 여자이니 너는 저것을 가지라면서 곧 피가 끓어
그들이 칼을 움켜잡고 타작마당으로 쏟아져 올라가니,
남자들을 마구 삼킨 대지의 뱃속은 곧 평온함을 찾는다.
기병들이 소라 나팔을 들고 달려가고 보병이 북소리 맞춰 행군하며 30
남자들의 무리가 양 떼처럼 입 벌려 매애거리면서 지나가니
집마다 지붕이 열리고 불룩한 청동 가마솥에서는
돼지고기와 말고기가 사나운 불길 위에서 끓어오르고,
야만인들이 아직 끓지도 않은 고기를 움켜잡아 마구 삼키니
노란 수염에서는 기름이 방울져 흘러내린다. 35
이성이 여럿인 궁수의 콧구멍이 벌름거렸는데 —
어디에서나 가난한 자들이 많아지고 전운이 짙어졌으며,
귀족들이 부패하여 뿌리가 허공에 드러나 매달려
더 이상 비옥하고 깊은 어둠을 빨아먹지 못해서
이성의 나약한 꽃이 시들고 말았다. 40
모든 젊음의 단단한 봉오리를 환영하노라!
신의 교활한 전령과 그를 옹호하는 지극히 믿음직한 두 친구

엉덩이가 큰 사나이와 머리가 가벼운 피리쟁이는
싸움터의 한가운데로 달려 나가 소라 나팔을 불고 소리쳤다.
「형제들이여, 귀를 기울여 여기 전하는 소식을 들어라.
이제 이집트는 우리 손아귀에 들어왔도다!
돼지고기와 말고기, 기름진 처녀를 원하는 자들아,
한 움큼의 황금이나 산더미 같은 굵은 진주를 원하는 자들아,
이제 이집트를 치고 마음대로 가져가도 좋다!」
금발의 용사들이 소라 나팔 소리를 듣고 흥분해 뛰쳐 일어났고
아내들은 아기를 등에 업고 가까이 모여들었으며
발가벗고 말을 탄 사람들과 어린 송아지를 탄 사람들의
전쟁으로 단련된 몸이 뜨거운 햇살을 받아 반짝였다.
야만적인 젊음이 궁수의 뇌에 술처럼 기운을 끼쳤으니,
사상에게 말끔히 먹히지도 않고 지식에게 짓밟히지도 않은
원시적인 두뇌와, 단단한 무릎과, 호리호리한 사나이들의 뱃속은
아직 구더기가 파먹지 않은 울창한 소나무 숲과 같았다.
오, 대지여, 깊고 울창한 숲이여, 무수한 아이들의 어머니여,
그대의 진흙 귀와 눈이 듣고 보지 못한 것이 무엇이겠는가!
기적과 기적, 삶과 삶이 그대의 위로 지나가고, 어머니시여,
그대의 몸에는 무수한 자궁이, 사타구니에는 씨앗이 있으니
그대는 마음대로 위대한 제신들과 야수들을 낳고,
공허한 햇빛 속에다 갖가지 알을 잔뜩 낳는다.
몇 시간 동안이나 그는 물처럼 분출하는 젊음을 보고 감탄했으며,
두 눈이 지친 다음에는 기만하는 그의 입에서
강력한 말이 튀어나와 금발 젊은이들의 이마를 쳤다.
「왜 사막에서 누더기 천막으로 진을 치는가, 어리석은 자들아!
말에 뛰어올라 더 달려 내려가면, 동지들아,

정원마다 꽃이 만발하고 3층 지하 창고에 곡식이 가득하며,
여인들이 햇빛을 받으면서 범선처럼 달려 나와 땅에다 귀를 대고
욕정으로 힝힝거리는 말을 타고 그대들이 달려와 그들의 집 문을
도끼로 때려 부수는 소리를 어서 듣고 싶어 조바심을 낸다!
그들의 신은 모두 노망했고, 남자들은 기운이 빠졌도다!
노동자들과 가난한 자들이 나를 이곳으로 보내 전하라 이르되
귀족의 모든 여자들과 통통한 곱슬머리의 소년들,
그들이 몸에 두른 빛나는 금과 은과 보석이 그대들의 것이다.
살육과 욕정을 한껏 풀고 그대들의 이성이 맑아진 다음
우리들은 대지에서 약탈한 재물을 절반씩 나눠 가지리라!」
그의 말을 듣고 야만인들이 함성을 지르고 방패를 부딪쳤다.
「그렇다, 절반은 그대의 재물이요 절반은 우리들의 재물이다!
정복하는 우리 신은 위대하니, 무성한 갈대밭에 앉아
세상에 불을 지르고, 오호, 굶주린 신이 인간의 고기 냄새를
사방에서 맡으니, 그대 어서 앞장을 서시오!」
그들의 건장한 몸이 타오르는 불처럼 허공에서 출렁였지만
위대한 이성인 궁수는 운명의 저울을 들고
광란의 폭풍이 평온함의 질서와 조화를 이루게 했다.
「거룩한 밤은 모든 사실을 알고 사람들의 생각을 비추니
밤이 우리들의 살과 뼈를 비추게 하고,
날이 밝으면 우리들의 신이 도끼로 새로운 길을 펼치리라.」
그의 말을 듣고 용맹한 족장들은 눈 덮인 산처럼 높다랗고
거대한 사나이들, 털투성이 들소 냄새를 풍기는 짐승 같은
젊은 남자들, 힘센 요정 종족을 불러 모았고,
졸졸거리는 개울가에서 모두들 회의를 열고는
희미한 별들이 떠오를 때까지 교활한 계략과 계획을 세웠다.

검은 눈이 빛나고 한껏 풍요로운 밤이 반짝이며 웃었고   95
남풍이 불어 대추야자들이 날개 치며 신음했고,
초록빛 광채가 나는 달이 우윳빛 하늘을 헤엄쳐 올라갔다.
두 친구 사이에 서서 오디세우스는 은빛 들판에서 출렁이는
무르익은 머리들을 거두어들이는 날카로운 큰 낫 같은
초승달을 물끄러미 쳐다보며 감탄했다.   100
새로운 친구들과 잘 먹고 마신 먹보는 이제
술에 젖은 마음이 시커멓고 불길한 기운에 짓눌리자
우울한 황소처럼 한숨을 짓고 신음했다.
「내가 세상에서 가장 사랑했던 대상들은 튼튼한 얼룩말과
아이를 잘 낳는 여자와 빠르고 당당한 배였지만   105
그 중에서도 가장 사랑했던 것은 만족할 줄 모르는 긍지,
무기를 움켜잡는 어리고 용맹한 청년이었으니,
남자의 정액은 훌륭하고 여인의 자궁이 축복을 받는다!」
이 말을 하는 그의 뺨으로 이유도 없이 눈물이 흘러내렸다.
그러자 피리쟁이가 그의 한숨을 흉내 내고 비웃었다.   110
「내가 세상에서 가장 사랑했던 것들은 튼튼한 술통과
거룩한 기름을 잔뜩 품고 사타구니가 푸짐한 암퇘지와,
모두들 여자라고 일컫는 뚱뚱하고 악취를 풍기는 짐승이었지만
그 중에서도 가장 사랑했던 것은 애를 낳고 싶어 하는 엉덩이라!」
그러자 교활한 사람들의 왕이 두 사람의 머리를 잡았다.   115
「친구들이여, 기만하는 세상에서 내가 가장 사랑하는 것은
세상의 둥근 실패에다 가느다란 붉은 실을 묶었다가
발로 차서 위대한 신화가 빙글빙글 돌며 풀리게 만드는
인간 자신의 기만하는 이성, 가장 교활한 그 신화일세!」*
엉덩이가 큰 먹보가 음흉하게 웃고는 그의 얘기를 풀어놓았다.   120

「아, 친구들이여, 정말이지 까마득한 옛날 옛적에
일곱 명의 시끄럽고 난폭한 사내들이 길을 떠났지만
여행을 하는 중에 둘씩 둘씩 짝을 지어 떨어져 나가더니
세 사람만 남아 달빛을 받아 빛나는 듯싶었는데 —
이제 바람이 불어 두 사람이 또 비틀거리는구먼!」 125
오디세우스가 웃고는 오랜 친구의 팔을 움켜잡았다.
「좋았네! 그대의 맷돌이 느리기는 해도 갈기는 잘 가는구먼!
언젠가는 우리들 모두 떠날 테니 그대의 말이 분명히 옳겠지.
세상이란 그런 법이니 안타까워하지 말게나! 운명의 바퀴가
돌아가면 세상의 무엇도, 신도 그것을 멈추지 못하니까. 130
잊어버리게나, 마당발! 뒤로 차 던져 버리라고!
자네한테는 어울리지 않으니까 그렇게 두뇌 속으로 파고들지 말게.
두 눈을 가리고 모든 것을 지워 버리고 깨끗하게 일어나야지.
잠은 깨어 있을 때의 상처를 치료하는 신이니까 말일세.」
그가 말하자 활짝 열린 문으로 들어오는 당당한 공작처럼 135
꿈이 찾아와 두 사람의 영혼은 어느새 잠 속에 빠졌지만,
그들 주인의 이성은 사나운 피를 깨끗이 하기가 너무 힘든지
여러 머리를 폭풍처럼 깨우치기가 너무 힘든 일이어서인지
잠을 이루지 못하고 자유로운 새처럼 날아가 버렸다.
그러나 두 가지 목적을 지닌 영혼에게는 그런 일이 잘 어울려 140
그는 미소를 지었고, 지하 세계로 간 다음에
위 세상에서 무슨 일을 했고 어떤 목적을 추구했느냐고
그 나라의 검은 군주가 혹시 묻는다면
뼈만 남은 그의 턱이 빙그레 웃고 캑캑거리며 말하리라.
「대지의 군주여, 남모르는 재능을 고백하겠노니, 145
나는 사나운 불길이 활활 타오르도록 순수하게 만들고,

내가 발견한 모든 불꽃을 태우려고 항상 투쟁했답니다.」
고통의 파괴자, 무서운 죽음의 영주와 이렇게 얘기를 나눈 다음
그는 침착하게 잠의 희미한 경계선을 천천히 넘어가
까마득한 절벽의 컴컴한 담청색 길을 따라 나아갔다. 150
그가 눈을 반쯤 감으니, 구슬처럼 동그란 두 눈이
황금빛으로 반짝이는, 뿔이 난 밤새 부엉이가
축축한 남풍을 타고 구슬프게 탄식하는 소리가 들려왔다.
「시체들이 다시 땅 위에 쌓이고, 추수하는 자들이 다시금 와서
하데스의 맷돌에다 인간의 씨앗을 갈려고 집어넣는다. 155
오호, 동틀 녘에 일어나 위대한 갈이를 시작하라, 맷돌쟁이여!
갈아야 할 것이 많아 맷돌의 두 턱뼈가 가득 넘쳐흐르고
발밑의 눈먼 생쥐들이 주위 먹으며 기뻐 춤추나니,
일곱 강물처럼 굼벵이들이 컴컴한 밀가루 창고로 기어가는구나.
남자의 품에 안겨 잘 잊어버리는 검은 눈의 처녀들은 160
아홉 달 후에 방앗간 바닥에다 아들을 낳으리라!
모든 어린 자매와 비참한 어머니들을 위해서 나는
가슴이 찢어지는 쓰라린 후회와 말라 버린 꽃상추,
다섯 가지 다른 독약을 들고 기다리겠노라.」
그러나 둔감한 그들의 두뇌는 잠결에 구슬픈 목소리를 잘못 듣고 165
꽃이 만발한 나뭇가지에 지빠귀 한 마리가 올라앉아
지극히 감미로운 목소리로 지저귄다고 생각하여, 모두들 황홀해서
사랑의 노래만 듣고는 고요하고 축축한 평화로 젖어 들었다.

까마귀는 즐거운 두뇌에게 지빠귀처럼 노래를 불렀고
짙은 검정 보자기에 감싸여 밤은 조용히 지나갔고, 170
깊은 밤이 천정(天頂)을 지나고 별들이 희미해지자

진홍빛 닭 벼슬이 천천히 빛나는 모래밭으로부터 떠올랐다.
낮의 샘으로부터 궁수의 이성이 수탉처럼 뛰쳐나왔고,
그의 주변에서 말들이 깨어나고 천막 자락들이 풀려
텁수룩한 야만인 남자들과 머리가 헝클어진 여자들이 나왔고,
사나운 무기가 쩔렁이고 불이 타오르며 솥에서 김이 피어올랐다.
시뻘겋게 상기된 얼굴로 술 취한 영주처럼 태양이 솟아올라
비틀거리며 구름 위로 기어 올라가, 그에게 싸우자고 도전하는
용감한 젊은이들을 멍한 눈으로 두리번거리며 쳐다보았고,
밤새는 말없이 속이 빈 나무 속으로 숨었다.
「우리 주인이 이제 깊은 피의 웅덩이 속에서 깨어나는구나.」
해를 빤히 쳐다보며 고뇌하는 남자가 중얼거렸다.
입가에 희미한 미소를 지으며 그는 자신의 이성이 다시금
내면에서 공작처럼 꼬리를 펼치는 모습을 지켜보았고,
한참 동안 어쩔 줄 몰라 우물쭈물하던 그는 인간의 자유에서
남모르는 감미로운 흥분감 같은 크나큰 기쁨을 맛보았다.
새벽빛 속에서 그의 영혼이 새처럼 뛰노는 사이에
그는 발굽이 닳은 지친 말을 타고 우뚝한 철석이
소와 처녀들과 젊은이들을 잔뜩 이끌고
가까이서 달려가는 모습을 보았다.
빛나는 방패와 창에 높다란 깃털을 펄럭이며 그는
해돋이 구름 옆으로 모습을 드러내고 높은 소리로 노래했지만
찬란한 소리를 목구멍에 가둬 두고 강둑에 우뚝 선
독수리 눈의 오랜 주인을 언뜻 보자 말을 세우고는
모래밭으로 뛰어내려 한 발자국 한 발자국
천천히 가서 손을 내밀어 꿈을 만져 보았다.
일곱 영혼의 남자도 웃으며 역시 손을 내밀었다. 「친구여,

나는 유령이 아니다. 흙으로 빚은 이 살을 만지고
기쁨으로 뛰는 이 가슴에 그대의 손을 얹고,
세상이 좁아 우리들이 다시 만났음을 신에게 찬미하라.」 200
그가 웃자 잠들었던 동지들이 눈을 껌벅였고
햇빛을 받아 웅장한 기둥 같은 철석을 보자
그들은 소리치며 그의 목에 매달려 마구 입을 맞추었다.
엉덩이가 큰 먹보는 축축한 눈을 남몰래 닦았다.
「그대를 잃었다고 우리들이 슬퍼했더니 이제는 205
영주의 깃털을 높이 달고 말들을 이끌고 나타나는구먼!
멍에를 벗고 자유를 찾더니 자네가 훌륭해진 모양이네.」
피리쟁이가 그의 건장한 몸과 힘센 말을 우러러보았다.
「귀가 넷, 발이 여섯, 엉덩이가 두 겹, 향내가 나는 꼬리,
나는 거대한 용이 나타난 줄 알고 두려워서 떨었다네!」 210
철석이 웃음소리를 못 들은 체하고 주인에게로 돌아섰다.
「그대가 떠난 다음 나는 마음이 아파서 고통을 참으며
홀로 강을 따라 터벅거리고 내려가면서 아픈 어깨를 만졌는데,
두 어깨에서는 날개가 터져 나올 듯한 기분이 들었답니다!
외로운 자여, 그대는 언제나 무거운 그림자를 던지니, 어느 날 215
아침에 일어나 무서운 사자가 사라진 것을 보았을 때의 기쁨이란!
나는 대지를 밟고 걸으며 발뒤꿈치에 날개가 돋은 기분을 느꼈고
자유도 역시 인간의 이성을 독한 술처럼 취하게 만들기에
평생 나는 그토록 벅찬 기쁨을 맛본 적이 없었습니다.
어느 날 아침에 강둑에서 나는 내 피의 형제를 우연히 만났는데, 220
바위도 역시 두려움을 느껴 연약한 날개를 파닥거렸고,
우리들은 마음을 단단히 먹고 그대의 배에서 노와 돛대와
부속품 노릇만 하는 존재가 아니라, 우리들도 이 세상에서

무슨 가치를 지니지 않았을까 알고 싶어 헤어져 떠났답니다!
바위는 남쪽으로 가고 나는 북쪽 길을 택했는데   225
어디로 가는지 알지도 못하고 궁금하게 여기지도 않았으며
아침마다 잠이 깨면 나는 내면에서 날마다 새로운 영혼이
태어나기라도 하는 듯 새로운 창조가 이루어지는 것을 느꼈어요.
어느 날 저녁에 푸르러지는 바닷가를 배회하던 나는
강둑 근처에 숲처럼 몰려드는 가느다란 돛대들을 보았는데,   230
튼튼한 사람들이 모래밭으로 뛰어내려 흙에다 깊이
쇠가 끝에 붙은, 키 큰 두 사람을 붙여 놓은 만큼 긴 창을 꽂더군요.
나는 그들의 힘찬 체취가 좋았고 사나운 숨결이 그리웠으며
내 이성도 타오를 때까지 쇠창 하나를 붙잡고 있었습니다.」
교활한 낚시꾼이 감탄하고는 미끼를 던졌다.   235
「우리들이 가야 할 길을 그대가 열었네, 억센 현령양이여!
이렇게 우연히 만났으니 찬란한 우리 별들이 만나겠고,
불쏘시개에 불과한 존재이긴 하나 우리가 세상을 불로 씻어 내세!
노란 털이 곤두선 발정한 무리들이 지금 사막으로 몰려들지만
그들은 이성이라는 위대한 목자가 이끌어 주지 않으니,   240
자신도 모르는 사이에 높은 목표를 추구하는 그들의 검은 욕망에
앞을 보는 눈을 주기 위해 우리들이 가서 합세해야 하네.」
그러나 철석이 얼굴을 찌푸리고 주인의 뜻에 반발했다.
「나는 어디로 가는지도 모르겠고, 숨겨진 목표에는 관심도 없어요.
교활한 자여, 내가 그것을 마음 놓고 쏟아 내어   245
아무 길에서나 거리낌 없이 버리게 될 때까지는
내 피를 끓게 하는 창녀 같은 환상에 불을 댕기지 말아요!
만일 그대가 나를 사랑한다면 내가 흔들리지 않고
내 본성을 따라 스스로 갈 길을 가게 내버려 둬요.」

친구가 머리를 높이 들고 날아가기 위해 길고도 넓은 날개를 250
자유로운 인간답게 펼치는 모습을 보고 궁수는 기뻤다.
그는 그의 단단한 멍에로부터 그들 자신이 해방될 때까지
언젠가는 독수리의 발톱처럼 친구들의 가슴으로부터
자유의 첫 분출이 찢고 나와 날아가기를 갈망했지만
지금 그는 몸을 돌려 대담한 친구의 성급한 날개를 붙잡았다. 255
「철석이여, 야만적인 무리들과 함께 끝내야 할 과업이
아직 남았으니 조금 더 인내심을 갖도록 하고,
그들의 수와 힘은 어떻고 그들의 목적이 무엇인지
여기 앉아 마음을 진정시킨 다음 아는 대로 사실을 얘기해 주게.」
철석이 일그러진 미소를 짓고 땅바닥에 앉아 말했다. 260
「그대는 또다시 나를 슬그머니 잡아 두려고 끈질기게 달라붙지만
그대의 마음이 기쁘면 나도 기쁘니까 마음을 진정시키겠고,
대충 얘기해 줄 테니 알맹이는 그대가 찾아내도록 하세요.
그들은 도시들을 공략하여 모든 젊은 남자를 칼로 베고
여자들은 노예로 끌고 갔고, 가축은 모조리 도살했으며 265
풍요한 들판에는 푸른 풀 한 포기도 남기지 않았답니다.
그들은 모두가 발정해서 입맞춤과 음식과 술로 기운이 빠졌고
어떤 자들은 서로 죽이거나 칼을 대고 노략품을 나눠 갖고
넘치는 힘으로 인해 파멸을 맞아, 그들의 힘찬 살이 머지않아
불모의 모래밭을 줄줄이 기름지게 할 날이 올 것입니다. 270
사나운 불길이 맴돌아 연기로 사라지다니 참 아깝군요!」
음흉한 궁수는 깊은 생각에 잠겨 친구의 얘기를 듣고 나서는
앞뒤를 잘 따져 본 다음 목소리를 억제하며 말했다.
「그 말도 옳지만 이제는 세상이 썩어 다른 싹이 나지 않으니,
내 생각에는 이제 세상의 모든 희망이 우리들 주변에서 맴도는 275

가슴에 털이 나고 사타구니가 야수적인 그들에게 있는 듯싶고,
야생마 같은 자들이 바로 신이 점지한 사람들인지도 모른다.
그러나 우리들이 이끌어 주지 않으면 그들은 멸망하겠고,
우리들끼리만 남으면 우리들도 멸망을 당하리라.」
그가 말하고는 일어나서 철석의 야윈 두 손을 꼭 움켜잡았다.   280
「위기를 맞으면 하나의 머리만이 지배해야 옳은 일이므로
거룩한 과업을 내가 지휘하는 것을 용서하기 바라네.」
뜨거운 피가 철석의 마음속에서 치밀고 올라왔다.
「그대 곁에서 일하면 나는 아직도 자유라 생각하고
그대의 모든 명령은 나 자신의 깊은 뜻 같지만   285
나를 그대에게 속박시키는 줄을 끊으니 정말로 마음이 편합니다!」
위대한 영혼의 지도자가 웃고는 친구를 쓰다듬었다.
「나와 함께 얼마 농안 지내는 것이 그대에게도 좋은 일이고,
자신보다 훨씬 위대한 영혼들도 끊임없는 투쟁 속에서 살아가지 않는데
위대한 영혼이 고생하며 살아간다는 것은 좋은 일이 아니겠지.」   290

이렇듯 그들은 무질서한 강변의 군중으로부터 들려오는
시끄러운 소음 속에서 날이 밝을 때까지 얘기를 나누었다.
새로 몸을 씻고 초라한 옷 가운데 가장 좋은 것을 골라 입고
한쪽 발목에는 굵직하고 반짝이는 구리 발찌를 찬 랄라는
한길의 한가운데 나가 앉아서 기다렸다.   295
모든 동물이 깨어나 황새들은 축축한 진흙에서 고기를 잡았고
작은 새들은 지저귈 노래와 힘과 알이 잔뜩 들어차서
배로는 기쁨을 호흡하며 가슴이 잔뜩 부풀어 올랐지만,
불타는 눈의 랄라는 분노하여 뒷걸음질을 치고는
바람에 나부끼는 두 가닥 머리카락을 동여맨 끈 밑으로 밀어 넣었다.   300

그녀가 허리를 숙였고, 머리끈에서는 많은 고통을 겪은 남자의
진하고 고귀한 핏자국이 아침 햇살을 받아 반짝였으며,
그녀는 머리끈을 사제들의 집 지붕에 깃발처럼 꽂겠다고 했지만
지금은 수의처럼 새까만 머리에다 둘러 감았으며,
그녀의 마음은 절망적인 비애로 녹아내렸다. 305
진군하는 발자국 소리를 듣고 벌떡 일어난 그녀는
귀를 쫑긋 세웠지만 길에서는 사람이 아무도 걸어오지 않았고
이마에서 지끈거리는 피 소리만 들려 다시 앉고 말았다.
아, 귀족의 채찍을 맞고 노동자들이 비틀거리며 지나갈 때
그녀가 길 한가운데로 뛰쳐나가 가로막고 소리칠 수만 있다면! 310
뭐라고 말할까? 되돌아가거라! 되돌아가거라!
이렇듯 라라는 새까만 까마귀의 둥지 같은 그녀의 마음을 쥐어짰고
사나운 마음이 대지를 채찍질하며 두려움 속에서 기다리려니까
함성과 술렁임, 청동 무기, 날카로운 말들의 울음소리로
갑자기 먼지 구름이 하늘로 일고 강둑이 흔들렸다. 315
라라가 열광하며 달려 나가 두 팔을 활짝 벌렸고,
무기력한 팔다리가 떨리기 시작하고 무릎에서 기운이 빠졌으며
큰 소리로 외치고 싶었지만 목구멍이 꽉 메었고
〈형제들이여!〉 소리쳐 부르고 싶어도 혀가 굳어 버렸으며
〈까아악!〉 까마귀 울음만이 그녀의 목구멍을 찢고 흘러나왔다. 320
이집트 군대가 빨리 몰려가고 말들이 힝힝거리고 울면서
그녀의 가냘프고 노출된 팔다리에다 콧김을 뿜었으며
라라는 두 팔을 저어 그들더러 오라고 손짓해 불렀다.
먼지 구름 속에서 그녀의 팔이 잠깐 섬광처럼 허우적거렸고
마구와 청동 방패의 무더기 속에서 325
사슴 같은 눈이 두려워 잠깐 솜털처럼 경련했으며

창백한 그녀의 몸이 갑자기 말발굽의 폭주 속으로 사라졌다.
숨 막히는 먼지 속으로 까만 까마귀 일곱 마리가 덤벼들어
살점을 뜯어 먹으려고 게걸스럽게 여기저기 쪼아 대었지만
뜨거운 핏덩어리와 검은 머리카락 다발들과 부서진 뼈에 걸려 330
뜨거운 모래 위에서 반짝이는 청동 발찌밖에 없었다.

같은 시간에 궁수는 사과 하나 끼워 넣을 틈도 없을 정도로
수없이 많은 검은 머리들이 굽이굽이 물결치며
들판 가득히 몰려오는 이집트의 군대를 둘러보았다.
얼굴을 찌푸렸지만 등골이 오싹하지는 않았고, 335
털이 수북한 겨드랑이에서도 아직 땀이 나지 않아 서늘했지만
동지들은 모두 떨었고, 겁에 질려 창백해진 피리쟁이는
머리에서 찝찔한 땀을 폭포처럼 마구 흘렸다.
「그들의 군대는 끝이 없어 헤아리지도 못하겠구나, 동지들이여!
그들이 모두 함께 하늘로 손을 들면 태양을 가려 버릴 것이요, 340
침을 뱉으면 강이 되어 우리들이 빠져 죽으리라!」*
푹 젖은 옷에서 식은땀을 뚝뚝 흘리며 피리쟁이가 말했다.
이성이 독수리 같은 주인이 서늘해진 그의 머리를 쓰다듬었다.
「동지들이여, 싸움에는 질 터이고 여기에는 구원이 없지만
칼날들이 부딪치기 전에 어느 길을 가야 할지 자유롭게 택하여 345
죽음의 길을 가느냐 삶의 길을 가느냐
두뇌가 넘치는 우리 네 사람의 머리를 들어 판단해야 한다.」
그러나 독수리 자세를 취한 철석이 주인을 공박했다.
「죽음의 기수(騎手)가 갑자기 눈앞에 나타났다고 해서
우리 위대한 궁수가 언제 우리들에게 의견을 물었던가? 350
비록 지금 묻기는 하지만 그는 우리들의 명예를 비웃는다.」

그러자 오르페우스가 용기를 내어 대담하게 반박하고 나섰다.
「나는 속이 울렁거리기는 해도 죽음을 두려워하지 않았도다!
비록 어리기는 하더라도 내 마음도 역시 그렇게 생각한다!
나는 대지에 육신을 주거나, 피리를 부는 가느다란 손가락들이   355
썩어서 떨어지게 할 각오가 항상 되어 있다.
그래서 수치심이나 주저함이 없이 나로서도 할 말이 많으니,
위대한 계획들을 꾸미는 자라면 그의 힘찬 시체가 운명의 저울을
기울게 할 때만 목숨을 버리고, 그렇지 않으면 아주 소중히
생명을 보존할 의무가 있으니, 우리들은 달아나도록 하자!   360
이곳에서는 하찮은 명예를 위해 헛되이 죽는 셈이다.」
그러자 엉덩이가 큰 켄타우로스가 일어나 진심을 얘기했다.
「여보게들, 이곳에서 우린 분명히 함정에 빠져 죽으리라!
나도 창녀처럼 젖가슴이 감미로운 삶을 무척이나 아끼지만,
어쩌겠는가? 나는 지금 꽁무니를 빼기가 부끄럽구나!」   365
사랑하는 주인을 쳐다보고 어색하게 눈을 떨구었지만
죽음의 표시로 그는 모자를 비스듬히 썼다.*
「나도 또한 삶에 대한 갈증을 느끼고 빛을 사랑한다.
세상에서 많은 것을 보고 모든 경험과 판단을 거쳤으나
참된 부적처럼 사랑하며 차고 다닐 만한 것은 오직 하나이니,   370
나는 세상에서 위대한 목표를 세운 사람들이 모든 무모한 순간에
아무렇게나 그들의 생명을 낭비하는 것을 항상 보아 왔다.
나는 희망이 보이지 않기 때문에 도망치지 말자고 외치겠다.
부끄럽거나 어리석은 명예를 소중히 여기기 때문이 아니라
심한 절망에 빠진 어떤 야수가 마음속에서 웃기 때문이다.」   375
그러더니 그는 내면의 세계에 빠져 입을 다물었지만
그러면서도 항상 도망칠 뒷문은 열어 두었다.

「위험이 내 마음에 들기는 하지만, 운명의 저울을 들고
저마다의 위험을 잘 따지는 그런 견해도 좋은 것이지.
여자 같은 내 두뇌가 무엇을 낳았는지 보게나, 친구들이여 —   380
우린 대낮에 적이 우리들을 덮치기를 기다리지 말고,
절망적인 마음에는 참을성이 어울리지 않으니, 형제들이여,
밤중에 잠든 군대를 우리들이 덮치기로 하세.」
그가 말하고는 얼른 야만인 족장들에게로 뚜벅뚜벅 갔으며,
동지들은 휘몰아치는 폭풍에 술렁거리는 배의 갑판처럼   385
기우뚱거리는 그의 걸음걸이를 지켜보며 감탄했다.
〈그들의 이성에 용기의 바람을 불어넣기 위해 족장들의 머리에
진홍빛 자두처럼 훌륭한 얘기를 심어 줄 때가 되었구나.〉
이렇게 생각하며 교활한 자가 알록달록한 천막들 사이를 걸었다.
머지않아 죽을 사람들이 서둘러 식사를 하고 아이들을 야단쳤고   390
다정한 동지들에게 몇몇 사람이 마지막 명령을 내리는 동안
죽음이 그들을 굽어보며 들리지도 않는 귀를 기울였다.
궁수가 발톱을 드러낸 죽음을 옆으로 밀어내고 지나가서
낚시 바늘이 달린 날카로운 눈초리로 족장들을 하나씩 둘러보니
아주 훌륭한 미끼가 달린 바늘마다 고기가 한 마리씩 걸렸다.   395
그는 사자의 머리에 새하얀 공작 깃털을 달고
수염이 갈라진 어느 족장의 두 어깨를 움켜잡았다.
「나는 그대의 흰 머리와 멋진 깃털이 부럽구려, 영감님.
용맹하고 대담한 행동들이 그대의 우뚝한 몸을 치장하지만,
거룩한 머리 위에서 사나운 독수리의 날개가 빛나는   400
이런 전쟁은 아직 보지 못했을 것이오.」
노인이 한숨을 짓고는 그의 새로운 친구에게 고백했다.
「수많은 병사와 힝힝거리는 말들이 들판을 가득 채웠구려.」

그러자 궁수가 웃음을 터뜨리고는 교활하게 눈을 찡긋했다.
「비밀을 모르는 척 그러지 마시오, 족장이시여 —   405
적의 측면을 쳐서 철저히 괴멸시키기 위해
사나운 노예와 노동자의 무리가 우리들의 신호를 기다린다오.
그러면 그들의 황소 얼굴 신들이 피를 철철 흘릴 것이오!」
마음이란 항상 바람을 먹고 산다는 사실을 잘 알았기 때문에
교활한 자는 이렇게 그들의 절망적인 가슴에 불을 질렀다.   410
정력적인 황소 같은 젊은이가 눈에 띄자 교활한 자는
꼼짝도 않고 서서 모든 사람이 듣도록 소리쳤다.
「어느 날 밤 험한 산봉우리에서 배불리 먹은 붉은 갈기의 사자가
꼼짝도 않고 서서 머나먼 들판을 둘러보는 모습을 보고,
나는 나지막이 엎드려 감탄했도다. 젊은이여,   415
그대가 그 힘찬 사자를 생각나게 하여 내 마음이 떨리는구나.」
젊은이는 말이 없었지만 사나운 사타구니와 허벅지로부터
기운이 파도처럼 가슴으로 솟아올랐고, 그런 찬사를 듣고
푸릇푸릇한 그의 얼굴이 불그스름하게 달아올랐다.
의지가 여럿인 자는 어두운 벼랑의 언저리에서 그토록 자랑스럽게   420
균형을 잡고 선 남자의 신 같은 몸매를 보고 감탄했다.
그는 꿋꿋하게 땅을 디디고 있는 햇볕에 탄 청동 빛 발과
야수 같은 그늘 속에서 죽음을 초월한 불꽃으로
신성한 음경을 털로 뒤덮은 사자의 허벅지와
청동 우리 속에 호랑이의 영혼을 가둔 가슴과   425
모든 방향에 두꺼운 성벽을 쌓아 올린 야수의 안식처인 머리,
우뚝한 목 위에 높이 얹힌 머리와 그 머릿속에 담긴
세계를 파괴하고 창조하는 불꽃을 찬찬히 살펴보았다.

밤이 되어 나지막한 촛대들이 어둠 속에서 환히 타올랐고
동지들은 그들의 추장이 간 다음에 뼛속에서 430
배고픔이 마구 치밀어 오르며 울부짖는 기분을 느꼈다.
철석이 벌떡 일어나 어젯밤에 그가 모래 언덕에서 훔친
가축 중에서 살진 놈으로 한 마리 골라서 죽여
창자를 꺼내 걸쭉한 찰흙과 버무린 다음 두툼한 가죽까지 몽땅
불구덩이 속으로 내려 보냈으며, 이글거리는 숯과 돌멩이를 435
구덩이에 꼭꼭 다져 넣은 다음에 피리쟁이가
바람에 부풀어 오른 머리를 날개처럼 자랑스럽게 들었다.
「아주 옛날 노래가 내 초라한 마음을 안개처럼 뒤덮으니
처량한 인간은 위안을 찾기 위해 그 노래를 부르겠네 ―
아, 죽음이 언젠가 대지와 결혼하여 높다란 탑을 쌓았는데, 440
젊은이들을 베어 마루를 깔고 늙은이들을 베어 초석으로 썼으며
어린아이들을 베어 문과 창틀을 만들었다네……」*
그러나 켄타우로스가 큼직한 손으로 피리쟁이의 입을 막았다.
「자네가 내 속을 뒤집히게 만들었으니 그만 입을 닥치고
한심하고도 저주받을 죽음의 신을 이제는 들먹이지 말게나! 445
내 뼈들이 돌멩이처럼 흩어지더라도 개의치는 않지만
그토록 많은 양과, 홀로 잠을 자야 할 수많은 처녀들과,
수많은 술잔들을 남겨 두고 가기가 서럽다는 말일세.」
그가 한숨을 지으며 말하고는 허리를 굽혀 털투성이 팔로
얼른 구덩이를 파헤쳤고, 발갛게 익은 양고기 향기에 450
굶주린 그들의 뱃속이 모조리 울렁거렸다.
바로 그 순간에 사자 주인의 그림자가 나타났다.
「맛있고 훌륭한 음식을 만드는구먼, 친구들이여.
난 시어머니처럼 항상 식사 때 나타나기를 좋아하지!*

마지막 남은 양고기보다 맛있는 음식은 또 없다고들 하니, 455
이가 몽땅 빠지기 전에 우리 어서 먹도록 하세.」
그들은 구운 양을 끌어 올려 부드러운 살이 나오도록 껍질을 벗겨
한껏 배불리 먹었고, 양치기 풍속을 잘 알았던 철석은
양의 투명한 어깨뼈를 말끔히 닦아 햇빛에 비춰
거기에 담긴 어두운 징후들을 찾아보았다. 460
「동물의 뼈에서는 악운의 자취가 뚜렷하여,
진홍빛 강물과 길고도 길게 줄지어 파놓은 무덤들,
그리고 송장을 기다리는 네 개의 깊은 구덩이가 보이는구나.」
그러자 어리석은 자가 맥이 빠져 무덤을 찾으려고 더듬었으며
길게 줄지어 나란히 패인 선들이 손끝에 닿자 465
피리를 움켜쥔 하얀 손가락들이 겁에 질려 떨었다.
대담한 켄타우로스가 웃고는 뼈를 불 속에 집어 던졌다.
「우리 운명은 양의 뼈가 아니라 우리 등에 얹혔다네!」
그러자 이성이 깊은 자가 입술을 꼭 다물고 생각했다.
〈양의 뼈에도 우리 등에도 얹히지 않았고, 470
운명은 물에다 글을 쓰기 때문에 바람이 불면 모두 사라지지.〉
그는 그늘에 앉아 식사를 하거나 고운 모래밭에서 희롱하는
사랑스럽고 괴로워하는 사람들을 차례로 둘러보았는데,
젊은이들은 칼을 차고 여자들은 무기를 닦아 윤을 냈으며
아기들은 잠이 깨어 젖을 달라고 울부짖으며 발버둥 쳤다. 475
비록 모든 친구들이 죽음을 얘기했지만 그는 평온을 지키며
비옥한 흙을 밀치고 나오면서 사납게 맥박 치는 샘물처럼
발목의 핏줄이 부풀어 오르는 것을 즐거운 마음으로 지켜보았다.
살인자의 가슴속에서 사나운 야수가 포효하며 일어섰지만
모든 야수를 길들이는 무자비한 채찍이 가볍기만 해서 480

이성이 비웃으며 일어나 심성(心性)을 꾸짖었다.
「비탄에 빠진 마음아, 부끄러워하라! 푸른 고원에서 벌어지는
처절하고 하찮은 놀이가 아직도, 아직도 낯이 익더냐?
인간은 이슬처럼 풀잎에 얹혔다가 스러져 사라진다.」
천 개의 눈이 달린 밤의 천정에서 그는 별들을 쳐다보았다.   485
「천박한 자는 목숨을 부지할 터이니, 두려워하지 말라!
지금 죽음을 얘기하기는 부끄러운 일이니,
어서 칼을 차고, 짤막한 시간을 다 함께 보내도록 하자.」
모두들 수치심을 느껴 뼈가 우두둑거릴 정도로 벌떡 일어났고,
뾰족한 머리가 용감무쌍한 꿈에 젖어 자랑스럽게 솟아올랐다.   490
「여보게들, 내가 마지막 노래를 피리로 불어 보고 싶네.
기쁨이 넘치는 돌림 노래는 죽음을 쫓아 버리기도 하니까.」
궁수는 지금 운명을 조롱하는 일이 적당하지 않다고 생각했다.
「피리를 칼로 바꾸면 더 좋지 않겠나, 피리쟁이여?
처참한 전투가 끝난 다음에도 자네에게는 입술이 남고   495
우리들에게 귀가 남는다면 그때 실컷 노래를 불러도 될 테니까.
우리들의 만남에 축배를 들고 운명을 따르도록 하세.」
그러자 소라 나팔이 울렸고 죽음이 말을 타고 당장 공격했다.
용감한 철석이 죽음의 무쇠 팔을 잡았지만 죽음이 그를 먼저
꽉 움켜잡아 그가 흔들기 전에 죽음이 먼저 그를 흔들었고*   500
사냥개처럼 그는 군대를 괴롭히고 젊은이들을 몰았다.
밤 짐승처럼 가벼운 몸으로 성을 파괴하는 자의 불타는 갑옷은
별이 반짝이는 어둠 속에서 야수처럼 파란 궤적을 남기며 달려
족장들과 함께 치열한 싸움터로 돌진했다.
켄타우로스가 낙오한 군대의 후방에서 강물처럼 굴러다니는 동안   505
피리쟁이는 그 옆에서 다리가 긴 황새처럼 깡충깡충 뛰었고,

맨 뒤에서는 구부러진 양치기의 지팡이를 들고 죽음이 쫓아가며
제물로 바칠 양들을 돌멩이로 쳐 몰고 휘파람을 불며 나아갔다.

한밤중에 파수병들은 갈대가 흔들리고, 모래밭에서 태풍처럼
혼란스럽게 서둘러 몰려오는 발자국 소리를 들었지만　　　　　　　510
위험을 알리려고 그들이 입을 크게 벌리자
야윈 철석이 덤벼들어 살벌한 칼날을 휘둘러
그들의 목을 잘라 목소리와 머리가 모래밭으로 떨어졌다.
사방에서 높다랗게 타오르는 횃불이 펄럭이고 천막들이 흔들렸으며
모두들 서둘러 무기를 잡았고 어둠이 비명을 질렀으며　　　　　　515
적과 아군이 뒤섞여 서로 엉킨 뱀들처럼 아우성을 쳤다.
분노한 마음으로 군인들 사이로 돌아다니던 오디세우스는
두 손이 불타서 섬광처럼 번쩍였고, 빛나는 양날 도끼가
힘차게 내리쳐 뼈와 몸뚱어리를 두 동강으로 잘랐다.
격렬한 싸움 속에서 창과 창이, 칼과 방패가 부딪쳤고　　　　　　520
대군이 소수의 병력을 쳐부수고 마구 밀어붙이자
살육의 소용돌이 속에서 철석의 가느다란 목소리가 외쳤다.
「궁수여, 안녕, 동지들이여, 나는 하데스로 떨어지노라!
혹시 내가 기분 나쁜 말을 한 적이 있더라도 용서해 달라!」
날카로운 도끼를 풍차처럼 휘두르며 궁수가 소리쳤다.　　　　　　525
「철석이여, 영혼을 이로 꽉 물고 용감히 버티어라!」
이 말이 떨어지자마자 그의 두뇌가 불길에 휩싸였으며,
화살이 귓전을 스치고는 그의 뺨을 꿰뚫었으며,
시커먼 피가 입 안에 가득 차고 독이 입술로 흘러나왔다.
철석이 친구의 힘없는 팔을 잡아 주려고 달려갔지만　　　　　　　530
힘찬 창에 찔려 그는 무릎을 꿇고 주저앉았다.

적이 맹렬히 함성을 지르며 사나운 창을 휘두르고 덤벼들었다.
「저 두 사람은 야수이니 모두 힘껏 치도록 하라!」
그리고 유명한 두 사람의 모습은 영원히 사라질 뻔했지만,
몸집이 들소 같은 켄타우로스가 아수라장 속에서도 535
주인의 신음 소리를 듣고는 공격을 막으러 뛰어들었고
다섯 군데 칼로 찔려 다섯 개의 피투성이 강물이 흐르는데도
죽어도 같이 죽고 살아도 같이 살자고 맞싸웠다.
검고 노란 몸뚱어리들이 질퍽한 진흙 속에 뒤엉켜 뒹굴면서
가슴끼리 팔끼리 서로 부둥켜안고 신음하고 고함쳤으며, 540
피와 끈끈한 뇌가 뜨겁게 쏟아져 머리카락에서 김이 피어올랐다.
독수리 눈이 고꾸라져 강둑을 타고 굴러 내리자
키가 큰 다섯 명이 그를 끌어 올려 발로 차고 마구 때렸지만
희미한 빛 속에서 다섯 노동자를 알아보자 그가 소리쳤다.
「동지들이여, 나도 그대들과 같은 편, 자유를 위해 싸운다!」 545
그러나 죽음은 그의 말을 들으려 하지 않았고, 자유가 용솟음치는
목소리가 피 속에 잠길 때까지 다섯 명은 그를 공격했다.
사나운 소음 속에서 동지의 비명을 들은 갑충이
도와주려고 달려갔지만, 억센 손이 그의 목덜미를 움켜잡고
땅으로 내동댕이치고 더러운 흙에다 얼굴을 짓이겼는데, 550
분노의 불이 붙은 쪼글쪼글한 농노(農奴)의
작고 짐승 같은 눈을 새벽의 미소 속에서 알아보고는
갑충의 입에서 폭포처럼 마구 말이 쏟아져 나왔다.
「나도 농부여서 모두가 땅을 같이 나누자고 싸우는데……」
그러나 날카로운 창에 찔린 반란군 농부의 머리에서 555
뭉클거리는 뇌가 쏟아지자 그의 목소리가 멈추었다.
별빛이 희미해지며 새벽빛이 하얗게 밝아 오기 시작했고

피 웅덩이에 널브러진 찢긴 시체들이 장미처럼 빨갛게 빛났으며
일곱 무리의 굶주린 까마귀가 하늘에서 몰려 내려왔다.
머리를 든 켄타우로스는 겁에 질려 머리카락이 쭈뼛해졌고,   560
신음하며 몸을 움직이려고 했지만 사타구니가 찢어질 듯 아팠고
심장이 뚫린 자리에는 걸쭉한 핏덩이가 가득 찼으며,
마지막 기운을 써서 〈오디세우스!〉라고 소리치고는
겁먹은 턱뼈를 덜덜거리며 귀를 기울였다. 그는 살았는가?
아니면 대지가 그들의 횃불을 삼켜 버렸을까?   565
순식간에 1천 년의 세월이 그의 눈앞에서 쏜살같이 흘러갔지만
갑자기 힘없는 목소리를 듣게 된 선량한 야수는
갈대밭에서 나는 선장의 목소리를 알아듣고
뚫린 심장과 부러진 허벅지는 아랑곳하지도 않았다.
무척 반가운 또 다른 목소리가 전투의 소음 속에서 들려왔는데,   570
엉겨 붙는 피를 머금고 철석의 입술이 외쳤다.
「죽음은 우리 영혼을 빼앗아 가지 못할 것이니라, 친구들아!」
대추야자 나뭇가지 끝에서 새 한 마리가 깡충거리다가
하늘을 향해 머리를 들고 즐거운 노래를 불렀으며,
맥박 치는 새의 목에는 태양이 부적처럼 매달렸다.   575
당장 모든 생명이 기운을 차렸고 음산한 죽음은 노래가 되었으며
새의 작은 목구멍에서 온 세상이 다시 숨을 쉬었다.
가엾은 켄타우로스가 신음하며 찢긴 배를 쓸어 모았고
잠깐 가볍게 정신을 잃었다가 주변을 살펴보니
근처의 그늘에서는 포도나무의 호박 빛 송이가 자라며   580
머리 위에 매달려 반짝이는 것 같았다.
부리가 노랗고 몸집이 가냘픈 새가 가까이 오더니
동그란 열매를 쪼아 먹으며 민첩하게 돌아가는 눈으로

그늘에 쓰러진 거대한 몸집을 떨면서 살펴보았다.
그러나 켄타우로스는 더 이상 포도에 마음이 없었고, 585
포도나무 사이로 엉덩이를 씰룩이며 활기차게 돌아다니는 처녀와
빛과 그늘 속에서 뛰노는 그녀의 팔다리를 보았으며,
머리가 어지러워지자 들판이 푹 꺼지며 사라졌다.
몸을 일으키려던 그는 땅이 흔들려 다시 쓰러졌고,
피를 줄줄 흘리며 눈을 떠 모래밭을 물끄러미 쳐다보았으며, 590
정신을 차리고 기억이 나자 마음이 아팠다.
「나처럼 멍청한 골통은 박살이 나서 쏟아져 버려야 마땅해!
포도와 여자와 음식의 크나큰 기쁨을 버려두고 타향에서 죽거나
전혀 알지도 못하는 사람들을 죽이겠다고 이렇게 날뛰다니!
오, 비틀거리는 마유아, 나를 그만 엉뚱한 곳으로 끌고 가라!」 595
그러자 문득 가까운 친구가 생각나서 그가 한숨을 지었다.
「피리쟁이의 목소리가 안 들리니 내 마음이 아프구나!」
초라한 노래쟁이가 멍든 입을 열려고 애썼지만
두 차례 칼을 맞고 구멍이 뚫렸기 때문에
그의 가느다란 후두에서는 아무 소리도 나지 않았다. 600
시간이 흐르고 녹아내리는 청동 같은 해가 중천에 떠서
송장을 쌓아 놓은 죽음의 시체 더미 위로 줄줄 흘러내렸고,
살이 썩어 냄새를 풍기기 시작하여 소들이 가까이 몰려왔고
살진 청파리들이 퍼렇게 변색하는 콧구멍에 덤벼들어 빨아먹었고
태양과 새들과 흙이 모두 서둘러 땅속의 어두운 대장간으로 605
시체들을 되돌려 보내려고 일을 시작했다.
한낮에 빨간 신발을 신은 왕의 사신이 지나다니며
빠른 솜씨로 모든 부상자들의 머리를 옆으로 돌려놓고는
뒤에 따라오는 사람들에게 날카로운 목소리로 명령을 내렸다.

「위대한 조상들을 위한 성스러운 예식에서 왕은   610
그에게 대항하여 봉기한 자들의 목을 자르고 싶어 하시니
모든 족장을 골라내어 부드러운 향유를 바르도록 하라.」
죽어 가던 여우 오디세우스는 그 명령을 듣자
예기치 않던 희망이 머릿속에서 번득여, 눈을 들어 살펴보았다.
몸치장을 심하게 한 야만인 족장들을 노예들이 들어 옮겼고   615
마흔 번 칼질을 당한 철석의 몸뚱어리를 감탄하며 끌고 갔으며,
일곱 명의 노예가 비틀거리며 먹보의 엄청난 덩치를 일으켜 세워
숨을 몰아쉬며 나지막한 마차에다 길게 그를 눕혔다.
사신이 주위를 둘러보고는 줄줄 흘러내리는 태양의 열기 속에서
퍼렇게 변색되고 있는 부상당한 사람들을 발로 찼다.   620
「깃털을 머리에 단 자들은 모두 실은 모양이니, 어서 가자!
숨 쉬거나 움직이는 오만한 자들의 머리가 더 이상 안 보이니
남은 시체들은 모래를 뿌려 깊이 파묻도록 하라.」
그러나 썩어 가는 살을 으스러뜨리며 마차 바퀴들이 되돌아가자
거센 목소리 하나가 죽은 자들 사이에서 울려 나왔다.   625
「물!」 교활한 궁수가 신음하며 머리를 들었다.
그러자 노예들이 돌아서서 뾰족한 모자를 보고는
킬킬거리고 웃으며 검은 피부의 손으로 손뼉을 쳤다.
「우리 임금께서 가장 위대한 족장을 못 볼 뻔했구먼!」
노예 네 명이 달려와 무릎을 굽히고 그를 번쩍 들어 올렸다.   630
「세상을 거듭거듭 파괴한 자를 그냥 내버려 둘 수야 없지!」
그리고 궁수가 교활한 눈으로 피리쟁이를 흘끗 쳐다보며
재빨리 손을 들고는 미친한 그의 친구에게 소리쳤다.
「위대한 족장이여, 지하 세계에서 곧 다시 만나세!」
진홍빛 신발을 신은 사신이 시선을 돌려 보니   635

시커먼 피가 샘물처럼 더러운 목을 타고 흘러내리던
창백한 얼굴이 겁에 질려 토끼처럼 떨었으며,
붉은 신발의 노예가 큰 소리로 웃고는 그를 발로 찼다.
「만신창이가 된 위대한 족장을 끌고 가거라!
오, 깨진 빈 병을 황금의 발로 짓밟아 가루로 만들면서   640
우리 임금님께서 얼마나 웃으실지 모르겠구나!」
그가 말하자 노예들이 가엾은 오르페우스를 궁수의 옆에 실었고
갓 태어나 비틀거리는 새끼를 말없이 지켜 주는 늙은 사자처럼
오디세우스가 묵직한 손으로 초라한 피리쟁이를 어루만졌다.

이렇듯 어린아이들을 안장 손잡이에 꾸러미로 주렁주렁 매달고   645
용감한 무사들은 허리띠를, 처녀들은 머리채를 휘어잡고
말을 탄 〈전쟁〉은 그의 진홍 궁정으로 되돌아갔다.
그의 뒤에서는 기다란 지팡이를 든 상늙은이 비틀거리며 뒤따랐고
더 뒤에서는 절름발이와 멍청이와 팔이 없는 자들과 어머니들이
기나긴 줄을 지어 산 채로 하데스를 향해 걸어갔다.   650
배가 잔뜩 부른 까마귀들이 소화를 시키며 강둑을 거닐었고,
악어들이 흐뭇하게 눈을 감고는 하품을 하며
무척 맛있었던 금발의 고기가 느릿느릿 내리는 비를 맞아
새로운 살이 다시금 싹터 씹어 먹게 될 시간을 기다렸다.
태양이 지나가 모래밭으로 가라앉았고 침묵의 하얀 장미처럼   655
보름달이 만발하여 밤의 대기에 향기를 뿌렸으며,
봄의 어지러운 마력에 홀려 아몬드나무 가지들이 몸부림치면서
꽃과 솜털이 난 아몬드와 푸른 잎사귀들을 떨어뜨렸고,
나무들이 꽃피어 열매를 맺고 시간이 천천히 흘러갔으며,
왕의 지하 감옥에서는 족장들이 신음하며 기지개를 켰다.   660

나일 강은 한쪽 구석에 가만히 누워 두터운 벽을 뚫고 나가
다시금 바깥세상을 거닐며 불쌍한 인간의
버림받고 타락한 마음을 아물게 할 계략을 꾸몄다.
땅을 일구는 사람, 일터에서 고생하는 사람, 모든 동지들에게
그는 지하 감옥의 포도 덩굴을 통해 자세한 전갈을 보냈다. 665
「그대들의 고통이 곧 아물 터이니 울지 말라, 형제들이여.」
그러나 그의 주위에서는 야만인들이 눈이 아플 정도로 울었고
네 명의 친구는 험한 상처를 찾아 부상당한 곳을 헤아리고
이와 튼튼한 갈비뼈 몇 개가 부러졌는지 알아내려고
단단한 손으로 그들 자신의 몸을 더듬어 보았다. 670
철석의 앙상한 몸은 구멍이 무수히 뚫렸고, 초라한 음식을
씹기 위해 빠진 턱뼈를 제자리에 끼울 힘도 없었다.
오르페우스는 이를 잃었고 전에는 잘도 떠들던 입이
굳게 닫혀 아직 인간의 말을 한 마디도 할 수가 없었다.
켄타우로스는 몸을 잔뜩 굽혀 커다란 엉덩이의 베인 상처를 보고 675
더 아래쪽을 베어 버리지 않아서 다행이라고 생각하며 웃었다.
「그랬다면 여자들이 나를 할아버지가 아니라 할머니라고 하겠지!」
부서진 머리에 기름 먹인 헝겊을 두른 궁수는
땅바닥에 다리를 꼬고 앉아 비꼬는 위로의 말을 했다.
「울지 말고 참아야 한다, 용맹한 자들아! 세 번 달이 지나갔고 680
가장 붉은 네 번째 달이 곧 떠올라
구겨지고 붉은 카네이션처럼 우리 목을 자르리라.
우리 네 사람이 모두 싸늘한 땅바닥에 길게 누우면
이는 오른쪽 끝으로 쏟아지고 턱은 왼쪽 끝으로 쏟아지며
뇌와 살과 영혼과 꿈은 구더기의 먹이가 될 것이다.」 685
오싹한 기운이 등골을 타고 흘렀어도 그들 모두 미소를 지었고,

괴저를 막으려고 상처에다 살을 아물게 하는 향유를 발랐다.
그러나 금발 수염의 추장들은 성난 사자처럼 서성거리며
벽들을 두드려 살펴보고 채광창으로 기어 올라가느라고
손톱이 깨져 피가 나고 머리카락에서 땀이 뚝뚝 떨어졌다.　　　　690
옆 지하 감옥에서는 밤새도록 노예들이
금실로 뜬 천을 짜고 단단히 끈을 꼬았으며,
처량한 그들의 만가가 축축한 벽을 타고 흘렀다.
절망한 친구들은 목을 길게 뽑고 귀를 기울였으며
여자들의 노래를 저주와 동시에 축복으로 받아들였다.　　　　695
「내 마음과 베틀이 마흔 조각으로 부서졌으니, 주인이시여,
그대의 머리도 마흔 조각으로 부서지기를 빕니다.*
내 아들들은 인내의 의자에 앉아 실패에다 실을 감고
딸들은 끓는 물에다 길고 검은 실타래를 헹구어 내고,
손톱으로 만든 북과 뼈로 만든 베틀을 앞에 놓고 앉아　　　　700
검정 수건을 머리에 두르고 나는 옷감을 짜고 있으니,
두려움이 내 날실이요, 저주는 나의 검은 씨줄이어서
내 마음은 붉은 물레 주위를 정신없이 돌아가는구나.
돌아라, 마음이여, 돌아라! 주인의 수의를 끝내고
높다란 실편백나무*와, 옥 구슬과 검으로 장식하여　　　　705
네 모든 고통을 방울로 빚고 모든 기쁨을 가두리 장식으로 달아
두터운 양털을 입혀 부드러운 눈물이 뚫지 못하게 하라!
괴로움에 지쳐 어두운 대지로 내려와
내 무서운 주인의 수의를 빨리 완성하게 도와주고
자락마다 내 고통을 담고 구석마다 까마귀를 숨겨서　　　　710
앙상한 까마귀가 주인의 심장을 조금씩 쪼아 먹게 하라.」

궁수의 어두운 마음은 불쌍한 친구들을 가엾게 생각했고,
그들의 마음을 돌릴 무슨 장난감을 마련하고 싶었다.
가느다란 막대기 열두 개를 깎고 파내어
둘씩 짝지어 귀가 안 달린 열두 개의 사팔뜨기 신을 만들어 715
불룩한 배에다 진홍빛 실을 한 가닥씩 끼웠으며,
그가 줄을 당기니 불쌍한 제신들이 춤을 추느라고
손과 발을 흔들고 한심한 머리를 끄덕거렸으며
벌거숭이 가슴에서 〈배고프다!〉라고 가느다란 비명이 흘러나왔다.
동지들이 실컷 웃었고 족장들이 가까이 모여들어 720
붉은 실을 당기고 웃으며 시간을 보냈고,
그들의 이성은 싸우는 제신들을 보고 점점 용감해졌다.
그러자 불쌍한 피리쟁이가 이 빠진 잇몸으로 떠들었다.
「내가 들은 얘기로는 문어가 배고파서 자신의 다리를
하나 잘라 먹으면 곧 그 다리가 다시 나온다고 했지. 725
그렇다, 문어여, 그대는 지금 다시 솟아나는구나!」
그러나 나일 강이 일어나 꾀 많고 벗겨진 머리를 저었다.
「그대의 힘을 놀이와 웃음거리에 낭비하다니, 궁수여,
숨겨진 쓸모없는 분노에 낭비하다니 부끄러운 일이오.
그대 역시 한때는 잠시나마 자유를 위해서 열심히 싸웠지만 730
신을 비웃는 영혼은 아직도 신의 노예이기 때문에
그대의 이성은 또다시 옛 멍에 앞에 굴복하는 것입니다.」
그러나 궁수는 말처럼 코웃음을 치고 대답을 하지 않았으며
깨진 머리를 꼿꼿이 들고 마음속으로 중얼거렸다.
〈그들의 신은 의롭고 선하여 저울을 높이 들고 735
모두에게 빵과 두뇌를 골고루 나눠 주지만, 나의 신은
내 가슴속에서 숨 막혀 어떤 의로움이나 낡아 빠진 미덕이나

인간의 짧막한 기쁨도 그를 만족시키지 못하누나.〉
이렇게 마음속으로 말없이 얘기하며 그의 두뇌에 박힌
남자다운 사상의 남모르는 암호를, 굶주린 불꽃을, 740
위로 올라가는 뾰족한 화살을 벽에다 새겼다.
밤이 되어 천장의 채광창 빛이 침침해진 다음 궁수는
늙은 노파처럼 감미롭고 나른한 잠의 욕구에 마음이 가라앉은
오랜 친구들의 모습을 등잔 불빛 속에서 지켜보았는데,
방울을 짤랑이는 길고도 긴 대상의 행렬처럼 745
꿈들이 사막의 모래밭을 지나 그들의 이성에 이르러서
두뇌의 시원한 방마다 낙타에서 짐을 풀어놓아
한 사람에게는 그의 아기를, 다른 사람들에게는 고향의 산을,
또는 풍만한 여자와 술과 음식을 가져다주었다.
궁수는 벽에 기대어 잠들었는데, 영혼은 잠을 못 이루어 750
장님의 절벽으로부터 해방된 눈과 흙을 밀끔히 딜어 낸 날개로
육체의 멍에로부터 힘껏 솟아올랐으며,
검은 가운데 쪽 벽이, 튼튼한 육신이 떨어져 깨지고는
세상의 신비가 물처럼 깨끗하게 빛났다.
그러자 잠과 투쟁하는 자가 어둡고 허우적거리는 꿈속에서 755
미끄러지며 더듬거려 하얗고 미끈거리는 다리로 꼬리를 잡았고,
날개와 목과 가슴이 소리치고 굵은 턱뼈가 맷돌처럼 갈렸으며,
춤추는 듯한 피리 소리만이 멀리서 희미하게 들려왔다.
오디세우스는 경건하게 대지에게 절하며 외치고 싶었다.
「어머니시여, 나는 그대의 배 속 깊이 떨어졌나이다!」 760
하지만 목이 메어 칼칼해진 목구멍에서는 소리가 나지 않았다.
그는 숨이 막혀 바람을 좀 잡으려고 두 팔을 크게 휘저었지만
눈을 들어 보니 하늘이 벌떡 일어나

조용한 맷돌처럼 대지를 갈기 시작했다.
그 사이에서 거룩한 야수들이 배를 깔고 기어갔으며   765
세상의 숨통이 막힐까 봐 두려워서 떨던 궁수는
인간인지 야수인지 모르는 용이 구부린 등에 얹힌 하늘을
들어 올리려고 엎드려 기운을 쓰는 모습을 보았다.
용이 고꾸라져 무릎으로 버티니 뼈가 우지끈거렸고
고뇌에 찬 얼굴을 돌리는 용의 눈에서 피가 뚝뚝 떨어지고   770
날카로운 고통으로 입술이 뒤틀렸으며 시커먼 동굴 같은 입에서
살려 달라 외치는 소리를 듣고 오디세우스는 얼굴이 창백해졌다.
지진이 대지를 둘로 갈라놓았고, 뱀과 전갈과 개미들이
혼탁한 강물처럼 쏟아져 나오고, 온갖 사나운 짐승들이
울창한 숲에서 아우성치며 달려 나오고, 주인의 비명 소리를 듣고   775
무거운 멍에를 벗기 위해 소와 말들이 발버둥 쳤으며,
커다란 유인원과 개똥지빠귀와 황새와 매와 검은새들이 소리쳤고
심지어는 가냘픈 참새도 부리를 세우고 달려가
들어 올리려고 애썼지만 하늘은 꼼짝도 하지 않았다.
모두들 가까이 모여 힘을 쓰고 땅을 파헤치는 바람에   780
대지의 위대한 〈아들〉이 용기를 내어 부러진 뼈들을 짜맞추고
두 손으로 땅을 짚고 무릎으로 몸을 버티며
대지로부터 담청색 둥근 천장을 한 치씩 떼어 내어
깊은 신음 소리와 더불어 널쩍한 잔등으로 하늘을 들어 올렸다.
숨을 돌리려고 허리를 숙인 그의 귀에서 피가 쏟아져 나왔고,   785
삶이 다시금 숨 쉬며 자유롭게 돌아다녔고, 원숭이들이 자랑스럽게
뒷발로 일어서 즐겁게 소리를 지르기 시작했으며,
벌레 두 마리는 날개가 돋아 이글거리는 햇빛 속에서 퍼덕였다.
「조상이시여, 그만 쉬소서!」 궁수가 괴로워하며 소리쳤다.

그러나 용은 그의 구부린 두 어깨 위에다 거대한 하늘을   790
머리처럼 올려놓으려는 새로운 일을 위해 땅을 파기 시작했다!
궁수가 부끄러워 낯을 붉혔고, 그러자 하늘에서 날아다니는 새와
사나운 짐승들과 곤충들과 더불어 그는 그들을 짓누르려는 하늘,
그의 적을 가슴으로 막아 내려고 달려 나갔다.
이렇듯 밤새도록 거대한 뿔과 날개와 발톱이 가득한 속에서   795
그는 엄청난 과업을 해내려는 투사를 도우려고 애쓰다가
동틀 녘에 눈을 반쯤 뜨고 숨을 돌리기 위해 일을 멈추었지만
그래도 꿈은 소용돌이 안개처럼 계속해서 그의 뇌로 쏟아졌다.
높은 곳을 올려다보니 둥근 채광창에서 장미처럼 푸르며
신선하고 부드러운 새벽이 미소를 짓기에 마음이 홀가분해졌다.   800
사나운 이성이 불끈거려 한참 동안 그는 몸을 일으키지 못했고,
밤에 흘린 눈물이 아직도 그이 수염을 흠뻑 적신 채였으며
동지들이 곁으로 몰려들어 왜 그러느냐고 묻자 그는
그들의 검은 눈을 오랫동안 쳐다보기만 할 뿐 대답을 못했다.
가엾은 먹보가 두려워서 친구의 표정을 살폈다. 「오디세우스!」   805
그러자 밤의 용사는 무서운 꿈을 떨쳐 버렸고, 용솟음치는
기쁨이 가득 찬 마음으로 친구들의 머리를 얼싸안고 소리쳤다.
「그를 보았도다!」 그러나 목이 메어 더 말을 잇지 못했다.

한쪽 구석에 웅크리고 앉아 하루 종일 나무토막을 파는 동안
그의 뇌에서는 굽이치는 파도가 일어나 두뇌를 부숴 버리려고   810
이끼가 덮인 바위에다 격렬히 내동댕이쳤다.
그는 둥그렇게 머리통을 깎았고, 불쌍한 어머니 대지를 구하려고
죽음의 신처럼 하늘과 싸우던 용을 생각해 내려고 애썼으며,
눈을 파내고 콧수염이 우뚝 두드러지도록 새겼으며

617

험상궂은 눈썹 사이에다 뿔처럼 두 개의 핏줄을 갈랐다.　　　　　　815
밤이 되어 끝낸 작품을 손에 쥐게 된 그는
파낸 나무에서 자신의 교활한 모습이 빤히 쳐다보고 있어서
분노하여 충혈된 눈으로 그것을 땅바닥에 내동댕이쳤다.
그러더니 그는 새로운 토막을 집어 위대한 용사를
그의 내면에서 끌어내리려고 애쓰며 천천히 밤새도록 새겼는데,　820
사나운 이성 속에서 그는 아직도 투사의 눈과 눈썹을, 위압감을,
집요함과 용기를 기억했지만, 기운이 빠진 두 손은
나무에다 그것들을 새겨 마음을 해방시킬 힘이 없었다.
사흘 동안이나 그는 애쓰고 고생했지만, 그의 둔감한 손가락들은
불타는 교활한 눈과 비웃는 입술, 험악하고 곱슬거리는 수염과　825
노련한 뱃사람들이 쓰는 뾰족한 모자만 만들어 놓을 따름이어서,
자기도 모르게 그는 여전히 자신의 영혼을 새기기만 했으며
위대한 투사는 여전히 그의 가슴 깊숙이 파묻혀 있었다.
사흘 동안이나 신은 자신의 검은 얼굴을 보려고 애썼으며
외로운 자의 실패를 보고 나일 강이 비웃는 미소를 지었다.　830
「태양에다 돌을 던지는 격이오! 신을 찾는답시고
유령과 허수아비들 사이에서 헤매다니 부끄러운 일이외다!」
그러나 투쟁하는 자는 침묵을 지켰으며, 그러다가 높다란 머리를
젖히고는 그의 가까운 친구들에게 말했다.
「많은 사람들은 인간의 영혼이 빵으로만 만족한다고 생각해서　835
가난과 부유함, 빵과 먹을거리 얘기만 한없이 늘어놓는데,
두뇌로부터 화살처럼 뿜어 나가는 사나운 불길,
그 불길이 가난한 사람의 초라한 아궁이로 들어가면
노파들이 솥을 올려놓고 노인들은 앙상한 다리를 뻗는다네.
나는 음식과 불룩한 배에 얽힌 모든 미덕을 싫어하고,　　　　　840

술과 음식이 좋기는 해도 나는 우리 검은 뱃속에서 타오르는
인간을 초월한 불꽃을 먹고 배가 부르기를 더 좋아하지.
나는 내 속에서 타오르는 불길을 신이라고 부르겠네!」
나일 강이 마음과 싸우는 자를 보고 오만하게 조롱했지만
그가 눈을 부라리며 사나운 짐승처럼 달려들었다.
「나는 인간과도 싸우고 신과도 싸웠으며 모든 것을 살펴보니
바다가 땅보다 단단하고 공기가 바다보다 단단하며
인간의 형체 없는 영혼이 공기보다 단단하다는 진리를 터득했소!」
이렇듯 땅 밑에서 두 사람이 말다툼을 하는 사이에
뛰노는 대지에서 찬란한 껍질을 뚫고 튀어나오듯
환한 빨강과 크로커스 빛깔로 발굽을 칠한 검은 말을 타고
시끄럽게 놀고 즐기던 귀족들이 돌아왔다.
유령들이 잔뜩 들어찬 한밤중의 무거운 대기 속에
목까지 잠긴 마술사들이 소리 없이 헤엄쳐 돌아다녔고,
못된 마녀들이 달빛을 받으며 새하얀 암양의 젖을 짜
공중에다 뿌렸고, 그러면 잔잔한 강물처럼
젖이 땅으로 흘러내려 모든 집을 하얗게 표백시켰다.
궁수도 역시 가슴을 활짝 열고, 지하 감옥의 지붕창으로부터
새하얗게 방울져 흘러내리는 달빛을, 인간의 마음을 위로하고
시원하게 도취시키는 젖을 받아들였다.
꿈 한 번 꾸지 않고 텅 빈 밤을 보내고 난 지금 그의 이성은
가슴이 부풀어 오른 수탉처럼 일찍 정신이 들어서,
동틀 녘에 시원하고 상쾌한 기분으로 잠이 깨었다.
첫 새벽빛이 빛날 때 그는 침착한 두 손으로
시커먼 통나무를 끈기 있게 깊이 파 들어가기 시작했다.
그의 이성이 순풍처럼 머리 위에서 불어 나무 찌꺼기를 날리고

두 눈은 깊은 우물이요 커다란 두개골은 단단한 부싯돌이,
이마는 바위가 흩어진 절벽이요 입은 깊고 컴컴한 동굴이 되었고
뒤틀린 입술은 사나운 짐승처럼 포효했다.
창조자는 핏줄을 베어 신의 입술에 빨갛게 발랐고, 870
손가락으로 피를 바르고는 두 눈썹을 파내었으며
깊은 우물 같은 두 눈에는 흙덩어리를 채워 넣었다.
마음이 놓이고 속이 시원하여 그의 이성은 차분해졌으며,
그의 아들이요 영주, 선조이며 내면의 뿌리,
힘찬 아들의 모습을 보고 감탄했다. 그의 목구멍에서 875
시끄럽게 떠드는 소리와 야만적인 노래가 튀어나왔고,
떨면서 담청색 하늘로 솟아오르는 작은 새의 감미로운 노래와
깍깍거리는 까마귀 소리 같기도 한 얘기가 쏟아져 나왔다.
마치 죽음이 비명을 지른 것 같기도 하고 마치 우리들의 작은 삶이
잠깐 빛을 받아 반짝이고, 유쾌한 방울새의 눈부신 부리에서 880
온갖 선정적이고 황홀한 노래가 흘러나오는 것만 같았다.
외치는 소리를 듣고 동지들이 눈을 들어
벽에 걸린 시커멓고 일그러진 가면이 피와 진흙으로 뒤덮여
새벽빛 속에서 미친 듯 캑캑거리는 것을 보고 비명을 질렀다.
「전쟁이다!」 그들이 소리치고 굶주린 손을 탐욕스럽게 내밀었지만 885
야만인들은 〈신이다!〉 소리치고 뒤로 물러났다.
궁중의 깊은 구덩이 속, 깊은 지하 감옥의 썩은 흙 속에서
모든 마음이 야만적인 구원자의 얼굴을 저마다 빚었다 지웠지만
나일 강은 화가 나서 침묵을 지키고 벗겨진 머리를 저었으며
궁수는 나무로 새긴 가면을 말 없는 노동자에게 내밀었다. 890
「동지여, 결심하시오. 그대의 위대한 복수와 분노의 신이,
무서운 노동자가 여기 있으니, 두려워하지 말고 간직하시오!」

위 세상에서 낮이 말라붙고 건조한 흙이 시원해졌으며
모래밭에서는 지붕들을 향해 옮겨 가기 전에
멍하니 서서 말없이 둘러보는 유령처럼 죽은 달이 떠올랐다. 895
개들이 앙상한 목을 길게 뽑고 울었으며 이리들이 울부짖었고
그들의 푸른 그림자가 무덤들 사이로 재빨리 돌아다녔다.
오늘은 조상들의 잔칫날이어서 죽은 자들이
나뭇가지들이 흔들릴 정도로 벌 떼처럼 땅에서 몰려나오는 때였으며,
왕의 식탁은 가난하고 굶주린 자들이 숨 막힐 정도로 푸짐했다. 900
호리호리하고 발이 백합 같고 진홍빛 신발을 신은 무희들이
향수를 뿌린 허리띠를 풀어 나뭇가지마다 걸어 놓아
높다란 나무들은 마치 천 마리의 뱀이, 깃털이 화려한 새들이,
달의 은빛 유령들이 올라앉은 듯 반짝였다.
머리를 높이 들고 지팡이로 땅바닥을 더듬거리며 905
일곱 명의 장님 음유 시인이 화려한 장미의 성원으로 들어와
낡고 길이 잘 든 리라를 가슴에 꼭 껴안았다.
그들의 잔치에 앙상한 미라가 나타나 손짓해 부를 때까지,
세상이 어두워질 때까지 흥청거리며 놀자는 뜻으로 귀족들은
즐겁고 풍요한 잔칫상에다 관을 하나 올려놓았다. 910
장님 시인 하나가 그의 음울한 리라에다 귀를 갖다 대고는
현들을 뜯으며 왕을 기쁘게 하려고 마음속에서 튀어나오기 위해
아직 태어나지 못하고 발버둥 치는 노래를 들어 보았다.
「언젠가 내 눈을 뽑아내고 두 귀를 틀어막고
탐욕스러운 내 입에 커다란 진흙 덩어리를 집어넣고 915
물고기의 아가미를 뜯어내듯 내 영혼을 뜯어냈던 위대한 신이여!
고마워할 줄 모르는 왕들에게 노래를 부르기에도 지쳤나이다!」
그러자 자칼처럼 기억이 시인의 두개골 안에서 긁어 대었고

그의 마음은 독사들이 뒤엉키고 이성은 허공에 매달렸으며
눈먼 지빠귀가 옹알거리듯 죽음을 노래했다. 920
눈먼 시인은 마음속의 음산한 노래를 들어 보고는
나무들 사이에서 죽은 자와 산 자들을 고무시키기 위해서
오늘 가장 감미로운 목소리가 나오리라는 생각에 부르르 떨었는데,
보라, 그의 이성은 검은 까마귀처럼 왕의 잔칫상으로 덮쳤다.
한편 저 아래 땅속 골방에서는 창백한 뺨에서 땀을 흘리는 925
죽음의 마지막 잔치를 차리느라고 노예들이
수많은 쟁반에다 맛 좋은 음식과 시원한 술을 담아 내왔으며,
대지가 베푸는 모든 것을 곧 죽게 될 사람들이 맛보도록
젖가슴을 드러낸 처녀들이 풍요한 향기와 장미를 가져왔다.
나일 강의 야만적인 이마가 빛줄기처럼 반짝였고, 930
금발의 선장들이 허벅지를 드러낸 아가씨들 사이에 앉았고,
식탁의 상석에는 모든 친구들에게 둘러싸여
성을 파괴하는 자의 우뚝한 머리가 불길처럼 너울거렸다.
그가 만든 사나운 신의 가면이 흙과 피로 범벅이 되어
높다란 못에 걸렸고 벽에서는 피가 뚝뚝 떨어졌다. 935
오랜 친구들은 통곡과 요란한 신음이 터져 나올까 걱정되어
영혼의 고삐를 단단히 당긴 채로 먹고 마셨으며,
그러다가 피리쟁이가 일곱 갈대의 피리를 꺼내
죽음을 조롱하려고 코웃음 치며 놀리는 노래를 불렀지만
외로운 자가 찡그린 얼굴로 쳐다보자 피리쟁이가 멈추고는 940
현명한 사람의 차분하고 숭고한 충고에 귀를 기울였다.
「인간의 영혼이 죽음을 찾아가는 길은 여러 가지로 다양하여
우는 사람도 있고 무서워서 웃는 사람도 있고, 어떤 사람은
암흑의 살인자에게 와서 싸우자고 당당하게 도전하기도 하며,

어떤 사람은 온순하고 얌전한 양처럼 목을 길게 내밀기도 한다. 945
우리들은 부끄럽게 울거나 웃지도 않고 떳떳하게
두 발로 서서 잘 먹고 잘 마신 다음에 잠자리에 들려고
세상의 찬란한 잔칫상에서 방금 일어선 위대한 왕처럼,
위대한 영주들처럼 죽음을 맞으리라, 나의 친구들이여.」
그러자 먹보가 신음을 하고는 단숨에 술잔을 비웠다. 950
「창피만 모른다면 나는 정말이지 통곡을 시작할 것이오.
이럴 줄 알았다면 평생 실컷 마시고 놀기나 했을 텐데!
하지만 내가 해온 일들을 지금 되돌이켜 보니, 친구들이여,
나는 그대의 무거운 그늘에서, 오디세우스여, 마시거나 먹거나
사랑하거나 바다를 항해했던 적이 전혀 없었던 것 같습니다. 955
죽음이 나를 잡아 그의 시커먼 말 엉덩이에 끌어 올린 다음
내가 보낸 삶에 대해서 거듭거듭 질문을 할 것이오.
〈여자와 꽃과 바다를 보았느냐?〉〈아무것도 못 보았소!〉
〈새벽에 노래하는 작은 새도?〉〈아무것도 못 들었소!〉
〈술과 빵과 고기는?〉〈아무것도, 아무것도 보지 못했소! 960
삶은 짤막한 꿈처럼 지나갔고, 잠에서 깨어났더니, 죽음이여,
그대가 내 머리채를 잡아 차가운 땅속으로 끌고 가려고 하오!〉」
이렇듯 켄타우로스가 횡설수설 정신없이 중얼거리자
외로운 자가 그의 두 손을 다정하게 잡았다. 「친구들이여,
내가 잊어버린 얘기가 있는데, 어떤 사람들은 죽음의 영주를 965
아무런 위엄도 없이 잔뜩 수다를 늘어놓으며 맞기도 한다더군!」
분노한 먹보가 벌떡 일어났고 그의 마음에서 얘기가 쏟아졌다.
「그대와 살기도 힘들지만 그대와 죽기는 더욱 어렵군요!」
그러나 철석은 겁을 내지 않고 당당하게 머리를 들었다.
「나는 내 마음대로 할 자유도 없다는 말인가, 친구들이여? 970

나는 노래를 통해 쏟아 놓고 싶은 감정이 있는데, 냉정한 자여,
그 노래는 친구나 술, 위 세상에 관한 내용은 아니고,
사랑을 많이 받는 그대의 머리를 노래하고 싶어요!」
그러자 산사람은 손으로 머리를 괴고, 단호하고도 많은 목소리로
용감한 옛 노래를 부르기 시작했다.   975
「발이 마흔인 남자가 지진을 일으키는 땅 위에 쓰러져 죽어 가고,
하늘에는 번갯불이 번쩍이고 천둥이 울려 하데스가 흔들리고,
그의 독수리 날개가 묻히는 생각을 하며 비석들이 떨었다네.
어떤 인간의 집이나 동굴도 그에게 안식처가 되지 못하고,
그는 한 손에 노를 들고 다른 손에는 북극성을 들고   980
섬을 하나씩 바다에 던지며 휩쓸고 지나갔다네.」
궁수가 두 손을 펼치고 떨리는 목소리로 말했다.
「북극성과 노여, 안녕! 화려한 세상이여, 안녕!
항해는 훌륭했고, 배 속은 바다와 소금물로 가득하네.」
한밤이 가까워서 처녀들의 따스한 머리카락에 꽂힌 재스민이 썩고   985
야만인 추장들도 도살장의 음침한 문으로 끌려가는
물소처럼 신음하기 시작했다.
나일 강이 잔칫상을 주먹으로 치고 분노하여 소리쳤다.
「군인이 술과 만가로 죽음을 맞다니 얼마나 부끄러운 일이오!」
외로운 자가 마음에 독을 품은 노동자에게 반박했다.   990
「친구여, 아무리 저주를 받았더라도 삶이란 가장 감미로운 것,
눈물을 흘리며 세상에 작별을 고하는 그들의 행동이 옳소!」
그러나 칼처럼 날카로운 나일 강의 입술이 분노하여 투덜거렸다.
「나는 죽음에게 기쁨이나 달콤한 즐거움의 선물은 하나도 없이
굶어 죽은 아이만 제물로 가져다줄 것이오.」   995
세계를 방랑한 자는 웃음을 모르는 잔인한 사랑에 시달려

마음이 얼마나 굳어 버리기도 하는지 생각하고는 깊이 떨었으며,
검은 옷을 두른 근엄한 영혼에게로 조용히 시선을 돌렸다.
「대지는 선하고 큰 은총이어서 인색하고 가혹하며
가장 탐욕스러운 인간의 두뇌를 벗겨 버리기도 한다.   1000
슬픔과 기쁨, 거짓과 진실, 주인과 노예,
굶주리는 아이와 한없이 먹어 치우는 깊고도 깊은 배 속 —
이들 모두를 담고도 기절하지 않는 두뇌에 기쁨이 있으라.」
그러나 위대한 노동자는 아직도 고집스럽게 반박을 계속했다.
「그대와 같은 두뇌로 세상은 험하게 제멋대로 자라나지만   1005
우리들은 대지와 싸우며 그것이 맺는 모든 훌륭한 것을 키우고
나쁜 것은 모두 죽이기 때문에, 세상을 망나니로 키우진 않아요.
대지는 마음과 이성과 귀와 눈이 없지만 우리, 지도자들은
영혼과 마음과 이성과 귀와 눈으로만 이루어졌기 때문에
언젠가는 대지가 우리들의 마음을 본보기로 삼을 것이오!」   1010
외로운 자는 몽롱한 눈으로 아주 차분하게 중얼거렸다.
「모든 것을 담고도 기절하지 않는 두뇌에 기쁨이 있으라!
신이 오른쪽에서 선의 거대한 날개를 펼치고
왼쪽에서 악의 날개를 펼친 다음 뛰쳐 솟아오른다.
나도 신처럼 어긋나는 날개로 날게 된다면 얼마나 좋으랴!」   1015

이렇듯 땅의 깊은 뿌리 속에서 두 영혼이 죽음과 싸우는 동안
귀족들이 사는 떠돌이 지구의 표면에서는
아늑한 정원에서 손가락이 가느다란 무희들이 춤추었고
장님 음유 시인들이 머리를 들고 빛의 노래를 불렀다.
우두머리 시인까지도 즐겁고도 상쾌한 새로운 노래를 찾아내어   1020
군주의 마음을 새롭게 해서

왕의 마음에 담긴 침울한 노래를 잊게 하려고 했다.
그러나 왕은 무거운 그림자의 악몽이 지난밤에 그의 머리를
세차게 쳤기 때문에 독이 담긴 입술을 깨물었는데,
깊은 잠 속에서 어젯밤 그는 커다란 방울을 목에 걸고   1025
허공에 매달려 낮게 드리운 발가락으로 잠든 지붕들을 스치며
검은 눈이 어두운 대지로 방울져 흘러내리던
한 사람의 검은 시체를 보았었다.
밤새도록 그는 연을 날리듯 그것을 가느다란 실 끝에 매달고
흔들리며 선회하는 모습을 보았고, 썩어 가던 시체는   1030
천천히 울리는 방울 소리에 맞춰 구더기를 한 마리씩 흘렸다.
「아, 언제 동이 터서 저 송장을 쫓아 버리고
내가 다시 신선한 공기를 숨 쉬고 태양을 구가하려나!」
그리고 빛을 갈망하던 파라오는 발이 마흔 개인
거대한 사람의 머리가 모래밭을 기어 올라가   1035
이빨이 피에 흠뻑 젖어 시커먼 입으로 킬킬거리는 광경을 보았다.
해몽가들은 아연실색했고, 궁중 광대들은 겁을 먹었고,
후궁들이 두 팔을 벌렸고, 덜시머가 노래하느라고 떨렸지만
독은 여전히 왕의 부어오른 입술에서 계속 부풀어 올랐다.
꾀 많은 신하가 왕의 거룩한 발에다 절했다.   1040
「오, 장수하신 군주시여, 그들의 위대한 활약과 기쁨을 얘기하여
그대의 마음을 진정시키라고 위대한 영주들에게 명령하소서.」
노인들이 그들의 항해와, 그들이 지나온 해변들과,
수천 가지 깃털이 달린 새들과, 이상한 부족의 사람들과,
그들의 깊은 두 눈으로 보았던 여러 빠른 배들을 회상했다.   1045
색을 밝히는 건장한 사내가 웃고는 그가 차지했던 여자들,
옥수수 냄새가 나는 검둥이, 눈이 째지고 피부가 노란 여자들,

밀빵처럼 갈색인 여자들, 그리고 푹푹 찌는 열기 속에서도
허벅지에 시원함을 간직하는 새하얀 여자들 얘기를 했다.
위대한 마술사는 짐승들에게도 들어가고   1050
나무의 뿌리로 내려가기도 한 인간의 옛날 근원을 캐내었다.
「지구는 사람들이 잎사귀처럼 매달려 흔들리고
왕들이 꼭대기로 올라가 활짝 꽃을 피운 다음
세상을 구원할 열매가 가득 담긴 달콤한 열매를 맺는 나무입니다.」
그러나 왕은 화가 나서 발을 구르고 소리쳤다. 「시끄럽구나!   1055
네가 얘기를 할수록 무서운 꿈이 더욱 내 가슴을 죈다!
너희들 모두 찢긴 깃발처럼 구더기에게 먹힌 육신을 들고
끈적거리는 축축한 허공에서 그것을 자랑스럽게 흔드는구나!」
그가 말하고는 분노하여 높은 시종을 노려보았고, 시종은
웃음이라는 연약한 새가 왕의 나무에 올라앉도록 할 줄 알았던   1060
재치와 약삭빠른 교활함을 잃어버리고 두려워 떨었으며,
그래도 재빨리 교활한 그의 이성에 새잡이 끈끈이를 바르고는
정원을 향해 뒷걸음질을 치며 절하고 모습을 감추었다.
깊은 지하 감옥에서는 세상에 작별을 고하느라고 야만인들이
아직도 순수한 술과 여자와 더불어 싸움을 계속했으며,   1065
외로운 자의 용감한 친구들은 순풍이 불기만 하면 당장
돛을 달고 뱃사람이 항해를 떠나는, 지극히 환상적이고 투명한
베일에 가린 어느 낯선 땅을 보듯 초롱초롱한 눈으로
죽음에 관한 얘기를 조용한 목소리로 나누었으며,
그러자 죽음은 소심한 아기 사슴처럼 개울가에서 물을 마시는   1070
생명을 몰래 훔쳐보고는 독수리 같은 그림자로 갑자기
샘물을 덮어 버리는 사냥꾼처럼 음흉하게 살그머니 다가갔다.
궁수도 역시 죽음의 그림자와 불멸의 물을 한꺼번에 들이켜

갈증을 풀게 되어 기뻐하며 몸을 수그렸다.
그는 과거의 모든 삶이 순식간에 휩쓸려 지나간다고 느꼈으며,   1075
그의 이성과 눈과 목소리와 입술과 머리카락 속에서 물이 솟았고
별처럼 번득이며 갑자기 랄라가 달려 지나가다가 떨어졌다.
차분히 미소를 지으며 그는 어느 날 랄라와 함께
미라 인들을 선동하려고 죽음의 골짜기를 헤맸던 때가 생각났다.
그들의 살아 있는 발치에서 시체들은 껍질이 벗겨지고 뭉개졌으며   1080
커다란 창자 속에 음식이 너무 많이 들어가서 대지가 살쪘고
그래서 궁수는 악취를 견디기 힘들어 코를 막았다.
고인 물에 발을 담그고 허리를 숙인 초라한 미라 인이
죽은 자의 내장을 꺼내고 두뇌를 파낸 후 시체마다
새까만 역청과 향기로운 약초로 속을 채웠다.   1085
다른 사람들이 죽은 자의 얼굴에 화장을 시키고는
역청을 가득 채운 배 속에다 오래된 마술의 주문을 넣었다.
〈나는 거짓말과 살인을 하지 않았고, 배불리 먹은 적도 없고,
물을 훔치지도 않았고 주인의 명령을 거역한 적도 없으며,
주인의 그림자만 봐도 떨고 그의 발치에 엎드렸나이다.〉*   1090
또 다른 사람들은 이제 죽음과 결혼한 영혼이 영원히 거처할
무덤들 한가운데서 화려한 신부의 옷으로 치장하고
대지와 이성과 바다에게 가장 소중한 장식품들을 모아 들여
푸른 나뭇가지 하나도 부족함이 없도록 했다.
이렇듯 노예들의 검은 손끝에서 교묘한 솜씨로   1095
그림들이 흘러나와 즐거운 형상들이 벽을 가득 채웠고,
손의 다섯 피리에서 분수처럼 생명이 분출해 나왔다.
가장 아래쪽 칸에서는 넓은 강물이 풀밭 사이로 흘렀고,
갈대가 젊은 처녀의 몸처럼 부드럽고 신선하게 흔들렸고,

불타오르는 꽃들이 파도의 광채 위로 솟아올랐고, 1100
화려한 꼬리를 세우고 물고기들이 즐겁게 춤추며 지나갔다.
두 번째 줄에는 방금 밭갈이한 검은 흙이 펼쳐졌고
진흙이 깔린 농토에는 씨를 뿌렸으며
근처의 새로 판 구덩이에서는 흙과 씨앗이 하나가 되어
밀이 싹트라고 남녀 한 쌍이 포옹했다. 1105
세 번째 줄에서는 주인들이 그늘에 편안히 주저앉아
춤추는 노예들을 열심히 구경하며 즐거워했고
장님 시인들은 눈에 흙이 가득한 채로 햇빛을 받으며 노래했고
가냘프고 발가벗은 노예 처녀들이 시원한 과즙과 화려한 꽃을
은쟁반에다 받쳐 가지고 와서 위대한 영주들에게 바쳤다. 1110
게빠른 새처럼 가느다란 상형 문자들이 하늘로 날아올랐다.
「술과 노래도 좋지만 그중에서도 삶이 으뜸이더라.」
화려하게 장식한 벽에 그린 모든 삶을 한 층씩 올라가는 동안
여행을 많이 한 자의 무거운 몸은 걸음을 옮길 때마다
점점 가벼워져서 결국 순수한 공기를 호흡하게 되었다. 1115
네 번째 줄에서는 불멸하는 자들이 불타오르는 새처럼 빛났고
그들의 발치에서는 벌거숭이 굼벵이처럼 영혼이 기어갔는데,
그렇다, 마음을 꺼내 손에 들고 영혼이 여자처럼 떨었다.
「오, 마음이여, 새들의 젖이나마 나는 그대에게 먹였고,
나는 그대에게 무엇 하나 거부한 적이 없다, 1120
이제는 내가 한 가지 부탁하노니, 오, 마음이여, 고백하지 말라!」
아직 공백으로 남은 꼭대기 칸은 무덤의 경계선을 이루었고,
앞날을 보는 사람들은 불멸하는 자들보다 훌륭한 어떤 모습이
앞으로 그곳을 장식하려는지 알고 싶어 했다.
어느 늙은 노예가 발판으로 기어 올라가 꼿꼿하게 서서 1125

빈 칸에다 두 손으로 파랑과 진홍 물감을 뿌리자
이 광경을 보고 궁수의 관자놀이가 은근히 지끈거렸으며,
높다란 불길이 굶주리고 사나운 혓바닥처럼 이 산 저 산으로
재빨리 물결치듯 옮겨 붙은 광경을 보고, 그는 부르르 떨었다.
물과 밀과 제신들이 사라지고, 인간의 궁극적인 상속자요   1130
처녀처럼 손닿지 않은 순수한 불길만이 남았으며,
그의 비밀스러운 두려움의 불길이 이제는 당황하지 않고
인간의 마음을 더 이상 두렵게 하지 않을 아름다움의 옷자락에서
너울거리는 광경을 보고 괴로워하던 궁수가 미소를 지었다.
태양이 굴러가 굽이치는 모래밭으로 무겁게 떨어졌으며   1135
돌로 만든 신들이 빛을 향해 얼굴을 돌린 채로 그를,
그들의 외아들을 찬란한 품 안에 받아 주었다.
사다리의 맨 꼭대기 가로대에 올라선 마술사가
화강암을 파낸 매 같은 얼굴의 거대한 신에게 축복을 내리느라고
그의 얼굴에다 오래된 마술의 주문을 입김으로 불어넣었다.   1140
「많은 제물을 들고 엎드려 절하며 그대에게 경배하는 모든 사람과
세상을 잘 보도록 나는 그대의 큰 눈에 입김을 불고
우리들이 아첨하는 푸짐한 말과 기름진 찬양의 노래,
대지의 함성을 잘 듣도록 나는 그대의 큰 귀에 입김을 불고,
제물로 바친 고기를 굽느라고 돌아가는 꼬챙이 냄새를   1145
멀리서도 맡도록 나는 그대의 큰 코에 입김을 불고,
인간들의 두개골을 움켜잡아 살을 뜯어 먹기는 해도
우리들 사제장들에게 푸짐한 음식을 조금 남겨 주도록
그대의 매부리코와 탐욕스러운 부리에 입김을 불겠나이다.」
궁수는 의롭지 못하고 욕심 많은 인간의 모든 욕정을 지녔으며   1150
두뇌도 없고 침묵하는 화강암 신에게 생명을 가져다주려고

마술사가 미약한 입김을 불어넣는 소리를 들었으며,
살인자는 이성이 흔들릴 정도로 신에게 고함쳤다.
「내가 입김을 불 테니, 큰 손으로 세상을 때려 부수소서!」
그의 가슴에 불이 붙었고 새빨간 일곱 태양이 모래로 숨 막히는   1155
하늘로 춤추며 올라가 그의 머릿속 화장용 장작더미에서는
지구가 쇳덩이처럼 새빨갛게 달아 이성을 타고 올라갔다.
외로운 자는 갑자기 세상이 멸망할까 봐 두려워졌고,
황급히 커다란 손을 뻗어, 그의 이성이 가만히 서고
초라한 세상이 뒤로 물러날 때까지 시원하고 풍만한   1160
랄라의 젖가슴을 움켜잡고 기쁨을 누렸다.
이렇듯 마지막 시간에 그는 둥글고 풍만한 여인의 젖가슴,
환상의 기쁨에서 위안을 얻었으며
마지막 작별을 즐기려고 눈을 감은 그는
손에 잡은 것이 처녀의 감미로운 육체가 아니라   1165
온 세상이라고 느끼며 작별을 고했다.
이렇듯 그의 투쟁에 대한 보상으로 담청색 떨리는 그림자를
두 손에 가득 쥐고 위대한 세계의 방랑자는
번갯불처럼 삽시간에 땅속으로 사라지기를 기다렸는데,
삶이란 고요한 번개의 섬광이어서 미처 눈을 깜박일 틈도 없고,   1170
적들과, 친구들과, 여자들과, 푸른 해안선들과, 담청색 바다,
무수한 감미로운 꽃들을 볼 여유도 거의 없었으니,
그가 손에 쥔 온 세상이 사랑스러운 장난감 같기만 했다.
빈 손바닥으로 풍요한 보상을 그가 어루만지려니까
지하 감옥의 문들이 활짝 열려 시종이 거만하게 앞으로 나섰고   1175
야만인들이 땅에 웅크리고 앉아 황소처럼 신음했으며,
동지들이 몸을 일으켜 가느다란 허리를 천천히 여미었지만

교활한 내시가 쪼글쪼글한 두 손을 들고 말했다.
「불길한 꿈이 우리 임금을 괴롭혀 그의 창백한 입술에서는
달콤한 술과 부드러운 입맞춤도 독으로 변하고
모든 부드러운 마음의 잎사귀도 가슴속에서 시드는구나.
머나먼 북쪽 이상한 암흑의 나라에서 태어났으며
우리 거룩한 땅을 전쟁으로 더럽힌 낯선 사람들아,
그대들 가운데 누가 우리 파라오의 괴이한 꿈을 쫓아내고
유령을 꼼짝 못하게 하는 마력의 주문을 아는가?
그런 자가 있다면 나는 그의 목숨을 살려 주겠노라!」
하지만 모두들 머리를 떨구고 아무 말이 없었으며,
그러자 좁혀 드는 죽음의 집게발에서 벗어나 도망치려고
아직도 애를 쓰던 자가 몸을 일으켰다.
그는 어우와 시가의 교활함을 모두 동원하여 죽음과 싸우려고
몸에 걸쳤던 옷을 재빨리 찢고는 눈에다 진흙을 발랐다.*
「여섯 모가 난 별, 마녀의 약초, 홀리는 마술
나는 인간을 속박하거나 풀어 주는 모든 재주를 공부했다.
내가 꿈을 풀이하여 허공으로 던져 버리겠지만,
제신들이 나에게 덤벼들어 내 두뇌를 뽑아 버릴지 모르니까
인간의 제한된 능력을 넘어서도록 머리가 불타오르게
먼저 내가 춤을 추고 광란의 함성을 지르리라.」
그가 말하고는 신의 야수 같은 가면을 벽에서 떼어 내어
등에 걸머지고는 지하 감옥의 문으로 성큼성큼 나갔다.

땅에서는 백합과 재스민 냄새가 났고 발가벗은 처녀들이 엎드려
궁중 마님들에게 장미를, 영주들에게는 포도주를 바쳤으며
날쌘한 무희들은 달빛이 줄줄 흘러내리는 나무 옆에 섰고

향기가 나는 시원한 땀이 그들의 지친 몸에 서리처럼 앉았다.
향기로운 세계를 냄새 맡고 오디세우스는 머리가 어지러웠으며
모든 삶이 눈썹 사이에서 헛바닥처럼 날름거렸으므로   1205
콧구멍이 벌름거리고 귀가 윙윙거리고 눈이 깜박였고,
삶을 영원히 멈춰 세우기만 한다면 얼마나 좋으랴 생각했다.
그의 가슴과 허벅지를 어지러운 갈망이 휩쓸고 지나갔으며
떨면서 더듬거리는 춤이 그의 육신 속으로 흘렀고,
그는 오른쪽으로 돌며 크게 절하고 고뇌하며 왼쪽으로 돌아   1210
잡아먹히는 짐승처럼 떨며 왕의 발치로 엎어졌다.
내면에서 갑자기 춤이 솟구쳐 그는 뼈마디들이 짜릿했고
그의 이성은 잔치와 영주들을 재빨리 대롱처럼 빨아들여
흩어진 그의 모든 갈망이 허공에 떴다.
그는 빵을 달라고 구걸하듯 두 손을 내밀고   1215
발을 질질 끌며 거룩한 춤의 첫 부분을 추었고,
그러고는 천천히 영주들을 하나씩 서글픈 눈으로 둘러보았다.
마치 어린 고아들이 발작적으로 멀리서 흐느껴 울듯이
떨리는 그의 목구멍에서 통곡이 방울처럼 끓어올랐고
흙투성이 누더기 옷자락이 향기 가득한 허공에서 펄럭였다.   1220
집집마다 찾아다니며 문전걸식을 하는 병든 거지와
나지막이 흐느껴 우는 버림받은 어린 고아들을 흉내 내는
낯선 이의 재주를 구경하며 귀족들은 미소를 짓고 감탄했다.
그러더니 뛰어오르려고 움츠리는 호랑이처럼 그는 주먹을 불끈 쥐고
비틀어 구부린 앞발처럼 한쪽 다리를 공중으로 높이 치켜들고   1225
목은 점점 뻣뻣해졌으며 어둠 속에서 이빨이 번득였고,
신을 새긴 가면이 그의 잔등에서 헐떡이며 신음했다.
그의 두 발이 분노하여 날뛰며 단단한 땅바닥을 굴렀고

사나운 두 손은 보이지 않는 활을 팽팽하게 당겼으며,
보이지 않는 화살들이 달빛 속에서 휘익휘익 날아갔다.   1230
이것은 단순한 춤이 아니어서 장미 숲에서 전쟁이 터지고,
잔칫상에 새까만 까마귀들이 앉아 거센 목소리로 깍깍거리고,
그림자 화살에 맞은 왕이 숨 막혀 펄펄 뛰었다.
궁수의 분노가 가라앉고, 목구멍의 긴장이 풀리고,
머리카락을 뜯으며 통곡하는 처녀처럼 흐느낌이 어둠을 꿰뚫었다.   1235
느린 춤이 기어가듯 질질 끌었고, 잔인한 전쟁이 끝나서
야윈 절름발이들이 절름거리고 헤매었으며
눈먼 사람들이 구부러진 지팡이로 땅바닥을 사납게 더듬거렸다.
뻔뻔스럽게 웃어 대던 영주들의 머릿속에서는 노략품을 잔뜩
짊어지고 산 터에서 불구가 된 노예들이 돌아오는 모습이 보였고   1240
저 멀리 울창한 숲 달빛 그림자들 한가운데서
처녀가 사랑하는 이를 부르며 조용히 흐느껴 울기 시작했다.
외로운 자가 왕의 발치에 쓰러져 크게 절하고는
떠오르는 태양처럼 천천히 천천히 올라갔고
궁중 마님들과 술꾼들이 마침내 그의 모습을 보고는   1245
사납고도 흉악한 신이 히죽거리는 가면을 쓴 궁수의 얼굴이
너무나 무섭다고 비명을 질러 대었다!
왕이 소리치고 뒤로 비틀거리며 집정관들의 품으로 물러났다.
「아! 저것이 내 꿈에 나타났던 일곱 번이나 태어난
태양 악마의 얼굴이다! 나는 미칠 것 같으니, 살려 다오!」   1250
그러나 사신이 분노하여 춤추는 자를 잡으러 달려 나갔더니
오디세우스가 신의 가면을 그의 험악한 이마에 매달았고
여섯 쌍의 불길이 그의 겨드랑이와 머리와 뿔에서 뿜어 나오자
겁먹은 왕이 다시 소리치며 그를 얼른 붙잡았다.

그러자 모든 이성이 짓눌리고 두려움으로 핏줄이 부풀어 올라　　　　1255
온 세상이 떨렸고, 살인자는 검정 손잡이가 달린 칼을 집어 들고
거품을 일으키는 춤을 추며 군주의 식탁 주변에서 날뛰었다.
도취감에 머리가 높이 불타오르고 눈이 휘둥그레진 그의
두 발이 죽음과 삶을 모두 초월하여 소용돌이를 일으켰으며
그는 더 이상 울거나 싸우거나 통곡하거나 구걸하지 않았고,　　　　1260
돌멩이에서 연기가 날 때까지 신처럼 검은 흙을 어루만졌다.
그러다가 갑자기 그는 왕 앞에 우뚝 멈춰 서서
흙이 가득한 눈으로 노려보며 험악한 웃음을 터뜨렸다.
주신제에서 잉태된 놀란 젊은이가 두 손을 내밀었지만
교활한 자가 동굴 속에서 울리는 우레처럼 소리쳤다.　　　　1265
「메추라기와 검은새와 호도애도 모두 좋은 새이지만
모든 새 중에서도 독수리를, 특히 왕의 머리를
발톱으로 움켜쥔 십자독수리를 나는 가장 좋아하노라!」
사색이 완연한 왕이 떨리는 입술로 말했다.
「오, 악령이여, 그대가 원하는 자들을 골라 내어 나라를 떠나되　　　　1270
내 영혼과 땅의 경계선을 어서 벗어나도록 하라!
내 숨결의 저주를 받아 그대는 사방의 바람 속으로 사라지거라!」
그러더니 저주가 실현되도록 왕이 침을 세 차례 뱉었다.
겁먹은 신하들에게로 돌아선 왕이 재빨리 명령을 내렸다.
「적어도 두 달 동안 지탱할 식량을 그에게 충분히 주고,　　　　1275
믿을 만한 경비병들로 하여금 그를 머나먼 변경으로 데리고 가서
우리 거룩한 땅으로부터 멀리 쫓아 버려 왕국을 깨끗하게 하라!」

느리고도 단호한 걸음걸이로 오디세우스는 춤추는 곳을 지나
지하 감옥으로 내려가 긴 땅굴의 문을 열었으며

거룩한 동지들이 땅에 젖은 그에게로 몰려들었다. 1280
그들 한가운데 꿋꿋하게 버티고 선 그의 두터운 입술에서
김이 무럭무럭 피어올랐으며, 삶이 이번에도 그를 버리지 않았고
이성은 온전했으며 콧구멍으로 그들의 고약한 악취를 맡게 되자
오디세우스는 발을 구르며 두 팔을 활짝 벌리고는 웃었다.
그의 손이 그들의 목숨과 죽음 가운데 무엇을 쥐고 있는지 1285
질문을 퍼부으며 알아내려고 그들이 사방에서 몰려들었다.
새로운 바다가 그에게로 넘쳐 오자 켄타우로스가 소리를 질렀다.
「선장이시여, 우리들은 대지의 무덤 속에 깊이 닻을 내립니까,
아니면 우리 배가 거품을 일으키며 바람 속을 달릴 것입니까?
불멸의 물을 찾아가는 길이 아직 끝나지 않았고, 1290
위대한 여행을 아직 계속하게 된다면 얼마나 좋겠습니까!」
동지들의 머리와 간등을 쓰다듬으며 외로운 자는
인간의 따스함과 삶의 좋은 냄새가 기뻐 숨이 막힐 지경이었고,
마치 완전히 성장한 어른으로 방금 태어나
대지의 문간에 서서 황홀감으로 마음이 가득한 듯 1295
새로운 기쁨과 새로운 사랑이 그의 가슴속에서 솟구쳐 술렁였다.
그러자 그는 머나먼 곳 어느 늙은 올리브나무에서 깨어나
온갖 나무와 태양, 세상의 찬란함이 펼쳐진 풍경을 보고
너무나 놀라서 떨었다는 갓 태어난 귀뚜라미가 생각났는데,
그도 역시 귀뚜라미처럼 찬란한 힘이 넘쳐흘렀다. 1300
한껏 어루만지고 난 다음 그는 목소리를 가다듬고
그가 어떻게 춤을 추었고, 그의 용감한 신이 어떻게 달려 나가
거대한 입을 딱 벌리고 그들을 모두 집어삼켰는지 얘기했다.
「자, 심각한 얘기를 해야 되겠으니 이제 진정하도록 하라.
나는 하데스로부터 방금 돌아와 지금 막 태어났노라! 1305

내가 낭비한 모든 세월이 한심하다! 비굴한 노예처럼 나는
인간의 낡은 발자취만 따라왔으니, 내 삶은 수치스러우며
오늘 죽는다면 나는 싸움에서 지고 마는 셈이다!」
그의 눈이 번득여 캄캄한 지하 감옥에 불꽃을 뿌렸으며
불꽃을 보고 먹보의 등골에는 찬 물, 뜨거운 물이 흘렀고   1310
초라한 피리쟁이는 겁에 질려 벌벌 떨었지만,
눈이 파란 야만인들은 머나먼 곳 눈 덮인 그들의 평원에서
말을 타고 질주하듯 즐거운 표정으로 함성을 질렀다.
눈이 불꽃같은 궁수가 튼튼한 허리띠를 단단히 두르고,
튼튼한 샌들을 신고 눈에서 질퍽한 진흙을 닦아 내고는   1315
금발과 검은 머리가 뒤섞인 모든 사람들에게로 돌아섰다.
「신은 허공에서 달려 나가서 사라지는 그런 노래가 아니고
피와 살이 넘치며 불끈거리는 따뜻한 목구멍이어서,
그는 우리들을 불러 진지한 말을 하고는 서둘러 가버렸노라.
나아가자, 친구들이여, 선구자가 가야 할 길을 따르고,   1320
태양의 열기 속에서 아프리카로, 남쪽으로 달려가자!
세상의 끝, 모든 것들의 가장 언저리에 존재하는 곳
밀이 나무처럼 크게 자라고 잡초가 사람의 키만큼 자라며*
엉경퀴가 말의 엉덩이보다도 더 높이 자라는 곳,
그곳에서 우리는 새로운 성과 새로운 도시를 세우고,   1325
그곳에서 우리는 새로운 희망과 미덕, 기쁨과 슬픔을 마련하고,
우리 튼튼한 팔은 자랑스러운 마음의 명령을 행하리라.
우리들은 창녀 같은 낡은 세상에 새로운 처녀성을 주리라!」
지하 감옥이 온통 흔들릴 정도로 함성을 지르고는 모든 야만인이
손과 손을 맞잡아 얼굴이 붉어진 궁수를 높이 헹가래 쳤다.   1330
초라한 갈대 피리에서 무슨 노래가 나올지 아무도 모를 일이어서

638

피리쟁이는 가느다란 칼처럼 피리를 옆구리에 차고는
귀뚜라미 같은 정강이로 지하 감옥의 문으로 걸어갔지만
마당발이 그의 목덜미를 잡아 들어 올려 무등을 태우고 소리쳤다.
「단단히 매달리게나, 친구여! 이제 어디로 달려가야 할까?」 1335
그리고 철석은 빨간 장식띠를 몸에다 두르고 또 둘렀으며,
그리움에 젖은 그의 마음은 멀리멀리 날아가서
아프리카의 뜨거운 황무지로 내려가 춤을 추었다.
「길이 끝나는 곳에서 우리 바위가 빛나는 모습을 나타낼 때까지
발 빠른 길잡이 자랑스러운 두루미가 사막의 맑은 공기를 찾아, 1340
멀리 퍼져 나가는 길을 찾아 어서 달려가야 한다!」
철석이 새로운 길을 떠나고 싶어 준비를 하는 사이에
노동자 나일 강이 다가와서 도시를 세우는 자에게 말했다.
「그대가 공중의 성을 잘 짓기 비라오, 반항하는 영혼이여.
그대는 하늘을 잡지만 우리들은 흙덩어리를 잡을 따름이니, 1345
초라한 땅에서 내 삶도 아직 무슨 열매를 맺을지 모르니까
얼마 동안 나도 그대들과 함께 가도록 허락해 주시오.
하지만 내가 고생을 겪었던 땅에서 언젠가는
노동자들의 큰 낫으로 복수의 위대한 추수를 해야만 하기 때문에
그대들이 국경을 넘을 때 우린 이별해야 합니다.」 1350
날이 밝아 채광창이 힘없는 태양처럼 파리하게 미소 지었고
이성을 읽는 자가 문을 밀어 열자 그의 친구들은
불이 번득이는 눈을 두리번거리며 날개처럼 가벼운 발로 나가서
옛 고향을 보듯 끝없는 길을 멍하니 쳐다보았다.
그들의 지도자가 침착하게 미소 짓고는 민활한 눈초리로 1355
사나운 새 친구들을 살펴보았고, 그의 재빠른 마음이 말했다.
「헐벗은 대지가 대담해지고 가시들이 우리들을 짓눌러 오니,

어서 일어나 앞장을 서라. 오, 양쪽으로 번개 치는 양날 도끼여,
좌우를 쳐서 피로 물든 길을 열어라. 오, 번갯불이여!」

제12편

「용사의 죽음을 슬퍼 말라! 과녁을 맞히지 못하면 어떤가?
한두 번 실수를 하더라도 그는 다시 달려가 무기를 들고
귀에다 카네이션을 달고 모자를 비스듬히 쓸 터이고
친구들이 다시 삐걱거리는 그의 식탁으로 모여들리라.*
그의 집 마당에서 친구들이 잔치를 벌여 즐겁게 먹고 마시고는   5
마음에 불이 붙을 때까지 흥겨운 노래를 불러 댄다.
세상은 너무 좁아지고 나는 숨이 막혀 죽을 지경이며
이제 말들이 울어 대니 횃불을 휘두르며 나아가자!
숫양의 뿔로 구부러진 활을 만들고 나무로 재빠른 배를 만들어
새고기와 짐승 고기를 삼키고 물 타지 않은 술을 마신 다음   10
동틀 녘에 깨어 보니 고기가 내 머리까지 올라와
용감한 불꽃으로 터져 세상을 둘러보고 소리쳐 부른다.
나는 도끼를 들어 신의 모습을 새긴 후 엎드려 절하고 경배하지만
어느 날 맑은 새벽에 그를 보고 다시 도끼를 치켜든다.
〈멍청한 나무토막아, 내 마음에는 더 이상 네가 들어설   15
자리가 없고, 나를 위압하지도 못하니, 너를 없애야겠다!〉
그래서 나는 신을 쪼개어 불쏘시개로 삼아 아궁이에 던져 넣고

어둠 속에서 아직도 만족하지 못한 두 손을 내밀어
부드러운 찰흙처럼 여자들을 움켜잡아 더 많은 남자를 빚어서
햇볕에 말리려고 땅바닥에 늘어놓는다.   20
〈자, 친구들이여, 위대한 세상이 어디에서 끝나는지 보고,
활시위가 끊기지 않고 영혼이 얼마나 늘어날지 모르지만
혹시 끊기더라도 곧 고쳐 다시금 화살이 빛 속으로 솟아
태양을 맞힐 터이니 개의치 말라, 나의 친구들이여!〉」*

이렇게 앙상한 철석이 노래를 부르자 젊은이들이 북을 쳤고   25
방랑하는 길잡이가 그의 일행으로 삼으려고 골랐던
온갖 잡다한 천민들이 뒤에서 오합지졸처럼 밀려나왔다.
어쩌다가 그는 도대체 이토록 훌륭한 사람들만 끌어 모았을까?
그는 신 사과의 씨와 단단한 호두의 껍데기만 모조리 모아서,*
세상의 가장 훌륭한 봉오리만 모아 꽃다발을 엮은 모양이다!   30
용맹한 불한당들과, 칼을 휘두르는 자들과, 미천한 사기꾼들,
깡패들과 방탕한 자들이 그의 이리 떼 속에 모두 들어 있었다!
교수형을 당해 마땅한 난폭자들, 갈보를 팔아먹는 뚜쟁이들,
능수능란한 사기꾼들, 아무짝에도 쓸모없는 해적들,
그들은 악마와 인간과 신을 아무도 두려워하지 않는 자들이었다. 35
그들과 더불어 말처럼 건장한 여자들과 우람하고 짓궂은 화냥년들,
심술궂은 노파들, 세이렌들, 집시들, 가정에 파탄을 일으키는
매춘부들, 뻔뻔스럽게 뽐내는 갈보들, 애를 밴 어린 여자들
그리고 악마의 씨로 태어난 사생아들이 패잔병처럼 따라왔다.
그들의 길잡이가 돌아다니며 온갖 허섭스레기를 주워 모았나 보다!   40
모두들 땅으로 몸을 수그리고 어깨 너머로 돌을 던졌다.
「영주들이 썩어 비옥하고 기름지게 된 흙은 저주를 받고,

642

흑사병과 뱀의 저주가 그대를 통째로 잡아먹고,
우리들에게 강제로 먹인 모든 독이 그대들의 상처가 되어라!」
그들이 소리치고 국경에다 돌무더기를 높이 쌓아 올렸으며,　　　　　45
왕의 군대가 그들을 남겨 두고 마침내 돌아서자
오디세우스는 소라 나팔을 불었고,
켄타우로스가 우레처럼 울리는 목소리로 고함치자
잡다한 군중이 마지막 선택을 하려고 사방에서 몰려들었다.
그러자 죽음의 궁수가 운집한 군중 속에서 일어나　　　　　50
널찍한 잔등에서 신의 가면을 잡아 드높이 치켜들고는
시커먼 피와 진흙이 잔뜩 묻은 가면을 햇빛 속에서 돌렸으며,
두려움을 군중의 마음속 깊이 파묻은 다음에
인긴을 誘惑하는 자의 목소리가 사막의 모래밭에 울려 퍼졌다.
「오, 마음이여, 떨지 말라! 모두들 와서 머리를 묶어라!　　　　　55
무서운 신의 눈과 이와 입술을 자세히 살펴보라 —
저 입이 고함쳐 창백한 왕의 기를 꺾었으며,
저 충혈된 눈알이 두리번거리며 그들의 제신을 삼켰고,
저 검은 숫양은 우리들을 험한 사막으로 이끌고 들어가리라!
머리를 세 차례 묶고, 오, 형제들이여, 사랑하는 고향과　　　　　60
모든 행복한 시절에 영원히 작별을 고해야 하노니,
영주와의 우애와 술과 음식도 없어지고,
아첨하는 희망과 위안을 주는 제신들도 사라지고,
머리를 들거나 돌아설 권리도 없어졌도다.
그리고 믿으며 따라오는 자들의 마음에 어떤 좋은 일들을　　　　　65
신이 약속하는지 알고 싶다면, 내 얘기에 귀를 기울여라 —
그의 검은 주머니 속에는 굶주림과 목마름뿐이다!
이것이 가혹한 진실이다! 메마른 황야에서 굶주리며

누더기만 걸치고 방황하더라도, 울며 찾아오지는 말라!
이곳 모래밭에다 내가 철검으로 선을 그어 놓을 터이니, 70
이 너머에서는 풍요한 식량의 대지와 노예 생활이 기다리고,
이 너머에서는 자유와 굶주림이 기다리니, 잘 비교해 보아라.
마음속으로 살인이나 도둑질이나 배반을 전혀 범하지 않은 자는
지금 당장 일어나 어서 떠나도록 하라! 그리고 마음속으로
〈나는 이 땅이 좋고 인간의 머리가 충분히 광활하다〉고 75
아직도 속삭이는 자들은 어서 떠나도록 하라!
황야에서 우리들은 피와 두뇌, 자유와 굶주림으로
정열에 숨 막혀 날뛰는 신을 빚어 낼 터이다.
마음을 저울에 잘 올려놓고 사타구니를 살펴보라.
신의 험악한 얼굴을 견디지 못하는 자라면, 우리들도 참지 못한다!」 80
강인한 사나이들은 두려워하지도 않고 움직이지도 않으며
귀를 기울였고, 저마다 따져 보고는 그만하면 넉넉하다 생각했고 ─
길들이지 않은 욕망, 살인, 도둑질, 사나이다운 행동이
그들의 용맹한 마음과 두뇌 속에서 부글부글 끓어올랐으며
피와 진흙투성이인 그들 모두의 머릿속에서 기억이 포효했다. 85
천박한 사나이들의 무리를 지켜보던 위대한 궁수는
사랑과 연민과 자부심으로 갑자기 현기증을 느꼈다.
「오, 죽음이 포효하는 피리를 마음속에 지닌 사람들이여,
오, 거룩한 흙, 공기, 물, 불, 두뇌여, 앞으로 나아가자!
허리띠를 단단히 죄고 올라가기 시작해야겠지만 90
행동을 취하기 전에 우선 시원한 강물로 목욕하여
불명예의 껍질과 노예 생활의 때를 씻어 버려서,
우리들의 신이 새로운 육신으로 들어가게 하여라.」
그가 말하자 모두들 웃으며 푸른 강물로 뛰어들었다.

그러나 용맹한 자들과 함께 있던 철석은 우렁찬 소리를 들었고
멀리서 모래밭에 줄지어 선 들소 떼를 보았다.
「칼을 뽑아라! 소의 모습을 하고 신이 지나간다!
고기는 훌륭한 초석이니, 우리들의 길은 시작이 좋구나!」
이렇게 철석이 소리치고 부하들이 거룩한 짐승들을 공격했다.
곧 잡다한 군중이 목욕을 끝내고 강둑을 기어 올라와서
시원하고 맑아진 눈으로 황무지를 둘러보았더니
위대한 철석이 야생 동물 사냥꾼들을 데리고 와서
피로 얼룩진 잔등에 두 마리 거대한 들소를 메고 갔다.
궁수의 말이 아직도 사람들의 마음속에서 끓어올랐고
그들의 사나운 신이 날카로운 도끼처럼 허리춤에 매달려
눈에서 불을 뿜고 웃으며 모래밭을 둘러보았다.
그러나 시커먼 짐승과 날카로운 불을 그들이 쳐다보려니까
견디기 힘들 만큼 심한 배고픔이 그들의 창자를 뒤틀었고,
사냥꾼들이 짐승의 가죽도 미처 벗기기 전에
모든 남녀가 소리 지르며 날고기를 움켜쥐었고
개처럼 갈기갈기 뜯어 먹었다.
짐승들을 순식간에 찢어 삼켜 피로 범벅이 된 군중은
야생 들소의 모습이었으며, 그들의 머리는
동굴에 사는 사람들처럼 야만인의 함성을 질렀다.
얼굴이 여럿인 자는 그의 위대한 이성이 뒤틀리고 휘어져
이마의 자랑스러운 핏줄이 뿔처럼 뻗어 나오는 기분을 느꼈고,
그는 들소 고기로 배를 채우는 군중 속으로 달려 들어가
창을 모래밭에다 깊이 박았는데, 쇠로 만든 창의 끝에는
무서운 신의 외경스러운 흙투성이 가면이 매달렸다.
「신이 신음하며 쫓아오니, 쓰러지지 않게 나를 붙잡아라!」

철석은 격정에 빠진 주인의 야수 같은 들소의 눈초리를,
어둡고 취한 상태를 보고 깜짝 놀랐다.
「부끄럽도다! 우리 주인의 눈초리가 흐려지고 이성이 흔들리며
독한 술에 취해서 이제 나쁜 바람이 그의 영혼을 괴롭히누나!」
그의 말을 들은 켄타우로스 역시 등골이 오싹한 기분을 느껴   125
몸을 잔뜩 웅크리고 겁에 질려 신음했다.
악마에게 홀린 자가 펄쩍 뛰어 가면을 움켜잡았고,
마치 그것을 높이 치켜들 기운이 없다는 듯 비틀거리더니
굵은 가죽 채찍으로 머리를 세 차례 때리고는
무서운 신과 함께 소용돌이치는 춤에 휩쓸려 들어갔다.   130
그는 신의 영혼이 두툼한 살처럼 그의 내면으로 쏟아져 들어오고
이성이 이 바위에서 저 바위로 뛰어 내려가 마지막 절벽에서
두뇌가 몽롱함으로부터 해방되고 목소리가 맑아지는 기분을 느꼈다.
「아, 독수리가 솟아오르고 춤이 멈추었구나!
친구들이여, 어지러운 두개골을 신의 가면으로 후려쳤을 때   135
나는 우리들의 길이 어디로 향하는지 비밀의 목적지를 보았는데,
대지의 운명이 마음속에서 밝게 빛나고 모든 길이 활짝 열려
나는 지금 손금처럼 뚜렷하게 알겠노라.
나는 허리를 굽히고 야생의 짐승들과 전쟁, 슬픔과 기쁨,
내 연약한 엄지손가락에 매달린 거대한 도시를 본다.   140
그러나 신의 비밀스러운 뜻이나 인간의 마음이 하는 일을
말로 설명하거나 얘기한다는 것은 지극히 부끄러운 일이니.
운명의 실은 행군해 나아가며 풀어 보기로 하자!
환희도 좋고, 무겁게 불타는 새가 지나가며 우리들의 길잡이인
개미 같은 이성을 번득이는 날개로 가득 채우기도 했지만,   145
우리들의 중대한 일은 눈부신 날개가 없이 시작된다.」

그가 말하고는 일행을 그들의 종류에 따라 분류했다.
「우리 군대를 세 집단으로 나눠야겠는데,
철석은 아직 남자를 알지 못하고 젖가슴이 하나뿐인 여자들과
용맹한 청년들로 이루어진 용감한 첫 번째 집단을 이끌고,   150
켄타우로스는 마음이 어머니처럼 약해서 고통을 많이 받으니
연약한 노인들의 집단을 따라가기로 하고,
나는 최고의 힘이 열매를 거둔 성숙한 남자들인
장년의 동지들과 함께 마지막으로 가겠으며,
우리 피리쟁이 오르페우스는 노래를 부르기 때문에 친구를 위해   155
자유로운 기상을 불어넣으니까, 북과 감미로운 피리를 들고
신이 보내는 대로 어디나 마음대로 돌아다니도록 하라.
이렇게 세 집단은 줄지어 질서를 지키며 행군하리라.
나아가자! 우리들의 신도 좋은 길을 택하고 싶다면
험한 사막을 함께 행군하며 우리들의 운명을 같이 나누리라.」   160

그의 말이 떨어지자 세 대열이 술렁이고 군대가 나아갔으며
사나운 신이 검은 숫양처럼 앞장서서 이끌었고
높은 하늘에서는 뜨거운 태양이 그들을 영근 곡식처럼 빻았다.
오래된 강물은 말없이 흐르며 군대를 뒤따라갔고
대추야자나무들이 그들을 환영하느라고 달콤한 손을 흔들었으며   165
굶주린 까마귀들이 먼 곳에서 몰려와 이 인간들이 얼마 동안이나
똑바로 서서 팔다리를 계속 놀리려는지 알고 싶어 지켜보았다.
무겁게 껌벅이는 눈꺼풀처럼 밤들과 낮들이 깜박이며 지나갔고
반향을 일으키는 강가의 돌멩이들과 험한 모래밭에서
나막신을 울리며 뜨거운 낮들이 드나들었다.   170
밤이 눈부신 별들로 검은 목에다 장식을 달았고

647

별이 빛나는 팔찌를 즐겁게 짤그랑거리며
성난 흑인 과부처럼 강둑을 쏘다녔다.
가슴속에서 서글픈 향수가 끓어오르자 피리쟁이가 피리를
목구멍이 모두 쏟아져 나올 때까지 어리고 미친 사슴처럼 불어 175
모래밭에서는 새로운 노래들이 춤추었다.
또다시 지루한 나날이 모래가 덮인 대지에서 솟아올랐고
험상궂은 악어들이 미지근한 강물 속에서 미끄러져 다녔으며
힘센 뱀들이 발작하듯 몸을 틀면서 혓바닥을 날름거리고는
작고 반짝이는 눈을 어린 소녀의 눈처럼 사랑스럽게 번득였다. 180
얼마 안 가서 그들은 흙집으로 이루어진 마을을 멀리서 보았는데
집들은 저마다 죽은 사람의 해골을 높이 쌓아 놓은 모양이었다.
발가벗은 여자들이 비명을 지르며 납작한 지붕으로 기어 올라갔으며
늙은이들은 벌벌 떨며 철석의 튼튼한 발밑에다 사랑과 우정의
믿음직한 표시로 대추야자와 소금과 물을 갖다 놓았다. 185
어느 날 말라붙은 어느 수풀에서 세계를 방랑하던 자는
노인이 웅크리고 앉아 황홀한 기쁨에 휩싸여
작은 손톱으로 활의 시위를 퉁기는 모습을 보았다.
벌 떼가 나지막이 윙윙거리거나 날개를 치는 가벼운 소리처럼
활시위의 전음(顫音)이 천천히 허공 속으로 사라졌고 190
황홀해진 그는 신경을 곤두세우고 귀를 기울였다.
그는 황야와 강과 숲, 작고 초라한 그의 오두막,
온순하고 다정한 손자, 거룩한 마을의 입구에서
버티고 선 신의 모든 소리를 들었다.
그는 현을 타고 떨리는 절망에 빠진 그의 영혼과, 젊음과, 195
그가 즐겼던 모든 여자와 그가 죽인 남자들의 소리를 들었는데,
삶은 푸른 우물이었고 그의 영혼은 꿀벌이어서

천천히 날개를 치며 그 물을 마셨다.
궁수는 날개가 연약한 곤충이, 소리만을 마시는
목마른 영혼이 겁을 내어 도망칠까 봐 조용히 돌아섰다.   200
찌는 듯한 한낮이 혀를 내밀고 헐떡거리면서
앞발이 새하얀 암캐처럼 땅 위에 웅크렸고,
모든 사람은 갈증으로 목이 탔으며, 숨 막혀 허덕이던 군대는
폭염을 피하기 위해 강가의 그늘진 비탈에 널브러졌고,
내리쬐는 햇살이 나태하고 움직일 줄 모르는 모든 것을 뒤덮고   205
사람들의 머리가 타오르는 빛 속에서 바가지처럼 번득였다.
불길의 안개로 덮인 꿈속에서처럼 일행은
훌쩍한 기린들이 강물로 내려와 가느다란 다리를 쭉 벌리고
뱀처럼 가느다란 목을 수그리는 모습을 구경했다.
오디세우스가 걸어가면 기억이 군대처럼 그를 뒤따라왔고,   210
불타오르는 석박한 노래밭이 줄줄이 술렁이며 심이 피어올랐고,
아득히 멀고도 귀에 익은 목소리들이 그를 환영했으며,
영혼들이 솟아올라 이성의 지붕 홈통에서 빛났고,
걸음을 옮길 때마다 그의 영혼이 샘물처럼 뛰어올라
그는 최초의 고향으로 돌아온 듯 기쁘기만 했다.   215
어느 날 사막의 모래밭 말라붙은 나뭇가지들 사이에서
그는 벌 떼가 들어가 집으로 삼아 꿀을 가득 채워 놓은
하얗게 빛이 바랜 인간의 해골을 우연히 발견했다.
그가 웃고는 머리가 송곳처럼 생긴 피리쟁이에게 말했다.
「아, 노래쟁이여, 언젠가는 그대의 머리도 꿀로 가득 차서   220
말라붙은 사막의 나뭇가지에 매달려 지나가는 사람들이 보고 모두
〈그의 노래들은 꿀이 되었고 사상은 벌이 되어 지금까지도,
보라! 사막의 꽃으로부터 생명을 거두는구나〉라고

말하게 되도록 그대의 운명이 허락해 주기를 바라네.
먹보의 두개골이 술 바가지가 되면 훗날 용감한 사내들이
건강을 마시며 이렇게 그의 이름을 칭송하겠지.
〈이렇게 거대한 해골을 남긴 용은 과연 누구였을까?
이것은 잔이 아니라 밑 빠진 독이어서, 나의 형제들이여,
한 모금만 마셔도 앞이 안 보이고, 두 모금에 세상이 사라지며
세 모금이면 세상이 새로워지고 딸처럼 신선한 두 손을 뻗어
술에 젖은 그대의 검은 수염을 쓰다듬어 주는도다.〉
젊은이들이 우리 철석의 야수 같은 두개골을 과녁으로 삼게
높다란 삼나무에 달아 놓고, 즐거운 휴일을 골라 활을 가지고
그것을 쏘아 떨어뜨리는 시합을 벌이게 하세.
하지만 내 두개골은 독수리가 움켜잡고 세상의 꼭대기 바위로
날아 올라가 마지막으로 세상을 한 번 더 보게 한 다음
독수리가 갑자기 피투성이 발톱을 펴면 내 머리가 떨어져
돌멩이 같은 땅에 부딪혀 골이 쏟아져 나오게 하라!」
아무 말도 없이 귀를 기울이던 피리쟁이는 멍한 눈으로
사막이 연기를 뿜으며 흉악한 짐승처럼 흐느적거리는 광경을 보았고
연한 발바닥이 뜨겁게 타서 그는 지글거리는 아궁이 위에서
이리저리 도망치는 게처럼 모래 위에서 깡총깡총 뛰었다.
오디세우스가 상냥한 미소를 짓고는 친구의 팔을 잡았다.
「가엾은 참새 같으니라고, 자네 마음을 어지럽혀 미안하네.」
나약한 풋내기가 한숨을 짓고는 절벽을 만지듯 두려워하며
살인자의 시커멓고 깊은 손바닥을 만져 보았다.
「가끔 내 마음이 겁을 먹으니 나를 용서하시고, 살인자여,
그래도 나는 다시 기운을 차리고 연약한 다리로나마
그대의 깊은 발자취를 용감히 쫓아가니, 화를 내지 마소서.」

천천히 그들은 갈라져 사막의 목구멍으로 깊이 들어갔고 250
풀잎은 태양의 열기에 쪼그라지고 길바닥도 가죽처럼 말라붙었으며
이글거리는 숯불로 넘치는 둥그런 청동 원반 같은 태양이 떠올라
활활 타오르는 횃불을 쏟다가 저녁 어둠 속에 스러졌다.
뜨거운 대지가 천천히 식어 모든 생물이 숨을 쉬고,
타오르는 사람들의 마음에서 신이 다시금 감미롭게 싹텄으며, 255
말라빠진 나뭇가지와 거칠기만 한 모래와 깊은 진흙 웅덩이에서
무수한 머리가 밀고 나와 무수한 눈이 반짝였다.
황야에서 무너지는 탑처럼 낙타들이 꿇어앉아
천천히 이빨을 갈며 잔가지를 되새김질했고,
사막도 늙은 낙타처럼 누워 되새김질을 하는 사이에 260
여자들이 불을 지피고 땔감을 더 넣었다.
어부들이 고기를, 사냥꾼들이 사냥한 짐승을 가지고 왔으며
세 무리가 만나 모래 언덕에서 새로운 삶이 시작되었지만
새벽이면 그들이 모두 흩어지고 말끔해진 모래밭은
어떤 지저분한 사람들도 그곳을 지나가지 않은 듯 보였다. 265
화톳불의 빛을 받아 길고 지저분한 털이 허벅지에서 반짝이던
잘 먹고 술에 흠뻑 젖은 신,
엉덩이가 큰 먹보가 땀을 철철 흘리며 고꾸라졌다.
「난 늙은 할망구들과 우는 아기들이나 돌보는 유모 꼴이 되었소!
어린 것들을 먹이려고 내 젖이 얼마나 불었는지 봐요! 270
나를 풀어 주지 않으면, 친구여, 젖을 뿜겠소!」
그가 못마땅해서 매일 밤이면 지도자에게 불평을 늘어놓았지만
궁수는 그의 거대한 몸집을 살펴보고 웃기만 했다.
「켄타우로스여, 그대가 모래밭에 누워 있고 아이들이 몰려와
그대 주위에서 기어 다니는 광경을 보면 기분이 좋다네! 275

우리들이 저마다 신의 한 부분이라는 얘기가 사실이라면
틀림없이 자네는 어마어마하게 커다란 신의 밥통이겠구먼!」
금발과 검은 수염들이 불가에 쪼그리고 앉아 식사를 했고,
때로는 마음을 잠시나마 진정시키려고 지저분한 농담도 주고받았으며
때로는 기억을 더듬어 케케묵은 얘기를 끄집어내거나 280
어린 시절을 회고하며 일화를 늘어놓기도 했다.
그리고 깊은 잠이 들어 누워 있을 때면 소리로 가득 찬
어두운 전설이나 밤이 대지 위를 거닐기도 했다.
그러나 암흑의 나날에 짓눌려 운명의 바퀴가 삐걱거리기 시작하여
얼마 안 되는 식량이 곧 바닥나서 그들은 잔뜩 굶주렸고, 285
사냥꾼들은 빈손으로 굶주린 일행에게로 돌아왔으며
먹을 만한 과일을 찾아 하루 종일 헤매기는 했어도
모든 과일나무가 잎사귀 하나 안 남기고 사라졌으며
죽음의 독을 뱉은 목구멍이 부어오른 뱀처럼
가시가 날카로운 나뭇가지들만 햇볕에 시들어 쪼그라졌고, 290
까마귀들은 열심히 까악거리며 나지막이 날아다녔다.
모래밭 언저리 어느 곳에서 궁수는 바람을 맞아 흔들리는
작고 싱싱한 푸른 잎사귀를 보았고,
그래서 위대한 지도자는 겸손하게 두 손을 내려
국경을 지키는 마지막 작고도 푸른 풀을 295
찬찬히 어루만지며 은근한 목소리로 말했다.
「오, 영광스럽고 절망적인 투사여, 험한 모래밭에다 거침없이
창을 던지는 작고도 푸른 풀의 칼날이여,
그대는 세상에서 하나뿐인 나의 동지로구나.」
눈이 불타는 오디세우스가 이렇게 말하며 모래밭을 걸었다. 300
한낮에 어느 사냥꾼이 질퍽한 흙탕물 속에서

햇볕을 쬐며 새김질을 하던 나무처럼 커다란 악어와
그의 입 안을 드나들며 쪼아 먹던 무수한 새들을 보고는
도끼를 집어 들고 땅바닥에 꿇어앉아 조용히 기도를 드렸다.
「살지고 온통 기름이 줄줄 흐르는 위대한 신이시여,   305
굶주려 죽어 가는 그대의 사랑하는 인간들을 불쌍히 여기고,
내가 지금 그대를 죽일 테니 움직이지 말고 가만히 있으소서!」
그가 말하고는 살그머니 기어가서 섬광처럼 갑자기
벌린 입 깊숙이 양날 도끼를 쑤셔 박았다.
야수의 신이 고함치며 격노하여 입에 문 도끼를 왈칵 씹더니   310
두 개의 날이 그의 뇌를 꿰뚫어 거대한 용이 쓰러졌다.
사냥꾼이 무릎을 꿇고 위대한 야수에게 경배하여 절했다.
「인간들의 영혼을 구하기 위해 황공하게도, 자비로운 신이시여,
자신의 살을 베풀어 순 그대의 진설에 감사합니다.」
모두들 달려가 야수를 갈기갈기 찢었고, 젊은 처녀들은   315
한밤중에 모래밭에 누웠을 때 젊은 남자들이 흥분하라고
향내 나는 시커먼 사타구니를 뜯어내어 그들의 몸에다 발랐다.
그들은 돌멩이를 쌓아 올리고 커다란 불을 지피고는 기뻐하며
그들의 신을 먹고 마음이 아물었으며 두 다리에 힘이 났고
저녁의 어둠이 내릴 때는 광란의 춤을 마구 추었다.   320
「선장이시여, 혹시 말이 많았다면 우리들을 용서해 주세요.
우리들의 불평은 듣지 마소서. 밤낮으로 우리를 이끌어 주소서.
카론의 옛 술집에서 우리들은 모두 술 취한 주정뱅이입니다.」
말은 잘하는구나! 한 쪽 귀로 듣고 다른 쪽 귀로 흘려버리자!
배가 부르면 사람들이 얼마나 큰 소리를 잘 치는지 외로운 자는 알았고, 325
음식이 앞에 있으면 그들은 당장 마음이 하늘로 치솟아 올랐지만
먹을거리가 없으면 배고픔이 그들의 용기를 위축시켰다.

그렇게 대담한 소리를 하는 것은 방금 먹은 고기였다.
한편 자랑스러운 일행은 날개를 치고 맴돌며 춤을 추고는
노을 진 서쪽으로 돌아서서 태양을 소리쳐 불렀다. 330
「우리 눈의 빛이여, 진홍빛 가죽을 덮은 천국의 북이여,
우리들이 남쪽의 성에 다다를 때까지 어서 울리거라.
그의 성채는 축축한 안개요 지붕은 구름으로 엮였으며,
그는 사나운 세 바람의 손님들 한가운데 앉았고, 혹자는 그를
하얀 군주라고 부르고, 폐병 걸린 남풍이라고도 부르고 335
붉은 지붕에 앉은 작은 새는 그를 죽음이라고 불렀다.
〈죽음이여, 용감한 마흔 명의 사나이가 사막을 행군하고,
죽음이여, 그대의 궁전이 녹아 모든 지붕은 눈물이 되는데,
어찌하여 그들의 손에서 위대한 태양은 붉은 북이 되는가?〉」
이렇게 포식한 모든 사람이 지는 해를 보고 노래를 불렀지만 340
보랏빛 황혼 속에서 눈이 빠른 그들의 지도자는
사막의 모래밭에서 용처럼 나타난 커다란 바위들을 보았고
그 유령들을 만져 보려고 일행으로부터 슬그머니 빠져나갔다.
그러나 바위들의 거대한 그림자에 다다른 그는 정력이 넘치는
힘찬 숫양들이 커다란 바위에 새겨져 있으며, 345
높다랗고 구부러진 뿔 사이로 위대한 태양이 솟아오르고,
저마다의 햇살이 밀 줄기처럼 엉글어 수염이 난 것을 보고 가슴이 뛰었다.
다른 곳에서는 가느다란 초승달이 하늘의 텅 빈 가슴에
성스러운 부적처럼 매달렸으며, 가느다란 피리를 부는
조용한 소년의 주변에서 가냘픈 처녀들이 춤추었다. 350
뒤엉킨 뱀들처럼 처녀들의 머리 타래가 바람에 나부꼈고,
그들의 꼿꼿한 목이 아침 바람을 맞았으며
곡선을 이룬 입술에서는 빨간 화장이 광채를 냈다.

궁수가 그리움에 젖어 두 손을 뻗어 바위를 어루만졌다.
「신이여, 그대는 건조한 모래밭에서 까마득한 옛날에   355
얼마나 즐겁게 놀며 나무와 야수와 인간의 순환을 모두 거쳤고,
결국 죽음의 모래밭에 갑자기 깔려 자취도 없어졌나이까!
죽을 운명이라면 차라리 전혀 살지도 않았던 것만 못하여
때로는 이런 비극적인 장난을 마음이 견디지 못하나이다!」

다시금 배고픈 나날이 찾아왔고 뱃가죽이 또다시 달라붙었으며,   360
뼈와 가죽뿐인 〈죽음〉이 저만치서 호흡을 가다듬고 소리쳐
군대를 부르고는, 더러운 누더기를 걸친 대장처럼 앞장을 섰다.
어느 날 찌는 듯한 태양이 뛰어 내려와 대지를 두들겼고
출발 나팔이 울렸지만 일행의 눈에는 검은 절망이 가득하여
신음만 하며 지노자의 수위에서 서성거렸다.   365
「그대가 우리들을 끌고 왔으니 우리들에게 희망을 주시오.
먹을거리도 없는데 자유가 무슨 소용이겠소, 살인자여?
고기를 먹는 노예 생활이 백 배 천 배 더 좋겠습니다!
배를 채워 주는 자가 유일하고 참된 우리들의 신일지니,
가난한 자들을 돌보는 거룩한 어머니에게로 어서 돌아갑시다!」   370
외로운 자가 광분한 숙명의 험한 바위들을 이리저리 피하고
고삐를 죄었다 풀었다 하면서 기쁨을 맛보았다.
「나는 풍요하고 푸른 풀밭으로 인도하는 목자가 아니요,
인간들의 짙은 체취나 푸짐한 젖을 원하지도 않고,
혼자 사냥하여 혼자 먹기 위해서 태어났기 때문에 나는   375
슬픔으로 쓰러지거나 그대들의 뜨거운 눈물에 동요하지 않는도다!」
이렇게 생각하며 마음이 무거운 자가 일행을 둘러보려니까
분노한 철석이 일어나 피 묻은 창을 흔들어 보였다.

「배가 부를 때는 우리들의 신이 전능하다고 생각하며
너희들은 모두 자유와 신의 위대한 자비를 갈망하더니,   380
배 속이 비어 버리니까 이제는 마음까지도 위축되다니
구멍이 뚫린 풍선처럼 너희들의 영혼도 바람이 새는구나!」
그러더니 그는 이글거리는 얼굴을 음산한 오디세우스에게 돌렸다.
「어두운 머릿속에서 그대는 무엇을 따지나요?
우린 비극의 황무지로 나아갈 뿐, 따질 것도 없습니다.   385
눈썹을 내리고 얼굴을 찡그려 나에게 신호만 하면, 궁수여,
선택된 소수만이 살아서 세상의 희박한 공기를 호흡할 것이오.」
그러나 마음이 트인 지도자는, 기진맥진한 사람들이 신을 갈망하기 때문에,
신에게 도달한 다음에야 다시 한 번 쓰러지리라는 사실을 알았다.
「굶주림이 때로는 길을 벗어나게 하지만, 혀가 둘인 목자여,   390
미덕이 때로는 그들을 올바른 길로 이끌어 나아가기도 하니,
일을 잘하면 좋은 보상을 받고, 주는 것만큼 받을 터이며,
자랑이나 과장을 하지 말고 조용히 강력한 자를 섬기고,
먹거나 생각하거나 무엇을 하더라도 너무 지나치지 말아야 하고,
세상과 신을 자신의 분수에 맞춰 미덕을 간직하도록 하라.   395
그런 미덕들을 갖춘 인간은 이루지 못할 바가 없으리라!」
삶이 잠깐 동안 연약한 거미줄에 걸렸지만 살인자는
어느새 메말라 버린 그들의 마음을 불쌍히 여기게 되었다.
「친구들이여, 운명이 어디로 가야 하는지 눈이나 이성보다
항상 훨씬 빨리 터득하는 내 빈틈없는 마음의 소리를 들어라.   400
나는 저 멀리 펄펄 끓는 고기가 가득 넘치는 가마솥들이
길게 늘어선 밑에서 불을 지피며 미소 짓는 신의 모습이 보인다.
고기 냄새가 코를 찌르니, 어서 그곳으로 가자!」
궁수의 커다란 눈에 불꽃과 음식과 나무들이 넘쳐흐르자

속이 빈 사람들의 뼈에 용기가 가득 들어찼으며,　　　　　　　　　　405
다시금 태양의 가시가 돋은 사막의 길로 모두들 나섰고
〈희망〉이라는 거짓된 바람의 암캐가 앞장서서 인도했다.

햇볕이 내리쬐는 황무지를 열심히 걸어 지나간 그들은 한낮에
열기의 아지랑이 속에서 영혼이 흐느적거리고 흔들렸으며,
하얀 마을에서 햇빛을 받으며 떨리는 대추야자나무들과　　　　410
푸르고 푸른 풀밭에서 돌아다니는 양 떼와 시원한 연못을 보았다.
시원한 눈에 노래하는 새처럼 두근거리는 마음을 안고 그들은
에메랄드 빛 수풀을 껴안으려고 애타게 달려갔지만
이글거리는 빛 속에서 그것들은 흔들리며 멀어지기만 하다가
결국 허공에서 장미 꽃잎처럼 떨어져 사라지고 말았다.　　　　415
일행은 어리벙벙한 두려움을 느꼈는데 ─ 이것은 하나의 환상,
피 묻은 앞발로 그들을 굴리고 그들의 굶주림을 비웃고 놀리다가
사라져 버리는 교활한 신의 장난감에 불과하다는 말인가?
그들은 멍한 눈으로 한참 동안 허공을 응시한 다음
갑자기 무릎에서 기운이 빠져 뜨거운 모래밭 위에 쓰러지더니　　420
송아지들처럼 목을 길게 뽑고 신음했다.
앙상한 철석이 격노하여 창을 높이 치켜들고는
그들더러 일어나 행군하라고 크게 화를 내며 발길질을 했지만
도살장에서 목을 길게 내민 짐승처럼 그들은 이를 덜덜거리며
옹기종기 모여 밤새도록 부들부들 떨기만 했다.　　　　　　　425
동틀 녘에는 태양이 그들의 머리를 돌아 버리게 한 듯
모두들 눈물을 흘리고 아우성치며 벌떡 일어나 위대한 궁수더러
그들에게 명분을 마련해 달라고 소리쳤다.
그 소리를 듣고 영혼이 일곱인 오디세우스는 마음이 들끓었고

허연 머리에 쓴 모자가 커다란 분노로 우뚝 일어섰다.   430
「너희들 가운데 누가 돌아가고 싶으냐? 그럼 어서 가거라!
겨를 모두 까불러 바람에 날아가게 하자!
그러나 험한 전쟁을 원하는 자가 있다면 계속 밀고 나아가라!」
그가 신호를 하자 피리쟁이가 북을 집어 들고는 전쟁곡을 두드렸고
철석은 그가 이끄는 무리와 함께 휩쓸고 지나갔으며,   435
아기를 낳지 않아 순수한 기운을 그대로 간직한 처녀들은
사나운 독사처럼 사막의 모래밭에서 벌떡 일어섰다.
오디세우스는 재빠른 눈초리로 믿음직한 친구들을 진정시켰으며
친구들은 청동 성벽처럼 그의 주위에서 일어나 빛났지만
어머니들과 노예들은 두 손을 들고 비명을 지르며 외쳤다.   440
「우린 전쟁이 싫어요! 평화롭게 살도록 우리들을 내버려 두세요!
우리들을 모두 빠져 죽게 할 끝도 없는 모래의 바다,
오, 살인자여, 기나긴 과업은 저주를 받아야 합니다!」
눈이 이글거리는 지도자의 이마에서는
사나운 힘의 굵은 핏줄이 뒤틀린 채찍처럼 불끈거렸다.   445
「그렇다면 이곳에 쓰러져 늑대의 밥이나 되거라!
정신력이 없는 사람은 아무도 이곳 사막을 건넌 적이 없는데,
정신력만 있다면 굶주림까지도 길을 벗어나
자랑스러운 분노와 불굴의 집념이 되리라.」
그의 말을 듣고 사람들은 마음이 가라앉아 돌처럼 되었고,   450
독을 품은 과일처럼 하늘에서 태양이 사납게 내리쬐었으며,
사막의 허벅지에서 김이 나고 돌맹이들은 아지랑이와 열기로 끓고
바람은 갑자기 불어와 모래밭에서 모든 자취를 지워 버렸으며,
노예들은 두려워 떨며 앙상한 손을 높이 들었다.
「당신이 버리면 우리들은 명도 다 못하고 죽을 것입니다!   455

불쌍히 여기시어 그 말을 거두시기 바랍니다, 살인자여!」
살인자의 가슴속에서 사나운 짐승이 포효하며 벌떡 일어섰다.
「내 마음은 두꺼운 청동판이요 이성은 쇠로 만든 발톱,
나는 어리석은 바람에다 내 말을 새긴 적이 없으며,
요란한 날개 소리가 내 귀에 들려오고 머릿속에서 형제들이   460
굶주린 까마귀처럼 일어나니, 나는 이제 너희들이 필요없노라!」
사람들이 울부짖고 불평했으며 어머니들이 머리카락을 잡아 뜯었고
분노로 마음이 뒤틀린 먹보가 그들 한가운데서 벌떡 일어나
코웃음을 치며 모든 사람들더러 들으라고 말했다.
「용이시여, 그대의 힘은 걷잡을 수 없으니, 고삐를 당기시오!   465
이들은 그래도 인간이니 불쌍히 여기시고, 침착하게 판단하소서!」
그러나 강인한 주인의 무자비한 목소리가 당장 터져 나왔다.
「처음부터 얘기했듯이 우리들의 신은 무자비하여,
겨에서 낟알을 키질해 고르는 매정한 이성을 지녔다네.」
「그럼 죄 없는 아이들이나마 불쌍히 여겨, 그들을 버리지 마오.」   470
「모두 가엾기는 하나, 그들을 돌보는 일이 부담스럽구먼.」
그러자 먹보는 배가 불룩거리고 갑자기 두 눈에 눈물이
가득 넘칠 정도로 소리를 지르고는 나지막이 신음했다.
「살인자여, 그대는 잔인한 가슴속에서 모든 인간을 집어삼켜
뱃속의 뿌리에서는 야수들만이 돌아다니는 모양이오.」   475
「그 얘기가 맞으니, 어디 그대 마음대로 하게나!」
마음이 착한 켄타우로스가 한숨을 짓고는 한마디 덧붙였다.
「비록 멍청하기는 해도 난 아직 사람다운 마음을 지녔답니다.
여자들과 아이들이 우선이오! 당신이 떠나건 말건, 주인이시여,
나는 그들을 죽게 그냥 내버려 두지는 못하겠습니다!」   480
궁수의 눈이 사나운 짐승처럼 번득였다.

「보아하니 그대의 젖통에서 여자처럼 젖이 줄줄 흐르는구나!
가서 목을 매달고 싶으면 매달게나! 그들은 영혼이 아니고
곧 썩어 버릴 시체요 시퍼렇고 속이 빈 창자일 따름이지만,
정말 불쌍히 여긴다면 어서 좋을 대로 하라지!」 485
그가 말하고는 철석의 팔을 잡고 피리쟁이에게 신호를 했으며,
작별을 고하는 북소리가 울렸고, 선택된 친구들은
경쾌한 여행의 노래를 부르면서 모래밭으로 나아갔다.
그들의 한가운데서 마음이 둘로 찢긴 켄타우로스가 서서
돛을 올려야 할지 말지 그의 배는 어찌할 바를 몰랐으니 ─ 490
그의 뚱뚱한 몸집 속에서 어떻게 갈등이 풀리겠는가?
그러나 젖이 말라 아기 우는 소리를 듣자
그의 큰 몸은 어머니처럼 신음하고 한숨지었다.
「그러면 못씁니다, 살인자여! 그대의 용기가 있건 없건
가능하다면 나는 고아가 된 아이들을 구하겠소. 495
우리들에게도 영혼은 있으니, 그렇게 잘난 체하지 마시오!」
그러더니 그는 큰 몸집을 돌리고 시선을 피했으며
그들이 다시 험한 길로 들어서자 어느 어머니가 주춤거리며
열기 속에서 푹푹 찌는 아이들을 마지막으로 멍하니 쳐다보았지만
맨 뒤에서 터벅거리며 걷던 높다란 모자를 쓴 살인자가 500
검게 탄 잔등에 야수의 가면을 늘어뜨렸는데, 그 가면에서는
인간을 빨아먹는 신이 염열의 햇빛 속에서 빙그레 웃고는
핏방울이 뚝뚝 떨어져 모래밭에 진홍빛으로 번지는 것을 보고
어머니가 겁에 질려 눈을 감고 비명을 질렀다.

그들의 벌거숭이 머리 위로 낮들이 불처럼 펄럭이며 타올랐고 505
밤들이 차가운 물처럼 그들의 잔등을 타고 흘렀으며,

젊은 여자들은 핼쑥하게 야위고 눈자위가 시퍼렇게 되었으며
젊은 남자들은 속이 빈 허리를 더욱 바싹 졸라매었다.
한번은 위대한 종군 마술사가 야생 짐승과 새들의
영혼을 사로잡으려고 바위에다 그런 것들을 새겼지만　　　　　　510
새들이 눈부신 불꽃 속으로 날아가고 짐승들이 잽싸게 도망쳐
처량한 마술사에게는 쓸모없는 올가미들만 남았다.
동그란 빵 덩어리 같은 태양이 빵가마에서 솟아올라
그들의 굶주린 배를 불태웠고, 야생 짐승들은 앞발로
인간의 구원을 움켜쥔 살진 제신처럼 그들의 이성을 뒤쫓았지만　515
냉혹하고도 말 없는 그들은 가까이 오려고 하지도 않았고
인간의 무리를 구원하려고 그들의 살을 희생시키지도 않았다.
밤이면 불가에서 오디세우스는 친구들의 배고픔과 뜨거운 갈증을
말로 속여 잊게 하려고 그의 걱정거리들과
뱀처럼 뒤엉킨 항해의 얘기들을 교묘한 솜씨로 풀어 나갔다.　　520
어느 날 밤 그들이 모두 모래밭에 둘러앉았을 때 그는
총각들이 처녀들의 허벅지를 무릎으로 누르는 눈치를 채고는
젊은 처녀 총각들이 이 땅에서 어떻게 처음 만났으며
욕정의 샘물이 어떻게 솟아 나오게 되었는지 옛 신화를 얘기했다.
허연 수염을 쓰다듬던 그의 두툼한 입술에서는 꿀이 흘렀다.　　525
「인간의 육체와 영혼을 빚어 결합시키는 공기와 불,
흙과 물은 축복을 받아야 하며, 세상 만물이
건장한 남자도 되고 잠자리에서 달콤한 여자도 되게
미리 계획을 세워 놓은 위대한 조물주도 축복을 받을지어다.
밤이 고요해졌으니 이제 옛 신화에 귀를 기울여라.　　　　　　530
사람들이 얘기하듯 하늘이 땅과 사랑하며 살던 시절에
쉰 명의 젊은 여자들이 이 땅에서 헤매고 돌아다녔으며

용감하고 짝을 맺지 않은 젊은 남자들이 황야를 헤맸는데
모두가 대지로부터 새로 태어나 싱싱하고 어린 싹들이었으며
잔등에는 아직도 푸른 잎사귀와 새로운 흙이 덮였지. 535
처녀들은 북쪽으로, 총각들은 남쪽으로 길을 갔으며,
마음이 그리움으로 두근거리던 처녀들은 눈을 크게 떴으며,
그들의 이성이 높은 폭포처럼 쏟아져 내리면서 물었다네.
〈푸른 풀아, 큰 나무야, 너희 부모는 누구더냐?〉
〈대지입니다.〉 푸른 풀과 큰 나무가 나지막이 대답했지. 540
하지만 욕정은 처녀의 마음속에서 안식을 찾지 못했다네.
〈오, 대지여, 그대의 아버지와 어머니는 누구더냐?〉
그러자 대지가 거센 목소리로 동굴에서 〈나는 생명이다!〉 소리쳤고,
달리 어떻게 대답해야 할지 몰랐지.
밤이면 어두운 하늘에서 별들이 흘러가는 불처럼 빛났고 545
젊은 처녀들은 무거운 마음으로 잠을 못 이루었지.
〈황량한 하늘에 너희들을 처음 밝힌 게 누구였더냐, 별들아?〉
그러나 별들은 너무 멀리서 빛났으므로 그 소리를 못 들었다네.
처녀들이 밤낮으로 불렀지만 여전히 대답이 들려오지 않았지.
어느 날 대지에 꽃이 만발하고 들판이 다시 푸르렀을 때, 550
열기를 못 이긴 처녀들이 시원한 샘물로 달려 내려갔고
열기를 못 이긴 총각들이 물을 마시러 달려 내려갔지만,
총각들을 보고 처녀들의 마음이 울렁거렸다네.
〈벌거벗은 모습의 그대는 무슨 종류의 짐승인가?〉
그리고 용감한 총각들은 젊음이 우렁찬 목소리로 대답했지. 555
〈우리들은 남자라고 하는데, 젖이 솟은 그대들은 누구냐?〉
〈우리들은 여자인데, 남자는 전혀 필요하지 않아!〉
건장한 총각이 웃고 놀리며 풀밭을 가로질러 건너갔다네.

〈남자이니 우리들이 먼저 마실 테니까 젖 짐승은 저리 비켜!〉
〈우리가 먼저 마시겠어!〉 처녀들이 소리치고 샘터로 달려갔지.   560
이렇듯 자부심의 말다툼에서 몸과 몸이 부딪쳤고
동틀 녘부터 해 질 녘까지 험악한 싸움이 벌어졌으며
젊은이들은 신부를 얻으려고 맹렬하게 싸웠다네.
다시 해가 진 다음에 건장한 총각이 소리쳤지.
〈여보게들, 젖통을 잡으면 여자들이 기운을 못 쓸 거야!〉   565
밤이 되자 별들이 곧 뛰쳐나와 하늘을 장식했고
컴컴한 동굴에서 사자들이 포효하고 사랑앵무들이 한숨을 지었으며
한밤중에 별들이 지고 장밋빛으로 동이 터오자
작은 새가 천천히 날아가며 시원한 우물가에서 노래를 불렀지.
〈총각들은 기억을 못하고 처녀들은 망각한다네!   570
물을 마시러 달려가지만 입맞춤이라는 무서운 짐승이
샘물가에서 기다렸고, 이제는 입맞춤이 끝날 줄을 모른다네!〉
쉰 명의 처녀가 쉰 명 아들의 씨앗을 품었고
결혼 잔치에서 그들이 나에게 쉰 잔의 술을 주었지만,
술은 내 무성한 콧수염만 겨우 적실 따름이었고   575
내 입술에 닿아 달콤하게 하지는 못했다네.*
모두가 흔적도 없는 꿈인데, 여보게들, 깨어나서 보니 —
쉰 쌍의 처녀 총각들이 이제 무릎끼리 뒤엉켰더구먼!」
교활한 남자가 얘기를 그치고 웃으니 처녀 총각들도 웃었지만
가장 중요한 말은 절대로 입 밖에 내지 않았으니 —   580
그 후에는 시원한 샘물가에서 처녀와 총각이 만나면
절대로 다시는 대지에게 묻거나 별들을 쳐다보지도 않고,
땅속 깊이 비옥한 구덩이를 파고 들어가 새끼를 쳤다.

밤이 지나고 동틀 녘에 원반던지기 선수가 하늘의 언저리에다
거대한 주홍빛 고리 같은 태양을 던졌고,   585
북소리가 울리자 젊은 남자들이 잠을 자다 벌떡 일어나
밤의 감미로운 유혹을 머리에서 떨쳐 버리고는
험하고 끝없는 모래밭을 또다시 터벅거리며 걷기 시작했다.
앞장을 선 철석은 뼈마디가 가늘고 우아한 모습에
깃발들을 휘날리며 빛났고, 그의 뒤에서는   590
그가 손수 선발한 빛나는 젊은이들이 불꽃처럼 휩쓸며 따라왔고,
창백한 피리쟁이는 산홋빛 진홍 테처럼 목에 상처가 난 채로
커다란 북을 들고 깡총거리며 가까이서 쫓아왔고,
맨 뒤에서 오던 조용한 궁수는 불탄 잔등에
무거운 신(神)을 짊어진 짐꾼처럼 앞뒤를 살펴보았고,   595
사막의 불길이 찬란하게 반짝이는 속에서 갈증을 풀어 주는
시원한 물이 담긴 바가지처럼 마음을 잡고 매달렸다.
불길처럼 사납고 숨 막히는 바람이 모래를 빨아들였고
일식을 맞은 듯 태양이 어두워지며 젊은이들이 사라졌고
철석의 우뚝한 모습도 모래 폭풍 속으로 사라졌다.   600
그러자 검은 섬광이 마음을 스치고 살인자가 걸음을 멈추었는데,
마치 다른 삶에서 다른 군대와 더불어 모두들 술을 마실 때처럼
옛날의 무서운 전투들이 기억 속에서 과거의 함성을 질렀고
기억 속에서는 이성이 고함치고 그의 용감한 병사들이
불의 소용돌이에 맞서 빛나는 창으로 싸우려고   605
북을 치며 무장하고 검정 머리띠를 꼬아 두르고는
백마(白馬)를 타고 사막으로 질주해 나갔다.
그들이 용광로 같은 모래밭으로 깊숙이 쳐들어가자 당장
거센 바람이 일어 모래 언덕들이 파도처럼 술렁거려서

천천히 솟아 넘치다가는 다시 가라앉았지만, 아, 슬프구나, 610
용감한 젊은이들은 모두 어떻게 되었을까?
이렇듯 오디세우스는 한때 모래에 질식했던 청년들을 회상했고,
그들이 다시 한 번 공격하러 달려가는 듯한 생각이 들 때까지
모래 바다에서 말없이 그의 젊은이들을 둘러보았다.
그러나 앞뒤를 둘러본 그는 군대로부터 조금 떨어진 곳에서 615
몸을 잔뜩 수그리고 어느 소녀가 천천히 작별을 고하며
무슨 작은 화초를 살펴보고 싶어서인지 두 손을 그릇처럼 모아
불모의 모래밭에다 물을 주는 모습이 눈에 띄었다.
그녀가 잠을 잔 자리에서 작고 파란 꽃을 발견하고는
조심스럽게 옮겨 심어 지금 물을 주면서 620
사막을 떠나고 싶지 않아 마음속으로 떨고 있던
이린 소녀에게로 궁수가 격노하여 달려갔다.
불 같은 길잡이 신이 불타는 두 손을 내밀어
끓어오르는 분노 속에서 머리채를 세 차례 휘감아
자루처럼 그녀를 세 차례 흔들어서 내동댕이쳤다. 625
「그런 짓을 하면 마음이 뿌리를 내려 다시는 절대로
떠나지 못할 것이니, 우리들이 지나가는 길이나 황야에는
꽃이나 풀잎 하나도 심게 내버려 두지 않겠노라!」
그가 분노하여 맨발로 연약한 꽃을 마구 짓밟아
모래밭에다 짓이기자 소녀가 고통스럽게 신음했다. 630
밤이 되어 모든 것이 배고파 기진맥진 힘없이 축 늘어지자
그는 커다란 북 앞에 우뚝 서서 두드리며 소리쳤다.
「내가 전에 했던 얘기를 되풀이하겠으니 이것을 법으로 삼아라.
우린 목표를 아직 찾지 못했고 길이 끝나지 않는 한,
어느 누구도 메마른 사막에 푸른 잎 하나도 심지 말라. 635

665

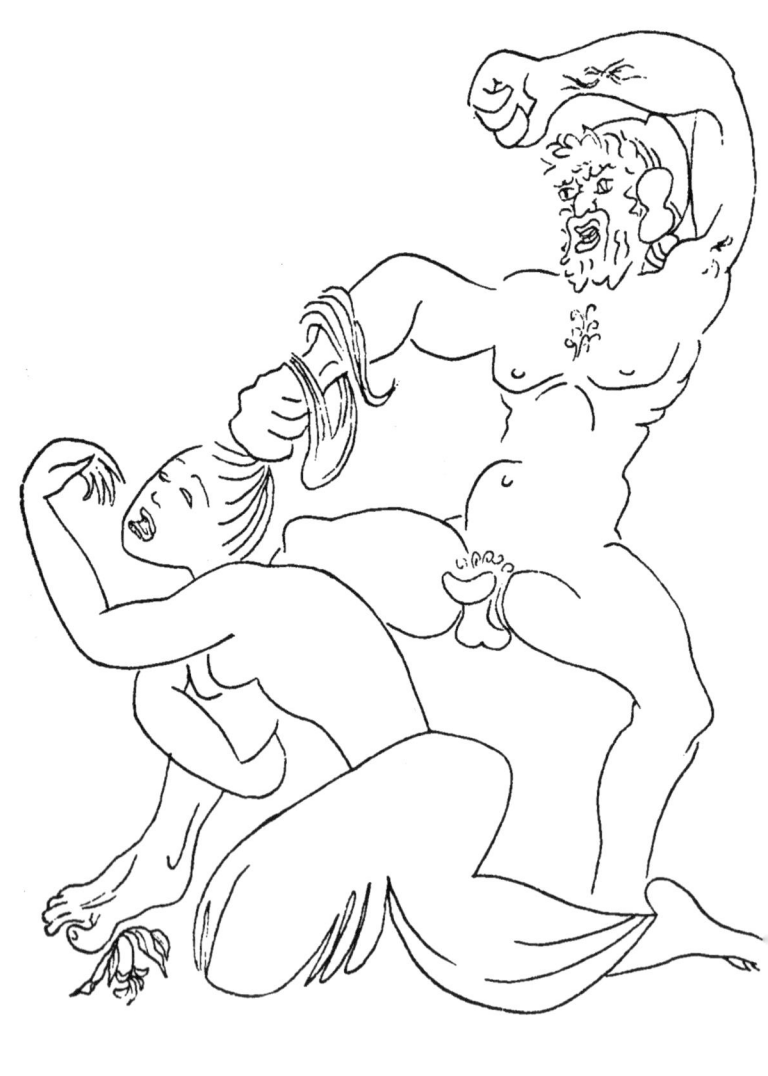

나무를 심는 자는 나무가 되어 흙에다 뿌리를 내리고,
집을 짓는 자는 문턱과 창문과 지붕이 될 터이며,
품에 아기를 안는 자는 우리 신을 배반하리라!」
그가 말하고는 깊은 생각에 잠겨 홀로 모래밭에 누웠고,
그의 이성이 돌아다니며 미지의 숨겨진 길을 따라갔으며,   640
비밀의 생각들을 죽음이 기다리는 벼랑으로 밀고 나갔다.
「과거의 모든 법을 비웃고 파괴하며 거부하도록 나는
그 법들에 상반되는 비밀의 법을 하나씩 만들리라.
위대하고 용맹한 영혼들만이 온갖 위험들과 희롱하고
나무와 자식과 집을 어느 곳에나 마음대로 심을 수 있나니,   645
그들에게는 뿌리를 내리거나 뽑는 것, 삶이나 죽음이 하나요,
첫 인사나 미지막 자별이 영원히 하나이기 때문이다.
이제 나는 북을 두드려 만인의 법을 널리 알리고
상반되는 법은 극히 소수의 이성에게만 알려 줄 터이다.」
고요한 정적 속에서 용은 이런 알들을 품었으며,   650
장난치는 어린아이들처럼 모래밭에다 깊은 우물을 팠고,
집과 길과 탑들을 빚었으며, 높다란 흙벽들의 안쪽에는
죽은 갑충 신을 세웠고, 작은 모래 길에는
생명이 우글거리며 터져 넘칠 정도로 개미 떼를 풀어놓았다.
〈아, 나는 다시 모래 장난을 하는 아이가 되었구나.〉   655
그가 생각했고, 하얀 날개가 달린 이성이 속에서 미소를 짓자
그는 갑자기 두 손을 벌려 도시를 몽땅 흩어 버렸다.
머나먼 곳 바닷가 저 멀리 매끄러운 모래밭에서는
어린 외아들이 파도 언저리를 따라 오른손에 무화과를 들고
타박거리며 걸어와서는 즐거워하며 눈을 돌려 어머니를 보았고   660
웃던 어머니는 그의 왼쪽 손바닥에다 무화과 하나를 더 쥐어 주어

667

아이의 양쪽 손이 무게가 같게 했다.
그러나 아버지가 와서 대문 옆에 서서는 미소를 지으며
조용히 손뼉을 치자 어린 아들이 그에게로 돌아서서
통통한 두 손을 펴고는 햇살처럼 웃었다.   665
텔레마코스가 소리를 지르며 아이를 잡으러 달려갔고
젊은 어머니도 달려가 두 사람이 함께 아이를 붙잡았으며,
행복한 부부가 웃었고, 어머니의 수정 같은 어깨를 어린아이가
살그머니 건드리자 젊은 신부의 가슴은 젖으로 가득 넘쳐
향기로운 삶과 따스함으로 맥박 쳤다.   670
「날이 갈수록 저 애는 점점 할아버지를 닮아 가는군요.
저 애가 무화과를 움켜쥔 집념이나 눈초리를 보면
당신의 무서운 아버님이 여기 계신다고 느껴요.
이토록 거룩한 시간에 그는 도대체 어디에 계실까요?」
바로 그 시간에 머나먼 곳에서 방랑하는 할아버지가   675
불타는 발을 들어 나약한 장난감 모래 도시를 부수었다.
「창피하다! 난 아이가 아냐! 이제 새로운 장난감을 즐겨야지.」
그는 오늘도 독을 머금은 황무지에서 거두어들인 것이 많아
만족한 마음으로 생각의 날개를 꿀벌처럼 접으며
큼직한 벌집 같은 머리를 부드러운 모래 위에 얹었다.   680

해가 불끈 솟아오르자 피리쟁이가 즐거워하며 소리쳤다.
「눈에서 경련이 나는 걸 보니 좋은 일이 생길 모양이야!*
나는 엉덩이가 큰 우리 친구의 꿈을 꾸었는데, 죽은 그를 위해
사람들이 대지가 되울릴 정도로 풍적을 불고 북을 치더구먼.
우리 고향에서는 장례식이 결혼식하고 무척 비슷하거든.」   685
그러나 배고픔으로 목구멍이 막혀 농담을 할 수가 없었던 친구들은

등을 돌리고 터벅거리며 나아가기만 했다.
일곱 영혼이 불타는 자의 표정이 어두워졌지만
피리쟁이는 여전히 귀뚜라미 다리로 깡충거리고 가까이 쫓아오며
작은 눈으로 곁눈질하고는 놀려 대었다.   690
「당신은 자신을 겨눠 쏘았고 자신이 파놓은 함정에 빠졌어요.*
죽음으로 보낸 여자들과 아이들 때문에 아직도 슬퍼
살인자 같은 마음이 깊게 구덩이를 파지만 소용이 없어요.」
그러나 궁수가 시선을 돌리고는 머리가 빈 바보를 조롱했다.
「우리 사팔뜨기 낚시꾼이 미끼를 던지는데, 어떻게 되나 보세!   695
나는 대지가 무더기로 낳은 그런 자들은 두 번 생각하지 않지만
엉덩이가 큰 켄타우로스의 고통은 내 마음을 찢어 놓는다네.」
그가 말하고는 글썽거리는 눈물을 감추려고 앞으로 서둘러 갔지만
마치 선발대 지노사가 기뻐 외치는 소리라도 들은 듯
달려가던 그가 갑자기 걸음을 멈추고 숨을 죽였다.   700
그러더니 다시 서둘러 가다가 멈추고는 귀에 손을 갖다 댄 그는
철석이 〈마을이다! 마을이다!〉 외치는 소리를 똑똑히 들었으며,
사막의 한가운데 푸른 숲이 펼쳐졌고 초가지붕을 얹은
오두막들이 줄줄이 늘어서 햇빛을 받아 반짝이고
목에다 종을 단 양들이 푸른 들판에서 풀을 뜯는 광경을 보았고   705
처녀 총각들이 발에 날개가 달린 듯 달려가는 모습도 보였다.
높다란 망루에 우뚝 선 마을의 파수들에게 들키지 않으려고
친구들은 당장 엎드려 생명의 모든 흔적을 감추었지만
이성을 엮는 자는 이것도 역시 헛된 신기루는 아닐지
걱정이 되어 마음을 죄며 말없이 둘러보았다.   710
눈을 감고 땅에다 귀를 바싹 댄 그는 개들이 짖고
종들이 울리고 사람들이 고함치는 소리를 들었으며,

몇 명 안 되는 수색자들과 함께 땅에 납작 엎드렸다.
마을을 지켜보던 친구들은 의견이 엇갈렸는데,
철석이 먼저 대담한 공격 계획을 재빨리 내놓았다. 715
「그들이 준비를 갖추기 전에 우리들이 지금 당장 덮쳐서
그들의 큰 창고를 약탈하고 살진 가축을 잡아
굶주림의 절벽은 뒤에 남겨 두고 앞에서는 잔치를 벌입시다.」
그러나 교활하고 보다 평화로운 방법을 훨씬 신중하게 생각하던
이성이 여우 같은 자가 머리를 써서 꾀를 짜내었는데 ― 720
지나가는 거지처럼 그가 슬그머니 마을로 들어가
들쑥날쑥한 곳들과 드나드는 문들을 염탐해 두고는
한밤중에 집들을 꼼짝 못하게 공격하자는 것이었다.
모래밭에 쪼그린 채로 해적들이 모든 계획들을 따지는 동안
땡볕이 내리쬐는 높은 망루에 올라간 마을의 파수가 725
매처럼 동그란 눈으로 주변의 땅바닥을 살펴보았다.
깊이 잠든 짐승처럼 적막한 한낮이어서
들판의 암소들이 빛나고 풀밭에서 아지랑이가 피었으며
추장의 콩밭과 옥수수 밭에는 결실이 풍요했고
농부들과 야윈 아이들이 샘터에서 졸졸거리는 시원한 물을 730
길어 가지고 와서 비옥한 밭에다 뿌렸다.
높은 자리에 앉아서 그의 나라를 다스리는 위대한 왕처럼
그의 눈은 모든 훌륭한 것들을 둘러보고 기뻐했다.
시원한 샘터로 가축들을 몰고 가는 저 처녀, 그녀도 역시
그의 소유여서 그의 눈이 팔처럼 뻗어 나가 그녀의 팔을 잡았고, 735
눈에 보이는 모든 것이 그의 소유이기 때문에 기쁨이 넘쳐
그는 더 이상 가만히 앉아 있을 수가 없었다.
그는 저 멀리 참외밭을 보고는 목구멍이 시원해졌고,

강둑의 양봉장을 보고는 입맛을 다셨으며
한없는 탐욕에 빠져 달콤한 침을 삼켰다. 740
젖이 축 늘어진 하얀 암소 한 마리가 나지막이 울었고
그의 목마른 입술에 암소의 큼직한 젖꼭지가 닿자
그는 머리를 젖히고 줄줄 흐르는 젖을 빨았다.
아, 눈을 크게 뜨고 둘러보는 여자들과 짐승들과 밭들이
모두가 내 것이라면, 기쁨이 얼마나 크겠는가! 745
그는 이런 벅찬 기쁨을 견디기가 힘들어
칼을 뽑아 부풀어 오른 핏줄을 잘라 발산시키고 싶었지만
그가 칼을 움켜잡는 순간 갑자기 개들이 짖어 대었고
시선을 돌린 그는 멀리 풀밭이 물결처럼 너울거리는 것을 보았고
빛 속에서 머리들이 반짝이며 사라지고 방패들이 솟아 번득였으며 750
〈전투 준비!〉라고 외치며 그는 북을 두드려 대었다.
마을 전체가 발칵 뒤집혀 여자들이 벌벌 떨며 몸을 피했고
젊은 용사들은 무기를 들었고 대지가 뒤흔들렸으며 잠시 후에는
벌거벗고 놋쇠 고리를 몸에 걸친 그들이 마을 앞에 나타났다.
그러자 살인자가 철검을 뽑아 들고 소리쳤다. 755
「운명이 앞장을 서서 우리들을 아랑곳하지 않고 선택했으니,
동지들이여, 이제 어느 길을 택할지 다투어도 소용이 없도다!」
흑인 용사들이 문으로 거품처럼 몰려나와 거센 바람에 출렁이는
시커먼 파도처럼 궁수들이 달려 나오고 또 달려 나왔으며,
선두에 나선 용사의 창에는 꽉 다문 턱뼈에 760
인간의 해골을 아직도 단단히 물고 핥아 대는 무서운 신이,
박제로 만든 육중한 자칼이 걸려 있었다.
그 뒤에서는 번득이는 비계를 몸에 바른 힘세고 건장한 자들이
물거북의 비늘 껍질로 만든 방패를 들고 달려왔는데,

방패마다 불타오르는 물감으로 모든 부족의 무서운 옛날 신을   765
비밀의 표지처럼 그려 넣었다.
시커멓고 늠름한 용이 내려 덮쳐 발뒤꿈치에서는
거대한 먼지 구름이 길에서 일고 대지가 술렁거리며 흔들렸지만,
활로 쏠 만한 사정거리 안으로 들어오자
철석이 무릎을 꿇고 죽음의 화살로 비늘이 덮인 목을 꿰뚫어   770
큰 소리를 내며 황소처럼 용이 쓰러지게 했다.
그러자 용의 무리가 함성을 지르며 뿔로 만든 활을 들었고,
일행 가운데 두 사람에게 화살이 겨우 스치기만 했는데도
둘 다 모래밭에 뒹굴며 발작을 일으키고 상처가 퍼렇게 변하더니
곧 숨을 거두고는 눈이 퀭하게 빛을 잃었다.   775
궁수가 두 사람을 살펴보더니 분노하여 벌떡 일어섰다.
「놈들이 화살에다 치명적인 독약을 발랐구나, 동지들이여!
가자! 짧은 칼을 뽑아 그들과 맞붙어 싸우기로 하자!」
큰 싸움에서도 단단히 붙어 있으라고 그는 신의 가면을
튼튼한 가죽 끈으로 가슴에다 묶었고 모두들 칼을 뽑았으며   780
땅 위에서 커다란 불처럼 전투가 휘몰아치고는 지나갔다.
그날 목숨을 건진 모든 사람은 뜨거운 햇볕 속에서
번득이며 솟아오르던 칼과, 사납게 일어선 머리카락과, 뾰족한 이빨과,
검게 번득이는 몸뚱어리를 되돌이켜 기억하면 아직도 섬뜩했다.
한낮의 열기에 그들은 머리가 띵했고 모든 방패에서   785
붉은 칠이 천둥 치며 온갖 부족의 신들이 뛰쳐나와
새로운 신과 더불어 불쑥 들이닥친 짐승들을 잡아먹으려고
사자들과 악어들과 뱀들이 우르르 몰려들었다.
활활 타오르는 먼지 구름 속에서 눈이 빠른 궁수는
그의 신이 튼튼한 가죽 끈을 끊고 오른쪽으로 튀어 나가   790

무수한 이빨을 햇빛에 반짝이며 웃는 모습을 보았다.
철석은 그의 주변에서 모든 군사가 나무처럼 쓰러지는 것을 보고
찢어지는 듯한 목소리로 키가 큰 선장에게 고함쳤다.
「빨리 무슨 꾀를 내지 않았다가는 우린 당하고 맙니다!
인간과 신과 짐승이 뒤섞인 무리가 우리들을 전멸시키겠소!」 795
그러나 많은 고통을 겪은 자는 뒤엉키는 피 속에서
그의 신이 흘리는 눈물과 통곡의 소리를 듣고 외쳤다.
「동지여, 꾀를 부릴 때가 아니니 어서 일어나 적을 쳐라!」
그의 자신만만한 말이 떨어지자 모래를 짓밟는 시끄러운
소음 속에서 귀에 익은 목소리가 우렁차게 울려 나왔다. 800
「우리들이 왔으니 용기를 내라! 우린 건재하니 용기를 내라!」
그러더니 엉덩이가 큰 그림자가 뒤엉킨 머리들 위로 덮쳤다.

버림받은 일행을 구하겠다고 마음을 먹은 켄타우로스가
겁에 질린 여자들과 굶주린 아이들에게로 돌아섰다.
「선장이 우리들을 버렸다고 해서 당장 죽는 것도 아니요, 805
아직 까마귀의 밥이 되지도 않을 테니 마음을 단단히 먹고,
우리들의 마음도 쉽게 무너지지 않는 성벽이나 마찬가지이니
우리 친구들보다도 더 잘 끈질기게 버틸 수도 있을 것이다.」
그의 말을 듣고 모두들 용기를 얻어 영혼이 가슴으로 돌아왔으며
홀쭉한 허리를 바싹 쥔 그들은 위대하고 선량한 신을 따라, 810
끈질기고 육중하고 엉덩이가 큰 친구의 뒤를 따라 나아갔다.
「들어라! 나도 그럴듯한 연설을 하나 하겠다! 웃지 말라!
두려워하는 자의 악취는 스컹크처럼 하늘 높이 퍼져 올라가
죽음이 그 냄새를 맡았다 하면 살아날 길이 없으니
굶주림은 믿음이 없는 자를 가장 먼저 거두어 가리라. 815

정말이지 온 세상에서 나는 용기보다 더 교활하고
더 꾀가 많고 쓸모 있는 미덕은 알지 못한다!」
그러나 마음이 착한 술꾼은 짐승을 사냥하기 위해
가능한 한 많은 사람을 풀어놓는 일을 게을리 하지 않았다.
어느 날 그들은 원주민 사냥꾼을 발견하고는 단단히 포박하여   820
잠을 자고 야생 동물을 잡아먹을 만한 어느 가까운 곳으로
그들을 안내하라고 험악한 위협을 곁들여 강요했다.
먼 모래 언덕으로 안내를 받은 그들은 짐승을 잡아먹었고,
영혼에 살이 붙어 연약한 몸이 튼튼해졌으며, 그러자 그들은
나무들 사이로 마을과 모래밭에서 벌어진 치열한 싸움을,   825
그들의 친구들이 비명을 지르며 땅으로 쓰러지는 광경을 보았다.
자부심이 강한 젊은 용사들을 창피하게 만들 기회가 생겨서
그들은 위험을 느끼면서도 뼛속 깊이 기뻐했다.
커다란 들소처럼 켄타우로스가 뒤엉킨 군중 속으로 뛰어들었고
그들의 머리 위로 그의 우렁찬 목소리가 쩌렁쩌렁 울렸다.   830
「우리들이 왔으니 용기를 내라! 우린 건재하니 용기를 내라!」
겁에 질려 무릎에서 기운이 빠진 흑인들이 아우성치며 물러났고
그들 부족의 온갖 신들과 뱀들과 악어들과 사자들은
훨씬 무서운 신이 태양에서 떨어져 내려오는 것을 보았기 때문에
무서워서 다시 거북 방패로 기어 올라가 몸을 도사렸다.   835
그러자 피투성이 오디세우스가 팔을 벌리고 벌떡 일어섰다.
「정말로 정말로 반갑구나, 친구여! 어서 우리들을 도와주게!」
살진 목에 기쁨이 부풀어 오르던 뚱보 켄타우로스는
순진한 입을 크게 벌리고 웃기만 할 뿐 말이 없었지만,
분풀이를 하기 위해 사방으로 칼을 휘둘러 대었다.   840
흑인들이 무기를 놓고 손을 번쩍 들었으며 자랑스러운 사냥꾼은

야수 같은 그의 모든 사냥개들에게 소리쳤다.
「그들이 무기를 놓았다! 난폭한 살육은 이제 중단하라!
연민과 우정의 올가미가 이곳에서는 더욱 쓸모가 많으리라!」
그러자 그들은 주눅이 든 흑인들을 몰아내고   845
무기를 거두어들인 다음에 석양의 장밋빛 햇살 속에
펼쳐져 빛나는 용사들의 마을로 올라갔다.
마을의 닫힌 문 앞에서 아홉 명의 노예가 땀을 흘리며
사자 가죽을 덮은 굵은 통나무들을 짊어지고 있었고
그 밑에는 하마처럼 그들의 늙은 추장이 앉아서 기다렸다.   850
그의 머리카락과 털이 무성한 배에서는 퀴퀴한 땀 냄새가 났고,
노예들이 달려가 투실투실한 그의 팔을 잡아 부축해 일으키자
내시의 높은 목소리가 기름진 목구멍에서 빽빽거렸다.
「미니먼 비닷가에서 온 하얀 날개의 새들이여, 환영합니다.
굶주린 제신들이 이제는 배가 불러 더 이상 먹지 못하고,   855
신들은 목이 마르지만 이제는 더 이상 마시려 하지 않으나,
우리들이 그들의 뜻을 지극히 정중하게 받들기는 하지만
대지의 개미 떼 우리들은 먹고 마셔야만 되겠는데,
우선 날카로운 칼을 치우고 친구답게 입맞춤부터 나눕시다.」
그가 말하고는 가장 살이 쪘으므로 틀림없이 추장이라고 여겨지는 860
먹보의 육중한 몸집을 살펴보고 두 팔을 벌렸다.
「위대한 추장이시여, 실컷 먹고 우리 마음이 취한 다음에
핏줄의 연분을 맺기 위해 모든 추장들이 탐내는 하마처럼 뚱뚱한
둘도 없는 내 딸을 아내로 맞아 주기 바라오!」
욕심꾸러기가 웃으며 추장의 뒤룩거리는 옆구리를 쓰다듬었다.   865
「결혼은 나중에 생각하고 우선 먹기나 합시다, 왕이시여.
맞아요! 사람들을 잔뜩 잡아먹었으니 제신들은 배가 부르겠고,

그러니 우리도 소와 살진 양을 잡아 배를 기름지게 채운 다음
당신 딸이 와서 내 푹신한 무릎에 올라앉게 하시오 —
나도 그녀에게 줄 커다란 카네이션 한 송이를 가져왔답니다.」 870
추장이 날카로운 화살 세 개를 땅에다 꽂았고
덩치가 큰 신랑이 긴 칼을 구덩이에다 박았으며
물을 뿌린 푸른 바질 작은 가지 하나를 심었다.
이렇게 양쪽 편은 전쟁을 파묻고 우정을 그곳에 심었으며
마음의 문을 활짝 열어 놓은 다음 왕은 875
숫염소의 냄새가 나고 땀에 젖은 새까만 손을 펼쳐 보였다.
「내 집의 문을 부숴요, 신랑이여! 일행을 모두 데리고 들어와
피를 달콤한 술로 만들고 해골을 술잔으로 삼아 마셔요!」
왕을 메고 다니는 아홉 명과 신랑이 문으로 달려 들어가고
빠른 걸음으로 굶주린 친구들이 바싹 뒤따랐으며, 880
겁이 나서 문들을 닫아걸었기 때문에 길거리는 모두 한산했고
방에서는 여자들이 머리채를 잡아 뜯고 울부짖었지만,
용의 굴과 넓은 마당에 모두들 다다르자
노예들이 왕을 푹신한 나뭇가지들 위에 내려놓았고,
말끔히 쓸어 놓은 땅바닥에서 친구들이 그의 주위에 둘러앉아서 885
위대한 우정의 소용돌이 춤이 시작되고 푸짐한 음식과
결혼 축하연의 기름진 잔치가 열리기를 기다렸다.
오만한 태양이 떨어져 기다란 그림자들이 골목들을 식히고,
둘씩 짝을 지어 부상자들은 몸을 질질 끌고 물웅덩이로 가서
아슬아슬하게 죽음을 모면했음을 기뻐하며 상처를 씻은 다음 890
모두 가만히 앉아 고기를 굽는 달콤한 냄새를 맡았다.
늙은 참나무에 허연 해골들이 커다란 무더기로 매달려 흔들리는
광경을 보고 오르페우스는 팽팽한 올가미에 숨통이 막힌 듯

아무 말도 못하고 마음이 갈대처럼 떨리기만 했다.
겁이 난 그는 주인의 옆구리를 쿡쿡 찌르며 귀엣말로 속삭였다. 895
「저기 거대한 죽음의 사과나무에 무겁게 달린 열매를 보세요!
우리들은 인간을 잡아먹는 야수들과 어울리게 된 모양인데,
달콤한 얘기만 늘어놓다가 으르렁거리며 물어뜯는 개가 되어
우리들을 모두 잡아먹을 저 두 얼굴의 짐승들은
신화에 나오는 개 머리의 무서운 흑인들이 틀림없어요!」 900
그러나 마음과 싸우는 자가 떨리는 두려움을 숨기고 말했다.
「노래쟁이여, 침착하라! 세상의 고통이 그대의 피리를 거치면
고통이 마술적으로 추억이 되고 추억은 노래가 되니,
그대가 마음대로 발휘하는 재주를 잊지 말게.」
노래쟁이의 파랗게 질린 입술에서 무슨 말이 떨어지기도 전에 905
번쩍거리는 청동 술병과 거품이 이는 대추야자 술과 빵 덩어리와
김이 나는 고기를 쟁반에 잔뜩 담아 들고 노예들이 들어왔다.
별들이 나타나자 횃불을 밝히고는 모두들 부지런히 씹어 먹었고,
모두들 탐욕스럽게 성급히 술과 음식에 덤벼들어 먹는 동안에
앞발을 재빨리 놀리는 하이에나 같은 밤이 기어 들어와 910
마당의 바위들에다 그림자를 드리웠다.
악취를 풍기는 추장은 피로 얼룩진 의자에 조용히 앉아
적이었던 자들의 빛나는 뼈에다 두 손을 얹었고,
땀을 흘리며 노예들이 무릎을 꿇고 앉아 그의 벌어진 입에다
고기 덩어리를 가득 쑤셔 넣자, 살진 턱으로 기름이 줄줄 흘렀고 915
그가 코웃음을 치자 노예들이 벌벌 떨며 달려가 부채질을 했다.
그러자 궁수가 재빠른 눈으로 비밀 신호를 보냈다.
「동지들이여, 친절과 선심이 아무래도 너무 지나친 듯싶으니
너무 취하지 말고 싸울 준비를 갖추고 잘 감시해야 한다.」

한편 노예 몇 명이 싸움터에서 가져온 백인 군대의   920
피투성이 머리들을 놋쇠 쟁반에 담아 들고 달려왔는데,
그들은 머리를 탁한 강물로 씻은 다음 향유를 뿌리고
콧구멍과 머리카락과 두 눈에는 도금양 기름을 짙게 바르고
시퍼런 입에다 포도주와 구운 고기를 가득 채워 넣었다.
머리들을 신랑처럼 치장하고 잔뜩 먹인 다음 그들은 무릎을 꿇고 925
큰절을 하고는 저마다의 머리에 대해서 열심히 기도를 드렸다.
「그대들의 목을 베었다고 우리들을 저주하지 말라, 형제들이여!
운명의 우여곡절과 우연의 수레바퀴는 바로 그런 것이지만,
화살은 꾸어 주었을 따름이요 창은 부메랑이나 마찬가지여서
우리들의 머리가 나무에 내걸릴 날도 찾아오리라.   930
우리들이 절하며 그대의 입에 고기와 술을 가득 부었으니,
머지않아 우리들도 역시 땅속에 묻혀 똑같이 분노할 테니까,
아, 편히 쉬고 검은 흙과 하나가 되어서, 형제들이여,
대지의 창자를 움켜잡고, 복수의 유령은 되지 말라.」
이렇듯 그들은 크게 절하며 방금 잘린 머리들에게 기도를 드려 935
용감한 영혼들이 흡혈귀가 되지 않도록 설득하려고 애썼지만
열매가 잔뜩 매달린 나무 밑 시원한 밤의 어둠 속에서는
살아서 불타는 머리들이 태연하게 먹고 마셨다.
술의 혼령이, 술통 속의 교활한 귀신이
슬그머니 그에게 슬픔과 분노를 술잔 가득히 부어 주어서   940
술잔이 갈라지고 그리움으로 한숨까지 나오게 되자
철석은 얼른 생각의 가파른 절벽을 기어 올라갔다.
「바위여, 시들어 버린 장미 같은 그대 모습이 술잔 속에 보여
술을 마셔도 독약을 마시는 것만 같고, 나의 친구여,
나는 그대의 고통을 마시며 땅을 치고 통곡하노라.   945

〈바위여, 어서 일어나 와서 잠깐 술을 같이 마시고,
무거운 고통을 진정시키기 위해 진심의 얘기를 주고받자꾸나.〉
나는 그대의 손을 잡고 목소리도 듣고 싶으니
숨결이나 육신이 없는 유령의 모습으로 오지는 말고,
동틀 녘에 수탉이 울더라도 나를 버려두고 가지 말고,   950
수탉을 죽여 그대의 건강을 빌며 축배를 들자.」
이렇듯 우정의 참된 사랑은 술의 유령 친구와 얘기를 나누었다.
켄타우로스가 추장의 마당에서 참나무처럼 길게 누웠고
푸른 나뭇가지에 매달려 창백한 피리쟁이가 벌벌 떨었다.
「한숨을 짓지 말게, 노래쟁이여! 나는 달콤한 열매가   955
묵직하게 달린 저 해골의 나무를 좋아하니, 잘 보도록 해.
틀림없이 훌륭한 나무이니 석류가 잔뜩 터지겠지!」
피리쟁이의 어지러운 이성이 술기운에 천천히 매암을 놀더니
온 세상은 포도원이 되고 친구들은 포도가 되었으며,
그의 머리는 노래가 가득 찬 포도송이처럼 매달리고   960
포도의 수확이 풍작이어서 검은 피부의 포도 장수들이 찾아왔다.
오직 궁수 한 사람만이 함정에 빠지지 않고 감시하는 눈으로
그의 이성을 말끔히 씻어 두뇌가 뱀처럼 도사리고 귀는 쫑긋하여
가시나무에 올라앉은 듯, 아첨하는 친절과 철철 넘치는 술,
향기로운 냄새와 나지막한 속삭임을 믿지 않고 감시를 계속했다.   965

눅눅한 대지 위에 검은 장미처럼 밤이 꽃피었고
솜털 같은 어둠 위로 엷은 이슬을 타고 별들이 비 내렸으며
밤의 가장 깊은 심장부에서는 가벼운 바람이 부드럽게 불었다.
침침한 횃불 속에서 궁수는 새나 자칼의 형상을 갖춘
이상한 악기를 무릎에 놓고 땅바닥에 앉은   970

흑인 악단을 보았는데, 그들은 저마다
독특한 소리를 내는 악기를 연주하기 시작했다.
그러다가 갑자기 결혼식 나팔이 큰 소리로 길게 울렸고
마당발이 시선을 돌려 그의 예쁜 신부를 보고 감탄했다.
자칼 울음소리를 내며 결혼 행렬이 천천히 지나갔는데, 975
처음에는 기다란 줄무늬가 진 암호랑이처럼 샛노란 칠을 하고
가슴이 풍만하고 발가벗은 흑인 무희들이 나타나서
혼수를 밀 줄기로 치거나 높다란 북을 들고 천천히
결혼 계약의 춤을 느릿느릿 추기 시작했다.
그들은 떨리는 발가락을 내밀어 마력의 땅을 더듬었지만 980
흙 밑에서 아직도 잠들어 있는 미지의 어두운 힘들을
그들의 발이 깨울까 봐 두려운 듯 떨면서 뒤로 물러났고,
그러나 천천히 그들의 검은 살에 날개가 돋고 눈이 하얗게 되어
번갯불처럼 번득였으며, 탄탄한 젖가슴이 불끈 솟아올랐고,
축축한 겨드랑이에서 사향의 향기가 풍겨 나왔다. 985
술잔치의 무희들이 이를 반짝이고 배를 비비며 소리를 지르더니
흥분한 남자들의 품 안으로 뛰어들었지만
궁수는 야수의 격세유전적인 기억들이 두개골을 엄습하여
이성의 문에서 청동 경첩들이 터져 나갔기 때문에
벌떡 일어나 나무에 몸을 기대고 섰다. 990
그는 짙은 눈썹을 무자비한 활처럼 찌푸리고는
아직도 잠들지 않고 명석한 그의 대장간 이성에게 말했다.
「아, 지금 그대가 무엇을 할 수 있는지 보기로 하자 —
흥분한 사타구니에서 정액을 맑은 머리로 끌어 올려
영혼으로 만들어라!」 훈훈한 바람이 불고 하얀 난초들이 995
검은 여인들의 물결치는 머리카락에서 피어올랐고

하얘진 남편의 해골을 목에 걸고 뚱뚱한 과부들이 춤추었으며
그러자 신부가 튼튼하고 큰 몸에 번들거리는 기름을 바르고
온갖 빛깔로 칠하고는, 사냥꾼에게 쫓기는 야생 짐승처럼
꿈틀거리며 나와서 욕정에 휩싸여 땅바닥을 살펴보았다. 1000
늙은 마법 의사가 으르렁거리는 신랑 주위를 살금살금 돌더니
촘촘하게 짜인, 노란 황금빛 카나리아 날개로 비늘처럼 장식한
결혼식 의상을 털이 잔뜩 난 그의 잔등에 덮어 주었으며,
흥분한 신랑은 살진 신부의 육중하고 빛나는 몸뚱어리를 잡으려고
땀 냄새가 풍기는 어둠 속으로 달려갔다. 1005
이렇듯 신랑과 신부가 성스러운 추적의 희롱을 벌였고,
그녀의 머리카락에서 하얀 조가비들이 짤랑거리고,
뜨거운 입김을 뿜어내는 그들을 보고 손님들이 웃으며 춤추었고,
발정한 야생의 새처럼 젊은이들이 소리치며 마당에서 뛰어다녔다.
미끈거리는 신부를 잡으려다 기진맥진한 켄타우로스가 헉헉거렸고 1010
그러다가 갑자기 탐욕스러운 두 손을 크게 휘저어
살쾡이의 앞발처럼 미끄러운 그녀의 잔등을 낚아채고는
으슥하고 컴컴한 구석에서 유쾌하게 반짝이는
돌을 깎아 우뚝 세운 음경이 있는 곳으로 그녀를 끌고 갔다.
신부는 더 이상 웃지 않고 경탄하며 두 손을 놀려 1015
나지막이 중얼거리면서 거룩한 돌에다 비계를 발랐으며
몸을 숙여 경배하고는 신랑의 손을 잡아
거룩한 참나무에 걸린 조상들의 머리로 이끌었다.
왕이 할아버지의 해골에다 밀을 반죽한 덩어리를 넣었고
그러자 신부가 두 팔을 벌리고는 기뻐하며 소리쳤다. 1020
「할아버지시여, 잡초가 무성하여 그대의 힘찬 칼날이 필요하니
어서 일어나 다시 한 번 포도밭으로 내려오소서!

할아버지시여, 어서 일어나 씩씩하게 당장 무장을 하고
대지에서 일어나 내 배 속에서 그대의 살을 엮고,
내 젊음을 거두어 자궁을 찢고는 다시금 사내아이로 나타나 1025
그대의 요람에서 웃고 장난을 하소서! 할아버지시여,
그대를 위해 내 자물쇠를 풀어 줄 남자가 여기 있나이다!」
그녀가 말하고는 조상의 새하얀 해골에서
두툼한 입술로 밀반죽을 핥아 천천히 씹었다.
고뇌하는 자가 즐거워하며 말없이 의식을 지켜보았고, 1030
인간의 느릿느릿한 수레바퀴가 그의 비밀스러운 두뇌 속에서
천천히 움직여, 아기가 흙에서 기어 올라왔다가 늙어서 내려가고
대지의 시커먼 턱뼈가 곱게 씹으면 그는 다시 컴컴한 자궁에서
뛰쳐나와 눈부신 빛을 보고 울음을 터뜨린다.
신비의 수레바퀴가 번쩍거리는 섬광과 더불어 빙글빙글 돌고, 1035
그의 이성 속에서 모든 세대가 일어났다가 가라앉아 떨어지고
그러고는 다시금 떼를 지어 몰려들어 그의 내면에 알을 낳았다.
이제는 삶의 속도가 그에게 어찌나 천천히 움직이는 듯싶은지
격렬한 가슴의 고동과 전혀 어울리지 못하는 것 같았다.
땅을 살펴보려고 솔개가 높이 솟아오르듯 1040
위대한 궁수가 눈을 깜박이며 마당을 둘러보았는데,
어둠은 심하게 땀을 흘린 흑인 여자의 악취를 풍겼고
선정적인 추적이 끝나 신랑은 이제 방금 도살한 제물처럼
신부를 그의 잔등으로 들쳐 메었다.
밤처럼 까맣게 빛나는 표범 같은 흑인 무희들이 욕정에 젖어 1045
무기를 던져 버린 흥분한 친구들에게 몸을 던졌고,
그러자 노래를 부르는 흑인들이 뱀처럼 눈을 깜박이며 기어와서
백인 여자들을 욕정의 두 팔로 끌어안고는 사나운 새처럼

소리를 지르며 수풀 속으로 끌고 들어갔다.
고요한 어둠 속에서 꼼짝도 하지 않고 음울한 오디세우스는   1050
여자들이 웃고 젊은이들이 황소처럼 포효하는 소리를 들었지만
다른 할 일들이 있어서 그의 몸은 아무도 건드리지 못하게 했다.
흑인들이 천천히 기어와서 던져 버린 무기들을 훔치고
횃불을 꺼서 별들만이 낮게 떠 있자 그는
뚱뚱한 왕이 슬그머니 일어나 신호하는 것을 보았다.   1055
자칼처럼 앞뒤가 다른 흑인 추장의 계략을 눈치 채자
살인자의 머리에서는 갑자기 뇌성벽력이 스쳤고,
당장 마당으로 뛰쳐나간 그는 무서운 신의 흉악한 가면을
얼굴에 쓰고 단단히 묶은 다음
무거운 발걸음으로 왕의 주위를 빙빙 돌았는데,   1060
놀란 왕은 두려워서 말문이 막히고 온몸이 떨렸으며
새로운 신이 가슴을 짓눌러 이가 덜덜거렸고,
숨을 몰아쉬며 비명을 지르려고 했지만 턱뼈가 축 늘어졌고
목구멍에서는 술잔이 엎어진 듯 꼬르륵 소리가 났다.
궁수가 나팔을 집어 길고 힘차게 불었으며,   1065
흑인 여자의 젖가슴 위에 엎드린 친구들은 깊은 황홀경에 빠져
위험이 다가온다고 알리는 무서운 나팔 소리를 듣고
육체로 엮은 그물에서 몸을 일으키려고 허우적거리며 애썼지만
검은 팔이 뱀처럼 휘감고 사타구니는 아직도 욕정이 들끓어서
도취한 연인들은 다시금 어둠의 포옹 속으로 가라앉아   1070
반짝이는 허벅지에 또다시 감싸여 단단히 뒤엉켰고
모두들 욕정의 올가미 같은 팔에 안겨 전율하며 누웠다.
흑인의 몸에서 풍기는 짙고 후끈한 체취에 잠긴 백인 여자들은
푸짐하고 검은 꿀에 빠진 꿀벌처럼 헤어나지 못했다.

그러자 머리가 맑은 지도자는 〈죽음〉의 교활한 올가미들이 1075
단단히 죄어들었기 때문에 충성스러운 자들을 모두
가까이 모으려고 격분하여 다시 한 번 나팔을 불었다.
가장 먼저 무기를 챙기며 달려 나온 사람은 철석이었는데,
여자란 시원한 물처럼 마시고는 버려야 마땅한 것이라서,
코웃음을 치며 용맹한 선장의 곁에 버티고 섰다. 1080
나팔 소리가 모든 나무를 뒤흔들고 잠의 머리채를 잡고 휘둘러서
검은 품에 안긴 자들이 다시 눈을 뜨고 콧구멍을 벌름거렸으며,
욕정의 끈끈한 입맞춤에 아직도 모두들 떨며 기절하던 터라
포옹은 감미롭기만 하고 갈 길은 험하기만 했다.
욕정으로 비틀거리며 뚱뚱한 마당발이 어둠으로부터 나왔는데 1085
부어오른 입술과 황금빛 결혼 외투가 빛났고,
수염과 겨드랑이에서는 짙은 향기가 방울져 흘렀으며,
벌처럼 검은 장미로 기어 들어갔다가 방금 날아 나왔기 때문에
그의 야수 같은 배와 날개와 털이 잔뜩 난 발은
약탈한 꽃의 황금빛 꽃가루로 두툼하게 뒤덮였다. 1090
그의 뒤에서는 무릎에서 기운이 빠진 피리쟁이가 허우적거렸는데,
피리쟁이도 역시 검은 꽃들 속에서 한참 노닐며
사과를 가지고 희롱하다가 마지막 포도 몇 송이 냄새도 맡았고,
첫 나팔이 울렸을 때 그는 아무 소리도 안 듣고
달콤한 사과나무로 기어 올라가 나뭇가지들 사이에 틀어박혔다.* 1095
「오호, 궁수여, 아무 소리도 안 들리니, 그렇게 소리치지 말아요!」
하지만 선장이 두 번째로 부르는 소리를 참을 수 없게 되자
그는 잎사귀들로부터 떨어져 내려 여기저기 멍이 들었고,
매를 맞은 개처럼 가랑이 사이에다 칼을 차고 달려왔다.
「올가미로 우리들을 사로잡는 계집들은 저주를 받으라! 1100

그들은 거머리처럼 우리들에게 달라붙어 전기가오리처럼 쏘아 대고
꼼짝도 못할 때까지 참피나무 가지로 우리들을 옭아매지!」

검은 하늘이 우윳빛으로 변하고 별들이 여기저기서 깜박였으며
숲에서 재빨리 떼를 지어 남자들과 여자들이 무장을 하고
몰려나오는 광경을 보고 흑인 추장과 그의 노예들은 두려워서   1105
말도 못하고 덜덜 떨며 웅숭그리고 모여들어 무자비한 타향인들이
그들의 모든 식량과 가축을 약탈하는 광경을 지켜보았다.
헛간들을 마구 노략질하며 뚱뚱한 먹보가 소리쳤다.「여보게들,
이곳에 가져갈 물건이 잔뜩 있으니 어서 와! 이 집을 털라고!
난 내 지참금만 가져갈 테니 기분 나빠 하지 마오, 장인이여!」   1110
새벽빛을 받으며 우뚝 선 오디세우스의 모습이 찬란했다.
「굶주림과 분노와 전쟁, 살진 팔과 푸짐한 음식과 술 ―
난폭한 밤의 행사도 다 끝났으니, 나의 친구들이여, 보라,
대지의 바퀴가 우리들을 끌고 한 바퀴를 완전히 다 돌았구나.
신은 우리들의 운명을 별들처럼 마음대로 휘두른다!   1115
가자! 세상에는 더 많은 기쁨과 슬픔이 넘치도다.
우리들은 나아가며 키질하여 겨를 모두 바람에 날려 버리겠으니,
뒤에 남고 싶은 자는 감미로운 새벽에 잠이 깨도록 하라.」
다리가 말 같은 철석이 그의 모든 용사들과 함께 먼저 나아갔고
엉덩이가 큰 켄타우로스가 그 뒤에서 황금빛 카나리아 같은   1120
어깨를 태양처럼 반짝이며 위엄을 갖추고 당당하게 따라갔지만
그의 신부가 머리카락을 잡아 뜯으며 큼직한 엉덩이에 매달렸다.
「나를 버리고 가지 말아요, 멋지고 다정한 나의 기사여!」
순진한 신랑이 뒤를 돌아다보고는 멍청한 머릿속에서
아기 같은 경외감이 떠올라 그의 순수한 마음이 떨렸다.   1125

「이 무슨 조화인가? 낯모르는 두 사람이 만나
잠자리를 같이 하니 손과 발이 서로 떨어질 줄을 모르는구나.」
그가 머리를 긁고 한숨을 지었다. 「나 같은 우둔한 머리가
세상의 아리송한 신비를 어떻게 풀어내겠는가?」
돌아선 그가 신부를 손짓해 불렀지만,   1130
벼랑을 안내하는 자의 뾰족한 모자가 눈에 띄자
얼른 손을 내리고는, 순진한 아이처럼 재빨리 길로 나섰다.
「내가 너무 감미로운 시간에 빠져 있었으니
선장이 이제 나에게 혀로 채찍질을 해도 마땅한 일이지!」
이렇게 중얼거리며 마당발은 황급히 주인에게서 도망쳤다.   1135
오디세우스가 달려가 튼튼한 가죽 끈으로 그의 검은 잔등에다
신의 가면을 묶었는데, 아기가 어머니의 젖을 깨물고 빨듯이
가면은 그의 마음을 깊이 깨물어 들어가는 듯싶었고,
신의 충혈된 눈과 콧구멍과 귀와 턱뼈가 그의 사나운 가슴에서
벌어졌다 닫혔다 하면서 굶주려 입을 벌렸다.   1140
날이 밝아 폭발하는 공처럼 태양이 하늘에서 포효하는 소리가
북처럼 팽팽한 대지의 가죽에 부딪혀 되울렸다.
모든 머리가 다시금 불꽃에 그을려 활활 타올랐고
신의 얼굴이 다시금 사납게 달라졌으며, 불타는 적막한 세상은
이제 모래가 휩쓸고 지나간 황무지처럼 펼쳐졌다.   1145
훌륭한 양치기처럼 켄타우로스는 무자비한 길에서
얼마나 많은 사람들이 걸러져 탈락되었으며,
되돌아가다가 이글거리는 모래밭에서 죽은 사람은 얼마고,
여인의 젖가슴에서 안식을 찾은 사람은 또 얼마고,
얼마나 많은 여자들이 흑인의 품에 남았는지 눈으로 대충 헤아렸다. 1150
그는 헤아리고 또 헤아렸으며, 그들의 위에 도사린 신이

고운체로 마음과 영혼을 걸러 무자비하게 선택하고 고르는
기분이 느껴져 등골이 오싹해졌고, 먹보의 이성이 더 이상
참을 수 없어지자 신부에게 깨물린 그의 두툼한 입술은
이제 신의 오만한 행동 때문에 심각한 언쟁을 벌였다. 1155
「신이여, 그대는 일을 그르쳤고, 그대의 세상은 엉망입니다!
만일 내가 신이라면, 나는 조금도 달라지지 않을 터여서,
다시금 세상을 마구 돌아다니며 계집들의 뒤를 쫓겠고,
배를 타고 항해하며, 나 대신 모든 결정을 내리도록 또다시
궁수를 선택하여 세상의 골칫거리들을 떠맡게 하고, 1160
그동안 나는 길게 누워 군주처럼 삶을 만끽하겠나이다!
나는 어버이의 집처럼 내 마음을 사나운 네 바람에게
활짝 열어 주어 선과 악을 다 같이 반겨 맞겠습니다.
모두가 나의 아이이니 나는 누구도 편애를 하지 않겠고,
혹시 그들이 가끔 피곤해서 쉬려고 땅에 눕는다면 1165
나는 태양을 보게끔 그들을 다시 환한 곳으로 데리고 가겠어요.
그러나 오디세우스가 불에 탄 잔등에 지고 다니는 신은
대지를 무자비하게 치고 거리낌 없이 살인을 자행합니다.
두 얼굴의 당신이 세상을 지배하다니, 너무나 기가 막힙니다!」

그들의 머리는 뜨거운 태양을 받아 매달린 과일처럼 영글었고 1170
그림자가 길어지고 밤이 되자, 그들은 화톳불을 지폈으며
잠이라는 사냥꾼이 한 줄로 꿴 새의 무리처럼
어깨를 나란히 두고는 모래밭에 누워 잠이 들었다.
사람들이 잠들었지만 그들의 족장들은 불가에서 망을 보았고
그들 한가운데 앉아 불을 지피던 궁수는 1175
나무를 집어삼키면 삼킬수록 더 많이 삼키고 싶다는 듯

687

탐욕스러운 혀를 날름거리는 불을 보고 마음이 기뻤다.
「나는 그대의 배고픔을 존중한다, 위대한 나의 형제여.」
그가 중얼거리고는 같이 여행하는 사람들에게로 눈을 돌렸는데,
마음속에서는 기쁨이 커지고 고통도 심해졌기 때문에   1180
하루 종일 터질 듯한 가슴이 부글부글 끓어서
그의 입과 두뇌는 꽉 다물린 채 웃지 않았다.
그는 잠든 일행을 지켜보며 기쁜 마음으로 축복을 빌었다.
「세상이 잠든 사이에 지도자들은 항상 경계를 해줘야 하고
강인한 영혼은 세상을 밀랍처럼 주물러 형상을 만들기 때문에   1185
선과 악의 얘기가 끝난 다음에는 앞뒤를 잘 가려
이성의 요구에 따라 알맞게 미래의 옷감을 재단해야 한다.
우리들 뒤에는 푸르름의 마을, 앞에는 모래의 바다가 있으며
그 한가운데서 신의 두 얼굴과 우리들이 만나게 되었으니
오늘 하루는 보람이 있었던 듯싶구나, 나의 충실한 친구들이여.   1190
이제는 분명히 알겠는데, 사막은 나의 참된 땅이어서, 사막으로
깊이 들어갈수록 자신의 내면으로 그만큼 깊이 들어가는 셈이다.
더위와, 굶주림과, 사나운 짐승과, 해골이 매달린 나무들 ―
인간의 마음과 대지는 그런 것들로 무늬가 엮인다.
이 몇 마디 말을 이성 속에 깊이 새겨 간직해야 하며,   1195
여행이 길어지고 새로운 길이 점점 더 많이 펼쳐지면
광활한 대지에서 신이 점점 더 멀리 퍼져 나가는 셈이다.
신을 먹여 살리는 자는 우리들이어서 우리가 보는 모든 것을,
우리들이 듣거나 만지고, 우리 이성이 거치는 모든 것을
신이 먹고, 날개로 삼아 치장하고 활보하며 돌아다닌다.   1200
험한 가시나무들을 모래밭에서 우리들이 보게 되면 당장
신도 역시 가시가 돋아 사나운 분노로 우리들을 찌르고,

들짐승이 어슬렁거리는 소리를 우리들이 들으면 신도 사나워져서
야수처럼 으르렁거리고 불쌍한 인간이 기겁을 하게 만든다.
우리들의 나라에서는 그가 하얀 아마포 옷을 우아하게 걸치지만   1205
이곳 아프리카에서는 용맹해져서 커다란 귀와 콧구멍에다
청동 고리를 달고 머리에는 높다랗게 깃털을 꽂으며,
흑인처럼 땀을 흘리고 흑인 여자처럼 사향 냄새를 풍긴다.
신은 죽음과 맞붙어 싸우는 인간의 거대한 그림자니라.」
그러나 이런 얘기를 하며 장작을 화톳불에 넣는 동안   1210
궁수의 눈은 진홍빛 바다에서처럼 그들의 머리 위로 항해했고
갑자기 캑캑거리고 웃다가 버럭 소리를 질렀다.
「칼을 걸고 맹세컨대 나는 가끔 내 정신이 아닌 모양인데,
신이 우리를 필요로 하는 것은 사실이지만 우리들은 하나이고
어쩌면 신은 우리들의 주인이어서 사막의 모래밭에다   1215
들소와 물과 빵을 상에다 잔뜩 쌓아 놓기도 하지만
그것은 절대로 우리들을 사랑하기 때문이 아니고 —
그가 타고 다닐 육신을 살려 두기 위해서니라!」
철석이 몸을 일으키더니 사자처럼 뛰어오르며
죽어 가는 불길에다 마른 가시나무를 한 줌씩 집어 던져 넣었고,   1220
가슴이 답답해서 더 이상 견디기 힘들었던 그가 입을 열었다.
「내가 바위투성이인 고향을 떠난 그날 밤 마음속 깊이
오십 가지 바람과 맹렬한 태풍이 불어쳤다오. 열정들이 내 마음을
잡아먹었고, 그런 정열들을 그때는 내가 해방시켜 줄 수도 없었지만,
드디어 지금은 모든 것이 내 머릿속에서 분명해졌으니,   1225
이제 나는 무슨 이념을 위해 내 삶을 바쳐야 할지 알겠어요.
사막의 모래밭으로 뚫고 들어가는 사이에 우리들의 무서운 신이
내리는 두 가지 위대한 명령이 내 마음 깊숙이 새겨졌어요.」

「무슨 위대한 명령인가?」 지도자가 가슴을 두근거리며 물었다.
그의 친구는 고백이라도 하듯 나지막한 목소리로 말했다.
「높은 곳에서 내 마음에게 처음 들려온 얘기는 이것이었습니다.
〈슬픔과 기쁨에 다 같이 만족하는 자 저주를 받을 터이고,
인간의 미덕에 숨 막히지 않는 자 저주를 받을지니,
형제들이여, 세상이 자라나게 두 팔을 벌려라!〉
그러더니 심한 굶주림이 창자를 쑤셔 대자 나지막이, 나지막이,
두 번째 위대한 명령이 빛나는 내 이성을 꿰뚫었습니다.
〈위대한 굶주림만이, 목마름만이 나의 신을 충족시키노라.〉」
그러자 혼탁한 두뇌의 피리쟁이가 소리를 질렀다.
「터벅터벅 걸어가며 기우는 마음속에서 나는 소리칩니다.
〈너는 어디로 가느냐? 너는 영원히 멈추지 않겠는가?
미치광이 방랑자들의 뼈가 하얗게 쌓인 길이 보이지 않느냐!
불멸의 물을 찾는 사이에 나는 하데스로 내려가는구나!〉」
몇몇 친구의 머릿속에서 외로운 자의 말이 폐부를 찔렀다.
「그대는 갈증을 풀기 위해 불사수(不死水)가 솟는 깊은 샘을 찾으려고
갈 길을 서두른다고 생각하니 길을 벗어난 셈이고, 피리쟁이여,
여기 철석은 내 비밀을 추적하여 붙잡은 셈이니 —
굶주리며 오르는 것이 내 신의 술잔이요,
사막의 갈증이 내 신의 샘물*이다. 오르페우스여.」
나지막한 불꽃을 물끄러미 쳐다보던 철석의 환한 눈이
마치 오늘의 고백을 이제는 부끄럽게 생각한다는 듯 희미해졌고
그가 얼른 몸을 일으켜 가시나무 불쏘시개를 집어
나지막한 불에다 던지자 탁탁 튀며 불길이 활활 타올라
그들 모두의 얼굴에다 진홍빛 줄무늬를 지었다.
그러더니 철석은 위험한 대화의 방향을 슬그머니 돌리려고 했다.

「나는 날름거리는 불길의 혓바닥과 장난치는 동물들, 1255
이들 두 가지 생동하는 것은 아무리 구경해도 싫증이 안 나오.」
그러나 영혼을 훔치는 자가 웃으며 동지의 팔을 잡았다.
「언젠가 나는 우리들의 무서운 신이 내린 명령들을, 친구여,
모든 해골과 돌, 모든 나무의 몸통에다 새겨 두겠네.
나는 눈을 똑바로 부릅뜨고 죽음을 향해 나아갈 수 있도록 1260
불타는 쇠로 모든 살에다 그 명령들을 새겨 놓겠어.」
이빨이 삭아 버리고 뼈에 칼로 벤 자국이 깊이 패이고
수염이 강물처럼 흐르는 늙은 집정관이 머리를 저었다.
「당신은 신에 대해서 너무 말이 많고, 너무 고운체로 걸러서
그 신은 먹을 것이 별로 남지도 않겠소. 1265
내 귀에 들려오는 외침은 오직 한 가지, 그것으로 족하다오.
〈이유는 묻지 말고 그대보다 큰 영혼을 따르도록 하라!〉」
그러자 모두들 조용해졌고, 마치 천 명의 영혼이
그의 목에 매달린 듯 궁수의 등뼈가 휘청거리면서도
그는 구원의 길 하나만을 선택하여 계속 나아갔는데, 1270
구원과 파괴의 길은 둘이 곧 하나이기에 하나의 목표를,
둘 다 두 개의 혀가 달린 굶주림의 불길을 추구했다.
한밤중이어서 불이 탁탁거리고 춤추며 장작을 집어삼켰고,
궁수의 두뇌도 역시 바싹 마른 가시나무가 타듯 탁탁거렸으며
부엉이의 구슬픈 목소리가 달빛이 비춘 모래밭으로 흘러내렸고 1275
불길을 펄럭이는 지도자가 철석의 야윈 무릎에 손을 얹었다.
「내 마음의 산 정상과 내 이성의 고원에
웅장한 도시가 나타나려고 하니, 입을 다물게나.
내 어두운 머릿속에서 불꽃이 너울거리며 입맛을 다시고
사람들이 높은 탑과 성문과 흉벽들을 세우고, 1280

어머니들이 웃으며 일을 할 집들을 줄줄이 짓고,
젊은이들은 창을 들고 처녀들은 물동이를 들고 지나다니며
꽃이 만발한 배나무 밑에서 노파들이 수의를 짓고,
결혼식 노래와 탄식과 자장가 소리가 들려오며,
재스민 기름을 머리에 바른 여자들과 술통 속의 포도액과   1285
마당의 빵가마에 가득 찬 냄새가 난다네.
영주들이 굶주린 짐승처럼 성벽에 둘러앉아
탐욕스러운 입으로 먹고 마시며 으르렁거리는구나.」
꿈꾸는 사람의 얘기를 듣고 피리쟁이가 갈대 피리를 집어 들어
빠르고도 흥겨운 곡을 당장 불기 시작했지만   1290
성의 꿈에 깊이 도취되었던 궁수는
피리 소리나 먹보가 놀리는 소리조차 듣지 못했고,
피리가 끝나자 엉덩이가 큰 자가 우렁차게 소리쳤다.
「그대의 정열을 흙손으로 삼아 허공에 집을 짓는 자여,
피리쟁이의 감미로운 선율이 없었다면 그대 꿈속의 높은 성을   1295
절대로 완성하지 못했으리라고 고백하시오!
그는 개똥지빠귀 깃털로 흙을 실어 나르는 그대의 짐꾼이라오!」
이성이 여럿인 남자가 화를 내며 발을 굴렀다.
「뻐꾸기의 울음과 펄럭거리는 불꽃의 혓바닥으로,
장난스러운 이성의 텅 비고 공허한 바람의 장난감으로   1300
머릿속에다 내가 높다란 꿈의 성을 짓는데, 친구여,
기적까지도 그대의 가죽을 뚫지는 못하는 모양이로구먼.
엷은 그림자가 고기로, 내면의 불꽃이 바깥에서 돌로 변하고,
내 이성의 환상이 내 머리의 높은 미지의 산봉우리로부터
대지로 내려와 덮칠 날이 꼭 오겠지. 보게나,   1305
내가 돌을 깨뜨리고, 흙을 집어 들고, 그대의 팔을 움켜잡듯이,

내 손이 지금 가득 무엇을 쥐었듯이, 맹세컨대 언젠가는
돌과 기둥과 신들을 가지고 나는 꿈의 도시를 높이 세우겠어.
도시들은 이렇게 먼저 단단한 땅에다 뿌리를 내리니까!」
그러더니 오디세우스는 미소를 짓고 더 이상 얘기를 하지 않았는데, 1310
그의 환한 눈에서는 어느새 불길이 맹렬하게 타올랐고,
하늘의 별들이 탐스러운 새 둥지의 무더기처럼 빛났고,
그의 어둡고 사나운 머릿속에서는 위대한 사상들이 반짝였지만
이성은 고요한 사상의 피리를 들고 차분한 곡을 불었다.

제13편

하늘의 꼭대기에서 큰 날개로 균형을 잡은 대머리수리 한 마리,
그는 사막을 보고 기뻐했고, 그는 메워진 우물들을 보았고,
그는 길게 줄지어 햇빛에 하얗게 표백된 해골들을 보았으며,
그는 삭막한 모래밭을 걷는 개미 떼 같은 사람들을 보았다.
꿰뚫어 보는 듯한 눈을 그곳 개미 떼에다 고정시키고
그는 또다시 덮쳐 인간의 기름진 골을 파먹으려고
부상자가 쓰러지기를 기다리며 낮게 떠서 선회했다.
머리 위 높이 뜬 대머리수리를 본 궁수는
두 팔을 활짝 벌리고 그를 친구처럼 소리쳐 불렀다.
「어서 오라, 어서 오라, 수리여! 그대의 자랑스러운 목에
내가 매달려 가슴을 움켜잡도록 낮게 날아 내려오라.
그대의 배 속에 내가 들어가도록 와서 내 치수를 재어라,
관(棺)이여, 나는 하늘에서 맴도는 그대가 좋도다!」
하지만 멀리 떨어진 새는 그의 말을 듣지 못하고 날개를 치고는
눈 덮인 산봉우리들을 찾아가느라고 남쪽으로 사라졌다.
이 무렵 바위는 울창한 숲을 뚫고 나아가서
새를 보고는 가느다란 두 팔을 치켜들고 소리쳤다.

「수리여, 만일 그대의 날개와 우아한 유연함을 지녔더라면
나는 높이 솟아올라 균형을 잡고 사방을 둘러보리라!
오, 거룩한 새여, 내가 친구들을 만나 잠깐 식사를 같이 하도록   20
이리 내려와 나를 그대의 힘센 잔등에 업고 날아가,
큰 고통의 부담은 감수하더라도 나는 자유를 사랑하니
나를 다시 황야와 숲의 야수들에게 데려다 다오.」
헛되이 두 팔을 퍼덕거리며 바위가 이렇게 애원하고 기도했는데,
그의 연약한 몸은 가죽이나 조가비처럼 바싹 말랐고,   25
그의 두개골은 상처투성이에 거북의 껍질처럼 비늘이 앉았고,
그의 육체는 멧돼지의 송곳니와 사자의 발톱으로 찢기고
독약 화살로 찢기고 전갈에게 쏘여 상처가 났다.
창백한 어둠 속에서 산봉우리들이 기절하고, 푸른 그림자들이
숲에 가득 몰려들 때 바위는 가느다란 칼을 뽑아 들고   30
개활지로 나와 연약한 나뭇가지처럼 몸을 구부렸다.
그는 지쳐서 풀밭에 누워 숨을 돌렸다.
「오, 인간의 마음이여, 운명을 삼키는 사나운 야수여!
어떤 위대한 수레바퀴에다 나를 던졌길래, 영혼의 마술사여,
이제 영혼이 모험을 나서니 아무도 감히 막지를 못하느냐?」   35
그가 눈을 감았더니 마지막 절벽이 그의 머릿속에 나타났는데
사람들이 사나운 야수처럼 그에게 미끼를 던지고 덫으로 잡았으며
나무 꼬챙이를 깎고는 그의 주위에다 큰 불을 지피고
냄새가 짙은 향료를 치고 기름을 그의 몸에다 잔뜩 바르더니
맛 좋은 식사를 하겠다고 시끄럽게 그에게로 몰려들었다.   40
경멸하는 눈으로 죽음을 응시하던 그는 갑자기
하늘 높이 울리는 목소리를 들었고 뾰족한 모자를 보았으며
그의 이성은 기뻐하면서도 교활하고 침착하게 앞뒤를 가렸다.

「나의 영혼이여, 이제는 궁수의 영혼을 취하도록 하라.
꼼짝도 않고 당당히 화염 속에 꿋꿋하게 서서
사나운 불길로 치솟아 오르는 높다란 횃불처럼 타올라도 좋겠지만,
이성의 다듬지 않은 무기를 들고 마지막 순간까지 분투하여
솟아오르는 불길들을 뛰어넘는다면 더욱 좋으리라.
오, 독수리 발톱에 꾀 많은 영혼이여, 내려와서 나를 잡아가라!」
바위가 소리를 지르자 영혼이 그의 목소리를 들은 모양이어서
자유의 머나먼 길이 그의 머릿속에서 섬광처럼 지나갔고,
그는 벌떡 일어나 푸른 풀밭에서 춤을 추기 시작했으며,
갸름한 발이 어찌나 빨리 뛰었는지 그는 빛나는 유성(流星)처럼
하마터면 하데스 깊은 곳으로 떨어질 뻔했다.
그의 관자놀이와 길쭉한 발뒤꿈치에서 두 개씩 날개가 돋아났고
그의 발과 두뇌가 달려 나가자 주변의 바위들은 불꽃을 튕겼으며
그의 멋진 몸은 불꽃처럼 식식거리며 별처럼 떨어지면서도
칼의 얇은 날 위에서 대담하게 계속해서 춤을 추었다.
불꽃이 꺼지고 식인종들은 배고픔을 잊었으며
임신한 아가씨가 출산의 산고로 울부짖었고
노인들은 모두 두 손을 들고 나지막이 말했다.
「세상이 저런 발놀림을 상실한다면 크나큰 죄입니다, 신이여.
마당에서 손자들을 데리고 둘러앉아 서서 걸어 다니는 돼지,
인간의 맛 좋은 고기를 먹어도 즐거운 일이지만
세상에는 훌륭한 춤보다 더 큰 기쁨이 없으니
춤은 목마름과 배고픔을 정복하고 적과 친구를 하나로 만듭니다.
춤이 세상에서 사라지지 않도록 그대의 목숨을 살려 주겠소!」
바위가 도망쳐 어느 컴컴한 숲에 이르러
껍질을 벗은 다음 찬바람에 떠는 뱀처럼

푹신한 풀밭에 차분하게 누웠다.
해 질 녘 그림자들이 길어지고 배고픔이 그를 심히 괴롭힐 때
그는 털가시나무로 만든 구부러진 양치기의 지팡이를 들고
몸을 일으켜 듬성듬성 흩어진 숲의 나무들 사이를 지나
불을 지피고 잠을 잘 만한 자리를 찾으려고 했다.
이성 속에서 인간의 어둡고 일상적인 욕구들을 되새기다가
저 멀리 골짜기에서 빛나는 마을 하나를 보고
그는 갑자기 땅으로 엎어져 뒤엉킨 덤불로 들어갔다.
무서운 괴물 인간의 체취를 그의 콧구멍이 맡았고,
뱀처럼 배를 깔고 그는 이 바위에서 저 바위로 미끄러져 가서
커다란 바위의 가장자리에서 살펴보았더니
마을은 두 개의 하얀 산비탈 사이에서 빛났고
수위에 높다랗게 흙과 갈대로 쌓아 올린 울타리 위에서는
검정 깃발들이 나부끼고 반짝이는 불꽃들이 빛났으며,
한가운데에는 축 늘어진 추녀에 하얗게 표백된 인간의 해골이
줄줄이 매달린 나무 몸통들로 지은 왕의 집이 있었다.
그러나 으스스하고 한적한 마을에는 돌아다니는 사람도 없었고
발가벗고 비명 지르는 여자나 웃고 떠들며 노는 아이도 없었고
지붕에서 조용히 피어오르는 저녁연기도 없었으며
모든 집이 두려움에 짓눌리고, 눈에 보이지 않는 북들이
천천히 장송곡을 두드리는 나지막한 소리만 들려왔다.
몸을 웅크리고 떨던 가엾은 바위는 의아한 생각이 들었다.
「마을이 마술에 걸렸거나 치명적인 질병으로 몰살을 당했거나
복수의 유령이 이곳을 돌로 만들어 놓았는지도 모르겠지만,
모든 일은 운명에 맡기고 어쨌든 나는 내려가 봐야 되겠어.」
허리에는 튼튼하고 질긴 덩굴을 잡아매고 굵은 지팡이를 쥐고

그는 양치기처럼 양 떼가 기다리는 곳으로 내려갔다.

집집마다 문을 꼭 닫고 빗장을 이중으로 질렀으며,
불은 모두 밟아 끄고 개들은 재갈을 물려 끈으로 매놓았고,
바로 오늘 그들의 왕이 세상과 작별을 고했기 때문에
사람들은 말없이 땅바닥에 웅크린 채로 두려움에 젖었다.   100
마을 전체에서 씨앗이 위기를 맞아 임신한 여자들은
사내아이를 낳지 못하고, 소는 송아지들을 낳지 못하고,
밭에서는 곡식이 말라 죽고 우물들은 말라붙었는데,
모두가 왕의 영혼이 시들었기 때문이었으므로 바로 오늘
새로운 정력적인 숫양이 인간의 양 떼를 이끌고   105
대지가 새로이 허벅지를 벌려 비옥한 씨앗을 받으라고
무서운 신의 검은 세 사신이 늙은 왕을 죽이러 나섰다.
납작 엎드린 사람들은 머리가 허연 귀신들이
무서운 벼락을 들고 높은 산에서 내려오기를 빌고 기도했다.
「조상들이시여, 낮은 구름처럼 오셔서 양 떼를 이끄소서!   110
저주를 몰아내기 위해 우리들이 늙은 왕을 죽이겠으니
힘세고 새로운 왕을 데려다가 힘차고 새로운 불을 지피소서!」
이렇듯 남자들과 여자들은 줄지어 앉아 애원하고 기도했으며
기적을 받아들이기 위해 마음을 활짝 열었다.
한편 진홍빛 신발을 신은 늙어 빠진 추장은 몸을 질질 끌고   115
길거리를 지나가며 세상 사람들에게 작별을 고했다.
허약하고 창백한 얼굴에 허연 수염을 늘어뜨리고
썰렁하게 빈 돌바닥 길을 비틀거리며 가던 그는
친구들과 친척들은 그를 배척하여 늙고 상처만 잔뜩 남은
그의 초라한 개만 홀로 너덜너덜한 발을 절며 뒤따라와서   120

발을 핥아 주었기 때문에 눈에 눈물이 가득 고였다.
마치 진홍빛 끈을 목에다 친친 감아 두르듯이*
노인은 텅 빈 거리를 빙빙 돌며 헤매었고,
눈물이 글썽거리고 대지가 희미해지더니 갑자기 구름들이
높다란 산봉우리에서 내려와 그를 친친 감는 듯싶었는데, 125
끝없는 소용돌이를 일으키며 그를 단단히 묶고 감아 대는
이것이, 차갑고 하얀 수의가, 죽음의 생각이 그의 조상이었나?
「아, 단 하루를 더 살더라도, 아무도 나를 찾아내지 못할
깊은 숲으로 도망쳐 숨고 싶나이다, 신이여!」
그는 사방을 둘러보았고, 모든 거리가 텅 비었음을 깨달았다. 130
죽어 가던 자는 마음이 어지러워 다시 두려워하며 둘러보았는데,
눈에 띄는 사람이 없자 죽음으로부터 도망치려고 얼른 달려갔지만
쪼글쪼글한 두 손을 미을의 문을 향해 뻗던 그는
문턱에다 짚은 소의 가죽을 펼쳐 놓았으며
그가 곧 조상과 재회해야만 한다는 뜻으로 사람들이 135
거룩한 아버지의 반짝이는 해골을 그 위에 놓아 둔 것을 보고
갑자기 비명을 지르며 그는 뒷걸음질을 치고 숨통이 막혔다.
왕은 무릎에서 기운이 빠져 땅바닥으로 주저앉았고
늙은 개가 겁이 나서 물러나며 도와 달라고 짖었지만
그들의 고통을 풀어 주려고 오는 사람은 없었고, 140
왕은 일어나서 아버지의 하얀 해골을 검은 두 손으로 꼭 움켜잡았다.
신까지도 그에게 단 하루도 더 용납하지 않으리라는 것을 깨닫고
그는 당장 눈에서 불꽃이 번득이고 얼른 목을 들었으며,
모든 희망을 정복한 다음 허연 머리를 당당하게 젖히고는
용기를 가지고 죽음을 기다리기 위해 그의 왕좌로 돌아갔다. 145
당장 마을의 세 문에서 세 명의 무당이 출발했는데,

그들은 저마다 손에 길고 번쩍거리는 칼을 들었다.
저녁의 어스름 속에서 날카로운 이빨을 드러내고 웃는
하얀 해골들 때문에 피로 얼룩진 궁전이 조용히 빛났다.
무서운 적막 속에서 왕은 캄캄한 골목길들을 지나갔고,   150
첫 번째 층에서는 작별을 고하러 찾아온 검고 벌거벗은
젊거나 늙은 그의 여자들이 낮게 웅크리고 울부짖었으며,
두 번째 층에서는 친구들과 종들이 그의 야윈 손과 발에
입을 맞추고는 슬픈 작별을 고하느라고 울었으며,
세 번째 층에서는 늙은 개가 쪼그리고 앉아 조용히 흐느꼈다.   155
늙은이는 겁이 나서 힘없는 무릎을 떨었고 걸음을 멈추었고,
달콤한 삶이 다시금 생각나서 자부심을 잃고 말았다.
「내 왕국과 삶이 안개와 바람처럼 사라지다니, 슬프도다!」
그가 중얼거리고는 높은 왕좌의 일곱 층계를 기어 올라갔고
시커먼 겨드랑이와 눈과 귀에서는 식은땀이 뚝뚝 떨어졌다.   160
그가 왕좌에 엉거주춤 앉아서 땀에 젖은 손뼉을 쳤더니
벽에서 천천히 백 살 먹은 음유 시인이 나타나
천 년 묵은 상아 피리를 들고 섰으며
왕은 두 팔을 벌리고 떨리는 목소리로 말했다. 「노인이여,
그대는 나를 행복하게 했으니, 마지막 노래를 불러 주고   165
몰락한 영혼이 평온하고 강해지도록 연주를 해다오.」
음유 시인이 허리를 굽히고 곧 낭랑한 피리 소리가 들려오니
사나운 바람을 타고 한없이 공격하며 솟아오르느라고
백마처럼 뛰어들다 무너지는 파도가 되울리는
조가비의 우렁찬 함성을 듣는 느낌이었다.   170
오랫동안 바닷물에 씻긴 피리 소리에 귀를 기울이노라니
지극히 부드러운 한숨 같은 목소리가 갑자기 들려왔다.

「장미꽃도 기억을 못하는 옛날 옛적에 있었을까 없었을까 —
칼을 높이 치켜든 위대하고도 행복한 왕이 있었을까 없었을까.
그는 해 질 녘에 시들어 버리는 쪼글쪼글한 카네이션이요,
동틀 녘에 지나가다가 흩어지는 바람 속에서 천 가지로
얼굴이 달라지면서, 황금빛 테를 두르고 빛나는 구름이었더라.
나는 그대의 추억에 입 맞추고 위대한 은총에 크게 절하노라,
오, 구름이여, 연기여, 붉은 카네이션이여, 위대한 왕이시여!」

음유 시인이 노래를 부르는 동안 운명의 세 사신이 벽에다
몸을 찰싹 붙이고 이 집에서 저 집으로 살그머니 접근했고,
그들의 목과 발목에서는 방울이 흔들리며 짤랑거렸고
더러운 누더기에서는 바람을 빨아들이는 청동의 신들이,
마치 들소와 염소와 양이 세 무리를 지어 달려가듯
호각과 쇠붙이와 열쇠와 쇠사슬이 짤그랑거렸다.
환한 개밥바라기가 거룩한 시간에 빛나고
빠끔히 열린 궁전의 문 앞에 거의 다다른 그들이
문턱을 넘어서려고 다 같이 발을 들어 올렸을 때
사나운 지팡이를 들고 바위가 불쑥 나타났기 때문에
흑인 선지자들은 반쯤 발을 든 채로 갑자기 멈춰 서서
노랗고 동그란 눈으로 뚫어져라 쳐다보며 겁이 나서 떨었다.
세 사람 모두 땅바닥으로 엎드리더니 축원하는 북처럼 소리쳤고,
그러더니 천천히 머리를 들고 경건한 태도로 말했다.
「오, 때맞춰 별에서 내려온 지극히 순수한 혼령이시여,
황금의 왕관을 쓴 하늘의 독수리를 진심으로 환영하나이다!」
젊은 미남은 위대한 여우의 궁정에서 배운 바가 많기 때문에
양치기의 지팡이를 휘두르고 험악한 표정을 지었으며,

왕처럼 오만한 태도로 세 흑인에게 말했다.
「손톱을 쪽빛으로 칠한 어린 까마귀들아, 잘 지냈느냐!
하얀 독수리의 모습을 하고 나는 하늘을 날아가며
그대들의 초라한 오두막을 보고는 살진 토끼인 줄 알고
길고 뾰족한 발톱을 갈며 잡아먹으려고 내려왔노라.」
그가 말하고는 재빠른 걸음으로 궁전의 문턱을 넘었다.
그의 재빠른 이성을 민활한 길잡이처럼 꾀가 이끌어,
마치 잠이 들어 달콤한 꿈이 그의 당당한 가슴속에다
화려하고 웅장한 방들의 문을 잔뜩 열어 놓기라도 한 듯
가볍고도 명쾌한 도취감이 그의 기운을 부풀어 오르게 하여
그는 평온한 기쁨을 느끼며 의젓하게 방마다 돌아다녔다.
수많은 종을 든 세 명의 흑인을 앞세우고
그는 숨 막히는 깊은 정적 속에서 썰렁한 방들을 지나고
마당과 부엌과 사향 향기에 젖은 여인들의 처소를 지나
칼처럼 예리하게 밤의 어둠을 가르며 나아갔다.
왕은 그의 검은 눈과, 뺨과, 입술과, 희미해진 옛 상처들과
듬성듬성한 눈썹에다 화장을 했으며,
절망적인 투쟁의 무서운 갑옷을 걸치고
목에는 적들의 이빨을 가지런히 꿴 목걸이를 두르고
반짝이는 귀고리를 차고 기다란 깃털을 머리에 꽂은 다음
왕좌 앞에서 죽음을 기다리기 위해 도끼를 잡았다.
구슬픈 노래가 그의 지친 무릎에 기운을 불어넣어서,
위대한 추장답게 무서운 조상들에게로 뛰어 내려가려고
음산한 하데스의 문에서 말없이 뻣뻣하게 그가 섰으려니까
무자비한 세 쌍의 눈이 아래쪽 층계에서 빛났고,
노인은 새까만 깃발을 드높이 치켜들고 군대처럼 당당하게

행군해 나아가서 그의 검은 조상들을 만나고 싶었다.
처량한 부엉이처럼 어둠이 여러 방에서 울었고   225
마당에서는 분수가 콸콸거리는 개울처럼 뛰쳐올랐고
짤랑거리는 종소리 한가운데서 조용한 분노와 싸우는
옹기종기 모인 형제들을 바위는 희미하게 식별했지만
살인자의 고함이나 죽은 자의 숨 막힌 목소리는 들리지 않았고
희미하고 뒤틀린 형체만이 왕좌로부터 떨어져   230
일곱 계단을 굴러 내려간 다음 멍석 위에 널브러졌다.
아직 아무도 올라타지 않은 처녀와 튼튼한 동정(童貞)의 청년,
발가벗고 반짝이는 남녀가 당장 어둠 속에서 뛰쳐나왔고,
남녀에 따라 단단한 막대기와 부드러운 막대기를 들고 사람들은
땅바닥에 웅크리고 앉아 성스러운 남녀를 함께 문질러 주었다.*   235
그들의 검은 팔이 뱀처럼 빛나고 서툭한 나무에서는 어둠 속에서
해묵은 신이 몸을 일으켜 다정하게 웃었으며,
불꽃이 튀어 올라 불이 붙자 땔감 나무가 섬광처럼 번쩍였고
환희하는 아들이 어둠 속에서 뛰어오를 때까지
갓 결혼한 남녀는 몸을 어루만지고 꿈틀거렸다.   240
횃불들이 환히 타올라 궁전의 지붕을 핥으며 너울거렸고
구원의 나팔이 울리자 문들은 빗장이 벗겨졌으며
묵직하고 검은 여섯 개의 손이 향기로운 향료가 가득 넘치는
술잔처럼 왕의 머리를 바위의 손바닥에 올려놓았다.
「창백하고 늙은 해가 지고 새로운 태양이 하늘에 떠오르고,   245
아버지가 어두운 땅속으로 떨어지니 아들이 싹틉니다!
환영합니다, 왕이시여! 우리 좋은 땅에 뿌리를 내리고,
훌륭한 곡식이 싹트고 향기로운 꽃이 만발하게 하며
모든 가난한 사람들이 요리를 하도록 사나운 불이 치솟게 하고,

그대의 힘이 고갈되어 사타구니가 말라붙은 다음에는   250
깊은 어둠 속에서 만나게 될 것입니다. 오, 젊은 왕이시여!」
그들이 말하더니 자랑스러운 바위를 피투성이 왕좌에 앉혔다.

웃음과 무거운 숨결과 더불어 위대한 태양이
그의 당당한 지위를 승인하려고 왕의 궁정으로 내려왔으며,
그의 뒤에서는 죽인 양과 멧돼지 송곳니와 통통한 소년들을   255
선물로 마차에 싣고 뒤룩거리는 위대한 추장들이 뒤뚱대었고,
새로운 왕의 미천한 백성들은 크게 엎드려 절했다.
눈먼 음유 시인들이 불끈거리는 목을 왕에게로 들었고
발가벗은 궁중의 무희들이 새벽빛 속에서 반짝였지만
바위는 멀리 숲 쪽을 응시하며 나지막이 한숨을 지었다.   260
「내 친구들은 어디로 갔으며 어디로 항해하고 있을까?
깊고도 교활한 영혼이여, 그대는 어디에서 미소를 짓는가?
나는 그대의 포도송이에서 한 알의 포도에 지나지 않는구나.」
문설주에 몸을 기대고 새로운 왕은 날렵한 사냥개처럼
코를 높이 들고 주인의 냄새를 킁킁 맡으려고 했는데,   265
바로 그날 새벽에 궁수가 사막의 모래밭을 횡단하여
숲이 울창한 바위의 밀림으로 들어왔기 때문에
허공에서는 정말로 주인의 체취가 감도는 듯싶기도 했다.
묵직한 도끼를 들고 철석과 몇 명의 용감한 젊은이들은
몸을 나지막이 수그리고 뒤엉킨 덩굴들을 쳐내며   270
거대한 나무들의 무성한 잎사귀 사이로 길을 뚫고 나아갔다.
퀴퀴한 곰팡이 냄새에 켄타우로스는 숨을 쉬기도 힘들었다.
「진흙과 썩은 오물과 때에 찌들어 악취가 나는 옷을 걸치고
신이 다시 모습을 바꿔 우리들의 영혼에게 겁을 주려고 하는데

그는 도대체 언제 너그러운 친구가 되어 275
우리들 앞에 나타나 다정한 인사를 해주려는가?
그는 언제쯤 야생의 황무지에 서서 손을 흔들고
여자와 술과 빵의 선물을 우리들에게 가져다주려는가?
〈여보게들, 잘 있었나! 어서 오게, 검은 눈들이여!
나는 모두들 신이라고 일컫는 그대의 증조부이니, 280
어서 시원한 그늘로 와 편히 누워 내 빵을 먹도록 하라!〉
그런 행운이 찾아올 리가 없지! 그는 우리들을 험난한 길로만
한없이 끌고 가서, 불모의 가뭄을 겨우 벗어나면
우리들을 모두 썩으라고 거머리처럼 달라붙는 수렁으로 보내지.
신의 마음이 나 같기만 하다면 세상은 정말로 낙원이 되리라!」 285
오디세우스는 뒤틀린 미소를 짓기만 하고 대꾸가 없었다.
눅눅하고 어두운 나날이 흘러갔고, 두터운 잎사귀를 뚫고 들어가
썩어 가는 악취를 말리려고 태양이 애를 썼지만, 소용이 없었다.
흥청거리는 대지의 술잔치 찌꺼기가 후텁지근한 흙을 적셨고,
덩굴이 뒤엉킨 나무들은 속이 비고 축축한 줄기를 뻗어 솟아오르고 290
굵직한 뱀들이 늪에서 헤엄쳤으며, 어린 전갈들은 즐거워하며
곰팡이가 핀 부식토 속에서 연약한 독침이 여물기를 기다렸다.
마음이 약한 피리쟁이가 겁이 나서 뒤로 처졌고
피리 소리에 익숙해진 귀를 썩어 가는 흙에다 대고 들어 보았다.
「신이여, 땅에서 전쟁이 벌어져 날개가 굳어 가는 소리가 들리고 295
마지막 숨을 거두는 목구멍에서 신음이 나고 턱뼈가 우두둑거리니
대지가 미쳐 버려 자신의 새끼를 잡아먹는 모양이로구나!」
천리안 같은 두뇌가 윙윙거리며 대지의 소리를 듣는 사이에
황금빛으로 채색한 구름처럼 앵무새들이 높이 지나가느라고
수많은 날개를 치고 시끄럽게 까악거리는 소리가 들려왔으며, 300

깃털로 짠 알록달록한 목도리처럼 광채가 빛났다.
그의 이성도 두개골 속에서 황금빛 앵무새처럼 뛰었고
그는 곰팡이가 피고 지끈거리는 대지를 잊고 까악거렸다.
「오호, 나는 고통스러워 소리치며 땅 위로 기어가지만
작은 새가 진홍빛 날개를 퍼덕거릴 때는   305
내 모든 고통이 새가 되고 이성이 노래를 부른다.」
태양이 떨어져 없어졌고, 밤의 하얀 야수 같은 보름달이
하얗게 거품이 일어나는 젖처럼 넘쳐흘렀으며,
강물이 네레이스 자매*처럼 빛나고 사자의 갈기에서는
은빛 이슬이 맺히고, 껄껄한 혀가 우웃빛 하늘을 핥았다.   310
자칼의 울음이 찢어지는 탄식처럼 솟아올랐고
하이에나가 장난치는 비명 소리에 밤이 떨었으며,
나무들이 으르렁거려 가지들이 미친 듯 부딪혔고, 커다란 코끼리들이
달빛 속으로 뛰어들어 정글의 황무지에서 목욕하고 뛰놀았다.
눈이 천 개인 밤이 목마른 야수처럼 대지 위로 돌아다니다가   315
두려움을 느끼며 물을 마시러 웅덩이로 갔는데,
짐승들은 물을 마시려고 목을 길게 뽑았지만 무릎이 떨렸고,
입술이 한 쪽으로 쏠리면 눈과 귀는 다른 쪽으로 쏠렸다.
오디세우스는 두려움을 감추고 밤의 소리에 귀를 기울였는데,
숨 막히는 눅눅한 열기와 더럽혀진 대기 속에서   320
잠을 못 이루는 그의 이성이 풀어져 나와 험한 황무지에서 말했다.
「기운을 차리고, 궁수여, 두려움 때문에 파멸을 당하지 말라!
곤충과 뱀과 야수와 꽃과 악취로 우글거리는
이곳 더러운 숲은 네가 섬기는 신의 무자비한 마음이요,
이곳에서는 굶주림과 사랑이 색욕에 찬 한 쌍의 사자여서,   325
피로 얼룩진 앞발로 시커먼 도랑 안에서 기어 다닌다.

어린 사자 새끼처럼 그 마음, 내 마음속에서 돌아다니도록 하라.」
곧은 두 개의 뒷발로 쓰러지지 않고 꼿꼿이 서며 꼬리도 없는
새로운 유인원 종족, 하얀 짐승들이 어떻게 땅 위를 걷는지 보려고
유인원들이 나무 사이에서 빽빽거리고 휘청대며 내려왔다.   330
엉덩이가 큰 자가 시끄럽게 웃고 피리쟁이에게 소리쳤다.
「신인가, 야수인가, 얼빠진 인간인가, 이것들은 무엇인가?
그들은 내 조상을 닮았구나! 내가 숲속에서 잠이 깨면
내 밀림의 뱃속에서 거대한 원숭이가 뛰어오르고
조상을 기억해 내려고 애쓰며 고향에서처럼 빤히 쳐다본다!」   335
머리가 가벼운 피리쟁이가 한숨을 짓고 볼멘 대답을 했다.
「나는 어두운 무덤을 보듯 이곳의 어두운 숲을 보고 두려워한다!
나는 돌아서지도 못하고 앞으로 밀고 나가기도 겁이 나서,
두 짝의 맷돌, 궁수의 두 손 사이에 붙잡혀 있도다.」
배가 흉측한 켄타우로스가 킬킬거리더니 친구를 쓰다듬었다.   340
「호! 궁수도 신의 거대한 두 주먹 사이에서 몸부림치는구나!
당당한 제우스까지도 어떤 엄청난 맷돌이 갈아 대는지 누가 아는가?」
한편 침묵을 지키며 앞으로 밀고 나아가던 철석은
음산한 조상도 의식하지 않고 신도 생각하지 않지만
도끼를 휘둘러 나무를 잘라 길을 내며 나아가는 동안   345
그의 오만하고 들뜬 이성과 생각은 멀리 날아갔다.
「아, 바위여, 이곳을 사자처럼 후려치고, 밤의 이슬 속에서
그대의 황금빛 갈기가 빛나도록 포효하고 고함쳐라!」

군주답게 공손히 얘기하고 태양처럼 웃거나
신비의 칼인 깃털을 드높이 치켜드는 방법 따위의   350
왕이 책임을 져야 할 일들에 대해서 늙은 추장들이

지혜를 가르치는 동안 바위는 왕좌에 앉아 있었다.
세 명의 눈부신 처녀가 푹신한 침대에 그를 위해 누워
사냥과 밀과 우물의 억센 세 네레이스들은
산의 짐승과 거룩한 곡식과 들판의 우물 모두가 넘쳐흐르도록   355
아들을 낳아 주기 위해서 그를 꼭 껴안았으며
꿀에다 날개를 담그는 굶주린 꿀벌처럼
바위는 기름진 왕족의 욕정에 몸을 던졌다.
때때로 그는 삶과 희롱하며 그것을 꿈처럼 조롱했지만
때로는 무기를 잡고 백성을 이끌어 재빠른 공격을 감행하여   360
날렵한 기사처럼 아프리카의 성채들을 쳐부수고
주렁주렁 매달린 자고들처럼 젊은 남자들의 목을 줄줄이 매고
젊은 처녀들의 목을 줄줄이 말안장에 매달고 싶은
격렬한 용맹과 충동이 그의 가슴속에서 타오르고는 했다.
그리고 세상은 좁으니까, 머지않아 돌아가는 길에 언젠가는   365
궁수의 군대를 만나게 될지 누가 알겠는가.
「만나서 반갑도다. 친구들이여! 머리가 어지러워 그대들을
잘 알아보기 어려우니, 여보게들, 조금 뒤로 물러나기 바란다.
내 희미한 눈을 부시게 하는 것은 위대한 철석의 모습인가?」
서로 멀리 떨어진 두 사람은 만나기를 남몰래 그리워했지만   370
저마다 운명이 명령하는 의무를 수행하고 있었다.
어느 날 철석은 흐뭇한 잠에 빠져 젖을 빠는 표범 새끼를
나무가 빽빽한 어떤 숲에서 발견하고 달려가
새끼를 품에 안고 줄무늬가 지고 털이 곤두선 잔등과
하얀 빛깔의 배를 부드럽게 쓰다듬어 진정시켜 주었다.   375
둔한 젖먹이 새끼가 아직 말랑말랑한 앞발로 후려치려 했고
거품이 이는 입을 벌려 빛나는 젖니를 보였다.

〈야수의 마음이란 약간 더 크기는 해도 서럽기는 마찬가지니
이것은 심술궂은 자에게 선물로 주기에는 제격이겠구나!〉
철석은 이렇게 생각하고 빙그레 웃고는 크게 기뻐하며 달려가   380
멋진 짐승을 주인의 품에다 안겨 주었다.
가슴속 깊은 곳에서 뛰는 심장처럼 버둥거리는
새끼 표범을 궁수는 딸이라도 되는 듯 쓰다듬어 주었다.
「친구여, 나는 어느 날 밤 불가에서 그대가 한 말이 생각나네.
〈나는 날름거리는 불길의 혓바닥과 장난치는 동물들,   385
이들 두 가지 생동하는 것은 아무리 구경해도 싫증이 안 나오.〉
하지만 인간 자신의 마음을 잊어버렸구먼, 나의 친구여.
이제 나는 야수와 불과 용맹한 마음, 세 개의 머리가 달린
그대의 선물을 손에 들었으니 기쁘기 한이 없네.」
그가 말하고는 잎사귀에 비가 쏟아지듯 큰 소리로 웃었다.   390
그들은 숲의 그물을 뚫고 나가기 위해 두 달 동안 애썼으며,
궁수는 아침마다 무릎 사이에다 턱을 넣고 웅크리고 앉아
사나운 두개골 속에서 새로운 힘이 영글기를 기다리기라도 하는 듯
지끈거리는 머리에 귀를 기울이고는 했다.
두 가지 상반되고 엇갈리는 갈림길이 그의 마음을 찔렀는데,   395
참을성 있게 터벅거리는 이성은 그에게 이 길을 보여 주었지만
자유분방하고 투쟁하는 마음은 다른 길로 올라갔으며,
두 길이 모두 똑같이 좋아 보여서 그는 마음이 기뻤다.
마침내 새로운 달이 저녁의 어둠을 가르고 나오자
그들은 마지막 거대한 나무들을 지나 숲을 헤쳐 나갔고,   400
노란 눈*이 달린 밤이 부엉이처럼 날아서 지나가더니
태양이 붉은 장미처럼 하늘로 올라가 꽃이 피었고
일행은 기뻐 소리치며 비스듬한 햇살을 받고 연한 황금빛이 되어

반짝이는 돌멩이들이 깔린 곳으로 몰려 내려가 입 맞추었다.
큰 엉덩이는 수염에 이끼가 끼고 옆구리에서는 풀이 자라   405
젖은 버즘나무처럼 물이 뚝뚝 떨어졌다.
「틀림없이 나한테서 퀴퀴한 곰팡이 냄새가 나겠구먼!」
그의 어긋난 뼈마디들이 삐걱거리고 배에서는 김이 났으며,
곁에 있던 피리쟁이는 밀림의 열기로 뜨거워진 머리가
벌집처럼 윙윙대서 핼쑥한 얼굴로 헉헉거렸고,   410
젊은이들도 길게 누워 물에 젖은 개처럼 떨었다.
창백한 뺨이 푹 꺼지고 호리호리한 철석은
죽음을 모르는 머나먼 산들을 보고 마음이 기뻐 두근거렸으며,
그의 곁에서 배회하던 자는 햇볕을 쬐면서
격렬한 태양이 머리와 목과 옆구리로 쏟아져 내리고   415
그의 옆구리를 움켜잡고 더듬으며 사랑하는 손길처럼
눈부신 빛으로 머리끝부터 발끝까지 어루만지는 기분을 느꼈다.
고요한 마음도 역시 비에 함빡 젖은 나비처럼
뜨거운 햇살에 찬란한 날개를 말리려고 펼치고는,
신도 역시 젖은 날개를 말리고 있으리라는 기분이 들었다.   420
궁수가 빛의 활로 황금 빛줄기처럼 쏘아 구멍을 꿰뚫고 지나간
열두 개의 도끼, 열두 개의 성스러운 12궁 별자리,
그의 허리춤에 새겨진 운명의 신비한 상징들을
태양이 지나가며 불타는 두 손으로 어루만지니
눈부신 열두 개의 별 무리가 그의 허리에서 빛났다.   425
마침내 콧구멍이 마르고 뼈들이 따뜻해지자
오디세우스는 단단한 땅에 누워 눈을 감았고,
기억의 꼬리에서는 숲이 깃털처럼 피어났다.
표범 새끼가 조용한 궁수의 발치에서 놀며

그의 사나운 살에다 처음 돋아난 발톱을 세웠고, 430
두 친구는 무거운 적막 속에서 소리치고 놀았으며
표범 새끼나 고독한 사람은 인간과 숲을 생각하지 않았다.
지도자가 쉬는 광경을 보고 철석이 부드러운 미소를 지었다.
「자르는 쪽은 무디어지지 말되 둔한 쪽에는 녹이 슬어도 좋다고,
주인이여, 그대는 물에 젖은 칼처럼 자신의 몸을 말렸는데, 435
험한 늪지대에서 우리들이 어떻게 빠져나왔는지 신기하기만 하고,
그런데 이제 그대의 예리한 눈은 어느 길로 가시나요, 궁수여?」
짐승들과도 말이 통하던 그는 이 말을 듣기는 했지만,
정신이 멀리 팔려 대답을 하지 않았는데 — 그가 어찌 입을 열어
이성이나 친구의 목소리에 대답할 수 있었겠는가? 440
그가 벌떡 일어나 나팔을 불자 일행 전체가 움직였다.
태양과 더불어 인간의 힘이 잠에서 깨어나
기다란 칙후의 뜨거운 심지가 타올랐다. 천천히 들판이
진홍빛으로 바뀌는 사이에 그들은 경작한 땅에 이르렀고,
벌름거리는 콧구멍에다 기다란 구리 고리를 달고 445
벌거벗은 채 흙을 파는 사람들을, 흑인들을 처음 보았다.
그들의 반짝이는 얼굴은 이리저리 깊은 상처가 났고,
불쑥 튀어나온 턱을 걸어 올라가면 축 늘어진 입술에 다다르고,
거칠고 납작한 코를 지나면 흐리멍덩한 눈으로 들어가게 되고,
원숭이처럼 비스듬한 이마를 기어 올라가면 곧 흙구덩이와 450
이가 우글거리는 불결한 덤불 속으로 빠지고 만다.
태양이 내리쬐는 미지의 땅에서 오래전에 잃어버린
형제라도 찾아낸 듯 즐거워진 동지들이 기뻐 함성을 질렀다.
흑인들이 허리를 굽히고 구덩이를 파서 씨앗을 심는 동안
젊은 처녀들은 밀이 그들의 긴 머리카락처럼 굵고 튼튼한 줄기에 455

두툼한 수염이 나도록 도와주려고 춤을 추었지만
백인들을 보자 모두들 비명을 지르며 도망쳤다.
「죽은 자가 소생했다! 유령들이 우리 마을을 휩쓸러 왔다!」
그들이 소리치고 신음하며 겁이 나서 산비탈로 올라갔다.
철석이 앞장서서 달려가며 크게 기뻐 소리쳤다.
「골짜기에 큰 도시가 보인다! 아궁이에 불을 지폈구나!
밤이 되기 전에 어서 모두들 저곳으로 내려가자!」
그러나 교활한 그들의 주인이 소리치고 일행을 멈춰 세웠다.
「굶주림이 휘어잡고 밥통이 다스리다니, 부끄럽도다!
밤에 도시를 공격하다가 함정에 빠지지 않도록 우리들은
오늘밤 굶은 채로 들판에서 잠을 자고, 새벽이 되어
대지가 밝아 오면 이성이 무슨 판단을 내리는지 보기로 하자.」
아무 말도 없이 일행은 이성을 달래는 교활한 잠이
산의 안개처럼 내려와 그들을 꿈으로 뒤덮을 때까지
굶은 채로 돌멩이들 사이에 누워 있었다.
그들은 저마다 어두운 근심거리가 얼굴이 천 개인 꿈을 꾸었고
마음과 싸우는 자는 질퍽한 땅바닥에서 격렬히 몸부림치고
꿈틀거리는 검은 벌레를 꿈속에서 보았는데,
굉장히 어둡고 굽이치는 빛이 벌레의 살갗을 뚫었고
대지가 무섭게 번쩍이며 메마른 대기가 불길로 너울거려서
괴로워하던 자가 슬퍼하며 〈이것이 신이로구나!〉 소리치고는
엎드려 그것을 조심스럽게 험한 두 손으로 거두어들였고,
검은 벌레는 인간의 따스함 속에서 평온하게 누웠다.
뜨거운 입김으로 고독한 자가 벌레를 녹여 주었고
작은 벌레가 천천히 몸을 떨더니 조금씩 조금씩
껍질이 갈라지고 몸이 찢겨 창자가 터졌으며

감미롭게 스며드는 인간의 따스함 속에서 오른쪽 왼쪽으로
눈이 2천 개인 큼직한 날개들이 튀어나와 펼쳐져서
눈부신 나비 한 마리가 외로운 자의 손바닥을 가득 채웠다.
파수들이 소리쳐 궁수가 달콤한 꿈에서 벌떡 일어났는데, 485
머리에 깃털을 단 흑인 세 사람이 벌벌 떨며 달려 올라와
땅에 엎드려 일행에게 경의를 나타내며 크게 절하고는
용기가 생기자 천천히 두 손을 들어 올렸다.
「오, 위대한 백인 혼령들이여, 우리들의 영혼을 낚아채고는 멀리
다른 바닷가로 날아가는 자여, 죽음을 이끌고 다니는 자여, 490
검은 발톱의 죽음을 가져오는 역질이 우리에게 덮쳐
창자가 썩어 쏟아져 나오게 하고 영혼을 빨아먹습니다!
오, 하늘의 하얀 독수리여, 우리 병을 고치고 구해 주소서!」
그러나 머리가 기민한 사는 분노하여 발을 굴렀다.
「어찌 미천한 흑인의 종족이 감히 495
빈손으로 훌륭한 백인 신들을 찾아와 부탁하는가?
너희들은 누구를 위하여 양을 치고 곡식을 가꾼다고 생각하느냐?
불멸의 신들이 굶주려 들소와 밀가루를 먹고 싶어 하는데,
배가 부른 다음이라야 그들은 어두운 대지의 고통이나
흑인의 애원에 귀를 기울이게 될 것이다.」 500
흑인들이 두려워 떨며 연기처럼 흩어졌고,
얼마 후에는 멀리 산비탈에서 그들의 빠른 발뒤꿈치가 번득였으며
친구들이 웃음을 터뜨렸지만, 착한 먹보는 얼굴을 찌푸렸다.
「그대들은 마음도 없는 사나운 짐승인가? 그들의 고통과
덜덜 떨던 불쌍한 턱과 땀이 나던 겨드랑이를 보지 못했는가? 505
나도 배는 고프지만 말만큼은 상냥하게 했으리라.」
일곱 영혼의 남자가 차분하게 표범 새끼를 쓰다듬었다.

「그대는 사람에게 정이 너무 많아 신 노릇은 못하겠구먼.
하지만 흑인들은 우리가 치료해 줄 테니 걱정하지 말게.
피리쟁이, 일어나! 난 그대의 열병이 끝나고 기운을 차리도록   510
그대를 도시의 위대한 구원자로 만들 묘안이 생각났지.」
하지만 가엾은 피리쟁이가 열이 난 시뻘건 얼굴을 들었다.
「오호, 나는 귀에서 바다의 함성이 요란하고 목구멍이 말랐으며
이제는 일어설 힘도 없고 웃음도 나오지 않습니다.」
그러자 손이 빠른 자가 그가 비틀거릴 정도로 탁 쳤다.   515
「귀에 거슬리는 농담과 외침으로 전능한 신을 깎아 내어
어리석은 인간을 사로잡을 테니까 용기를 내도록 하게.
큼직한 나무토막을 가져다가 멍청한 신을 파내도록 해야지.」
동지들이 웃고는 반쯤 탄 커다란 통나무를 끌어내어
열심히 깎았고, 드디어 피리쟁이도 용기가 났는지   520
열병을 잊어버리고 도끼를 집어 깎아 냈으며,
이성이 불길 같은 자는 그의 사자 떼를 부추겼다.
「우린 큼직한 통나무와 날카롭고 잘 드는 도끼와
깔보는 이성을 갖추었으니, 세상을 구하고 기적을 일으키는
신을 만들기에는 그만하면 충분하고도 남겠구먼!」   525
그러자 대담해진 피리쟁이가 나무토막을 세 차례 재어 보았다.
「바람 먹은 신을, 북의 몸통을 만들어도 넉넉할 만큼 크군요!」
그는 가벼운 머리에 불이 붙어 불룩한 배의 가장자리에
털이 잔뜩 난 형상을 열심히 파기 시작했으며,
빵과 음식과 커다란 술통, 그리고 불룩한 배 밑에는   530
한 줌의 엉겅퀴 속에다 염소 방울을 단단히 박아
성스러운 장식들을 진한 물감으로 그려 넣었다.
그러자 피리쟁이의 감탄하는 눈앞에 신이 모습을 드러내었고

친구들이 박수를 치며 신을 창조한 자를 놀려 대었다.
「훌륭해! 경배하는 마음이 커서 밥통도 크게는 만들었지만　　　　535
너무 서두르는 바람에 거룩한 머리는 잊어버린 것 아닌가?」
피리쟁이가 멋쩍어서 낯을 붉히고는 할미새 같은 혀를 깨물었다.
「너무 서두르는 암캐가 안짱다리 강아지를 낳는다더니.*
배를 조금 깎아 내어 머리를 만들어야 되겠구먼.」
그가 도끼를 치켜들었지만 신을 놀리는 자가 그의 손을 잡았다.　　　540
「그냥 놔 두게! 위대한 신은 머리가 필요 없으니까! 피리쟁이여,
마음을 단단히 먹고, 신을 등에다 업고는 도시로 올라가,
굶주린 우리들을 위해 신을 주고 흥정하여
음식과 술을 낙타에 잔뜩 실어 보내도록 하게나!
우린 자네를 헐뜯고 쓸모없는 사람이라고 했었지. 일어나게!　　　545
어서 일어나 시끄러운 피리를 들어 훌륭한 노래 한 곡이
천 명의 사람만 한 가치가 있음을 우리들에게 가르쳐 주게나.
모든 얘기가 하나의 힘찬 씨앗이니 이제 내 말을 잘 듣고,
쓸데없이 수치심이나 두려움을 느끼지 말고 부드럽게 얘기를 하되
자유분방한 그대의 이성이 마음 놓고 활동하게 내버려 두면서　　　550
손과 목을 휘저으며 발버둥 치고 입에는 거품을 물고
이것이 속임수인데 그럴 필요가 생긴다면 땅바닥에 쓰러져
기절을 하지만, 혹시 갑자기 웃음을 터뜨렸다간 모두가 허사니
그런 실수를 하지 않도록 스스로 조심해야 하네!
그러면 흑인들이 기뻐 날뛰고 눈알이 튀어나올 테고,　　　555
영혼이 어느새 불타올라 육신이 녹아내리면, 누가 알겠는가,
다음에는 기적까지도 일어날지 모르지.
하지만 정신을 바짝 차리고 잘못을 범하지 말아야 하며,
혹시 미치광이가 제정신을 찾고 장님이 갑자기 앞을 보게 되거나

밀림의 열병이 불타는 입에서 식식거리며 김이 되어 빠져나오더라도 560
혼자만 비밀을 알고 속으로 자신에게 설득하게나.
〈모두가 연기와 공기와 두뇌와 거짓 잉태된 환상이니라!〉」
오르페우스는 충고를 들었지만 하나도 새겨 두지 않았다.
「나를 미치게 하려고 공연히 그런 헛된 소리를 늘어놓는군요!」
그러자 해박한 자가 뒤틀린 웃음을 웃고 그의 등을 쳤다. 565
「너무 따지다가는 머리가 돌아 버릴지도 모른다네.
이 말 하나만 하고 싶으니 잘 새겨듣도록 하게나 —
눈부신 광채라고 일컫는 마음의 숨겨진 마법의 꽃이 타오르면
어둠 속에서 그 빛이 닿는 모든 사물을 순금으로 만들지.」*
사팔뜨기 피리쟁이의 이성은 이런 얘기를 소화하지 못했고, 570
주인과 멀리 떨어진 도시를 쳐다보며 벌벌 떠는 그를
교활한 궁수가 냉정하게 밀어냈다. 「오르페우스여,
내 멍에로부터 벗어나 그대 자신을 해방시키도록 하라.
여러 사람을 위해 그대 자신의 무기를 가지고 나아가서
노래쟁이들은 날마다 먹는 빵값도 제대로 못한다는 575
그런 못된 얘기를 아무도 입 밖에 내지 못하게 하라.」
그의 말을 듣고 피리쟁이의 마음속에서 명예가 타올랐으며,
그가 새로운 신을 잡아 자신만만하게 등에 메니
북처럼 불룩한 배가 빛나고 염소 방울이 울렸으며, 가느다란
그의 두 다리는 어느새 바위투성이 언덕 너머로 사라졌다. 580

그러자 켄타우로스가 두툼한 콧수염을 꼬아 올리고는, 할 말을 했다.
「내 말이 틀리면 수염을 몽땅 밀어 버려도 좋은데,
그 친구는 시시한 존재일지는 몰라도 그런대로 쓸모가 있소.
그가 우리들 모두에게 솜씨를 보일 테니, 내 말을 명심해요.」

한편 자신의 운명을 서러워하며 돌멩이 위로 고꾸라지면서　　　　585
피리쟁이는 헉헉거리고 잔등에서는 긴장해서 땀을 줄줄 흘리며 나아가
언덕 꼭대기에 올라가 저 아래 도시의 오두막들을 굽어보았고,
거룩한 짐을 참나무의 그늘에 내려놓고는
좁다란 이마로 쏟아지는 땀을 씻었다.
한낮이어서 무서운 땡볕을 받아 돌멩이들이 이글거렸고　　　　590
뜨거운 목에다 포도주에 젖은 시뻘건 수건을 두르고
술이 취해 일터에서 돌아오는 지저분한 농부처럼
태양이 앞마당으로 뛰어오르고 들판에서 노래를 불렀다.
그러더니 사나운 열기 속에서 두려움을 감추려고 고함지르며
잔등에 날개라도 돋은 듯 가냘픈 다리가 도시로 달려 들어갔고,　　　　595
뱀이 떼를 지어 또아리를 틀고 피에 젖은 문에 걸렸고
해골들이 과일처럼 나무에 주렁주렁 매달린 광경을 보고 그는
겁이 나서 죽을 지경이었지만, 의기양양하게 머리를 젖혔다.
「지금 숨을 못 쉰다면 너는 피리쟁이 노릇을 하지 말라!
이것은 꿈이고 곧 깨어날 터이니, 정신을 바짝 차려라!」　　　　600
도시가 흥분하여 부산하게 움직이느라고 문들이 쿵쾅거렸으며
모두들 그들의 영혼을 낚아채려 덤비는 야위고 하얀 새를 보았고
겁이 나서 속이 울렁거리기는 해도 피리쟁이가 고함쳤다.
「신이 참나무 그늘로 내려왔으니, 서둘러라, 친구들이여,
언덕에는 유령들이 잔뜩 모였으니 — 지하 창고를 열고,　　　　605
그들에게 좋은 술과 살진 양과 빵을 먹고 마시게 가져다주면
선물이 선물을 가져다주니, 그들이 실컷 먹고 나면
작고도 작은 입김을 불어 그대들의 질병을 모두 쫓아 버리리라.」
방들이 소란해지고 모든 반달문들이 열리더니
여자들과 아이들과 남자들이 소리치며 떼를 지어 몰려나와　　　　610

빵과 고기와 대추야자 따위의 거룩한 제물을 내밀었고,
어머니들은 병든 아기를, 처녀들은 답답한 마음을,
젊은 남자들은 초라한 부모를 등에 업고 나타났다.
무아지경에서 소리를 지르는 뾰족한 피리쟁이 머리의 뒤를 따라
짙은 먼지 구름과 더불어 통곡과 외침과 환희의 절규가 터졌지만   615
참나무에 이르자 모두들 두려움으로 벌벌 떨었고
오르페우스도 두려움으로 무릎이 떨리고 몸이 마비되었다.
「가자!」 자신의 마음을 단단히 하려고 그가 신음했지만
참나무가 으르렁거리고 잎사귀들과 가지들이 서로 부딪쳐 떨어지자
군중은 몸을 웅크리고 숨도 제대로 쉬지 못했다.   620
얼이 빠지고 머리가 쭈뼛해진 자가 신의 참나무로 기어가서
짙고 푸른 그늘에서 불타는 거대한 배〔腹〕를 보았으며
아첨하는 듯한 미소를 지어 보았지만 턱뼈가 굳어 축 늘어졌고,
그가 허리를 굽혀 불타는 나무토막을 들어 올리려고 하자
염소 방울이 고함치고 무릎에서 기운이 빠져 쓰러졌지만,   625
다시금 용기를 내어 사팔뜨기가 절을 하면서 소리쳤다.
「내가 조롱했던 모든 대상이 이제 내 영혼을 괴롭히는구나!」
대담하게 그는 신을 움켜잡고 개활지로 달려 나갔으며
군중이 땅에 엎드려 떨면서 굽실거렸고, 사팔뜨기는 그의 신을
햇볕에 바랜 높다란 바위에 앉혔다.   630
벌벌 떨던 군중이 용기를 내어 슬그머니 눈을 들어
북처럼 둥그런 신의 배를 보고 감탄했으며,
어떤 사람들은 세 개의 움푹한 눈이 이글거리는 새까만 머리를,
또 어떤 사람들은 어린 아기를 씹어 먹는 거대한 입을 보았다.
오르페우스는 정신을 차린 다음 남모르게 미소를 짓고는   635
방울이 달린 광대 모자를 쓴 원숭이 같은 그의 마음을 비웃었다.

「자, 원숭이의 마음아, 우리 춤을 시작하도록 하자!
내 탬버린의 음악과 엇갈려 실수하지 않도록 조심해야지!
축제가 한창 흥이 오르니, 이제 창피한 꼴은 당하지 말자.」
그는 속박된 마음을 풀어 주고 나서 손뼉을 쳤다.   640
「우리들의 신이 굶주렸으니 창고의 문을 열라, 형제들이여,
거룩한 참나무 밑에서 타오르는 빛을 낳으려고
하얀 새가 내려와 신을 하얀 알처럼 품었도다!
신의 무서운 목소리가 내 입에서 흘러나오니, 들어 보라!」
그의 가느다란 목소리가 굵어지자 방울뱀 한 마리가   645
떨리는 양쪽 귀로 기어 올라가 배고픈 듯 한 쪽씩 핥아 대었다.*
「흑인들아, 태양은 나의 왕좌이고, 나는 양날 도끼를 들었고,
너희들의 고통을 듣고 내 착한 영혼이 괴로워하며,
이제 나는 질병의 목을 졸라 죽이려고 땅으로 내려왔노라.
나는 모든 장님에게 눈을 주고, 절름발이에게는 다리를 주고,* 650
아이를 못 낳는 처녀에게 아들을 잉태하는 약초를 주겠지만,
우선 내가 받게 될 보상부터 가지고 와야 나도 베풀겠노라!」
이제 피리쟁이의 두뇌가 불타올라 머리가 흔들리고 떨렸으며,
뜨거운 땅바닥에서 그의 말이 되튕겨 그를 힘차게 때렸고,
그가 공포를 때렸지만 공포는 그의 구부러진 무릎을 움켜잡았고, 655
그의 말이 생명으로 피어나 그를 뱀처럼 휘감았으므로
그는 헛된 희망을 심었고, 그의 벗겨진 머리에도 풀이 났다.
태어날 때부터 장님이었던 노인이 〈보인다!〉고 소리치며 울었고
절름발이가 돌바닥에서 갑자기 뛰어 일어나 춤추었으며
정열에 짓눌린 젊은 처녀는 허공에 선 그녀의 연인을 보고   660
가슴을 두근거리며 두 손을 뻗었고,
운집한 군중 속에 선 피리쟁이에게로 모두들 몰려와서

719

그들의 고통을 고백하자 그 고통이 줄어들다가 사라졌다.
해가 지고 어둠이 내려 모든 눈이 그늘 속으로 가라앉았고
사람들이 불을 지피고는 춤추었으며, 아이를 못 낳는 여자들이   665
무릎을 꿇고 딸랑거리는 방울을 흔들어 들판이 시끄러웠으며
의기양양한 피리쟁이가 신의 은총을 찬양하는 노래를 불렀다.
「심한 욕망이 그대를 사로잡으면 통통하고 귀여운 처녀가 되어
그대의 층계를 딸각거리며 나막신을 신고 올라오고,
굶주림이 괴롭히면 신이 스스로 그대의 발치에 몸을 던지고   670
들토끼처럼 껍질을 벗고 숯불 위에 눕는도다.
세상의 모든 약초와 모든 악한 기운의 해독제와
모든 질병의 특효약이 그의 눈에는 환히 보일지니라.
나는 건강의 샘물이니 괴롭고 아픈 자는 모두 오라.
향유와 하제와 관장약, 모든 열병을 치료하는 향고(香膏)와,   675
약물과, 눈병을 치료하는 모든 부적, 여자들에게는 아기,
내가 모두 가져왔으니 이 사람 저 사람 모두 오라!」
벌레 같은 뱃속에 인간이 얼마나 무서운 힘을 지녔는지
감탄하고 놀라며 그의 위대한 신을 팔고 교환하면서
밤낮으로 피리쟁이는 혀가 터지도록 소리를 질러 대었다.   680
질병과 기쁨, 세상의 모든 현상은 이성의 환상일 따름이어서,
바람이 부는 대로 형상을 갖추기도 하고 사라지기도 한다.
그러나 군중의 열기와 공기의 울부짖음이 서서히
공기의 씨앗을 지닌 바보의 얄팍한 두뇌를 어지럽혔다.
한밤중에 그는 신의 나무 자궁 속에서 박쥐들이 더듬거리는   685
나지막한 소리처럼 가볍게 날개가 바스락거리는 소리를 듣고는
씨근덕거리는 영혼들이 어수선하게 잔뜩 몰려드는 기분을 느꼈다.
그는 만져 보려고 벌떡 일어섰지만, 도끼를 들고 이 신을 깎아 낼 때

그가 웃으며 하던 말이 머리에 떠올랐고,
그래도 가까이 다가가려니까 그의 이성은 진흙과 안개가 되어 690
어둠 속의 참나무가 유령으로 가득하여 별들이 꽃처럼 만발했다.
어느 날 밤 더 이상 참을 길이 없어 피리쟁이가 도끼를 들었지만
검은 통나무가 고함치고 날카로운 비명이 메아리를 일으키자
참나무의 짙은 그림자, 짙은 어둠으로부터 타오르는
사나운 불길을 보고, 커다란 목소리가 〈피리쟁이여!〉 외치고는 695
참나무의 뿌리로부터 다음 순간에 거센 폭포처럼
날카롭게 터져 나오는 시끄러운 웃음소리를 내어
그는 기겁을 하여 연약한 팔다리에서 기운이 빠져 버렸다.
그는 〈죽음〉을 똑똑히 보았으며 신의 영혼이 그를 채찍질했고,
입가에서 헛소리가 거품처럼 흘러나오더니, 기절해 쓰러졌다. 700

이렇듯 언덕 위에서 불쌍한 피리쟁이가 허공과 싸우는 동안
들판에서는 즐거워진 그의 친구들이 풍요하고 값진 물건을
잔뜩 싣고 오는 낙타의 행렬을 줄줄이 잡아들였다.
「여보게들, 우린 배가 불러 영혼이 제자리를 찾았네그려!
피리쟁이가 이제는 흑인들을 마음대로 부리는 모양이니, 705
우리가 먹는 모든 음식에 대해서 그에게 축복을 빌어야지.」
먹보가 감탄하며 이렇게 그의 친구를 찬양하여 노래했다.
「그 친구가 배불뚝이 나무를 무척 비싸게 팔아먹은 모양이야!
신이란 한없이 비싸게 팔아도 되는 훌륭한 상품이니까!」
그러나 산등성이를 지켜보는 궁수의 마음이 점점 무거워졌고, 710
다섯째 날이 되자 그는 각궁(角弓)을 집어 들고
구불거리는 언덕길을 올라가며 중얼거렸다.
「그의 두뇌는 너무 작은데 속임수는 너무 크기 때문에

수천 가지 어두운 걱정이 내 마음을 짓누르는구나.」
그는 얼토당토않은 찬사를 늘어놓으며 나무토막을 경배하느라고 715
땅바닥에 엎드린 흑인들과 같이 있는 피리쟁이를 보았고,
사나운 마음이 가슴속에서 독사처럼 부풀어 오르고 역겨워서
씨근거리는 채로 격분하여 그의 유명한 활을 집어 들었다.
잽싸게 친구에게로 미끄러져 내려간 그가 힘껏 발로 찼지만
오르페우스는 몸을 도사리고 심술궂게 노려보며 720
엉덩이를 움찔거렸고, 고독한 자는 그의 더러운 목덜미를 움켜잡아
높이 하늘로 치켜들었다가 땅으로 내동댕이쳤다.
「못된 꿈이 그대의 머리를 더럽혔으니, 정신을 차리게나!
나무를 숭배하다니 기가 막히는구먼! 눈을 크게 뜨고 보라고.
이건 바로 자네가 어제 파낸 배불뚝이 나무 조각이니까. 725
발버둥은 그만 치고 멍한 눈을 들어 내 말에 대답하라고!」
그러나 무장한 궁수가 술 자루처럼 붙잡고 흔들어도
창백한 머리는 말없이 씨근거리며 발버둥만 쳤다.
「세상의 어릿광대가 어쩌다 이런 꼴이 되고 말았는가!
때로는 내 가슴이 끓어오르지만 때로는 웃음이 터지기도 하고, 730
이제는 더 이상 참을 수가 없으니 마지막으로 얘기하겠는데,
어서 일어나 일시적인 몽롱한 꿈을 떨쳐 버린다면
나는 누구한테도 얘기하지 않고 자네를 탓하지도 않을 테니까
인간의 숭고함과 자유를 잘 생각해 보게나, 오르페우스여!」
그러나 오르페우스는 멍한 눈으로 흥분한 주인을 쳐다보고 735
몸을 웅크리며 주저앉더니 늙은 참나무의 짙은 그늘에서
두려워하며 아둔패기 신을 움켜잡았다.
궁수는 피가 머리끝으로 솟아 두 주먹을 불끈 쥐었으며
사람이라도 죽인 듯 팔다리가 모두 힘이 빠진 기분이었고,

천천히 분노를 가라앉히고 눈물을 글썽거리며 740
언덕을 달려 내려가 한숨짓고는 그의 이성을 꾸짖었다.
「인간이란 부러지기 쉽기 때문에, 단단한 손을 부드럽게 쓰라고
내가 얘기한 적이 한두 번도 아닐 텐데, 그래도 너는
세상 사람들이 너만을 따라오리라고 생각하는 모양이로구나.」
그가 분노하여 큰 걸음으로 바위들 사이를 달렸고 745
그가 지나가면 산 전체가 흔들리고 포효했다.
마침내 일행과 어울린 다음에 그가 손을 들었다.
「잠시 후에는 그대들도 틀림없이 이곳에 천막을 세우고 싶어 할 테니,
똥을 깔고 앉은 개처럼 어둠 속에 웅크린 그대들이여, 가자,
이제는 다시 용기를 내고 마음을 가다듬을 때가 되었도다.」 750
표범 새끼는 친구를 보자 그의 힘센 어깨로 뛰어올라
깔깔한 혀로 땀이 흐르는 그의 관자놀이를 핥았고
그는 사랑하는 아이처럼 표범을 쓰다듬었다.
성난 주인의 흥분한 고함소리에 모두들 벌벌 떨었고,
눈을 돌려 환한 빛 속에서 그의 얼굴을 보니 755
수염과 머리카락 둘레에서 뱀들이 또아리를 틀고 돌아다녔으며
그의 네 눈이 시커먼 이마에서 노란 분노로 이글거렸다.
가슴에 차가운 죽음의 바람이 불어오자 먹보는
철석에게로 돌아서서 천천히 한탄을 시작했다.
「나는 내 두 눈처럼 그를 사랑했고 우리들은 헤어진 적도 없으며 760
그의 유쾌한 노래가 자주 내 마음에 기운을 불어넣었지만
이제 우리들은 노래하는 친구를 다시는 못 보겠구먼.
보게나, 살인자의 눈이 이제는 깊은 우물로 빠져 버렸네!」
독수리 눈의 철석이 언짢은 표정으로 바위 생각을 했지만
그의 고통을 비밀의 위안처럼 혼자 간직하고 싶어서 765

그는 입을 다물고 아무 얘기도 하지 않았지만,
눈치 없는 먹보는 계속해서 그의 심정을 털어놓았다.
「배가 흔들릴수록 그는 점점 더 바닥짐을 내버리는 격이지.
크레테에서는 뱃길을 편하게 하려고 두 동지를 던져 버렸는데,
하나는 피투성이 왕관을 쓰고 아직도 살아 있고   770
하나는 타오르는 횃불처럼 무자비한 손에 잡고 있었는데,
빛나는 태양이요 우리들의 빛이었던 바위는 사라졌고
한때 우리 배를 장식했던 입에는 재갈이 물리고 말았어.
뱃전에는 이제 우리 두 사람만 남아 비틀거리지만, 친구여,
우리 차례가 오리라는 게 지금도 내 눈에 보이고   775
곧 때가 될 테니까 공연히 잘난 체하지 말게나.」

그들이 얘기를 나누는 동안 바위는 머나먼 그의 도시를 거닐었고
모든 백성이 무릎을 꿇고 그의 하얀 발에 경배했으며
청동 갑옷을 걸치고 길게 줄지어 그의 뒤를 따르던 열두 명의 흑인은
그가 사라질까 봐 흰 눈을 두리번거리며 열심히 지켜보았고   780
그의 뒤에서는 황금 탑을 짊어진 하얀 늙은 코끼리가
은종(銀鐘)을 딸랑이고 기다란 몸집을 흔들며 따라왔다.
한편 동지들은 높다란 언덕으로 올라가, 햇볕에 타고
단단해진 몸으로 더욱 억센 땅을 밟아 마음이 기뻤고
옆구리와 관자놀이에 신선하고 시원한 바람을 느꼈다.   785
바위들 사이에는 독을 품은 선인장들이 흩어졌고,
가시들 속 어디엔가는 뜻하지 않게 꿀을 가득 머금고
처녀 꽃들이 미소를 짓기는 했어도, 그들은 겁을 먹었다.
움푹한 곳에서는 빛깔이 화려한 뱀들이 햇볕을 쬐다가
게으른 눈을 가늘게 뜨고 쳐다보더니   790

태양의 감미로운 몽롱함으로 더욱 깊이 빠져 들어갔다.
거룩한 땅을 물끄러미 쳐다보던 궁수의 두뇌가 널리 펼쳐졌고
그의 검은 눈에는 보다 인간적인 시선이 다시 가득 찼으며,
밤이 되어 어린 표범 새끼와 함께 자려고 누웠을 때
그는 미지의 고요함 속에서 꿀을 한 방울 머금고   795
담청색 꽃이 가시 돋은 그의 마음속에서 피어난다고 느꼈다.
그는 야수의 길에서 제신들이 무성하게 자라나서
열매를 맺은 다음 떨어지는 바나나나무의 널찍한 잎사귀처럼
돌돌 말렸던 잎을 재빨리 펼치는 기분이 들었다.
그의 육신 속에서 고독한 자는 심성과 이성이,   800
그리고 찬란한 힘의 모든 깊고 검은 뿌리가 식물이나 짐승처럼
거대하고 무성하게 마구 자라난다고 느꼈다.
그의 이성 속에서 대지와 인간의 영혼이 나무처럼 치솟아 올랐고
고요한 밤에 꽃피는 나무처럼 하늘도 역시 솟아올랐으며,
떨리는 한 장의 잎사귀였던 그는 — 아, 자신이 꽃이 되어   805
씨앗을 품고 열매로 무르익은 다음 거센 바람이 불어와
자신을 멀리 여러 곳으로 흩어 버릴 날이 어서 오기 바랐다!
이렇듯 고적한 숲속에서 천천히 그의 이성은 무르익었고
많은 생각에 깊이 젖어 그의 마음이 달콤하게 익어 가다가
어느 날 밤 불을 지피고 모두들 편안히 눕고는,   810
사랑하는 아버지처럼 그가 모두에게 음식을 나눠 준 다음
켄타우로스가 겨우 용기를 내고 말했다.
「주인이시여, 밤낮으로 내 입에서는 슬픈 말이 오가지만,
마음에 담긴 고통을 아무도 그대에게 말하지 못합니다.」
고독한 자는 그 말을 듣고 기분이 상해서 머리를 돌렸다.   815
「그래! 그대는 그의 얼굴을 다시는 못 보겠지.」

꾸밈이 없는 자가 놀라서 가버린 다음 어두운 모습의 궁수는
야생의 표범 새끼와 놀며 먹지도 않고 마시지도 않으면서
홀로 떨어져 누워 이성이 기우뚱거릴 때까지 하늘만 쳐다보았다.
별들은 운명이 정해 준 길을 바꾼 듯싶었는데, 820
밤을 헤매는 그의 이성이 확실한 계시로 받아들였던
낯익은 밤의 친구인 별들은 어디로 갔는가?
황소와 독수리와 독수리의 꼬리도 없어졌고,
수레를 타는 사람*도 지고, 일곱 자매*도 사라졌고,
광활한 별의 강이 어두운 심연으로 빠져 들어갔으며, 825
멍에를 진 일곱 형제가 하늘의 뿌리에서 밭을 갈았고,
모든 배의 길잡이 노릇을 하는 모든 별의 쐐기들까지도
가는 방향을 바꿔 지는 쪽을 향해 돌아선 것 같았고,
이상하고도 새로운 하늘이 그의 머리 위에서 갑자기 터졌다.
그는 다시 대지로 시선을 돌려 야생의 표범 새끼를 쓰다듬어, 830
활처럼 팽팽하고 늘씬한 몸과, 털이 난 배와 옆구리,
붉은 잇몸에 박혀 반짝이던 작으면서도 날카로운 이빨을 어루만졌고,
멋진 짐승은 기분 좋게 으르렁거리고는 앞발을 길게 뻗어
장난스러운 시늉으로 그의 쓰라린 가슴을 가볍게 긁어 주었다.
오디세우스는 표범의 눈에 비친 자신의 모습을 빤히 쳐다보았다. 835
「내 아들도 이토록 다정하게 내 마음을 사로잡은 적이 없고,
오직 너하고 있을 때만 나는 아버지가 된 기분을 느끼며,
날카로운 발톱과, 재롱과, 사나운 눈의 불꽃 속에, 나의 딸아,
너는 내 용맹한 종족의 영원한 씨앗을 품었구나!」
동틀 녘에 사람들이 보니 그들은 둘 다 깊은 잠에 빠졌는데, 840
어린 표범의 힘차고 솜털이 덮인 두 앞발은
잠든 주인의 맥박이 뛰는 목을 얌전히 껴안고 있었다.

숨을 헐떡이며 나무가 울창한 골짜기를 천천히 헤치고 나가자
어느 날 아침에 회오리치는 구름들이 바람에 시달린 산봉우리에
무겁게 걸려 나지막하고 음울한 하늘을 가렸다. 845
벼락이 대지를 때려 나뭇가지에 불이 붙었고
천둥이 울리며 불길이 여기저기 나무들을 쓰러뜨렸고,
겁에 질린 짐승들이 도망치고 숲 전체가 시끄럽게 아우성쳤으며
사자의 포효와 자칼의 울부짖음이 되울렸고,
흔들리는 나뭇가지에 매달려 흔들리는 원숭이들이 비명을 질렀고 850
일행은 속이 빈 고목나무 구멍 속에 웅크리고 들어갔다.
그러더니 갑자기 바람이 불어 닥쳐 사나운 폭풍이 몰아쳤으며,
향기가 가득하고 미지근한 빗발이 나무들을 후려갈겼고,
말라붙은 잎사귀와 두툼하고 지저분한 꽃들이 벌어져 향기를 풍겼고
대지는 모두 활짝 열려 배 속 깊이 물을 마셨다. 855
그러자 물짐승처럼 빗물을 줄줄 흘리며 엉덩이가 큰 켄타우로스는
뒤엉킨 덩굴들과 촘촘한 이끼를 겨드랑이에서 늘어뜨린 채로
곰팡이가 핀 몸으로 일어나 앉아 머리를 설레설레 흔들었다.
「오호, 우리 모두 빠져 죽게 되었구나! 개구리 꼴을 하고
진흙투성이가 되어 하데스로 내려가다니 창피하도다. 860
죽은 놈들이 우리 한심한 모습을 보고 얼마나 웃을까!」
그러나 고목나무의 몸통 속에 웅크리고 앉은 외로운 자는
폭우 속에서 돌아다니는 짐승들의 눅눅하고 퀴퀴하고
강한 체취를 맡으며 형언할 수 없는 기쁨을 느꼈다.
그는 땅속 깊이 묻힌 거대한 심장처럼 두려워서 두근거리는 865
세계의 빠른 맥박에 귀를 기울이며 땅에 찰싹 달라붙은
도마뱀과 도마뱀붙이와 영원(蠑蚖)과 뱀들을 멍하니 쳐다보았다.
그의 이성은 엄청난 폭우 속에서 벌거숭이 벌레처럼 가라앉았지만

조금씩 날씨가 걷히고 세상이 점점 밝아졌으며,
양털처럼 결을 이루어 구름들이 흘러가며 젖은 잎사귀들이 웃었고   870
빗방울의 일곱 빛깔이 온 세상을 눈부시게 씻어 냈다.
일행은 또다시 진흙에 푹푹 빠지며 길을 내려갔고
알록달록한 앵무새들이 공중에서 날개를 반짝이며 휘파람을 불었고
작은 동물들이 기어 나와 햇볕을 쬐며 몸을 핥았고
빗물로 신선해진 대지의 모든 척추가 웃었다.   875
숲의 말라붙은 가슴에 비가 내리고 이제는 햇빛이 난 듯
외로운 자의 마음도 역시 웃었으며
콧구멍은 물에 젖은 대지의 냄새로 벌름거렸고
밤에 불을 지피고는 식사를 하려고 누운 다음에 그는
형제의 애정을 보이며 두 친구에게, 그가 오던 길에 잡은   880
통통하게 살진 야생 염소 새끼를 같이 먹자고 청했다.
그들이 뼈까지 핥아먹은 다음에, 배가 부른 궁수는 천천히
기쁨이나 고통을 전혀 보이지 않으며 그의 생각을 털어놓았다.
「친구들이여, 내가 살펴보니 세상에는 두 개의 길이 있지만
피리쟁이와 인간의 마음을 생각하건대, 여보게들,   885
어느 길을 택해야 할지 내 이성은 아직도 결심을 못 했네.」
그가 말을 멈추고는 마음이 가라앉을 때까지 표범을 쓰다듬더니
피리쟁이의 기막힌 타락에 대해서 친구들에게 얘기했는데,
때로는 웃음을 터뜨리기도 했지만 때때로 몸을 수그리고
터져 나오는 비밀의 한숨을 막으려고 불을 쑤셔 대기도 했다.   890
「그 귀찮은 가시 같은 마음이 언제 정신을 차리려나?
마음은 어떤 새를 잡으려고 땅에다 참피나무 가지를 늘어놓다가도
멍청한 공상에 빠져 오히려 스스로 덫에 걸려 노래를 부르지.」
배불뚝이 켄타우로스가 깊은 한숨을 짓고 자리에서 일어났다.

「우리 모두 영혼과 육체가 파멸을 향해 치닫고 있소. 895
여인의 입맞춤이나 술이나 칼로 불운을 맞게 된다면 그것은
큰 수치가 아니어서 훌륭한 사람에게 어울리는 일이지만,
나무토막을 파내어 형편없는 배불뚝이를 만든 다음
별다른 이유도 없이 망각에 빠져, 오, 멍청한 친구야,
손으로 만든 장난감을 신이라고 진심으로 섬기다니 — 900
아, 마음의 잎사귀는 넷인데 내 마음에서 둘은 재가 되었도다!」
그러나 마음이 바위 같은 자는 표범 새끼와 같이 땅에 누워
마음이 약한 친구가 숲속에서 흐느끼는 소리를 듣고는
웃으면서 머릿속으로 그의 이성을 단단히 바로잡았다.
「형제들과 자매들, 하양과 까망, 알록달록한 열두 쌍의 905
모든 멋진 시간을 사랑하여 나는 그들 모두를 쓰다듬지만,
내가 가장 사랑하는 시간은 묵직한 열쇠 꾸러미를 허리에 차고,
도끼를 들고, 한 바퀴 돌 때마다 내 마음의 한가운데서
눈을 부라리고 파수처럼 살펴보는 위대한 여왕의 시간이노라.
그녀는 내 친구들이 어떻게 걷고 그들의 발이 910
어떻게 나아가는지 지켜보며, 발을 잘못 내디디면 전혀 용서가 없다.
피리쟁이여, 그대는 발을 헛디뎠고, 파수가 그것을 보았도다!」
세상은 병실이 아니라 싸움터이기 때문에 고독한 자는
친구의 뿌리를 뽑아 단단한 마음의 가지를 치고
쓸 만한 친구들만 남겨 두고 파멸을 맞을 만한 자는 내버렸다! 915
그는 갑자기 몸을 돌려 표범 새끼와 놀고 싶었지만
새끼는 털을 곤두세우고 털북숭이 귀를 쫑긋한 채로
머나먼 골짜기의 소리를 들어 보더니 오래전에 잃어버린 어린
누이를 슬퍼하며 부르는, 지나가던 표범의 다정한 으르렁거림이
들려오기라도 했는지 킁킁거리며 코를 떨었다. 920

그러더니 외로운 자의 딸은 숨겨진 발톱을 드러내더니
나무를 긁으며 흥분된 욕망으로 으르렁거렸다.
오디세우스가 작은 돌멩이로 표범의 잔등을 때렸고
표범은 반짝이는 젖니를 드러내며 사납게 울었고
상기한 눈에서는 작고도 작은 핏방울이 돌아다녔으며,   925
그러고는 몸을 웅크리고 힘찬 앞발을 천천히 움켜쥐었다가는
다시 펴고 느릿느릿 주인에게로 갔다.
「딸아, 새 이빨이 돋아나고 기운이 넘치는 모양이니,
네 잇몸에서 빛나는 신의 송곳니에 경의를 표하겠노라!」
고독한 자가 말했고 인간과 짐승은 서로 포옹하고 잠이 들었다.   930

밤은 태양을 꿈꾸며 부드러운 미소를 지었고
여자들과 남자들은 닭이 울 때 깨어나 돌아다녔고
물도 움직이고 온 세상이 꼬리를 높이 들고 움직였다.
이른 새벽에 배가 부른 당당한 사자가 물을 마시러
물구덩이를 향해 산비탈을 의젓하게 내려갔는데,   935
살진 짐승을 잡아먹은 그의 입에서는 피가 뚝뚝 떨어졌다.
사람들이 시끄럽게 숲을 지나가는 소리를 듣고 멈춰 선 그는
커다란 머리를 우뚝 들어 팥빛 새벽에 찬란한 모습으로
평화롭게 일행을 물끄러미 쳐다보았다.
소리 없이 떨면서 사자의 앞으로 지나가던 일행은   940
숨 막히는 두려움을 느끼며 오만한 군주를 힐끔힐끔 쳐다보았고,
그들이 지나간 다음에 사자는 얌전히 으르렁거리며 하품하고는
물웅덩이가 생각나서 다시 한가하게 어슬렁거리며 내려갔다.
그들이 숲을 지나가는 사이에 태양이 대지에 햇살을 뿌렸고
나무가 없는 들판에 가벼운 산들바람이 부드럽게 불었으며   945

길을 찾으려고 평원에서 사방으로 흩어지던 그들은
깊은 골짜기에 박힌 커다란 도시를 갑자기 보게 되었다.
그들의 굶주린 배 속에서 기쁨과 두려움이 함께 술렁거렸고
배고픔에 시달린 눈에는 도시가 무르익은 과일처럼 여겨졌으며
모두들 말없이 땅에 앉아 그 과일을 따먹는 계획을 세웠다. 950
계략과 폭력 가운데 어떤 방법을 택할까 따지던 그들은
골짜기의 북소리와 나무들 사이의 휘파람 소리를 들었고
그들이 미처 활을 벗어 내리기도 전에 갑자기
악마에게 쫓기는 벌거벗은 흑인들이 뿔뿔이 흩어져 도망쳤는데,
닭 벼슬 같은 그들의 머리카락이 날개처럼 바람에 펄럭였고 955
미끈거리는 목에는 물감을 칠한 기다란 음경이 매달려 번쩍거렸고
허벅지에서는 진한 물감으로 그린 진홍빛 불길이 춤추었고,
하얀 몸들을 보자 그들은 겁이 나서 땅에 엎드렸다.
그러나 궁수가 미소를 짓자 그들은 갑자기 두려움을 잊고
천천히 다가와서 공기로 이루어진 하얀 형체를 더듬어 보더니 960
두뇌가 번득이며 새처럼 갑자기 비명을 지르고는
가슴을 짓누르는 기쁨에 질식을 당하지 않으려고
서로 어깨를 붙잡고 빙글빙글 춤을 추기 시작했다.
그들은 아직 여자의 육체를 맛보고 즐긴 적이 없는
흑인 용사들이며, 흥분의 상상 속에서 무르익은 처녀를 965
강간하기 위해 황야에서 춤을 추려고 했다.
그들은 가지런한 이빨을 번득이며 발정한 짐승처럼 울부짖었고
검은 고니의 유연한 목처럼 가느다란 두 팔을 출렁이며
빨갛게 칠한 손바닥으로 눈에 보이지 않는 형상을 쓰다듬었다.
흥분한 그들의 몸이 지치고 이성이 차분하게 가라앉은 다음 970
젊은이들은 다리를 꼬고 땅바닥에 앉아 째지는 목소리로

그들이 컴컴한 숲에서 여러 달 동안 홀로 지내 온 얘기를 했다.
그들의 사타구니가 무르익고 검은 뺨에 솜털로 꽃이 피었으며
성인이 되어 여자를 알게 되기 전인 지금 그들은
그들의 야수 같은 동정의 젊음을 춤과 웃음으로 찬양했다. 975
내달에 그들은 함성을 지르고 북을 치며 마을로 달려가
거룩한 참나무 주위에서 빙빙 돌며 전쟁춤을 춘 다음
허벅지가 말랑말랑한 처녀들이 그들에게로 가까이 오면
거룩한 춤의 열기 속에서 여자들에게 달려가
기절하는 육체의 강물에다 씨앗을 깊이 담그리라. 980
화려한 봄이 올 때마다 결혼의 예식을 위해 날개와 노래와
향기로 몸치장을 하는 짐승과 인간과 새들을 보고
많은 괴로움을 겪은 자는 기뻐서 미소를 지었다.
끝이 빨간 창을 들고 화려한 깃털을 단 추장처럼
이 나무 저 나무로 날아다니는 기적의 새처럼 985
씨앗은 스스로 진홍빛과 초록빛 날개로 단장한다.
그러나 신랑처럼 치장한 씨앗을 지켜보다가도 궁수는
허전한 배가 생각나서 음식을 달라고 부탁했다.
젊은 용사 한 사람이 기뻐하며 웃고는 그의 잔등을 쳤다.
「우리 도시의 주인이 바뀌고 새하얀 혼령이 새 왕으로 왔는데 990
즐거워진 사람들이 아직도 술잔치를 벌이는 중이어서
푹 꺼진 당신 배가 북처럼 부르게 될 테니 걱정하지 마시오.」
오디세우스는 마음이 진정되었고, 흑인들이 숲으로 흩어진 다음에
그는 지친 이리 떼에게로 돌아서서 그들을 안심시켰다.
「동지들이여, 나는 눈도 근질근질하고 손바닥도 가려워서* 995
동틀 무렵에 시내로 들어가 정탐하고 올 테니
허리띠를 죄고 조금만 더 참기 바라네.」 그들의 텅 빈 배 속을

희망이 진정시키고 부르게 하여 모두들 잠이 들었고,
날이 밝자 고독한 자가 잠이 깨어 명령을 내렸는데,
켄타우로스가 남아서 일행을 모두 돌보는 동안   1000
그와 철석은 도시에서 식량과 술을 구해 오기로 했다.
「불 속에 내가 손을 넣으면 운명이 우리에게 고기를 구워 주고,
만사가 잘될 테니 믿음을 갖도록 하게, 친구들이여.」
그가 말하고는 힘센 철석의 강철 같은 어깨를 두드렸고,
두 사람은 미련한 짐승처럼 도시를 향해 달려 내려갔다.   1005

나무들이 깨어나 천천히 서로 떨어져 나가고 도시의 성벽들이 움직였고
태양이 집집마다 지붕으로 뛰어 올라가 울었으며,
도시를 활기차게 걸어 지나가는 두 야수를
흑인들이 깨어나 몰래 방 안에서 내다보았으며
처녀들은 미끄러운 몸에다 대추야자 기름을 발랐다.   1010
하얗고 처량한 해골들로 장식한 궁전에서 바위는
황금빛 깃털을 달고 잠을 못 이루고 오락가락 서성거렸으며
봉축할 짐승의 뒤를 열두 명의 흑인 처형자가 따랐다.
그는 불끈거리는 목에 영혼들이 매달려 흐느낀다고 느꼈으며
한때는 무자비했던 그의 두뇌를 갑자기 연민이 질식시켰으니 ―   1015
아, 그의 주변에 조금이나마 빛을 뿌려
어두운 아프리카의 불길을 몰아내기만 한다면 얼마나 좋으랴!
태양이 땅으로 뛰어 내려와 궁전의 벽들을 쳤고
문간의 두 기둥이 깨어나 환히 빛났다.
주변에서는 하늘과 땅의 짐승들이 기어 올라왔는데,   1020
아래쪽 밑바닥에 엎드린 거북의 잔등에는
상아 이빨을 높이 들고 새하얀 코끼리가 무릎을 꿇고 앉았으며

코끼리 위에는 갈기가 피에 젖은 불의 사자가 도사렸고,
사나운 사자의 위에서는 황금 깃털의 수탉 신이 울었고
수탉의 위에는 인간 남녀가 꼭 껴안고 누웠으며, 1025
그들 사이에서는 기다란 청동 창이 공중으로 불쑥 솟아올랐고
그 끝에서는 연기의 고리처럼 목이 잘린 왕의
길고 피가 덩어리진 머리카락이 천천히 펄럭였다.
바위가 꼼짝 않고 서서 장식된 창의 자루들을 살펴보았는데,
그의 새까만 머리도 길게 자라서 어느 축제일에 역시 1030
새하얀 모습으로 청동 창에 걸려 무정한 바람 속에서
펄럭거리게 될 차례가 찾아온 듯싶었다.
그가 교활하게 혼자 미소를 짓고는 손뼉을 쳤으며
문이 열리고 내시 노예들이 들어오더니
위대한 마법사가 왕에게 축복을 내리는 날이 오늘이어서 1035
허술하게 짜인, 진홍빛 깃털과 둥지와 알로 장식된
축제 의상을 그들의 추장에게 입혀 주었다.
갑자기 문간에서 거대한 두 개의 그림자가 어른거리더니
붉은 칠을 한 문턱에 어두운 그늘을 드리웠다.
「형제여, 이 거창한 궁전의 기둥들이 마음에 드는구나! 1040
대지를 꿋꿋하게 밟고 층계를 하나씩 올라가
맨 꼭대기 층에서 죽음의 깃발이 나타나고 펄럭일 때까지
신격(神格)을 천천히 벗어 버리고 진실로 인간이 되는
그런 참된 인간의 모습을 나는 자주 마음속에 새겼노라.」
이렇듯 현인이 얘기하며 뚜벅뚜벅 문을 지나가는 사이에 1045
갑자기 높은 탑에서 모든 파수들이 비명을 질렀고
흑인 추장들이 땅에 엎드려 잔등을 보였으며,
위대한 무당은 짤랑거리는 방울과 뿔과 깃털과 강력한 부적으로

온몸을 장식한 채 잔뜩 취한 사람처럼 그들 위로 고꾸라졌다.
무서운 신에게 홀린 그는 비틀거리며 왕을 붙잡았다.   1050
「오, 일천한 추장이여, 죽은 자의 나라를 지나가는 새여,
그대의 손과 발과 가슴과 목에 축복을 내리고, 꿰뚫어 보는 눈에도
축복을 내리겠지만, 그대의 검은 머리카락이 공중에서
높이 펄럭이는 모습이 보이지 않으니 머리는 그만두겠노라!」
그가 축복을 멈추자 검은 흙탕물처럼 땀이 몸으로 흘러내렸다.   1055
왕이 그를 어루만지고 힘차게 그의 두 손을 쳤다.
「피가 줄줄 흐르는 그대의 검은 머리는
우리 거룩한 기둥의 꼭대기에 올라가 절대로 휘날리지 않을 것이며,
타오르는 횃불처럼 그대는 불타 버린 성 위에 서리라!」
그가 소리를 지르고 거품을 뿜으며 추장들의 잔등으로 엎어졌다.   1060
「저 큰 소란 속에서, 철석이여, 나는 사랑스러운 목소리를
들은 듯싶은데, 혹시 내 이성이 미치지는 않았을까?」
그러나 철석이 벌써 듣고 경비병들을 밀치고 지나가
성큼성큼 마당을 지나 가슴을 두근거리며 층계를 달려 올라갔고
궁수도 빠른 걸음으로 그의 뒤를 따라갔다.   1065
높은 왕좌에 진홍빛 깃털로 치장하고 가만히 앉아 있던 왕은
그의 환한 초록빛 신발과 담청색 그림자를 찬미하는 추장들을
교만한 눈으로 둘러보았다.
펄럭이는 불빛 속에서 찬란한 그의 모습을 본 철석이
소리를 지르고 크게 기뻐 길길이 뛰었으며,   1070
바위가 굶주린 독수리처럼 소리치자 흑인 노예들이 사방으로 흩어졌다.

두 사람은 한참 동안 꼭 껴안고 울었으며
마침내 궁수가 와서 이제는 지체가 높아진 친구의

길고 위풍 있는 머리와 널찍한 잔등을 어루만졌다.
「형제들이여, 먼지가 가라앉을 때도 되었으니 이제는   1075
눈물을 흘리고 어루만지는 짓을 그만 하게! 빛을 봐야지!」
그러나 훤칠한 산사람들은 울다가 웃기도 하면서
그들의 마음을 섣불리 붙잡으려고 하지 않았다.
하지만 세상의 모든 좋은 일도 짤막한 하나의 숨결뿐이어서,
문들이 닫히자 세 친구 모두 자리에 앉아 잔치를 벌이고   1080
흑인 노예들이 바삐 드나드는 사이에 용처럼 마구 먹고 마셨다.
그러더니 그들은 먹보에게 장난을 치려고 전령을 보냈다.
「동지여, 식사를 하던 중이라도 먼지가 나도록 달려오라!
흑인들이 우리들을 공격했다. 죽을 때나마 같이 죽도록 하자!」
그러더니 그들의 위대한 지도자가 술잔이 철철 넘치게 따르고는   1085
새로 왕관을 쓴 친구의 건강을 빌며 주욱 들이켰다.
「동지들이여, 우리 신은 운이 좋고, 가장 위대하고,
우리들 같은 위대한 영혼이 떠받들기 때문에 가장 영광스럽도다.
그가 더러운 누더기를 걸치고 출발하여, 굶주림에 시달리고,
두려움으로 이성이 흔들리고, 험한 땅에서 온갖 짐승이 그를   1090
잡아먹겠다고 덤비더니, 이제는 당당한 깃털로 치장한
이 빛나는 모습을 보라, 친구들이여, 잊지 말라!
바위여, 나는 두 손으로 기적을 말없이 받들어 보고 싶으니
이 높은 자리에 어떻게 올랐는지 아직 얘기하지 말라.」
그러나 철석은 오랫동안 보고 싶었던 친구의 무릎을 쿡 찔렀다.   1095
「자네의 얘기를 그의 딱딱한 마음이 듣고 싶어 하지 않는 체하는
저 교활한 거짓말쟁이 머리의 얘기는 들은 체도 하지 말게.
속이 타서 저럴 뿐, 그가 하는 말은 모두가 거짓이니까!」
바위가 웃고는 한참 동안 궁수의 눈을 물끄러미 쳐다보았다.

「고독한 자여, 당신이 먹인 술에 우리들이 취했습니다. 1100
언젠가 우리들을 강둑에 버리고 그대가 떠났을 때, 분노한 나는
일어나 허리띠와 머리를 단단히 죄고는 남쪽으로 오는 길을 택해
굶주리며 사막들을 횡단했고, 햇볕에 탄 내 살을 먹고
내 영혼을 마시려고 야수들이 달려들었지만,
그대의 힘찬 모습이 항상 곁에 서서 나에게 위안을 주었습니다. 1105
〈가자, 영혼이여, 이것이 자유로 가는 길이다!〉」
그가 아직 얘기를 하는 사이에 그림자 하나가 들이닥쳤는데,
무섭게 무장한 먹보는 숨을 헐떡이며 문턱을 넘어섰고,
싸움이 아니라 잔칫상을 보고는 웃으며 소리쳤다.
「신을 우롱하는 자여, 나를 속였군요! 난 숨이 끊어지겠어요! 1110
이게 뭡니까? 진수성찬을 차려 놓지 않았습니까?」
그러자 바위의 으는 목소리가 오랫동안 잃었던 친구를 맞었다.
「내 웅장한 궁전으로 어서 오세나, 우리 뚱보여!」
탐욕스러운 먹보가 그 소리를 듣고 정신없이 상으로 달려갔고,
의젓한 바위가 사자의 왕좌에 높이 앉은 모습을 보자 그는 1115
살진 두 팔로 무척 사랑하는 친구를 껴안고 신음했다.
「여보게들, 삶이 미쳐서 신화가 된 모양이로구먼!
옛날 옛적에 대여섯 명의 불한당이 배를 타고 떠났는데,
어떤 사람은 귀신에 홀리고 어떤 사람은 도중에 죽었지만,
그 가운데 한 사람이 때를 잘 택해 인연을 끊고 홀로 떠났으니, 1120
이제 세상의 끝에서 위대한 흑인의 왕이 된 모습을 보게나!
이러다가는 어느 날 우리들이 잠에서 깨어나면, 여보게들,
우리들이 아직도 이타케의 항구와 바닷가에서 곤드레만드레 취해
눈물이 글썽거리는 눈으로 광활한 바다를 물끄러미 둘러보며
유명한 항해가 한낱 술 취한 꿈이었음을 알게 될 걸세.」 1125

737

그러더니 우물 같은 입이 음식에 달려들어 말끔히 먹어 치우고는
식사가 끝난 다음에야 친구가 기억이 나서 한숨을 지었다.
「아, 불쌍하고 앙상한 독수리의 알이 무사해야 할 텐데!
지금 그 친구 여기서 우리와 함께 피리나 불면 좋으련만!」
구슬프게 중얼거리는 그의 퉁방울눈에 눈물이 가득 고였다. 1130
「나는 새들이 내 해골 속에다 둥지를 튼 다음이라고 해도
그를 배반하지 않겠다고 위대한 태양의 이름으로 맹세했지.」
그가 얘기하는 동안 마법 의사가 잠결에 떨고는
종이 짤랑거리는 날카로운 소리로 대기를 가득 채웠다.
「일어나라, 위대한 마법사여!」 바위가 위엄 있게 소리쳤다. 1135
「얘기를 들으니 그대의 이성이 공기를 자르는 칼처럼 예리하여
언덕들을 안개처럼 베고 모든 숲을 흩어 버리며,
그대의 하인 〈시간〉과 〈공간〉이 열린 바구니에 과거와 미래를
싱싱한 과일처럼 담아 우리들에게 가져다준다더구나.
원하는 사람을 보게끔 우리 눈에다 마력을 불어넣어라.」 1140
그러더니 왕이 일어나 긴 의자에서 노인을 일으켰지만,
그는 이리 떼의 두뇌가 희미해질 때까지 그의 모든 힘이
물을 타지 않은 술처럼 쏟아져 나오는 땅바닥에 널브러져 엎드렸다.
그러고는 바위가 돌아서서 옛 친구들을 손짓해 부르자
식탁이 안개처럼 없어지고 벽들도 사라졌으며, 1145
소용돌이치는 불꽃이 모든 사람의 관자놀이를 풀어 놓았는데,
보라, 새의 노란 깃털로 장식한 피리쟁이가
기름을 바르고 머나먼 곳의 길에서 깡충거리고 뛰어다니며
나무토막 신을 위해 향로에다 연기를 피워 올렸다.
머리에 동이를 이고 두 처녀가 지나갔는데, 1150
멀리서 그를 본 여자들은 땅바닥에 엎드렸으며,

그들에게서 악귀를 쫓으려고 눈을 감고 세 차례 침을 뱉더니
타오르는 열기 속에서 그는 좁다란 잔등을 심하게 구부리고는
짙은 먼지의 구름 속으로 자취를 감추었다.
궁전의 벽들이 다시 튀어나오고 잔칫상이 형체를 갖추었으며   1155
세 친구는 아직도 떨리는 입술에서 술잔을 떼지 않았지만,
탐욕스러운 먹보는 마음이 답답하여 숨을 돌리려고 일어섰다.
「모두가 안개 속으로 사라지는 것 같구나! 내가 취한 모양이야!
형제들이여, 난 높은 산으로 가서 바위에 누워야 되겠네.」
그러자 많은 고통을 겪은 자가 자신의 오만한 이성을 비웃었다.   1160
「부끄럽도다! 너는 칠면조처럼 으쓱거리고, 진드기처럼 물고,
못된 물집처럼 부풀어 올라 영혼을 불구로 만들며,
너는 육체와 배와 바다, 빵과 고기가 그대에게 기적을 일으키고
그대의 용맹한 모험들을 행하여 주기를 바라지만,
너는 빵이나 육신이나 신이나 세상의 어떤 도움도 없이   1165
허공에 가만히 서서 배와 육체를 입으로 불어
안개처럼 흩어지게 할 수 있느냐, 오, 나의 이성이여?」
이렇듯 그는 이성의 오만한 얼굴을 때리고 윽박질렀으며
모든 바람을 지배하고 지휘하던
노인의 오묘한 힘을 한참 동안이나 부러워했다.   1170
그러나 자부심이 강한 자는 다시 침착해져서 잔칫상으로 향하고
술에 취한 먹보를 오른쪽에 앉히고는 그의 술잔을 채워 주었다.
「건강을 비네, 주정뱅이여. 그리고 당신도, 독수리여!」

그들은 사흘 낮 내내 먹고 마셨으며 사흘 밤 내내 얘기를
나누었지만 넷째 날 동틀 녘에 세계를 방랑한 자가 손을 들었다.   1175
「우린 흥겹게 시간을 보내고 정신없이 떠들었지만

그런 생활은 두뇌가 없는 신들에게나 어울리고,
마음과 싸우는 인간의 영혼은 경멸한다네.
오만한 육신, 독수리 날개의 영혼, 바위여, 그대는 기쁨으로부터
해방되어야 할 때가 되었지. 왕관을 벗어 버리게나!」

그러나 독수리는 발톱을 갈고 식탁을 긁는다.
「그대도 알다시피 나는 기쁨이나 왕좌에는 관심이 없고
내 머리에는 금관보다 칼의 상처가 더 잘 어울리지만,
이곳의 위험과 전리품은 모두 마음에 듭니다.
내 이성은 독수리 발톱으로 아프리카를 몽땅 움켜잡았고,
나는 전쟁을 벌여 신들을 포로로 잡아 줄줄이 꿰어
기름지고 풍성한 피로 모든 밭에 물을 주고 나무들을 가꾼 다음
내 백성들의 머리 위로 날개를 펼치고는,
크나큰 평화 속에서 인간의 미덕들을 심겠어요.
가련한 흑인들에게 나는 우정과 자유와 빛을 가져다주고
내 모든 아들들에게 머리 하나만큼 더 큰 삶을 남겨서
죽기 전에 인간의 가장 숭고한 의무를 다하겠습니다.」

이성이 아직도 끓어오르기는 했지만 당당한 바위가 말을 중단하고
꿋꿋한 손을 내밀어 주인의 무릎을 어루만졌다.
「나는 그대의 뒤를 따를 뿐이니 용서하시오, 선장.
나는 그대의 축복을 받으며 그대가 치른 열두 가지 모험과
열두 개의 도끼를 꿴 화살*을 능가하고 싶습니다.」

그러나 켄타우로스는 얼굴을 찡그리고 넘치는 술잔을 집어 들었다가
화가 나서 다시 내려놓으며 고집스럽게 소리를 질렀다.
「무슨 헛소리! 세상에 열세 번째 도끼는 없다고!」

자부심이 강한 왕이 한숨을 짓고는 무거운 목소리로 대답했다.
「그래도 이성은 세상에서 천 번째 도끼도 뗄 수가 있고,

죽음만이 피 묻은 최후의 도끼가 될 걸세.」
그러나 먹보는 마음이 풀리지 않아 그의 친구에게 쏘아붙였다.
「우리 선장이 가장 믿는 사람이었고 한때는 그의 곁에서
말없이 싸우기를 기뻐했던 자네가 그토록 배짱이 생겨
잘난 체하다니, 정말이지 난 기가 막힐 따름이네!」
그러나 바위가 웃으며 털이 무성한 친구의 잔등을 쓰다듬었다.
「자네도 깨달았구먼그래! 내가 자유의 깃발을 높이 드는 까닭은
바로 내가 선장이 가장 믿는 사냥개이기 때문이지!
선장이 자주 〈동지들이여, 내게서 해방되어라!〉 그러지 않던가?
궁수여, 나는 그대의 말을 잘 따랐습니다. 안녕히 가십시오!」
대담한 현령양은 마음속 깊이 그의 영혼이
독사가 새끼를 낳듯 갈가리 찢기는 기분을 느꼈지만
친구의 마지막 잔치에서 차분하게 술잔을 높이 들었다.
「얘기를 들으니까 내가 대어났을 때는 낮도 아니고 맘도 아니며
검은 시간과 흰 시간이 입을 다 같이 활짝 벌린 때였고,
그래서 가슴속에는 마음 대신에 바람의 해도(海圖)가 들었고
걸음을 옮기는 순간마다 나는 새로운 길로 들어서고,
내가 하는 모든 생각은 광활한 어둠 속에서
담청색 불빛이 섬광처럼 번쩍이며 쏟아져 내리는 찬란한 별이라네.
바위여, 나는 그대가 날아가려고 새 날개를 퍼덕이는 모습을 보니,
내 마음속의 모든 새로운 길이 펼쳐져 손짓해 부르는구먼.
난 아직도 그대의 사타구니를 잡아 내동댕이칠 수도 있고,
무척 차분하고 온화하게 자네를 보내 줄 수도 있고,
할아버지처럼 그대의 검은 머리에 무거운 두 손을 얹고
젊음의 거룩한 힘을 축복해 줄 수도 있어서, 내 심장의 고동은
화려한 꼬리를 활짝 펼치는 자랑스러운 공작새와 같다네.」

궁수가 말을 멈추고는 구부러진 활처럼 눈썹을 당겼으며,
세 친구는 그가 쏘기를 꼼짝도 않고 가만히 기다렸다. 1230
그러자 바위의 조용하고 떨리지 않는 목소리가 들려왔다.
「나는 무엇이든 차분히 기다리고 무엇이든 환영하며,
내 넓은 마음이 갈망하는 바가 투쟁인지, 평화인지, 아니면
그대의 축복인지 정말 모릅니다. 모두가 다 좋습니다!」
영혼이 일곱인 자가 심오한 미소를 짓고 손을 내밀어 1235
친구의 검은 머리를 두 주먹으로 움켜잡았다.
「대담하고 떳떳한 그대 젊음의 용맹이 축복받을 터이니
내 축복에 흔들리지 말고, 친구여, 꿋꿋하여라.
이제 세월을 키질하여 겨처럼 날려 버리는 신이 그대에게
지구라는 원반을 더 멀리 던질 힘을 내려 주기 바란다! 1240
신이여, 불쌍한 거지처럼 탐욕의 두 손을 내밀고
내가 목숨이 끊어지기 전에 충분히 맛볼 시간이 전혀 없는
거품이 일어나는 바다와 푸르른 대지가 얼마나 많고,
화려한 빛깔의 새와 감미로운 욕망은 또 얼마나 많은가!
내가 태어난 이후 목표로 삼았던 머나먼 땅에 그대가 다다르고, 1245
가능하다면 내 커다란 꽃나무에 그대가 열매를 맺도록 하라.」
그가 말하고는 허연 머리를 숙이고 친구에게 두 손으로
머리를 잡고 자기에게도 축복을 내려 달라고 했지만
놀란 바위가 두 손을 멀리 치우며 소리쳤다.
「고독한 자여, 나는 그대에게 축복을 내릴 자격이 없습니다!」 1250
그러나 영혼을 사로잡는 자가 뒤틀린 미소를 지으며 대답했다.
「내가 부르는 것은 바위 그대가 아니라 모든 젊음,
노년에 나를 돌봐 줄 모든 자신만만한 젊음일세.」
그러자 바위가 두려워하며 고독한 자의 허연 머리를 붙잡고

마치 세계의 머리를 두 손에 잡은 듯 신음했다.

「위대한 머리여, 만족을 모르는 입과 드높은 마음이여,
그대는 대지의 푸르고 비옥한 포도밭이요 우리들은 포도고,
그대는 끝없는 바다요 우리들은 덧없는 거품이고,
그대는 삶의 나무요 우리들은 그대의 높은 꼭대기와
깊은 품 안에서 꽃이 달리고 열매를 맺으려고, 오, 영주시여,
끊임없이 분투하는 잎사귀요 나뭇가지입니다.
나는 이성에게 용감한 충고를 하고 심성을 채찍질하지만
모두가 허사여서 — 내가 평생 동안 바랐던 바는 오직 하나,
그대의 어둠과 그늘로부터 절대로 도망치지 않는 것이었소!」
그가 말하고는 눈물을 글썽거렸지만 그토록 크게 두려워하며
두 손으로 잡은 무겁고 곱슬거리는 머리를 놓을 수가 없었고,
감상에 젖은 켄타우로스는 잔에다 술을 철철 넘치게 따랐다.
「두 사람이 너무 훌륭한 말을 해서 난 울음이 나올 지경이지만
해가 높이 솟아 우리들더러 길을 가라고 재촉하니, 궁수여,
그대는 키질을 잘 해서 이제 겨우 둘만 남게 되었소.
야만인의 왕에게 건강을, 주인에게는 좋은 세월을 빌겠으니,
바람이 불고 피리쟁이가 감미로운 곡을 들려 줄 때
누더기만 걸친 헐벗은 신세가 되어 다시 한 번 작은 배에서
우리들이 만나게 되도록 라미아* 같은 운명에게 빌어 봅시다!」
그러자 영혼을 약탈하는 자의 검은 눈이 고요히 빛났고,
그는 꼿꼿이 서서 술이 넘치는 잔을 비웠다.
「어느 날 밤 세상의 머나먼 끝에 위치한 작은 섬에서 나는
아들에게 작별을 고했는데, 그것은 꿈이 아니었고,
사람들이 꼭 껴안고 누워 서로 필요로 하는 세상에서는
아들이나 부모나 아내, 또는 부유함과 작별하기가

가장 어려운 일이기 때문에 나는 그 아픔이 생각난다네.
하지만 새로운 이별과 힘차고 새로운 고통이 우리들을 맞으니,
용감한 젊은이여, 대지의 포옹 속에서의 만남을 위해 축배를!
그대가 살고, 숨 쉬고, 땅을 밟는 한,
운명이 그대에게 맡긴 하나의 길을 용감하게 지켜야 하네!」 1285
그가 말하고는 두 손으로 바위의 단단한 어깨를 잡았고,
위대한 왕은 그들을 도시의 언저리까지 배웅하고는
철석의 손을 말없이 꽉 움켜잡았다.
그러나 가는 곳마다 노란 눈을 히번덕거리며 쫓아다니던
칼을 손에 든 열두 명의 흑인 호위병을 꽁무니에 달고 1290
한낮에 홀로 불타는 길거리를 배회하던 그는
잠깐 마음에 주눅이 들어 떨었지만, 그래도 당장
수치심이 사라지고 궁수가 그의 팔을 움켜잡는 기분을 느꼈으며
모든 삶이 활처럼 그의 잔등에 매달렸다.

인간의 발자취나 물이나 새의 날개가 없는 땅에서 1295
일행은 또다시 길을 만들기 위해 터벅거리며 나아갔고,
초록빛 뱀들이 다시금 머리를 들고 목을 부풀렸으며
지나가는 백인 나그네들에게 미친 듯 분노하여 식식거렸다.
아흐레 낮과 밤이 천천히 지나가서 그들의 줄무늬 진 영혼은
또아리를 틀고 기다리다가 먹이만 나타나면 덤벼드는 1300
나무뱀이 되었고, 그러자 궁수는 바위 형제들을 힘차게 때리고는
하늘을 찌르는 울퉁불퉁한 산봉우리들에게 인사했다.
「내 강인한 이성의 단단한 껍질인 고향이여, 잘 만났다.
푸른 나라에 오랫동안 유배당했던 내 무거운 마음은 벌써부터
그대의 바위 독수리 둥지에다 알을 낳기를 갈망했었도다.」 1305

이런 바위 밭에서 오랜 세월 동안 그의 무딘 군대를
단련시키고 싶어 하며 무자비한 긍지를 느끼던 그는
뒤에서 따라가다가 철석이 기뻐하며 갑자기 외치는 소리를 들었다.
「바다요!」 태양에 말라붙은 주변의 산들이
바닷가처럼 웃는 듯싶어서 날카로운 자는 깜짝 놀랐고, 1310
그는 목을 길게 뻗고 발돋움을 한 채로 서서 떨었다.
귀를 기울이고 선 그는 우레처럼 물이 무너지고
거대한 파도가 관자놀이에 거듭거듭 부딪치는 소리를 들었다.
바다와 싸우는 날카로운 자가 험악한 바위들을 기어 올라갔고,
갑자기 깎아지른 절벽의 황량한 두 어깨 사이로 1315
끝없이 파랗고 초록빛인 바닷가가 발밑에 펼쳐지자
고뇌하는 자의 두뇌에서 거품이 일며 요란한 폭포 소리가 났다.
엉덩이가 큰 자는 동지들을 껴안았고, 눈물이 줄줄 흘러나와
뺨과 헝클어진 수염을 타고 흘러내렸다.
「여러분, 우리들은 세상의 머나먼 끝에 다다른 모양이오! 1320
세상은 여기서 끝나고 더 이상은 없어요! 절벽의 언저리
바로 이곳에 우리들은 이제 자유의 도시를 세울 것이오!」
그러나 많은 고뇌를 하는 자가 떨리는 목소리로 외쳤다.
「그대들의 이성이 헛것을 보고 눈이 이상해지는 모양이니
형제들이여, 마음대로 날뛰는 마음의 고삐를 당기도록 하라. 1325
아직 마음 놓고 기뻐하지 말고, 우선 밑으로 내려가 우리 마음이
부끄러운 줄 모르고 환희하며 웃게 내버려 두기 전에
저 유혹하는 바다에 거짓을 모르는 우리 손을 담가 보자.」
그가 말하자 이성의 날이 희망에 찬 모든 마음을 꿰뚫었고,
그러자 모두들 바람처럼 가벼운 발로 말없이 비탈을 내려갔지만 1330
눈은 바다를 놓치지 않으려고 단단히 고정되었다. 보라,

낮이 위로 올라가면서 들판에 점점 어두운 안개가 끼었고
산들이 구름처럼 사라지고 바다도 자취를 감추었다.
일행이 헐떡이며 달렸고 고독한 자는 앞장서서 달려가며
여부가 어떻든 두 경우에 모두 결실을 맺도록   1335
그의 무거운 마음을 훌륭한 충고로 진정시켰다.
그의 눈이 깜박이자 순식간에 검은 구름들이 흩어졌고,
녹지 않은 눈이 다시금 빛났으며, 파란 바닷가의 바위들로부터
우레와 같은 폭포가 거품을 일으키며 떨어졌다.
물이 큼직한 덩어리를 이루며 날아가 바위 사이로 달려 내려갔고   1340
궁수는 바다를 가장 먼저 만져 보려고 서둘러 내려갔지만
물에다 손을 담그고 입술을 적셔 본 그는
기뻐 가슴을 두근거리며 놀라서 소리쳤는데,
짠물이나 바다의 소금 물보라가 아니라 —
거룩한 강이 숭고한 샘에 지금 그가 손을 담겼기 때문이나!   1345
그는 경이에 차서 말없이 이끼가 덮인 바위에 앉았는데,
마침내 그는 갈망하던 목적의 달콤한 열매를 손에 잡았으니,
불멸의 강물이 환희하며 날뛰고는 오랫동안 잊었던 주인을 보듯
늙고 충직한 개처럼 그를 핥아 주었다.
엉덩이가 큰 자는 반짝이는 물속에서 첨벙거리며 뛰어다녔다.   1350
「불멸의 물을 마시고 이성을 해방시키시오, 여러분!*
우리들이 보고 겪었던 모든 고생은 한낱 꿈에 지나지 않으니,
갈증에 시달리지도 않았고 굶주림으로 뼈가 깎이지도 않았으며,
우리들은 헐벗은 사막의 모래밭에서 싸운 적도 없었다오.
축복을 받아 마땅한 우리 피리쟁이가 어느 날 강둑에 누워   1355
갈대 피리를 불어 산들바람에 우리 두뇌가 흐느적거리게 했는데,
그의 감미로운 피리 소리와 더불어 우리 여행은 끝났습니다.」

친구들이 모두 웃고 어머니 같은 물속에서 헤엄쳤으며
육체와 영혼이 시원해진 그들은 고통을 잊었고
흐뭇해진 그들이 누운 다음에 의지가 강한 자가 일어섰는데,   1360
마치 샘물이 이제는 말라붙어 옛일로 사라져 버리고
달랠 길 없는 새로운 갈증을 찾아 다시 올라가는 듯
그의 눈은 새로운 고뇌로 넘치고 입술은 안개처럼 파리했다.
그는 허연 머리에 모자를 비스듬히 비껴쓰고 말했다.
「비록 우리가 첫 번째 절벽과 첫 번째 의무에 이르기는 했어도   1365
나는 더 멀리서 아직도 손짓해 부르는 절벽이 눈에 보이지만,
그것도 역시 하루의 섬김이 어울리는 짤막한 삶의 따스한
신일 따름이니, 잠깐 우리 육신을 즐겁게 하자, 여러분.
나뭇가지로 오두막을 짓고 돌멩이로 아궁이를 얽고,
막대기를 비스듬히 엇갈려 솥을 걸어 끓인 다음   1370
사랑하는 친구들이 도중에 너무나 많이 떨어져 나가서,
다시 새끼를 치고 혈통을 이어나가야 할 때도 되었으니
배불리 먹고 나서 둘씩 짝을 지어 물가에 눕도록 하라.
그러나 나는 내 늙은 사자 마음에게 할 얘기가 많아서
높은 산의 정상으로 혼자 올라갈 터이고,   1375
모든 결혼한 부부가 밤의 어둠 속에서 아이를 가꾸는 동안
우리들은 보호하는 법과 우리 확고한 마음의 성채로
황야에다 거룩한 도시를 가꿀 것이다.
도시가 내 이성 속에서 잘 형성되어 공간을 차지하고 나면
내가 내려오고 우리들은 나무들과 돌멩이들, 공중에서 떠도는   1380
모든 것을 잡아 대지에다 단단히 심으리라. 잘 있거라!
나는 밤과 낮이 일곱 번 지난 다음에 돌아오겠노라!」
그가 말하고는 민첩한 발로 이 바위 저 바위로 건너뛰며

젊은이처럼 장밋빛 산봉우리를 향해서 올라갔고,
한편 산기슭에 남은 그의 친구들은 그가 아침 산등성이에
기다란 그림자를 드리우며 산의 울창하고 구부러진 길을 따라
헤치고 나아가는 뒷모습을 말없이 지켜보았다.
「신이여, 힘든 고독을 그가 이겨 내도록 도와주소서!」
사람들은 초조하게 중얼거리며 그가 잘 해내기를 빌었고,
먹보는 아무도 보지 못하게 슬그머니 눈물을 닦았다.

산을 올라 시야가 넓게 트이자 궁수는
바다 같은 고독감을 느끼며 이성이 차분해졌다.
「작은 쓴 쑥 꽃다발을 뱀처럼 또아리를 튼 새하얀 머리카락에
꽂은 너, 오 모든 자신만만하고 자랑스러운 젊은이들을 낳은
눈이 큰 어머니, 고독이여, 어서 오라!」
그리 말하고는 촁급힌 소리가 들리기에 머리를 돌려 보니
표범 새끼가 꼬리를 바싹 치켜들고 헐떡이며 혀를 내밀고
그의 무릎으로 달려 올라와 고독한 자의 어깨로 올라갔다.
오디세우스가 웃고는 표범의 하얀 배를 천천히 쓰다듬었다.
「새로 이빨이 난 마음이 찾아오다니, 고맙기도 하구나!」

제14편

월계수 잎을 입에 물고, 맑은 날씨에 홀로
산의 거룩한 고적함으로 올라가, 발뒤꿈치의 핏줄에서
피가 맥박을 치고 무릎을 지나 허벅지를 거쳐,
목구멍에 이르러 강물처럼 퍼져서 이성의 뿌리를 씻는
소리를 듣는 것은 얼마나 크나큰 기쁨이던가!   5
〈오른쪽으로 가겠다〉거나 〈왼쪽으로 가겠다〉고 말할 필요가 없고,
네 바람이 그대 이성의 갈림길에 이르게 하여,
그대가 올라가면 신이 호흡하는 소리가 사방에서 들려오며
그대 곁에서 걷는 신이 막대기와 돌멩이를 발로 차며 웃는 소리도 듣고,
동틀 녘에 뇌조를 잡으러 나온 사냥꾼처럼 시선을 돌리면   10
사람 하나 보이지 않고 공중에도 날개 하나 없지만,
주변의 모든 산등성이들은 노래하고 깍깍거리는도다.
대지가 새벽안개 속에서 깃발처럼 나부끼고,
그대의 영혼이 칼처럼 날카롭고 힘차게 말을 타고 앉으면,
그대의 머리는 위대하고 힘찬 성(城)이요, 가슴에는 해와 달이   15
은빛 금빛 부적처럼 매달리니, 그 기쁨 얼마나 크던가!
이성과 짤랑거리는 삶과 정숙하지 못한 화냥년 같은 기쁨을

모두 버리고, 미덕과 모든 것을 몽롱하게 만드는 사랑과 작별하고
새 코브라가 얇은 껍질을 가시나무에다 벗어 버리듯이
곰팡이가 피고 벌레가 파먹는 대지를 뒤에 남겨 두고
잡히지 않는 숭고한 새를 쫓는 기쁨은 또 얼마나 크던가.
술집에서 멍청이들이 웃고 계집들은 얼굴이 파랗게 질리며
영주들이 위협하는 표정으로 우단 모자를 흔들어 대고,
그들은 영혼의 붉은 사과를 탐내지만 벼랑을 무서워하는데,
그대는 신랑처럼 용감한 태도를 보이며
신부 선물을 손에 들고 곧장 고독을 향해 걸어간다.
고독한 자여, 신이 무리를 피하고 홀로 사막의 길을 택하며
그곳에도 그림자를 드리우지 않는다는 사실을 그대는 알고,
지극히 약삭빠른 그대는 모든 술책을 터득했으며 신의 발자취나
인간의 발자취도 그대가 나아간 길을 비껴 놓지 못할 터이고,
검은 악마들이 식사를 하는 숲의 개활지와 가슴의 무서운
유령들에게 물을 주는 샘터도 알고 있으니
이성 속에 온갖 무기를 갖춘 그대는 원하는 대로 골라
매복과 홀리는 마법과 토끼 사냥개와 가벼운 창을 집어 들어라.
그대가 빛과 더불어 걸으며 동틀 녘에 산을 오르던 그날
그대의 두 손바닥이 가려웠고,* 교활한 눈에서는 불이 뿜어 나와
화려한 깃털이 달린 야성의 새, 야수 같은 신을 몰아내려고
사방의 숲을 모조리 훑어 대었다.
산 위에서 발이 가벼운 서늘한 시간들이 지나가며
바위들 사이를 청동 방울을 단 염소 새끼처럼 뛰었고,
태양이 하늘 한가운데 멈추고 낮이 멍에를 벗어 던졌으며
서늘한 담청색 안개 위에 석양이 천천히 내려앉아
그의 친구 빛과 더불어 궁수도 역시 험한 바위들이

물도 없고 풀도 없이 가파르고 바싹 말라붙어서
독수리와 맞잡고 싸우는 그의 이성이 둥지를 틀기에 알맞은   45
날카롭고도 황량한 산봉우리에서 걸음을 멈추었다.
밤의 거미줄에 잡힌 한 마리 황금빛 집파리처럼
어두워지는 대기 속에서 마침내 첫 별이 깜박였고,
검은 둥근 천장에서 점점 넓어지는 대리석 격자(格子) 장식처럼
거미줄에는 천천히, 천천히 더 많은 별이 잡혔다.   50
「밤이여, 별이 가득하기 때문에 나는 네 어둠을 사랑한다.」
별의 무리에게 인사를 하느라고 궁수가 중얼거렸다.
그의 이성은 자유로운 별처럼 잠깐 동안 검은 하늘에
높이 매달렸다가 다시 육신과 함께 땅으로 떨어졌다.
「오, 짐마차를 끄는 말 같은 육신아, 내일 아침 위대한 일이   55
시작될 터인데, 내가 생각하는 바가 무엇인지를 알면 너는
머리가 곤두설 테니 잘 먹고 잘 자고 기운을 차리도록 하라.」
이렇게 말하고 교활한 궁수는 양털로 짠 자루를 열어
기쁜 마음으로 구운 자고와 빵과 술을 꺼내
기운을 차리려고 굶주린 육체에게 먹였다.   60
그는 자고를 뼈까지 핥아 먹고 술병을 거꾸로 들고는
술기운이 그의 모든 핏줄로 문어처럼 퍼져 나갈 때까지
머리를 뒤로 젖히고 대추야자 술을 꿀꺽꿀꺽 마셨다.
표범 새끼가 그의 발치에서 불쑥 나온 산의
바위들 사이로 쫓아가 잡은 산토끼를 씹어 먹었다.   65

밤이 깊어지고 불이 희미해지자, 일행은 어두운 산기슭을 따라
길게 누워 잠을 청했지만 소용이 없었고,
어떤 사람들은 이성의 긴 바닷가에서 파도치는 소리를 듣고는

마음 놓고 잠에 빠질 용기가 나지 않았으며,
또 어떤 사람들은 궁수가 생각나서 그가 살인하는 손바닥에
무엇을 움켜쥐고 돌아올지 상상해 보고는 벌벌 떨었다.
식사를 끝낸 다음에 그는 일어나 잠잘 곳을 찾아보았고,
별빛 속에서 나지막한 동굴 입구를 보자 그는
검은 칼집에 칼을 꽂듯이 몸으로 비집고 들어갔으며,
털이 난 박쥐의 검고 보드라운 날개들이 몸에 닿았다.
그는 잠을 잤고, 죽은 자들이 일어나 술렁이고
유령들이 깨어났으며, 산의 내장이 갈라지고 검고 하얀 혼령들이
깎아지른 산의 바위들을 타고 소리 없이 미끄러졌다.
「철의 허리띠나 대리석 손이나 임신한 암호랑이의 심장을
지닌 자가 있다면, 누구라도 좋으니 무기를 들라고 하라!
때는 무르익어 궁수가 잠이 들고 그의 이성이 잠잠하니, 그가
우리들을 잡아먹기 전에 누가 그의 두뇌에 마술을 길겠는가?」
그들의 목소리가 골짜기를 지나 이 산봉우리 저 산봉우리에 울렸어도
황야의 모든 유령이 그들의 동굴에 웅크리고만 있었다.
어두운 밤이 무너지는 사이에 야만적인 낮의 억센 혀가
고독한 자의 가슴과 목과 머리를 핥았고
그는 잠이 깨어 연인에게 말없이 인사했다.
대지 여기저기서 수탉들이 일어나 가슴을 내밀고 울었으며
기뻐하는 새들이 나뭇가지에서 태양을 쪼았고, 켄타우로스는
하품을 하고 희미하게 드러나는 산봉우리를 올려다보았다.
〈빛이 산봉우리에 이르렀으니 고독한 자가 일어났겠구나!〉
그가 생각하고는 머리를 들어 충성스러운 사냥개처럼
향기로운 대기에서 주인의 체취를 킁킁 맡아 보았다.
그러나 고독한 자는 비스듬한 화살처럼 엷은 빛이 동굴로 들어와

벽들을 깨우는 광경을 지켜보며 아직도 즐거워했다.
「오 태양이여, 내 두뇌의 높은 산봉우리, 진홍빛 깃발이여.」
그가 중얼거렸고, 깃발을 든 그의 이성이 기뻐했다.
그러나 바위 벽들을 둘러본 그는 줄무늬 진 호랑이와 곰과 들소와
거대한 짐승들이 앞발을 배에다 바짝 붙이고 미친 듯 덤벼들고
개미처럼 가느다란 벌거벗은 사람이 커다란 활을 들고
짐승들의 떨리는 잔등에 화살을 하나씩 날리는
험한 사냥의 장면을 진한 물감으로 사방에다
그려 놓은 것을 보고 가슴이 두근거렸다.
「반갑도다! 오, 내 옛 육신이여, 피의 형제여, 어서 오라!」
고독한 자가 친구를 맞으려고 벌떡 일어나 소리를 지르고는
기쁨 마음으로 깃털처럼 가벼운 낯을 찾아 기어 나갔다.

훈훈한 밤 사이에 봄이 와서 들판을 꽃으로 가득 채웠음을
어느 이른 새벽에 갑자기 냄새 맡은 벌들처럼
세계를 방랑한 자의 생각들이 극히 감미로운 소리로 붕붕거렸다.
아, 이성을 수노루처럼 해방시키고 옆구리에 솜털이 난 채로
사나운 뿔을 휘두르며 들판을 돌아다니고, 처녀 노루 같은
대지 전체에서 기쁨을 누리다니, 그 즐거움이 얼마나 큰가!
만일 삶이 선정적인 희롱이요 죽음은 신화일 따름이며,
인간의 기억이 더 이상 과거를 바라지도 않고
미래도 원하지 않는 마음속의 숫처녀여서 죽음을 모르는
현재 말고는 다른 아무 순간도 알지 못한다면 얼마나 좋으랴!
「오, 육체와 이성이여, 쪼그라든 살갗이 벗겨지고 머리카락이 빠져,
새로 태어난 사과처럼 진홍빛인 처녀성이 드러날 때까지,
절벽의 야생 꿀과 황야의 젖을 실컷 빨아먹으라고

나는 오늘 너희들이 마음대로 놀도록 내버려 두겠노라!」 120
정열 속에서 그를 탄생시킨 육체와 이성,
사랑에 빠진 그들 한 쌍에게 나그네는 그렇게 말했다.
독수리 바위를 향해 올라가느라고 그의 지팡이가 돌멩이들을 쳤고
그날 그는 근심 걱정이나 친구도 없었고 위엄을 부리지도 않았으며
가슴이 웃고, 마음이 춤추고, 이성이 눈부신 날개를 쳤고, 125
거친 뼈들이 아득하게 들리는 아름다운 피리 소리를 냈다.
아직 이슬로 날개가 젖은 채로 시원한 봄을 부르는 뻐꾸기처럼
푸른 산등성이에서 그는 하루 종일 노래를 불렀고, 그의 노래를
들으려고 돌멩이들이 풀과 함께 솟아오르고 배꽃이 만발했으며,
노랗고 초록빛인 도마뱀들이 햇볕을 쬐러 바위로 올라왔고 130
현인은 그의 백성을 지키는 커다랗고 거룩한 악어처럼,
큰형처럼 그들과 나란히 바위에 누웠다.
잠깐 잠이 그를 시로잡아 두뇌를 흔들어 놓은 모양이어서,
단단한 경계선들이 무너지고 진실과 거짓이 드러났으며
까마귀 대지가 공작의 날개로 몸치장을 했다. 135
돌멩이는 빨간 카네이션이 되었고 도마뱀의 몸집이 불어났으며
황금빛 옷을 걸친 영주처럼 태양이 내려와
달로 옷을 지어 입고 아내 대지를 품에 안고는
벌레와 꽃과 잡초들에게 날개를 나눠 주었다.
그러더니 그의 가장 은밀한 소망이 처녀의 몸인 여자처럼 찾아와서 140
빛이 가득한 미소를 지으며 궁수의 곁에 누워
달콤하고도 야생적인 검은 눈을 자고처럼 깜박였다.
그러나 자랑스러운 자가 그녀를 어루만지려고 팔을 뻗으니까
작고도 작은 벌거숭이 벌레가 털이 수북한 그의 가슴으로 기어올라
그는 겁이 나서 떨며 갑자기 벌떡 일어났다. 145

지는 해가 들판의 컴컴한 그늘 속으로 가라앉았고,
먹지 않았는데도 배가 잔뜩 부른 남자는 동굴로 돌아가
거품을 머금은 입술에 젖이 아직 방울져 맺힌 채로
깊어 메아리치는 동굴 속을 꿈으로 가득 채우며
어린아이처럼 곤히 잠들었다. 150
한밤중이 되자 밤의 네레이스 요정인 드리아스*가
위대하고 정력적인 인간의 냄새를 맡고는 동굴 입구에 와 섰고,
달빛으로 머리카락을 엮고 이슬로 젖가슴을 빚은 그녀는
동굴로 살그머니 미끄러져 들어가 인간을 보았으며,
그가 여신도 존경하지 않고 무서운 제신들도 두려워하지 않고 155
세계를 기만하고 마음을 유혹하는 자임을 알았다.
그녀가 무서워서 갑자기 소리를 질러 그의 잠을 흩어 버렸다.
「막 눈이 별처럼 빛나는 헬레네의 꿈을 꾸었으니,
달빛이 내 머리를 비추고 잠 속으로 스며든 모양이야!」
궁수는 눈이 큰 꿈이 도망치기 전에 붙잡으려고 160
재빨리 왼쪽으로 몸을 돌렸다.

그러나 새벽에 일어나니 고독한 자의 품은 비어 있었고
허연 수염에만 사향 냄새가 아직도 희미하게 남았으며,
가장 높은 산봉우리들이 장밋빛으로 덮여 바위들이 미소 지었고
영혼이 일곱인 자의 머리는 태양을 투구처럼 쓰고 불탔으며 165
이성은 그의 내면에서 문을 두드리면서 소리쳤다.
「전쟁이 시작될 터이니, 선조와 후손은 다 같이 무기를 들어라.
왕이신 이성이 모이라 부르니, 내 알 속에 웅크리고 들어앉은
모든 영혼과 마음은 태양이 보이는 곳으로 나오라.」
그러더니 그는 거대한 바위에 다리를 꼬고 앉아 170

사납게 얼굴을 찌푸리고 이성에게 정색을 하며 일렀다.
「오, 눈멀고 검은 벌레야, 너는 이 큰 바위에 앉아서
벌거벗은 잔등에 구원의 날개가 왼쪽과 오른쪽으로 돋기 전에는
머리를 들 생각조차 해서는 안 된다 — 알겠느냐?」
그러더니 그는 심성에게로 다정한 시선을 돌려 온순히 부탁했다. 175
「오, 대지의 나뭇가지에 앉은 창조신의 새를 유혹하는 마음아,
너는 남성의 날개더러 땅으로 내려오라고 부르도록 하라!」
낮이 높아지고 날카로운 바위에서 엉겅퀴들이 빛으로 만발했으며
대지가 잠이 깨어 기지개를 켜고 하품하더니 허벅지를 움직였고
영양들이 어두운 집으로, 토끼들이 굴로 돌아갔으며 180
포식한 사자들이 갈기를 핥으며 물구덩이를 생각했고
무화과나무의 꼭대기에서 — 아니면 이성의 꼭대기였는지,
이제는 따질 필요도 없지만 — 멀리서 세 힌 미리기
아틈나운 머리로 엉뚱한 노래들을 부르기 시작했고,
태양은 따스한 가슴의 황금빛 솜털처럼 빛났다. 185
말없이 궁수는 털이 수북한 벌거숭이 가슴과 튼튼한 허벅지에
꿀처럼 햇빛이 쏟아지는 기분을 느꼈으며,
다리를 꼬고 앉아 전쟁의 공격을 계획하려니까
바위 밑에서 나는 짙은 냄새가 코를 찌르기에
바다의 게처럼 털투성이 꽃이 핀 것을 보고 그는 190
허리를 굽혀 탐스럽고 향기로운 그 꽃을 두 손으로 감쌌다.
눈을 감고 냄새를 맡는 그의 가슴이 무너져 내렸는데,
어둠과 내음, 옛날, 옛 시절의 기쁨, 문들이 쾅 닫히고 —
그는 다시금 유모의 무릎팍에서 놀던 아기가 되었고,
숨겨진 틈바구니, 갈라진 그녀의 젖가슴 위로 머리를 숙여 195
여인의 육체가 풍기는 축축한 흙냄새를 맡았고,

욕정에 빠져 눈이 이글거리며 그의 얼굴이 파랗게 질리자
유모가 비명을 지르고는 그에게 장미 향수를 뿌렸다.
또 언젠가는 그의 두뇌가 열려 냄새로 가득 찼었는데,
두 살도 채 안 된 그를 시끄러운 항구에서   200
수염을 기른 남자가 거칠게 끌어안았으며, 아,
썩은 과일과 찝찔한 소금물, 타르와 밧줄의 짙고 어지러운
냄새들이 풍겨 올라오고 험한 바다가 웃음을 터뜨렸으며,
연약한 그의 이성은 돌쩌귀들이 모두 삐걱거리며 활짝 열려
바다와 높은 돛대들을 처음으로 맞아들였다!   205
남자의 가슴에서 미끄러져 내려와 시끄러운 바닷가로 달려가니
그의 뱃속이 파도로 바뀌어 거품이 가득 찼으며
그 속으로 하얀 갈매기들이 날아들고 자갈들이 소리쳤다.
작은 주먹을 대담하게 허공으로 치켜들고 그는 광활한 바다에게
〈오, 신이여, 나를 신으로 만들어 주소서!〉라고 소리친 다음   210
잠깐 대답을 기다리고 나서 다시 주먹을 불끈 쥐고
〈신이여, 나를 신으로 만들어 달라!〉고 명령했다.
거대한 바다가 분노하며 일어나 그를 삼키려고 달려왔지만
그가 돌멩이와 자갈을 집어 분노하며 던졌고,
바다는 놀라서 돌아서더니 무서워서 신음했다.   215
처음으로 그는 세상의 세 가지 요소를 접했었는데,
털투성이 향기로운 꽃에서 지금 그는
바다와 여자와 신의 짙은 냄새를 다시 한 번 맡았다.
지구의 거대한 바퀴가 되돌아가서 하얀 머리를 나부끼며
눈이 큰 추억이 몸을 일으켰고,   220
궁수는 부활시키는 이성의 숨결 속에서 어느새 싹튼
젖먹이 아이를 뱃속에서 느꼈다.

그는 시원한 물을 마시고 시원해졌으며 빵을 먹으면 빵이 되고
물 한 방울이 그의 심장을 벌통으로 만들었고,
할아버지가 그에게 잘 익은 포도주를 주면 그의 이성은   225
털투성이 악마와 왕성한 욕망으로 가득 찬 포도주 통이 되었다.
그는 무릎과 사타구니가 단단해졌고 뺨에 보드라운 솜털이 났으며
그러다가 어느 날 새벽에 아직 수염도 안 난 소년이었던 그는
신부를 훔치러 가려고 진홍빛 돛을 높이 달았다.
둥지마다 알들이 깨어나 나무들이 뿌리로 가득했고   230
토끼들이 숲의 빈 터에서, 새끼 사슴들이 풀밭에서 뛰놀았고
그의 아내는 남편의 품에 안겨 결혼의 춤을 추어서
아홉 달 후에 아들이 태어났고 세상은 광채가 났다.
그러나 아들과 더불어 어느 날 밤 그의 검은 배를 타고
음울한 해적이, 〈전쟁〉이 와서 그를 미나민 곳으로 끌고 갔다.   235
궁수는 관자놀이가 지끈거리고 입술이 벌어져 미소를 시었으며
그의 항해는 바다의 찬란한 뱃머리로부터 달려 나가
열두 개의 갈매기 섬 같은 열두 제신을 모두 거쳤다.
아, 인간의 뱃속은 아무리 먹고 또 먹어도 부를 줄 몰랐다!
음산한 살인자가 눈을 감았고, 그의 관자놀이가 불끈거렸으며   240
모든 것이 그의 뱃속 컴컴한 알주머니 속에서 다시금 일어났고
그의 머리는 기쁨과 분노, 바닷가와 열매로 넘쳐흘렀다.
추억과 희망이 파도처럼 달려와 밀물과 썰물이 때로는
그의 깊은 뱃속을 삼키기도 했고, 때로는 밑에서 기어 다니던
미끈거리는 거머리와 전갈과 뱀들을 노출시키기도 했다.   245
그는 깎아지른 절벽에서 세속적인 난초를 던져 버리고는
질식을 당하지 않으려고 가득 찬 머리를 높이 들었다.
그의 흙뿌리가 두려워 떨며 고독한 자가 소리쳤다.

「나는 순수하지 않고, 강하지도 않고, 사랑도 못하고, 두려워한다!
나는 내면에서 살려 달라고 외치는 떨리는 입을 막아 버리려고   250
함성과 알록달록한 날개, 항해와 꾀를 동원하여 싸움을 벌이지만
소용이 없어 흙과 부끄러움으로 숨이 막힌다.
얇고도 얇은 웃음의 껍질, 조롱, 목소리, 눈물, 거짓된 얼굴 ─
이 모두를 오디세우스라고 일컫는다!
이런 거짓의 기초 위에 내 성을 짓다니 얼마나 창피한가.」   255
그러더니 위안을 찾으려고 그는 딸을, 사나운 표범 새끼를 불러
그들의 대담한 시선이 마주치자 두 마리 짐승이 화해를 했는데,
꼼짝도 않고 궁수는 표범의 노란 안구(眼球) 속에서
무섭고도 깊은 이성의 지배가 시작되는 것을 보았다.
그는 첫 오디세우스가 땅의 표면에서 동굴 입구로부터 달려 나와   260
태양을 향해서 달려가는 모습을 지켜보았다.
왼손에는 높이 솟은 젖가슴이 단단한 처녀를 잡고
오른손에는 사나운 할아버지를 죽이고 아내들을 훔치느라고
그가 사용했던 날카롭고 두뇌의 피로 물든 양날 도끼를 들었는데,
지금은 친척들과 여자들과 남자들과 개들에게 쫓기는 신세여서   265
피에 흠뻑 젖어 거품을 물고 구불구불한 골짜기로 도망쳤다.
핏줄 속에서 야성적인 기억들이 들끓어 험악한 얼굴로 궁수는
잔인한 증오와 부끄러움을 모르는 욕망이 마음속에서 몸부림치자
그 소리를 못 이겨 으르렁거리며 높은 바위로 달려갔다.
「내 영혼이 빠져 죽지 않도록 더러운 뱃속에서 내가   270
머리를 들고 구원을 받으려면 어떻게 해야 한다는 말인가?」
영혼이 일곱인 자는 해가 지자 피곤해졌고, 눈빛이 온순해지며
쉴 자리를 찾았고, 심한 배고픔 때문에 그의 창자는
새들이 쪼아 먹던 퍼런 포도송이처럼 대롱대롱 매달렸다.

그의 동굴 맞은편에서 불꽃이 반짝이고 웃으며 성큼 나섰는데,   275
옛날의 유혹적인 아름다운 여인 아프로디테를 알아본 그는
크게 환영하며 그녀를 소리쳐 불렀다.
이렇듯 별 같은 눈에 애교가 담기고 머리카락에 검은 밤이
고독한 자의 동굴 입구로 찾아와서 섰고,
하늘의 불타는 강을 향해 눈을 든 그는   280
자신이 별들의 대홍수 속에 빠져 죽고
그의 작은 마음은 빠른 속도로 어둠 속에서 돌아다니는 강물과
끈질기게 싸우는 작은 한 방울의 빛에 지나지 않는다고 느꼈다.

바위에 편히 누워 잔잔한 강물처럼 잠든 궁수의
길게 뻗은 불타는 손바닥에는 별들이 가득 넘쳐흘렀다.   285
마치 남자와 여자 누 사람이 아우성을 치는 듯
가슴속에서 심성과 이성은 두 개의 깊은 샘물처럼,
결혼한 늙은 부부처럼 맹렬히 언쟁을 벌였다.
다투는 한 쌍이 그의 배 속을 찢어 마음을 둘로 갈라놓는
소리를 들으며 고뇌하는 자가 한참 동안 미소를 지었고,   290
고집 센 황소에게 멍에를 얹은 농부가 떠드는 소리가 들려왔다.
「비록 내 밭이 작기는 할지언정
내가 씨앗을 잔뜩 뿌릴 테니
가축과 사람이 다 같이 배불리 먹도록
어서 밀고 나가 흙을 파헤쳐라, 누렁이와 뿔소야!」   295
깊이 이랑을 파고 씨앗을 잘 뿌린 잠의 밭에서
농부는 이렇게 가장 충실한 두 마리의 소를 몰아대었지만,
그의 마음은 멍에를 벗고 쟁기를 차버리려고 발버둥 쳤다.
「나는 숨이 막히고, 아무도 나를 붙잡아 두지 못한다!

송아지처럼 멍에를 지고 밀을 까부르든가, 300
얌전히 일터로 나가는 짓은 혐오하니까 나는 멍에를 부숴 버리겠고,
단단한 땅과 빵 너머 무서운 심연을 나는 그리워한다!」
그러나 교활한 자는 또아리를 튼 머리의 더듬이로 웃었다.*
「가엾고 오만한 마음이여, 창피하도다! 너는 언제 이 땅에다
우아함과 용맹함으로 성을 쌓아 올리겠느냐? 305
너는 마치 신이 하늘을 날아가는 알록달록한 새라도 되는 듯,
머나먼 바닷가들이 황홀한 혼란으로 유혹하는 듯 멀리 떠나가는데,
마음아, 너는 신과 절벽이 네 상상일 따름이라는 사실을 모르느냐?
얌전히 멍에를 쓰고 네 운명의 길을 스스로 갈도록 하라!」
그러나 마음이 독수리처럼 소리치며 발톱으로 가슴을 쳤다. 310
「네 좋은 흙이 숨 막혀서 나는 멍에를 짊어지지 못하겠고,
저 멀리 모든 경계선 너머에서 나는 거대한 날개의 소리를 듣고
감미로운 외침과 흐느낌을 듣지만 두터운 벽이 우리들을 갈라놓아
나는 벽을 부수고 모두 함께 쓰러지기 바란다!」
이렇게 피의 웅덩이 속에서 심성이 맹렬히 소리치고 끓었으며 315
갑자기 〈살려 달라!〉는 무서운 절규가 찢어지는 듯 터져 나왔다.
이성이 겁에 질린 토끼처럼 그의 굴로 달려 들어갔지만
마음은 깊이 째진 상처를 드러내며 기뻐서 소리쳤다.
「내가 피를 쏟겠으니 모든 어둠의 조상들은 와서 마셔라!」
궁수의 깊고 캄캄한 골방 속에서 마음이 소리치자 320
대지의 배 속이 두려워 떨렸고 모든 비석들이 터졌다.
아, 인간의 뜨거운 피를 마시려고 죽은 자들이 몰려들었고,
살인자는 조상들의 유령과, 오래전에 잃어버린 옛 친구들,
한때 그가 사랑했던 그림자들이 그의 피를 빨아 마시고
새로운 삶을 얻으려고 그의 핏줄로 덤벼드는 것을 보고 떨었다. 325

유령들이 아우성치며 파도처럼 그의 가슴으로 달려들어
그의 사타구니에 매달려 무릎을 끌어안고 입 맞추었으며
가장 대담한 자들은 그의 머리에 올라앉아 매처럼 소리쳤다.
「여인의 뜨거운 살을 밤에 다시 한 번 만져 보고
물 한 모금 마시고 달콤한 빵을 먹을 수 있도록   330
우리들에게 네 피를 주어 다시금 땅을 밟게 해다오!」
그러나 마음속 깊은 곳에서 그는 무자비하게 옳은 선택을 하여
그림자들을 기다란 양치기 지팡이로 밀어냈다.
「타르타로스로 떨어져 저주를 받고 절대로 돌아오지 말라!
물과 여자와 빵 — 그대들은 너무나 어려운 삶을 택했도다!」   335
그의 아버지가 와서 떨리는 입술을 말없이 내밀었지만
아들은 그를 마음의 발뒤꿈치로 밀어냈다. 「아버지시여,
당신은 세상에서 훌륭한 보상을 받으며 살았고, 당신보다 훌륭한
아들을 빚어 놓았으니, 더 이상 필요한 것이 없을 터입니다!」
집안의 모든 조상이 혀를 날름거리며 몰려들었지만   340
용감한 파수가 막대기로 그들을 밀어 하데스로 떨어뜨렸다.
「과거는 돌아오지 않으므로 대지는 그대들을 필요로 하지 않고,
대지는 짓씹어 대는 턱으로 어둠의 조상을 삼켜 버렸으니
이제 차가운 땅에서 유인원 조상들이 일어나게 도와주려고
용감한 자손의 피를 낭비한다는 것은 부끄러운 일입니다.」   345
그러나 묵묵 대장이 입을 벌리고 가까이 와서
그의 피를 마시려고 심장의 웅덩이로 접근하는 모습을 보고
갑자기 그는 심장이 두근거리고 사자 이성이 핼쑥해졌으며,
〈사랑하는 묵묵 대장!〉이라고 외치며 그리움의 두 팔을 벌렸고
창백한 얼굴은 뒤틀린 미소를 짓는 친구를 빤히 쳐다보고는   350
무슨 말을 하려다가 목이 재로 변하는 바람에 실패했고,

그러고는 되살아나기 위해 심장의 웅덩이로 비척거리며 접근했다.
그러자 궁수는 눈물을 글썽거렸지만, 그래도 지팡이를 치켜들었다.
「친구여, 필요성은 크지만 피가 조금밖에 없다네.
내가 그대를 얼마나 사랑하는지 잘 알겠지만,   355
그래도 불운하고 타락한 세상을 사랑으로 다스린다는 것은 허사지.
그대는 세상에서 그대가 할 바를 명예롭게 다 해서
세상 사람들에게 더 좋은 것을 베풀어 줄 수가 없으니
내 심장의 뜨거운 피를 마시지 않기 바라네, 묵묵 대장.
차가운 땅으로 돌아가고, 보다 훌륭한 자들에게 피를 양보하게!」   360
그의 말을 듣고 묵묵 대장이 떨리며 희미해지더니 사라졌다.
그러자 괴로워하는 자가 길게 한숨을 짓고 두 눈을 닦았는데,
고통이 심하기는 했지만, 그림자들을 냉정하게 관찰하고
선택해야 할 두 눈을 눈물로 흐려 놓아서는 안 될 일이었다.
그러고는 유령들이 검은 양처럼 말없이 그의 이마 밑으로   365
기어 올라왔고, 그의 이성에는 옛 그리움이 잔뜩 모였으며,
그의 흥분한 추억 속에서는 옛 시절의 해와 달,
독을 머금은 과일과 여인들, 아이들, 성들, 말들,
흥겨운 술잔치와 길고 머나먼 항해들이 빛났다.
추억의 깊은 우물을 물끄러미 들여다보던 고통을 받는 자는   370
피투성이 두개골에 칼로 찔린 상처가 벌어진 무거운 그림자가
우물가에 말없이 서 있는 모습을 언뜻 보았다. 「강돌이여.」
궁수가 고통을 느끼며 소리쳤다. 「웃지 않는 친구여,
사람들이 그대의 왕관을 벌써 빼앗았는가? 그대의 해가 졌는가?」
그러나 코뿔소 같은 강돌은 코로 흙을 파헤치더니   375
마치 방금 목이 잘리기는 했지만 아직 모든 힘을 그대로 간직한 듯
한 방울의 피를 마시려고 뚜벅뚜벅 와서 심장으로 손을 뻗었고,

유령들을 발길로 차서 사납게 옆으로 밀어내던 그는 갑자기
비틀거리며 뒤로 물러나서 진흙 속의 안개처럼 사라졌다.

그러나 40척이나 되는 세 선조 운명의 신*이 분노하여   380
그의 피 웅덩이로 뛰어드는 모습을 보고 오디세우스의 심장은
당장 김이 무럭무럭 나는 피를 철철 넘치게 내놓았다.
그들의 혀가 날름거리고 입맛을 다시며 목이 부풀어 올랐고
피가 말라 버린 창백한 궁수는 웅덩이 위에 덩그러니 매달렸다.
그러자 배가 부르지 않아 마음도 누그러지지 않은 탄탈로스*가   385
더욱 목마르고 입술이 하얗게 말라붙어 벌떡 일어났다.
「누가 심장으로 덫을 놓고 나를 불렀는가? 나는 목이 마르다!
내가 만지기도 전에 그것은 말라붙고 갑자기 사라져 버렸다!
내 마음을 달래려고 그대가 부어 준 작은 한 방울이 고맙구나.
뿌리를 내리려는 그대의 눈에서 배반의 기미가 보이는도다!」   390
오디세우스는 분노로 속이 끓어 무슨 말을 하려고 입을 열었지만
위대한 선조가 경멸과 자존심을 드러내며 머리를 젓고는
마구 발을 굴러 지진을 일으켰고 그를 통째로 삼켜 버렸다.
그러자 위대한 운동선수*가 일어섰는데, 육중했던 그의 몸집은
곰팡이가 먹어 치워 가죽과 뼈만 남았으며, 통통하고 하얀   395
구더기들이 찌든 그의 정강이를 타고 천천히 기어올랐다.
위대한 조상을 보고 궁수의 눈에는 눈물이 가득 고였다.
「거룩한 원한, 인간의 위대한 악마적인 영혼 헤라클레스여,
거친 밀가루 반죽 같은 우리들의 육신을 혼 속에 다져 넣으려고
무자비하게 두들겨 패며 열심히 일하는 인간의 불끈 쥔 주먹이여,   400
열두 개의 대성좌(大星座)를 왕관으로 쓴 자랑스러운 분이여,
나는 그대가 안장 손잡이에 죽음의 피투성이 머리를 매달고

검은 준마를 타고 땅에서 튀어나오는 모습을 보리라고 생각했는데
음산한 죽음이라는 거대한 문어가 그대를 잡고 빨아먹어서
이빨이 덜덜거리고 두 무릎은 썩어 버렸구나.   405
두려워하거나 울지 말고 내 단단한 몸에 기대도록 하라.」
그러자 퀴퀴한 대기 속에서 흙을 머금은 목소리가 대답했다.
「고행하는 자손이여, 열두 도끼를 줄줄이 늘어놓고 꿰었으며
내 그림자 밑에서 싸우는 그대가 이제는
세상에서 유명한 내 몸에 굼벵이들이 기어 다니는 꼴을 보는구나!」   410
그가 말하고는 쓰러지지 않으려고 궁수의 팔에 몸을 기대었지만
그의 핏줄을 타고 흐르는 뜨거운 피를 느끼자
그의 뼈들이 삐걱거리고, 가슴이 부풀어 오르고,
또다시 사자의 두개골이 높이 솟아 그의 금발 머리를 덮었다.*
그는 동지의 눈을 깊이 들여다본 다음에 인사를 했다.   415
「자손이여, 그대는 뜨거운 주먹으로 세상을 잘 헤쳐 나가는구나!
아, 비록 내 무릎이 썩기는 했어도 푸르른 세상에는
새로운 형상을 빚기 위한 신선한 찰흙과 흐르는 물이 무진하고
그것들을 말릴 햇빛과 쓰러뜨릴 바람도 많기만 하도다.
모든 일이 잘될 테니 걱정하지 말고 나아가라, 자손이여!   420
나는 땅과 바다에서 다 같이 싸웠고, 세상에서 불멸의 신이
되기를 갈망했지만, 내 기운도 꺾였고 이제 나는 얼마나 멀리
내가 갔으며 아직 얼마를 더 갈지를 보여 주려고
위쪽이 없는 기둥* 두 개를 길 한가운데 이정표로 세웠지.
마지막 모험이 아직 남았으니, 무릎을 꿇고 겨누어 쏘아라!」   425
위대한 조상의 말을 듣고 그의 흥분이 자신의 육체에
흘러넘치는 기분이 들어 고통 받는 자가 떨었다.
「불길에 휩싸여 언젠가 그대가 미덕의 산봉우리를 얻었기에*

나는 크나큰 기쁨이 그대의 모습을 비추리라고 생각했었는데,
지금 당신은 신음하며 나를 보다 새로운 목표로 밀어낸다. 430
내가 할 일이 무엇인지 알려 달라, 우리 종족의 군주여!」
그러나 상처가 많은 몸이 절망적인 슬픔에 빠져 대답했다.
「솜털처럼 부드러운 어둠 속에서 말없이 빛나는 그것이,
최후의 과업이 무엇인지 난 잘 알 수가 없는데,
때로는 부드러운 신 같다가도 사나운 짐승 같기도 하고, 435
때로는 아주 오래된, 1천 년이나 묵은 마음 같기도 하구나.
아, 최후의 과업을 치르는 곳으로 나를 데려가 다오!」
그가 말하고는 갈망하며 궁수의 품으로 뛰어들었고
고독한 자가 그림자를 끌어안았지만 안개뿐이었으며,
그는 창자가 고뇌와 아픔으로 가득 차 울렁거리는 기분을 느꼈다. 440
사자의 두개골*이 높이 솟아 그의 머리를 덮었고,
썩어 가는 상처들이 살을 친친 감아 죄어
그가 비명을 지르고, 두 형상이 겹쳐 하나가 되었다.
궁수가 잠에서 깨어나 벌떡 일어나니,
태양은 창의 길이 두 배만큼 하늘로 올라갔고, 세상이 적막해졌으며 445
유령들이 엷은 공기 속으로 사라지고, 문들이 다시 열렸으며
기억은 피를 빠는 라미아처럼 가라앉아 빠져 죽었다.
그러자 그림자에게 질식을 당한 자는 답답한 목에서
표범 새끼의 앞발을 풀고는 아직도 그의 내면에서
밀물과 썰물이 치는 파도를 가라앉히려고 심호흡을 했다. 450
그러나 갑자기 밑을 내려다본 고독한 자는 사자의 머리*가
달린 거대한 그림자가 길게 늘어나는 것을 보고 두려워 떨었다.

빛을 담뿍 받으며 그는 이 산봉우리에서 저 산봉우리로 갔고,

타오르는 그의 이성 위에서 가벼운 베일이 꽃처럼 펼쳐졌으며,
마음속에서 감각을 잃은 유령들이 천천히 풀려 나가자   455
오디세우스는 그들을 지켜보며 조금도 두려움을 느끼지 않았고
마음 한가운데 그 종족을 품고 다녔다는 사실이 기쁘기만 했다.
목을 비틀면 비틀수록 더욱더 소리를 지르는
그의 기억은 빛 속에서 기지개를 켜고 햇살을 받아 눈을 떴고,
유령들이 헛되이 갈망했던 용감한 행위들과 기쁨들은   460
그런 잠으로 거대하게 커져서 자손의 내면에서 깨어났다.
「깊은 뿌리가 나를 대지에 묶어 놓고 핏줄들이 뒤엉킨 담쟁이처럼
폐허로부터 기어 올라와서 내 영혼을 껴안기 때문에
나는 태양에 매달려 허공에서 둥둥 떠다니지는 않는다.
내 입은 벌 한 마리가 드나드는 좁다란 꿀방 하나가 아니라   465
무수한 일벌들이 일하는 커다란 벌집이므로
나는 나 자신 한 사람만을 위해서 얘기하지는 않는다.
내가 무덤을 향해 끌고 다니는 육신은
하나의 육신이 아니라 오랜 세월 동안 온 세상을 약탈하느라고
머나먼 바닷가들을 찾아 떠났던 대군(大軍)이로다.   470
나의 죽은 자들은 땅속에 눕거나 풀 속에서 썩지 말고
모두가 내 영혼의 3층 갤리선에서 동지 선원이 되자꾸나!
〈바다에서 영혼을 잘 보존하라!〉 나 자신의 죽음이 외친다.
〈우리들이 마시고 살려면 네가 잘 마시고 살아야 하며,
시간이 없어 우리들이 누리지 못한 도시와 여자들을 즐기고,   475
자손아, 우리들의 축복을 받고 나아가 걱정을 마무리 짓는다면
네가 포옹하고 입 맞추는 입술로 우리들도 입맞춤을 할 터이니,
그래서 우리들의 피와 마음으로 너를 빚어 놓지 않았더냐?
우리들이 시작한 바를 네가 끝내어, 공허한 바람 같은

정열을 물려받아 거기에 뼈와 살을 덧붙이도록 말이다! 480
우리들은 깊은 대지의 뿌리요, 너는 꽃이니라!〉」
모든 굶주린 조상들이 소리치자 궁수는 그들이 그의 깊은
창자로부터 올라와서, 비틀거리는 그의 두뇌에 도달하여,
목마른 핏줄을 따라 오래된 술처럼 퍼져 나가게 내버려 두었다.
그는 머나먼 고향 땅 모두를, 포도원들과 밭들을, 485
그리고 하얀 뼈만 남고 눈이 퀭하게 뚫린 모든 죽은 자를
그의 뱃속에 담고는 검은 숫양처럼 앞장서서 끌고 나아갔다.
감미로운 고통이 그의 고요한 마음을 거미줄처럼 얽었고,
마음이 열려 모든 태어나지 않은 자, 산 자, 죽은 자가 가득 찼다.
황금빛 번갯불처럼 번득이는 생각이 그의 두뇌에서 불꽃을 튀겼고 490
깊고도 어두운 벽들이 무너져 죽음이 삶과 하나로 뭉쳤으며
바위에 몸을 기댄 고독한 자는 갑자기 나타난 환상을
분명하고도 차가운 빛 속에 담아 보려고 애썼다.
「검은 바다가 그냥 버림을 받았고 산들은 땀을 흘리는데,
내 몸은 무수한 영혼들을 실은 무거운 한 척의 배이며 495
선장인 나는 황홀한 기쁨 속에서 죽음을 향해 항해한다.
고물에서는 죽은 자들이 북풍처럼 밀어 널빤지들이 삐걱거리고
그 뒤에서는 내 자손들이 파도 위 하얀 갈매기 떼처럼 뛰놀고
뱃머리에서는 내 종족의 혼이 날개를 퍼덕인다.
나는 허리를 굽혀 내 뱃속을, 나의 깊은 짐칸을 굽어보는데, 500
거센 목소리들, 굶주린 야수들, 맹렬히 노를 젓는 영혼들,
그리고 층층이 쌓인 술통과 식량과 흑인 노예들이 가득하도다!
내가 키를 잡았으니, 나아가자, 오, 조상들과 자손들이여,
북풍이 불고 노를 당기니 항구가 눈앞에 나타나는구나!」
이렇듯 많은 영혼의 남자는 혼잣말을 하면서 허리를 숙여 505

오래 살아 갈래가 많아지며 대지의 흙 속으로 파고 들어간
검은 뿌리를 살펴보고는 기뻐했다.
「마침내 나는 자신의 육신, 자신의 그림자로부터 해방되었도다!
오, 나의 위대한 종족이 이룬 불멸의 세 봉우리 나무를 환영하노라!」

그가 눈을 떴고, 등대 같은 이성은 그의 종족 모두의 눈으로   510
광활한 세상을 두루 둘러보았으며,
깎아지른 골짜기 위에서 그가 깊은 생각에 잠겼으려니까
독수리 한 마리가 빛을 잔뜩 받으며 바위들로부터 나타나
얼어붙은 날개를 녹이려고 점점 크게 원을 그리며 선회했다.
그러나 만족을 모르는 마음이 새벽의 고요함을 즐기는 사이에   515
그는 갑자기 장밋빛으로 얼룩진 산봉우리에서 깊고 숨 막힌 한숨이
대지의 바닥에서 공중으로 뚫고 나온다고 느꼈다.
시선을 돌린 그는 거대한 바위에 묶인 프로메테우스를 보았는데,
꿈틀거리는 그의 입술에서는 궁수 자신의 피가 흘러내렸다.
검은 쇠로 만든 집게가 그를 바위의 뿌리에 박아 놓았으며   520
그의 거대한 이마는 눈 덮인 높은 산봉우리처럼 빛났다.
「아버지시여!」 그의 독수리 이성이 거인의 가슴에 앉았다.
「누구냐? 바다의 함성과 거센 바람 소리가 들리는구나.」
「불길과 두뇌의 아버지시여, 나는 그대의 무릎을 잡고,
작디작은 파도인 나는 그대의 발에다 입을 맞춘다.」   525
그러자 횃불을 든 용이 기뻐하는 목소리가 들려왔다.
「칠흑같이 검고 깊은 한밤중에 나는 태양들을 꿈꾸었고,
나는 오른쪽 왼쪽의 바위들이 날개가 되어 거대한 독수리처럼
새벽빛 속에서 내리 덮치는 꿈을 꾸었도다. 너는 누구이길래
네가 나를 부르니까 꿈이 사라지느냐, 아들아?」   530

「나는 교활하고 훌륭한 이성을 지닌 오디세우스다.
지금 그대의 거룩한 발을 가볍게 만지고 났더니, 아버지시여,
나 자신의 욕망들은 한때 어린애 같았던 근심 걱정처럼 사라졌고
내 항해들과, 전리품과, 삶은 별로 가치가 없는 듯싶도다!」
산들이 날개처럼 흔들리고 산등성이들은 안개로 가득 찼다.   535
「신과 싸우는 인간의 용감한 이성이여, 환영하고 환영한다!」
그러나 위대한 자손은 두 손을 조상에게로 치켜들고
떨리는 손바닥을 뻗어 뜨거워지는 불을 만져 보았다.
「나는 이성의 단단한 부싯돌을 경건하게 절하며 맞는다.
그대는 내 미천한 머리를 태양을 향해서 치켜 올리고   540
내 발밑에다 대지를 단단히 버티어 놓은 바로 그 영혼이로다.
내 열 손가락의 끝에다 그대는 꿰뚫어 보는 눈의 불을 붙여
사람들과 야수들이 모두 나에게 경배하러 몰려드니,
나는 그대의 위대한 은총을 절하며 섬기도다, 희망의 군주여.
그대는 턱의 살이 늘어진 황소를 길들여 멍에를 지게 하고는   545
검은 흙을 파헤친 다음 나에게 모든 씨앗을 육체처럼 심고
황금의 곡식이 맺히기를 인내로써 기다리도록 가르쳤으며,
더러운 벌레처럼 날개가 없고 무거운 마음까지도
그대가 날개와 희망으로 채워 태양을 향해서 던졌도다.
그대의 위대한 축복을 받아 항해를 해도 경계선은 더 멀어졌지만 550
내가 대지를 걸으면, 할아버지시여, 그대가 내 손을 잡아 주어서
나는 여전히 운명의 부당한 멍에를 날개처럼 높이 들었고,
하늘을 보고 떨거나 벼락 때문에 무서워하지도 않았도다!」
그러나 위대한 용의 찌푸린 표정이 이글거리는 태양을 가렸다.
「나는 세상을 구원하거나 빛을 주지 못했고, 내 삶은 허사였다! 555
신의 번갯불 섬광이 두뇌로, 두뇌가 장미꽃으로 변했고,

나도 신처럼 달려 올라가 찰흙을 집어 인간들을 빚어 놓고
불꽃으로 핥은 다음 그들의 두뇌에다 빛나는 불씨를 집어넣고
손에는 칼을 쥐어 주고 마음에는 희망을 품게 해놓고 나서
내 두 팔을 활짝 벌려 그들을 지상에다 풀어 주었지.   560
〈흙과 불의 아이들이여, 사랑하는 찰흙이여, 어서 가거라!〉
그러나 모든 군사가 나를 버리고 아들들이 나를 배반했으니,
증오로 인하여 내가 무슨 꼴이 되었는지 보라, 자손이여,
나는 잠을 못 자는 기억의 바위에 묶여 고통스러워 소리친다.
삶의 가장 영광스러운 과업을 끝내지 못했기 때문에!」*   565
사나운 자의 숨 막힌 목소리가 거인의 발치에 떨어졌다.
「조상이시여, 최후의 과업은 내 힘찬 어깨에 맡겨라.」
자유분방하고 야성적인 마음은 그 소리를 못 듣고 투덜거렸다.
「나는 세상을 구원하거나 빛을 주지 못했고, 내 삶은 허사였다!
나는 무법자 신을 죽이지도 않았고, 고통 받는 인간의 마음이   570
안식을 찾도록 신과 화해를 하지도 않았으니,
그래서 나는 하늘과 땅 사이 허공에 매달렸도다.」
영혼이 일곱인 자가 영주의 불붙은 손가락 끝을 만졌다.
「나도 그대의 고뇌를 느끼고 그대의 짐을 함께 지고 있다.
불가능한 과업들을 옆으로 밀어 놓아야 옳겠고,   575
〈전쟁은 하되 인간이 정한 경계선은 넘지 말라〉고 이성은 외친다.
그러나 내 심성은 한가운데서 억센 절규가 터져 나오고
흙으로 빚은 내 가슴은 꿋꿋하게 서서 신과 싸운다!」
그러나 찬란한 반항아가 단호하게 머리를 저었다.
「모든 불꽃과 빛 너머에, 죽음의 너머에, 나의 자손이여,   580
최후의 과업, 최후의 도끼*가 아직도 피에 젖어 반짝인다.」
그러자 모든 산봉우리에서 연기가 나며 위대한 육체가 신음했고,

벼락을 맞아 갈라진 억센 참나무처럼 타오르고 빛났으며,
그래서 살인자가 손을 뻗어 빛의 영주를 움켜잡았다.
「조상이시여, 최후의 말로 나에게 축복을 내려 달라!」   585
그러나 험한 산은 벌거숭이로 서 있기만 했으며,
포박되고 무거운 커다란 한숨 소리는 산봉우리에서만 되울렸다.
오랜 고통을 받은 자가 빛을 뚫고 나가려 애를 쓰자
사납고 발작적인 목소리가 〈살려 달라!〉고 허공을 찢었다.
「누구냐?」 고통 받는 자가 외치고 바위에서 목을 길게 뽑았지만   590
아무도 대답이 없었고, 그는 어지러운 가슴이
험한 산처럼 흔들리며 〈살려 달라!〉고 절규한다고 느꼈다.
인간의 마음이 사나운 외침으로 바뀌어 하늘을 찢어 놓았다.

이성이 빛나고 빙글빙글 돌며 궁수가 말없이 벌떡 일어났고,
무수한 대군이 산등성이들을 짓밟고 가듯 그가 이 바위에서   595
저 바위로 달려가자 돌멩이들이 그의 발치에서 굴러 떨어졌다.
「나는 동지가 필요하다! 인간들이여, 땅과 바다에서 오라!」
가슴이 험한 산과 억센 골짜기 속에서 그가 소리를 질렀고,
사나운 자유의 외침이 튀어나와 도시들을 쳤고,
모든 사람의 머리를 치고는 재빨리 지나가 황야에서 함성을 질렀다.   600
그의 야수 같은 가슴이 닫혀 빗장을 질렀고, 태양이 두드리며
어서 열라고 한참 동안 참을성을 시험하느라고 놀려 대었으며,
근면한 자가 뿌린 씨앗들이 흙 속에서 깨어나고, 모든 게으른 손이
일을 하려고 뻗어 나왔으며, 눈들을 깜박이다가 크게 떴고
어머니에게 젖을 달라고 아기들이 요람에서 울었다.   605
운집한 일꾼들이 저마다 연장으로 무장하고는
빵을 벌기 위한 성전(聖戰)을 벌이러 나섰으며,

처녀들은 달콤하고도 부끄러운 꿈을 씻어 버리려고
새벽마다 시원한 물로 눈을 적셨다.
그러자 고뇌하는 자의 가슴속에서 인류의 모든 종족이 깨어나
어머니 대지의 모든 아들이, 금발과 흑발, 누런 사람들이
웃고, 한숨짓고, 고독한 자의 야수 같은 가슴을 끌어안았으며,
그는 허리를 굽혀, 그들의 신*을 대지에 심으려고
그의 내면에서 투쟁하는 남자와 여자, 한 쌍에게 축복을 내렸다.
「오, 검은 눈썹에 날개가 달리지 않은 대지에 대한 사랑이여,
첫 봄비를 맞아 험하고 흙이 묻은 두 발을 깊이 담그고,
그대는 내 마음을 가득 채워 가슴을 신랑의 방으로 만드는구나.
목이 메고 가슴이 두근거려서 나는 말이 나오지 않는다!
신이여, 그들을 끌어안고 〈내 형제들아!〉 외치고 싶다!
저마다의 영혼은 희미해지는 도깨비불이요, 바다의 웅대하고
끊임없이 움직이는 노래에 잠겨 버린 한 마디 말일지니,
항해의 비밀스러운 의미와 눈부신 항구를 찾아내고
우리 모두의 한 마디 한 마디를 함께 단단히 결속시켜,
우리들의 마음이 빛과 달콤한 대기 속에서 지탱하는 한
거룩한 노래 전체를 둘러보며 그 위로 항해하기 위해
광활한 파도로부터 우리들의 머리를 솟구치고 싶도다!
일어나라, 궁수여, 높다란 그대의 머리 꼭대기에 꿋꿋하게 서서
캄캄한 인간의 첫 새벽을 보고 기뻐하라!」
늙은 투사가 격정에 빠져 말하고는 세상을 잡아 늘이니
가장자리가 움직이고 기우뚱거려서, 궁수의 뱃속에서는
수많은 사람들이 일어나고 말 없는 조상들은 모든 인간 종족을
받아들이기 두려워 뒷걸음질을 치며 물러났다.
그의 나약한 부족 자그마한 두뇌와 근육으로부터 일어난 흙이

610

615

620

625

630

얼마나 얇으며, 그의 고향 땅이 얼마나 작아 보였던가!
그의 뱃속에서 인간 종족들이 들끓고 대군들이 돌아다녔으며 635
영혼이 사방으로 퍼져 나가 뛰어내려 깊은 뿌리에 이르렀다.
「나는 내 뱃속에서 심연의 위로 흔들리며 살려 달라고 소리치는
하얗고 노랗고 검은 손들을 느낄 수 있으니, 나의 내면에서
출발한 자는 나도 아니요 나의 조상들도 아니도다.」
그러더니 궁수는 가슴을 치고 찢어지는 기쁨을 느끼며 소리쳤다. 640
「나는 불멸의 성을 그 위에다 지을 단단한 바위를 발견했도다!」

뜨거운 태양이 산등성이 너머로 떨어져 바위들이 식었고,
부상을 당한 새끼 사슴의 커다랗고 검은 눈으로
숨 막히는 밤이 내리고, 들판에는 석양이 펼쳐졌다.
새들이 조용해지고 검은 날개처럼 밤이 내려왔으며 645
궁수는 갑자기 부드러운 목소리가 듣고 싶어서
신선해진 두뇌로 땅에 엎드려 흙에다 귀를 대니
대지에서 나약하게 불평하는 소리가 올라왔다.
「아들아, 네 이성이라는 활을 쏘아 인류의 경계선들을 넘어
그보다 훨씬 더 멀리 떨어진 가장 높은 산봉우리인 650
은총과 선(善)에 다다르기란 어려운 일이다!」
그러자 바람에 마음이 시달린 선장이 대답했다.
「늙은 어머니*시여, 삶의 슬픔과 불의를 내가
얼마나 단단히 움켜잡고 놓아주지 않는지 그대는 잊었구나!
아, 끈질긴 기억이여, 오, 무너지지 않는 사랑스러운 바위여, 655
내 이성의 인방* 꼭대기에 앉은 거대하고 깊이 새긴 토막이여,
내가 눈을 들어 보니 운명은 해안선과 바다였고,
하늘을 다스리는 살지고 수치를 모르는 까마귀들,

내 집 안에서 사는 오만한 젊은이, 당당한 영주들은
사랑이나 평화가 아니라 피 묻은 도끼를 원했도다!」 660
또다시 어머니 대지의 희미한 말이 멀리서 들려왔다.
「모든 욕구를 초월해야 할 때가 가까웠도다, 내 아들아.
내 젖을 마지막으로 먹은 너에게 모든 희망을 걸겠으니,
그들 모두가 흙으로 된 내 배 속에서 나온 자식들이니까,
짐승들과 나무들과 화평하고, 모든 인간을 불쌍히 여겨라! 665
말로 표현할 수 없는 기쁨과, 큰 고통과, 큰 그리움과, 꿈이
내 마음을 찢어 놓고 이성을 어지럽히니 ─ 내가 갈망하던 바를,
내가 하고 싶어 했던 바를 네가 행하여야 하느니라!」
땅에다 귀를 대고 궁수는 숨은 욕망을 한탄하는
아득히 먼 목소리에 가만히 귀를 기울인 다음 670
사나운 암호랑이처럼 잔인한 그의 마음을 꾸짖었다.
「짐승으로부터 갈라져 나가 도망친 인간을 존중하고, 마녀야,
발톱을 가는 대신 사랑으로 그를 보도록 해야 하니,
그는 발톱이나 뿔이나 송곳니 없이 개구리처럼 벌거숭이로
무장을 하지 않고 마음대로 돌아다니지만, 그의 머릿속에는 675
번갯불이 왕좌에 앉아 온 세상을 둘러보도다.
나는 내 조상을 바위에다 잡아매 놓은 신에게 고함치고,
벼락을 치려면 치라고 그에게 주먹을 들어 보인다.
〈그대는 인간을 굶주림과 질병으로 내동댕이쳐 내려 보냈고
옆에는 불도 없이 핼쑥한 여자만 같이 살게 했으나, 680
한 쌍의 인간이 멍에를 진 황소처럼 그대의 이성을
밭 갈아 파헤치고 거름을 주어 불모의 땅에 농사를 지었을 때,
그대가 원하거나 말거나 그들은 그대의 검은 구덩이 속에서
거대한 용의 이빨처럼 자유의 씨앗이 솟아나게 했도다.

우리들의 깃발도 올릴 때가 되었도다, 용감한 마음이여!〉」 685

그러더니 그는 돌아서서 동굴의 입구 앞에 누웠고,
그의 수염은 별의 불처럼 밤새도록 타올랐으며,
바위에다 발톱을 가는 사자 새끼처럼
꿈들이 찾아와 그의 바위 같은 관자놀이를 마구 할퀴었다.
그의 마음을 찢어 놓은 것은 자신의 목소리뿐만이 아니었고, 690
탐욕스럽고 강인한 그의 종족뿐만이 아니었으며,
그의 뱃속에서 들끓던 인간의 절규만도 아니었으며,
투덜거림과 으르렁거림과 새의 노래와 울부짖음과 지저귐이
한 줌씩 쏟아지는 물처럼 그의 사타구니에서 튀어나왔고
대지는 그의 피를 통해 온갖 뿔과 날개들을 쏟아 놓았다. 695
그리자 그의 핏줄이 게으른 뱀처럼, 거대한 벌레처럼 꿈틀거렸고,
세상의 흙투성이 어머니 뿌리들이 빛을 향해 솟아올랐다.
그는 마침내 종족의 올가미에서 해방된 기분을 느꼈고,
그의 뿌리가 인간의 미약한 종족보다 깊이 내려갔음을 느꼈으며,
심한 분노나 꿈이나 여인의 입맞춤이 아직도 700
마음의 뿌리를 뒤흔들고 폐허에서 휘몰아칠 때마다
그의 뱃속에서 물소처럼 으르렁거리고 몸을 일으키는
가장 옛날의 조상에게로 가까이 왔다는 짐작이 갔다.
궁수는 독한 달빛의 술을 단숨에 들이켰고
감미롭게 선정적으로 뻑뻑거리는 곤충들의 소리를 들었고, 705
폭포와 흐느적거리는 나뭇가지를 거쳐 지나가는 밤의 소리를 들었고,
동굴 근처에서 성난 표범 새끼가 으르렁거리는 소리를 들었는데,
표범은 저 아래 산을 쳐다보고 살벌한 황야를 냄새 맡았으며
수놈의 짙은 땀 냄새와 은밀한 숨결의 냄새가 나자

노란 분노가 서린 위압적인 눈초리를 번득였다. 710
그러나 마음을 읽는 자는 멀리서 처녀의 시원한 웃음소리가
들려오자 그의 아버지를 노려보았던 자신의 젊은 시절이 생각나
표범의 고통을 추측하고는 저절로 빙그레 웃음이 나왔다.
통통한 암놈 전갈이 수놈의 두개골을 텅 비도록 빨아 마시고
잎사귀들과 돌멩이들 사이에서 꿈틀거리며 715
다시 해골을 굴리고 뒤집으며 야수처럼 핥다가
갑자기 절벽으로 떨어뜨리고는 큼직한 배 속에 알을 가득 담고
재빨리 달려가 흙 속으로 파고 들어갔다.
수놈은 씨를 뿌리고 죽었으니 의무를 다했고,
암놈 전갈은 엄청난 희망을 사타구니에 담고 가서 720
언젠가는 자식들이 돌아다니며 그녀의 배 속을 먹어 치운 다음
눈부신 태양으로 뛰어나오고, 그녀도 역시 평온하게 하데스로
내려갈 날이 오리라고 기뻐하며 흙을 파고들었다.「아, 신이여,
누가 그토록 큰 감미로움과 더불어 우리들을 죽게 하는가?」
궁수가 한숨을 짓고 기뻐하며 커다란 바위에 누워 725
깊은 숲과 깊은 하늘, 온 세상 어디에서나 살아가는
암놈 수놈 전갈과 곤충과 짐승들, 새들의 존재를 느꼈다.
그는 한 줌의 초라한 누더기를 던져 버리고, 발가벗은 뱀처럼
대지를 온몸으로 비벼 느끼며 인간의 잠을 젖처럼 쏟아 내는
거대한 흙의 젖통과 하나로 결합하기를 갈망했다. 730

이렇듯 위대한 두 몸은 발가벗고 하나로 결합하여 잠들었고
길고도 달콤한 꿈속에서는 고요한 대지가
알록달록한 암탉처럼 꼬꼬댁거리며 날개를 치고
음울한 어둠 속에서 진홍빛 벼슬이 달린 거대한 수탉처럼

태양이 황금빛 알에서 깨어나 뛰어올라 빛을 뿜는 광경을   735
꿈에서 보기라도 했는지 밤도 미소를 짓는 표정이었다.
그리고 밤의 달콤한 꿈 때문에 한숨을 지으며 궁수가 웃자
낮이 터지더니 태양이 그의 앞에 와서 섰고,
무수한 영혼과 눈이 심호흡을 한다고 느끼는 듯
그는 일어나 자리에 앉아 차분히 주위를 둘러보았다.   740
보라, 금발 머리의 낮이 발산하는 첫 광채 속에서
그는 마치 검은 사냥꾼들과 붉은 짐승들이 모두
마법의 올가미에서 해방되어 빛이 있는 곳으로 나간 듯
얘기가 담긴 동굴의 벽들이 하얗게 지워졌음을 깨달았다.
물감 속에 갇혀 천 년 동안 빙글빙글 돌며   745
선정적인 춤을 추던 발가벗은 처녀들과 총각들이
벽에서 풀려 미끄러져 나왔고, 춤을 지휘하던
젊은 양치기 청년의 피리만이 그대로 걸려 있었다.
짙은 그림자들과 투명한 유령들이 사방에서 부스럭거렸고
영혼의 위대한 약탈자를 달무리처럼 감았다. 그가 중얼거렸다.   750
「이들이 나의 참된 조상이니라! 절하고 경배하라!」
그러나 그림자의 무리를 향해 단호하게 머리를 돌린 그는
마치 두 개의 마술 거울이 동굴 속에서 반짝이는 듯
연약한 천 개의 머리가 빙글빙글 매암을 돌고,
그들의 창백한 이마에서 뜨거운 땀이 흘러내리는 기분을 느꼈다.   755
「그림자들이 나를 질식시키고, 내 양쪽 어깨에서 날개가 돋는구나.」
고독한 자가 소리치고 팔을 힘차게 휘저으니
동굴에는 눈물 젖은 눈과 몸들이 가득 넘쳤다.
〈나는 한 사람이 아니고, 흑인과 황인과 백인의 대군이
내 뒤에서 몰려오니, 앞장서서 달려가는 내 두뇌를   760

사나운 새가 진홍빛 발톱으로 쑤셔 대는구나.〉
이성이 여럿인 자가 이렇게 생각하자 그의 두개골이 부풀어 오르고
목구멍에서는 〈형제들이여!〉라는 다정한 외침이 나오려고 했지만
동굴의 담청색 어둠이 여러 빛깔의 날개와 축축한 콧구멍과,
칼처럼 날카로운 뿔이 달린 빛줄기들로 번득였기 때문에   765
그는 깜짝 놀라 겁을 먹고 갑자기 뒤로 물러섰으며
주눅이 든 표범 새끼가 주인의 발치에 웅크렸고
눈에 보이지 않는 사냥꾼이 소리 없이 더듬거리며 들어오기라도 하는 듯
모든 짐승이 떨며 겁에 질려 말도 못하고 기어 다녔다.
그들은 친근한 말을 하고 싶었지만, 멍청한 두뇌는   770
흙이 되어 답답한 두개골 안에 무작정 갇혀 있기만 했다.
짐승들의 신음 소리가 담청색 하늘에 무겁기만 했기 때문에
고통을 많이 받은 자는 그토록 큰 슬픔을 느껴 본 적이 없었고,
그는 두 팔을 벌리고 소리쳤다. 「어서 오라, 형제들이여!」
몸을 일으킨 그에게는 환희의 지저귐이 순식간에 엄습했고,   775
두뇌는 울창한 숲이, 핏줄은 빠른 물살이 되었으며,
그의 두개골은 뿔과 꼬리와 날개들이 가득 넘쳤다.
산호 덩어리처럼 그의 머리가 빙빙 돌고, 세상이 달려갔으며
그의 탑에 앉아 늙은 전사들과 충성스러운 친구들을
꼿꼿이 맞아들이는 부유한 군주처럼   780
방랑하는 자가 모든 짐승을 공손히 불렀다.
「사나운 투사들이여, 동지들이여, 대지의 왕들이여,
내 검은 머리로, 높은 청동 탑으로 어서 오라! 길을 비켜라!
비켜라! 이제 우리들의 위대한 원시 시대의 선조 레비아단*이
흙과 두뇌가 범벅이 된 무거운 머리를 숙이고 나타나는구나.   785
위대한 조상이여, 나는 엎드려 그대의 억센 무릎에 입맞춤한다.

높다란 성채여, 더럽혀지지 않는 산이여, 나는 그대가 주름지고
찢긴 가죽 밑에서 험한 바다처럼 술렁이는 소리를 듣는다.
오, 높은 무덤이여, 분노한 뿔과 가죽과 살과 썩은 똥이여,
육중한 그대를 들어 올리려고 허덕이며 헛되이 애쓰는   790
갓 태어난 영혼의 퍼덕거리는 젖은 날개를 그대는 짓밟는구나.
나는 그대의 무거운 사타구니에서, 깊고 검은 성문으로부터
빛으로 달려 나와 뛰노는 운이 좋은 영혼이다.
내 이마와 눈을 보면 내가 누구인지 모르겠는가, 조상이시여?
밤에 헤매는 늙은 유령, 귀머거리, 멍한 눈, 벙어리 입이여,   795
땅을 굽어보고도 그대는 아직 자손을 알아보지 못하는구나!
그가 보도록 길을 비켜라! 그의 희미한 기억이 불타게 하라!」
오디세우스가 소리치고, 위대한 할아버지가 떠나도록 뒤로 물러섰다가,
두 팔을 벌리고 잔뜩 몸을 수그리고는 아버지를 소리쳐 불렀다.
「왕의 붉은 옷처럼 주홍빛인 엉덩이가 살지고   800
금관을 쓰게 될 우리 미래의 왕이여, 오, 유인원을 찬미하노라!
아들을 보고 남몰래 이런 생각을 하는 아버지는 기쁠 것이다.
〈나는 야수다. 그와 같이 걷거나 얘기를 나누기 부끄럽다!
내 이성은 피와 털 덩어리니, 내가 무슨 말을 하겠는가?
그가 지나가면 나는 어두운 숲속에서 쳐다보기만 하리라.〉   805
아버지시여, 나무들의 뒤, 속이 빈 나무의 깊은 속에서
나는 고통과 명예를 많이 겪고 누린 그대의 얼굴을 본다.
아, 아버지시여, 인내와 굶주림과 신음과 두려움으로
어버이로서의 투쟁을 야만적인 세상에서 완수하였으니
부끄러워하지 말고, 머리를 높이 들고,   810
나는 어두운 그대의 두뇌를 번갯불처럼 파고드는 꿈이니
이제는 슬픈 눈을 자랑스럽게 들고 위대한 아들을 보라.」

그가 말했고, 발톱이 험하고 깊이 패인 불쌍한 유인원은
텁수룩한 머리를 움켜잡았고, 아들의 목소리를 듣고 살펴보며
기억을 더듬으려 애쓰느라고 두 눈이 멍해졌다.
그러자 어머니 대지의 마지막 위대한 작품은
미천한 조상들에게 기꺼이 경의를 표하며 인사하려고 돌아섰다.
「납작하고 이마가 검은 위대한 고행자 쇠똥구리를 환영한다.
오, 끈질긴 고역을 해내는 거룩한 일곱 영혼의 신이여,
그대는 땅에서 똥을 한 덩어리 굴리며 하루 종일 일하고,
쓰러졌다가는 일어나 단단히 잡았다가는 다시 쓰러지고
다시 일어나 붙잡고는 가파른 언덕을 오르기 시작한다.
돌아서라! 그도 역시 위대한 신이니, 지나가게 하라!
내 생각에는 거대한 갑충도 저렇게 용기를 가지고
푸른 똥 덩어리처럼 지구를 밀어 하늘로 올리고
흙덩어리에다 그의 성스러운 알을 낳을 것만 같구나.
충실하고 말없이 근면한 형제여, 환영하고 또 환영하노라!
오, 멋진 족제비여, 털을 두른 사향고양이여, 환영하노라,
오, 고슴도치여, 담비여, 다람쥐여, 개여, 환영하노라.
그리고 눈이 크고 대지에 성스러운 짐승 황소여, 환영하노라,
그대의 발굽은 하루 종일 고된 일로 아직도 흙투성이요,
짓누르는 거친 멍에의 무게로 목에서는 아직도 피가 흐르고,
동틀 녘에 일어나 날이 저물어야 외양간으로 터벅터벅 걸어가고,
아직도 임신한 아내를 남편처럼 지켜보며 보살피고,
거룩한 인내의 힘을 가지고 머나먼 들판을 물끄러미 쳐다보며
두툼하게 뒤엉킨 흙의 두뇌가 부르짖는구나. 〈주인이시여,
아직도 할 일이 많습니다. 날이 밝았으니 어서 일어나시오!〉
딱지가 앉아 더러운 목을 천천히 펴고 그대가 음매 울면

젊은 주인이 깨어나 몸을 돌려 아내를 껴안는다.
〈여보, 날이 밝고 소가 일어났으니 나는 그대를 남겨 두고 가야겠소.〉 840
그는 얼른 일어나 그대의 훈훈하고 향기로운 외양간으로 와서
악마의 눈이나 등에가 그대를 해치지나 않았는지 걱정되어
가슴이 마구 두근거리며 그대의 발굽과 배를 더듬어 보지만
그대의 심장 소리를 들으면 주인은 마음을 놓는다.
주인이 빈 여물통을 가득 채우고는 그가 할 일이나 845
명령하고 충고할 말을 수다스럽게 떠들어 대면, 나의 형제여,
일어서서 다니는 짐승들이 비록 채찍을 휘두르기는 해도
얼마나 말이 많은지를 잘 알기 때문에 그대는
아무 소리도 없이 들으며 여물을 천천히 씹어 대고,
천천히 시선을 돌려 말없이 잠든 세상을 둘러보면 850
그대의 눈에는 고랑을 지었거나 갈지 않은 밭들이 가득해진다.
형제여, 그대의 멍에는 담청색 그림자요 농부는 연기이며
주인의 머리에 담긴 밭들은 푸른 허공에 지나지 않으니
머리를 숙여 멍에를 떨쳐 버리고 내 두뇌로 들어온다면
내 머리의 따스한 외양간은 그대를 천 번 환영하리라! 855
내 이성 속에는 더 이상 악의가 없으니, 늑대들과 양들,
사자들과 소심한 새끼 사슴들도 환영한다. 모두들 친구가 되자!
거룩한 울타리 안에서 모두들 하나로 합칠 때가 되었도다.」
그가 말하고는 털이 난 형제들을 줄줄이 무리를 지어 놓았고,
무수한 짐승들을 환영하는 인사를 끝낸 다음 860
영혼이 여럿인 자는 깃털이 난 새들을 소리쳐 불렀다.
「따스하고 날아다니는 공중의 모든 형상을 환영하노라!
신이여, 땅에 누워 높은 곳을 우러러보면 나는
푸른 하늘의 거룩한 둥근 천장이 거대한 해골이라 느껴지고

독수리들이 솟아오르고 황금빛과 진홍빛 새들이 날고 865
때때로 그들의 부리에서 피가 흐르거나 감미롭게 탄식하는 노래가
그들의 목에서 흘러나오면 내 마음은 사랑이 넘쳐흐른다.
나에게는 숨겨진 날개가 있어서 나도 그대들과 같으니,
나는 야생 매들과 함께 자라고 재빠른 갈매기들과 함께 춤추며
사나운 북풍은 하늘의 무리를 위한 양치기요 870
달리는 남풍은 충성스러운 목자의 개와 같도다.
그러나 밤이 되어 하늘의 추적은 이제 끝났으니
내 어버이의 안식처로 반겨 맞겠노라, 형제들이여.
말벌과 땅벌, 귀뚜라미, 벼룩, 파리를 환영하노라!
무수하게 들끓는 알이 배에서 넘쳐흐를 정도로 불룩하고 875
날개도 없이 높으신 마님처럼 몸을 끌고 다니는 그대,
천 개의 알을 배고 항상 임신하는 여왕개미여, 환영하노라.
더워지는 대기 속의 갑작스러운 펄럭임이 좋으니,
작고도 불룩한 몸, 날개를 활짝 펼치고,
꼬리를 높이 치켜들고 신랑들이 뒤에서 바싹 쫓아가는구나. 880
어떤 놈들은 땅에 떨어져 죽고 어떤 놈들은 힘을 쓰지 않으려고
비축하면서, 신이여, 눈부신 하늘의 빛을 받아
반들거리는 배가 반짝이는 것을 지켜보며 솟아오른다.
나는 신랑 개미요, 신부요, 그리고 푸른 하늘이노라!
그대의 검은 사타구니에서 섬광처럼 한순간만 계속되고 885
이제는 날개가 없이 땅에서 기어가며 아무것도 기억하지 못하지만
나는 아직도 날고 머릿속에서 변함없이 교미하며,
신혼의 날개가 아직도 떨어지며 대지를 뒤덮으니,
시간은 흐르지 않고, 나는 그를 신랑으로 맞는다.
아, 초라한 마음이 찢기고 내 창자는 열렸다 닫히며, 890

꿀벌들에게 약탈을 당하는 꽃이 만발한 아몬드나무 가지처럼
나는 내 몸을 신의 네 갈래 바람에게 맡긴다.
가운데 벽이 무너지고 마음이 열려 환영하니
오랫동안 쫓겨났던 형제들, 짐승들과 새들이여, 오라!」
이렇듯 고뇌하는 자가 온 세상을 두 손으로 잡았지만 895
고통이나 기쁨을 이기지 못해 눈에는 눈물이 가득했다.
오, 눈물이여, 시원하고 가장 숨김이 없는 고독의 징표여!
그는 삶의 따스한 가슴이 그의 가슴에 가득 닿음을 느꼈고,
삶의 깊은 숨결과 다정함과 짙은 향기를 느꼈다.
「오, 내가 갈망하여 추적하는 짐승, 내가 사냥하는 새여, 900
긴 머리를 이슬로 감고 야생 백리향 냄새가 나는 군주여,
그대를 데우고 들판을 달려올 하얀 말도 없고
폭풍우가 치는 바다를 건너올 빠른 배도 없으니
내 이성의 동굴 속에다 어떻게 그대를 데려다 놓겠는가.
나는 그대를 쏘기 위해 팽팽히 당긴 활도 들고 있지 않지만 905
푸른 풀밭에서 내 마음을 놓으니 커다란 한 방울의 꿀처럼
그대의 위대한 열기에 천천히 녹으며 평온하게 기다린다.
오, 꿀벌이여, 날아 내려와 바람이 나도록 나를 빨아라!」
이성의 골짜기에서 사냥꾼이 큰 소리로 외쳤고,
예기치 않았던 감미로움이 그의 지친 마음을 진정시켰으며 910
그는 남의 주춧돌에, 꿈의 바위에 몸을 기대었다.
그는 수많은 짐승의 무리가 그의 가슴속에서 숨 쉬며
마치 그가 손에 하얀 소금 덩어리를 들고 먹여 주기라도 하는 듯
그의 마음으로 애타게 몰려들어 손바닥을 핥는 기분을 느꼈다.

모든 신비를 지니고 끝없이 천천히 밤이 지나갔고 915

향기와 서늘함으로 가득한 대지, 불타오르던 얼굴에는
고요한 빗방울이 뿌렸고, 돌멩이들이 나지막이 한참 웃었으며,
담청색 섬광이 번득여 산들의 꼭대기를 비추었다.
농부 한 사람이 기뻐하며 밭 위로 두 손을 뻗었고
세상의 어두운 밑바닥에서는 죽은 자들이 뿌리처럼 빛났으며   920
어머니 대지의 속에서 씨앗들이 태아처럼 발길질을 했다.
선정적인 봄비가 흩뿌리고 대지가 떨면서 갈라져 벌어졌고
강의 물고기들이 산란하려고 짠 바닷물을 향해 헤엄쳐 갔고
또 어떤 물고기들은 알을 낳으려고 민물을 찾아왔다.
크레테에서는 포도액을 담기 위해 준비하느라고 술통을   925
씻고, 다시 씻고, 벌어진 틈을 메우려고 더운 물을 뿌렸으며
남풍은 독한 포도액 냄새를 맡고 취해 버렸다.
머나먼 신전에서는 노란 수도복을 걸친 근엄한 수도자들이
첫 빗방울이 떨어질 때 떨고는 마당으로 들어가
모두들 떨리는 손을 흥분한 구름을 향해 치켜 올리고는   930
통곡해 외치며 그들이 범한 모든 죄를 신음하면서 고했다.
잠이 들자 고뇌하는 자는 두루미들을 꿈꾸었고
그의 두툼한 입술이 벌어져 고요히 미소를 짓자
이성이 황새처럼 솟아올라 컴컴한 둥지 속에 섰다.
밤비가 억수로 퍼부어 돌멩이들 위에서 튀었고   935
물이 시내를 이루고 갈라져 나가 이 바위 저 바위로 달렸고
하늘이 내려앉아 땅을 노려보았으며 구름이 머리카락처럼 늘어져
길고 벌레 같은 가닥으로 대지를 어루만졌다.
검은 동굴 속에서 작은 곤충들이 떨고 야수들이 울부짖었으며
새들은 젖은 날개를 접고, 모두들 그들의 영혼을 이끄는   940
주인의 꿈꾸는 육신으로 기어 들어갔다.

그들은 깊은 겨드랑이로 파고 들어갔으며 허연 수염과도 뒤엉켰고
잠 속에서 그의 육신이 안개가 되어 구름처럼
무수한 새와 곤충의 무리를 빨아들였다.
동굴의 깊은 반달형 입구처럼 그의 커다란 이마가 벌어지고   945
그 안에는 이성의 거대한 석류 속에 박힌 아름다운 홍옥처럼
비에 젖은 모든 동물이 오순도순 모여 웅크리고 앉았다.
잠이 고독한 자의 기운을 돋우고 꿈이 그의 상처를 아물게 했고
밤의 유혹도 좋았으며 시원한 밤비도 좋았기 때문에
잠을 깬 그의 사나운 입술에서는 아직도 꿀이 줄줄 흘렀다.   950
날이 밝자 그는 벌떡 일어나 동굴의 문간에 꼼짝 않고 섰으며
미지근한 빗방울이 무더기를 이루어 그의 이마와 손과 목을
비스듬히 흘러갔고, 떨면서도 그는 태양에 탄 살에
향기로운 첫 비가 닿는 감촉을 느끼며 기뻐했다.
목이 말라 빗물에 젖은 돌멩이들을 핥던 표범 새끼는   955
적막한 입구에 서서 신의 거대한 몸이 심한 갈증을
어떻게 푸는지, 머나먼 산봉우리들을 지켜보던
찬란한 그의 친구를 쳐다보며 노란 눈을 반짝였다.
신의 발은 흙 속에 잠겼고 수염은 강물로 변해서
거품을 일으키며 깊은 골짜기를 흘러 내려왔고   960
거북과 달팽이와 곤충들이 떨면서 서둘러 와서
그의 겨드랑이와 축축한 머리카락으로 파고 들어갔다.
「아, 그대는 폭우를 뒤집어쓰며 기뻐하는구나, 신이여!」
마음이 온화해지며 고독한 자가 황홀해서 소리쳤다.
천천히 비가 걷히고 태양이 나타나서 미소를 지었으며   965
신의 축축한 눈썹에서는 빗방울들이 웃었고, 크고도 눈부신
무지개가 뻗어 나가 반짝이는 머리카락을 늘어뜨려서

그는 말없이 침묵의 기쁨에 차분하게 빠져 들어갔다.
그러더니 무거운 적막함 속에서 슬픈 남자와 욕정에 젖은 여자가
남몰래 교미하며 외치는 소리가 그의 가슴을 흔들어 놓았고,   970
그는 허리를 숙여 여성적인 마음의 얘기에 귀를 기울였다.
「나는 내가 떨면서 그대의 거룩한 발치에 쓰러지도록
그대가 번갯불의 날개를 타고 찾아와서, 나의 사랑이여,
한밤중에 우리 집 문을 부수고 나를 낚아채어 가기를 고대했지.
하지만 그대는 인간의 살처럼 부드럽고 달콤했으며, 신이여,   975
그대의 눈에서는 푸른 파도와 풀밭이 뛰노는구나.
그대가 오면 대지의 향기에 나는 숨이 막힐 지경이고,
내 검은 창자는 인간의 아궁이처럼 활활 타오르며,
그대는 평범한 남자처럼 선량하고 나처럼 떨고 있으니
이제 나는 떨리는 내 손을 그대의 친절한 손에 맡기겠노라.」   980
그러자 울부짖는 짐승처럼 무거운 목소리가 들려왔다.
「누가 나를 잠에서 깨워 땅에서 일으키느냐?
나는 나무의 뿌리들 사이에서 꼼짝도 않고 잘 잤으며,
야수들의 사타구니 속 포근한 어둠을 즐겼는데,
누가 나를 불러서 내 혼탁한 꿈에 불을 붙여 사라지게 했는가?」   985
「인간의 여성적인 마음이 불렀다! 나오라, 내 사랑이여!
나는 강가의 갈대일 뿐이어서 목이 터져라 그대를 부르니,
나는 지붕이 되기도 하고, 버림받아 썩어 버리기도 한다.
아, 나를 거두어 피리로 만들어 그대의 입술로 불어 다오!」
「오, 진흙 마음이여, 쓰디쓴 불멸의 물이 담긴 항아리여!」*   990
「그대는 흐느끼는가? 나는 그렇게 큰 기쁨은 바라지 못했다.」
그러자 피리처럼 가슴속에서 목소리가 비통한 노래를 불렀다.
「나는 한밤중에 빗장을 부수고 사랑하는 이의 집으로

가볍게 들어오는 신랑을 좋아하는 신이 아니라네.
나는 검고 굶주린 까마귀처럼 내 창자를 먹어 치우는
피에 젖고 야수처럼 숨 쉬는 그런 사랑밖에 모르지.
나는 그대의 처녀성을 불쌍히 여기니, 나를 부르지 말라!」
그러나 활짝 핀 가슴의 장미는 아직도 사랑하는 이를 유혹했다.
「와서 그대의 몸을 내 무릎에 가만히 눕혀라, 그대여.
신부의 찢어지는 듯한 고통이 내 부드러운 젖가슴을 괴롭히니,
우리 둘은 사랑과 집념으로 세상의 모습을 가꾸리라.」
이렇게 마음이 떨고 땅을 치며 신을 불러
대지는 봄비와 더불어 터지고 태양에서는 흙과 상처투성이인
용맹하고 몸이 단단한 젊은이가 뛰어왔으며,
그래서 여인은 연기가 나는 두 팔을 벌리며 소리쳤다.
「오, 든든하고 늘씬하고 단단하고 둥글고 남자다운 육신이여,
그대의 그늘에서 떨리는 내 무릎이 감미롭게 녹았도다.」
「오, 인간의 마음이여, 그대가 부르기에 내가 뛰쳐나왔도다!
우리들의 초라한 오두막이 준비를 갖추고 기다리누나.
오라, 우리 오두막의 지붕에서 거룩한 연기가 피어오르고,
끈질긴 우리 의지는 빵으로, 요람은 통통한 아기들로 넘치리라.
그대가 처음 부른 이후 나는 죽음이 두렵지 않도다!」
여인이 부르는 불멸의 노래가 지저귐처럼 들려왔다.
「전쟁과 기쁨과 걱정이 닥쳐올 때 나는 그대 곁에 머물겠노라.
낮에 그대가 밭을 갈면 나는 시원한 물 한 동이와
그대의 음식을 버즘나무 그늘 밑으로 가져가겠고,
저녁에는 아궁이 위에다 기름등잔을 켜놓고
밤의 온갖 달콤한 희망을 내 풍성한 젖가슴에 얹겠소.」
젊은 남자의 흙 묻은 가슴에서 기쁨이 진동했다.

「아내여, 내 침울한 마음에서 다시 나무처럼 꽃이 만발하니,   1020
지상의 남녀 한 쌍만으로 세상을 새롭게 만들겠구나!
잎사귀가 사람처럼 떨어지고 허망한 꽃들이 시들어 죽지만
삶의 큰 나무는 거대한 뿌리를 깊이 내려서
나쁜 철에도 꽃 한 송이가 꼭대기에 여전히 피어
벌레와 바람과 폭풍의 힘과 맞서 싸우며 버티고   1025
이빨에 문 열매를 놓으려고 하지 않는다. 오, 마음이여,
나는 다른 희망은 없으니, 아내여, 단단히 매달리도록 하라!」
시간이 무겁게 매달려 땅으로 떨어지려고 하지 않았고,
오디세우스는 세상의 언저리에서 나는 듯한 두 목소리를 들었고,
짐승이면서도 인간인 존재가 피로 얼룩진 길을 걸어와   1030
집요하게 끙끙거리며 그의 뱃속을 기어오르는 소리를 듣고는
심연의 위로 가슴을 내밀면서 깊이 전율했다.
「그대는 누구인가, 힘찬 목소리여? 그대의 이름은 무엇인가?」
「나는 영원히 올라가는 암흑의 야수, 신이로다.」
「어둠을 아무리 굽어보아도 그대의 얼굴이 보이지를 않는구나.   1035
그대는 큼직한 엉덩이에 털이 잔뜩 난 야만적인 켄타우로스 같고
빛 속에 높이 든 그대의 두 손과 흙에 파묻힌 무릎이 보이는데
그대는 사타구니를 긴 활처럼 당기고는 영혼을 이빨에 꽉 물어
짓누르는 육신의 무게를 버티며 꿈틀거리는구나!
어느 사냥꾼이 쫓길래 그대는 숨을 몰아쉬고 신음하는가?」   1040
「나는 질식하지 않으려고 나 자신의 검은 몸을 기어오른다.
나무들과 짐승들이 나를 질식시키고 그대의 육신도 나를 질식시키지만,
도망치려고 발버둥 치는 나를 네 영혼은 붙잡지 못하리라.
그대의 억압하는 영혼으로부터 마침내 자유롭게 날아가도록
흙 묻은 침묵의 육신으로부터 벗어나도록 나를 도와 다오.   1045

아, 내가 이제 너무 늦어, 그대와 함께 지상에서 죽는다면 어쩌겠는가?」
「나는 내 마음속에서 떠는 신은 원하지 않는다, 투사여!」
「그러나 암흑의 상승에서 끝이 보이지 않아 두렵도다!
모든 육체 속에서 나는 터벅거리고 고꾸라지며 소리를 지른다.
모든 사랑스러운 육체는 새잡이 끈끈이라, 나는 자유를 얻지 못한다! 1050
모든 영혼은 어두운 숲이어서 야수들이 나를 통째로 잡아먹는다!
그대의 검은 사타구니에 붙잡혀 신음하는 나를 살려 달라!」
「소심한 영혼들이 들을지 모르니 부끄럽게 신음하지 말고,
어두운 한밤중에 두려움을 나에게만 귀엣말로 전하면
우리 둘이서 세상의 위험을 감출 수 있으리라. 1055
나는 육체를 비웃고 절망과 집념을 좋아하며
굴 껍질을 움켜삽고 칼로 비틀어 후벼 파서
단단한 진주를 꺼내는 어부처럼, 나의 군주여,
나는 칼로써 그대를 음산한 죽음으로부터 해방시키리라!」
그가 말하고는 짐승을 사냥하려고 활과 화살을 집었는데, 1060
신은 떨어지지 않도록 붙잡고 매달릴 튼튼한 몸을 필요로 했으니
그의 배 속이 굶주림으로 흔들려서는 안 될 노릇이었다.

그의 내면에서 대지의 바퀴가 돌았고, 그의 신은 빛을 발산하여
이제는 지상의 일터에서 창을 부딪치며 싸워야 할
막강한 적이나 힘센 짐승처럼 여겨지지 않았고 1065
인간의 마음과 달콤하게 결합될 신랑도 아직은 아니었다.
모든 육신과 영혼이 〈길을 잃었다!〉고 소리쳤다.
신의 두 손이 빛을 향해 뻗으며 두려워서 떨었다.
고통을 겪는 자는 갈증을 느껴 어떤 과일을 움켜잡았고,
입을 벌린 채 살진 과일 속 깊이 박혀 1070

떨어질까 봐 겁이 나서 껍질에 매달려
비명을 지르는 씨앗을 보고 갑자기 이성이 흔들렸다.
고독한 자가 미소를 짓고는 달콤한 살을 베어 물었고
목구멍이 시원해지고 육체가 기뻐하자
그는 신이 숨어 있는 씨앗을 흙 속에 깊이 심고는 1075
컴컴한 골짜기로 달려 내려가 사방을 살펴보았으며,
야생 비둘기나 토끼나 살이 통통한 새끼 사슴이 지나가면
죽음의 화살을 기분 좋게 사방으로 쏘아
그의 두 손이 불끈거리는 짐승과 피투성이 날개로 가득했고,
그래서 골짜기 중간쯤에 불을 피우고 사냥한 짐승을 구워 1080
힘이 빠진 그의 육체를 야수처럼 서둘러 먹었다.
「나를 용서하라, 신이여, 나는 그대가 새들과 나무들 속에
깊이 웅크리고 앉아 턱을 두 무릎 사이에 단단히 처박고
무거운 정강이뼈가 비굴한 잔등에 붙을 정도로 몸을 젖히고
빛을 향해 작은 두 손을 뻗고 살려 달라 외친다는 사실을 안다. 1085
그렇지만 굶주린 문어처럼 그대는 내 창자를 후려치고
그대 자신의 발을 씹어 먹고는 새 발이 돋아나게 한다!
새들을 구워라, 불이여, 어서 일어나 먹어라, 마음이여!」
그러자 그의 마음이 일어나 이성이 즐거워할 정도로 먹었고
흙의 육신은 배불리 먹어 무릎에 기운이 생겼다. 1090
「이제는 새와 과일과 물이 모두 오디세우스가 되었도다!」
그가 말하고는 높은 바위에 우뚝 서서 웃었다.
모든 여행을 이겨 내고 원하는 바를 간직했으니,
그는 지상에서 인간처럼 구원을 추구하려고 투쟁을 벌였던
그의 잡종 신을 과일처럼 두 손에 들었다.* 1095
많이 고뇌하는 자여, 그대는 괴로워하는 신의 절규를 들었고

높은 봉우리를 향해 인간의 가파른 바위를 올라갔도다.
우선, 초라한 육신이라는 작은 천막 안에서 그대는
그리움과 집념과 근심과 정열과 이득과 더불어 싸움을 벌였지만
그대의 영혼은 더 높은 산봉우리를 원해서 보다 높고 위대한   1100
싸움터에서 무기를 휘두르기 위해 길을 떠났다.
마음과 손과 두뇌가 그대의 육체를 가득 채울 때까지 그대는
자신의 종족 안에다 천막을 세웠고, 죽었거나 살았거나 또는
태어나지 않은 세 가지 군사로 이루어진 대군을 이끌었다.
모든 종족이 한꺼번에 이동하다가 손으로 싸우는 가련한 인류의   1105
거룩한 집단들이 그대의 마음속에서 진군하게 되었고,
그대 이성의 구불구불한 미로 속으로 전쟁이 퍼져 나갔다.
그러자 당장 처설한 진두에서 그대를 도우려고
물과 흙과 공기가 떼를 지어 진우로서 지원하기 위해
그대 군대의 뒤에서 곧이어 따라갔다.   1110
전에는 동지가 없이 혼자 싸웠던 모든 자를 그대가
재치 있는 가슴속에다 둘씩 짝을 지어 놓아 결국 모든 적이
그대의 품 안에서 하나의 무장한 사랑으로 결합하였더라.
위에서는 거대한 정욕의 소용돌이 바람이 지상에서 불어 대고
새들이 어지러운 날개로 덮쳐 어리둥절한 하늘에서 교미하고   1115
모든 은빛 곤충과 털투성이 몸뚱어리들이 빙글빙글 돌고
어지러운 마음들은 심한 산고를 치르며 신을 낳는다.
진홍빛 깃털의 독수리가 육체를 꿰뚫으려고 덮치는데,
어떤 사람들은 그것을 사랑이라 하고, 신과 죽음이라고도 하며,
육신에서 육신으로 돌아다니며 소리치는 절규라고도 한다.   1120
「나는 모든 육체 속에서 질식당하고, 영혼도 원하지 않는다!」
궁수는 〈절규〉가 날아서 도망가고 싶은 듯

그의 두개골 위에서 불꽃의 혓바닥을 날름거린다고 느꼈으며,
쓰라린 입술을 깨물고 의기양양하게 생각했다.
〈나는 영혼이 심지이고, 신이여, 그대가 불꽃임을 알지만   1125
이렇듯 허무하게 허공에서 그대가 사라지도록 내버려 두지 않겠고,
내 두뇌에 새겨진 노래는 내가 원하는 바가 무엇인지를 안다.
나는 그대를 잘 지키기 위해 지상에다 드높은 성을 쌓으리라!〉
그가 말하자 두뇌가 흔들렸고, 머릿속에서 높다랗고 번쩍이는 도시와,
성벽들과, 성문들과, 위대한 열 가지 계명을 새긴 흙벽들과,   1130
잠을 안 자고 버티는 높은 탑들이 치솟아 올랐다.
그의 깊은 이성 속에서는 벌써 정원과 집들이 자라났고,
젊은이들이 고리 던지기를 즐기고 아기들은 어머니의 젖을 빨았고,
저울과 칼을 들기도 하고 푸른 도금양 가지를 들기도 한
석상들이 노인들처럼 성벽 위에 앉았으며,   1135
많이 고뇌하던 자는 갈망하던 광명을 보게 되어 기뻤다.

그가 사자의 그림자처럼 이 바위 저 바위로 뛰었고
태양은 높이 치켜든 황금빛 방패처럼 진동했으며
동물들이 움직이고 나무들이 바스락거리고 물이 노래했고 —
온 세상이 군대처럼 진군했으며, 앞장서서 이끌던 궁수는   1140
사타구니 밑이 모두 대지가 된 듯한 기분을 느꼈다.
그러자 신은 손을 뻗기만 하면 그를 잡아 주고,
도와 달라고 소리치기만 하면 곧 응답을 하는 믿음직한 친구,
상처투성이로 찢긴 추장처럼 여겨졌다.
그의 이성 속에서 거대한 군대의 진지가 펼쳐졌고   1145
산등성이를 올라가던 그는 황량한 땅에서
즐거운 노래를 부르고 싶은 갑작스러운 갈망에 사로잡혔다.

「만일 신이 나를 다시 만든다면, 나는 낮을 가져다주는
날쎈하고 황금빛 깃털이 난 수탉이 되고 싶기도 하지만,
다시 생각해 보니 혹시 그가 건방지게 나를 다시 창조한다 해도   1150
무엇이나 다 좋으니 나는 아무런 호의도 바라지 않겠노라.
그대가 분노하면 내 돛이 펼쳐지고 내 마음이 부풀어 오르니,
마음대로 불어 내 진홍빛 돛을 펼치거라, 바람 주머니여!
신은 소용돌이 바람이요, 돌아올 길은 없을 것이니라!」
황량한 황야에서 노래를 부르자 궁수의 마음이 가벼워졌고,   1155
그의 성이 거대하고 튼튼해져서 대기를 집어삼켰으며
높다란 나무가 되어 태양을 가지로 빨아들였고,
그의 도시가 꽃피고 엮이자 고독한 자는 만발하여 터져서
짐을 덜게 될 부르익은 씨앗 같은 기분이 들었다.
그러나 갑자기 바위에 봄을 기댄 그는 신이 그의 오른쪽에서   1160
숨을 헐떡이고 고꾸라지며 터벅거린다고 느꼈으며,
궁수가 친절한 주인처럼 인사하며 맞으려고 그에게로 돌아섰지만
신이 여러 모습으로 변하며 저녁 하늘에서 뛰어올랐기 때문에
궁수는 손을 허공에 든 채로 겁이 나서 멍하니 쳐다보았다.
그의 조상이 탐욕스러운 두 손을 내밀고 지나갔는데,   1165
굶주린 그가 과일을 따려고 손을 뻗으면 큰 나무가 더 커졌고,
목이 말라 물로 손을 뻗으면 모든 강물이 말라 버렸고,
지쳐서 참나무에 몸을 기대려면 참나무가 사라졌다.*
노인이 한숨짓고 저주하며 또다시 터벅터벅 걸었지만
그의 얼굴이 다시 갑자기 달라져서, 사자의 두개골을 쓴*   1170
무수히 상처가 많이 난 운동선수가 지나갔으며, 바로 뒤에서는
머리가 셋이고 야수적인 죽음의 개*가 따라갔다.
그러나 이성을 엮는 자가 기뻐하며 소리치려고 하자

795

힘센 투사가 달려가 허공 속으로 사라졌다.
그러자 수염이 허연 이성의 숭고한 군주가   1175
머리끝부터 발끝까지 광채로 빛나며 사나운 독수리와 함께
거룩한 불을 아기처럼 품에 꼭 껴안고 지나갔으며,
위대한 그가 지나가자 바위들이 부싯돌처럼 불꽃을 튕겼다.
이렇게 인류의 세 목자가 모두 지나간 다음 오디세우스가
산등성이를 돌아보니 쓸쓸한 바위들이 쩌렁거렸고   1180
시끄러운 발자국 소리가 산의 언저리를 둘러쌌으며
기병들과 보병들이 달려가고 대군이 산을 올라와서는
깃발들이 공중에서 나부끼고 창들이 반짝였다.
군대가 지나가도록 궁수가 얼른 뒤로 물러났지만
땅거미 속에는 군대가 하나도 없었고 모든 젊은이도 사라졌으며   1185
늙고 허리가 굽은 방랑자 비렁뱅이*만이 비틀거리면서
말라붙은 빵을 천천히 씹어 먹으며 돌멩이들을 밟고 지나갔다.
많은 고통을 받은 궁수가 떨면서 눈을 이글거렸는데,
쓰라림과 분노와 경멸과 두려움이 그의 이성을 휩쓸었고
그는 늙은 부랑자를 손으로 가리켰고, 골짜기가 쩌렁쩌렁 울렸다.   1190
「노인이여, 그대는 신이 두려운가? 걸음을 멈추고 말하라!」
그러나 노인이 천천히 머리를 돌리고 입술을 깨물었으며,
야수의 쓰라림, 한(恨), 한없이 깊은 미지의 눈,
그의 눈에서 뱀처럼 반짝이며 펄럭이는 불길,
그가 슬픔 속에서 올라간 피로 물든 끝없는 상승의 길을,   1195
창백한 빛깔을 보고 마음이 누그러지지 않은 궁수가 떨었다.
그런 노인의 모습에 반항아의 마음은 여자처럼 아팠고
다정한 말이 입술로 솟아올라 그곳에서 떨렸는데 — 아, 그는
노인의 품에 안겨 그의 고통을 풀어 주기를 얼마나 갈망했던가!

그러나 그런 부드러움을 보여 주기 창피하다고 느꼈으며   1200
달리 그의 충격을 감출 길을 몰랐기 때문에 그는
피 묻은 활을 왼쪽 팔에 걸고 나지막이 휘파람을 불었다.
해가 그의 등 뒤에서 지고 둥그런 보름달이 앞에서 뜨자
두 가지 황금빛이 함께 섞였으며, 남편과 아내처럼
해와 달은 사랑스럽게 빛나다가 미소를 짓고는 헤어졌고,   1205
태양이 산의 언저리 밑으로 내려가 사라졌고
달은 희미해지더니 저녁놀 속에서 부드럽게 서성거렸다.
산들이 웃고는 잠잠해졌고 바위들이 하늘에 매달려서
신비한 담청색 빛을 받으며 구름처럼 흐느적거렸고,
저 멀리 바다에서는 모든 돛이 은빛 속으로 가라앉고   1210
집이 잔뜩 들어찬 도시들이 감미로운 홍수 속에 잠겼다.
모든 이성이 남몰래 떨었고, 보름달의 달빛을 받으며
산책을 나가니 옛 추억들이 정적 속에서 깨어나
오래전에 잊힌 목소리와 오래전에 죽은 영혼, 하얀 유령이 된
사랑들이 달빛이 하얗게 비추는 길을 따라 가볍게 걸어갔다.   1215
그러자 달빛에 물든 기억이 벌떡 일어났고, 죽음으로 타버린
어머니의 입술에서는 어휘들이 떨어질 듯 바장였지만,
음울하게 한탄하는 희미한 소리만이 쏟아져 나왔다.
햇빛이 가득한 달빛이 어느 흑인 마을로 흘러내렸고
멀리 마을들이 은빛 속에 잠기고 여물통들이 가득 넘쳤으며   1220
자갈을 깐 좁은 골목들은 푸짐한 젖이 흐르는 강처럼 흘렀다.

멀리 산기슭에서 불이 피어오르고 초가집들은 연기가 났으며
젊은이들이 춤을 추었고, 철석은 실편백나무처럼 흐느적거리다가
영원히 돌아오지 않을지도 모르는 선장을 곧 잊어버렸다.

잘 가시오! 선장이 없더라도 세상은 돌아갈 테니까!   1225
호수의 가장자리에다 그는 용감한 젊은이들과 함께 도시를 세우고
흑인의 땅에다 바위가 그랬듯이 깊은 뿌리를 내리겠으며,
영혼은 독수리처럼 몸을 가다듬고 주인을 필요로 하지 않으리라.
그러나 켄타우로스는 보름달을 멍하니 쳐다보고 한숨을 지었다.
「오호, 세상은 산봉우리를 잃고 참나무가 찢겼으며   1230
나는 음식에 대한 게걸스러움도 잃고 술도 원하지 않으니,
이제 내 힘으로 무엇을 하고 어디에다 그 힘을 쓸 것이며
무슨 훌륭한 목적을 위해 허리를 굵게 채우며 살을 찌우고,
이제 누구의 배를 타고 내 몸뚱어리로 바닥짐 노릇을 하겠는가?
아, 불타는 발로 언제 그대가 밟아서, 고독한 자여,   1235
산봉우리들이 장밋빛으로 되고 불길이 솟아오르겠는가?」
그러더니 켄타우로스는 달빛 속에서 그의 죽장을 기다리며
고뇌에 찬 눈으로 높고 삭막한 산봉우리를 응시했다.
그러나 멀리 동굴 속에서 그는 잔뜩 먹고 흡족해서
배는 부르고 마음은 기뻐 집구렁이처럼 단잠을 잤고,   1240
그의 육신은 땅과 바다와 하나가 되었다.
그는 잠들어 전나무 꿈을 꾸었는데, 험하고 가파른 산을 올라갔더니
송진이 흘러 전나무 열매들이 반짝였고,
더 올라가니 산에 내린 서리가 천천히 갈라지며
그의 마음이 수정 얼음처럼 맑아지고 전나무처럼 뾰족한 이성은   1245
가시 바늘잎으로 광활한 하늘의 빛을 찔러 대었다.
그러나 샛별이 떠서 비추자 그는 바위로 뛰어 올라갔고,
발뒤꿈치에 날개가 돋고 귀에서는 붉은 카네이션이 펄럭였으며
이성의 둥근 지붕에 방울새가 앉아 노래하며 깃털을 가다듬었다.
그러자 활을 사랑하는 자가 빛을 쏟았고 마음이 춤추었다.   1250

「나는 모든 대지에서 기쁨을 느끼며 신을 손으로 만지고,
신과 나는 이성이 이슬로 함빡 젖어 동틀 녘에 길을 떠나고,
내가 시선을 돌려보니 내 옆에서 검은 말을 탄 신이
파리한 입술을 깨물고 말없이 나에게 인사하고는
분노하여 말을 채찍으로 치며 달려가고, 하루가 시작된다.」 1255
그러나 궁수의 의기양양한 말이 이빨 사이에서 번득이자
가느다란 뱀이 그의 이성 속에서 벌떡 일어나 식식거렸다.
「바보, 멍청이, 놀랐도다! 땡볕에 머리가 돌아 버린 바보야,
〈절규〉라는 진홍빛 새의 두뇌가 터져 버린 모양이로구나!
주인이여, 그대는 허공에다 저택을 짓고, 그대의 환상을 1260
그대가 원하는 사냥감을 물고 오는 사냥개로 만들어 놓았지만,
다른 방법으로는 꿈이 엮이지 않고 영혼도 태어나지 않으니
나는 나무와 돌과 흙손과 인부와 찰흙이 필요하도다.
신이라는 채석장을 붙잡아 그대는 마음이 흐뭇한 모양이지만,
바람만 들어찬 이성을 바람으로 감았을 따름이다. 1265
국경을 지키는 자여, 인간의 모든 업적을 떨쳐 버리고,
빛으로 가득 찬 어둠, 그대가 출발한 곳으로 돌아가
피와 물과 땀과 눈물로 저택들을 짓도록 하라.
그대는 높이 올랐고, 전쟁이 거대한 더듬이들을 뻗으니
죽은 자와 산 자와 태어나지 않은 자들이 장식품처럼 1270
그대의 매처럼 빠른 눈의 텅 비고 매끄러운 수정 구슬을 지나가서,
결국 그대는 선과 악, 적과 친구를 다 같이 보았으며
그들 모두가 만물을 삼키는 신의 군대에서 동지가 되었다.
말라붙은 가시나무처럼 그대의 두뇌에 불이 붙어 펄럭이다가
허공에서 그대가 빚은 뜨거운 회오리 속에서 어느새 사라졌도다. 1275
대지로 내려오라! 그대가 얼마나 훌륭한지 보자꾸나!」

궁수는 뱀이 꾸짖는 소리를 들었지만 아무 말도 하지 않았고,
준엄한 목소리가 잠잠해지고 또아리를 틀자
그는 찰흙과 조약돌을 모아 걸쭉하고 악취가 나는 진흙과 섞어
그의 재빠른 이성이 엮는 형상을 땅 위에다 재빨리 만들었는데,   1280
우선 망루를 세우고 집들을 빙 둘러 가며 지었고,
탑을 갖춘 성벽과 이가 촘촘한 흉벽도 쌓아 올렸다.
그러고는 자랑스러운 새 신랑을 과부가 된 땅으로 데리고 내려와
남자다운 우정 속에서 그의 신과 인간을 결합시키려고,
위대한 그의 군주를 모시려고 높다란 천막을 올렸다.   1285
이렇게 그는 땅으로 엎드려 환상의 형상들을 심었으며
다 심고 났더니 이성이 홀가분해진 기분을 느꼈고,
부드러운 찰흙이 어느새 살아나 빙들은 시끄러운 남자들로 가득했고
자갈들은 어머니가 되어 어린 아들에게 젖을 먹였고
작은 돌들은 고리 던지기를 하는 벌거벗은 젊은이들처럼 빛났고   1290
푸른 연기의 깃발 속에서 신이 지붕을 딛고 일어섰다.
마음에 불이 붙은 궁수가 땅에서 벌떡 일어나
황금 왕관처럼 그의 허연 머리를 휘감는,
아직 태어나지 않은 위대한 도시의 흉벽들을 만져 보았다.
산등성이들이 얌전히 웃고 모든 날개가 깨어나서 날아갔으며   1295
암놈 전갈이 땅 위에서 몸을 도사리며 알을 품었고,
검고 단단한 난초들이 태양의 열기 속에서 수증기를 뿜었다.
「잘 있거라, 오, 바위들과 나무들이여, 잘 있거라.」
황무지에서 꿀벌의 벌통을 땄으며 달콤하고 시원한 불길처럼
이제는 신을 그의 피부 가까이 두었으므로 궁수가 소리쳤다.   1300
그가 산비탈을 달려 내려가자 그것들도 따라 내려왔고
그의 사자 그림자가 바위들을 뛰어넘고 달려 내려가자

모든 바위와 나무들이 푸른 손을 들고 소리쳤다.
「우리들이 곧 사라질 터이니, 불쌍히 여기고 어서 돌아서라!
우리들을 위대한 업적의 기초로 삼아 우리들을 구원하라!」 1305
자연이 이제는 그의 동반자임을 깨닫고 영혼이 일곱인 자가
기쁨을 느껴, 둥지를 만들기 위해 나뭇가지를 꺾는 독수리처럼
튼튼한 나무들과 귀퉁이 돌들을 찾으려고 둘러보았다.
「침착하라, 형제들이여! 짐승과 돌멩이와 나무, 우리들 모두는
신의 몸에서 단단한 켜를 이루며 차곡차곡 엮일 것이다. 1310
우리들은 모두 같은 군대를 이루고, 형제들이여, 인간의 군대가
앞에서 행군하면 새와 짐승과 나무, 그대들은 뒤따라 행군한다.
그대들의 따스한 육체는 마땅히 이성을 먹여 살려야 하느니라.
전쟁이 시작되었으니 무기를 들어라, 용맹한 군사들아!」
이렇듯 대지에게 장엄한 말을 하고 그는 일꾼들을 뽑아 1315
거친 나무를 이성으로 다듬고 바위들을 쪼개 벽돌을 만들었고,
그래서 그의 환상은 공작 꼬리를 당당하게 펼쳤다.

마음이 가라앉고 이성이 충일한 다음에 자랑스러운 고독은
가장 잘 영글고 소중한 열매인 힘찬 자유를 주었다.
그러자 내면의 살육은 빛으로 변해 1320
가파르고도 적막한 인간의 이마로 솟아 올라가서
열여섯 가지 자유의 당당한 바람을 맞아 깃발처럼 나부꼈다.
검은 폭풍이 분노와 더불어 일어나 짙은 어둠 속에서
빛이 씩씩한 용기를 보이며 솟아 격렬한 전쟁을 선포했다.
꿈들은 육체를 갈망하고 처녀들은 아들을 원했으며, 1325
입맞춤을 못해 모든 머릿속에서 위축된 관념들이 흐느껴 울었고,
영혼은 마침내 궁극적 과업인 〈행동〉에 이르렀다.

마음의 울창한 숲속에서 날카로운 도끼처럼 〈행동〉은
좌우로 후려쳐서 무자비하게 길을 뚫었고
옛날의 포위망을 무너뜨리려고 좁다란 두뇌를 침범했다.   1330
궁수가 심오하게 세상을 물끄러미 둘러보니 그것이 이제는
여성적인 영혼에게 교미하라고 언젠가 신이 입혀 주었던
신랑의 외투도 아니요, 눈을 달콤하게 만드는 신기루도 아니며,
무덤을 지워 버리기 위해 가장 아름답고 유혹적인 반짝이 장식,
햇빛처럼 눈부신 장식으로 자비로운 손이 꾸미고 가꿔   1335
음산한 죽음으로부터 우리를 감추기 위한 화려한 벽도 아니었으니,
삶이란 지상에서 자유와 불멸성을 추구하기 위해
열심히 상승하느라고 어둠을 파괴하려고
찬란한 힘들이 투쟁을 벌이는 격렬한 공격이다
남성과 여성 강풍(强風), 상반되는 두 거센 폭풍이 언젠가   1340
대지와 이성의 전투장에서 싸움을 벌였으며
오묘하게 균형을 이룬 한순간에 세상이 태어났으니,
우리들도 남성 바람을 타고 내려가 강풍 속으로 사라지자!
신이 대지 위에서 어떤 고통의 맥박으로 헐떡이며 걷는지
이성의 추상적이고 숭고한 영역에서 알아내는 일은   1345
인간의 가장 보람 있거나 가장 어려운 의무는 아니어서,
오직 그래야만 인간이 죽음을 초월하여 불멸해지기 때문에,
인간도 역시 이제는 대지로 내려와 신과 함께 걸어야 한다.
좁다랗고 덧없고 죽음으로 말라붙은 이성의 바위에서
모든 시간과 공간에게 시달리고 모든 신들에게 두들겨 맞은   1350
용맹한 〈행동〉이 나무들을 베어 넘기고 튼튼한 배들을 만들어
많은 상처를 입고 피를 흘리는 소중한 화물,
신을 구하기 위해 암흑의 바다 같은 심연을 건너려고 분투한다.

심연의 위에서 외로운 동료 선원인 행동과 신이 두려워서
굶주리고 좌절하고 핏기를 잃은 채 얘기를 나누며   1355
머나먼 바다를 둘러보고 끝없는 파도로부터 존재하지 않는
바닷가를 건지기 위해, 한없는 절망과 크나큰 열망 속에서 투쟁한다.
마음속 깊은 곳에서 궁수는 그에게 무기를 들고
싸움을 계속하라고 다그치는 야만적인 목소리를 듣는다.
「일어서라, 오, 위대한 이성의 궁수여, 사타구니를 여미고   1360
땅으로 허리 숙여 흙을 밀가루 반죽처럼 다져서
나무들과 야수가 일어나고 인간이 아닌 어두운 힘들이
신으로 변하도록 더러운 두뇌를 멀리 불어 버려라.
전쟁과 승리를 통해 그대는 난폭한 혼돈을 진정시켜
법을 만들고 신을 해방시켜 자유를 줄 뿐 아니라,   1365
반딧불이처럼 대지 위에서 기어 다니는 신을 만들기도 했다.
모두가 상상력의 장난이요 유령이며, 취한 머리에 돋아난
날개일 따름이고, 날카롭게 울부짖으며 사람들의 두뇌 속을
달려가는 앵무새의 얘기라고 느껴질 때까지, 왜 그대는
이성 속에서 그토록 오랜 세월 동안 싸우고 희롱했던가?   1370
놀이의 기쁨으로부터 그대 자신을 해방시키려고, 오디세우스여,
그대 영주의 광활하고 경작하지 않은 밭에서 일할 농부로서,
위대한 과업에 매달려 허리 굽혀 땅을 파기 위해서였으리라!
우리들은 이곳 지상에서 게으른 자나 떠돌이는 원하지 않고,
영혼으로부터 흙을 해방시키려고 땅을 파는 자를 원한다!」   1375
이렇게 말한 목소리를 궁수가 크게 기뻐하며 소리쳐 맞았다.
「아기를 낳는 행동이여, 천 번을 환영하고 또 환영하노라!
푸른 눈의 〈관념〉을 순결한 신부처럼 대지 위에다 눕히고
씨앗을 가득 채워 줘야 할 때가 되었구나! 돌과 물과 나무들아,

우리들의 위대한 결혼식에 그대들 모두를 환영한다!」 1380
신랑이 말하고는 귀에다 난초 한 송이를 꽂고,
허리에 고리버들 가닥들을 두르고, 높다란 모자를 비스듬히 쓰고
육욕적인 정열의 결혼 노래를 부르며
이 바위에서 저 바위로 뛰어 돌아오는 길을 찾아 들어섰다.
「모든 문과 창문을 열고, 모든 자물쇠를 부수고, 1385
오, 신부여, 모든 양 떼의 목자인 신랑을 받아들여라!」
「어머니시여, 붉은 말을 타고 이제 신랑이 찾아오니
그대의 어린 딸을 훔쳐 간 그에게 축복을 내리도록 하라!」
「오늘은 하늘과 낮이 사랑으로 빛나고, 나의 사랑이여,
타오르는 빛 속에서 독수리와 비둘기가 결혼한다!」* 1390

사랑의 정신이 이제는 열 손가락의 끝에서 불타오르며 그는
베어 먹은 빨간 사과처럼 시간을 두 손으로 붙잡아서
결혼반지 삼아 그것을 신부에게 가져다주었다.*
신부들이 결혼식 옷에 물을 들이려고 낙엽을 모았으며
갓 태어나 떨리는 빛이 천천히 들판을 미끄러져 지나갔고 1395
가슴을 드러낸 바다는 온 세상에서 새벽에 아들에게 젖을 먹이는
모든 하얀 젖가슴이나 마찬가지로 향기를 풍겼다.
하늘과 땅이 새로웠고, 죽음은 활짝 핀 한 송이 장미였고,
이성은 햇볕이 입을 맞춘 거대한 바위여서
그 틈바구니에는 야생 비둘기와 산제비만이 둥지를 틀었다. 1400
궁수는 키 큰 두루미처럼 소리치고 제비처럼 지저귀었으며
의기양양한 잿빛 비둘기처럼 날개를 펼쳤고,
모든 일이 잘 되어 마음은 흡족하고, 광활하고 푸른 세상은
이제 인간을 증오하는 산봉우리로부터 사람들을 향해 달려간다.

비록 〈골짜기에서 자고가 노래하는 소리를 들었지만 1405
날갯죽지 하나 못 봤다〉고 말하면서,
숲을 절단 낸 야만인 사냥꾼이 팔딱거리며 따스한 자고를 손에 쥐고
산봉우리로부터 달려 내려올 때,
세상이 충성스러운 개처럼 뒤따라오며 꼬리를 흔들어 준다면
그 얼마나 기쁘기 짝이 없는 일이겠는가! 1410

제15편

가냘픈 처녀가 저녁에 호숫가에 누웠는데,
목구멍은 답답한 공기로 막혔고, 피는 신부의 방 문간에서
주름이 잡힌 빨간 카네이션처럼 끓어올랐다.
검게 칠한 눈을 반쯤 감고 입을 맞추게 될 그녀는
환상의 베틀에서 북을 놀려 마음속 깊은 곳에서   5
화려하게 장식한 아기의 강보를 짜기 시작했다.
행복한 마음속 깊이 그녀는 바다와 물고기와 배를 수놓았고
풍족한 마음속 깊이 그녀는 대지의 꽃 피는 나무들을 수놓았고
정숙하지 못한 마음속 깊이 교수형을 당한 남편을 수놓았고
욕정의 마음속 깊이 그녀는 미래의 참된 사랑을 수놓았다.   10
호숫가를 지나가다가 그녀를 본 철석은
한때 그의 소중한 친구였던 그녀의 남편이
나무에 목매달려 있는 모습을 발견했던 어느 날 동틀 녘이 생각나서
분노가 치밀어 눈앞이 희미해지며 크게 고함을 질렀고,
피가 끓어오르던 그는 준엄한 결심을 했다.   15
「그들이 내 가장 친한 친구를 죽였으니 나는 복수를 부르짖어,
그의 어두운 무덤에서 동틀 녘에 일곱 처녀를 죽일 터이며,

눈이 검은 그의 아내가 그 춤의 앞장을 서게 하리라!」
호수의 언저리에서 허술한 움막을 짓던 켄타우로스는
태양의 염열이 내리쬐자 거대한 물소 같은 그의 몸집을   20
시원하게 쉬게 하고 기운을 차리게 할 그늘을 아쉬워했고,
수척한 철석이 내리는 명령을 듣고는 화가 나서 소리쳤다.
「그렇게 죄 없는 피를 땅에다 흘린다는 것은 부끄러운 일이야!
만일 그의 죽음에 대한 복수를 어떤 수를 써서라도 하고 싶다면
일곱 아들을 낳아 자네 친구가 일곱 배로 돌아오게 하라고!」   25
그러나 억센 산사나이가 돌아서더니 조롱하며 웃었다.
「남자다운 피가 모두 썩어 젖이 되어 뿜어 나오니
자네 큰 몸집과 단단한 젖꼭지가 창피하구먼!
누가 자네 의견을 물었나? 누가 자네한테 충고를 부탁했지?」
먹보는 으르렁거리기만 하고 분노를 말로 발산하지는 않았지만   30
마치 사람들이 사방에서 벌 떼처럼 그에게 몰려들어
순진한 마음을 쏘아 대기라도 하는 듯 밤새도록 피가 끓어올랐다.
별로 멀지 않은 곳에서 마음이 무거운 철석은 젊은이들과 함께
술판을 벌이고 동틀 녘에 죽일 처녀 일곱 명을 선발한 다음
콧수염에서 비계가 줄줄 흘러내릴 정도로 멧돼지를 잡아먹었다.   35
동틀 녘에 잠을 못 이룬 먹보는 숲을 이리저리 배회하다가
개활지에서 철석을 만나 소리쳤다. 「형제여,
추장들이 서로 사이가 틀어져 뿔로 들이받는 꼴을 보면
버릇없는 폭도들이 사악한 기쁨을 느껴 함성을 지를 테니,
우리들이 싸운다면 창피하고 마음이 아픈 일이지.   40
오늘로 일곱 날과 일곱 밤이 지나갔으니
머지않아 우리들보다 훌륭한 자가 곧 올 테니까,
나도 역시 생각해 보니 겁이 나서 무릎이 떨릴 지경이고,

나중에 무슨 면목으로 그 무서운 눈초리를 마주 보겠는가?」
그러나 철석은 주인을 허수아비로 앞세웠다는 사실이 못마땅했다. 45
「내가 그의 모자를 보기만 해도 두려워하리라고 생각하나?
나는 남자라고 자부하며 힘찬 영혼을 키우고
내 마음이 시키는 대로 무엇이나 내가 좋을 대로 하는데,
저 방정맞은 화냥년이 내 친구를 죽였단 말일세!
그의 피를 일곱 배로 복수하려는 나를 누가 말리겠는가?」 50
하지만 모든 말에는 통렬한 반박의 말이 뒤따르게 마련이었다.
「모든 수치가 자네의 탓이니, 철석이여, 말을 조심하게!
수치스러운 말을 하느니보다는 참는 쪽이 더 좋다네.」
그러나 오만한 철석이 매끄럽고 검은 수염을 쓰다듬었다.
「주정뱅이는 술을 좋아하고 나는 뽐내기를 좋아해! 55
난 정당한 근거가 없는 말은 한 번도 한 적이 없어.
내가 말만 하고 행동을 안 한다면 내 이름을 바꿔도 좋아!」
괴물은 살진 목이 부풀어 올랐지만 분노를 꾹 참았다.
「나는 그대가 훌륭한 태생이며 위대한 부족의 후손임을 알고
볼품없는 마당발인 나는 그대의 배에서 바닥짐 노릇이나 하지만 60
그래도 내 영혼은 자유이니까 나도 내 뜻대로 하겠네.
황야에서 살아남은 사람이 많지 않으니 나는 죽을 때까지
그대의 고집 센 원한을 풀어 주기 위해 사람들을 죽이진 않겠어!」
산의 귀족이 경멸하여 웃으며 친구의 화를 돋우었다.
「우리 모든 사람들이 보는 앞에서 서로 싸워 65
일곱 여자의 운명을 결정하기로 해서, 그대가 이기면
자네 마음대로 하고, 내가 이기면 그들을 죽이겠네!」
먹보의 선한 마음은 정의감에 목메어 깊은 한숨을 지었다.
「형제여, 저주받을 일이지만 그렇다면 그대의 뜻대로 하지.

하지만 우리들은 보다 훌륭한 목적을 위해 목숨을 바쳐야 하고　　　70
앞으로 세상에서 해야 할 일이 많으니
서로 싸우다가 죽지는 말기로 약속하세.」
수척한 철석이 요란하게 웃었지만, 손을 내밀었다.
「나도 역시 사나운 사냥개 같은 내 영혼을 보다 영광스러운
사냥을 위해 야수적인 가슴속에 안전히 가둬 두고 싶으니　　　75
우리 사자 싸움은 죽음으로 끝내는 편이 아주 좋겠네.」
그들이 말하고는 씨근덕거리며 크게 분노하여 헤어졌고
저녁이 되어 낮의 아궁이 불길이 나지막이 펄럭거릴 때
그들은 미끄러운 멧돼지의 비계를 팔다리에 바르고는
숲속에다 널찍하게 싸움을 벌일 터를 마련했다.　　　80
신붓감이 될 일곱 처녀가 통곡을 시작했고
그들의 한가운데서는 과부가 강보를 만들었다.
사람들도 두 패로 갈려 들끓으며 대립해서
어떤 사람들은 켄타우로스에게 두 다리를 넓게 벌린 다음에
가냘픈 자를 붙잡아 냅다 내동댕이쳐서　　　85
정의를 짓밟는 모든 인간에게 겁을 주라고 부추겼으며,
다른 사람들은 철석의 화톳불 앞에 모여 격려의 노래를 불렀다.

하늘의 언저리에서 불이 붙고 피가 묻은 달이
죽음을 당한 군인의 머리처럼 말없이 어둠 속에서 나타나
모든 창백한 얼굴에다 피로 얼룩진 빛을 뿌렸다.　　　90
북이 울리고 싸움터의 덩치 큰 몸들이 반짝였지만
그들은 먼저 야유와 조롱으로 서로 상대방의 분노를 자극했다.
「자네의 배를 갈라 항구 준설기로 퍼내어 속을 비워 놓을 테니
어서 덤비게, 똥배 술주정뱅이야!」

그러나 검은 분노에 휘말려 칠면조처럼 부어오른 먹보는
조금도 물러서지 않고 옆구리가 터지도록 소리쳤다.
「만일 그때 내가 때맞춰 덤벼들지만 않았던들, 신께 맹세컨대,
지금 자넨 달랑 뼈만 남아 갈비뼈 사이로 송장 파리들이
잔뜩 몰려들어 윙윙거리고 검은 게들이 분주히 드나들 텐데,
자네 그 한심한 대가리가 하마터면 날아갈 뻔했던 일을
생각이나 해보라고, 건방진 허풍선이야!」
이제는 철석도 피가 끓어 말이 목에 걸려 나오지 않아서
달려가 덤벼들어 뚱뚱한 먹보의 양쪽 옆구리를 잡았지만,
그는 커다란 두 발을 기둥처럼 꿋꿋하게 땅에다 박았다.
「입에 거품을 물고 아무리 덤벼도 난 꿈쩍도 하지 않을 걸세!」
그들이 싸우자 땅이 흔들렸고, 그들이 돌진하자 숲이 울렸으며,
큰 엉덩이가 발을 구르면 싸움터 바닥이 가라앉았고
산의 족장이 발을 구르면 검은 피의 저수지가 생겨났고,
그들의 눈초리는 사나워지고 시퍼렇게 멍든 몸은 부어올랐다.
갑자기 독수리처럼 철석이 덤벼들어 살진 목덜미를 움켜잡자
먹보는 목의 핏줄이 부풀어 오르고 얼굴이 퍼렇게 되었다.
친구들과 적들이 다 같이 겁을 먹고 가까이 몰려들어 숨을 죽였고
독수리와 들소가 피로 얼룩진 땅 위에서 버둥거렸으며
독수리는 짐승의 목덜미를 발톱으로 후벼 파면서
놀라고 충혈된 눈으로 두 날개를 펼쳤고
두 뿔 사이를 쪼아 들소의 골을 빨아먹었다.
켄타우로스의 목구멍에서 심장이 부서져 헉헉거리는 소리를 듣고
여자들은 슬픔에 빠져 울부짖었다.
그러나 숨 막힌 비명을 지르며 철석의 몸이 갑자기 축 늘어졌고
잔등이 넓은 켄타우로스는 동지의 허리를 부둥켜안고

당당한 몸의 어느 곳을 절단 낼지 더듬거리다가
모든 영혼이 그의 열 손가락으로 무섭게 쏟아졌고
그래서 가엾은 철석의 왼쪽 팔이 축 늘어진다고 느끼자
마음이 연약한 먹보가 큰 소리로 통곡했다. 「내 어리석은 손이
스스로 지닌 힘을 모르니, 친구여, 나를 용서해 주게.」 125
바라지도 않던 기쁨에 젖어 일곱 여자가 소리 지르며
구원자의 축 늘어진 피투성이 손에 입을 맞추러 달려갔지만
그가 돌아서서 그들의 머리카락을 움켜잡고 머리통을 맞부딪쳤다.
「화냥년들아, 너희들은 모두 철석의 손톱만도 못하다!
이럴 줄 알았더라면 내가 너희들을 모두 죽였으리라!」 130
이렇게 고함치더니 그가 동지의 상처를 치료하려고 돌아섰지만
철석이 입술을 깨물며 마당발을 옆으로 밀어냈고,
마음이 착한 자는 친구를 진정시키려고 소리쳤다.
「나 같은 똥배는 자네한테 상대가 되지도 못하니,
이것은 심각한 싸움이 아니라 바보 같은 장난이었음을 135
마음에 새겨 두고, 기분 나쁘게 생각하지 말게나.」
그러더니 밤중에 그는 들소 같은 몸에서 끈적거리는 땀과
엉겨 붙는 피를 씻으려고 호수 물로 뛰어들었고,
수정 같은 호수 물을 그의 주변으로 아홉 뼘이나 더럽혔다.
그러더니 가벼워진 마음으로 배를 흔들며 어기적거리고 나오니 140
새로 씻은 그의 살은 겹겹으로 생기가 돌았고,
풀밭에서 부하들이 부드러운 연고를 발라 주며 돌보던
그의 다친 친구를 보고 그는 교활한 미소를 지었으며,
마음속으로는 수탉처럼 으쓱거리며 뽐내었다.
〈아무렴, 마음속의 상처는 아물기는커녕 성이 나서 썩게 마련이니까 145
아무리 욕하고 몰아세워도 기억은 여전히 소리를 지를 테니,

팔은 아물더라도 수치심은 아직도 괴롭히겠지.〉
이렇게 오만한 생각을 하며 뚱뚱한 먹보는 터벅터벅 걸어가서
새로 만든 잠자리에다 지친 몸을 눕혔다.
부드럽고 시원한 산들바람이 불어 그의 팔다리를 씻어 주었고   150
멀리서 임신한 암소의 젖을 짜 통에다 가득 채우느라고
무릎을 꿇고 앉아 한 처녀가 그리움의 노래를 불렀는데,
그녀도 역시 어머니가 되어 젖이 불고
힘차고 탐욕스러운 아들이 그녀의 젖을 짜주기 갈망하여
처녀의 젖가슴이 무겁게 늘어지고 아픔으로 부어올랐다.   155
뚱뚱한 먹보의 마음은 아프리카의 넓은 들판으로 날아 내려가
강의 물살을 거슬러 올라가서 바닷가 모래밭으로 나갔고,
묽고기를 잡아먹어 살진 갈매기가 바다로 달려가듯
파도를 넘고 넘어 크레테의 바위에 앉았다.
「저 모래밭과 바다, 저 남자들과 처녀들을 보고,   160
내가 먹고 마신 음식과 술을 보라. 그래도 나는 배고프도다!」
오호, 그대는 과음 과식을 해서 넘칠 지경이니, 마음이여,
머지않아 언젠가는 틀림없이 터져 버리고 말리라!
카나리아 깃털의 황금빛 결혼 외투를 걸쳐야 되겠다고
웬일인지 순간적으로 묘한 생각이 섬광처럼 머리를 스치자   165
마당발이 혼잣말을 중얼거리다가 갑자기 벌떡 일어났다.
모든 삶이 좋고, 씨름판에서의 씨름도 좋다고 여겨졌으며,
그날은 꼬챙이에 꿴 양의 정강이 고기 냄새가 너무나 좋았다!
「이왕이면 눈요기를 할 처녀도 하나 구하면 좋겠구먼.
내 턱은 튼튼한 맷돌이어서 아직도 부지런히 갈아 대니,   170
풍차의 배 속이 가득 차도록 포식을 하자꾸나, 위대한 먹보여!」
그는 불룩한 배를 끌고 곧장 꼬챙이에 꿴 고기를 향해 갔다.

카나리아처럼 황금빛 외투를 걸친 그의 모습을 처녀들이 보았을 때
그는 새를 사냥하는 위대한 신이 사냥에서 돌아온 기분이었고,
그들은 그가 앉아 식사를 하도록 새 잎사귀를 깔아 주고 웃었다. 175
밤은 덥고 지빠귀들이 노래했으며, 어둠을 쫓으려고 달이
거룩하고 둥근 부적처럼 떠올랐다.
대지가 너무 광활하여 인간의 팔로는 끌어안을 수 없었지만
탐욕스러운 마음은 일행을 끌어안았고,
자라나는 아이들과 여자들, 춤추는 젊은이들, 멧돼지의 비계로 180
칼을 닦는 용감한 젊은이들을 식사를 하며 둘러보고 기뻐했다.
「우리들은 한 줌의 푸석푸석한 흙, 한 가닥의 바람일진대,
다른 삶이란 없으니 먹고, 마시고, 춤을 추어라.」
그가 말하고는 모든 사람들이 우러러보는 속에서 활보했으며,
아홉 명의 젊은이가 그를 들어 바위에 앉혔고, 185
북을 치니 그 소리가 에메랄드 빛 달에까지 울렸고,
큼직한 엉덩이에 손을 얹은 일곱 처녀가 춤을 추며
먹보를 찬양하는 노래를 부르기 시작했다.
「어둠이 내리고 무서운 천둥이 골짜기를 치는도다!
자갈까지 한꺼번에 강물을 모조리 마셔 버리다니, 신이여, 190
대지의 황소*가 올라타는가, 죽음이 내려오는가?
올라타는 대지의 황소도 아니요 죽음이 내려오지도 않으니,
그것은 큰 엉덩이가 대리석 터전에서 씨름을 하는 소리여서,
용감한 마음을 드높이 올리고 청동 대문을 활짝 열고는
지붕으로 달려 올라가 손수건을 흔들도록 하라, 처녀들이여. 195
기쁨과 땀으로 흠뻑 젖어 먼 거리를 헤엄치려고 뛰어든 그는
왼쪽 콧구멍이 아궁이처럼 활활 타오르고 오른쪽 콧구멍 속에는
말들을 들여놓았고, 그의 잔등에서는 네 사람이 잠을 자며*

강물을 마시러 가지만 가엾은 밭들을 불쌍히 여기고,
손을 치켜들었다가도 가련한 어머니들을 불쌍히 여기고, 200
땅이 꺼지지 말라고 발돋움을 하고는 살금살금 걷는다네!
친구들이여, 잔칫날 높은 산으로부터 그가 달려오고
죽음이 산기슭으로 가서 훌륭한 인간의 살 냄새를 맡았을 때
그는 마흔두 개의 받침대 위에 차린 잔칫상을 보았고,
열두 겹으로 동그라미를 이루고 춤추는 용감한 남자들을 보더니 205
초청을 받지 않았던 위대한 식인종은 곱슬거리는 머리에
모자를 비스듬히 쓰고 진수성찬에 덤벼들었다네.
두 산봉우리 근처의 먼지 구름 속에서 두 거인이 만났을 때
위대한 먹보가 손을 뻗어 죽음이 가는 길을 가로막았지.
〈친구여, 남자의 가장 정력적인 부분과 여자들의 젖가슴을 210
이제는 실컷 먹어 그대 마음이 붉게 물들지 않았는가?
내가 죽여 버리기 전에 어서 엄마가 기다리는 집으로 가거라!〉
그러나 그런 건방진 소리에 기분이 상한 죽음이 으르렁거렸다.
〈오호, 죽을 날이 오면 너는 나에게서 어디로 숨으려고 하는가?
지하 세계는 비계로 가득 차서 구더기들이 헤엄쳐 다니리라!〉 215
그러나 우리 위대한 괴물 먹보가 뼈마디를 덜그럭거리며 웃었지.
〈내가 가진 모든 것을 그대가 마음대로 가져도 좋지만,
오늘 아침에 일어나 기지개를 켜고 하품했을 때 나는
내 뼈가 우지끈거리는 소리를 듣고 엄숙하게 맹세했는데 ―
죽음이여, 오늘 우리 잔치에 그대가 못 오게 하리라!〉 220
거대한 두 괴물이 창을 흔들며 고함치고 반박했지만
그들은 말다툼을 끝낸 다음 서로 허리를 부둥켜안고
동틀 녘부터 싸움을 시작했지. 마침내 붉은 해가 졌고
개밥바라기가 나타나서 손짓해 부르고 노래들이 끝났으며

모두들 술 자루를 양털 자루에 넣고는 리라를 챙겼고,   225
젊은 처녀들은 머릿수건을 두르고 청년들은 허리띠를 여미고
노새에다 진홍빛 융단을 잔뜩 실었고, 길마다 사람이 넘쳤네.
〈죽음은 나타나지 않았고, 우리들은 잘 놀았지, 여보게들!〉」
바위에 올라앉은 위대한 먹보가 으쓱한 기분으로 웃었고
겹겹으로 뚱뚱한 살 속으로 땀이 흘러 들어갔지만,   230
죽음이 생각나자 그는 얼굴을 찌푸리고 손뼉을 쳤다.
「춤을 춰라, 아가씨들아! 빙빙 돌며 죽음을 죽여라!*
내가 살아 있는 한 세상은 멈추고, 내가 숨을 쉬는 한
우리들은 빵과 술과 사랑을 즐기리라! 죽음이야 올 테면 오라지!
춤이 오래 계속되면 죽음도 지쳐서 나가 떨어지고 말리라!」   235
분노는 맹목적이어서, 철석의 동지들이 노래를 듣고는
활을 집어 들고 노래하는 목들을 조르겠다고 달려갔다.
「못된 놈들아, 우리 친구가 심한 고통을 받으며 다쳐 누웠는데
그래도 너희들은 술 취한 주정뱅이와 흥을 돋우느냐!
오호, 날카로운 화살이여, 이제 그들의 노래를 이어받아라!」   240
여자들이 비명을 지르며 흩어지고 청년들이 격분했지만
먹보가 비틀거리면서 몸을 일으켜 고함쳤다.
「너희들이 무척 성가시구나! 더 이상 참지 못하겠다!
검은 칼을 뽑아라, 청년들이여! 죽을 자는 죽어야 한다!」
자정이 되어 환한 보름달이 하늘의 꼭대기로 올라갔고   245
그림자들이 뒤엉킨 머리카락처럼 서로 달라붙었으며
호수의 언저리를 따라 창백한 빛이 조용히 흐르는데,
칼날이 은빛 달의 빛을 받아 번득이며 오르락내리락거렸다.

그러나 갑자기 커다란 외침이 울리고 자갈들이 덜그럭거렸으며

사자의 머리가 달린 기다란 그림자가 땅 위로 드리웠다. 250
몸을 돌려 쳐다본 켄타우로스는 우리 옆에서 사자를 만난
양몰이 개처럼 겁을 먹고 어느새 몸을 움츠렸으며
활처럼 생긴 그림자들이 숲속으로 도망쳤다.
저 높이 보름달의 쓸쓸한 얼굴이 부드럽고 다정해졌으며
위대한 그림자가 높은 언덕 위에서 재빨리 무릎을 꿇었고 255
활시위가 팽팽하게 당겨져 알맞은 휨새에 이르렀고,
그러자 양몰이 개의 그림자가 천천히 펴지더니
달빛을 잔뜩 받고 화살을 맞으려고 일어섰으며
동굴에서 울리는 듯한 거센 목소리가 땅 위에서 울렸다.
「이 부끄러운 몸을 쏘시오! 사정을 보지 말고요, 주인이여! 260
난 이직도 그대의 그늘에서 그대의 빵을 먹을 자격이 없어요.」
서내한 그림자기 일어서고 긴 활이 짧아졌다.
「그대가 먹고 자란 사자의 정기가 부끄럽도다, 어리석은 자여!
나는 그대에게 큰 날개가 돋아 나를 쫓아오리라고 생각했는데,
어디 가서 목을 매고 죽기나 하라, 쇠똥만도 못한 인간이여!」 265
한참 그를 몰아세운 다음 그는 철석에게로 돌아서서 고함쳤으며,
수척한 자는 애기를 듣고 파리한 입술을 깨물기는 했지만
겁도 없이 땅에서 벌떡 일어나 풀밭을 뚜벅뚜벅 지나서
팔이 부러진 채로 달빛이 환한 곳으로 나왔다. 궁수가 돌아서서
표범 새끼와 함께 그에게로 갔고, 당장 비웃는 목소리가 270
달빛 속에서 들려왔다. 「오호, 부끄럽구나!
위대한 철석에게서도 노예 생활의 냄새가 나다니!
하루 동안 자유를 맛보고는 머리가 돌아 버린 모양이야!
그런데도 나는 성문이 넷이고 성벽이 높다란 불타는 도시를
산꼭대기에서부터 끌고 바보 같은 그대들을 찾아오지 않았는가!」 275

그가 말하고는 새로운 노란 불꽃이 그의 눈에서 튀었고,
정적 속에서 격분하여 날카로운 이빨을 부드득 갈았다.
기가 막힌 그는 혼자서 사흘 동안 숲속을 헤매었는데,
마음에는 가시들이 잔뜩 돋았고, 흔들리는 이성은
인간의 무리를 원하기도 하고 순수한 사막을 원하기도 했다.   280
높은 바위로 올라가 전에 그랬던 것처럼 긴 활을 팽팽히 당겨
신의 재산을 부끄럽게 낭비해 버린 우매한 두개골들을
꿰뚫어 버리고 싶은 격렬한 생각이 가끔 그의 머리에 떠올랐고,
때로는 입술을 깨물며 그는 그들이 원하거나 말거나
인간들의 영혼으로 그의 신을 빚고는 그와 더불어 구원을 찾도록   285
그들을 모두 들과 나무로 바꿔 놓겠다고 맹세했다!
어둠 속에서 그는 위대한 두 길을 모두 더듬어 보았고,
갈림길의 순간에 이성이 어느 쪽을 택할지 알고 싶었다.
수척한 철석은 말없이 위대한 주인의 투쟁을 지켜보면서
영혼을 굳세게 간직하며 긍정이냐 부정이냐 해답을 기다렸고,   290
절대로 무릎을 꿇고 애원하거나, 어떤 이성이나 대지를 위해서도
그의 당당한 자부심을 내놓으려는 생각이 없었다.
그러나 슬퍼하며 탄식하던 켄타우로스는 그의 뒤를 쫓으며
그들의 영혼을 위험 속에 내버려 두고 그가 떠날까 봐 떨었다.
「철석이여, 우리들의 운명은 아슬아슬하게 절벽에 매달렸네.   295
만일 생각이 두 가지인 주인의 무릎을 잡기만 한다면
그의 우정이 되돌아오고 검은 분노가 가라앉을지도 모르지.」
대화에 굶주린 먹보가 옛 친구에게 이렇게 떠들었지만
철석은 부러진 팔을 푸른 새 잎으로 감싸고는 역겹다는 듯
얼굴을 찌푸린 다음 〈자존심〉하고만 얘기를 했다.   300
「황야에 앉아 모든 짐승을 먹이시는 어머니시여,

오, 바위가 뒤덮이고 웃을 줄 모르는 오만한 자의 산봉우리여,
용감한 행위와 친구와 불멸의 신들, 세상의 모든 훌륭한 것이
나를 버리고 떠나간다고 해도, 절망의 까마득한 언저리에
그대가 앉아 손짓해 부를 테니, 나는 모자를 바로 쓰겠노라. 305
그대의 주먹 쥔 손에는 꽃이 핀 월계수 가지나
농부들에게 줄 음식, 기름지고 잘 자란 밀도 없고
바람을 한껏 머금은 장미꽃이나 유혹적인 포도도 없으며,
그대는 길고도 날카로운 채찍으로 나를 맞는도다, 어머니시여!」
이렇게 두 친구가 얘기하고 영혼을 괴롭히는 동안 310
평온해진 모든 군사는 음식을 요리했고, 험악한 파도가
부서지는 소리는 그들의 둔감한 머리에 조금도 들려오지 않았다.

사흘째 되던 날 어느 높은 고원에서 마음이 둘인 자는
양지에서 뒤틀리고 꽃이 만발한 야생 배나무를 보았는데,
비와 서리와 회오리바람과 악착같이 파고드는 벌레 따위의 315
온갖 역경을 일 년 내내 용감하게 버티며 이겨 냈고,
그러면서 나무껍질 속에서 천천히 인내하며 열매를 맺느라고
새색시처럼 떨면서 꽃이 피어났다.
성미가 급한 자의 눈물에 젖은 이성을 기쁨이 가득 채웠고
저녁에 어둠이 내릴 때까지 한참 동안 그는 320
운명이 준 물과 흙과 돌을 받아
햇빛을 가지고 모두 오묘한 꽃으로 바꿔 놓은,
바위에 틀어박힌 승리자 누이를 감탄하며 쳐다보았다.
궁수도 역시 그의 뒤틀린 몸이 엮인다고 느끼고는
열매를 맺으려는 꽃처럼 불타는 머리를 빛을 향해 내밀었고, 325
껍질 속 깊이 나무가 과일에서 기쁨을 얻었듯이

궁수 또한 영혼 속에 충일하는 행동들로부터 기쁨을 얻었다.
그는 코를 벌름거려 꽃이 만발한 나무의 냄새를 맡았고,
그의 굶주린 이성이 활짝 벌어지고 향기로 가득 차자
꽃과 열매까지 나무를 통째로 삼킨 기분을 느꼈다. 330
미소를 지으며 그는 나무를 잡고 우둘투둘한 껍질을 만져 보았는데
그것은 유령이나 환상이 아니라 꽃이 핀 나무였으며
가지를 흔드니까 꽃잎이 그의 머리로 소나기처럼 쏟아졌다.
배를 띨군 그는 날개가 가볍게 퍼덕이는 소리를 들었고,
시선을 돌린 그는 휑하니 뚫린 컴컴한 동굴의 입구를 보았는데 335
그곳에서는 핏빛으로 새빨간 가슴을 내민 황금빛 깃털의 새가
눈부신 날개를 펼치고 어둠 속으로 사라졌다.
새들을 잡는 자는 늘 그러듯이 신이 그에게
날개가 화려한 작은 새를 사신으로 보냈음을 알고 기뻐하며
운명의 문턱을, 동굴의 컴컴한 입구를 지나 들어갔다. 340
깊은 눈으로 많은 것을 보았지만 이런 동굴은 본 적이 없었던
그는 횃불을 켜 들고 몇 시간 동안 계속해서 걸었는데,
높은 대리석 같은 둥근 천장에는 반짝이는 기둥들이 매달렸고
암흑의 끝없이 오랜 세월 동안 천천히 작은 방울이 떨어져
바위를 깎아 만든 시커먼 음경들이 땅에서 솟아올랐고 345
처녀의 머리카락이 기둥에 단단히 묶였다.
땅 밑에서는 눈에 안 보이는 물이 요란한 소리를 내고
거센 물살의 큰 강이 흘러갔으며,
시끄러운 바위틈에는 제비들이 둥지를 틀었고
둥근 천장에는 박쥐들이 뒤엉킨 덩어리를 이루어 매달렸다. 350
갈증으로 목이 탄 오디세우스는 움푹한 바위로 엎어졌고
그의 뼈들이 덜그럭거리며 재스민 덩굴처럼 꽃이 피었으므로

기분을 상쾌하게 해주는 신의 서늘한 기운을 한껏 만끽했고
왕좌처럼 깎인 바위에 천천히 자리를 잡고 그는
허리를 굽혀 거룩한 강이 사자처럼 포효하는 소리를 들었고,   355
그렇게 듣고 있으려니까 세월이 방울방울 떨어져 그의 이성을
돌로 만들고, 신의 목소리가 인간의 마음속에서 말했다.
아, 황야에서 신이 방울방울 떨어져 내면 깊은 곳에서
너를 음경으로 빚어 놓다니, 이 얼마나 큰 기쁨이던가!
신선한 어둠 속에서 네 손을 더듬어 찾아 다정하게   360
꽉 잡아 주는 그의 거룩한 손길을 느끼는 기쁨은 얼마나 컸던가!
몇 시간 동안이나 고독한 자는 신비한 목소리에 귀를 기울였고
마음이 가득 차고 이성이 한껏 갈증을 푼 다음에야 그는
높은 왕좌에서 몸을 일으켜 번쩍이는 머리를 뒤로 젖혔다.
「모든 사람의 가슴속에서 신이 가장 위대한 위험과 싸운다.   365
그대는 모든 명령을 잘 내렸고 만사가 잘 이루어지겠으며,
내가 신임하는 모든 곳에서 배반을 당하지 않으리라!」
그가 말하고는 오던 길을 되돌아가 달빛이 환한 곳으로 나갔다.
그는 차분히 마음을 진정시킨 다음 두 친구를 불러
비록 어느 누구도 말 한 마디 없기는 했어도   370
화톳불 앞에 함께 누워 웃으며 식사했는데
이제는 올 때가 온 모양이라고 그들은 짐작했다.
식사를 끝낸 다음 지극히 교활한 자가 손을 내밀어
충성스러운 동지들의 곱슬거리는 머리를 잡았다.
「친구들이여, 오늘 한낮에 신의 바위에서 나는   375
햇빛을 받아 꽃이 만발한 강인하고 뒤틀린 배나무를 보았는데,
잎사귀와 꽃이 흔들리더니 인간의 목소리로 노래하더구먼.
〈내가 얼마나 오랫동안 너를 이끌어야 하느냐? 교만한 자여,

아무리 잘난 체하고 멍에를 떨쳐 버리려고 애쓰더라도
너는 여전히 족쇄를 차고 인간의 터전에서 터벅거릴 것이다. 380
거짓된 수치심을 느끼지 말며 운명을 받아들이고, 운명을 극복하라!
하찮은 인간의 무리에게서 너는 또 무엇을 기대했더냐?
그들의 마음은 바람이요 두뇌는 흙이고 사타구니는 똥이지만,
그래도 나는 그들을 사랑하고 대지의 악취를 좋아하니,
나는 어떻게 정신이 꽃피고 신이 모습을 갖추며, 385
가장 깊은 어둠 속에서 내 검은 뿌리가 어떤 오물을 먹는지 잘 안다.
내가 어떻게 바위에서 젖을 짜고 똥을 빨아먹어
인내와 절망과 사랑으로 모든 것을 꽃으로 바꿔 놓는지 보고,
이제 꽃이 만발한 배나무로서 나는 그대의 앞에 버티고 섰으니
나를 보고 본보기로 삼아 그대의 일을 시작하라!〉」 390
그러자 사리 밝은 자가 몸을 수그리고 불을 쑤셨으며,
철석은 이성 속에서 채찍이 아프게 후려치는 소리를 들었지만
꼼짝도 않고 당연한 보상처럼 벌을 받았으며,
먹보대장은 불빛에 혹시 눈물이 보일까 봐 걱정되어
창피해서 얼굴을 들려고 하지 않았다. 395
고독한 자가 나뭇가지 몇 개를 던져 넣자 불길이 높게 치솟았고,
그는 한참 동안 생각에 잠겨 펄럭이는 혓바닥을 지켜보았다.
그의 눈에서 불길이 춤추었으며 수염이 새빨간 빛으로 변했다.
「그럼 우리들은 동틀 녘에 도시의 기초를 세워야 되겠는데,
내 두뇌의 깊은 곳에서는 씨앗이 작고도 작은 불처럼 빛나고 400
두뇌에서 대지로 뛰어나와 뿌리를 뻗어 내리고는
아기들과 여자들의 잎사귀와, 용감한 청년들의 꽃이 돋아나고
꼭대기에서 신이 불꽃의 열매처럼 터지리라!」
날카로운 칼로 그는 화톳불 둘레에다 동그라미를 그리고는

불이 붙은 횃불로 화톳불을 잘 일궈 놓았고 405
한가운데다 타오르는 숯을 높이 쌓아 올리고는
뜨거운 심장부에다 손잡이가 검은 높다란 칼을 꽂았다.
「이것이 우리 도시의 씨앗이고, 불타는 장작에 둘러싸여
신이 꼭대기에 올라섰고, 절정기의 튼튼한 남자들과 여자들,
한창 꽃피는 젊은이들, 싱싱한 불쏘시개가 왼쪽에 서고, 410
불이 안 붙은 아이들과 다 타버린 숯과 같은 늙은 흑인들은
더 저쪽에 있으며, 우리 도시 둘레에는 탑을 올린 성벽을
돌아가며 쌓을 터이니, 두뇌를 열도록 하라, 형제들이여.」
그가 말하자 두 둥지는 밤의 짙은 어둠 속에 웅크리고 앉아
땅에서 빛나는 그들의 도시를 몇 시간씩이나 지켜보았고, 415
밭갈이를 한 이 싱에다 그들이 도시의 씨앗을 잘 뿌린 다음에
궁수는 사나운 물길을 재빨리 흩어 놓고 발로 밟아서 껐다

날이 밝아 신이 태양처럼 하얀 하늘에서 미소를 지었고,
사람들이 깨어나 흥이 나서 몰려다녔고, 그들의 앞장을 선
마당발의 목소리가 숲이 우거진 바닷가를 따라 울렸다. 420
「여러분에게 건강과 기쁨을! 굉장한 소식을 전하겠으니 잘 들으라!
우린 이곳에다 신의 도시를 위한 깊은 기초를 놓고,
과거는 과거이니 모두들 옛날과는 죽음의 작별을 고하고,
우리들은 이곳에 새로운 튼튼한 대지를 심으리라, 형제들이여!」
나팔이 울리고 궁수가 새로운 길을 열었으며 425
감미로운 불길처럼 장밋빛으로 붉은 하루가 밝아 오자
검은 동굴의 입구에서 배나무가 빛났다.
도시를 세우는 자가 돌아서서 그의 유명한 활을 잡았다.
「형제들이여, 빠른 화살로 내가 공기의 성벽을 가르리라!

오, 태양이여, 어서 솟아올라 땅에 얽매인 우리 영혼들과   430
기어 다니는 벌레들이 높이 상승하도록 날개가 돋아나게 하라!
검은 악마들아, 내가 창을 던질 테니 어서 도망쳐 숨어라!」
그가 말하고는 북쪽을 쳐다보고 무거운 활을 당겼다.
「오호, 북풍아, 으르렁거리지 말고 내 얘기를 잘 들어라!
우리들에게 백인 종족과, 밀과, 살진 양들을 가져다주고,   435
입에 꽃을 물고 재빨리 날아다니는 제비들을 보내 주고,
고향 소식을 날개에 실어다 전해 준다면 그것도 반가우니
모두가 달콤한 이슬처럼 우리들 위에 내리게 하라!
고향과 타향은 우리들 이성 속에서 모두가 하나이니,
신이 있는 곳이 우리 고향이고, 온 세상이 우리 것이다!   440
내려오라, 오, 북풍이여, 우리들이 그대의 모습을 알고 싶으니,
어서 와서 기병처럼 우리 도시의 북쪽 문으로 들어오라!」
그는 자신에게 축복을 내리고 빠른 화살을 북쪽으로 쏘았고,
남쪽으로 방향을 돌려 시위를 다시 한 번 팽팽하게 당겨
조용한 대기를 새로운 마술의 주문으로 깨뜨렸다.   445
「뺨에 솜털이 난 용맹한 남풍이여, 그대 역시 우리들에게
머리가 곱슬거리고 피부가 검은 사람들과 구름과 비,
귀중한 상아와 가죽과 무거운 황금을 가져오라.
길고도 길게 줄지은 낙타와 청동 종을 이끌고
검은 피부에 머리카락은 땀으로 젖고 가냘픈 두 손이   450
옛날 얘기에 나오는 왕자 같은 모습으로 우리 성으로 들어오라.
남풍 왕자여, 문 두드리개를 은으로 만든 성문이 여기 있다!
황금빛 알로 낮을 부화시키는 동풍이여,
그리고 밤에 모든 문의 빗장을 여는 서풍이여,
오, 위대한 형제들이여, 은빛 신발을 신고 우리 좁은 골목길에서   455

거닐겠다고 새벽이나 저녁에 그대들이 열두 공주를 데리고 오면
자랑스러운 목과 멋진 몸을 구부리지 않게끔
나는 그대들에게 높다란 성문을 지어 줄 것이다!」
성문을 심는 자가 주문을 크게 외치며
기초를 이루는 네 바람에게 화살을 힘차게 쏘았고 460
빠른 청동 날개를 찾아 경계를 세우려고
용사들을 선발하여 화살이 날아간 길을 쫓아가게 했다.
운명의 순환이 모두 끝나고 단단히 엮인 다음에
모든 사람은 도끼와 삽과 괭이를 들고 기초 공사를 하러 갔고,
네 귀퉁이가 키 큰 남자 두 사람의 깊이에 이르렀을 때 465
궁수는 피로 초석들의 액땜을 했다.
처음에 그는 부적 부끄러운 일이지만 한때 담청색 바닷가에서
그가 두려움과 기쁨을 느끼며 섬겼던 위대한 신들을,
여섯 마리의 수탉과 여섯 마리의 통통한 암탉을 죽였고,
그들의 목을 베어 새로운 흙벽에 축복을 내리고는 470
새로운 길잡이를 갈망하여 또 다른 신을 불렀다.
「나는 그대들 열두 노예를 죽여 그대들의 발로 짓밟는도다!
케케묵은 내 열두 가지 생각, 내 두뇌의 옛 장난감들은
동틀 녘마다 넓은 궁정에서 꼬끼오 울고 알을 낳으리라!」
과거의 열두 신을 죽인 다음에도 그의 도시 성벽에 475
축복을 내릴 만한 보다 영광스러운 제물을 원했던 그는
왼쪽 손의 핏줄을 갈라 피를 쏟아 부었다.
「어머니 대지의 샘은 훌륭하고, 대지의 젖도 훌륭하며
꼬리를 펼치고 킴메리오이*의 두뇌 속에서 활보하며
으쓱거리는 공작도 훌륭하고, 포도주 또한 훌륭하고, 480
남자와 여자의 땀도 역시 거룩하고 훌륭하며

기적을 일으켜 무거운 씨앗처럼 떨어지기만 하면
감미롭게 대지를 비옥한 흙으로 만들어 거룩한 미덕의 이마에
진주가 주렁주렁 매달리게 하지만, 신비하게 불타오르는 야수,
긍지를 지닌 인간의 피, 그 커다랗고 붉은 장미꽃을 나는 485
제신과 성들과 위대한 사상에 축복을 내리기 위한, 가장 위대한
주문이라고 믿는다. 그래서 나는 그대의 굳센 이성을 지키는,
단단한 돌과, 그대가 몸을 기댈 만한 높다란 탑과,
활기찬 진지를 구축하고 그대의 도시가 단단히 뿌리를 내리도록
내 피를 쏟아 넣는다! 오, 무거운 상처를 받은 영혼이여, 490
그대의 앞에 술과 음식을 차려 놓겠으니 어서 내려와 앉아라!」
그가 말하고는 구덩이에서 뛰어나와 저마다 일을 나눠 주었는데,
한 무리의 일꾼은 돌을 자르고 한 무리는 나무를 잘랐으며,
커다란 한 집단은 성벽을 짓고 한 집단은 사냥을 했으며,
늙은 여자들은 불을 지피고 처녀들은 빵을 빚었으며, 495
모두들 새 일의 어려움을 덜려고 노동의 노래를 불렀다.
남자들의 목소리가 서로 부딪쳐 시끄러웠지만
여자들의 노래는 졸졸거리는 냇물이나 은방울 소리처럼 감미로워서
먹보는 옛날 생각이 나는지 한숨을 지었다.
「돌이 저절로 차곡차곡 쌓여 올라가고, 500
겨드랑이에서 땀 한 방울 안 흘려도 도시 전체가 저절로 세워져서
그냥 여기서 놀고만 지내도 좋으련만, 피리쟁이여,
지금 그대는 어디서 어떤 길을 가고 있으려나?」
그러나 머지않아 아들딸들이 깨어날 커다란 알 같은
그들의 신을 낳기 위해 둥지를 지으며 황홀한 사랑에 빠져 505
행복한 봄의 새처럼 모두들 지저귀었으므로
그의 신음하는 한숨 소리에 아무도 대답이 없었다.

새의 찬란한 신혼여행처럼 시간이 빨리 지나갔고,
흙손과 큰 칼이 번득이며 새로 자른 나무의 냄새가 하늘에 가득했고,
도시가 나무처럼 무럭무럭 자라는 동안   510
영혼들은 황홀하게 노래를 부르는 새처럼 솟아올랐다.
해 질 녘에 그들이 일을 마치고 불가로 모여든 다음에
궁수는 지극히 순박한 백성의 부싯돌처럼 단단한 머릿속에
그의 무서운 신을 심어 주려고 참을성 있게 설명했다.
「정신을 바짝 차리고 내 얘기를 잘 들어라, 형제들이여,   515
신은 구름 위나 어두운 하데스 속에 앉아 있지도 않고,
공허한 그림자처럼 인간의 상상력 속에서 퍼덕이지도 않고,
우리들과 같이 황량한 대지를 걸으며 투쟁한다.
때때로 그는 봄비가 내린 다음의 농부가 되기도 하고
거품을 일으키는 바다에 시달리는 뱃사람이 되기도 하며   520
때로는 우리들과 피를 나누는 병사가 되기도 한다.
지금 그는 우리들이 돌과 나무와 흙과 영혼을 가져다주면
기뻐하며 그것들을 가지고 일하며 노래하는 석수장이가 되었다.
하루의 일이 끝나고 밤이 되었을 때, 나는 그가 빵을 씹으며,
지금까지 지어 놓은 것을 둘러보는 모습을 보았는데,   525
그의 긴 수염이 석양 속에서 불타는 가시나무처럼 빛났고,
미소를 지으며 〈잘했구나!〉 즐겁게 중얼거렸지.」
사람들이 귀를 기울였고, 동틀 녘에 나무를 자르거나
성벽을 쌓거나 분주히 흙을 나르던 모든 사람은
단단한 땅에다 신의 위대한 육신을 깎아 세운다고 느꼈다.   530
천천히 도시가 햇빛 속에서 형태를 갖추고 소음으로 가득 찼으며,
흙벽과 망루들이 올라가고 네 개의 넓은 성문이 빛났으며
길거리와 골목과 지류(支流)들의 강둑에는

아직 다 짓지 못한 집들이 줄을 지어 늘어섰다.
「아, 성숙한 인간의 위대한 사상들이 땅에다 뿌리를 내려   535
나무와 돌맹이를 통해 형태를 갖추는 모습을 보라.」
일하는 장인들을 둘러보며 고독한 자가 혼잣말을 했다.
그는 행동하는 영혼을 하나씩 살펴보고는 저마다의 힘과
육체의 움직임과 이성의 우아함을 머릿속에 깊이 새겨 두었고,
그는 땅이나 바다나 공기를 다루는 날카로운 연장을   540
가장 확실하게 사용하는 위대한 일꾼들을 벌써 선발했고,
그들보다 위에는 명예의 상징인 사내다움의 열쇠를 쥔
말씨가 단호하고 잔인하게 창을 놀리며, 투쟁의 열매를
잔뜩 맺은 가장 숭고한 이성의 투사들을 두기로 했다.
궁수의 이성 속에서는 도시가 몸뚱어리처럼 형태를 갖추어   545
모두가 똑같은 목적을 위해 온순하게 달려갔고,
마음속에 존재해서 눈에 보이지 않는 완전 무장한 군주를 위해 일했다.
밤이 되어 모두들 화톳불의 얌전한 불길에다 요리를 할 때
장인들의 우두머리는 근면한 일꾼들에게 훌륭한 충고를 했다.
「온 세상이 그의 은밀한 성문 안에 담길 때까지   550
그의 자식들과 아내와 가축들이 농장의 우리 안에다
미덕을 모두 가둬 게으르게 만들어 숨 막혀 죽게 만들려는 신은
개별적인 아궁이나 빗장을 지르는 집을 원하지 않는다.
신의 도시에는 남편이 따로 없으니
욕정을 느끼는 젊은 남자는 눈에 띄는 아무 처녀나 붙잡아   555
숲으로 깊이 들어가 번갯불을 즐기고
날이 밝으면 감미로운 섬광이 꺼지기 전에 다시 헤어져라.
그러나 인류의 쓸모없는 쓰레기인 노파와 노인들은
얼른 죽어 다시 한 번 훌륭한 흙으로 돌아가

그들 부족의 뿌리가 빨아먹어 손자가 꽃피게 하라.　　　　　　　　　　560
이곳은, 형제들이여, 조상을 능가하여 신을 추구하는
용감한 자손들만 살아가는 도시이기 때문에
무거운 부모의 그림자로부터 멀리 떨어져 홀가분한 마음으로
모든 젊은이가 넓은 터전에서 따로 자라 어른이 되게 하라!」
그가 말하고는 날마다 땅에서 한 치씩 올라가는 신의 모습을,　　　565
눈에 보이고 손으로 만져지는 성벽을 보여 주었지만,
위대한 눈을 지닌 자가 밤에 혼자 남았을 때는
눈에 보이지 않는 도시의 망루들이 삐걱거리며 불길처럼 솟아올라
그의 위대한 머리 네 성벽에서 자줏빛 연기가 피어올랐다.
죽음이 들락날락하게 될 파란 비밀의 성문에서는　　　　　　　　570
법과 훈령, 희망과 질시가 일어나 부풀어 올랐지만,
모두가 그의 이성 속에서 회오리치며 올라가는 하얀 연기여서
아직도 어휘나 법의 살이 붙은 형체를 갖추지는 못했다.

모든 미덕을 수호하는 어떤 기름진 위대한 법을 기초로 삼아
인간의 범주를 넘어 뻗어 나간 도시를 튼튼하게 일으켜 세울까　　575
걱정하며 이성 속에서 엮어 나가던 어느 날 그는
무수히 많은 날개가 윙윙거리는 소리를 듣고 우뚝 서서
말라붙어 갈라진 높다란 흙기둥들로부터 날개가 달린 개미들이
짙은 구름을 이루어 소용돌이 연기처럼 터져 나와
태양을 가려 하늘이 컴컴해지는 것을 보았다.　　　　　　　　　　580
법을 만드는 위대한 자는 결혼의 행렬이 빛으로 솟아올라
힘찬 운명의 예식을 하려 하자 흥분되는 기분을 느꼈으며,
그의 이성이 세상의 신비 주변에서 빙글빙글 도는 사이에
구름이 대지로 내려오더니 회색 재 같은 개미들의 떼가

땅바닥에 쌓여 망가진 날개로 버둥거렸다.   585
맹렬한 죽음의 결혼식이 눈부신 하늘에서 끝났고
배 속에 신을 담고 신부에게 다가왔던 개미들은
대군을 형성할 씨앗으로 암놈의 몸을 가득 채웠지만
기운이 빠진 초라한 신랑들은, 만물을 빨아먹는 신이 이제는
그들을 필요로 하지 않았기 때문에, 무더기로 땅에 떨어져 죽었다.   590
기초적인 목적이 독수리의 눈처럼 그의 이성 속에서 번득였다.
「이것이 내가 갈망하던 계시요, 위대한 나의 법이로다!」
그가 혼잣말을 하고는 위대한 영혼의 투쟁을 보려고 달려갔지만
새들이 벌써 먹이의 냄새를 맡고 내려와 덤벼들었으며
말 없는 뱀들이 기어와서 삼키고, 풍뎅이와 전갈들이 탐욕스럽게   595
기진맥진하고 말랑말랑한 신랑들을 정신없이 쑤시며 씹어 먹었다.
야수들이 배를 채우고 인간의 이성이 모든 것을 삼키며
잠들지 않은 눈으로 의롭고 준엄한 법을 살펴보자
대지는 감미로운 진동으로 인해서 흔들렸다.
〈두뇌를 쓰지 않고 눈먼 어머니 대지가 행하는 모든 일을   600
우리들은 모든 이성으로써 받아들여야 한다.
만일 대지를 다스리겠다면 신의 모범을 따르도록 하라!〉*
이렇게 생각한 그는 모든 법을 이성의 기록판에다 적어 두고
얼른 도시의 건설로 관심을 돌렸다.
노인들의 초라한 집을 먼저 끝내도록 도와주느라고   605
머리끝부터 발끝까지 더럽게 흙투성이가 된 큰 엉덩이의 모습에
화가 난 궁수가 날카롭게 놀리는 말을 한마디 던졌다.
「늙은이들 비위를 맞추느라고 그렇게 애쓰지 말게나!
가끔 나는 쓸모없는 늙은 것들을 모조리 절벽으로 끌고 가서
밀어 버리고 싶은 유혹을 악마한테서 받기도 하니까!」   610

잔인한 말이 자비로운 자의 마음을 찔렀다. 「살인자여,
아, 그대는 자신의 아버지도 불쌍히 여기지 않겠군요!
언젠가는 당신도 나이의 절벽에서 밀려 떨어질 것이오!」
궁수의 발톱처럼 예리한 이성이 벌떡 일어나 관자놀이가 쑤셨다.
「신이여, 내 이성이 썩고 살이 쓰레기가 된다면   615
나는 높은 산봉우리로 올라가 뛰어내려 스스로 죽으리라!
그리고 내 영혼이 마침내 우리 도시의 법을 낳는다면,
그때는 잔인한 아버지의 관심사를 도와주거나
그를 기쁘게 할 길을 찾으려고 하지는 않겠다.
신은 용사 벌레요 나는 그 머리이며   620
세 가지 고통과 세 가지 원한이 나에게 내리도록 하라!」
고독한 자가 물러서고 그의 이성 속에서는
강인한 노인의 바위가 도시의 성문 앞에 솟아올랐고,
성문에서 그는 모든 늙은 족장들을 몰아냈다.
그는 마음속에 준엄한 법을 마련한 다음 산비탈에 앉아   625
커다랗고 매끄러운 석판을 집어 그의 준열한 법을 새겨 넣었다.

밤이 되어 모두들 불가에 둘러앉아 얘기를 나누고
약간 취했을 때 궁수가 가엾은 먹보를 놀려 대었다.
「오늘은 일을 열심히 했고 이제 밤이 되었으니
보상으로 심심풀이 삼아 수수께끼나 한 가지 풀기로 하지.   630
자네는 세상에서 무엇이 가장 즐겁다고 생각하나?」
배가 잔뜩 나온 먹보가 한숨을 지으며 마음을 털어놓았다.
「오랜 여행 끝에 목욕을 하고 바닷가에 앉아서
친구들과 먹고 마시며, 가까운 곳의 정원에서는
가둬 놓은 여자들의 웃고 떠드는 소리가 들려오고,   635

해 질 녘에 꼬챙이에 꿴 쫄깃쫄깃한 양고기의 향기가 섞인
바다의 소금 냄새를 실어 오는 산들바람을 쐬는 것이죠.」
그러나 궁수가 험악한 표정으로 날카롭게 그의 말을 가로막았다.
「날이 밝을 무렵 용감한 친구들과 함께 싸움터로 나아가
파도처럼 들판을 가로질러 밀려오는 무수한 적을 만났는데, 640
갑자기 오른쪽으로 머리를 돌려 보니 검은 말을 탄 신이
겁이 나서 파랗게 질린 모습이 눈에 띄어
두 팔을 벌려 그의 마음을 떠받들어 주는 순간이지!」
켄타우로스는 아무 말도 하지 않고 식은땀만 흘렸는데,
그는 나무 밑에다 밤낮으로 잔칫상을 차려 놓고 645
여자처럼 그늘에 앉아 삶을 야금야금 갉아먹으며
꿈의 도시는 관심도 없고, 신이 만들어 놓은 세계를
건방지게 제멋대로 재창조하겠다고 덤비지도 않고,
놀기나 좋아하는 다른 주인을 섬기고 싶었다!
야만적인 자들의 손에 떨어져야 할 운명이라면 650
발뒤꿈치를 차고 차라리 노래라도 부르도록 해야지!*
이렇듯 덩치가 큰 신의 바다짐은 마음속으로 깊이 생각했지만,
고독한 자가 어둠 속에 앉아 눈을 부라렸기 때문에 그는
차마 입을 열어 진심으로 바라는 바를 얘기할 엄두가 나지 않았다.
사실상 궁수는 불길이 그의 마음을 갉아먹는 기분을 느꼈고 655
모든 사람에게 그 불을 던져 공포를 견뎌 내는 자들만 살아남을
무서운 시간이 어서 오기만 기다렸다.
이튿날 무거운 폭우가 쏟아지고 나지막한 하늘에서는
꿈틀거리는 구름들이 발광한 용처럼 몸부림을 쳤으며,
어떤 구름은 시커먼 호수에서 올라가 모든 허공을 움켜잡았고 660
구불구불 번갯불이 번쩍이며 어두운 숲으로 떨어졌다.

흠뻑 젖어 도시를 건설하는 자들은 웃으며 동굴로 달려갔고,
그들의 몸에서는 김이 나고 눈은 번갯불처럼 번득였으며
꾀 많은 자는 거대한 문어처럼 그의 힘찬 발들을,
그들의 반짝이는 몸뚱어리들을 흐뭇해서 둘러보았다.   665
〈이들이 이제는 무자비한 비밀을 등에 짊어질 수 있겠구나.〉
그가 자랑스럽게 생각하고 모든 사람에게 얘기하려고 돌아섰지만,
어떤 방법으로 그의 뜻을 전할까 궁리하는 사이에
폭우가 끝나고 대지가 웃으며 물에 젖은 머리카락을 쥐어짰으며,
시원한 물방울들 사이에 저 높이 무지개가 걸렸고   670
일꾼들은 신이 나서 일을 하러 발판을 밟고 올라갔다.
궁수가 허리를 굽혀 동굴에서 혼자 나왔는데
그의 입술에는 짐묵의 비밀이 매달려 이쬑도 떨었다.

달들이 떴다가 지고 대지의 바퀴가 천천히 계속해서 굴러갔으며
장마철도 끝나고 햇빛이 하얀 겨울도 지나   675
아직 수염이 나지 않은 밀이 씨앗 속에서 꿈틀거렸다.
대지에 머리카락이 나고 산들이 부풀어 오르고 땅이 깨어났으며
뻐꾸기가 나뭇가지에 올라앉아 깊은 생각에 잠겨
가슴속에다 봄의 감미로움을 엮으며 마음속 깊은 곳에서
태양을 찬미하는 신의 목소리가 〈뻐꾹!〉 들려왔고,   680
갑자기 검은 두 눈이 광채가 나더니 꽃으로 가득 찼다.
「뻐꾹!」 꼿꼿한 목이 되울렸으며, 들판 어디에서나
늘 푸른 참나무 숲이 빨라지는 산들바람 속에서 움텄다.
노랑붓꽃과 제비붓꽃이 활짝 피고 야생 상추가 웃었으며
껍질을 뚫고 첫 싹들이 터져 나와 나무들이 갈라졌다.   685
모든 화초와 더불어 모든 젊은이의 피가 만발했고

어지러운 감미로움이 이마를 휩쓸어 다리에서 기운이 빠졌고
눈치를 챈 그들의 주인은 미소를 짓더니 일을 중단하고
사흘 밤낮을 휴일로 정한다고 소리쳐 알렸다.
그는 사과 같은 뺨에 솜털이 난 젊은 전령을 보내　　　　　　　　690
발가벗은 몸을 꽃으로 장식하고 도시 전역에서 외치게 했다.
「윗입술에 엷은 안개를 뿜내 보이는 젊은 총각들이여,
젖가슴이 갑자기 단단하게 솟아오르는 젊은 처녀들이여,
우리 우두머리 장인(匠人)이 포고하는 말을 들어 보아라 ─
모든 나무에 물이 잔뜩 오르고 새들이 나뭇가지에서 짝을 지으며　695
신은 푸릇푸릇한 청년이나 젖가슴이 풍만한 처녀처럼 대지를 걷고
땅이 온통 생명으로 끓고 모든 마음은 꽃이 만발하는도다.
나오라! 신의 신랑 신부들이 몸단장을 하여,
새로 목욕한 처녀들과 카네이션 줄기를 꽂은 청년들로 하여금
서로 상대방을 쓰러뜨리기 위한 전쟁을 준비하게 하여라!　　　　700
사흘 밤 동안 시원한 동굴 안에서 포옹하고 싸우게 하라!」
이렇듯 꽃으로 장식한 청년이 즐거운 소식을 퍼뜨려 전했고
잠시 후에는 환희에 빠져 견디지 못하고 기절하는 육체가
아들을 잉태하리라는 사실을 알고 법을 만드는 자가 기뻐했다.
마음속에서 천천히 그는 대지와 삶의 바퀴를 돌렸고　　　　　　705
한 번은 콧수염이 나지 않은 젊은이들, 한 번은 성숙한 사람들,
한 번은 뼈만 남은 늙은이들, 한 번은 죽어서 썩는 자들을 위해
결국 그는 해마다 네 차례의 축제를 베풀기로 계획했다.
어지러운 춤과 축제가 없다면 난폭한 군중이 어떻게 달리
날마다 고된 일의 찝찔한 땀을 잊겠는가?　　　　　　　　　　　710
그리고 그들은 노래와 술과 춤을 통해서,
육체의 힘찬 포옹을 통해서 한 발자국씩 올라가

억센 용사, 위대한 사랑의 신에게 도달하지 않겠는가?
마음속으로 고독한 자가 이런 생각을 하는 사이에
밤이 지나고 해가 솟아 사자의 털가죽을 덮은 북이 팽팽해져   715
높은 하늘까지 북소리가 울려 젊은 처녀들을 놀라게 했다.
그들은 처녀의 이마에다 야생 상추의 꽃을 꽂았고
총각들은 노랑붓꽃을 꽂았으며 남녀가 같이 팔짱을 낀 사이에
훌륭한 여인, 어머니 대지는 거센 폭포처럼 젊은이들이
동굴 쪽으로 밀려가는 광경을 보고 흐뭇했다.   720
그들은 빛나는 횃불을 높이 들고 시끄럽게 웃었으며
벌거벗은 그들의 몸이 눅눅한 동굴 안에서 반짝였다.
그러나 남자와 여자의 뼈가 뒤엉켜 누운 채로
얕은 물구덩이 속에서 빛나는 해골이 눈에 띄자
젊은 한 쌍이 갑자기 우뚝 멈춰 서서 서로 부둥겨안았다.   725
오래 오래전에 한 젊은 남자가 동굴 깊은 곳까지
처녀를 쫓아 들어왔다가 캄캄한 미궁 속에서 길을 잃고
모든 희망이 사라질 때까지 밤낮으로 소리치고 헤매었으며,
그러자 젊은 처녀가 부끄러움도 잊고 젊은 남자를 껴안고는
두 사람 다 떨리는 사랑의 불 속에서 하데스로 떨어졌다.   730
이제 그들의 하얀 백골은 꼭 껴안고 뒤엉킨 채로
젊은 남녀의 눈에서 저마다 감미롭게 빛났다.
고독한 자가 돌아서서 횃불 두 개를 땅에다 꽂았는데,
남자들은 칼처럼 빛나고 처녀들은 속이 빈 칼집 같았으니,
새로 목욕한 몸뚱어리들이 얼마나 아름답게 빛났던가!   735
그의 그림자는 횃불의 광채 속에서 커다란 사자처럼 춤추었다.
「지극히 달콤한 소식을 전하겠으니 귀를 기울여라 —
나는 여러 가지 다른 형상으로 대지를 걷는 신을 보았고,

어린아이라고 쓰다듬기도 하고 늙은이라고 불쌍히 여기기도 했지만
그가 젊은 총각이나 처녀의 형상을 하고 대지를 걸을 때만큼   740
이렇게 내 마음이 기쁜 적은 한 번도 없었도다.
나는 그가 가느다란 콧수염을 자랑스럽게 꼬며
처녀들을 곁눈질해 보고 흐뭇하게 신음하는 모습을 지켜본다.
어머니 곁에 웅크린 처녀들은 허공에서 소리를 듣는다.
〈그대가 절대로 죽지 않도록 내가 꼭 껴안을 테니 이리 오라!   745
어머니와 떨어지고 너 자신이 어머니가 되기 위해 이리 오라!〉
그리고 먹이를 쫓는 날렵한 사냥개처럼 풀밭을 가로질러
힘차고 유연한 허벅지에 솜털이 난 처녀가 대담하게
대지를 걸어오자 나는 다시 그의 모습을 지켜본다.
향기로운 젖가슴에 머리카락이 반짝이며 그녀가 지나가면   750
모든 젊은이는 그녀가 손짓해 부른다고 생각하여 한숨짓는다.
〈아, 내 아들을 저 속에 심으면 영원히 죽지 않을 텐데!〉
흙의 눈꺼풀을 뜨고 가까이 와서 보라 — 모든 청년은
시커먼 사타구니에 신의 두 날개 가운데 하나를 달았으며
모든 처녀는 다른 날개를 자궁 깊숙이 간직하니,   755
동굴의 컴컴한 심장부에서 이제 욕정의 공격을 통해
신의 두 날개가 이어지면 그는 모든 용맹한 아들이나
노래를 부르는 어린 새처럼 자유롭게 솟아오른다.」
그가 말하자 교미하지 않은 모든 날개가 어둠 속에서 퍼덕였고,
젊은 남자들은 교활하게 처녀들을 흘끔거리며 짝을 골랐고,   760
하얀 두 개의 별이 소리 없이 만났다.
그러나 그들 한가운데 방랑자가 봄의 하늘로 몰려드는
벌 떼의 소리에 귀를 기울이듯, 아직 수염이 나지 않은
청년이었을 때 어느 날 타고 떠나 신부를 데리고 왔던

마흔두 개의 날개 같은 노의 소리가 머나먼 담청색 파도 너머에서
지금도 들려오는 듯, 목을 꼿꼿이 들었다.
그러더니 그는 한숨을 짓고 머리를 숙여 젊음의 동굴에서 나갔다.
사랑의 세 밤이 번갯불처럼 어느새 지나가 버렸고
눈이 불타는 진홍빛 야생 비둘기 같은 신이
사흘 밤낮 동안 두 날개를 치며 동굴 안으로 날아 들어왔지만
나흘째 동이 터오자 신랑 신부들이 흐뭇하고 만족하여
천천히 몸을 일으키고 황홀한 기쁨에 젖어 줄지어 나와
그들의 아이가 살게 될 집을 마저 지으려고 힘을 모았다.
그들은 새처럼 노래하며 짓고, 높다랗고 뾰족한 지붕을 올렸으며
빨간 강보를 용감한 깃발처럼 공중에다 나부꼈다.
그러자 새들도 찾아와 둥지를 틀고 작은 알들이 빛났으며,
서늘한 나날이 지나 익은 알들이 부화했고, 길고 곱슬거리는
머리에 가냘프고 따스한 발로 여름이 찾아왔으며,
뱀들이 줄지어 또아리를 지었다 풀었다 했고, 발정한 신이 나타나
수컷들은 발톱을 갈고 사향노루가 사방에다 향기를 뿌렸으며
암컷들은 침묵 속에서 떨며 기다렸다. 비록 밤의 어둠이
숨 막히게 깔렸어도 대지는 아직도 열기로 김이 피어올랐고,
궁수가 표범 새끼를 단단히 묶었더니 오만한 처녀*가
으르렁거리며 기다란 꼬리로 채찍처럼 대지를 쳤으며,
시뻘건 턱을 벌리고 이빨을 번득이자
오빠*가 쓰다듬어 주면서 다정하게 타일렀다.
「사랑하는 누이여, 지금까지 내 마음은 단 한 번도
살아 있는 누구하고도 이토록 단단히 결속된 적이 없었지만
자궁이 한숨을 지어 네가 가고 싶어 한다는 마음을 알겠구나.」
이렇게 말하고 그는 아픔을 달래 주려고 표범을 쓰다듬었지만

팥빛 흙 어디에서나 수표범의 냄새가 풍겼기 때문에
욕정의 고통을 느끼며 암표범은 붉은 언덕들을 킁킁 냄새 맡아 보았고,
때로는 주인에게 사나운 눈길을 보내기도 하고
때로는 야생의 털에서 불꽃이 튀길 정도로 등을 구부렸다.
심술궂은 자의 마음은 암표범의 고통을 느끼자 부드러워졌다. 795
「나를 위해 네 운명을 모두 낭비한다면 부끄러운 일이다!
표범의 형상을 한 신이 으르렁거리며 숲에서 서성거리니,
가서 그와 만나 씨를 잔뜩 받아 네 종족을 퍼뜨리거라.
표범도 이곳 대지를 찬란하게 장식하는 존재니까.」
그가 말하고는 사랑하는 표범을 욕정의 숲으로 풀어 주었다. 800

낮이 깨어나면 빛을 받으며 조금씩 조금씩 높은 기둥이 올라가는
위대한 도시로 농부 한 사람이 동틀 녘마다 일을 하러 가서
어마어마하게 큰 발로 진흙을 짓이겼다.
당당하고 높은 탑처럼 성벽들이 올라갔고
신은 지도자의 이성에게 명령을 내리고 얘기했으며 805
그는 마음의 검은 구덩이 속 깊이 숨겨진 명령들을 다듬어
노래로 만들기 위해서 느릿느릿 투쟁했다.
어느 날 철제 무기로 무장한 신이 대지로 뛰어나와
발로 걷어차는 바람에 오디세우스는 벌떡 일어나
어수선한 정신을 가다듬었고, 사랑과 전쟁의 함성이 터졌으며 810
무자비하고 위대한 계율들이 햇빛 속에서 맥박 쳤다.
「나는 그대의 무서운 신, 전쟁의 총사령관이로다!
그대는 내 노예가 아니고, 내 손에 잡힌 장난감이 아니며,
그렇다고 해서 믿음직한 친구도 아니요 사랑하는 아들도 아니고
끈질긴 투쟁에서 함께 일하는 동지이니라! 815

전쟁에서 그대에게 맡겨진 일을 남자답게 수행하며
복종을 배워야 하니 — 자신보다 큰 목적만을 따르고
거기에서 기쁨을 얻는 영혼만이 자유를 누리리라.
가혹한 명령을 내릴 줄 아는 영혼만이 대지에서
내 입과 주먹이 될 자격을 얻으니, 명령을 내리는 길을 터득하라.   820
내 길은 무엇인가? 거칠고 험하고 한이 없는 오르막길이다!
오직 나 혼자만이 온 세상을 구원한다고 말하는 길이다!
우리가 어디로 가고, 승리가 가능한지 묻지 말고, 그냥 싸워라!」
이렇게 무서운 신이 외로운 자의 가슴속에서 명령했고
법을 만드는 자의 이성이 가벼워지고 하늘이 고요해졌으며   825
그는 신이 그에게 맡긴 힘들고도 위대한 계율들을
새겨 둘 매끄러운 필기판 같은 우뚝한 바위를 찾으려고
크게 기뻐하며 도시를 향해 서둘러 달려갔다.
항상 끙끙거리며 대지를 올라타는 신을 돕기 위해
어떻게 군대를 일으킬지 생각하며 걸어가던 그는   830
도시의 남쪽 성문 옆에서 게걸스럽게 집어삼키며 몰려가던
눈먼 검은 개미의 거대한 강물을 보았다.
무서운 공격을 받은 아기 낙타는
시커먼 땅에 하얀 뼈만 남아 반짝였고,
겁에 질린 사람들이 일을 중단하고 낙엽처럼 도망쳤지만   835
이런 소동 속에서 한 아기가 어머니의 품에서 떨어져
무서운 개미의 폭포 속으로 웃으며 가라앉았고
순식간에 가느다란 벌거숭이 뼈만 남았다.
턱이 단단하고 큼직한 검은 개미들 가운데 가장 큰 놈들이
지휘관처럼 광분한 대군의 앞뒤로 오락가락 분주히 돌아다니며,   840
고함쳐 명령하고, 물어뜯으며 그들의 흐름에서 질서를 유지했다.

고뇌하는 자가 나지막이 몸을 수그리고는 탐욕스럽고 맹목적인
땅의 배 속에서 샘솟아 오르는 신비한 힘을 지켜보았고,
발밑 땅의 표면이 함정의 얇은 뚜껑에 지나지 않음을 알았다.
검은 약탈자들이 갑자기 술렁거리다가 사라진 다음에   845
사람들은 당황하지 않고 노래를 부르며 다시 성벽을 쌓았고
죽음의 음산한 습격이 웃음과 농담거리로 바뀌었다.
기억은 눈으로 보고 두려워했던 바를 곧 모두 망각했고
항상 그러듯이 화려한 외투로 공포를 가렸으며,
바로 그날 밤 아궁이에다 솥은 얹은 다음에는   850
죽음의 개미가 반짝이는 환상의 장난감이 되었다.
그러나 자비로운 자의 흥분한 마음은 심하게 뒤틀려서,
검은 옷을 걸친 그의 기억은 허리를 숙이고 뒤엉킨 머리를 풀어
개미의 강물을 거울처럼 들고 흐느껴 울었다.
모든 음식이 역겨워진 오디세우스는 호숫가에서   855
야성의 달빛을 받으며 조용히 누워 잠을 청했으며,
태양을 모르는 늙은이*가 새끼를 모두 데리고 결국 그를 찾아왔다.
고독한 자는 그의 몸으로 눈먼 개미들이 새까맣게 몰려들어
뼈만 남기고 먹어 치웠으며, 다시 그의 몸에 살이 붙자
개미들이 또 달려들어 통째로 그를 뜯어 먹는 꿈을 꾸었다.   860
밤새도록 그의 떨리는 육체가 파도처럼 사라졌다 엮였고,
동틀 녘이 되어서야 그는 이것이 개미 떼가 아니라
소리 없이 기어 다니며 그를 위에서 먹어 치우는 검은 별들임을 깨달았다.

어느 날 밤 무장한 신이 궁수의 두뇌 속에서 벌떡 일어났고
무서운 명령을 의식하자 그는 잠에서 얼른 깨어나   865
나팔을 불고 서둘러 그의 군사를 모두 불러 모았다.

「오늘은 모든 일을 중단하고 큰 잔치를 열도록 하라!
꽃이 시들고 열매가 맺혔으니 우리들의 육신도 모두
잠깐 놀며 열매를 맺도록 해야 하므로,
나는 여름의 신비한 열매의 잔치를 선포하노라.」 870
아버지들과 어머니들이 당장 일하던 연장을 놓고는
호수로 뛰어들어 목욕하고는 파랑과 빨강 물감으로
가슴과 단단한 팔다리에 짙은 화장을 했으며
여자와 사내다운 행동과 춤 — 영혼이 남몰래 갈망하던
모든 것을 이제 그들은 튼튼한 몸으로 맛보았다. 875
말없이 어둠 속에 웅크리고 앉아 그들이 신의 문턱을 지나가는
모습을 지켜보던 오디세우스는 동굴이 환한 별들의 터전,
불길들의 놋장으로 변하는 광경을 보고 기뻐했다.
그가 입술을 꼭 다물자 백성은 두려워 숨도 못 쉬었고
대지의 배 속으로부터 무거운 함성이 880
거대하고 시커먼 황소가 울부짖기라도 하는 듯 우렁차게 들려왔고,
땅이 지진으로 흔들리더니 다시금 고요해졌다.
인간이 그나마 지닌 얼마 안 되는 힘을 잃을까 봐 걱정하며
궁수는 어른거리던 야수적인 생각들을 쫓아 버렸다.
「형제들이여, 춤을 추고 이성이 한 바퀴 돌게 하여 885
가슴속에서 신의 기초가 깊은 다섯 샘물처럼 뛰게 만들면
그때는 내가 입을 열어 그대들에게 위대한 비밀을 얘기하리라!」
모두들 두뇌가 빙글빙글 돌며 어두운 춤의 절벽에서 소용돌이쳤고
육신은 그들에게 주어진 운명을 망각하고 새처럼 날았으며
가벼운 도취가 그들의 머리에서 날개처럼 퍼덕였고 890
그들이 모두 절정에 이르렀다고 느꼈을 때 오디세우스는
두 손을 들어 광란의 춤을 멈추게 하고 조심스럽게 말했다.

「내가 위대한 비밀을 얘기하겠으니 마음이 무거워지지 말라!」
그랬더니 수염이 곱슬거리는 건장한 남자가 손을 들었다.
「빠르고 어지러운 춤으로 인해 마음은 죽음이 두렵지 않아요! 895
우리들이 그 말을 장미처럼 귀에 꽂을 테니 어서 얘기해요.」
그런 무모한 찬사를 경멸하여 고독한 자는 이맛살을 찌푸렸고,
그의 군사에게로 돌아서서 무거운 말을 음산하게 던졌다.
「형제들이여, 신이 내 가슴속에서 떨며 살려 달라고 외친다!」
놀란 청년들이 긴장하여 칼을 움켜잡았고 900
모든 어머니들은 어리둥절해서 아들을 꼭 껴안았으며
방금 짝을 맺은 한 젊은이는 그녀의 자궁 속에다 심은
그의 아들이 죽을까 봐 걱정이 되어 신부를 끌어안았다.
그러나 철석의 비웃는 입술이 경멸하는 미소를 지었는데,
철석도 역시 용감한 병사들을 이끌고 싸움터로 달려가고 905
자부심 때문에 승리를 참되고 의로운 보상이라고 생각하지도 않는
그런 고뇌하는 신이 대지 위에 나타나기를 갈망했다.
「천 번을 죽더라도 나는 높은 곳에서 죽고 싶소!」
우뚝 선 궁수는 시원한 동굴 속으로 화살을 쏘았다.
「그는 전능하지 않도다, 형제들이여! 그의 핏줄에서는 910
피가 쏟아져 나오고, 죽음에게 바싹 쫓겨 땅 위로 고꾸라진다!」
이 말을 듣고 고통의 상처를 받아 그의 친구들은 신음했으며
갓 결혼한 젊은 여인이 아이를 꼭 껴안고 말했다.
「내 아이조차 구하지 못하는 신이라면 난 원하지 않아요!」
그러나 번개처럼 떨리는 궁수의 이성이 재빨리 응답했다. 915
「나의 신은 불과 물과 영혼과 땀으로 이루어졌노라!
그는 거대한 불멸의 사상이나 하늘의 새가 아니고,
우리들처럼 죽어야 하는 육신이요 펄럭이다 꺼지는 두뇌이며,

어디에서 출발했고 무엇을 향해 가는지도 알지 못하고
인간의 마음처럼 불안하고 집요한 그의 마음도 떨고 있다.　　　920
그를 참아 낼 사람이라면 누구라도 남고, 동지들이여,
자비로운 불멸의 신을 찾는 사람은
가족과 재산을 모두 챙겨 지금 당장 떠나되,
최후의 잔인한 선택이 이 거룩한 날에 시작되도록 하라!」
그가 말하자 진동하는 하늘로 유황이 쏟아졌고,　　　925
모두들 기쁨을 잃었고, 금발의 흑인 세대들이
그가 얘기한 무거운 말 주변에 몰려들어, 탐스러운 벌통을 짓밟는
곰의 앞발을 느끼는 벌 떼처럼 하루 종일 시끄럽게 떠들었다.
엉덩이가 큰 자는 마치 물의 맛이 달라지기라도 한 듯,
마치 빵이 성벽처럼 솟아오르고 그곳에 신이 무서워 떨며　　　930
웅크리고 앉아 죽음과 싸우기 위해 튼튼한 무장이라도 하는 듯,
마치 멧돼지 가죽을 쓰고 으르렁거리는 머리에
새로운 눈과 귀가 돋아나기라도 한 듯, 도시를 방황했다.
「오호, 선과 악을 양쪽에 쥔 그의 손이 둘 다 무겁도다.
그대가 목마르면 그는 폭포처럼 요란하게 그대에게로 쏟아지고,　　　935
그대가 쉽게 얻을 빵 한 조각을 탐낸다면
그는 가마로 하나 가득 빵을 보내 영혼으로 바꾸게 하고,
그대가 영혼의 작은 불꽃 하나를 내면에 지니기만 해도
그는 큰불이 되게 바람을 일으켜 재로 바꿔 놓는도다!
우리들의 육체는 신이 죽음과 싸움을 벌이는 터전이어서, 아,　　　940
내면 깊은 곳에서 우리들은 영혼이 투쟁하는 소리를 듣고
기쁨이 날아가 버리고 달콤한 잠은 더 이상 머물지 않는다.」
그날 저녁 저물녘에 켄타우로스가 잔인한 주인에게 말했다.
「그런 삶은 너무나 비인간적이어서 기가 꺾입니다!

843

오늘 산란한 마음으로 초조하게 돌아다니며 나무와 소,
어린 소녀들과 소년들을 쓰다듬어 주던 나는
우리 모두 강물처럼 흘러 광활한 바다 속으로 사라진다는 생각이
눈물이 솟는 눈썹 끝에 무겁게 매달리더군요!」
그러나 모든 것을 아는 자가 동지의 잔등을 어루만졌다.
「조급해 하지 말게나, 먹보여, 그대의 옆구리가 튼튼하여
영혼이 갈라진 틈은 사나운 전쟁의 노래가 될 것이니,
내 무거운 말에 매달리면 그 말은 날개로 변하리라.」
그러나 철석은 독수리 눈매를 번득이며 웃었다.
「전쟁의 총사령관, 나는 바로 그런 신을 갈망했다오!
그래야만 영혼은 그것이 치르는 위대한 투쟁도 헛될지 모른다는
사실을 잘 알게 되어 대지 위에서 자랑스럽게 싸울 것입니다.
내가 지금 오는 길에 신이 검은 말을 타고 달려 지나갔는데,
당당하고 날카로운 몸가짐, 그의 사나운 눈길이, 오호,
쐐기 모양으로 수염을 기른 바위와 같은 모습이었다오!
〈친구여, 검은 말을 세우고 우리 잠깐 얘기를 나누세.〉
그가 거품을 머금은 말의 고삐를 당기고 팔을 내밀어
우리들은 손을 맞잡고 말없이 몇 시간 동안이나 말을 탔고,
갑자기 대지는 끝없이 위로 올라가기만 하는 길처럼 여겨졌으며
모든 삶은 하나로 엉킨 두 개의 따뜻한 손 같았답니다.」

이렇듯 불가에서 세 동지는 그들의 신을 빚었다.
한편 대지는 끊임없이 무르익어 풀이 영글었고
바람이 불어 시든 잎사귀들이 무더기로 소용돌이를 일으켰고
열매는 나무에 매달려 썩어서 기름진 씨앗을 뿌렸고
가을은 다친 사자처럼 길게 땅 위에 엎드렸다.

어느 노인의 집 입구에서는 동틀 녘부터   970
손자와 증손자들을 데리고 늙은 추장이 임종을 맞았는데,
궁수의 충성스러운 이 친구는 어느 날 불가에서
모든 동지가 신과 운명에 관해서 고상한 얘기를 할 때
갑자기 사나운 머리를 들고는 무거운 목소리로 말했었다.
「나는〈너보다 위대한 영혼을 충성과 집념으로 따르라!〉는   975
한 마디 절규를 항상, 지겨울 정도로 들었습니다.」
지금 늙은 용사는 사자처럼 죽으려고 누웠으며,
모든 악귀를 몰아내려고 그의 자식들이 높은 별들에게 한밤중에
그의 옷과 무기를 늘어놓고 보여 주었지만 소용이 없었고,
무당들이 영혼을 붙잡아 두려고 그의 입술과 콧구멍에다   980
길고도 날카로운 고리들을 매달아 놓았지만 소용이 없었으며,
늙은 투사는 웃으며 그런 부적들을 쓸어 버렸다.
「내 영혼은 이제 부적이나 마술의 주문이 필요하지 않고,
온 세상의 기쁨을 포식했으므로 이제는 떠나고 싶으니,
내 갑옷과, 황금과, 보석과, 옷들을 가져오고,   985
죽음을 맞기 위해 칠하고 싶으니 짙은 진홍빛 물감을 가져오고,
출발을 잘 하도록 나를 땅에 내려놓아 다오.」
노인의 명령을 받고 손자들이 그를 내려놓았으며,
그래서 그는 똑바로 앉아 청동 방패를 집어
무릎에 가로질러 놓고, 그의 창백한 얼굴을 물끄러미 쳐다보고는 990
옛날 상처들을 분홍빛 물감으로 더덕더덕 바르고
머리에는 깃털로 장식한 다음 자랑스럽게 으쓱거리며
적들의 송곳니로 엮은 목걸이를 목에 걸었다.
위대한 예식이 끝나자 그가 말없이 두 손을 내밀었고,
아들들과, 며느리들과, 사위들과, 손자들과, 증손자들   995

모두들 저마다 계급에 따라 손에다 입을 맞추었다.
밤이 되어 마지막 증손자가 지나간 다음에 그는 시선을
멀리 동쪽으로 돌리더니 두 눈을 감았고, 숨을 거두었다.
신의 뿌리가 그를 먹고 대대손손 자손의 싹이 트라고
고독한 자는 노인을 배나무 그늘에 묻었으며, 1000
모두들 무덤을 단단히 다져 타작마당으로 만들었고
무자비한 지도자는 춤을 시작하며 영혼을 소리쳐 불렀다.
「그대는 세상에서 쓸모가 없으니 흙 속에서 되살아나라!
그대는 대지에서 태어나 먹고 마셨으며, 젊은 여인들을 품었고,
싸움터로 달려 나가, 인생의 수레바퀴를 다 돌려서, 1005
이제는 의무와 정액을 모두 고갈시키고
우리가 태어난 어두운 땅으로 내려가지만, 머지않아 그대는
여인의 젖가슴에 매달릴 살진 자손으로 돌아오리라.
죽음을 장식할 몇 가지 진지한 충고를 할 테니 들어 보라 —
노인의 죽음을 기뻐하며 우리들이 노래를 불러야 마땅하니, 1010
그는 쓸모와 기운이 없어져 쓸데없이 우리들의 빵만 먹고,
그의 더러운 욕심은 이제 지하의 위대한 대장간으로 내려가
새로운 틀에 넣어 새로운 형체를 갖추게 해야 한다.
그러나 젊은 남자가 아이도 못 낳고 죽는다면, 위대한 영혼이
지하로 내려가 돌아오지 못하고, 신은 날카로운 창을 영원히 1015
빼앗기는 셈이니, 그의 쓸쓸한 무덤에서 장송곡을 불러라.」
이렇듯 고독한 자는 죽음에게 형체와 목적을 부여하려 애썼고,
한낮은 대롱대롱 매달린 칼처럼 세상의 머리 위에 걸렸으며,
멀리 까마득한 바닷가 어느 높은 모래 언덕에서는
조상들의 시체가 카밀레 속에 누워 구더기들이 뜯어 먹었고 1020
감미로운 햇살은 흙을 따뜻하게 덥혀 기름지게 만들었다.

그의 육신을 빨아먹으라고 고독한 자가
아버지의 무덤에 심었던 어린 올리브나무의 그늘 밑에서
살갗이 그을고 통통한 소년이 누워 조용히 잠들었다.
가을의 촉촉한 산들바람이 그의 곱슬머리에 불어　　　　　　　　　1025
잠결에 통통한 입술에 부드러운 미소가 떠올랐으며
튼튼한 남편과 함께 젊은 어머니 왕비가 와서
천천히 허리를 숙이고는 사랑하는 아들을 흐뭇해하며 굽어보았다.
그는 새파란 나비를 잡으러 다니는 꿈을 꾸었는데,
풀밭을 뛰어 지나가던 그는 빨간 사과에 발이 걸려 넘어졌고,　　　1030
그 열매에서 그가 사랑하던 잃어버린 할아버지가 튀어나와
삭구를 완전히 갖춘 작은 배를 들고 상냥한 미소를 지었다.
「할아버지!」 소년이 소리치고 갑자기 눈을 떴지만
겁에 질린 어머니가 그를 붙잡아 꼭 껴안았으며
왕은 그의 꿈을 질식시켰던 무거운 그림자를 몰아내려고　　　　　1035
간절한 표정의 시선을 어린 아들에게로 돌렸다.
빠른 배에다 태워 사랑하는 그의 아들을 납치하려고
잠 속에서 찾아왔던 자가 그의 무서운 아버지였던가?
아버지가 덮쳐 하나뿐인 아들을 훔쳐 가지 못하게 하려면
어떻게 망을 봐야 하고, 어떻게 아들을 지켜야 한다는 말인가?　　1040
아무 말도 없이 떨며 젊은 왕은 무서워하는 아내를 진정시켰다.

겨울이 가까워지자 산은 희끗희끗 눈이 덮이고
자칼은 털이 두텁게 나고, 산등성이에서는
살쾡이와 여우가 가장 두툼한 옷으로 갈아입고
신은, 벌거숭이 벌레 속에 존재하는 신까지도, 고뇌가 가득했다.　　1045
대지에 꽃이 만발하고, 열매에 살이 붙을 때가 따로 있고

새로운 바퀴가 다시 한 바퀴 돌 때까지 겨울의 죽음이 불어와
나무와 신과 사람들을 땅바닥으로 쓰러지게 만들 때도 있다.
인간을 사랑하는 삶이 저녁을 맞아 문간에 기대어 한숨을 짓고
밭갈이를 당하지 않은 과부가 들떠서 길고 긴 길을 쳐다본다.   1050
「나는 내 마음의 꽃잎을 하나씩 뜯어 보았는데* ─
남자가 올까 안 올까, 내 아들이 생길까 안 생길까?」
그녀의 창고가 넘치고 훌륭한 아궁이가 황금처럼 빛나며,
깊은 지하실에서는 허리를 굽히고 노비들이 옷감을 짰다가 풀고
그녀는 갈라진 우단과 은빛 헝겊으로 몸치장을 하지만   1055
육욕적인 몸이 말라 죽은 듯 시들어 버리고
몸에는 태양도 비추지 않고 물도 쏟아지지 않는다.
그녀는 아득한 곳의 세상을 멀리서 냄새 맡고 흐느껴 운다.
아, 옛날 옛적 이 한적한 길에는
콧수염도 수북하고 훤칠하고 건장한 청년이 지나다녔는데,   1060
그의 노란 살에서는 멧돼지 냄새가 나고, 팔다리와 넓적다리와
사타구니와 어깨에 문신으로 박은 빠른 배들이 항해를 하면
짙은 햇살과 반달과 별들에 휩싸여 그의 뜨거운 피가
가슴속에서 발정한 시뻘건 불꽃의 짐승처럼 날뛰었다.
그러나 그녀의 연인은 늙어 이제 잠자리에서는 쓸모가 없고   1065
신도 역시 허옇게 늙어 뱀과 도마뱀들이 몸을 도사리고
박쥐들이 내리 덮치는 땅바닥에 엎드렸다.
「겨울이 되어 졸음이 오니, 할아버지시여,
그대의 백발과 움푹한 구석으로 들어가 따뜻하게 잠이나 자고,
오, 때가 되면 태양을 맞으라고 우리들에게 축복을 내리소서.」   1070
노인이 그 말을 듣고 두 손을 뻗어 짐승들에게 축복을 내렸고
오디세우스도 그 말을 듣고는 발치에서 그날 조상들을 부활시킬

비가 내리리라고 느꼈기 때문에 한숨을 지었다.
「비가 심하게 내리면 죽은 자들이 달팽이처럼 줄지어 나오고
하얀 뼈가 덜그럭거리며 진흙이 가득 찬 입으로 흐느끼지만, 1075
그들은 다시금 늪지대로 엎어져 흙을 빨아먹는데,
죽은 자들도 한겨울에 하루의 축제를 필요로 하니 ―
내 도시는 언제 건설하고 모든 일이 언제 이루어지려나?」
그는 인간의 범주를 초월하는 새롭고 보기 드문 관념을 어떻게
결혼과 출생과 죽음에 결부시킬까 깊이 생각해 보았다. 1080
천천히 비가 가랑비로 변하더니 멎었고, 궁수는 허리를 굽혀
축축한 흙의 냄새를 맡아 보고는 유령과 소리로 넘치는
짙은 독을 머금은 안개로 그의 이성이 가득 찼으며,
랄라가 번쩍거리는 청동 발찌를 차고 저녁의 눅눅한 어둠 속에서
갑자기 솟아오르더니 통통 부어오른 입술을 1085
안개 속에서 무슨 상처처럼 움직이다가 다시 다물었다.
「랄라.」 한숨을 지으며 지도자가 두 팔을 활짝 벌렸지만
억수 같은 비가 쏟아지기 시작하여 세상이 희미해졌고
랄라는 속이 빈 거품처럼 땅속으로 가라앉았다.
「슬프도다, 죽은 자가 내 가슴을 너무 무겁게 짓누르는구나.」 1090
상처받은 가슴을 잡아 뜯으며 궁수가 중얼거렸다.
어둡고 눅눅한 타르타로스의 깊은 곳에서 흙이 죽은 자들을 삭였고
태양이 빙글빙글 돌다가 안개 낀 들판으로 뛰어내렸으며
궁수는 죽은 자들로부터 해방되려고 말없이 투쟁했다.
신의 동굴 속에서 그의 백성이 밤일을 시작했다. 1095
오직 신만이 대지와 연장, 만물의 주인이었고,
네 것 내 것 없이 영혼들 사이의 벽이 무너져 내렸고
모두들 형제처럼 일하고 모든 것을 형제처럼 같이 나누었다.

어떤 사람들은 요람을 만들고, 나무로 멍에를 깎기도 하고
어떤 사람들이 끌로 파서 부적을 만들면 오디세우스가   1100
얼굴을 그려 넣어 목에 걸어 주었는데,
작고도 작은 난쟁이 부적에 담긴 만족을 모르고 갈망하는 눈과 귀,
그리움으로 벌름거리는 콧구멍과 탐욕스럽게 벌린 입,
벌거벗은 몸에서는 신비한 상징들이 큰 소리로 외쳤다.
「모든 마음으로 모든 것을 보고, 듣고, 만지고, 맛보라!」   1105
꾀 많은 설계자는 동굴 안을 이리저리 돌아다니며
일하고 희롱하는 그의 군사들을 둘러보면서 기뻐했고
전설과 빗물과 신이 모두 그의 마음속에서 하나로 뭉쳐
밤에 하는 일이 마음속에서 차분히 일어나더니
전투가 개시되기 전 은밀한 전운이 감도는 저녁에   1110
모든 야수적인 갑옷이 빛나고 육체가 날카로워지듯 빛났다.
모든 요람이 방패처럼 빛나고 모든 물렛가락이 창처럼 반짝였으며,
여자들과 어부들이 일을 하는 연장들이
궁수의 설계된 이성 속에 전쟁의 도구처럼 내걸렸다.
죽은 자들이 독을 잔뜩 먹여 그는 더 이상 견디지 못하고   1115
모든 미천한 일을 높은 차원으로 올려놓고 싶었다.
「형제들이여, 우리들의 손가락 끝에서는 신처럼 불꽃이 튀고,
우리 손이 닿으면 세상의 얼굴이 변화를 일으키니,
우리들이 길에서 돌을 들어 올려, 집을 짓느라고
어느 틈에 끼우거나, 투석기(投石機)의 포가(砲架)로 앉히거나   1120
우리 마음의 상징을 표면에 새겨 넣으면 그 돌은 구원받으며,
모든 씨앗은 참을성 있게 흙에다 뿌리면 구원을 받으니,
감옥 문이 열리고 신이 푸른 싹으로 돋아나기 때문이다.
모든 영혼은 정열과 꿈과 사상과 인간과 짐승과 나무들의

특별한 타작마당을 주변에 빙 둘러 가며 마련해 놓는다. 1125
형제들이여, 사물들을 해방시켜 그대의 영혼을 해방시키자!
그대가 농부라면 땅을 갈아 열매를 맺도록 도와주고,
그대가 병사라면 다른 사람들이 비록 연민을 보이더라도
그대의 의무는 죽이는 일이니까 무자비하게 창을 던져라.
신은 적의 내면에 갇혀 질식해서 절규한다. 〈살려 다오! 1130
내가 더 높이 올라가게 이 육신을 죽여라, 아들아!〉
그대가 여자라면 지극히 조심해서 짝을 찾고
가장 힘센 남자를 위대한 황소처럼 미소와 눈물로 단단히
멍에를 씌워 그대의 비옥한 자궁 속에 아이들을 심게 하되,
그대가 아니라 그대 내면의 여신(女神)이 선택하도록 하라! 1135
가슴에 아들을 안게 되면 젖을 물리고 이렇게 말하라.
〈이 아들은 신이니, 내 젖을 모두 빨아 마시게 하자!〉」
이렇듯 고뇌하는 자가 남자와 여자의 운명을
한밤중에 풀어내어 자랑스럽게 높은 차원으로 끌어올렸고,
모든 영혼이 나락의 언저리에서 돌아다니며 퍼덕거렸고, 1140
그의 말이 모든 마음에 전해졌지만, 모든 마음은 저마다
위대한 말씀을, 신의 알을 그들 나름대로 부화시켰다.

모든 새들에게 거룩한 한겨울 바로 그 열흘* 동안
갈매기들은 알을 품기 위해 햇볕이 잘 드는 어느 바닷가를
그들이 찾을 수 있도록 사나운 바람과 바다를 가라앉히고 1145
태양이 나타나게 해달라고 신에게 애원했다.
노인*이 그 소리를 듣고 대지에게 미소를 지어 햇살을 보내
바닷가들이 알을 품은 새들의 따스함으로 빛났다.
궁수는 태양을 보자 끌질을 하는 연장들을 들고

도시의 성벽을 따라 걸어 다니며 새로운 법을 새겨 놓았는데,　　1150
요란한 목소리와 명령들이 검은 머리를 괴롭혔기 때문에 그는
이성을 해방시키려고 말씀들을 바위에 풀어놓을 수밖에 없었다.
불똥이 튀어 그의 연장과 돌 조각에 불이 붙었고
수염과 머리카락이 푸른 연기와 튀는 돌 조각으로 가득했지만
그는 절대로 달아나지 못하도록 굵고도 신비한 올가미로　　1155
단단히 묶어 두려고 열심히 신을 돌에다 쪼았다.
그는 불꽃과, 구불구불 올라가는 피에 젖은 길을 조각했고,
나무들과, 짐승들과, 마음들과, 빠르고도 갸름한 배 한 척,
가슴에 상처를 입은 연약한 자유라는 작은 배도 조각했다.
그는 열 개의 검은 돌 조각에다 열 가지 명령을 끌로 팠다.　　1160
〈신이 내 마음속에서 몸부림치며 살려 달라고 신음한다.〉
〈신이 땅속에서 숨이 막혀 모든 무덤에서 뛰쳐나온다.〉
〈신이 모든 생명체의 속에서 질식해 뛰어오른다.〉
〈모든 생명체는 좌우의 모든 투사와 동지다.〉
〈초라한 인간이 곧 그대니, 그를 사랑하도록 하라.〉　　1165
〈그들이 곧 그대여서 충실한 친구와 노예처럼 그대를 따라
싸움터로 나아가니, 식물들과 짐승들을 사랑하도록 하라.〉
〈나에게는 다른 말[馬]이 없어 거기에만 매달려 살아가니
물과 흙과 돌, 대지의 모든 것을 사랑하도록 하라.〉
〈날마다 그대의 기쁨과 풍요함과 승리, 모든 것을 부정하라.〉　　1170
〈세상에서 가장 위대한 미덕은 자유를 그냥 얻지 않고,
잠을 못 자는 무자비한 투쟁 속에서 추구하는 행위다.〉
그는 마지막 돌을 집어 뾰족하고 목마른 주둥이로 태양을 향해
높이 치솟아 똑바로 올라가는 화살을 깎았으며,
마지막 계명은 마치 그가 영혼을 태양으로 쏘아 버린 듯　　1175

텅 빈 돌에서 말없이 뛰어올라 궁수를 기쁘게 했다.

육중하고 높은 망루들과 튼튼하고 두툼한 성채,
이제는 네 개의 날개가 태양을 향해 솟아올랐기 때문에
그들은 보름날 그들의 도시를 열기로 계획을 세웠다.
켄타우로스는 너무 기쁜 나머지 평야에 머물고 싶지 않아서   1180
높은 절벽으로 올라가 밑에 펼쳐진 모든 것을 둘러보았는데,
멀리서 여자들이 웃고 아이들이 울며 떠드는 소리를 들었고
적막한 저녁 하늘에 맴도는 연기를 보았다.
큰 엉덩이는 인간의 씨앗이 땅에 떨어져 형상을 갖추고
거대한 크기로 자란다는 생각을 하자 이성이 흔들렸다.   1185
많은 고통을 받는 벌거벗은 남녀가 시원한 샘물로 찾아와서
허리를 숙이고 물맛을 보더니 부드러운 흙을 부스러뜨렸다.
「아내여, 이 멋진 곳에 뿌리를 내려야겠으니 짐을 풀어요.」
깊은 숲속에서 그가 도끼를 치켜들었고,
아내는 무릎을 꿇고 간단한 아궁이를 만들어 불을 지폈으며,   1190
그들은 나무를 베고 큼직한 주춧돌을 모아 깎아서는
거룩한 아들의 오두막을 짓느라고 서둘렀다.
도마뱀들이 조용히 바위로 올라와 지켜보았고,
주인의 재산을 잘 지키려고 개가 어슬렁거리고 돌아다니며
으르렁거리고 짖어 대어 땅에다 경계선을 표시했다.   1195
두 개의 아궁이 돌 사이 불꽃으로 들어간 신이 드높이 휘몰아쳐
대지 위에 펼쳐진 미래와 과거의 모든 것을 둘러보았는데,
그럴 마음만 내켰다면 신은 뛰쳐나와 지붕을 낚아채고는
부부가 고생해서 지은 거룩한 집을 삼켜 버릴 수도 있었지만
가엾다는 생각에 힘을 안 쓰고 차분하게 앉아   1200

소박한 음식을 요리하려고 꿇어앉은 여자를 지켜보았고,
밤에도 쉬지 않고 망을 보면서 황야에다 둥지를 튼
두 사람의 벌거벗은 몸을 덮혀 주며 기뻐했다.*
이렇듯 대지에서 인간의 신화가 시작되었고 자식들이 태어났으며
실패가 다시금 빨라져 소용돌이를 일으키고 빙빙 돌아서   1205
삶의 진홍빛 실이 더욱 위대한 차원으로 엮여 나가게 했다.
켄타우로스의 이성 속에서는 신과 달콤한 물, 불길과 개,
인간, 아내, 아들이 모두 단단히 올가미로 묶여
진홍빛 실로 감싸여 숨을 가쁘게 몰아쉬었다.*
「아, 동지들이여, 낯선 세상에서 누구를 위해 우리들이   1210
실을 감고 옷감을 짜며, 눈부신 삶의 씨줄과
검은 죽음의 날실을 가지고 이런 신비한 무늬를
누가 베틀에 앉아 짰다 풀었다 하는지 알고 싶도다!」
절벽 위에 우뚝 선 그는 눈을 감았고, 도시를 보지 않았지만,
이글거리는 햇살 속에서 도시는 여전히 자랑스럽게 빛났다.   1215
「인간의 삶이란, 신이여, 촌음에 지나지 않는도다.」
그러더니 그는 뒤틀린 미소를 짓고 크게 기지개를 켜고는
동틀 녘에 도시가 처녀의 몸인 신부처럼 신의 사랑하는 품 안에서
빛나게 하려고 골짜기로 달려 내려가서 도금양 가지들을 모아
도시의 네 성문을 푸른 잎사귀로 장식했다.   1220

한편 오디세우스는 순수한 고적함 속에서
신과 영적인 교류를 나누기 위해 산등성이에다
전나무 가지로 세운 높다란 망루로 서둘러 올라갔다.
공기가 더욱 희박해져 산의 향기가 났으며
마침내 자유를 찾고 고생하여 얻은 숭고한 업적인   1225

아들을 품에 꼭 껴안은 여자처럼
궁수는 그의 도시를 영혼 속에서 꼭 껴안았다.
「삶은 무엇인가, 신이여! 여자와 공기와 빛과 바다가
우리들 자신의 영혼과 얼마나 단단히 하나로 뭉치는가!
사랑하는 아내여, 대지여, 기쁨과 아픔으로 마음이 넘칠 때까지,   1230
오, 다정한 동지여, 억수 같은 비와 폭풍을 헤치며 나란히
우리들은 영원히 행군하여 나아갈 터이며,
번갯불이 섬광 속에서 그대를 보며 볼록한 그대의 배와,
하얀 어깨와, 따스한 목에다 내 손을 얹고 싶구나!」
방금 태어나 커다란 눈을 천천히 들어 처음으로 세상을 보는   1235
하얗고 때가 묻지 않은 수송아지처럼 광활한 도시가 빛났고,
고독한 자의 충일한 마음이 멈추었다.
두뇌 속에서 알처럼 그것을 품었을 때 그는 저토록 찬란하고
날개가 큰 독수리가 허공에서 튀어나오리라고는 생각지 못했는데,
영혼이란 항상 높고도 예기치 않던 산봉우리를 낳게 마련이었다!   1240
궁수의 눈꺼풀은 크나큰 행복으로 파닥거렸다.
「오, 눈부신 도시여, 신의 방패여, 내 육신의 생각이여,
올라가는 마음처럼 그대는 대지에서 3층으로 솟구치고,
그대의 발은 거대한 초석에 박힌 진흙이요 바위이며,
무자비한 가슴은 쪼아 놓은 계명들의 법으로 이루어졌고,   1245
높다란 산봉우리는 거대한 도시처럼 하늘 속으로 사라진다!」
무거운 열기와 숨 막히는 구름이 밑으로 깔리고 바위들이 끓었으며
납빛 하늘은 천천히 녹아 굵은 땀방울이 되었고
잎사귀 하나 바스락거리거나 날개 하나도 움직이지 않았다.
그러더니 짙어지는 빛 속으로 궁수가 천천히 움직여   1250
숨을 헐떡이며 어두운 수도자의 오두막에 다다랐고,

허리를 숙이며 문턱을 넘어서던 그의 평온한 두 눈은
기둥에 걸린 가느다란 활을 보았으며
놀고 싶어 하는 아이처럼 마음이 두근거렸다.
그의 도시가 깊은 손바닥에서 새빨간 사과처럼 빛났으므로   1255
너무나 벅찼던 기쁨은 뜨거운 그의 몸속에,
요람에 담겨 갇힌 채로 꼼짝도 하지 않았다.
그가 손을 뻗어 세상에서 유명한 조상의 활을 움켜잡았지만
힘차게 당겼더니 활이 그의 손에서 부스러져
푸른 빛 속으로 피어오르는 하얀 연기처럼 사라졌다.   1260
그가 얼굴을 찡그리고 날카로운 눈초리로 둘러본 다음 천천히
불타는 손가락 끝으로 활의 얇은 껍질을 문질렀고,
사나운 가슴이 들끓으며 그는 기둥에 기대고 축 늘어졌지만,
그가 활을 문지르는 사이에 새로운 나무 밑동이 삐걱거리고는
하얀 유령처럼 너울거리다가 회오리치는 연기 속으로 흩어졌고,   1265
지붕이 땅으로 무너지면서 오두막이 몽땅 사라졌다.
허연 머리가 쭈뼛해진 그는 먼지 구름 사이로 뛰쳐나와
사방을 노려보며 턱뼈를 흔들고 야수처럼 으르렁거렸지만,
멍한 두려움을 가다듬고 그는 덜덜거리는 이빨을 진정시키고
겁에 질린 영혼을 바로잡아 무릎뼈에 힘을 주었으며,   1270
그러자 수치심을 느껴 다시 용기를 내어 흙을 걷어찼다.
「이곳 주인이 누구인가? 내가 문을 두드리니 어서 나오라!」
그러나 무너진 오두막의 흙더미를 발길로 차던 그는
무수히 땅속에 틀어박힌 잿빛 개미들을 보았고,
그의 이성은 명확하게 이해했지만 마음은 여전히 무거운 채로,   1275
그는 기분이 우울해져서 되돌아갔다.
대지가 아직도 부글거리고 태양이 짙은 피 속에서 굴렀으며

반짝이는 도시 전체가 멋진 불꽃을 뒤집어썼다.
바람이 불지 않는 호수의 물이 속에서부터 끓어올랐고,
짐승들이 달려가는지 멀리서 돌멩이들이 쩔그럭거리는 소리가 났고 1280
나무들이 갑자기 지끈거리더니 어느새 한꺼번에 고요해졌다.
「대지가 둘로 갈라지려는 모양이니 가만히 기다리거라, 영혼아!」
제비들이 떼를 지어 날아가다가 가짜 어둠 속에서 서로 부딪쳤고
오리들이 목을 길게 뽑고 머나먼 곳의 물을 찾아 날아갔으며
달려가던 궁수는 시끄러운 함성 소리를 들었다. 1285
머리를 돌린 그는 겁에 질려 찍찍거리고 날뛰며 높은 산으로부터
엄청나게 큰 무리를 이루고 바위에서 달려 내려오는 쥐 떼를 보았는데,
털이 난 주둥이가 겁에 질려 떠는 꼴을 보고 웃었다.
「오호, 녀석들의 수염이 용감하게 바짝 일어섰네 그려!」
신에게 감동한 궁수가 소리치고 도시를 보려고 걸음을 멈추었다. 1290
사람들이 길거리로 몰려나와 신이 신랑으로서 찾아와
모든 것을 차지하도록 싱싱한 도금양 가지로 길을 장식했다.
한참 동안 그는 자부심과 나약해지는 마음으로 구경했다.
「오, 도시여, 철의 성이요 희망의 높은 천막이여,
한때 모든 길을 헤매어 발이 피투성이가 되었던 뜨내기 신이 1295
선량한 조상처럼 이제는 자손을 돌보아 주겠으며,
한때 바람을 쫓아다녔던 술이 취하고 날개가 큰 환상은
이제 날개를 짧게 다듬고 그대들의 들판으로 날아 내려와
아낙네처럼 그녀가 거두어들인 곡식을 다듬으리라.
나는 거북처럼 느린 이성을 내 발톱으로 움켜잡아 1300
창공의 햇살이 밝은 봉우리로, 신에게로 들고 올라가
미천한 운명으로 떨어지기 전에 섬광처럼 잠깐 동안
신으로 하여금 모든 율동을 즐기며 기뻐하게 하리라.

도시여, 이제 나는 더 이상 사냥을 하고 싶지 않으며,
토끼 사냥개 같은 이성을 튼튼한 그대의 성역에 묶어 두고 싶고   1305
나는 마음이 충일하고 발톱도 만족한 경지에 이르렀도다.」
점점 어두워지는 속에서 그의 흐뭇한 입술이 감미롭게 움직였다.
「모든 길이 열렸을 때 아들이 대지의 심장부에 섰다고 느끼는
아버지처럼 내 이성은 도시를 위해 많은 계획을 세웠노라.」
그러더니 도시의 위대한 군주가 마음이 답답하여 입을 다물었고,   1310
다시금 숨을 헐떡이며 산비탈을 달려 내려갔지만
험한 바위들 사이에서 갑자기 그는 자신의 발자국 소리는커녕
지진이 으르렁거린다고 하더라도 듣지 못할 정도로
감미로운 사랑의 어지러움에 빠져 잔뜩 포옹한 남녀를 보았는데,
그들의 머리 위에는 담청색 연기가 떠다니는 듯싶었다.   1315
〈그들은 둘 다 붉붙어 타오르는구나.〉 궁수가 생각했다.
〈신이 그들과 함께 하여 씨앗이 튼튼하고 크게 자라기를!〉
그래서 그는 발돋움을 하고 조용히 성스러운 자리를 피했다.
성문에서 그는 말을 높이 타고 월계수 열매와 도금양 가지로
도시를 장식하는 큰 엉덩이를 만났으며,   1320
그는 전에 덩치가 큰 켄타우로스가 제물로 바칠 짐승을 장식하듯
불처럼 새빨갛게 장식했던 크레테의 성이 불현듯 생각났지만,
불길한 새가 깨어날까 봐 걱정이 되어 아무 말도 하지 않았다.

신부처럼 단장한 길거리와 골목들은 꽃이 만발한 나무 같았고,
아이들이 가득 찬 시끄러운 마당은 해가 지면 날개를 퍼덕이며   1325
새들이 지저귀는 둥지가 가득한 포플러나무 같았다.
여인들의 처소 어디에서나 새로 구운 밀빵이 빵가마에서 부풀어 올라
모든 가슴을 향기로운 냄새로 가득 채웠고,

배가 불러 곧 아기를 낳을 여자가 깊은 한숨을 지었으며,
욕심이 나서 때도 안 되어 아기를 낳을까 봐　　　　　　　　　　1330
처녀들이 모두 새로 구운 빵을 재빨리 그녀에게 가져다주었다.
멀리서 어머니가 흥얼거리는 자장가 소리가 들려왔는데,
그 소리도 역시 연기처럼 어둠 속으로 이리저리 흩어졌다.
「아들아, 혹렬한 산고를 치르며 내가 너를 낳고 난 다음
왜 나는 황금 날개가 돋아 태양으로 솟아오르지 않았고,　　　　1335
왜 대지는 황홀하여 겨울 눈 속에 꽃을 피우지 않았으며,
왜 제비들은 노래하며 돌아오지 않았는가, 독수리 아들아?
신이 존재한다면 그는 바로 이 요람 속에 누워 있겠구나!」
집정관의 자랑스러운 눈에는 벅찬 기쁨의 눈물이 가득 고였다.
「내 모든 큰 희망을 그대에게 걸었으니, 아기를 낳는 처녀여,　　1340
눈먼 개미들이 신을 질식시키고 우리들을 잡아먹지 못하도록
서로 껴안고 아기를 낳아 이 땅에서 번식하도록 하라.」
그가 중얼거리고는 곱슬머리 청년 앞에서 반가워 멈춰 섰는데
젊음의 교만함으로 당당하게 으쓱거리던 청년은
형언하기 어려운 깊은 꿈이 대담한 두 눈에 가득했다.　　　　　1345
청년이 수탉처럼 거드름을 피우고 지나가자
모든 골목에는 꽃이 만발하고 바닥돌들이 보석처럼 빛났으며
지붕마다 깃발이 나부끼고 처녀들은 암내를 뿜었으며
볼품없고 굶주린 암탉까지도 공작처럼 깃털을 펼쳤고
죽음은 진홍빛 장미를 손에 들고 흔들었다.　　　　　　　　　　1350
한편 뜨거운 벼락불이 뱀처럼 호수로 미끄러져 들어갔고
앵무새들이 담청색 구름과 수풀 속에서 갑자기 깨어나
시끄럽게 떠들며 무더운 도시를 지나 북쪽으로 서둘러 도망쳤다.
「이것은 길조일세, 여러분! 그들이 오른쪽으로 지나갔으니까!」

큰 엉덩이가 소리쳤지만 인간을 파괴하는 자의 눈초리가 그를   1355
통째로 집어삼키는 기분을 느껴 그의 굵은 목소리가 쑥 들어갔다.
「또다시 악마가 걷어차고 잡아 뜯으며 그에게 올라탔고,
그의 검은 머리에서 연기가 뿜어 나오니 모두들 조심해야지.」
그가 신음하고는 도금양 가지를 더 꺾으려고 숲을 뒤졌다.
그러나 살인자는 자신의 가혹한 눈초리가 못마땅했고   1360
그의 마음은 넘쳐서 친구를 부둥켜안으며 이렇게 말하고 싶었다.
「용서하게, 친구여, 오늘은 대지와 신이 못 견디게 짓눌러서
그대를 사랑하면서도 목이 메는 기분이 드는구먼.」
그러나 이성이 비웃기만 해서 그는 부끄러움을 견디기 힘들었다.
달의 희미한 얼굴에 곰팡이 같은 그림자가 지더니   1365
조금씩 조금씩 기어 올라가 창백한 턱을 뒤덮고
입을 지나 재빨리 눈으로 달려가 가려 버리는 사이에
그는 높이 안개 속에서 깜박이는 개밥바라기를 보았다.
대지의 모든 빛이 기절해 사라지고 나무들이 무서워 떨었으며
새들과 짐승들이 빽빽거리기 시작했고, 흥분한 젊은이들은   1370
무모한 자존심으로 꼬리에 불을 붙인 화살을 하늘로 쏘았고,*
결혼을 안 한 처녀들은 젖가슴을 드러내고 결혼한 여자들은
달의 기운을 북돋우기 위해 문간에다 화톳불을 지폈다.
고뇌하는 자는 문둥병 같은 그림자가 차분하게 떠오른
시원하고 상쾌한 보름달의 얼굴을 먹어 들어가서 결국   1375
가느다란 낫처럼 하얀 이마만 남는 것을 지켜보았다.
탐욕스러운 입으로 밤이 대지를 덮었고 별들이 폭발했으며
하늘의 캄캄한 언저리에서 조용한 섬광들이 번쩍거렸다.
「난 숨이 막혀요.」 임신해서 배가 부르고 얼굴이 창백한 여자가
소리치며 떨리는 손을 무거운 배에다 얹었고,   1380

바람의 궁수가 깊은 한숨을 쉬고 서둘러 갔다.「그대의 아들이
숨 막히지 않도록 내려앉는 하늘을 내가 들어 올리겠노라!」

그는 서둘러 도시의 성문을 지나 숲을 통과한 다음
잠복했던 사냥꾼이 사냥감을 몰아내듯
눈을 들어 이글거리는 눈초리로 하늘을 살펴보았다. 1385
「모든 영혼은 저마다 제자리를 잘 지키면 전쟁 전체를 건지기도 하니,
나는 이곳 내 육신의 탑에서 분노를 가지고 싸우리라!」
그러나 용사의 두뇌 속에서 자랑스러운 맹세가 아직 울릴 때
대지의 근본으로부터 함성이 터져 나오고 나무들이 흔들렸으니
고집 센 궁수가 주먹을 치켜들고 소리 질렀다. 1390
「왜 고함을 지르는가? 그러면 누가 무서워할 줄 아느냐?
그대를 신으로 만든 고집 센 두뇌, 내 두개골을 깨뜨리고,
어서 일어나 뜨거운 돌로 쏟아져라! 분노를 뿜어내거라!
잊지 말라, 어리석은 자여, 만일 내가 없었더라면
검은 개미와 짐승과 뱀들이 그대를 통째로 삼켜 버렸으리라! 1395
그대가 머리를 들기도 전에 비가 쏟아져 썩은 잡초들이
그대를 움켜잡고 진흙의 요람 깊숙이 끌고 들어갔으리라!
내가 그대를 구해 사자처럼 키워 놓고 났더니, 이 얼뜨기야,
그대는 입을 벌려 나를 잡아먹으려고 하는구나!」
고독한 자가 소리를 지르자 짙은 연기가 머리 위로 피어올랐다. 1400
그는 숨죽인 숲속에 누웠고, 짐승 하나 움직이지 않았으며
시들어 버린 낙엽들이 쪼그라지고 말없이 죽어 비틀렸으며,
손가락 끝이 개미에 물린 듯 가렵고 입술에 불이 붙었으며,
폭풍이 아직도 멀리서 불어 내려와 그의 살을 파고들었으며,
사나운 폭풍에 휩쓸려 가라앉는 검은 배처럼 1405

쏟아지는 번갯불 속에서 도시와 호숫가가 함께 번득였다.
그러자 그의 두뇌 속에서 이성이 뒤집힌 도시처럼 술렁거렸고
그는 무거운 발자국 소리와 뜨겁게 헐떡이는 숨소리를 들었으며
재빨리 몸을 돌려 번갯불 섬광 속에서 빛나는 엄니를 보았는데,
땀으로 흠뻑 젖은 하얀 코끼리가 달빛을 받으며 불쑥 나타났다.   1410
껄껄한 코끼리의 목덜미에 억센 남자가 엎드린 듯싶었고,
번갯불 섬광 속에서 궁수는 오랫동안 사랑하던 얼굴을 보았으며,
그가 달려가자 숲 전체가 우렁찬 함성으로 흔들렸다.
「아, 바위여, 때맞춰 왔구나, 충성스러운 사자여!」
코끼리가 멈춰 울부짖더니 펄럭거리는 두 귀를 세웠고   1415
바위는 궁수의 품으로 말없이 엎어졌다.
그들은 팔을 활짝 벌리고 서로 껴안았으며
기쁨을 만끽하고 머리가 맑아진 다음에
독수리와 싸우는 한 사나이가 숨을 몰아쉬며 돌아섰다.
「주인이시여, 나는 그대의 곁으로 때맞춰 오려고   1420
잠도 자지 않고 먹거나 마시지도 않으며
숲과 황야를 밤낮으로 달려왔습니다.
예언하는 유령들이 나에게 나타나 그대가 날카로운 칼의 끝에서
죽음의 위기에 처했다고 알려 내 마음이 크게 소리쳤어요.
나는 그대 옆에서 싸우러 왔고 우리들은 같이 죽을 것입니다!」   1425
이런 순수한 성실성, 이런 남자다움, 이런 사랑을
전혀 알지 못했기 때문에 고뇌하는 자가 감동을 받았으니,
아, 인간의 씨앗은 잘 자라면 얼마나 훌륭해지는가!
오디세우스는 정복을 당하지 않는 곱슬머리를 꼭 껴안고는
말 없는 사랑을 느끼며 한참 동안 쓰다듬었지만,   1430
뒤에서 깊은 한숨 소리가 들려오자 그들은 벌떡 일어났고

신음하는 코끼리가 푹신한 땅에 길게 엎드려
엄니로 깊은 구덩이를 파는 광경을 보았다.
코끼리가 땅 냄새를 맡고 으르렁거리더니 숨을 몰아쉬고 신음하며
주름진 머리를 천천히 구덩이 속으로 넣었다. 1435
가엾은 바위가 짐승에게 달려가 목에 매달려 부드럽게 어루만지며
마음을 진정시키는 말을 나지막이 얘기했지만
코끼리는 껍질이 경련을 일으키고 눈이 퀭해졌으며
기다란 귀가 매끄러운 벌거숭이 잔등으로 헐렁헐렁 늘어지더니
순식간에 코에서 물을 뿜어 구덩이가 하얀 조상의 진흙 무덤이 되어, 1440
할아버지는 숨을 거두며 경련을 일으키는 가죽과,
하얀 잔등과, 거대한 엉덩이와, 엄청난 배에다
진흙을 천천히 문질러 가면서
구덩이 속에 엉거주춤 앉아 서서히 가라앉았다.
덩치가 큰 조상을 어루만지며 울음을 터뜨린 바위는 1445
두 손과 가슴이 진흙투성이가 되었고, 얼굴은 시커멓게
더러운 죽음이 묻어, 무덤의 더러운 흙탕물 속에서 뒹굴었다.
오디세우스는 친구의 젊은 모습을 보고 흙과 구더기들이 벌써
그의 입에 가득 찼다고 느껴 분노하며 떨었다.
「인간의 거룩한 빛을 지워 버리는 헛되고 무감각한 어둠에게 1450
나는 절대로 굴복하지 않고 용서하지도 않으리라!」
그러더니 그는 무자비한 신에게 분노를 마구 쏟아 냈다.
「어리석도다. 아무리 궁핍하다 하더라도 그대는 그대에게 형체를
갖추어 주려고 싸우며 살아가는 가장 영광된 인간을 버리는가?
그대는 우리들의 마음을 절규와 열띤 욕망으로 가득 채우고, 1455
귀를 침묵 속에 담그고 듣기를 거부하지만, 비겁한 자여,
그대의 도움이 없더라도 인간의 영혼은 계속 투쟁할 것이다!」

그는 심장이 크게 뛰었고, 죽음을 쫓아 버렸으며,
검은 하늘에서 천 개의 날개로 날아 지나갈 천 개의 길을 뚫었고,
그러고는 매처럼 고함치며 운명이 짜놓은 것을 풀어 보려고 애썼다. 1460

제16편

낮에 성을 지키는 망루에 새가 세 마리 높이 앉았는데
한 마리는 저 멀리 바다를, 다른 한 마리는 저 멀리 들판을,
그리고 가장 훌륭한 세 번째 새는 인간의 내면으로 뛰어들어
진홍빛 날개를 퍼덕이며 부풀어 오른 목을 높이 들었다.*
「나는 평야의 송장을 찾아다니는 까마귀도 아니요,   5
몸을 식히려고 바다의 파도로 뛰어드는 갈매기도 아니며 —
불꽃의 새장 속에서 노래하는 바로 그 새랍니다! 사람들은 나를
신이라고도 하고, 교활한 인간의 위대한 씨앗이라고도 하는데
창백한 자들은 나를 〈죽음의 새〉라 말하며 떨지만,
나는 아직도 붙잡히지 않고 불타는 새, 그대의 마음이라오.」   10
이렇게 주간 망루에서 작은 새가 노래를 불렀고,
동굴 속에서 그 소리를 들은 황소들이 밧줄을 끊으려고 이를 갈았으며,
낙타 두 마리가 새끼에게 바짝 붙어 서서 목을 핥아 주었고,
앵무새들이 날아가고, 쥐들은 비명을 지르고 산비탈을 달려 올라가
높다란 독수리 바위들 사이로 깊이 파고 들어갔으며,   15
영원(蠑蚖)과 도마뱀과 전갈과 고슴도치들이 땅 위에 모여
새끼들과 먹이를 챙겨 가지고 갑자기 자취를 감추었다.

그들의 물렁물렁한 두뇌를 감싼 방패처럼 두꺼운 껍질을
새의 노래가 뚫지 못해 인간의 무리만이 귀머거리여서
젊은이들은 칼을 차고 처녀들은 머리를 빗었으며,　　　　　　20
아들을 낳은 어머니는 젖가슴을 장식했고
모두들 명령에 따라 목에다 꽃을 걸고는,
거대한 춤의 터전, 신의 동굴을 향해 출발했다.
날이 밝아 태양의 수탉이 세상의 꼭대기로 올라가고
아프로디테의 별이 새벽빛 속으로 조용히 사라지자　　　　　25
오디세우스는 〈인간의 군주〉, 신의 가면을 집어 들고
동굴 안에서 그것을 머리에 쓰려고 했지만
가면이 사나운 새처럼 날뛰며 달아나려고 했다.
영혼이 일곱인 자는 새를 가죽 끈으로 세 차례 단단히 잡아매고
비틀거리며 바위를 움켜잡았는데, 독수리가 그의 두뇌를　　　30
발톱으로 파고들기라도 했는지 양쪽 관자놀이가 지끈거렸다.
「오늘이 나를 잡아먹는 그대의 잔칫날이더냐?」
괴로운 자가 소리치고는 격노하여 입술을 깨물었다.
작은 새 한 마리가 그 소리를 듣고 망루 높이 노래를 했는데,
인간의 마음이 그의 도시를 굽어보고 흐느껴 우는 듯　　　　35
그토록 아름다운 새의 지저귐을 그는 들어 본 적이 없었다.
심한 의혹이 떠오른 궁수는 동굴의 입구에서 신경을 곤두세우고
멀리서 감미로운 통곡을, 비웃는 소리를 들었으며,
초원에 불이 붙은 듯 대기는 휘파람 소리를 냈다.
「소리치지 말고 가만히 참고 기다리게나, 마음이여!」　　　　40
그의 사자 마음에게 충고했지만 팔다리는 떨렸다.
한편 소녀처럼 아름다운 젊은이들이 으쓱거리며 올라왔고,
젊은 여자들은 유혹적으로 엉덩이를 흔들며 걸었고,

켄타우로스의 황금빛 카나리아 외투가 태양처럼 빛났다.
동굴의 어둠 속에서 늘씬한 산사나이 둘이 나란히 앉아   45
뜻밖의 재회의 감미로움을 아직도 더 맛보려고
철석은 그의 다정한 친구를 어루만졌다.
흙투성이 태양이 짙은 안개 속으로 빠져 가라앉았고
마당에서 개들이 울부짖었으며, 바람도 없이 잔잔한데도
호수의 수면이 부글거리며 물결치는 소리가 들려왔다.   50
뜨거운 모닥불에다 제물로 바칠 일곱 마리의 양을 굽고,
젊은이들은 찾아와서 도시를 둘러보라고 신에게 소리쳤으며
젊은 여자들은 동굴이 번쩍거릴 때까지 빙글빙글 춤을 추었고,
이빨이 빛나고 뱀 같은 눈들이 황홀한 군중을 매혹시켰으며
여기저기서 노래가 튀어나와 불길처럼 활활 타올랐다.   55
「어머니시여, 나는 태양을 사랑하고 대지의 향기에 미치는도다!
죽음을 두려워하지 않는 산은 얼마나 자랑스러운가, 신이여!
이성 속에 아들을 잉태한 미혼자들은 얼마나 자랑스럽고,
아기를 젖가슴에 안은 갓 결혼한 여자들은 얼마나 자랑스러운가!
그대가 낯을 붉히게 붉은 사과를, 새빨간 장미꽃을,*   60
아들을 안에 넣고 흔들어 주라고 작은 요람을
곧 가져다줄 테니 어서 내려오라, 남성 신이여.
푸른 하늘이 좋기는 하지만, 인간과 신을 다 같이, 짐승과 나무,
심지어 지극히 작고도 은밀한 비밀을 잉태한 내 마음까지도
속에 품은 대지만큼 아름답지는 못하더라.   65
어머니시여, 나는 대지를, 대지의 고통까지도 사랑한다!」
젊은이들이 벌떡 일어나 춤추며 억센 목소리로 응답했다.
「대지도 좋고, 빛나는 처녀들의 사과 또한 좋구나!*
우리들은 그대들을 위해 주름진 빨간 카네이션과,

868

독약이 담긴 병과 손잡이가 검은 사랑의 칼을 가져왔으니, 와서 보라! 70
대지는 화려한 시장, 나에게 주면 나도 그대에게 줄 터이고,
재산을 한곳에 섞고 상품을 교환하고 싶으니, 어서 이리 오라!」
격렬한 두 춤이 하나로 섞였고 사람들이 손을 꼭 잡았으며
젊은이들의 콧수염이 처녀들의 머리카락을 스쳤다.
「어서 대지로 와서 먹고 마시고 입 맞춰라, 사랑하는 신이여!」 75
그러더니 모두들 잠잠해져서 대답을 들으려고 몸을 잔뜩 수그렸고
동굴을 비틀거리게 만드는 우렁찬 함성을 듣기는 했지만
생각이 뛰어들어 미처 그들의 마음을 갈라놓기 전에
고독한 자가 신의 가면을 쓰고 짙은 어둠에서 뛰쳐나왔다.
「내가 와서 보니 그대들은 훌륭한 도시에서 잘 살아가는구나! 80
나는 그대들이 제물로 바친 황소를 좋아하고, 쓰러지지 말라고
대지를 잡아 주는 처녀들과 늠름한 총각들이 마음에 드는구나.
그대들의 대지가 내 마음속에서 싹터 널리 뿌리를 내렸고,
그대들을 보니 내 희망은 오직 인간뿐이로다!」
그의 말이 아직도 숨죽인 허공에서 울려 퍼질 때 시퍼런 섬광이, 85
사나운 짐승의 눈초리가 떨리는 동굴 가득히 타올랐으며,
황소의 고함이 대지의 배 속 깊은 곳에서 으르렁거렸다.
두뇌가 텅 빈 사람들은 당당한 신이 나약한 인간의 부름을
들었다고 생각했기 때문에 기뻐서 날뛰었지만,
궁수는 이제 더 이상 두뇌를 빨아먹는 희망에 매달리지 않았고 90
숨찬 대기의 냄새를 맡으려는 사냥개처럼 동굴에서 달려 나갔다.

엷은 먼지 구름이 일어나 낮을 가렸고
잎사귀 하나 움직이지 않는데 찌는 듯한 열기에 숨이 막혔으며
곤충과 새와 짐승이 울거나 찍찍거리는 아무 소리도 들리지 않고

새로 얹은 지붕에서만 풍향기 노릇을 하는 인간의 깃발처럼 95
짙은 푸른 빛깔의 연기가 흔들리며 떠 있었다.
밤을 걷는 자의 눈먼 영혼이 호수와 나무들과 개들을
만지며 더듬거려 손바닥으로 무엇인지 알아보려고 했지만,
모두들 주춤하고 물러나 말없이 두려워하며 물끄러미 쳐다보았다.
분노한 오디세우스는 모든 어둠의 힘을 불러 그들이 그에게 100
알리려는 무서운 소식이 무엇이냐고 고함쳐 물었다.
그는 마음이 들끓었고 핏줄은 산 채로 삼켜 버리려는 듯
그의 몸을 벌레들처럼 친친 감았고,
무서운 소식의 냄새를 맡자 이성은 갑자기 고함을 질렀다.
그는 숨이 막혀 사나운 가면을 등 뒤로 젖혔고 105
검은 관자놀이를 불끈거리며 도시의 성벽으로 달려가
땅이 흔들리면서 짙은 연기가 꾸역꾸역 피어오르던
높은 산꼭대기로 그의 불타는 눈을 들었고,
분노하는 마음으로 북쪽 성문에 몸을 기대었다.
「연약한 몸이여, 위대한 영혼이여, 굴복하지 말고 버티어라!」 110
커다란 폭음이 대지에서 터져 파도처럼 술렁이며 뒤흔들렸고
먼지 구름이 높이 치솟아 태양을 뒤덮어 질식시켰다.
시간에 쫓기고 절망에 빠진 자가 길거리를 달려 내려갔는데,
그는 즐겁게 노는 두 명의 곱슬머리 아이를 보았고,
컴컴한 구석에서 청년과 처녀가 껴안고, 슬프도다, 115
마치 시간이 한없이 많다는 듯 천천히 감미로운 사랑으로
유혹하며 속삭이는 모습을 보았다.
굳은 마음이 눈물로 넘쳐 두 사람을 움켜잡았다.
「시간이 없으니 모든 부끄러움을 떨쳐 버리고, 내 아이들이여,
서둘러 육체를 즐기고 갈망하는 입술을 어서 겹치도록 하라!」 120

조금 더 가니 두 노인이 말다툼을 하다가 심판을 부탁했지만
쓸쓸한 표정으로 비웃으며 그가 말했다.
「무서운 심판인 지진이 이제 그대들을 갈라놓을 테니
여기서 정의를 찾지 말고 어서 하데스로 가거라, 바보들이여!」
젊은 어머니가 사랑하는 아들에게 젖을 먹이려 허리를 숙였으며   125
한껏 욕망을 충적시켜 멍해진 그녀의 눈이 두리번거렸고,
입을 멍청하게 벌린 채 맥 풀린 두 손으로
자신의 아들을 뜨거운 어둠 속에서 연인처럼 어루만졌다.
오디세우스가 쓰러지지 않으려고 벽에 몸을 기대더니
천천히 다정하게 어린 아기를 쓰다듬었다.   130
「저 말랑말랑한 머리와 저 푸른 눈, 우유를 먹은 저 입,
저 육체의 부드러운 살이 무르익어 태양을 즐길 날이 없을 테니
아, 얼마나 가엾기 짝이 없는 일인가.」
이렇게 탄식하더니 그는 불쌍한 여인에게 나지막이 말했다.
「왜 그대는 도시의 축제에 가지 않았는가?」   135
그녀가 웃자 입가의 작은 점이 빛났고,
무릎에 앉힌 아기를 얼러 주고는 아들의 입가에서 빛나는
점에다 입을 맞추더니 악령의 눈으로부터 지켜 달라고
그의 가슴에다 작은 청동 손을 걸어 주었다.
고독한 자가 무릎에 힘을 주어 벽을 밀고 몸을 일으키더니   140
길거리를 달려 내려갔고, 시끄러운 그의 마음 깊은 곳에서는
마구 삼키는 그의 신과 맞싸우려는 투쟁이 벌어졌다.
「염치가 있다면 그대는 인간의 땀을 존중해야 한다!
그대가 이토록 형편없이 빚어 놓은 세상은, 우리들이 와서
완벽하게 만들어 놓기 전에는, 더럽고 멍청한 부모에게서 쫓겨난   145
떠돌이, 그대의 병든 손에서 태어난 가련한 자식이었노라!

그대가 끝없는 바다를 빚었지만 우리들은 가르고 나아가는 배요,
그대가 날뛰는 강물을 빚었지만 우리들은 튼튼한 다리이며,
그대가 사나운 말을 빚었지만 우리들은 억제하는 고삐다.
그대는 엉덩이가 크고 검은 야수, 애교를 떨고 제멋대로 날뛰는   150
여자를 빚어 만들었지만 우리들은 성스러운 사랑을 만들었고,
그대는 바보처럼 무기력한 〈죽음〉을 세상에 풀어놓았지만
우리들이 낳은 자식들이 죽음의 힘을 제압하고 말았노라!
불과 벼락으로 치더라도 우리들은 살아날 길을 찾아내고,
그대의 칼이 뼈 속까지 찌르더라도 아무 소용이 없으리라!」   155
격노하는 가슴으로 이렇게 그는 혼잣말을 중얼거렸고,
어두운 동굴로 온 그는 춤과 웃음을 지켜보며 슬퍼했고,
그러더니 그는 세 명의 옛 친구를 둘러보았다.
세 사람 모두 진탕 먹고 마셔 한껏 취했으며
추장 바위의 가슴에는 독수리의 가느다란 종아리뼈로 만든   160
멋진 피리가 부적처럼 여전히 걸렸으며,
그가 피리로 옛날 음유 시인들이 가르쳐 준 슬픈 노래를
어찌나 감미롭게 불었는지 사람들의 이성이 흐려졌지만,
영혼을 움켜잡은 자를 보자 그의 머리 위로 피어오르는
검고 무거운 구름 때문에 당황하여 벌떡 일어섰다.   165
「한참 즐거운 판에 세금쟁이가 나타나셨구먼.」
기쁨이 달아나 맥이 풀린 큰 엉덩이가 신음했고,
그들이 동굴에서 나오자 주인이 비웃었다.
「사냥을 도와 달라고 내가 부른 개들이 어떻게 된 노릇인가!
그대들은 콧구멍이 벌름거리고 가슴이 두근거리지도 않던가?   170
온 세상에서 유황 냄새가 나고 산에서 연기가 쏟아져 나온다!」
높은 산봉우리로 시선을 돌린 그들은 입술이 파랗게 질렸으니,

대지의 아궁이가 갈라지고 연통이 모두 터져 나간 듯
연기 덩어리들이 새까만 바위로부터 뿜어 올라갔다.
그러나 어깨를 추스른 철석의 눈은 흐려지지 않았다.   175
「우리 영혼은 강하기만 하니 죽음이 찾아와도 환영한다!
영혼이 뼈에 매달려 육신을 사랑한다는 사실을 알게 되리라.」
하지만 그가 말하는 동안 천둥소리가 울려 그들은 비틀거렸고
네 사람이 쓰러지지 않으려고 모두 서로 매달리자
일곱 영혼의 남자는 나지막이 웃고 사납게 으르렁거렸다.   180
「나약한 인간의 거룩한 이성에게 죽음은 그런 응답을 하는구나!」
그러나 바위가 주인의 분노에 대해서 남자답게 맞섰다.
「뻣뻣한 증오에는 집요한 증오로, 우리들은 당하는 것보다
더 많이 그 겁쟁이에게 갚을 터이며, 지금 죽는다고 해도
우리들은 당당하게 똑바로 서서 땅속으로 내려가리라!」   185
고뇌하는 자가 동지의 오만한 머리를 어루만졌다.
「말 잘했네! 땅이 꺼져 삼키더라도 우리들은 꼿꼿한 자세로
소용돌이 속으로 가라앉겠지! 우린 다른 기쁨은 원하지 않아!
가세! 죽음이 지나가게 될 길을 우리 둘이서 나눠 맡아,
나는 얼른 동굴로 가 흥분한 군중을 진정시킨 다음   190
아무도 폭풍 속에서 길을 잃지 않도록 모두 인도하여
빈틈없이 죽음과 싸우러 행군하여 나가도록 하겠네.
켄타우로스, 그대는 여자들과 어린 아이들을 맡아서
어제 북쪽으로 도망치는 짐승들을 내가 보았으니
당장 북쪽으로 향하는 빠른 길을 트도록 하게.   195
철석, 용감한 자네 부하들과 함께 후방 경계를 단단히 하고,
식량과 짐승과 물건들을 손이 닿는 대로 모두 거두기 바라네.
난 죽음과 맞붙어 투쟁하는 인간의 씨앗에 모든 희망을 걸었지!

바위여, 북쪽 성문 위 높은 곳에서 불철주야 경계를 서고,
낮은 숲이나 높은 산봉우리 어느 쪽에서 200
어느 안전한 길을 택해야 할지 그대의 부지런한 나팔로 알리고,
사방을 모두 둘러보아 우리들을 올바른 길로 이끌어 주게.
가장 힘든 일을 맡겨 미안하기는 하지만, 바위여,
나는 그대를 잊지 않고 언젠가는 그대의 영혼을 받으리라고
크레테의 바닷가에서 내가 했던 약속을 기억하겠나?* 205
그대의 긍지와 기상을 보여 줄 때가 되었네.」
죽음의 싱싱하고 푸른 월계수 가지, 눈부신 불멸의 월계관을 의식하자
바위는 가슴이 두근거리고 관자놀이가 불끈거렸다.
「내 힘이 미치지 못할 만큼 큰 무엇을 그대가 요구하는 날이 오기를,
그런 큰 기쁨을 나는 항상 갈망했습니다, 주인이시여.」 210
그들이 남자답게 얘기하고 죽음을 함께 나누는 사이에
태풍 같은 연기가 거대한 소나무처럼 퍼지며
폭풍의 파도 속에서 일어나 태양을 감싸 버렸다.
산이 우르릉거리고 불기둥이 높이 뛰어올랐으며
갑자기 뜨겁고 끈끈한 진흙 덩어리들이 떨어지기 시작했다. 215
동지들은 세상에서의 마지막 날이 왔다고 느꼈으며,
네 사람은 아무 말도 없이 서로 꽉 껴안았고
불타는 어둠 속에서 울려 나오듯 켄타우로스의 신음 소리가 들렸지만
가장 먼저 머리를 들고 뛰쳐나간 사람은 고독한 자였으며
그들은 뒤를 돌아다보지도 않으며 저마다 제 갈 길로 흩어졌다. 220

그들이 계속해서 달려가는 사이에 어둠이 짙어졌고,
활활 타오르는 돌멩이들이 우박처럼 공중에서 사방으로 날아다녔다.
그러자 큰 통곡이 터져 나오고 대지의 배 속이 흔들렸으며

아기를 안은 어머니들이 비명을 지르면서 땅으로 쓰러졌고
젊은 처녀들은 장식품을 가슴에 들고 달려갔으며   225
아이들은 장난감을 품에 안고 숨을 몰아쉬었다.
시퍼런 번갯불 섬광 속에서 폭주하는 사람들의 무리가
잠깐 비치더니 얼룩진 밤의 어둠 속으로 뛰어들었고,
때때로 여자들 한가운데서 켄타우로스의 몸이 빛났고
때때로 젊은이들을 북쪽으로 이끌거나 노인들을   230
발로 차서 밀어내고 재빨리 달려가는 철석의 몸이 빛났으며,
때때로 소음 속에서 짓눌린 바위의 목소리가 들려왔다.
찢긴 대지가 흔들리고 비틀거리는 사이에 오디세우스는
유아실을 찾아 어린 아이들을 구하려고 달려갔으며,
허연 수염이 불에 그을린 그의 모습이 연기 속에서 소용돌이쳤다. 235
갑자기 높은 곳에서 끓는 물이 도시로 쏟아져 내려왔고
동굴이 술렁이다가 터지고는 죽은 자들이 무덤에서 뛰쳐나왔고
궁수도 역시 담청색 불길 속에서 뛰어오르더니
흔들리는 유아실의 무너진 문간을 향해서 달려갔다.
긴 팔로 그는 어린 사내아이들을 둘씩 낚아채어   240
길거리로 내던진 다음, 당장 달려와서 아이들을 얼른
북쪽으로 데리고 가라고 마당발을 불렀다.
그러나 그 순수한 동물은 그의 곁을 떠나려고 하지 않았다.
「땅이 가라앉으니, 그대 홀로 죽음을 맞게 할 수 없소!」
그가 말하고는 주인의 팔을 강제로 끌어당기려고 달려갔지만   245
궁수가 분노하여 두 손을 내밀어 그를 밀어 버렸다.
켄타우로스가 눈물을 글썽거리며 두 팔을 활짝 벌렸지만
땅이 다시 흔들리고 갈라지더니 인방돌이 휘어져 나왔고
궁수의 머리 위에는 바위들이 아슬아슬하게 걸렸다.

덩치가 큰 켄타우로스가 얼른 허리를 굽히더니 250
흔들리는 초석 밑에다 굵은 기둥처럼 그의 커다란 잔등을 받쳤다.
일곱 영혼의 남자가 호랑이처럼 포효하며 길거리로 뛰쳐나갔지만
짙은 어둠 속에서 친구를 찾아보려고 돌아보니
삐걱거리던 인방돌이 무너지는 소리가 들렸고
황소의 울부짖음이 쏟아지는 돌멩이들 사이에서 으르렁거렸다. 255
「내 친구를 볼 수 있도록 빛을 밝혀라, 번갯불 섬광이여!」
궁수가 고함치며 연기가 피어오르는 폐허로 뛰어들었다.
땅 위를 기어가는 붉은 뱀처럼 불길이 이리저리 너울거리자
흩어진 돌멩이 조각들 사이에서 진흙 속으로 가라앉는,
지극히 순박하고도 무서운 켄타우로스의 머리가 보였다. 260
오디세우스가 아무 소리도 못하고 달려가며 턱이 덜덜거리지 않게
손으로 입을 꽉 붙잡고 튀어나온 눈을 꼼짝도 않고
부서져 김이 나는 뇌에다 고정시켰으며, 그런 광경을 지켜보던
그의 머리가 음산한 어둠 속에서 하얗게 변했다.
그는 뒤로 물러나 무거운 발걸음으로 걸었고, 폐허 속에서는 265
아기를 데리고 여자들이 신음하며 신을 부르는 소리가 들려왔다.
아들을 꼭 껴안고 선 어머니가 비명을 질렀는데,
처음에는 그녀의 검은 머리에, 그리고는 옷에 불이 붙었고,
그녀는 똑바로 세운 햇불처럼 길에 선 채로 활활 타올랐다.

동틀 무렵에 도시가 가라앉고 산은 불의 혓바닥을 270
한껏 삼킨 다음에 입을 꽉 다물었으며
불타는 구름 위에서 태양이 웃으면서 빛났고
폐허가 된 땅에는 빛이 장미꽃처럼 퍼졌다.
어느 어머니가 타버린 나무의 뿌리에 앉아 숯덩어리가 된

아들을 부둥켜안았는데, 아이의 목에는 악귀의 눈을 막아 내는   275
부적으로 만든 자그마한 청동 손이 그대로 걸려 있었다.
그녀는 아들을 천천히 흔들며 저주의 탄식을 했다.
「더러운 신이여, 내 스무 개의 손톱 발톱의 저주를 받고,*
숲에서 짐승들이, 들판에서 벌레들이 그대를 잡아먹고,
그대에게 안식처를 제공할 따뜻한 마음이 하나도 없기를 빈다!   280
하나뿐인 내 아들을 불태워 죽인 그대에게 저주가 내리기를!」
비틀거리고 신음하며 지나가는 초라한 군중 한가운데서
머리카락이 그을린 창백한 철석이 크나큰 고통을 느끼며
남자들과 여자들의 머리카락과 불탄 잔등을 어루만지면서
그들의 떨리는 가슴에 새로운 마음을 다시 주려고 애썼다.   285
「남자 하나에 여자 하나, 단 두 사람만 살아남는다고 해도
세상은 곧 아들들과 딸들이 가득 차게 될 것이오!
신이 고함치면 우리들도 역시 끝없이 고함쳐야 합니다!」
사랑하는 여인이 어제 불에 타 죽는 광경을 본 어느 젊은이가
분노하여 벌떡 일어나 그의 고통을 이기려고 하늘을 저주했다.   290
「악한 죽음이 그대를 잡아먹기 바란다, 더러운 늙은이야!」
그러나 철석은 쓸모없는 저주들이 마음에 들지 않았다.
「친구여, 나는 인간을 믿으며, 더러운 땅에서 무엇이
우리들에게 저항하더라도 나는 신을 불러 끝까지 그와 싸우겠소!
하지만 나는 값싸고 쓸데없는 말을 싫어하니, 분발하시오!   295
북쪽의 부유한 아프리카에는 새로운 길이 있으니
우리들은 그곳 새로운 땅에다 인간의 미덕을 심어야 하고,
과거는 끝나 사라지고 이성이 그것을 모두 잊었으니,
나는 새로운 종족의 인간과 새로운 씨앗을 눈앞에 봅니다.」
그의 말을 듣고 그들은 시들었던 마음이 다시금 대담해졌다.   300

그들은 날카로운 고통이 진정되어 어두운 길을 따라 나아갔고
이성은 온갖 옛 수단을 동원하여 마음을 위로했다.
신이여, 인간의 영혼이 어디까지 견디는지 시험하지 말라!
철석의 영혼은 꿋꿋하게 서서 죽음을 조롱했고
물어뜯는 개처럼 악착같은 기억은 마음속에서 으르렁거리며   305
굴복하거나 용서하거나 눈을 감으려고 하지 않았다.
밤이 되어 그들은 줄지어 불을 피워 놓고 숲속에서 잠을 잤지만
세 친구가 마음의 심연 위에 말없이 서서 기다렸기 때문에
당당한 철석은 눈을 감고 잠들 수가 없었다.
불빛을 받아 사납게 빛나는 눈으로 그가 중얼거렸다.   310
「주인이시여, 그대는 모든 폐허 속에서도 교활하게 땅굴을 뚫고
뾰족한 모자를 높이 쓴 채로 검은 카론을 올라타고 앉아
나타날 터이니, 내가 속이 끓는 까닭은 그대 때문이 아니고,
나는 켄타우로스의 몸을 집어삼킨 불길이 두려워서 떨고 있어요.
바위여, 그대는 불길에 둘러싸여 흉벽 위에 꿋꿋하게 서서   315
우리들이 올바른 길로 가도록 열심히 나팔을 불어 주었지만
도시의 성벽이 무너져 그대를 덮어 버릴까 봐 걱정되
어서 내려오라고 내가 눈물로 애원했을 때는, 아, 친구여,
그대는 서글프게 머리를 저으며 용감히 작별을 고했지.」
그러더니 고통을 견디지 못해서 그는 눈물을 흘리며   320
한밤중에 벌떡 일어나 들끓으며 뛰어오르는 별들을 향해
날개가 돋은 발로 숲을 가로질러 남쪽으로 달려갔다.
아득하고도 비밀스러운 희망이 그의 이성 속에서 나부꼈는데,
어쩌면 그는 길에서 친구의 튼튼한 몸을 만나 두 사람은
세상에 다시 꽃이 만발할 만큼 기뻐할지도 모른다.   325
「친구여, 나는 천 개의 도시가 무너진다 해도 괜찮고,

우린 양 떼를 잃어버려 산등성이를 찾아다니면서도 편안한 마음으로
피리를 부는 양치기들처럼 지팡이를 메고 길을 떠나리라.
밭도 중요하고 양 떼도 중요한지 나도 알지만
그래도 모든 것을 정복하는 우정이 더 중요하도다.」 330
이렇듯 불쌍한 철석은 바람에 시달린 이성과 얘기를 나누었고
컴컴한 숲을 지나 동틀 녘이 되자
붉은 장미처럼 잔잔히 빛나는 호수의 물을 보았다.
물결이 찰랑거리며 조약돌들과 희롱했고
수많은 양처럼 독수리들이 떼를 지어 바위들 위에서 뛰어다녔고 335
배부른 까마귀들이 오만한 영주처럼 뽐내며 거닐었다.

철석이 도시를 찾아보았지만 하나도 눈에 띄지 않았고,
그는 피가 방울져 흐를 때까지 입술을 깨물었으며,
깊은 구멍의 언저리에 말없이 서서 시커멓게 타기는 했어도
아직도 그대로 버티고 선 북쪽 성문을 쳐다보려니까 340
분노의 깊은 신음이 그의 가슴을 뒤흔들었다.
「이제부터는 신과 죽음이 하나, 그들에게 저주가 내리기를!」
그에게는 신이 바다의 한가운데서 교활하고 검은 눈을 감고
잠든 체하는 악어처럼 여겨졌으며, 그래서 무모한 자가
용기를 내어 비늘이 덮인 악어의 잔등으로 기어 올라가 345
흙손과 찰흙과 돌을 가지고 높다란 꿈의 도시를 건설한 다음
사나운 비늘 위에서 교미하고 요람들을 가득 채우지만
두뇌가 없는 괴물이 갑자기 잔등을 젖히면 모든 것이,
영혼과 바위와 강보가 모두 파도 속에서 나뒹군다.
수척한 철석이 말을 더듬고, 그의 두 발은 350
악어의 껄껄한 비늘을 밟기라도 한 듯 겁이 나서 뻣뻣해졌다.

심연의 언저리를 조심스럽게 밟으며 그는 아직도 따뜻한
진흙 속으로 가라앉아 심연의 입구 성문에 다다르고,
그곳에서 사랑하는 친구를 마음속으로 되살리던 그는
세상이 가슴속에서 다시금 부활하는 기분을 느꼈고, 355
천천히 돌을 밟는 희미한 바스락 소리를 뒤에서 들었고
뒤돌아보지 않고도 그것이 장수한 자라는 사실을 알았다.
맹렬한 원한으로 입술이 뒤틀리며 그는 바위가 이제는 죽었고
교활한 자만이 아직도 살아남았으리라고 깨달았다.
그는 눈을 돌려 불타고 무너진 폐허 위에 유령 같은 그림자가 360
드리우더니 흩어진 돌무더기를 올라가는 것을 보았지만
높다란 모자나 사자의 두개골을 머리에 쓰지 않았으니 ㅡ
머리카락이 바람을 치는 기다란 날개처럼 보였다.
그것이 가까이 와서 성문 앞에 가만히 서자
곱슬거리는 턱수염과 머리카락과 콧수염이 새하얗게 물결치고 365
칼에 벤 상처 같은 흠집 두 개가 검은 이마를 찢어 놓았으므로
숨 막히는 절규가 수척한 철석의 가슴을 둘로 갈라놓았다.
그것은 길고 뾰족한 돌멩이를 묶은 튼튼한 막대기를 들고
활을 쏘는 구멍이 뚫린 성벽 앞에 사람처럼 똑바로 일어선
흙으로 이루어진 무거운 기둥을 마구 두들겨 패기 시작했다. 370
피가 나는 입술을 깨물며 그것은 치고 또 쳤는데,
철석은 소리를 지르고 싶었지만 유령처럼 하얀 머리카락과
사나운 눈이 두려워 말없이 쳐다보기만 했다.
기둥이 벗겨지고 기울어지더니 흙이 천천히 무너졌고
고독한 자가 굶주린 자칼처럼 으르렁거리자 375
청동 방패가 갑자기 반짝이고는 새까맣게 숯처럼 타버린
호리호리한 남자의 시체가 어깨에 방패를 메고

아직도 소라 나팔을 이빨로 꽉 깨문 채로
창을 똑바로 든 모습을 천천히 드러냈다.
철석이 뒤로 물러나더니 기운이 빠져 신음하며 쓰러졌어도   380
고독한 자는 아무 소리도 못 듣고 시체를 껴안으려고 달려갔지만
그가 두 손을 내밀자 숯이 된 시체는 하얀 유령의 발치로
뼈와 재만 한 무더기 남기고 무너졌다.
그러자 많이 고뇌하는 자가 뒤로 물러나서 목을 움켜잡았고,
마치 세상에게 마지막 작별을 고하는 듯 충혈된 두 눈은   385
멍하고 둔감한 표정을 담고 눈구멍에서 부풀어 올랐는데,
그러자 그는 오른발로 갑자기 시커멓게 탄 뼈를 검은 구멍으로
차넣었으며, 불에 탄 발로는 재빨리 폐허가 된 땅을
널찍하게 돌아가면서 땅을 고르고 당당하게 우뚝 서더니
벌거벗은 두 팔을 날개처럼 퍼덕였다.   390
한참 동안 그는 태양의 방향 동쪽을 물끄러미 쳐다보다가 돌아서서
서쪽을 보고는 또다시 신음하며 돌아서서 북쪽과 남쪽을 보았고,
그의 머리는 그러는 동안 사나운 네 바람의 중심 노릇을 했다.
그는 흙 위에 다리를 포개고 앉아서 두 손을 포개었으며,
그의 흰 머리카락은 민들레 꽃씨처럼 뽑혀   395
태양과 바람에 소리 없이 휩쓸려 날아갔다.
철석이 용기를 내어 시커멓게 탄 진흙을 얼른 건너갔지만
백발 머리의 이성 앞에 다다르자 그는 허리를 숙이고
숨 막힌 절규를 외치고 싶었다. 「위대한 선장이여, 일어나시오!
대지는 훌륭하니 지금 떠나지 말고 칼을 들어   400
다시 한 번 백성을 이끌고 새로운 길을 뚫어 줘야 합니다!」
이런 말이 북받쳐 올라와 철석의 떨리는 입술에 걸렸지만
고독한 자가 천천히 돌아서서 검은 눈으로 그를 꿰뚫어 보자

그는 목소리가 답답한 목구멍에 걸려 비틀거리며 물러섰고,
궁수의 이성은 모든 슬픔이나 기쁨이나 사랑을 넘어 405
절망과 외로움 속에서 신도 없었고, 희망이나 자유조차
훨씬 넘어선 깊은 비밀의 절규가 뒤따를 뿐이었다.
철석은 말없이 뒤로 물러났고, 폐허를 건너가던 그는
심장이 터질 듯 피가 이마에서 맥박 쳤으며,
다시 한 번 그의 군사들을 밀가루 반죽처럼 짓이겨 410
인간의 씨앗이 살 만한 곳에 새로운 도시를 세우는 길을 택했다.

그러자 오디세우스는 머리를 높이 들고 심연 위에 매달려
관념의 공포 속으로 가라앉았다.
그의 두뇌는 윤곽이 산봉우리처럼 반짝였으며
온 세상이 빛나고 어둠은 실패처럼 풀렸으며 415
그의 눈은 안으로 가라앉고 하얀 머리가 느릿느릿 흔들렸으며
영혼은 벌레로부터 깨끗하게 끊어져 모두 비단이 되었으며
허공에다 천천히 고운 고치를 엮었다.
맹렬한 태양이 희미해지자 그의 기억은 더욱 감미로워졌고
표범들이 한숨 소리처럼 지나갔고, 세상의 거룩한 신화는 420
마법에 걸린 왕자처럼 빠른 물살에 빠져 죽었다.
내면의 장미꽃이 활짝 피어 그의 마음을 빨아먹었고,
이성이 가벼워지고 굶주린 육체가 정신으로 바뀌었으며
그의 주변을 빛이 둘러싸면서 타올랐고 나무들이 흔들렸으며
그 한가운데 궁수가 희망도 없이 꼼짝 않고 웅크렸으며, 425
나무들이 푸른 살처럼 에워싸자 그의 이성에는 잎이 우거졌고,
나뭇가지에서 이슬방울들이 빛나자 오디세우스도 역시 빛났고,
그의 온몸이 이슬 속에서 헤엄치며 광채를 발산했다.

개미들이 곤충과 알과 씨앗과 더불어 큰 무리를 지어 서둘렀고
궁수도 역시 보물들을 열심히 가져다가 깊은 곳에 숨겼으며,　　430
그는 바위에서 햇볕을 쬐느라고 또아리를 튼 뱀들을 보고는
독사들의 잠도 어린아이의 잠이나 마찬가지로 거룩함을 알았고,
그는 사랑하는 여인의 머리카락처럼 풀을 쓰다듬었고
뱀과 같은 그의 이성이 따뜻한 바위로 얌전히 미끄러져 갔고
아늑한 감미로움 속에서 그는 사랑의 말을 들었다.　　435
「검은 머리의 하얀 벌레가 숲속 깊은 곳에서
달콤한 사과에 구멍을 뚫으며, 검은 머리의 하얀 벌레가
내 두뇌를 파먹기 때문에 나는 바위에 웅크리고 앉아 통곡한다.
축축한 나무의 구멍 속에서 갓 결혼한 전갈들이 교미하며
욕정이 어지러워 먹거나 마시지도 않고 가만히 버티는데,　　440
수놈은 암놈의 눈에서 죽음이 가까이 왔음을 보고
암놈은 수놈의 눈에서 새끼 전갈들이 노는 광경이 보이며,
아, 깊숙한 암놈과 수놈의 눈알 속에서는 다 같이
죽음과 불멸성으로 가득 찬 나 자신의 얼굴이 보이는구나.」
그는 땅에다 귀를 대고 작은 씨앗들이 납작하게 누워　　445
용감하게 흙과 싸우며 숨 막히는 돌멩이들을 헤치고 나오느라고
삶과 자유를 위해 신음하는 소리를 들었다.
「나도 역시 작은 씨앗이다! 나도 흙을 밀어 올리려고 투쟁한다!
나는 부드럽게 빨아먹는 길고 눈먼 벌레들처럼 어둠 속에서
말없이 나무의 뿌리들이 더듬거리는 소리를 듣고,　　450
내 핏줄이 땅바닥으로 쏟아져 역시 부드럽게 빨아먹는 소리를 듣고,
하늘의 새들을 듣고, 대지의 곤충들이 꼭 껴안으려고 날개를
펼치는 소리를 듣고, 모두들 들어와 알을 덥히고
곧 부화시키게 하려고 내 머리가 쪼개져 열린다.

이제는 위대한 숲이 들이마시며 탐욕스럽게 입맛을 다시고, 455
갖가지 달콤한 과일이 입천장에 닿아 천천히 녹아내리며,
쓸쓸한 입술에다 벌들이 순수한 야생의 꿀을 흘린다.」
멀리서 석류가 부드럽게 벌어져 열매를 흘리고,
궁수의 가슴은 석류의 씨앗으로 가득 찼다.
숲속에서 썩은 잎사귀와 물과 김이 나는 흙, 460
컴컴한 우물 속에 숨어 하얀 물보라처럼 꽃피는 재스민의 향기를
깊이 들이마시느라고 그의 콧구멍이 벌름거렸고
위대한 고행자의 두 눈에는 눈물이 가득 고였으며
두뇌에서는 월계수와 백리향과 황금빛 가시금작초 냄새가 났고
손가락에서는 너무나 많은 사랑의 짙은 체취가 줄줄 흘렀다. 465
꼼짝도 하지 않으면서 그는 숲 전체를 탐욕스럽게 움켜잡았고,
몸이 시원해지며 손바닥에는 화초가 가득했고,
목에는 담쟁이가 천천히 나선형으로 틀며 기어 올라갔다.
그의 흐르는 발이 강물처럼 달리고 가슴에는 풀이 돋았으며
새까만 물이 담긴 고요한 호수처럼 그의 두 눈은 470
수염과 뒤엉킨 나팔꽃 뒤에서 빛났다.
그가 오른쪽으로 머리를 돌리면 숲도 오른쪽으로 돌았고,
그가 왼쪽으로 머리를 돌리면 숲도 역시 왼쪽으로 돌았으며,
그가 마음속으로 〈나!〉라고 소리치자 숲 전체가 떨었다.
처음으로 그는 자신이 영혼을 지니고 산다는 기분을 느꼈다. 475
오디세우스는 물과 나무와 열매와 짐승과 뱀으로 넘쳤고,
모든 나무와 물과 짐승과 열매는 오디세우스로 넘쳤다.

밤들과 낮들이 시간을 실국화 꽃잎처럼 뜯어냈고
오디세우스는 고통에 빠진 위대한 연인처럼 모두에게 물었으며

그들이 〈그렇다!〉고 크게 외치는 대답을 듣고 기뻐했다. 480
어느 날 아침 햇빛을 받아 몸이 장미처럼 붉게 빛나고
청동을 두른 다섯 가지 무기인 모든 감각이 빛날 때
그는 미끈한 옆구리와 사타구니와 투구를 쓴 머리를 어루만졌고,
피부는 태양, 비, 바다의 표류, 여자, 상처 따위의
그가 겪은 모든 경험을 회상하고 떨었는데, 그러다가 갑자기 485
그는 가장 충실하고도 고생을 많이 한 육신에 대해서
부드러운 사랑을 느껴, 많은 경험을 한 두 눈으로부터 시작하여
온몸에 축복을 내리려고 두 손을 들었다.
「오, 눈이여, 마력의 수정이여, 이성의 불타는 눈물이여,
흙의 가장 숭고한 욕망이 맺히고 햇볕에 씻긴 꽃이여, 490
그대는 세상이 제공하는 모든 화려한 새덫들을 보고도 피했으며,
모든 풍요한 빛깔을 천천히 어루만졌고,
육체의 눈부신 거미줄이 교묘하게 대지 위에다 짜놓은
모든 놀이를 즐겼고, 낯선 바다와 사람들도 보았으며
대지의 갖가지 꽃 위에서 나비처럼 팔랑거리면서 495
그 꿀을, 독약 방울을 천천히 빨아 마셨도다.
이제 새끼 독수리처럼 그대는 이성의 바위에 높이 올라앉아
대지가 너무 좁고 외적인 부유함이 너무 초라하다고 여겨져서
내면의 밀림으로 되돌아가려고 하는구나, 오, 불덩어리여!
만족을 모르는 나의 사랑하는 눈이여, 축복을 받으라! 500
그리고 소용돌이치는 신비한 폭풍에 의해 우리 우렁찬 세계의
모래밭으로 쓸려 온, 비밀의 바닷가에 버려진 그대 조가비여,
오, 귀여, 나선형의 뱀이여, 구리 방울이 여럿 달린 딸랑이가
쩔렁거리는 동굴이여, 세상에서 울리는 소리를 들으려고
사나운 불길처럼 똑바로 치솟아 오르던 일을 기억하느냐! 505

아, 할미새의 몸에서 휴식을 취하는 감미롭고도 감미로운 소리,
싸움터의 함성, 살육의 통곡, 그리고 거룩한 새벽에
꼭대기 나뭇가지에서 들려오는 시원하고 어지러운 지저귐!
우리들이 홀로 남고 모든 소리가 나지막이 가라앉은 다음에,
오, 솜털이 난 귀여, 그대는 활시위가 튕기거나   510
멀리서 날개가 바스락거리는 소리만 들어도 떨었으며,
그대의 크나큰 적 죽음의 은밀하고도 느린 발자국 소리를
멀리서 듣기 위해 길게 엎드리기도 했도다.
만족을 모르는 나의 사랑하는 귀여, 축복을 받으라!
그리고 꽃핀 상처, 카네이션처럼 접히는 상큼한 그대,   515
취하게 만드는 꿀과, 솜털이 난 복숭아와, 무르익은 포도주에
입을 맞추었고 아직도 입맞춤이 그대로 남은 입술이여,
무수한 핏줄과 얇고 투명한 살갗으로 온 세상을 접한
그대를 나는 얼마나 사랑하는지 모르겠구나.
과일과 검은 빵과 고기, 다섯 번 어지러워지는 포도주를   520
세상에서 그대가 얼마나 열심히 맛보았으며, 얼마나 열심히
배 속으로 들여보내 순수한 정신이 되도록 했던가!
그러고는 피부가 하얀 여인이 일어나 심히 굶주려 힘차고
색욕적인 입술을 그대에게 눌러 두 입은 꿀맛이 나는
하나의 열매가 되었으니 — 그대는 먹고도 모자라서 더 원했도다!   525
만족을 모르는 나의 사랑하는 입술이여, 축복을 받으라!
그리고 유령 같은 공기를 킁킁거리며 냄새 맡는 나의 토끼여,
주인의 문간에서 잠도 안 자고 소리 없이 오락가락하며
좋은 냄새에는 취하고 나쁜 악취에 반발하는 그대 —
냄새가 더러운 세상에서 그토록 큰 기쁨을 주니 고맙구나.   530
아, 나는 향기가 짙은 꽃과, 바다의 소금물과,

비가 온 다음 대지의 숨결과, 땡볕에서 나란히 노를 젓는
친구들의 깊숙한 겨드랑이 시큼한 땀 냄새,
여인의 젖가슴 감미로운 젖 향기를 맡았노라!
귀나 눈, 심지어는 통통한 입술까지도 535
그런 솔직성으로 신비의 심장부를 찌르지는 못한다.
냄새여, 그대는 짙은 추억이어서, 그대가 깨어나면, 신이여,
그대는 소리 없이 뛰어들어 머리의 성(城)을 약탈하는구나.
그대에게는 세상이 냄새 맡고 탐험하는 향기 덩어리로다!
만족을 모르는 나의 사랑하는 코여, 축복을 받으라! 540
손가락 끝에 무수한 눈이 달린 눈먼 어머니여,
그대의 자손인 험한 세상을 더듬는 눈멀고 귀먹은 유모여,
밤낮으로 천천히 내 발과 가슴을 주물러
내 두뇌에 이를 때까지 목을 조르는 그대의 탐욕스러운 손을
감촉하게 되면 나는 떨며 머리를 숙이노라! 545
눈이나 귀나 코가 생겨나기 전, 머리가 꽃피기 전에
그대는 무수한 발로 축축한 세상을 기어 다니며
모든 것을 온몸으로 만져 영혼과 하나가 되었고,
그대의 넘치는 뱃속에서 아직 태어나지 않은 만물이 들끓었도다!
육체는 그대의 선물로 가득하여, 몇 백 년 동안이나 550
벌거숭이 발은 껄껄한 모래밭을 걷거나 가파른 바위 절벽을
오르거나 부드러운 초원의 풀밭을 산책하며 기뻐했도다.
그리고 바다나 태양의 불길로 깊이 뛰어들면
내 검은 몸이 무수한 땀구멍 속에서 꽃이 피었노라!
왜 나는 이성의 공허한 만족을 원하며, 555
왜 나는 구름과 대지의 자손에게서 신들을 찾으려고 하는가?
오, 감각적인 피부 전체로 퍼져 나간 굵고 넓은 그물이여,

무수히 많은 바늘에 미끼를 단 낚싯줄이여,
다른 기쁨은 필요하지 않으니 바다로 잘 뛰어들기만 하라!
어머니시여, 나는 순수한 영혼이 아니라 그대나 마찬가지로   560
빨아들이는 구멍들로, 육신으로 이루어졌으므로 그대를 사랑한다.
만족을 모르는 나의 사랑하는 촉감이여, 축복을 받으라!」
다섯 가지 감각에 대한 축복을 끝낸 다음에 이성과 싸우는 자
침묵의 깊은 기쁨에 빠졌고, 그의 눈은 깊은 바다 속
매끄럽고 거대한 바위처럼 안으로 향했다.   565

저녁의 들뜬 산들바람 속에서 유혹적이고 숨 막히는
재스민의 향기가 가볍게 떠서 흘러가듯
달콤한 성스러움의 향기도 날개가 돋아 찾아온다.
향기는 항구의 물 위를 지나 날아가서 평원으로 퍼지고,
평원에서는 거머리들이 우글거리던 고인 물의 웅덩이처럼   570
그의 삶 전체에서 김이 날 때까지, 늙은 농부가 향기를 맡고
서글프게 한숨을 지으며, 소의 멍에를 벗겨 주는 일도 잊고
당장 쟁기를 놓고는 감미로운 향기를 따라 천천히 길을 간다.
창백한 여자가 문에 몸을 기대고 서서 남쪽으로 얼굴을 돌리고
킁킁 냄새를 맡더니 마음이 부글부글 끓었다.   575
「봄철 발정한 힘센 짐승처럼 짙은 체취가 숲에서 풍기니
틀림없이 위대한 고행자가 찾아온 모양이고,
나는 젖과 꿀을 넘치도록 물통에 가득 담아 멋진 선물로 내놓으며
신비한 사자 앞에 무릎을 꿇고 앉아
아들을 잉태하는 은총을 그에게서 받도록 하리라.」   580
향기가 파도 위로 퍼져 어느 어부에게까지 이르렀다.
「땅의 냄새는 얼마나 거짓스러우며, 저주받아 마땅할까!

사향노루나 처녀의 허벅지처럼 향기가 요란하게 풍기니,
위대한 고행자가 와서 공기의 맛을 바꿔 놓은 모양이다!
숨은 악마들로부터 안전한 쪽으로 피해야 상책이니   585
그는 우리들에게 축복을 주고 우리들은 그에게 튀긴 숭어를 주어
늦기 전에 가서 선물을 주고받도록 어서 노를 저어라.」
꾀 많은 어부의 말에 노들이 거품을 일으키며 물을 찼다.
한 고아 소녀가 적막한 마당에 말없이 앉아
황금빛 옥수수 낟알을 뜯었지만, 마음은 아직 썩지 않은   590
죽은 부모의 시체가 묻힌 곳으로 멀리 날아가 있었고,
무덤의 흙이 묻은 그녀의 슬픈 가슴은 아프기만 했다.
그녀가 갑자기 머리를 들고 큼직한 콧구멍을 벌름거렸는데,
흥분한 대기에서는 그녀의 신랑감 냄새가 나지 않던가!
타오르는 옥수수의 씨앗이 가득 넘치는 앞치마를 두르고   595
어린 소녀가 일어나 문을 반쯤 열고 사냥개처럼
힘세고 욕정에 젖은 사슴의 체취를 허공에서 킁킁 찾아보았다.

이렇듯 많은 사람들이 봉납할 선물을 가지고 길을 떠났으며
고독한 자는 꼼짝도 않고 바위에 앉아 그들을 불러 모았고,
푹신한 이끼가 그의 발에 기어오르고 푸른 옆구리에서 풀이 났고   600
허연 머리와 수염은 눈이 덮인 나무처럼 빛났다.
가느다란 실편백나무가 힘센 운동선수처럼 땅속 깊이 뿌리를 내려
산들을 잡아먹으며, 나뭇가지나 꽃이나 열매나 그늘을 만들지 않고,
그냥 텅 빈 허공으로 높이 솟아오르기만 했다.
육신의 다섯 검(劍)*만이 정적 속에서 흐느적거리며   605
그들의 운명을 드디어 초월하여 날개가 돋아나게 하려고
육체와 떨어져 집요하게 투쟁을 벌이며 싸웠다.

어느 날 밤 지빠귀 한 마리가 잘못 알고 그의 머리에 앉아
몸을 높이 들고 달콤한 노래를 지저귀었으며,
아, 작은 새의 찬미가 그의 마음을 풀어 주었기 때문에   610
바람에 시달린 자는 더 이상 참지 못하고 나지막이 흐느꼈으며,
새의 노래와 바람 소리에 귀를 기울이려니까
망을 보던 이성이 잊어버리고 대문을 활짝 열어 두었으며,
그래서 잘 먹어 살지고 다정한 모습의 텔레마코스가 나타나
자신의 아이*를 꼭 껴안고 꾸짖기 시작했다.   615
「아버지시여, 당신의 마음은 언제 만족하여 부드러워질까요?
인간의 발은 우선 땅 위를 걷도록 창조했고, 아버지시여,
손은 괭이를 잡거나 노를 당기기 위한 것이며,
신은 날지 못하도록 사람들에게 날개를 만들어 주지 않았는데,
그래도 당신은 인간의 거룩한 차원을 초월하여   620
손과 발을 날개로 바꿔 놓아 인간이 아닌 당신의 두뇌 속에서
대지가 번갯불처럼 번득이다 사라지게 하려고 투쟁합니다.
때때로 전갈처럼 당신은 활활 타오르는 아궁이에서 불을 뿜고
때로는 겨울철 뱀처럼 잔뜩 얼어붙기도 하지만
인간의 고요하고 거룩한 따스함은 절대로 즐거워하지 않습니다.」   625
아들이 꾸짖으니까 그의 비참한 머릿속에서는
알록달록하고 커다란 나비처럼 세상의 아득한 추억들이 일어났고
머리가 똑똑하고 침울한 고향 원로들이 나타났으며
모든 향기로운 포도와, 무르익은 무화과와, 곧게 뻗은 배와,
산에서 양을 치는 총각이 불던 아름다운 피리도 나타났고,   630
결국 그의 두뇌는 여인들의 웃음과 나막신 소리로 가득 찼다.
위대한 고행자는 그리움이 머리 위에서 얇은 베일처럼,
갖가지 빛깔의 강물처럼 가볍게 나부끼는 것을 보았고

한편에서는 오묘한 거미줄처럼 그의 기억들이 공중에 수를 놓아
유혹하는 세이렌들처럼 빛나며 손짓해 불렀다.* 635
머나먼 바닷가에서 죽은 자들이 무덤에서 일어나 싸웠고,
아름다운 여인들이 동굴 속에서 일어나 머리카락을 풀었고
그들의 작은 젖가슴이 불타는 쌍둥이 사자 새끼처럼 날뛰었다.
뱃머리에 매달려 많은 여행을 한 문둥이 인어*처럼
배가 불룩하고 즐거운 추억이 파도로부터 솟아올라 640
소금에 찌든 손을 흔들어 한참 동안 불렀다.
고독한 자가 웃었지만 머릿속에서 망을 보던 파수가
벌떡 일어나자 욕망이 엷은 담청색 연기처럼 사라졌고,
그는 땅을 차며 첫 번째 조상을 불렀다.
「위대한 조상이시여, 한없이 깊은 마음이여, 절망적인 욕구여, 645
땅 위로 올라가 해방된 자손을 자랑스럽게 쳐다보라.
우리들은 구원을 받아 이제는 성도 없고 천막도 없으며
우리 영혼은 설 곳도 없고, 마음은 뚫려 속이 비었으며
이성은 어디에 머리를 두고 누워야 할지를 알지 못하는구나.
아, 조상이여, 나는 그대의 긍지를 능가하여, 650
그대는 마시지 못해 목이 마르고 먹지 못해 배가 고프겠지만
굶주림은 나를 배부르게 하고 목마름이 내 갈증을 풀었도다!」
그가 말하고는 또다시 검은 눈을 내면으로 돌렸고,
머리는 솟아올라 효모를 넣은 빵처럼 부풀어 오르기 시작했다.

어둠이나 불타는 섬광 속에서 낮들과 밤들이 지나갔고, 655
그의 두 눈 속으로 옛 삶이 썩은 선체(船體)처럼 가라앉았고,
건장한 육신은 시들어 버린 살을 바꿔 보려고 몸부림쳤으며
돌멩이들까지도 꽃이 피려고 〈아! 아!〉 신음했다.

그의 머릿속에서 눈부신 싸움터가 넓게 멀리 퍼졌고
생각들이 널리 쏟아져서 모든 들판에 범람했으며,   660
이성의 밭고랑에는 도시들을 씨 뿌렸고, 눈물과 두려움으로
깨물고 입 맞추고, 키가 크고 발가벗은 채로 남자가 어루만지는
손에 온몸을 내맡기는 여자 같은 도시들이 태어났다.
사람들이 개미 떼처럼 땅 위에서 순식간에 일어나
일하고, 웃고, 흐느끼고, 입 맞추더니 또다시 어느새   665
땅으로 파고 들어가 그들의 머리를 밭고랑에다 심었다.
모두가 대지의 푸른 번갯불이 일어나는 동안 무덤으로 달려갔다.
우리들 얼굴이 날개처럼 달려가 눈부신 햇빛 속에서 반짝였으며,
남자의 널찍한 잔등 뒤에서 여러 아들을 보려고 머리를 들고 애쓰는
딸들의 모습을 어머니들이 조심스럽게 지켜보았다.   670
모두들 환한 눈을 허공에다 무자비하게 고정시키고는
세상의 달콤하고 빨간 사과를 잡으러 달려갔지만
갑자기 구덩이가 벌어지며 거룩한 사과가 떨어졌다.*
인간이 무성한 풀처럼 흙에서 일어났다가
다시 풀처럼 흙 속으로 가라앉고, 탐욕스럽게 서두르며 대지는   675
잘 먹고 자란 자손들의 시체를 마구 먹어 치우며 살이 찐다.
우리들은 태풍처럼 험악하고 시커먼 바다를 항해하고,
우리들 모두를 침몰시키는 작고 얇은 호두 껍데기에다
우리들은 부모와 자식을 맡기겠노라!
짙고 검은 핏방울의 파도가 나타났다 무너지고,   680
꼭대기에서 거품이 잠깐 반짝이다가는 사라지고,
잘려서 꼬르륵거리는 목구멍소리만이 들려온다.
위대한 고행자는 귀를 쫑긋 세우고 허리를 굽혀
검고 하얗고 붉은 흙에서 올라오며 윙윙대는 소리를 듣는다.

그의 주변에 대지가 펼쳐지고, 거대한 일터에서는 685
사람들이 벌거숭이 벌레처럼 기어 다니며 탐욕스러운 턱을 놀렸고,
그는 몸을 수그린 채로 그들 모두를 배불리 먹여 주었다.
〈어서 먹거라, 벌레들아, 어서 먹고 한살이를 거쳐서
영혼의 날개를 펼쳐 자유롭게 날아가거라!〉 그가 생각했다.
그는 삶을 처녀처럼 끌어안고는 다정하게 어루만졌고 690
대지의 아이들을 가슴에 안고 젖을 물렸으며
요람에 누운 어린 아기처럼 웃고 울었으며
그는 대지의 아버지요 어머니요 아들이요 연인이었다.
해가 뜨자 인류의 대문들이 활짝 열렸고
선원들이 배로 몰려가고 일꾼들이 들판을 가득 채웠으며, 695
해가 진 다음에는 인류의 대문들이 단단히 닫히고
인간의 두뇌는 꿈이 타르타로스로 가라앉았으며,
벌거벗은 그의 가슴도 빠르고 조용한 대문처럼 닫혔다 열렸다 했다.
한 처녀가 커다란 베틀 앞에 앉아 부지런히 북을 놀렸고
꼬부라진 바질의 향기가 그녀의 창턱을 가득 채웠으며 700
벽에는 수건이 걸리고 벽감에는 시원한 물 항아리가 놓였고
검은 두건을 두른 어머니는 들판에서 약초를 찾으러 돌아다녔지만
양치기 청년에 대한 슬픔이 가슴을 갉아먹었기 때문에
처녀는 집에 머물러 부지런히 북을 놀리기만 했다.
얼레가 휘파람을 불며 달리고 발판이 덜컹거렸으며* 705
가냘픈 처녀의 노래가 멀리 들판과 개울을 지나
머나먼 밭의 총각과 술집의 키가 큰 남자들에게 이르렀고,
그래서 시골 양치기 청년이 피리를 불어 응답했다.
「저것은 꾀꼬리인가, 세상이 한숨을 짓는 소리인가?
아니면 처녀가 목청을 돋우어 사랑의 노래를 부르는가?」 710

그러자 젊은 양치기가 시선을 돌려 창턱을 보았고,
꼬부라진 바질이 눈에 띄자 마음에 불이 붙었으며
역시 시선을 돌린 고행자는 노래하던 가냘픈 처녀와
피리로 응답하는 젊은이가 그의 이성 속에 씨가 두 개씩 박힌
쌍둥이 아몬드처럼 틀어박힌 모습을 보고 미소를 지었다. 715
그러나 그는 곧 험악하게 얼굴을 찡그리고 입술을 깨물었다.
무서운 전쟁이 터지고 문들이 쿵쾅거렸고, 결혼한 부부들은
절대로 헤어지지 않으려는 듯 서로 단단히 부둥켜안았으며
멀리 산에서 청동 검들이 번득이고 들판이 시뻘겋게 되었고,
검은 말에 올라앉은 〈죽음〉의 머리에서는 끈끈한 피와 720
잡아 뽑은 머리채와 후벼 파낸 눈알들이 뚝뚝 떨어졌다.
밤이 되어 창백한 보름달이 하늘에 떴고
잘라 놓은 건초의 향기 속에서 부상자들이 신음했으며
그 소리를 듣고 시커먼 독수리들이 내려와 뜯어 먹어 신음이 그쳤다.
감미로운 달빛 속에서 천천히 궁수의 이마와 험악한 눈썹이 725
평온하게 펼쳐지며 마음이 진정되었다.
그가 오른손에 높이 들고 있던 도시가 달콤한 벌통이나
씨를 가득 머금은 석류처럼 터졌고
그가 오른쪽으로 머리를 돌리면 도시도 오른쪽으로 돌았고,
그가 왼쪽으로 머리를 돌리면 도시도 역시 왼쪽으로 돌았으며, 730
그가 마음속으로 〈나!〉라고 소리치자 도시 전체가 마치 처음으로
이제는 영혼을 지니고 살아가게 되었음을 느낀 듯 함성을 질렀다.
오디세우스는 용사와 연인과 여자와 땅으로 넘쳤고
군대와 성과 여자와 남자들은 오디세우스로 넘쳤다.

벼랑 같은 그의 이성 언저리를 궁수가 걸었고 735

흑인 전령들이 일어나 골짜기에서 돌아다녔다.
「우리 숲에 축성(祝聖)하기 위해 위대한 고행자가 오셨도다!
귀먹고 눈먼 자들아, 육신의 고통을 겪는 모든 사람은
선물을 잔뜩 가지고 어서 오라. 모든 병이 나으리라!
비밀스러운 죄를 감춘 영혼들은 죄를 가지고 와서 740
성인에게 고해하여 고통이 흩어지게 하여라.
거룩한 약초는 귀하니, 먼저 오는 자가 먼저 병이 나으리라!」
기쁜 소식이 요란한 지진처럼 온 나라를 뒤흔들었고
문이 쿵쾅거리고 여닫히느라 초가집들이 흔들렸으며
절름발이들이 절름거리며 오고 아기 못 낳는 여자들이 아우성쳤으며 745
어떤 사람들은 현기증을 이기기 힘들어 나무를 붙잡고 매달렸지만
마력의 힘에 끌려 그들은 술 취한 사람들처럼 고꾸라지며
위대한 고행자의 소용돌이로 휘말리고 빨려 들어갔다.
뱀들이 미끄러져 와서 돌 같은 그의 무릎에서 햇볕을 쬐었고
달팽이들이 미끈거리는 목걸이처럼 그의 목에 줄지어 매달렸고 750
제비 한 쌍이 잘못 알고 가시나무처럼 헝클어진 그의 머리에다
그들의 첫 둥지를 틀었으며, 모든 생명이 야생 인동 덩굴처럼
별빛에 그을린 그의 몸을 친친 감았다.
나날이 흘러갔고 순례자들이 선물을 들고 와서
그의 발치에 엎드렸으며, 침묵하는 고행자의 깊은 우물, 755
짙고 검은 두 눈은 모든 광경을 삼켰다.
처음 찾아온 사람은 사나운 손톱과 주름진 머리카락에서
향수가 줄줄 흐르는, 비대한 비계 덩어리 창녀였다.
불꽃에 그을린 시커먼 야생 배나무가 고행자의 거룩한 머리 위로
손발이 잘린 처녀처럼 검게 탄 두 팔을 들어 올렸는데, 760
말라빠진 가지에다 엉덩이를 씰룩거리던 창녀가

황금 심장을 봉헌하여 걸고는 거센 목소리로 외쳤다.
「위대한 고행자여, 나를 긍휼히 여기소서! 어젯밤에 나는
새까만 내 머리에서 저주받을 흰 머리 한 가닥을 발견했는데,
아, 나에게 파멸을 가져올 그 머리카락을 어서 쫓아 주소서!」 765
침울하고 고독한 자가 그녀를 쳐다보았더니 땅이 흔들렸고,
뚱뚱한 창녀가 놀라 그늘에서 엉덩방아를 찧고 주저앉았다.
다음에는 푸른 전나무 가지에 올라앉아 한숨을 짓던,
꼽추여서 한 줌밖에 안 되는 은둔자를 허리가 굽은 두 남자가
들어다 궁수의 침착한 발치에 가만히 앉혀 놓았다. 770
음산한 은둔자의 알랑거리며 애원하는 목소리가 들려왔다.
「사랑하는 형제여, 신의 검은 불길이 나까지도 채워 버렸소.
나는 어떤 기쁨도 알지 못했고, 여자를 만져 본 적도 없으며,
웃거나 여행을 하거나 술에 취했던 적도 전혀 없으니
나는 죽으면 불멸의 왕관을 차지할 자격이 마땅합니다. 775
우리들은 나란히 천국으로 함께 가야 합니다, 형제여!」
그러나 궁수가 웃음을 터뜨리고는 힘찬 발뒤꿈치로 차서
가련한 은둔자를 흙과 재 속으로 굴러 떨어지게 만들었다.
그러자 황금으로 만든 귀고리를 단 왕이
시끄럽게 떠드는 여자들과 남자들을 잔뜩 거느리고 나타났는데, 780
그들은 집의 마당과 가족의 무덤에서 가져온 진흙을
그들의 찝찔한 눈물과 탁한 땀과 뜨거운 피로 잘 범벅하여
주물러 이긴 걸쭉한 덩어리를 검은 손에 쥐었다.
이것을 그들은 고행자의 거룩한 발밑에다 높이 쌓아올렸고,
피로 얼룩진 길에 서서 왕이 범벅한 덩어리에 공손히 절했다. 785
「아, 내 백성을 구해 주소서! 그들은 우리 거룩한 흙과 함께
눈물과 땀과 피를 시커먼 덩어리로 짓이겨 밤에 가지고 오는데,

삶과 죽음은 지극히 무겁기만 하고 세상은 함정이니 —
험한 폐허의 길을 우리들이 견디어 내도록 신을 빚어 주소서!」
태양의 이성이 검은 진흙에다 무거운 손을 얹었다.   790
〈초라한 인간이 음산한 죽음을 이겨 내려고 이런 생각을 하다니,
나는 거센 바람에 휩쓸려 날아가는 인간을 불쌍히 여기노라!〉
그가 생각하고는 깊고 검은 물에 그의 이성이 떠내려가게 했다.
한편 벌벌 떨며 농부들이 봉납하는 선물들을 걸어 놓아서,
야생 배나무는 시들었던 가지들이 얇은 금속으로 만든 황소와   795
진흙으로 빚은 손과 발과 머리의 형상으로 꽃이 만발했다.
순례자들의 체취가 머나먼 마을까지 이르렀고
정원사들은 돈벌이가 되는 듯싶어서 식량을 가득 실은 배를 타고
고향을 떠나 호숫가 모래밭으로 갔다.
기구와 원숭이로 재주를 부리는 곡예사들과   800
리라를 퉁기며 낭랑한 화음을 구사하는 방랑 시인들이
멀리서 냄새를 맡고는 돈벌이가 없을까 해서 달려왔는데 —
술 한 모금이나 고기 한 입이라도 그들은 만족이었다!
고독한 자가 꼼짝도 않고 둘러보더니 뜨거운 손으로
검은 진흙 덩어리를 집어 손바닥으로 덮혔으며,   805
대지에서 인간이 겪은 어두운 운명의 검고도 쓰라린 고생과
헛된 노력을 의식하자 마음이 슬픔으로 가득했으며,
때때로 그는 나뭇가지들이 부러질 정도로 크게 웃었고
때로는 반원을 그린 무지개처럼 눈물을 그의 주변으로 뿌렸다.
어느 날 새벽에 넘치는 그의 마음속을 소용돌이가 휩쓸었고,   810
핏줄 속에서 피가 힘차게 휘몰아 이성이 부글부글 끓었으며
두 팔은 바퀴처럼 빙글빙글 돌며 검은 진흙을 공격했다.
그의 손은 빠른 이성을 미처 따라가지 못했고, 진흙이 활활

불꽃처럼 미친 얼굴들을, 괴이한 형상들을 만들어 놓았다.
이것은 더 이상 진흙이나 불꽃이 아니요, 남성적인 이성과   815
하나로 뭉쳐 밑에서 신음하며 짓찧는 여자도 아니었으니 —
이렇듯 축축하고 검은 첫 번째 포도액 속에서 신은 진흙을 집어
풍요한 씨앗을 가득 넣어 어머니의 형상으로 빚었다.
태양의 불길 속에서 고행자는 대지의 옷을 입혔다 벗기기도 했고,
그는 이성이 타오르고 손이 회오리치고 몸에서 땀이 쏟아졌으며   820
번득이던 눈은 격렬한 도취감에 휘말렸고,
타오르는 넓은 이마의 밭고랑에는 생각들이 깊이 파고 들어갔다.
인간의 무리는 웅크리고 앉아 떨었고, 진흙 속에서 달려가는
거대한 괴물들의 모습을 가끔 알아보기도 하고,
피투성이 턱이나 시커먼 잔등을 언뜻 보기도 했다.   825

낮의 날개가 타오르는 번갯불처럼 달려갔고, 고독한 자는
관자놀이가 지끈거리며 생각들이 멀리 널리 퍼져 나갔으며
기억이 점점 사나워져서 새들에게 덤비고 짐승들을 붙잡았으며,
그가 고함치고 소리치고 노래하고 씨근덕거리는 사이에
들판과 밭으로 수염이 흘러 지나가는 순결한 할아버지가,   830
그의 힘찬 이성이 옛날 강처럼 진흙으로부터 솟아올랐다.
고독한 자는 미소를 지었고, 봄철 숲 같은 그의 머리카락 속에서
알들이 깨어나고 어미 새들이 지저귀는 소리에 간지러움을 느꼈고,
그의 허연 머리 처마 끝에서는 털도 안 난 제비 새끼들이
가파른 절벽을 두려워하며 매달려 떨었다.   835
눈을 감고 그는 피가 깊이 흐르는 소리에 귀를 기울였고,
이성 속에서 대지가 일어서자 그는 끝없이 길기만 한 벌레가
햇빛을 받으며 몸부림치는 모습을 보고 전율했는데,

대지는 그녀*가 겪었던 고통을 회상하고는 깊은 기억이 부풀어
사납게 뒤돌아보면서 무서운 과거의 길을 다시금 밟았다. 840
사막에서 비명을 지르며 고꾸라지는 그녀를 절규가 괴롭혔지만
곧 불길이 타버리고 그녀의 자궁이 식었으며
바위들이 부드럽게 부서지고 그녀의 배 속이 천천히 벌어져
지극히 푸르고 축축한 풀잎이 떨리며 돋아났다.
빛을 맛본 풀은 어린아이처럼 울면서 845
세상의 네 유모에게 어서 젖을 달라고 불렀으며,
먼저 어머니 대지, 그러고는 해와 비와 공기의 젖을 빨았다.
위대한 고행자는 내면의 풍요함으로 눈을 돌려
창자의 뿌리를 따라갔고, 언젠가 그의 어머니 대지와 더불어
팔짱을 끼고 어두운 오름길을 올라가 불꽃과 나무와 짐승들을 850
거친 다음 결국 둘이서 이성의 자그마한 빛이 우물로부터
작은 공기 한 방울을 마셨던 때가 생각났다.
대지의 마지막 아들이 감미로워 눈을 크게 떴고,
인간의 무리는 지쳐서 눈이 멍해졌으며, 모두들 뒤엉켜
대지로 굴러 내려와 진흙과 똥과 더불어 한 덩어리를 이루었다. 855
드높은 품위를 과시하며 잠든 대지에 빛을 뿌리는
조용한 보름달처럼 현명한 자는 짙은 어둠 속에서
저절로 빛이 나는 머리를 꼿꼿이 들고 말없이 주위를 살폈다.
어느 날 동틀 녘에 발가벗은 흑인 소년이 가까이 기어왔는데,
예리하게 빛나는 이에 손바닥에서는 사향 냄새를 풍기던 그는 860
검은 배를 깔고 뱀처럼 미끄러지며 돌멩이 위에서 식식거렸다.
「슬프구나, 그대의 살은 문둥병이 걸리고 몸은 뼈만 남았으며,
정강이도 귀뚜라미처럼 가늘고 배는 개구리처럼 부풀었고,
뼈는 지붕을 벗긴 움막처럼 쓰레기 속에 걸렸도다!

아직도 굽힌 적이 없는 높은 성 같은 그대의 머리까지도 865
비를 맞아 물에 젖어 썩어 가는 벌집처럼 질퍽거리는구나.
풍뎅이들은 그대를 똥으로, 수리부엉이는 속이 빈 나무로 알고,
황새와 콩새와 두루미와 오디새들은 둥지를 짓는 데 쓰려고
그대의 허연 수염을 뿌리까지 뽑았도다.
그대는 겨우내 기침을 했거나 거북처럼 씨근덕거렸고, 870
여름내 바위에 달라붙어 식식거렸으며
이제 그대는 굶주린 채 이곳에 앉아 이성은 어지러운데
독수리의 눈으로 보이지 않는 사물을 보고 발톱으로는 모든
영혼을 움켜잡지만, 썩어 가는 그대의 큰 활은 못 보는구나.」
그러자 이성과 싸우는 자가 분노하여 야수처럼 고함쳤지만 875
검은 난쟁이가 큰 소리로 웃고 번득이는 목을 길게 뽑았다.
「그토록 많은 고통과 걱정 속에서도 여전히 자만심과 분노를
억누를 줄 모르다니 그 죄가 얼마나 큰가, 고독한 자여.
그대는 날카로운 발톱으로 하늘과 땅을 쥐었으면서도
가장 달콤하고도 큰 적을 진정시킬 줄 모르는구나, 궁수여!」 880
식식거리며 검은 뱀이 날름거리고 땅속으로 깊이 들어갔다.
자랑스러운 고행자의 얼굴이 어두운 수치심으로 흐려졌다.
「날카로운 유혹의 목소리가 나를 조롱하려고 땅에서 솟았으니
나는 내 이성 깊은 곳에서 벌어지는 초인간적인 투쟁이 마지막으로
빛나는 것을 보는도다.」 고독한 자가 땀에 젖어 중얼거렸다. 885

뻐꾸기 한 마리가 마른 나뭇가지에 앉아 들판을 둘러보았고,
그러고는 수탉이 울거나 낮이 미소를 짓기 전에
고독한 자의 초조한 내면에서는 거대한 눈이 태양처럼
불쑥 튀어나와 차분하고 근엄하게 절망적으로 그를 지켜보았고,

이성의 궁수가 벌떡 일어나 두려움으로 떨며 말했다. 890
「그대는 누구인가? 그대가 쳐다보면 나는 수치심을 느끼노라!」
그는 마음의 구부러진 잎사귀들 속 깊은 곳의 목소리를 들었다.
「나는 그대의 이성을 쫓는 눈, 감시하는 야수여서,
그대가 좋아하건 말건, 구원과 악, 수치와 용맹한 행위를
모두 지켜보며 무자비하게 추적하노라.」 895
고독한 자는 화가 나서 벌떡 일어났고, 이성이 들먹거렸다.
「나는 정신과 불과 흙과 공기로 만들어졌고, 황야에서
나 자신을 괴롭히는 중이니, 나를 지켜보는 눈은 필요 없다!」
「나는 그대의 뜻은 아랑곳하지 않는다. 나는 그대의 이성을
타고 달리니, 살고 다스리는 자는 나고, 그대는 장난감, 900
축축한 땅에서 기어가는, 빛이 희미해진 반딧불이이니라.」
「그대는 누구인가? 내 심장이 고통스럽게 두근거리는구나.」
「그래도 질문을 하는가? 우리들은 오랫동안 함께 살았노라.」
그러더니 슬프면서도 조롱하는 목소리가 마음으로부터 사라졌다.
오, 호랑이의 불타는 눈처럼 어둠 속에서 빛나는 〈삶〉이여! 905
그러자 이성의 여행을 한 자가 야생 배나무의 밑동에 기대었고,
순례자들은 그의 주변에 지쳐서 그대로 누웠으며
떨어지는 새벽의 장미 꽃잎들 속에서 그는 자신의 삶 전체가
하나의 전설처럼 눈부신 태양을 향해서 걸어가는 것을 보았다.
그는 두 손을 벌려 그의 이성과 삶 전체를 축복했다. 910
「새하얀 머리에 아직도 얹힌 쓰라린 월계관의
짧고도 쓰라린 향기여, 나의 삶이여, 축복을 받으라!
나는 그대의 연약한 발목과 상처를 입은 발에 입을 맞추노니,
젖가슴이 하나뿐인 영혼이여, 지극히 괴로웠던 삶이여,
그대는 위대한 큰 길을 어떻게 건너고 산길을 어떻게 넘었더냐? 915

젊었을 때 나는 지구를 커다란 공처럼 치켜들었으며
삶의 입맞춤이나 무서운 신들이 두려워 떨지도 않았도다.
나는 힘이 넘쳐 들끓었고 자비심을 경멸했으며
전갈의 꼬리에 달린 침처럼 독을 가득 머금었고,
어린 처녀가 와서 내 마음을 어루만져 주지 않았더라면   920
나도 전갈처럼 이성의 숯불 위에서 몸부림을 쳤으리라.
아, 그녀가 내 이성을 진정시키고 입술을 달콤하게 하여
모든 지진이 결국 꽃이 되었고 그대와 나는 하나가 되어
삶의 깊은 바다의 집에서 둘이 하나로 결합했도다.
그러자 이중으로 빗장을 지른 문이 활짝 열렸고   925
알록달록한 날개가 달린 어린 소년이 나를 이끌고
화려한 꽃들이 피어난 골목을 지나, 처녀의 영혼 속에 담긴
시원한 꽃밭으로 사뿐히 데려가서 나에게 미소를 지었노라.
하룻밤 사이에 내 마음은 달콤한 입맞춤으로 넓어졌으며
엄격한 이성은 노략한 여자들을 실은 육체의 커다란 배를 타고   930
낯설고도 유혹적인 바닷가들을 따라 오랫동안 항해를 했단다.
가장 무거운 시련을 통과했으며 봄철 시원한 산들바람의
가벼운 숨결로 무자비한 자아의 성채를 무너뜨린
나의 삶에게 축복이 내리기를 비노라.
그러고는 천천히 나는 더욱 부드러워졌고,   935
눈이 크고 달콤한 〈사랑〉까지도 초월하여 내 품에
고향 땅을 모두 처녀의 몸처럼 단단히 껴안고 싶어 했더라.
빛나는 항구여, 모래가 매끄러운 바닷가여, 술렁거리는 배여,
물이 수정처럼 맑고 백리향의 냄새가 짙은 산들이여,
양털을 잣는 노파들이여, 자궁이 비옥한 처녀들이여,   940
대지와 바다의 파도와 싸우는 용감하고 씩씩한 청년들이여,

육체와 영혼이여, 내 이성이 그대들을 어떻게 모두 담겠는가?
그러고는 타인의 상처와 고통이 내 어두운 마음에 가득했고
둑이 터진 듯 내 풍요한 종족의 모든 기쁨이 쏟아져 나와
내 이성을 완전히 적셔 놓았더라.　　　　　　　　　　　945
영혼은 훌륭한 고기보다 천 배 맛이 좋고
인간의 살을 한 번 먹어 본 사자가 그보다 못한 먹이는
더 이상 거들떠보지도 않듯이 나도 역시
인간의 영혼에 미치지 못하는 것은 원하지 않는도다.
바닷가를 넘어 다른 매혹적인 땅과 몸매가 좋은 사람들을　　　950
경험해 보았기 때문에 내 고향 땅은 왜소한 듯싶었고,
형제들과 자매들, 무수한 기쁨과 슬픔의 형상들이
미나면 바닷가에 서서 내가 찾아오기를 갈망했더라.
어리석은 녀석처럼 하나의 결혼 생활에만 충실한 삶을
경멸했기 때문에 그대는 축복을 받아야 하고, 나의 삶이여, 　955
여행의 빵은 달콤하고 외국 땅은 꿀과 같으니,
그대는 새로운 사랑마다 짤막한 한순간 즐거워하기는 했으나
곧 숨이 막혀 사랑하는 이에게 작별을 고했더라.
나의 영혼이여, 그대의 항해는 그대가 태어난 땅이니라!
세상에서 가장 보람찬 미덕, 거룩하고도 거짓된 불성실함을　960
그대는 눈물과 미소로 기어오르며 충실하게 뒤따랐도다!」

궁수가 삶에게 축복을 내리는 사이에 해가 솟아올랐고
순례자들이 천천히 기지개를 켜고는 땅에서 일어났으며
꿈들은 날개가 돋아 앵무새들처럼 날아가 버렸다.
수정처럼 잔잔한 호수에는 치솟은 산들이 숭고한 사상처럼, 　965
꽃잎을 떼어 낸 장미처럼 가라앉아 매달렸으며,

낮도 맑아지고 거룩한 사나이도 차분해진 다음에
그는 기뻐하며 열 손가락을 진흙에 담그고는
살을 어루만지듯 부드럽게 형상들을 빚었다.
형체들이 잠깐 솟아 햇빛을 받고 빛나더니 다시 한 번   970
짓이긴 진흙으로 잠겨 다른 형상들을 갖추었다.
「보라, 위대한 고행자가 온순해져서, 이제 그의 두 손은
더 이상 괴물을 빚지 않고 온순한 인간을 만드는구나!
용기를 내고 가까이 가서 우리 고통을 그에게 얘기하세.」
이렇게 얘기하며 순례자들이 서로 용기를 북돋워 주었지만,   975
고독한 자가 황홀경에 빠진 눈을 들어 둘러보니
모두들 겁이 나서 다시 땅에 엎드려 떨었다.
참나무의 신비한 중얼거림과 백양목의 사그락거림,
올리브나무의 포근한 속삭임과 소나무의 휘몰아치는 휘파람,
우뚝한 버즘나무가 서늘하게 지저귀는 선율, 세상을 창조한 자는   980
기억의 골짜기 속에서 모든 나무들이 바스락거리는 소리를 일으켜
사나운 불길 한가운데서도 스스로 자신의 몸을 식혔으며,
그는 푸른 부채처럼 모든 수목을 그의 이성 속에서 들고
이글거리는 이마를 식히려고 천천히 흔들었다.
한 처녀가 마침내 용기를 내고 가까이 와서 두려움을 느끼며   985
그녀의 기원이 이루어지라고, 마치 그가 성스러운 나무인 듯
알록달록한 헝겊들을 그의 발목에다 묶었다.*
그녀가 밤에 입맞춤한 두터운 입술을 애원하듯 움직였지만
고행자가 아무런 희망의 표시도 보여 주지 않으니까
처녀는 그의 검은 눈, 한없이 깊고 고요한 우물 속으로 가라앉았다. 990
그러자 왕이 용기를 내어 입을 열고 말했다.
「내 백성을 긍휼히 여기소서! 만일 그대가 대지의 무덤으로

내려갈 때가 되었다면, 우리들이 지은 죄들을 검은 목걸이처럼
목에 두르고 내려가 그대와 더불어 사라지게 하소서.」
그는 아직도 오르는 중이고, 태양이 마음의 높은 봉우리에 995
그대로 걸렸으므로, 땅속으로 내려갈 때는 아직 안 되어,
고독한 자는 웃기만 하더니 나중에는 분노하여 머리를 저었다.
얼음으로 뒤덮인 머나먼 태양의 나라에서 그는 해초로 감싸여
파도의 거품에게 두들겨 맞는 자신의 뼈를 보았는데
두개골 위에는 검고 살진 까마귀가, 〈영혼〉이 앉아 있었다. 1000
그러한 나라에 이르기 전에 그는 무척 많은 빵을 먹어야 하리라!
그러자 해가 지고 첫 어둠이 대지를 짓눌렀으며
모든 영혼이 잠 속으로 가라앉아 장인(匠人)의 손도 한가해졌고
사람늘의 형체를 빚었디 지 우딘 바위도 멈추었고
밤이슬에 젖은 유령들이 나타나더니 고행자의 환상이 펼쳐지는 1005
거대한 타작마당에서 춤을 추었다.
그의 위대한 두뇌는 이제 만족하여 보다 훌륭한 일을 택해서
사람들에게 싫증이 나 그들을 진흙 속에 묻어 버리고는
이성의 환상들과 더불어 시간을 보내고 싶은 모양이었다.

한밤중에 어두운 이성이 꽃피자 오디세우스는 달빛을 받으며 1010
야생 배나무 뿌리 앞에 앉아 영혼들을 유혹하듯
나지막이 불러 그들에게 살과 뼈를 주었다.
신비를 엮는 자가 하늘을 이리저리 떠다니며 엮었고,
지는 달의 가느다란 거미줄 속에서 유령들이
엷은 하늘빛 밤의 꽃처럼 담청색 눈으로 헤엄쳤고, 1015
마흔 개의 물결을 타고 호숫가의 어린 나이아스*들이 뛰놀았고
매혹을 당한 호수 언저리는 이쪽 끝부터 저쪽 끝까지 한숨지었고

나무 밑동의 검은 껍질들이 갈라져 맨발에 젖가슴을 드러낸
시원하고 푸른 하마드리아스*를 힘차게 뿜어 던져서,
모든 님프들의 근본인 아몬드나무와 사과꽃, 거미줄꽃, 손마디꽃, 1020
그리고 예쁜 각시꽃이 생겨나게 했으며
이끼처럼 생긴 제비꽃과 나비콩들이 사방에서 돋아나 춤추었다.
그토록 싱싱한 영혼, 그토록 단단하고 늠름한 팔다리가
시커먼 나무껍질에서 뛰어나오리라고는 아무도 상상하지 못했다.
숲과 황야의 모든 님프들이 모두 몰려와 미소를 지었는데, 1025
열두 미남 왕자는 알록달록한 말을 우뚝하게 타고 앉아
일 년 내내 태양을 원반처럼 던지고 놀며 웃었고,
두뇌의 야윈 흡혈귀들과 마음의 검은 바다뱀들이 일어났으며,
한밤의 늑대 인간과 방황하는 송장 귀신과 당나귀 난쟁이도 나왔고,
전설과 신화가 남자들과 여자들, 피가 뜨거운 짐승들처럼 1030
다시금 대지 위에서 돌아다니기 좋은 때가 되었다.
발이 마흔 개에 이빨이 하나인 노파가 허벅지를 활짝 벌리자
비계의 기름 방울들이 허연 머리에서 방울져 떨어지고
젖통에서는 기름진 젖이 넘쳐 축축한 땅으로 뚝뚝 흘렀으며
퍼런 입술이 풀어지면서 그녀는 고독한 자에게 손을 흔들었고 1035
바람의 양치기가 미소를 짓고는 아름답게 피리를 불었는데,
고요한 정적의 짐승 우리와 두뇌의 바위 절벽으로부터
영롱한 은방울을 울리며 하늘의 양 떼가 몰려 내려오는 듯했지만
그래도 그는 검은 현령양인 신을 찾아내지 못했다.
그러자 그는 진흙 덩어리를 집어 한밤중에 1040
소용돌이치는 두 손으로 형상을 빚었다가 뭉개고는 했으며
뜨거운 밤에 그의 두뇌가 발정한 뱀처럼 식식거렸고
그의 힘찬 주문은 벌거숭이 바위들 위에서 춤추다가

시끄러운 빗발처럼 집집마다 지붕으로 떨어졌다.
그는 손톱으로 조그만 구덩이를 파고 검은 피를 쏟아 부었고,   1045
위대한 유령더러, 신더러 모습을 나타내라고 불렀으며,
요란한 천둥과 번갯불 섬광과 더불어 갑옷을 잔뜩 걸치고
수염을 기르고 뽐내며 신이 우스꽝스러운 난쟁이처럼 뛰어나왔다.
오디세우스가 웃고 그 형상을 머리끝부터 발끝까지 더듬었다.
「살이 단단한 게여, 내 집으로 오라고 환영하노니,   1050
나는 배가 고파 그대 집게발 속의 살을 먹고 싶도다.」
그가 말하고는 신의 턱을 잡아 우적우적 씹었고
유령들이 비명을 지르고 도망쳤으며 신의 세이렌들이 울부짖었다.
「거룩하고 붉은 물과 눈물이 그의 얼굴에 흐르는 모습을 보고,
두려워 땀을 흘리는 우리 신을 불쌍히 여기소서!」   1055
그러나 신과 싸우는 자가 석노하여 발로 땅을 굴렀다.
「나는 그의 땀이나 내 영혼에 대해서도 자비심이 없고,
모든 장난감과 기쁨을 경멸하노라. 그런 소리는 그만 하라!
나는 미덕이나 희망의 범주를 초월한 사람이니라.」
그 말을 듣고 겁이 난 신은 벌떡 일어나 여러 모습으로 바뀌어   1060
물감과 숯을 몸에다 바르고 재주를 넘기도 했으며
칼을 뽑아 삼키기도 하고 하늘로 밧줄을 던져 기어오르기도 했고
활활 타는 숯불을 씹어 납작한 귀로 연기를 내뿜다가는
살진 엉덩이를 씰룩이며 광대처럼 우스꽝스러운 춤도 추었다.
그러자 신을 죽이는 자가 역겨워하며 주먹을 번쩍 들었고   1065
신은 백정의 도끼 앞에 목을 길게 늘이고 울부짖는
거대한 황소처럼 소리를 지르기 시작했다.
인어 한 마리가 눈물을 글썽거리며 오디세우스를 저주했다.
「존경심을 모르는 인간의 마음은 저주를 받아 마땅하고,

두려움이나 부끄러움도 없이 아버지의 벌거숭이 모습을 보려고   1070
빛나는 베일을 낚아채는 그의 이성도 저주를 받을지어다!」
송장 귀신들과 흡혈귀들이 울음을 터뜨리고 네레이스 자매들도
더 이상 신이 내리는 고통을 견디지 못해 비명을 질렀지만
무자비한 오디세우스가 눈썹을 찌푸리며 조롱했다.
「오호, 저 칭얼거리는 아기, 저 누추한 거지를 보라!   1075
그는 이 도시 저 도시로 방황하며 집집마다 문을 두드리고
우리들의 마음에다 마지막 미끼를 던질 준비가 다 되었구나.
〈나는 그대들이 그리워 홀로 세상으로 왔도다!
나를 불쌍히 여겨 영혼과 돈주머니를 열고 적선해 다오!〉」
신이 그의 얼굴로 떨어져, 조롱하는 자의 무릎에 매달렸다.   1080
「그대에게 큰절을 할 테니 나를 죽이지 말라, 자손이여!」
그러나 신과 싸우는 자가 신을 놀리고 무자비하게 괴롭혔다.
「한때 그대는 내가 춤을 출 때마다 머리 꼭대기에서
제멋대로 날뛰던 화려한 장식품 깃털처럼 찬란했지만,
나중에 나는 누추한 군중이 내 포도를 따먹지 못하게   1085
겁을 주어 쫓으려고 내 밭에다 허수아비를 세우느라고
그대에게 알록달록한 헝겊을 입히고 녹슨 도끼를 주고는
가슴에 태양과 달을 부적으로 걸어 놓았노라. 너무나 교묘하게,
너무나 교활한 꾀를 동원하여 내가 그대를 만들었기 때문에
얼마 동안 나도 하마터면 오르페우스처럼 속을 뻔했지!   1090
그러나 나는 마력의 시간에 태어난 자유의 위대한 아들이어서,
그대가 나를 통째로 삼키기 전에 주먹을 들었노라.」
그가 말하고는 재빨리 손을 놀려 신의 얼굴을 흙에다 처박았다.
먼저 그는 신의 머리 꼭대기에서 화려한 깃털을 잡아 뽑았고
신은 산 채로 털이 뽑힌 암놈 공작처럼 비명을 질렀으며,   1095

다음에는 천천히 신에게서 부적과, 값싼 청동 장식품들과,
칼에 다친 거짓 상처와, 목걸이와, 진홍빛 헝겊을 벗겨 내었고,
홀랑 벗긴 신은 벌거숭이 암탉처럼 땅에서 뒹굴었다.
그리고 신이 땅으로 떨어지자 그의 머릿속에서는
인간의 이성이 가슴 딱 벌어진 수탉처럼 벌떡 일어나 울었으며,   1100
날이 밝아 감미로운 빛이 산등성이를 타고 내려오는 듯싶었고
신을 죽이는 자의 마음이 따뜻해지고 검은 가슴이 벌어졌으며,
그러다가 곱슬머리에 백리향 체취를 풍기는 신랑처럼
그는 빗장을 지르고 세상이 그의 마음속에서 거닐게 했다.
꾀꼬리가 다시 나타나 그의 머리 위에 앉았고,   1105
마음은 마치 푸른 대지의 가장 높은 나뭇가지에 앉아
해결을 못한 수수께끼 하나도 없는 새처럼 편안히 노래 불렀다.

그러나 현인이 자유의 가벼운 산들바람 속에서 기뻐하는 사이에
굵은 목소리가 갑자기 가슴을 가득 채우고 그를 소리쳐 불렀고
외침이 되울리며 호수의 갈대밭이 분노하여 외치는 동안   1110
유령들이 귀뚜라미나 작은 영원들처럼 사라졌다. 고독한 자가
머리를 숙이고 〈오디세우스!〉라고 부르는 소리를 들었다.
「마음이여, 어떤 목소리가 나를 부르는가? 대답하라!」
그의 귓전에서 목소리가 세 번째로 울렸다. 「오디세우스!」
그러자 마음을 읽는 자가 목소리를 알아듣고 두 팔을 벌렸다.   1115
「위대한 운동선수여, 사타구니에 열두 개의 성좌를 둘러 찬
그대의 억세고 괴로운 목소리를 들으니 나는 그대를 알겠도다.
오, 끊임없는 투쟁을 통해 순수한 빛으로 승화된 불꽃이여,
팽팽한 활처럼 휘어져 화살을 쏘는 몸이여,
세상의 변경들을 활로 쳐부수고, 예리해진 영혼이여,   1120

절망과 기쁨 속에서 나는 언제나 그대를 부르는도다!」*
비밀의 목소리는 여전히 고행자를 무자비하게 공격했다.
「사막의 모래밭에 갇힌 뱀처럼 떨며
아직도 자유를 추구하느라고 투쟁하는 나의 하나뿐인 아들이여,
머리를 높이 들고 그대의 용맹스러웠던 젊은 시절을 회고하라.   1125
활처럼 날렵한 모습으로 피 묻은 내 무릎 앞에 꿇어앉아
이성은 미늘이 두 개인 창이 가득 차서 번득이며
내 눈을 똑바로 쳐다보고 거침없이 고함쳤었지.
〈나는 포도주와 두뇌가 가득 찬 노인의 머리를 좋아하고,
나는 그의 깊은 창고로 들어가 모든 것을 약탈하고 싶도다!〉   1130
나는 웃으며 몸을 숙여 내 두뇌를 그대에게 친절히 먹여 주었고
교활한 꾀와 재능을 갖추고 활을 쏘도록 가르쳤으며
작은 욕망들을 초월하여 위대한 것들에 다다르고,
미덕의 엄격한 호소에 따라 더욱 멀리 다다르기를 가르쳤도다.
언젠가 나도 역시 산길을 걸었던 기억이 나는데,   1135
나는 동이 틀 무렵에 작고 검은새 한 마리가 깡충거리며
관자놀이가 허옇고 늙은 개똥지빠귀의 발치로 가서 앉아
머리를 높이 들고 늙은 새의 노래에 귀를 기울이는 것을 보았는데,
그대 역시 내 모든 두뇌를 훔쳤도다, 야생의 검은새야!
때때로 그대는 봄비처럼 내 충고에 귀를 기울였고   1140
때로는 내 말이 벼락처럼 그대의 마음을 찢어 놓았고
그러다가는 대기의 혼란 속에서 발가벗은 병아리처럼 떨었다.
그러나 나는 그대 젊음의 사나운 심장 고동에 환희했고
무자비하고 잔인하게 그대를 절벽 쪽으로 밀고 나갔으며,
두 가지 군대 가운데 하나를 선택하라고 그대에게 요구했으니,   1145
하나는 이성의 봉우리에 높이 진을 친 빛과 불꽃이었으며

다른 하나는 어둠과 진흙의 육신에 깊이 틀어박혔고,
그래서 나는 내 외아들인 그대를 불러 이성의 봉우리를 앞세워
진흙 구덩이들과 영원히 싸움을 계속하고
야비한 육신을 항상 혐오하는 말을 하도록 요구했노라.   1150
〈육신이여, 그대는 자고 싶은가? 그렇다면 밤새도록 나는
그대를 불타서 녹아내리는 하얀 밀랍처럼 똑바로 들어 주겠노라.
먹고 싶은가? 내가 그대의 배를 날개 같은 헛바람으로 채우리라.
피곤한가? 그렇다면 한쪽 발로만 발돋움을 하고 똑바로 서서
세상의 지붕에 달린 풍향계처럼 빙글빙글 돌아라!〉   1155
그리고 날개와 발톱이 달린 용감한 내 마음의 아들, 그대는
내 말을 듣고 당장 행동으로 실천했지만, 행동으로도 부족하여
나는 붉은 사과의 미덕을 더욱 멀리 던졌다.
내 노래는 자유의 맹렬한 함성처럼 올려 퍼졌고
제신들은 내 근엄한 충고를 들으려고 땅으로 머리를 수그렸지.   1160
〈마침내 육신을 짓밟아 버리고 스스로 해방을 찾은 다음에는
한 칼로 쳐서 그대의 영혼을 두 진영으로 갈라놓아야 하는데,
한 쪽에서는 축 늘어진 젖통처럼 미덕들이 늘어지고
비밀의 희망을 지닌 제신들이 울긋불긋한 옷을 걸치고 서게 하며
다른 쪽에서는 인간의 이성이 풍향계처럼 빙빙 돌게 하라.〉   1165
그러자 그대는 두려워서 눈을 두리번거렸고, 내 이성 속으로
빠져 들어가지 않으려고 내 무릎에 단단히 매달렸었지.
나는 그대의 팔을 꽉 잡고 고통스럽게 외쳤었다네.
〈인간의 이성은 더 이상 화살을 멀리 쏠 힘이 없노라!〉
슬프도다, 이제 나는 차가운 땅속에 벌레들과 함께 누워   1170
가장 위대한 과업을 보고 싶어 고통스럽게 소리친다.」
신을 죽이는 자가 잘 들어 보려고 했지만 신음이 그쳤고,

그러자 땅으로 두 손을 뻗으며 그는 어둠을 소리쳐 불렀다.
「할아버지시여, 최후의 과업을 나에게 내려 달라!」
그러자 건너편 호숫가에서 무서운 목소리가 들려왔다.
「그대의 마음을 제신들과 악마들, 크고 작은 미덕들,
슬픔들과 기쁨들로부터 순화시키고 나서
이성에게 빛나는 죽음의 위대한 등대만이 남은 다음에는
일어나서 그대의 이성을 준엄하게 둘로 갈라놓아야 하니,
밑에는 그대의 마지막 위대한 적, 허벅지가 썩은 〈희망〉을,
위에는 인간의 절망적인 두개골 속에서 조롱하는 초인간적이고,
빛이나 공기나 불이 없는 사나운 불꽃을 두도록 하라.」
그가 말하고는 무거운 두 개의 날개처럼 창자를 접었다.
고독한 자가 침착하게 눈을 감고는 그의 영혼을 어찌나 높이
밀어 올리는지, 전혀 바람이 부는 적도 없고,
어떤 가시나무도 땔감으로 쓰지 못하는 위대한 불꽃의 아궁이에서
꼼짝도 않으며 뛰어오르는 그의 사타구니 속 침묵을 맛보았고,
침묵은 욕망을 초월하여 투쟁의 높은 산봉우리에 우뚝 섰다.
고독한 자가 부드럽게 미소를 짓고 그의 오만한 마음을 불렀다.
「마음이여, 그대는 최후의 고역인 희망을 넘어 날아갔노라.
그대는 평온해지고, 모든 폭풍이 그대의 깊은 내면에서 뭉쳤고,
슬픔들이 너무 높이 쌓여 이제는 그대의 기쁨을 이루는구나.
어느 쪽으로 돌겠느냐? 이제는 누구하고 얘기를 하겠는가?
천천히, 조용히, 그대는 솔개처럼 어둠 속에서 미끄러진다.」

그는 두 발로 춤이라도 추려는 듯 절벽에 섰고
열 손가락이 모두 짜릿했고, 가느다란 눈썹이 불타올랐으며
몸은 불길의 혓바닥처럼 날름거리고 두뇌가 지끈거렸다.

순례자들이 잠을 잤고, 부리를 벌리고 다른 세계에서처럼
이상한 약탈의 노래를 불렀으며, 붉은 발이 반짝이는
하얀 백조처럼 꿈이 그들의 위로 날아 지나갔다. 1200
그들은 잠에서 깨어났고, 장미 빛깔의 새벽빛 속에서
벌거숭이 팔을 날개처럼 퍼덕이며 절벽의 끝 가까이
우뚝 선 무서운 고행자의 모습을 보고 무척 겁이 난 그들은
떨면서 마음속으로 모두들 어떤 통렬한 소식을 예감했다.
그러나 불길로 부풀어 오른 그들의 지도자는 군중을 둘러보았고, 1205
그의 마음에 가득 찬 것은 연민이나 자비가 아니었으며, 그는
꼼짝도 않고 서서 그의 손가락들이 춤추는 소리에 귀를 기울였다.
「이제 대지에는 주인이 없고, 마음은 자유를 찾았도다!
동틀 녘에 내 오른쪽 관자놀이에서 활활 타오르며 태양이 떠올라
하루 종일 내 머리의 위대한 둥근 천장을 휩쓸고 지나간 다음 1210
시뻘건 피로 부풀어 올라 저녁에 왼쪽 관자놀이로 지고,
이제는 내 이성 속에서 별들이 타오르고, 푸르고 덧없는
내 머릿속에서는 인간들과 관념들과 짐승들이 풀을 뜯으며,
내 검은 눈의 홍채 속에는 웃음과 눈물이 몰려들었고
꿈이 두뇌에 넘치고 내 마음은 유령들에게 짓밟히지만, 1215
도둑의 등불처럼 이성이 꺼지면 만물이 사라진다.
나는 안개 속에서 불을 지피고, 파도 위에다 부표를 띄우며,
하늘에다 길을 내고 혼돈으로부터 모든 것들을 만드는데,
내 민첩한 이성의 베틀에서는 옷감을 짜는 다섯 명의 노예*가
공기로 튼튼하게 짠 헝겊 위에다 모든 삶을 짰다가 풀었으며 1220
결국 나는 심연 전체를 튼튼한 그물로 덮는다.
그 위에다 나는 집을 수놓고 아이들을 잔뜩 낳으며,
미래의 밀을 가꿀 씨앗을 심고 말을 묶어 놓고는

번갯불 섬광처럼 순간적으로 안개 위에다 내 삶을 일으켜 세운다.
그리고 내가 입김을 불면 모두 사라지지만 내 마음은   1225
밤의 어둠을 찌르는 작고도 깃털이 알록달록한 섬광처럼
모든 겸양과 분노와 희망과 고통을 떨쳐 버리고 계속 달려간다.
호수의 다른 쪽에 웅크린 채 창을 던지는 선조여,
그대의 축복을 받으며 나는 그대를 능가했고, 이성의 골짜기에서
해 질 녘에 노래를 부르면서 돌아왔는데, 울먹이던 커다란 눈이   1230
이제는 죽어서 멍해진 어린 사슴 〈희망〉을 끌고 돌아왔다.
나는 모자를 비스듬히 쓰고, 노래를 부르며 대지를 걷고,
불타는 왕관처럼 살육이 내 머리카락을 타고 올라온다!」
고독한 자가 말을 멈추었지만 타오르는 몸은 돌멩이들이 번쩍이는
산의 언저리에서 화톳불처럼 활활 탔으며,   1235
전갈처럼 갑옷을 입은 이성이 숯불을 밟고 걸었다.
절벽 위에서 유혹하는 목소리가 다시금 울려 나왔기 때문에
군중은 겁이 나서 불길에다 대고 손을 저었다.
「육체와 이어진 삼백예순다섯 관절의 이름으로,
영혼을 둘러싼 삼백예순다섯 뱀의 이름으로 얘기하겠는데,   1240
군림하는 어떤 신도, 미덕도, 의로운 법도 존재하지 않고,
하데스에서의 형벌이나 천국에서의 보상도 존재하지 않는다!」
갑자기 땅을 가르고 태양을 향해 높이 뛰어오르는
힘찬 샘물처럼 고독한 자가 시원한 웃음을 터뜨렸다.
그가 마치 미친 사람처럼 퀭한 눈을 굴리자   1245
자유의 사나운 목소리나 무덤을 가르는 시원한 샘물의 소리를
듣지 않으려 애쓰며 순례자들은 눈을 감았다.
어떤 사람들은 턱이 비뚤어지도록 웃고, 울음을 터뜨리기도 했으며
어떤 사람들은 거룩하고도 자랑스럽고 새로운 대지의 사자를

당장 죽이겠다고 고함치며 돌멩이와 몽둥이를 들고 달려왔다.   1250
그러나 백열(白熱)이 이글거리는 뜨거운 쇳덩이처럼 고독한 자는
초라한 인간의 눈썹을 그을리며 절벽 언저리에서 빛났고,
그래서 겁에 질린 군중이 뒤로 물러났고, 칼처럼 날카롭고
불타는 무수한 손이 그의 몸 주변에서 허우적거렸으며
일곱 개의 진홍빛 머리가 층을 지어 공중에서 번득였다.   1255
마침내 불길이 가라앉고 무수한 모든 손과 일곱 층의 머리가
고독한 자의 이성 속으로 잠겨 들어가고
벌거숭이 육신이 다시금 정상을 찾은 듯싶은 다음에
그가 주위를 둘러보니 한 사람도 남아 있지 않았다.
먼 평원 어디에선가 거대한 먼지 구름이 일어났고   1260
호수의 물 위에서는 배의 노들이 오르락내리락거렸으며
당황한 나머지 군중은 도끼와 나막신과 모자와 신발과
물병과 허리띠를 산더미처럼 뒤에 남겨 두고 갔다.
여우 같은 이성의 남자가 발치를 내려다보고 웃었다.
「맙소사, 자유가 떼죽음을 가져오는 질병인 줄 알겠구나!   1265
뽐내기 좋아하던 내 마음은 장식품이나 날개도 없이
이렇게 벌거숭이로 땅 위에서 버림받았다면 옛날에는 기분이 나빴겠지.
이제는 황량한 폐허라도 내 눈에는 아주 보기가 좋구나!
사나운 자유의 차가운 숨결도 이제는 한없이 반갑도다!」

그의 자유로운 마음을 거쳐 순결하고 깨끗한 바람이 불었고,   1270
절망과 힘의 높은 봉우리에 함께 올라선 그는
이성의 언저리에서 사나운 독수리처럼 춤을 추기 시작했다.
움켜잡는 새의 우렁찬 절규가 그의 가슴을 찢었고
어깨의 옛 상처에서 날개들이 터져 나왔으며

소용돌이 춤에 휘말려 이성이 내리꽂히다가 솟구쳤고 1275
광란의 회오리에서는 영혼과 돌멩이를 구분할 수도 없었으며
대지와 궁수의 육체는 처녀와 총각처럼 한 덩어리가 되었다.
힘차고 뜨거운 바람이 불어 솜털이 난 그의 배가 빛났고,
그의 몸에서 동맥들은 심연 밑으로 무너져 떨어지지 않으려고
대지의 껍질로 달려가 뒤엉켜 붙었다. 1280
온통 음경과 자궁뿐인 그의 영혼은 절벽 위에 매달려
입맞춤에 굶주려 사내를 찾아 울부짖었으며,
입맞춤에 굶주려 계집 유령들더러 오라고 신음하고는,
아무 의미도 없는 빛만 가득 찬 이상한 표시를 하늘에다 잔뜩 새겼고,
목소리는 입술이 부르면 초라하게 되돌아가야 한다고 알았으므로 1285
아무 목적도 없이, 기쁨도 없이, 그냥 힘으로만 희롱했다.
그의 가슴속 동굴은 되울리는 소리를 내며 신음했다.
「나는 시간의 바닷가로 높이 올라가 물과 피와 모래를 가지고
인간의 모든 모험을 빚어 보고 또 빚어 보는데,
생각들이 이마에서 튀어나와 땅으로 떨어지듯, 그 모험들도 당장 1290
총각들과 처녀들로 변해 단단히 포옹하여 한 덩어리가 된다.
대지의 얼굴은 비와 햇빛을 받아 코끼리의 매끄러운 엄니처럼
눈부시게 빛나고, 나는 천천히 허리를 굽혀
말없이 다정하게 쓰다듬으며 깊은 생각에 잠긴다 —
사랑스러운 상아 얼굴에 우리들은 무엇을 새겨야 하는가? 1295
살인자의 칼이나, 밥그릇이나, 심연의 속에서
처녀의 새까만 머리에 꽂혀 빛나는 고운 빗을 새길까?
열 손가락 모두 지극히 감미로운 살 속으로 힘이 뻗치고,
그의 모든 후궁들 가운데 어느 처녀에게 손수건을 던질까
은밀한 정원에서 왕이 천천히 고르듯, 1300

나도 정력을 억제하며 모든 욕망을 살펴본다.
오늘은 고적함이 잔인하고 바람이 너무 더우며,
나는 혼자 있기도 따분하여 기절할 것만 같고
빠르고 무서운 춤 때문에 정신이 나갈 지경이로다.
나는 남들과 서로 보고 만지기를 그리워하며,   1305
내 마음은 새로운 신의 심장처럼 설레고, 나는 인간을
너무나 불쌍히 여겨 날지 못하는 그의 두뇌에 날개를 달아 주고
그의 영혼을 가두는 모든 나쁜 벽들을 무너뜨릴 것이다.
오 나무들이여, 취해서 꽃이 만발하고, 처녀들은 젖이 부풀고,
용감한 청년들은 이성 속에 온갖 욕망을 모두 품어야 하니 ―   1310
삶이란 번갯불 섬광에 불과하고 죽음은 영원하느니라!
대지를 보면 나는 그것을 사랑하여 죽고 싶지가 않구나!
처녀와 총각의 몸뚱어리를 보면 나는 이렇게 소리친다.
〈기쁨과 슬픔, 대담한 꿈과 행동으로 육체를 가득 채우고,
이성의 치솟는 연과 새빨간 태양을 높이 올리고,   1315
높은 머리의 마술 등불이 빛나도록 환히 밝혀라!〉
나는 창가의 처녀들을 구경하며 산책하기 좋아하고,
해 질 녘 집집마다 지붕에서 피어오르는 향기로운 연기를 보고
한밤중 어둠 속에서 삐걱거리는 침대 소리를 듣기 좋아한다.
나는 도시들과 나라들을 지나가며 소리쳐 축복을 내린다.   1320
〈오, 인류여, 기쁨과 눈물, 따뜻한 몸, 나의 아이들이여!〉
언젠가 나는 검은 승복을 입고 얼굴이 하얀 승려들을 보았는데,
청춘이 처음 꽃피었던 그들은 욕정에 들뜬 처녀들이 지나가며
그들이 밟는 땅에 온통 재스민 향기가 가득 차게 만들면
승려복을 여미고 눈을 떨구고는 모든 악귀의 눈을 쫓아 버리고   1325
대지를 저주하기 위해 침을 뱉었고 ― 나는 주먹을 높이 들고

〈그대들에게 저주가 내려라!〉 고함을 질렀지.
나는 웃고, 아이를 낳고, 환희하고, 대지를 둘러보고 말하지.
〈소용돌이 세상은 믿음직한 아내여서 나는 그녀를 사랑한다!
때때로 나는 사나운 봄비 속의 폭우로 변하고,   1330
때로는 뜨거운 한여름 태양이, 때로는 힘찬 남자의 영혼이 되어
동틀 녘의 황소처럼 그녀를 올라타지!〉
좋다! 육중한 짐승들이 기억의 동굴 안에서 깨어나게 하고,
어둠이 내릴 때 마음의 검은 숲이 울부짖게 하라.
내가 춤을 추면 머리에 엉킨 모든 실이 풀리는도다!」   1335
궁수가 뛰어오르며 소리치자 대지는 그의 빠른 춤을
따라가지 못해 점점 위축되다가 급기야는 수줍은 신부처럼
불꽃을 일으키며 남자의 억센 품에 몸을 맡겼다.
영혼이 불의 혓바닥처럼 뛰어올라 가까이 기대어 오는
대지의 작고 검은 몸뚱어리를 열망에 빠져 핥아 대다가는   1340
입맞춤을 한 처녀처럼 감미로운 애무에 기절하고 말았다.
대지가 휩쓸리더니 그의 두뇌 속에서 씨앗처럼 싹텄고,
뿌리와 잎사귀와 꽃과 열매로 되기 위해 늙은 밤의 자궁 속에서
한없이 오랜 세월 동안 노력하여 이제는 살진 잎이 되고,
그의 억센 머리 속에서 꽃 피고 열매를 맺었다가는 순식간에   1345
번갯불처럼 사라졌다. 아, 세월은 쓰라리고 공간은 막혔으며,
고독한 자의 춤은 넘쳐흐르다가 빛나는 별처럼
시간으로부터 떨어져 세상의 캄캄한 밤 속으로 사라졌다.

그러나 춤을 추면서 그는 수명이 짧은 인간의 영혼이
바람에 날아갈까 봐 두려워 이로 꼭 물었다.   1350
위대한 자는 한껏 춤을 춘 다음에 불처럼 수그러들었고,

불타는 돌멩이들이 식었으며 세상은 다시 한 번 고요해졌고,
두뇌를 빨아먹는 자는 숨을 헐떡이면서도 그의 피가
머리끝부터 발끝까지 부글거리고 달리는 소리를 들었다.
머리끝부터 발끝까지 세상을 즐기며 커다란 원을 그리고   1355
유연한 뱀이 몸을 비틀고 또아리를 틀듯이 궁수는
머리끝부터 발끝까지 하나로 이어지기를 원했다.
그는 뜨겁고 짠 피가 입 안에 가득 찰 때까지 몸을 구부려
맹렬히 발뒤꿈치를 물었고, 이렇게 그의 맹렬한 육신은
피를 마시며 영혼의 교류를 얻어 기운이 새로워졌고,   1360
그의 몸에서는 힘이 줄기차고 풍요하게 빙글빙글 돌며 흘렀다.
남자, 여자, 신, 야수가 모두 그의 피 속에서 하나로 뭉쳤고
피를 나눈 형제가 되어 재빠른 자유의 바퀴 속으로 사라졌다.
「나에게는 아이나 개나 신이 세상에 더 없도다, 동지들이여.
바람이 그들의 돛을 불어 그들이 잘 달려가 번창하기 비노라!   1365
그만 하라! 나는 온통 배와 바다와 폭풍과 낯선 땅이며,
나는 두뇌가 잉태한 신이며 동시에 반신(反神)이기도 하고,
나를 태어나게 한 자궁이요 나를 삼킬 무덤이기도 하니,
그들의 숨결과 달콤한 기질은 더 이상 원하지 않는다!
뱀이 꼬리를 물었으니 이제는 완전한 원을 이루었도다.」   1370
마침내 새로운 길을 뚫고 오디세우스가 벌떡 일어났고,
마음이 가벼워진 그는 흰 수염이 햇빛을 받은 포도처럼 빛났고,
그의 이성은 비가 내린 다음의 산봉우리처럼 찬란했다.
살진 달이 가볍게 하늘로 올라가자
태양은 몸을 식히려고 말없이 물속으로 내려갔고,   1375
신을 죽이는 위대한 자의 자유로운 이성이 그들 사이에 섰고,
그는 해와 달을 두 손으로 던지며 장난치는 기분을 느꼈으며,

하늘로 던져 올려도 소리쳐 부르기만 하면 잘 훈련된 매처럼
가느다란 황금 사슬에 묶인 채로 다시 그에게로 돌아왔다.
서늘한 땅으로 저녁의 꿀이 천천히 방울져 떨어졌고   1380
군림하는 〈죽음〉과 평온하게 화해하여 마음이 차차 고요해지다가
결국 고독한 자에게는 자유가, 죽음의 손을 거쳤으며
눈물을 머금고 대지의 모든 것을 지켜보고 슬퍼졌으며,
팥빛깔 머리카락을 절벽의 잡초로 장식한 힘이라고 여겨졌다.
그는 자존심과 오만함, 약탈의 도취된 분노,   1385
저마다 비밀로 간직한 죄악을 초월했으며,
결국 구원으로부터 구원을 받은 구원자는 경건히 머리를 숙여,
오랫동안 방탕했던 아들이 마땅히 표현해야 할 경의와 온화함과
겸손함을 나타내며, 어머니 대지에게 입 맞추었다.
그는 대지의 무릎 주위를 배회하다 손을 뻗어 젖가슴을 움켜잡았다. 1390
「어머니시여, 심연의 위로 늘어진 그대의 커다란 젖가슴에서
갈증을 풀었으므로, 이제는 거룩한 오른쪽 젖은 필요가 없고,
새하얀 젖도 훌륭하지만 이제는 검은 젖을 원하고, 어머니시여,
왼쪽 젖도 잡으려고 굶주린 손을 내미는도다!」

제17편

침묵의 새하얀 장미꽃이 활짝 피고 밤은 이성을 잃어
위대한 승리자가 환한 달빛 속에서 깊은 생각에 잠겼고,
그의 두 눈이 커져 두개골을 모두 뒤덮었으며
재빠른 두 발과 두 손이 새끼를 치고 빛을 받아 회오리치며
신비한 바퀴가 속력을 얻으니, 멈출 수가 없었다.   5
삶과 죽음은 쌍둥이, 그가 검은 손에 쥐고 휘두를 때 번쩍이는
칼의 양쪽 날이어서, 달빛을 받아 허공에서 번득이고,
공중에서 엇갈리다가 어느새 번갯불처럼 내리꽂혔다.
그의 머리에서 성벽들이 열리고 세상이 좁아 보였으며,
이성에서는 발톱이 한 뼘이나 자라고 날개가 거대하게 커졌으며,   10
그는 남자와 여자의 신으로 함께 따로 변신했고,
기쁨이 슬픔과 엉키고 선과 악이 화평을 맺으니
그의 머릿속에서는 만물이 질서정연하게 제자리를 찾았다.
이성은 까만 풍뎅이처럼 대지의 장미꽃 속으로 파고들었지만
향기 때문에 기절하지 않으려고 두뇌를 바싹 여미었고,   15
끈끈해지는 꿀 속에 빠지지 않으려고 날개를 높이 들고는
한 방울도 남기지 않고 모든 장미꽃의 꿀을 거두었으며,

일을 끝냈을 때는 발과 목과 배가
불타는 꽃가루로 덮여 밝은 황금빛으로 반짝였다.
맑은 달빛과 더불어 저녁이 방울져 떨어졌고,
밤은 꽃이 만발한 모과나무의 강렬한 냄새를 풍겼고
풀잎이 떨리고 나뭇잎들 사이로 산들바람에 가볍게 흔들리는
새들의 눈이 별을 총총히 박은 등불처럼 활짝 피었다.
새들이 공중에 남기거나 배들이 바다에 남기는 자취만큼만
흔적을 남기고 유령들과 인간들이 사라졌고,
마음속에서 부풀어 오르는 눈에 보이지 않는 벌집에서
흘러내리는 꿀처럼, 어둠의 모든 순간이 조용히 흘러갔다.
갖가지 독을 머금은 꽃과 생각과 두려움으로부터 뽑아내어
고통을 없애는 진하고도 본질적인 향기로 빚어서
한 방울 한 방울이 끝과 시작이 없이 영원불멸하고
야수적인 세월의 양쪽 날개인 과거와 미래가 접혀
꼼짝도 않고 짙은 꿀 속으로 잠겨 들어가는
모든 결실의 방울을 힘찬 사나이가 한 방울씩 마셨다.
「꽃이 만발한 가시나무에 앉은 사랑에 빠진 지빠귀처럼
세월은 정복되어 내 포근한 마음속에 갇혔구나.」
마음속 깊은 곳에서 중얼거리며 머리가 허연 승리자는
그의 무서운 투쟁이 사랑의 노래로 바뀌었음을 느꼈다.
비록 세상이 흔들리거나 이성이 절규하지는 않았어도
대지가 묵묵히 눈을 돌려 창조를 일으켰고
밤은 유혹하는 산비둘기의 목구멍처럼 활활 타올랐다.
높은 산봉우리에서 대리석처럼 굳은 눈이 녹아내리듯
고독한 자의 마음은 갑자기 쾌활한 사랑으로 가득 찼다.
「내가 오늘 태어났고, 나의 조그마한 어머니 대지가

귀여운 첫아들에게 처음으로 젖을 먹이니, 마음이여,
이토록 좋은 밤에 우리들은 한껏 노래를 부르자꾸나.   45
그렇다, 황새의 거룩한 꼬리 열두 개의 멋진 깃털에서
새로운 눈들이 열리고 새 봄이 왔으니
발톱이 튼튼한 새로운 미덕이 내 피 속에서 만발했도다.
지극히 사악하고 고약한 마녀처럼 살벌한 기억은
하데스로 떨어지고, 삶이 다시 한 번 순결해지게 하여라!   50
나는 많은 여행을 한 나의 눈먼 조상인 잠에게 절하고,
축복을 내리려고 내 머리를 더듬는 그의 손에 입을 맞춘다.
〈그대 내 자손은 내가 항상 꿈꾸었던 광명이니라.
그러나 이제는 내가 꽃이 만발하여야 할 때가 아니더냐!〉
오, 햇살로 머리를 땋은, 눈이 귀여운 떠돌이 삶이여,   55
오랫동안 나는 그대의 빛, 그대의 거룩한 환상 속을 헤매었고
오랫동안 나는 부끄러워하며 그대의 공허한 그림자를 쫓았고
분노하여 사나운 바람의 머리카락을 잡아 뜯었노라!
때때로 그대는 정열을 충족시키는 헬레네, 아름다움 같았고,
그늘의 시원함, 사향노루의 냄새, 아니면 바닷바람 같았고,   60
그대의 선정적인 희롱으로 우리들의 눈을 기쁘게 하며
술의 환희로 보상받는 유혹의 무희와도 같았고,
때때로 한창 젊은 시절에 세상이 나를 괴롭힐 때면
그대는, 오, 삶이여, 슬퍼서 웃을 줄도 모르는 홀몸의 여인
미덕 같아서, 오, 유혹하는 세이렌의 노래여,   65
남자들의 정의나 불의나 기쁨은 아랑곳하지도 않는 그대를
잘 지켜 주려고 나는 창을 집어 들기도 했었노라!
어느 날 새벽 이성의 외로움을 헛되이 거두어들이던 나는
바다와 마음과 대지가 나에게 도움을 청하는 소리를 들었는데,

큰 위기에 빠진 신이 부르기에 나는 들어가 숨을 머리를, 70
그가 들어가 잠을 잘 도시를 세우려고 달려갔다.
삶이여, 우리들이 어디에서 왔고 어디로 가느냐 하는 따위의
화려한 깃털을 내가 어리석게 추구했다면 나를 용서해 다오.
그대의 세 가지 큰 그림자 아름다움과 진실과 순진한 미덕을
단단한 육신이라 생각하여 뒤쫓느라고 오랜 세월을 낭비했지만 75
이런 방황도 때가 되면 졸졸거리는 냇물처럼 시원한
그대의 벌거벗은 몸으로 나를 데려다 주는 축복이 되리라.
만일 젊었다면 나는 너무나 많은 사랑을 쫓느라고
내 두뇌가 쏟아지지 않게 수건으로 머리를 묶을 터이며,
만일 늙었다면 나는 그대의 단단하고 따스한 젖가슴을 더듬으려고 80
손을 뻗으며 말없이 흐느껴 울 터이지만, 오, 삶이여,
지금 우리들은 욕정의 젊음과 노년기를 초월하여 만나,
인간의 심성이 순간적으로 영원불멸하게 맥박 치는 속에서
모든 눈물과 입맞춤, 시간과 공간을 초월하게 되었다.
잘 만났다, 순수한 자유여! 우리는 둘 다 잘 만났다! 85
제신들과 깃털을 벗어 던지고 알몸으로, 이성의 닭 벼슬이
시원한 이슬에 젖어, 나는 산의 투쟁으로부터 달려 내려가고,
그대는 파도로부터 높이 솟아 햇빛을 받으며 빛나고,
그대의 머리카락 언저리에서는 소금의 별들이 깜박여
우리들은 죽음을 모르는 순간의 피안에서 하나가 된다. 90
그러면 사랑에 젖은 육체를 절단시키는 삭막한 미덕,
생각의 유령들, 모든 어두운 조각이 무너지고,
짙은 열기 속에 쓰러진 나는 시원한 물처럼 그대를 적시고
그리움으로 헐떡이며 그대는 내 독한 피를 빨아 마신다.
우리들은 축축한 바닷가에서 뒹굴며 사랑에 취해 부둥켜안고, 95

입술은 입술끼리 달라붙고, 눈은 눈끼리 서로 응시하며,
술의 환희, 신, 사랑, 그리고 눈이 별처럼 빛나는 자유 —
우리 둘은 높다란 도취의 네 계단을 올라갔다.
오, 삶이여, 넘치는 힘과 가득 찬 절망의 가파른 절벽 위에서,
만발한 웃음의 꽃과 도취의 높은 봉우리 위에서 일어나 뛰놀아라! 100
대지는 훌륭한 타작마당이 아니더냐!
내 뱃속은 영혼으로 가득하고 이성은 육신으로 가득하다.
태양이 이글거리는 곳에서 찢긴 깃발을 휘날리며 우리들을 위해
서로 죽이고 싸우는 군대와, 산등성이에서 오르페우스가 앞장선
화려한 결혼식 행렬 — 그대는 어느 쪽을 원하느냐? 105
아니면 그대는 지붕에서 푸른 연기가 피어오르고 문들이 여닫히며
아이들이 소리치고, 여자들이 웃고, 개들이 짖어 대며
도시의 온갖 미친 듯한 소음이 한낮에 쏟아지는
평야에 펼쳐진 커다란 도시를 원하느냐?
모든 육신은 이성을 부풀게 하는 이슬의 유령에 지나지 않아, 110
그들은 만나고, 껴안고, 헤어지고, 무럭무럭 먼지를 일으키고,
갑자기 이성이 따분해지면 세상은 깨끗하게 맑아진다.
삶이여, 일어나 나에게 계시를 주고 그대의 장난감을 선택하라!」
한밤중의 무거운 고적함 — 침묵 속에서 가끔 잎사귀 하나가
죽어서 떨어지는 별처럼, 따로 잘라 낸 심장처럼, 돌멩이 위에서 115
다정한 짝을 찾아내어 갈망하던 모든 기쁨을 누리느라고
찌르륵거리며 울기를 그만둔 귀뚜라미처럼
저절로 떨어져 천천히 땅으로 내려온다.
신을 죽이는 자의 허연 털이 난, 흐뭇해진 가슴과 수염에
둥그런 보름달이 하늘의 꼭대기에서 쏟아져 내려, 120
집시들이 이런 모습을 보았다면 그를 양철로 잘못 보아

큰 망치를 집어 들고 산산조각으로 두들겨 부쉈을 터이며,
양치기들이 이런 모습을 보았다면 시체를 파먹는 귀신을 쫓아 버리려고
침을 세 번 뱉고 주문을 읊었을 터이며,
처녀들이 왔다면 늙은 신 프리아포스*가 달빛 속에서   125
그들을 유혹하려는 모습을 보고 비명을 질렀을 터이며,
꿈속에서는 저마다 연인을 와락 껴안았을 것이다.

고행자가 미소를 지으니 세 처녀가 그의 입술에서 튀어나왔다.
「아, 진주여, 손마디꽃이여, 절벽의 고행자를 보라!
다리를 포개고 앉아 바위를 치며 하늘에다 소리를 지른다.」   130
「고행자라고? 어디? 달빛 속에서 나는 막대기밖에 안 보이는데.
자매들이여, 축축한 나무 속에서는 불이 질식당해서
〈검은 나무 속에서 숨이 막히니 나를 해방시켜 달라!〉
소리를 치니, 이 나뭇가지를 불태워 그들의 영혼을 구하자.」
「사랑과 절망에 빠져 배나무 그늘에서 빛나는 두 눈이 보인다.   135
그 눈들이 나를 유혹하며 〈오라!〉고 소리치는구나.
내가 손에 든 이것은 항아리인가, 아이인가? 잘 가거라!
모두가 저 검은 눈 속에 깊이 잠겨 빠져 죽었으니 아무것도,
우물도, 어머니도, 아버지도, 집도, 존재하지 않는다.」
그러자 날개 달린 양치기가 소리치고, 쪼글쪼글 늙은 남자가   140
가랑잎처럼 그의 이성으로부터 단단한 땅으로 떨어졌다.
「누가 불렀느냐? 힘찬 목소리가 내 목덜미를 꽉 움켜잡아
땅바닥에다 내동댕이치고 앞을 가로막았도다.
맹세컨대 나는 아이도 낳고, 집도 짓고, 밭도 갈았으며,
자식들과 제신들과 곡식과 가축을 마당 가득히 모았고,   145
땅과 여자 농사도 잘 했노라. 이제는 지쳤으니 쉬고 싶구나!

늙은 눈에는 기름이 남지 않아 등불이 꺼졌도다.
누가 나를 붙잡느냐? 목소리가 들려와서, 나는 무서워 더듬는다.
아, 여기 뼈 한 무더기가 절벽 언저리에서 통곡하는구나.」
그리움이 육신으로 가득 차서 이성을 마시는 자가 한숨을 짓고
가냘픈 무희가 그의 이성에서 땅으로 튀어나왔다.
「수탉의 높다란 깃털이 달리고 카나리아처럼 황금빛 날개가 달린
높다란 창(槍)과 대리석 타작마당이 보이는데,
꼭대기에서 여인의 금발 머리가 햇빛을 받아 나부낀다.
나는 몸을 씻고, 좋은 옷을 입고, 가슴을 잘 보호하려고
황금 흉갑을 찬 다음 왕을 찾으려 달려갔도다. 무슨 왕을?
내 이성 속에서는 위대한 목소리가 〈춤추라!〉고 외쳤다.
무슨 춤을 춰야 하나? 내 머리 위에서는 대기가 불타고
발밑에서도 대기가 불타니, 발이 미끄러지기만 하면
나는 거꾸로 별똥별처럼 하데스로 떨어지겠구나.
누구는 나를 여자라 하고 누구는 나를 춤과 전쟁이라 하나,
나는 대지와 별들 사이에서 움직이지 않는 이성이어서,
여자들과 춤과 전쟁을 생각해 내고 희롱하기를 좋아한다!」
그러자 자랑스러운 승리자가 분노하여 이맛살을 찌푸리고
대군(大軍)들이 땅으로 떨어지며 무기들이 맞부딪혔다.
「높다란 흉벽에서 진홍과 검정과 노랑 깃발이 휘날리는
거대한 성 앞에 우리들은 배를 정박했노라, 동지들이여!
나아가자! 무기를 들고 성벽을 오르는 사다리를 던져라!
죽음과 삶은 모두 좋다! 닥치는 대로 움켜잡아라!
생명을 사과처럼 높이 던져 올리며 희롱하니 얼마나 기쁜가!」
그러자 마음을 유혹하는 자가 교활한 눈을 깜박였고
남몰래 입을 맞춘 아가씨가 나지막한 오두막에서 빠져나왔다.

「사랑하는 이여, 갈대밭에서 그대가 부스럭거리는 소리를 듣고
총각이 내 무릎이라도 만진 듯 나는 얼이 빠졌고,
이제는 달빛 속에서 처녀 총각처럼 마구 마음이 날뛰고,   175
내 눈은 지금보다 감미로운 밤을 본 적이 없으며, 임이여,
내 마음보다 감미로운 노래를 부를 줄 아는 새도 없고,
내 처녀성은 무르익은 사과*처럼 누가 따주기를 갈망합니다.」
교활한 장사꾼이 황금을 생각하자 기다란 대상의 행렬이
희미한 그림자처럼 닭이 울기 전에 모래밭을 서둘러 건넜다.   180
그의 묵직한 머리에서 강렬한 향기와 알록달록한 새와 노예가
얼마나 많이 땅으로 쏟아졌던가, 사랑하는 신이시여!
「어서 가라니까! 왜 낙타들이 한가운데서 길을 막는 거야?」
「갈 수가 없어! 앞에서 거대한 성문이 가로막았으니까.
기마병들이 완전 무장하여 달려가고 노예들이 무거운 짐을 나르고, 185
장님과 불구자와 문둥이 거지들이 밀려다니며 소리를 지르는구먼.
형제들이여, 우리들은 풍요하고 위대한 미지의 도시에 이르렀으니,
물건들을 땅바닥에 늘어놓아 사람들이 놀라 입이 벌어지게 하고,
노예들을 발가벗겨 머리를 감겨 시장에 내놓고,
전령들은 사방으로 달려가 집집마다 문을 두드리고 소리쳐야지.   190
〈모두들 나오시오! 대상이 도착했으니 어서 밖으로 나오시오!
금화를 손에 쥐고, 양들을 모두 장터로 끌고 나와
어서 말끔한 딸을 골라 비싼 값을 받고 파시오!
우리들을 만나면 복을 받을 테니, 늦기 전에 어서 오시오!〉」
그러자 하얀 코끼리가 고행자의 이성으로부터 튀어나왔고,   195
널찍하고 둥근 목덜미에서 노예의 목소리가 울려 나왔다.
「용감하고 장수하신 왕이시여, 감히 제가 어쩌겠습니까?*
우리 흰 코끼리에게 애원도 하고, 다정하게 쓰다듬기도 하고

채찍을 들어 때리기까지 했지만 여전히 꼼짝도 하지 않으며,
거대한 불길이 모든 길을 막기 때문에, 임금님이시여,   200
귀만 펄럭이고는 살지고 주름진 가죽을 불끈거릴 따름입니다!」
「물을 길어다 뿌려서 불을 끄면 되지 않나!」
「가장 믿음직한 임금님의 삼백예순다섯 노예가 모두 나와
새벽부터 불을 끄려고 해봤지만 다 허사여서, 주인이시여,
물이 스며들면 기름처럼 불길이 더 거세지기만 하고,   205
불꽃이 튀며 인간처럼 말을 하지만 무슨 말인지 모르겠습니다!
그것을 건드리면 즐거운 꿈처럼 웃지만, 타 없어지지는 않고,
속으로 지나가려고 하면 미친 뱀처럼 벌떡 일어섭니다.
틀림없이 불꽃의 육신 속에서 살아가는 고행자인 모양입니다!」
「불길 속에서 영혼을 식히는 고행자가 틀림없구나.   210
오, 충성스러운 종이여, 내가 내려가 그에게 겸손히 절하고
위대한 은총에 경배하고 싶으니 이 짐승을 붙잡고 있거라.」
그러자 고행자의 이성이 당당한 수탉처럼 날개를 쳤고,
하늘에는 신랑과 신부, 친척들과 어린 양들이 가득 찼다.
「식탁에는 양고기와 포도주가 그릇마다 철철 넘치고   215
신방에서는 늙은 유모들이 상기한 신부에게 부채질을 해주고,
옆방에서는 허벅지에 땀이 난 신랑이 헉헉거리며 숨을 몰아쉬고,
형제들과 사촌들이 향기로운 고기를 쟁반에 가득 담아 들여오고,
아주머니들이 병에 포도주를 가득 채우고는 남몰래 물을 타고,
젊은 남자들이 모자를 비스듬히 쓰면 처녀들이 기절해 넘어지고,   220
문이 열리자 음유 시인들이 들어와 리라를 뜯고
짚이 깔린 마룻바닥에서 모두들 발가락을 움찔거리기 시작한다.
지금은 피리를 꺼내기에 좋은 때니, 형제들이여,
탬버린을 힘차게 두드리고 북이 먼저 울리게 하며,

하얀 새끼 곰이 넓은 타작마당에서 춤추게 하라. 225
신랑이 부자처럼 보이니 우리들은 곧 배가 부르겠구나!
꾀꼬리를 낳는 음유 시인이여, 어서 일어나 목청을 가다듬고,
떠돌이 이성을 높은 산봉우리에서 굽어보고
그대의 환상을 불태워 노래를 부르기 시작하라!
가느다랗게 땋은 신부의 머리는 생쥐의 빈약한 꼬리를 닮았고, 230
두 손은 절굿공이요 돼지코에 눈이 툭 튀어나왔지만,
그대가 일어나 그녀에게 새로운 탄생을 마련해 주어라!
그녀를 회초리처럼 날씬하고 높다란 실편백나무로 만들고,
그녀의 벗겨진 머리에 곱슬거리는 바질 잎들을 심고,
하늘로 손을 높이 들어 태양을 끌어 내리고, 보름달도 끌어 내려, 235
아, 인색하게 굴지 말라, 친구여 — 태양과 보름달을
새색시의 쪼글쪼글한 목에다 걸어 신랑의 머리가 어지러워져서
정신을 차리지 못하고 그의 지갑을 활짝 열게 하라!
꿈의 시인이여, 우리들은 굶주렸으니 그녀를 칭송하라!
〈오, 고귀한 처녀여, 그대의 위대한 결혼식에서 240
산들은 황소가 되고, 백설은 곱디고운 밀가루가 되며,
바다는 달콤한 백포도주, 모든 배는 술잔이 될 것이고,
파도는 빠른 준마가 되어 그대의 시부모들이 타게 되리라!〉*」

영혼을 약탈하는 자의 이성 골짜기로부터 울려 나오는
주문을 들으려고 남자들과 여자들이 흙에서 뛰쳐나오자 245
형언할 수 없는 사랑과 비밀의 연민이 그를 사로잡았다.
「절망하는 내 이성의 쟁기가 순식간에 땅을 갈았고
흙은 영혼들로 가득 찼으며, 새로 파헤친 밭고랑에서는
하얗고, 검고, 진홍빛인 구더기처럼 육신들이 움직였노라.

오 내 두뇌의 장난감 같은 연약하고 푸른 연기 인간들이여,   250
강이 흐르는 골짜기에서 떨고 있는 푸른 광채여,
내 이성에서 태어난 따스한 몸과 미소와 눈물이여!」
그의 얼굴 윤곽이 빛나고 빛으로 맥박을 쳤으며,
밤은 감미롭고 은으로 엮은 대기는 향기로웠으며,
단단한 흙을 가지고 하루 종일 고생하는 그들의 손과 발과,   255
나약한 몸뚱어리를 지켜보면서 밤새도록 잠자리에서
깊은 연민이 이성을 가득 채워 그는 눈을 감았고,
그의 딸 대지를 품에 안고 부드럽게 쓰다듬어 주려니까
목구멍과 입술에서 커다란 그리움이 높이 치솟아 올라
단순하고도 만족스러운 말을 고기처럼 그들에게 던져 주었다.   260
부드럽고 달콤한 목소리가 갑자기 들려왔다. 「내 아이들이여!」
보름달의 거미줄 속에서, 그 거미줄의 그물을 벗어나려고
영혼들이 불나방처럼 고뇌에 빠져 몸부림쳤으며,
움푹하게 가라앉은 우물 같은 검은 눈의 언저리에서
고행자의 눈썹은 식식거리며 뱀처럼 꿈틀거리고 또아리를 틀었다.   265
이제 불타는 바위처럼 활활 타오르는 위대한 육신을
달빛 속에서 지켜보며 얼이 빠져 입을 딱 벌리고
겁에 질린 유령들이 비틀거리며 물러나 바위에 매달렸다.
무수한 얼굴이 솟아올랐다가 떨어지며 허공에서 번득였고,
때로는 당당하고 건장한 남자들이나 노망한 늙은이들이 나타나고   270
때로는 사나운 표범들이 꼬리를 들고 입맛을 다셨으며,
그러다가 갑자기 모든 얼굴이 사라지고는 지극히 비통하고도
지극히 다정한 목소리가 빛에서 울려 나왔다. 「내 아이들이여!」
천천히 목에는 살이 붙고 입은 형태를 갖추었으며,
고독한 자가 세상의 끝에서부터 다시 스며 나왔다.   275

겁에 질린 유령들이 흩어지고 낙타들이 사라졌으며,
늙은 흰 코끼리가 사나워져 뒷걸음질을 쳤고,
진주와 손마디꽃이 안개처럼 스러지고 장사꾼 도둑들이
물건을 집어 들고는 토끼처럼 흩어져 달아났으며,
무희만 남아 절벽 전체가 광채로 빛날 때까지   280
벼랑의 위로 그녀의 묵직한 머리카락을 드리웠고,
그녀의 옆에는 금반지를 낀 늙은 왕과
키가 사십 척인 용사와 노래하는 젊은 왕자가 섰고,
튼튼한 노예에게서는 외양간의 악취가 났다.
여러 얼굴의 남자가 지극히 온화하게 두 손을 펼쳤고   285
마치 대지를 갈아엎으라고 농부 다섯 사람을 데리고 온 듯,
그의 훌륭한 꿈을 끌도록 멍에를 지운 다섯 마리 얼룩소처럼
단단한 땅 위에 빚어 놓은 다섯 꿈의 인간을 만져 보았다.
칼 같은 입술이 귀까지 찢길 정도로 그는 통쾌하게 웃었고,
그러고는 언젠가 작별의 선물로 어느 늙은 은둔자가   290
그의 손에 쥐어 주었던 인간의 정강이뼈로 만든
죽음의 피리를 입으로 천천히 가져가서는
애절한 자장가 같은 유혹의 노래를 연주했으며,
다섯 인간은 땅에 누워 정신을 잃었고
그들의 이성은 경첩이 삐걱이며 이중문이 활짝 열렸고   295
깊고도 어두운 옛 정원으로 생각들이 걸어 들어갔다.
목소리도 육신을 지녔고 어휘도 육신을 지녔으니,
웃음과 눈물과 한숨과 온갖 동작은 모두가 남자와 여자고
모두들 텅 빈 공간에서 하나로 결합한다는 말은 거짓이 아니다.
죽은 인간의 뼈로 만든 피리는 모든 사물을 취하게 만들고,   300
거룩한 밤의 술잔은 가득 차서 넘쳐흐르며

다섯 머리는 찰랑이며 젖은 땅바닥으로 떨어진다.
그러자 창백한 처녀가 한숨을 지었고, 머리를 들고 눈을 감으며
그녀는 낯을 붉히더니 남모르는 생각에 잠겼다.
「고행자여, 그대의 말이 나에게는 목욕을 한 다음   305
향기로운 기름을 몸에 바르고 귀에는 붉은 장미를 꽂고
해 질 녘에 산책하는 멋진 청년처럼 여겨지고, 얼굴이 하얀
처녀들은 닫힌 덧문 뒤에서 그대를 훔쳐보며 한숨짓는다.
〈아, 그의 아기를 내가 가진다면 얼마나 좋으랴!〉」
그날 밤 무희는 한숨을 지으며 이렇듯 아들을 얻기 원했고,   310
그녀의 그리워하는 한숨 소리를 꽃이 만발한 꿈의 화원
깊은 곳에서 듣기라도 했는지 그는 슬픈 마음에서 피가 흘렀다.
신이여, 그가 죽기 전에, 사랑하는 그의 무릎에 잠깐이나마
누울 기회가 주어진다면, 그런 다음에는 세상이 무너져도 좋다!
청년이 처녀를 한참 쳐다보다가 나지막이 한숨을 지었고   315
이슬 맺힌 하늘이 덩굴처럼 그의 머릿속에서 늘어졌다.
노인은 눈부시게 타오르는 달빛에 시선을 고정시켰고,
비록 그의 밤들은 사랑이, 낮들은 용맹한 행동이 없더라도
금과 은으로 미덕의 탑을 쌓아 올렸던 그의 공허한 삶을,
잃어버린 그의 젊음을 침묵 속에서 회상했다.   320
무덤 쪽으로 몸이 기울어진 지금 그는 미덕을, 어느 누구도
만져 주지 않은 젖통이 쭈그러진 수다쟁이 노파를 저주했다!
신이여, 그가 다시 초라한 젊은이가 되기만 하면 얼마나 좋으랴!
건장한 용사가 포식한 사자처럼 땅 위에 엎드렸고
그의 옆에서는 노예가 한숨을 짓고, 신이 귀족들만 사랑할 뿐   325
노예들은 비웃고 짤막한 입맞춤이나 빵 한 덩어리도 주지 않아
못내 분개했기 때문에 신과 말다툼을 벌였다.

이렇듯 그들의 눈과 두뇌가 숨차게 퍼덕이고
잠의 절벽에서 그들이 혼잣말을 중얼거리는 동안
고독한 자의 피리에서 부드러운 유혹의 소리가 흘러나와   330
황홀해진 그들의 귀를 천천히 부드럽게 노래로 가득 채웠다.
그들에게는 처음으로 죽음이 고요한 잠처럼 여겨졌으며,
삶이란 혼돈 속에 매달린, 꽃이 만발한 인동 덩굴이어서
새벽에 꿈이 웅크리고 앉으면 반갑고도 반가운 꾀꼬리들이
물보라 같은 꽃 속에 뒤엉켜 한없이 노래를 지저귀었다.   335

왕자 ― 아, 어머니, 저는 잠을 이루지 못합니다!
내 마음이 녹아내릴 만큼 이토록 감미로운 밤은 처음이니,
창문을 닫고 덧문도 단단히 잠가 주세요, 어머니.
꽃이 만발한 숲속에서 꾀꼬리가 노래를 부르고
가시나무 숲과 꽃핀 나무들의 향기로 나는 목구멍이 막힙니다.   340
아, 차라리 죽어 두뇌가 흙 속에 파묻혔으면 좋겠어요!
하지만 대지는 좋고, 향기롭고 아늑한 정원에 홀로 갇히기는 싫지만
그래도, 아, 살고 싶기는 합니다.
늙은 왕 ― 내 삶은 병들고 나약하고 보람이 없었도다.
젊은 시절 머릿속에서 모험을 하고 으스대던 시절에는   345
세상이 너무 작고 좁아 내 마음을 가둘 길이 없었고,
나는 기다란 콧수염을 쓰다듬으며 흥얼거리고는 했단다.
「대지가 내 준마이고 달이 내 부적이라면
나는 박차를 가해 신을 직접 만날 때까지 말을 달리겠도다.
〈안녕하십니까, 살인자여!〉〈잘 왔도다, 용감한 자여!   350
식탁에 앉아 나하고 같이 먹고, 마시고, 노래하라!〉
〈나는 그대와 먹고 마시기 위해 하늘로 오지는 않았습니다.

내 손은 대지요 마음은 불이며 이성은 칼입니다!
나는 그대와 싸우려고 내 젊음을 타고 달려왔습니다!〉
〈용감한 젊은이여, 그대가 옷을 벗고, 무기를 던져 버리고,   355
손톱과 이빨과 눈과 혀를 뽑아 버리고 두 손을 포갠다면
나는 그대의 영혼을 거두어 가겠노라, 젊은이여.〉
〈나는 옷을 벗지 않고 무기도 버리지 않겠으며,
그대가 내 영혼을 거두어 가도록 두 손을 포개지도 않겠어요!
나에게도 그대처럼 영혼이 있고 우리들은 둘 다 용감하니,   360
무기를 들고 내려와 대지의 타작마당에서 싸웁시다!〉」
나는 이렇게 용감히 신에게 도전하여 힘껏 싸웠노라.
나는 막강한 군대와 빠른 배들을 손에 넣기 바랐으며,
이성은 머나먼 나라들과 여자들과 진주의 바닷가를 꿈꾸었고
마음은 온통 대지를 굽어보며 불멸성을 추구했노라.   365
하지만 지금은 어떤가? 되돌이켜 보니 쓰라린 부끄러움과 욕정,
죽이고 파괴하는 군대, 아무 가치도 없는 우정과 사랑,
좋은 음식과 술, 텅 빈 마음이 오락가락 터벅이며
새김질만 하고, 질서가 잘 잡힌 일상생활뿐이구나.
오, 끔찍한 신이여, 이제 손을 포개겠으니 나를 거두어 가소서!   370
내 젊음의 용맹한 함대가 바람 속으로 밀고 나갔지만
생활의 빨래 통 속으로 빠져 사라져 버렸도다.
오늘은 꾀꼬리들이 감미롭게 노래하고 나무들은 움이 트니,
나는 젊음을 그리워하며 슬픈 달빛 속에서 방황한다.
용사 — 감미롭고 가벼운 도취가 항상 내 마음을 충동질한다.   375
나는 산과 나라와 바다들을 거치며 도시들을 정복했고,
여자들의 머리와 젖가슴을 장난감처럼 가지고 놀았으며
내 손가락 끝에서는 핏빛 홍옥들이 쏟아졌지만

내 마음은 여전히 허전하고 두 손도 만족하지 못했구나.
나는 처음으로 처녀를 만졌노라고 항상 생각했으며　　　　　　　　　380
처음으로 성을 기어 올라가 빨간 사과처럼 단단히 붙잡았으며
내 손이 처음으로 시원해졌노라고 생각하곤 했다.
내 마음은 배의 돛처럼 팽팽해지고 몸뚱어리가 삐걱거리며,
흑인 여자들이 하얀 연꽃을 바닷가에서 흔들고
짙은 향기가 내 코를 찌르고 산호가 작은 섬을 이루며　　　　　　　385
바위들은 벌거숭이 새끼 갈매기와 알로 뒤덮였다.
깊은 동굴 어둠 속에서 외로운 〈자유〉가 빛나며
목욕하고 별들을 가지고 머리 빗는 모습을 나는 보았고
그녀가 쪽빛 눈을 돌려 내 그림자를 보더니
높다란 절벽 언저리에서 지극히 감미로운 노래를 불렀기 때문에　　390
나는 모든 바다와 바닷가에서 소리쳐 인사하고 그냥 지나간다.
「아, 유혹의 여인이여, 그대의 달콤하면서도 가혹한 노래와
나부끼는 금발 머리를 정말로 흠모한다는 말은 사실이지만
아직도 갈 길은 멀고 인생은 한 방울뿐이어서 나는
머물지 못하고 그대의 노래만 거두어 가지고 그냥 지나간다.」　　395
노예 — 주인은 황금 침대에 누워서 잠을 자고,
소는 여물통에서 새김질을 하고 달이 떠 하루가 끝났고,
아, 낮도 이제는 캄캄하게 어둡기만 하구나!
삶에 저주가 내리고, 삶을 원하는 모든 자에게 저주를!
부유한 자는 음식과 여자와 붉은 포도주가 너무 지나쳐　　　　　　400
이 벽 저 벽 더듬거리며 토한 다음 다시 포식하지만,
우리들은 감미로운 육체가 금지되고, 굶주리고 목말라 한다.
오호, 신이 우리들의 아픔을 아물게 하지 않다니 기가 막히고,
신도 역시 귀족이어서 건달처럼 제멋대로 굴며

너무 즐기느라고 머리가 돌아 버리지는 않았을까? 405
내 마음은 의혹과 고통과 눈물로 기진맥진하고,
나는 큰 소리로 통곡하고 싶지만 주인이 무섭고,
숲속에 숨고 싶지만 짐승들이 무섭고,
칼을 뽑고 싶지만 신이 두려우니,
두려움은 내가 거꾸로 떨어지는 깊고 캄캄한 우물이로다. 410
오, 이곳에 앉아 눈물을 흘리는 나를 쳐다보는 하얀 달이여,
나를 불쌍히 여겨 눈을 감고 나에게 위안을 주고,
나에게 풍요하고 수많은 꿈이나, 여인과 음식을 주고,
나를 불쌍히 여겨 두툼하고 푸짐한 잠의 지갑을 열어
솟아오르는 날개를 타고 꿈을 꾸는 큰 기쁨을 나에게 다오. 415

잠과 의식 사이에서 동틀 녘에 그들의 이성이 꿈틀거렸고,
그들이 편평한 돌바닥에 누워 안식을 찾지 못해 꿈틀거리니까
영혼을 약탈하는 자가 유혹하는 피리의 소리를 낮추었고,
밤중에 양의 목에 달린 종이 아득히 멀리서 딸랑거리듯
얕은 잠을 자는 귓전에 노래의 감미로운 선율이 쏟아졌다. 420
그러자 밤의 나무에서 잠이 피어나 씨앗을 가득 머금고
무르익은 무화과처럼 싱싱한 그늘에 매달렸고,
그들의 육신이 눈을 감자 내면의 눈을 활짝 뜨고는
죽은 자의 뼈에서 쏟아지는 운율에 맞춰
다섯 영혼이 서로 엉켰다가 풀리고는 했다. 425
꿈나라의 무대에서 춤을 가장 먼저 이끈 자는 처녀였으며,
두려움과 기쁨을 느끼며 남자들의 냄새를 맡고 그녀가 외쳤다.
「남자가 넷이구나! 여자는 오직 나 하나뿐이고!
그들이 처녀의 젖가슴 냄새를 맡으면 이제 어떻게 될까?

아, 지빠귀처럼 나도 역시 가시나무들 속에 숨을 테니 430
가까이 와서 나를 단단히 감아라, 야생의 포도 덩굴이여,
지빠귀여, 큰 소리로 노래하여 내 떨리는 마음을 가리고,
오, 한숨이여, 환한 달이 안개 속에 숨었구나.
어느 남자도 나를 보고 잔인한 손으로 건드리지 못하게 하라.
내 처녀성은 달콤한 사과*이니, 보호해야 한다! 435
세상의 멸시를 받기보다는 죽음이 천 배 반가우니,
오호, 만일 그들이 나를 붙잡으면 눈을 후벼 파내겠다!
그러나 왕자님이 나를 붙잡고 잘해 주겠다고 하면
그의 하얀 얼굴이 아주 다정해서 나는 소리를 지르지 않고,
아들처럼 가슴에 안고 가볍게 흔들어 주리라. 440
하지만 봉사가 달려와 나를 힘차게 끌어안으면
나는 처녀의 몸을 도대체 어찌 보호하겠는가?
그는 황소처럼 대지를 밟고 신음하며 이빨을 번득이고,
털이 난 그의 팔을 보면 나는 가슴이 아프도다! 아,
그가 손으로 움켜쥐면 나는 두 토막으로 잘리겠지만, 445
남자의 품에 안겨서 상처를 입었다던 여자는 없도다!
그러나 늙은 왕의 손이 거두어 주면 가장 즐겁도다.
그는 황금을 산더미처럼 내 집의 문 앞에 쌓아 놓겠고,
진주와 금화로 나를 멋지게 치장하겠으며,
내 손가락에다 결혼반지를 끼워 주겠지만, 슬프도다, 450
그는 달빛 속으로 사라진 희미한 그림자로다.
이제는 노예만 남아 사나운 멧돼지처럼 서성거리는데,
그의 털투성이 가슴에서 어떻게 여자가 잠들겠는가?
아, 구부러진 모자를 비스듬히 쓰고 눈이 뱀처럼 교활하고
건장한 남자가 길에서 열기를 뿜으며 뛰어다니고 455

늠름한 표범이 꼬리를 높이 들고 그의 앞에서 걸어가며,
두 마리 작은 염소처럼 하늘과 땅을 듬직한 잔등에 짊어지고
양치기처럼 미소를 지으며 하늘과 땅으로 몰아넣던 그는
비었으면서도 번득이는 칼처럼 광채를 뿜는 두 손에
내 창백한 영혼을 쥐고 희롱하는구나!」   460
뼈 피리가 갑자기 멈추고 밤에 방황하는 다섯 사람이 모두
발을 멈칫거리며 당장 꿈속에서 가만히 멈춰 섰고
마음을 유혹하는 자가 모든 인간에 대한 연민을 느껴 미소 짓고
검은 운명의 유령들로 하여금 머리 위로 손을 들어
햇빛 속에서 잠깐 동안 충족을 찾게끔 해주었다.   465
그러자 그의 생각은 바람이 없는 밤의 연기처럼 피어올랐다.
오디세우스 — 아, 따뜻한 다섯 육신이 이곳에서 시들어,
초라한 다섯 영혼이 진흙에 빠져 쐐기벌레처럼 기어가며 허덕인다.
아, 얼마나 불쌍한가! 나는 그들에게 덤벼들어
연약한 잔등의 왼쪽과 오른쪽에다 날개처럼 불길을 달아 주리라.   470
땅으로 떨어져 순금 빛으로 테를 두르는 태양은
특별한 사랑이나 증오를 보이지 않고
위대한 눈으로 모든 도시와 인간과 벌레를 똑같은 기쁨으로 굽어보고,
내 눈은 대지에서 불꽃의 날개가 돋아나게 하리라.
이성의 깊은 창고를 열어 그들이 실컷 먹고 빛나게 하며,   475
벌레가 햇빛을 받고 기지개를 켜고는 한껏 즐기게 하라!
(영혼을 유혹하는 해적이 이렇게 생각한 다음
죽은 자의 뼈로 만든 피리를 입으로 가져갔고,
첫 소리가 나자 다섯 영혼은 겁이 나서 머리를 돌려
잠의 절벽에 웅크리고 앉은 그를 쳐다보았다.)   480
처녀 — 영글지 않은 달빛 속에서 그의 눈이 불꽃처럼 번득인다.

그는 분노하여 대지를 힘차게 걷고, 두 손을 펼치며,
입을 열어 얘기하지만 나는 슬프게도 듣지 못한다.
오디세우스 — 오랜 세월에 썩은 풍차의 조각들처럼,
바퀴와 축은 여기, 날개와 탑은 저기, 485
연자매가 떨어지고 황금 곡식은 땅바닥으로 쏟아져
그들의 따뜻한 다섯 몸뚱이가 제멋대로 땅에 흩어졌구나.
하지만 기억 속에서 나는 멋진 모습을 그대로 간직하고,
달빛이 널리 깔린 황야에서 나는
우뚝하고 말짱한 풍차를 다시 세우고 곡식을 넣어 490
이성의 네 바람으로 거대한 날개들이 돌아가게 하리라.
아, 내 모든 정열의 다섯 촉각이여, 여기 머물거라!
처녀 — 밀리멀리 도망친다면 얼마나 좋을까!
오디세우스 — 그녀가 내 손에 잡혔으니 어떻게 해야 할까?
그대의 눈물과 웃음은 가슴속의 깊은 저수지니, 495
나는 두 샘이 다 좋아 어느 것을 먼저 열어야 할지 모르겠다.
나는 다섯 마음, 뒤엉킨 다섯 실타래, 풍차의 다섯 날개를
손에 꽉 움켜쥐었는데, 바람이 불면 찢긴 날개들에게
갈팡질팡하는 내 이성을 어떻게 실어 보내야 할까?
풍차가 집에서 먹을 밀가루를 천천히 곱게 갈아 내야 하나, 500
아니면 날개와 연자매와 곡식이 다시금 폭발하여
내 소용돌이 이성 속에서 사라지도록 사납게 불어쳐야 옳은가?
어느 쪽이나 다 좋으니 묻지 않는 편이 훨씬 좋으리라!
나는 그들더러 진흙 눈을 뜨라고 내 영혼을 바람으로 불어 주고,
그들의 머리가 활짝 열리도록 다시 내 영혼을 바람으로 보내리라. 505
오 아이들이여, 선정적인 남풍이 불어 언덕들이 움직이고,
세상은 꺾인 장미꽃이어서 향기가 줄어드는구나.

처녀 — 신이여, 내 이마에 감미로운 바람이 불어
대지가 움직이고, 두뇌가 빙글빙글 돌고, 우람한 숲이 나타나고
어둠이 내려 담청색 시원한 그림자가 땅 위에 깔리니,   510
멀리 저 멀리 은방울들이 흐느끼며 울리는 소리가 들려오고 —
아, 아, 어두운 허공 깊은 곳에서 슬픈 소리가 나는구나.

늙은 왕 — 무슨 악한 기운이 느껴지니 멈추어라, 노예여!
네가 모는 황금 마차와, 네 마리의 준마와, 믿음직한 노예,
우리들은 정신없이 죽음을 향해 곧장 달려가는구나!   515
꼭대기 나뭇가지에 올라앉은 앵무새들을 보고,
날카롭게 우짖으며 우리들을 놀리는 검은새들을 보라.
야생 염소와 사슴과 영양과 온갖 짐승들은 전혀 무서워하지 않으며
마치 텅 빈 그림자를 보듯 우리들을 쳐다보지 않는가!
유인원들이 석류나무로 올라가 우리들에게 껍질을 집어 던지고,   520
뻔뻔스럽게 창피한 줄 모르고 궁둥이를 내보이는데,
충실한 노예여, 〈아프리카의 임금님 행차이시다!〉 소리쳐
모든 짐승이 듣고 두려워 도망치게 하여라.
노예 — 주인이시여, 새들과 짐승들에게 〈임금님 행차하신다!
미천한 것들은 얼굴을 돌리거라!〉 외치느라 제 목이 쉬었어요.   525
그들은 마구 먹고 몸을 더럽히며 둘씩 짝을 지어 가서
앞에서 휘파람을 불고 조롱하며, 두려워하지도 않으니,
그들을 불쌍히 여겨 훌륭하신 당신께서 용서하시기 바랍니다.
늙은 왕 — 그들은 새와 짐승이 아니라 숲의 유령들이다.
노예 — 미천한 노예인 저는 배와 발과 새똥만 보았지   530
혼령들을 보는 은총은 받지 못했습니다, 주인이시여.
얘기를 들으니 혼령들은 더 먼 곳에, 나뭇가지가 앙상하고

키가 크고 가느다란 대추야자나무의 뿌리에서 산다고 하더군요.
어느 날 밤 머리가 가벼운 무사가 지나가다가
달빛이 비춘 숲속에서 그들이 춤추는 광경을 보았다지만, 535
그들은 암놈과 수놈 토끼들이었으리라고 저는 생각합니다.
늙은 왕 — 내 얘기에 웃지 말라 — 나는 어두운 숲에서
은총을 추구하는 위대한 고행자를 꿈에서 본 듯싶은데,
늙어서 눈이 흐려져 잘 안 보이는구나. 어느 대추야자나무인가?
노예 — 절벽의 언저리로 튀어나온 바위에 있습니다. 540
늙은 왕 — 머리를 숙이고 손을 들어 경배하라, 노예여!
반갑구나, 두려운 나무여, 까마득한 절벽 위에 우뚝한,
열매나 희망이나 그늘이 없는 거룩한 대추야자나무여!
40년 동안 위대한 고행자가 이곳 그대의 뿌리 앞에서
신음하며 싸워 동쪽, 서쪽, 북쪽, 남쪽, 천 리에 이르는 545
사방의 모든 대지를 거룩하게 하고 모든 영혼을 모아 들였도다.
숲에서 호랑이를 사냥하던 젊은 시절에 나는
길을 잃고 어느 날 밤 우연히 이곳 거룩한 터전에 이르러
두려움을 느끼며 꽃이 핀 나뭇가지들 사이로 들여다보았더라.
단정하고도 지극히 아름다운 혼령이, 담청색 하늘의 무희가 550
생각에 잠긴 위대한 고행자 앞에 발가벗고 무릎을 꿇고는
무더운 어둠 속에서 지끈거리는 그의 관자놀이를 식히려고
여린 손으로 깃털 부채를 잡고 흔들어 주었다.
곱고 백합 같은 그녀의 손가락이 상아처럼 빛났고
까만 머리카락이 그녀의 감미로운 알몸을 가렸으며 555
호랑이와 싸우고 사나운 사자를 쫓던 나는
그녀의 거룩한 알몸을 보고 겁이 나서 돌아섰지만
나뭇가지가 삐걱거리고 그녀는 천천히 몸을 돌리고 웃더니

달빛으로 이루어진 희미한 무지개처럼 허공 속으로 사라졌다.
노예여, 비웃는 입을 다물고 웃음을 쫓아 버리거라!
노예 — 이런 말을 하는 저를 용서해 주소서, 주인이시여.
폐하가 얘기하는 하늘의 혼령이 영원히 우리들과 함께하기를!
들어 보니 위대한 고행자가 언젠가 걸작품을 만든 모양이어서,
그녀는 폐하가 얘기하는 영혼을 분명히 지녔으면서 육신도 역시
아주 조금은 지녔었나 봅니다. 어쩌면 어느 날 밤
위대한 사나이가 숭고한 관념으로부터 떨어져 내렸을 때,
갑자기 그녀의 몸 위로 엎어져 한 덩어리가 되었을지도 모르고
너무 몸을 많이 꿈틀거리고 어루만지기도 조금 심해서
아홉 달이 지난 다음에 혼령은 — 이런 말을 용서하소서,
모든 다른 순박한 처녀처럼 배앓이를 시작했는지도 모릅니다.
늙은 왕 — 고집 센 노새 같은 노예여, 더러운 땅에서 혼령들은
인간들처럼 살고, 입맞춤 없이도 잉태하고, 물이 없어도
물을 마시니, 더 이상 조롱의 말을 하지 말지어다.
노예 — 저는 미천한 노예여서 혼령들을 잘 이해하지 못하지만,
듣자 하니 그들은 고행자들을 신기한 방법으로 사랑하여
캄캄한 동굴에서 여자들의 몸속에 야릇한 일이 생기고
그때 잉태한 아들은 신의 아들이라고 합니다.
늙은 왕 — 입버릇이 사나운 노예여, 남몰래 입을 움직여서
더러운 말을 모두 뱉어 내고 이성을 깨끗이 하라!
노예 — 죄송합니다만, 폐하, 얘기를 들으니 고행자의 딸이
인간의 눈을 훨씬 초월할 만큼 아름다운 꽃처럼 활짝 피었고,
그녀 또한 혼령이 내려 남자처럼 그녀를 덮어 줄 때까지
아버지 옆에서 같이 굶고, 투쟁하고, 신음한다는데,
어떻게 된 노릇인지 혼령이 거룩한 남자들에게는 젖가슴을,

성녀(聖女)들에게는 수염을 내려 주는 모양입니다. 585
늙은 왕 — 마음이 음흉한 노예여, 진흙이 네 눈을 가려
너는 보이지 않으면 보지 못하고 만져지지 않으면 만지지도 못한다.
때때로 나는 간단한 몇 마디 얘기를 너하고 나누며
네 진흙 고랑에다 간단한 말의 씨앗을 뿌리지만,
불모의 네 머릿속에서는 모든 씨앗이 싹트지 못하는구나. 590
너는 귀가 달렸어도 듣지 못하고 눈이 뚫렸어도 신을 못 보지만
내 마음이 우둔한 털투성이 짐승 같은 너를 사랑하여
어려운 시기에 내 황금 마차를 네가 몰게끔 맡기도록
눈먼 힘이 항상 나에게 충동질을 하는구나.
노예 — 주인이시여, 폐하의 사향뒤쥐 같은 귀족들이나 595
거세한 수탉과 중성스러운 개 같은 내시 노예들보다도
훨씬 더 잘 저는 어두운 숲에서 폐하의 아들을 찾아내겠고,
혼령이나 숨 막히는 귀신 따위는 아직 믿지 않기 때문에
저는 모든 창백한 그림자들을 밀어내고 고기를 사냥하며
불모의 땅에 말끔한 길을 곧장 뚫고 나가겠습니다. 600
늙은 왕 — 황야의 혼령들이 내 아들을 끌고 간 모양인데,
그를 찾아올 길을 네가 도대체 어떻게 찾아내겠느냐?
황금 고삐를 돌려 궁전으로 가도록 하자, 노예여,
새벽부터 숲을 샅샅이 뒤졌지만 소용이 없었고,
해가 지니 내 모든 희망도 그와 더불어 사라지는구나. 605
아들이 산짐승이나 숲의 사슴을 사냥하려니까
교활한 어느 혼령이 솜털로 덮인 사향노루의 모습으로 변장해
내 사랑하는 아들을 이 절벽에서 저 절벽으로
이 강에서 저 강으로 끌고 돌아다니다가, 오 신이여,
둘 다 하데스로 한 발자국 한 발자국 깊이 내려간 모양이다. 610

충실한 노예여, 네 머리를 멋진 깃털로 장식하고,
유혹하는 처녀나 전갈로부터 평생 동안 안전하도록
내가 소중한 부적들도 너에게 주겠으며
목에는 귀족의 황금 인장을 걸어 주고 그 대가로
꼭 한 가지만 부탁하겠는데 — 내 아들을 찾아 다오! 615
왜 웃느냐? 머리를 숙이고 내 말을 들어라, 이 바보야.
노예 — 아, 웃는 게 아닙니다. 깃털에 인장에 부적 얘기에
저는 정신이 얼떨떨합니다. 제가 어느 길을 선택해야 할까요?
주인이시여, 숲이 두 갈래 길이니 자리에서 일어나 보세요.
오른쪽이냐, 왼쪽이냐, 제 눈에는 두 길이 다 좋아 보이지만 620
폐하는 모든 길을 손아귀에 쥐고 계신 왕입니다.
제 충고를 들으려 하지 말고, 결정하여 명령을 내리세요.
늙은 왕 — 이제는 용감한 마음도 떨리고 갈 길을 알지 못한다.
황폐한 내 뱃속에서 굵은 목소리가 크게 외치는구나.
〈왕이여, 어두운 시간에 너는 네 운명을 손에 쥐었구나. 625
네 삶 전체가 불안한 역경 속에서 가느다란 실에 매달렸으니,
네가 한쪽 길을 택하면 삶은 졸졸거리는 개울처럼
순결한 기쁨에 젖어 흘러가 들판과 꽃들에게 물을 대주고,
새로 지은 물방앗간을 돌리고, 수많은 물고기를 키우며,
둑에서는 뺨이 발그레한 아이들이 떼를 지어 뛰놀겠지만, 630
다른 길을 택하면 너는 숨어서 기다리다 펄럭거리는 불길처럼
와락 일어나 덤벼드는 네 운명을 만나게 되어,
네 이성에 불이 붙고, 네 성(城)도 불길에 휩싸이고
온 나라가 연기와 재만 남기고 사라지리라.〉
이것은 내 이성 속의 목소리가 외치는 쓰라린 말이어서, 635
깊은 신음을 하며 나는 두 손을 들고 열심히 애원한다.

〈아, 어느 쪽으로 가나? 틀린 길로부터 나를 구해 달라!〉
그러나 마음속에서는 무정한 웃음만이 대답하는구나.
노예 — 밤이 되어 두 길이 모두 어두워졌습니다. 주인이시여!
왼쪽이냐 오른쪽이냐, 손을 높이 들어 명령을 내리십시오! 640
늙은 왕 — 왼쪽이건 오른쪽이건 네 마음대로 마차를 몰아라!
구부러진 모든 길이 똑같은 어둠의 절벽으로 통하지 않더냐.
노예 — 그렇다면 폐하의 분부에 따라 오른쪽으로 가겠습니다!

뼈 피리를 멈추고 고독한 자가 목에서 땀을 씻었으며,
모두들 감미로운 피리 소리를 듣다가 이제 갑자기 멈추니까 645
주인과 노예가 갑자기 얼이 빠지고, 말들이 힝힝 울며
새빨갛게 칠한 말굽에서 피를 뿜고 두 발로 일어섰고,
앵무새 새끼가 혼란에 빠져 땅으로 떨어져서 꿈틀거렸다.
신을 살해하는 자가 땀을 씻자 조롱하는 웃음이
희미한 꿈을 덮은 얇은 베일을 찢으며 터져 나왔고, 650
깨어난 맑은 의식 속에서 반가운 목소리가 들려왔다.
오디세우스 — 설정된 인간의 운명은 썩은 상처처럼 부어오르고
악취를 풍기는데, 대지의 거대한 소용돌이, 마음의 회오리가
모든 것을 삼키니, 나도 그대가 오른쪽으로 가리라 생각했다.
노예들과 말들과 주인들이 만났다가 내 입김에 날려 가는구나! 655
이제는 소용돌이 속에서, 젊음의 절벽 위에서 포옹하던
두 개의 장미 꽃잎과, 지금 너무나 부드럽게 입 맞추며
불타오르는 대추야자나무의 뿌리를 거두어들일 때가 되었도다.
그러나 우선 절벽의 입술을 달콤하게 타고 내려가
그들의 얘기가 흩어지기 때문에 나는 낮게 웅크려 땅에다 귀를 대고, 660
내 모든 이성이 부풀고 세상이 빠져 죽기 전에

내 환영(幻影)들이 하는 사랑의 얘기를 들으며 기뻐하리라.

왕자 — 나는 그대를 무릎에 올려놓고 꼭 껴안으며,
그대의 머리카락과 젖가슴과 어깨와 보드라운 무릎을 어루만지고,
검은 수탉*이 울면 그대가 사라질까 봐 두려워 떤다. 665
마치 그것 또한 향기로운 살이요 힘찬 포옹인 듯
나는 그토록 달콤하고 따뜻한 혼령을 만져 본 적이 없노라.
아, 나는 그대의 사과*를 따지만, 그대의 위대한 아버지가
엄청난 마력의 인간이기 때문에 절벽이 두려우며,
내가 잡은 단단한 형체, 내가 듣는 거룩한 소리는 670
내 현혹된 이성의 생각처럼 사라지고 말리라.
처녀 — 사랑하는 임이여, 나는 참된 육신이요 참된 영혼이고,
나는 그대를 사랑하는 고행자의 딸이어서 그대의 향기를 냄새 맡고
그대의 건장한 몸에 야생 포도 덩굴처럼 친친 감깁니다.
육체가 이토록 달콤하리라고는 난 꿈도 꾸지 못했답니다! 675
이제 나는 혼령을 믿지 않고, 내 이성은 그것을 부정하노니,
모든 혼령을 합치더라도 남자의 거룩한 육체만 같지 못하고,
내가 기다려 온 축복은 바로 그대, 따스한 육신이었습니다!
달콤한 사과나무를 베어 우리들의 향기로운 침대를 만들고,
튼튼하고 늙은 참나무로 우리 아들의 요람을 만들고, 680
혹시 통나무가 좀 남으면 감미로운 저녁 시간에
불 앞에 앉아 우리들은 집안의 제신들을 깎아서
그대는 참나무*를 깎아 수염이 지저분한 남자 신을 만들고
나는 연기가 나는 아궁이에서 얌전히 미소를 지으며
아기를 안고 있는 풍만한 여인을 사과나무로 만들겠어요. 685
왕자 — 아내여, 그대의 뼈에서는 계피와 사향 냄새가 나는구나!

우리 집 마당에 머지않아 아들과 손자들이 가득 차도록
빨간 석류를 집어 내 문 앞에다 터뜨려 다오!*
처녀 — 나는 꼭대기 나뭇가지의 사과처럼 영글었고
가지들 사이에서 나를 따려고 더듬어 찾는 그대의 손길이   690
느껴지기 때문에 지금 나는 떨고 있답니다! 아!*
왕자 — 그것은 일각수도 아니요, 작은 사향노루도 아니지만
내 운명이 짐승처럼 멋진 우아함을 보이며 숲에서 달려가고,
잡히지 않는 신성한 새끼 사슴을 사냥하려고 나는
해와 달들이 눈부시게 타오르는 마음으로 그것을 쫓아갔지.   695
갑자기 그것은 눈을 내리깔고 얌전히 손짓해 부르고는 사라졌고,
나는 발가벗은 그대의 모습을 땅에서 보았다네.
나는 정신이 아찔했고 온 세상 만물이 다시금 태어난 듯
내 주위에서는 모든 개울이 노래하고 모든 나무가 꽃이 만발했고
보름달이 커다랗고 하얀 양귀비를 머리에 꽂고   700
시녀처럼 푸른 대지를 거닐고 나무들을 헤치고 나아갔으며
나는 사향 냄새가 나는 아버지의 시체 앞에서,
대추야자나무 앞에서 무릎을 꿇은 그대 모습을 똑똑히 보았지.
그래서 나는 활을 풀밭에 던졌고, 그대와 나는
아직 따뜻하지만 핏기 없는 그의 머리를 씻어 잘 손질했다네.   705
그대는 차분히 눈을 들어 나더러 누구냐고 물었지.
처녀 — 저는 구원이 가까웠으므로 두려워하지 않았는데,
하늘과 입 맞춘 혼령의 여인은 육신을 그리워했답니다.
왕자 — 아, 개울가에서 밤을 지키던 그대의 싸늘한 몸!
나무에는 별들이 모두 벌거벗고 매달렸으며, 숲에서는 짐승들이   710
산에서는 밤새들이 얼마나 감미롭게 한숨을 지었던가!
그러자 갑자기 방울새 한 마리가 높다란 나무에서 내려와

꽃이 핀 그대 아버지의 머리에 앉아 기뻐했으며
울금색 가슴을 내밀고는 밤새도록 노래를 부르더구나.
아, 그토록 황홀한 음악은 즐겨 본 적이 없었던 우리들은   715
핏줄이 부풀어 불끈거리고 욕정으로 목이 메었으며
두 몸뚱어리는 땅에서 한 덩어리가 되어 영혼처럼 솟아올랐다.
처녀 — 조용히 하세요. 밤의 숨결 속에서
바퀴들이 가까이 굴러 오고 말들이 나지막이 한숨짓는 소리와
노인의 처량한 목소리와 억센 남자의 대답이 들려옵니다.   720
왕자 — 아, 저건 아버지의 목소리인데, 울고 계시구나.
처녀 — 아, 영혼도 꿈이어서 육신이나 마찬가지로 사라지네.
내가 포옹했던 것이 따스한 살인가요 아니면, 한 줌의 허공이었나요?
그대 아버지가 와서 우리들을 영원히 갈라놓으려 합니다!
왕자 — 울지 마라! 그대의 사랑을 위해서라면 나는 아버지도   725
버릴 터이니, 두려워하지 말고, 그대의 아버지가 돌아가셨으며
유령이 가득한 숲에서 길을 잃었노라고 그에게 얘기하라.
얼굴은 무자비하게 생겼어도 마음은 아이처럼 연약하니,
아버지는 거룩한 그대의 젊음을 가엾이 여겨 허리를 굽히고는
우리 위대한 고행자의 딸을 땅에서 일으키고는   730
벅찬 기쁨에 젖어 그대 아버지에 대한 사랑 때문에 그대를
우리 화려한 궁전의 황금빛 방으로 데려갈 터이며,
그때부터 우리들의 삶은 푹신한 황금 침대에서 뒹굴리라.
벌써 나무들 사이로 번쩍이는 그의 황금 마차가 보여,
나는 굴 속에서 기다릴 터이니, 울음을 그치도록 하라.   735

노예 — 사향노루가 교미하는 듯 사향 냄새가 납니다!
대지가 빛나고 모든 잎에서는 맑은 달빛이 쏟아지는군요.

투명한 달이 땅으로 굴러 내려왔을까요. 오, 왕이시여,
아니면 고행자의 딸이 눈물을 흘리며 저기 앉아 있나요?
그것은 불이나 사자가 아니고, 유령도 아니며, 주인이시여, 740
그대의 운명도 아니며, 젊은 처녀에 지나지 않으니
두려워 파랗게 질리지 말고 말에서 내리십시오.
아, 폐하의 우아한 얼굴이 백지장처럼 창백해졌군요.
늙은 왕 — 굵은 목소리가 들려오고 내 가슴이 떨리니, 노예여,
길을 잃기 전에 당장 황금 고삐를 돌리도록 하라! 745
노예 — 그녀가 얼굴을 드니 입술에서 동이 터옵니다, 폐하!
처녀의 말을 들어 보시고 떨지 말고 가만히 계십시오!
늙은 왕 — 우리 말들이 질주하는데, 앞에는 절벽이 나타난다!
처녀 — 모든 영혼을 불쌍히 여기고, 사랑하고, 존중하소서.
사랑하는 우리 아버지 위대한 고행자가 흙 속에 묻혔는데, 750
당신의 마지막 소원은 제가 위대한 폐하의 발치에 엎드려
폐하에게 소박한 옷과 허름한 오두막을 청하라는 것이었어요.
그의 영혼이 폐하의 늠름한 말들을 얼마나 호되게 채찍질하여
제가 기다리는 미천한 곳으로 오게 했는지 보십시오, 폐하.
저는 폐하의 거룩한 발밑에 몸을 던지고 싶지만 755
머리카락이 제 벌거벗은 몸을 다 가려 주지 못할 것 같군요.
노예 — 처녀가 몸을 일으키니 모든 빛이 함께 일어났습니다!
몸을 일으켜 벌거벗은 모습을 보여 주기를 두려워했지만
빛을 받고 당당하게 걸으니 그녀의 하얀 살결은
절벽에서 떨어지는 투명한 물처럼 빛을 발산합니다. 760
저는 여자들이 부리는 농간을 환히 압니다!
늙은 왕 — 손을 치우고, 내 무릎을 건드리지 말라!
노예 — 폐하를 용서하시오, 아가씨, 사랑하는 아들을 찾으려고

하루 종일 세상을 헤매느라고 폐하의 영혼은 사랑으로 찢겼으며
그의 수호천사가 미치고 고통이 심해 발광을 하셨으니까요. 765
처녀 — 아, 폐하, 우리 아버지도 하늘의 모든 혼령을 거느린 군주여서
보이지 않는 왕관이 백발 머리에 빛났으며,
가문이 훌륭한 저는 비웃음을 받을 만한 여자가 절대로 아니니,
이제는 눈을 들어 저를 보도록 하세요, 주인이시여.
아버지는 땅에서처럼 물에서도 걸었고, 땅에서 헤엄쳤으며, 770
막강한 적이 폐하의 성을 포위했을 때는, 오, 위대한 왕이시여,
아버지가 입으로 불어 그들을 모두 안개처럼 날려 버렸습니다.
지금 그의 딸이 이렇게 엎드려 자그마한 은혜를 애원합니다.
저를 마차에 태워 주시고, 추운 몸에 누더기를 입혀 주세요!
그러고는 폐하의 성문 앞에 내려 주시면 저는 장님과 문둥이들과 775
나란히 앉아 구걸을 하고 폐하에게는 아무 부담을 안 드리겠어요.
폐하의 눈에 가득 괸 눈물이 흘러내리는군요!
노예 — 그대의 벌거벗은 몸이 크게 빛나 인간을 눈멀게 하니,
폐하에게는 당신 대신에 내가 얘기를 하겠습니다.
폐하, 날이 저물면 우리들은 길을 잃게 될 터인데, 780
고행자의 유명한 자손이 애원하는데도 폐하가 머리를 돌리고
다정한 말 한마디 없다니, 얼마나 부끄러운 일인가요!
얘기를 들으니 육신으로부터 힘찬 영혼이 해방되면
영혼은 하늘을 휩쓸고 더욱 힘차게 솟아오른다 하며,
그녀 아버지의 영혼이 커다란 뱀처럼 동굴 속에 또아리를 틀고 785
혀를 날름거리며 엎드려 귀를 기울입니다.
고아를 마차에 태우라고 명령을 내리십시오, 폐하.
늙은 왕 — 내 마음은 이끼가 끼고 슬픔으로 넋을 잃었도다.
대지와 하늘의 딸이여, 험한 황야의 존귀하고 축복받은 영혼이여

그대의 가냘픈 발치에 오히려 내가 몸을 던져야 옳겠구나! 790
훌륭한 그대의 아버지를 나는 열심히 사랑하고 존경했으니,
그의 거룩한 손바닥 안에서 우리들은 평화롭게 살아갔고
그의 사상은 정복되지 않은 군대처럼 내 성벽을 둘러쌌으며
양들이 암컷을, 노예들은 아들을 낳았고,
운명이 나로 하여금 그의 딸을 찾게 해주었으니 795
나는 엎드려 찬양하고, 오, 거룩한 황야의 딸이여,
그대에게 절하며 땅에서 들어 올리겠노라!
처녀 — 폐하의 다정한 말이 목마른 제 마음을 충족시켰고,
벌거벗은 제 몸을 황금 외투처럼 덮어 주었으니,
폐하의 순결한 어휘들로 위대한 왕비처럼 차려 입고 800
저는 다시 천천히 그늘에서 나와 머리를 풀겠나이다.
아, 폐하의 거룩한 무릎을 제 손끝이 만지게 해주소서.
노예 — 여인의 머리카락은 날카롭게 찌르는 칼과 같아요!
늙은 왕 — 노예여, 눈이 흐려졌으니 나를 나무에 기대어 놓고
눈부셔 내 눈이 멀게 하는 님프들의 발가벗은 몸에는 805
따스한 황금빛 말안장 받침을 덮어 주도록 하라.
신이여, 수염이 허연 나에게 수치를 내리지 마소서!
노예 — 이 황금빛 헝겊으로 그대의 벌거벗은 몸을 가리고,
제가 마차의 의자로 들어 올려 앉혀 드리겠으니,
배부른 암호랑이나 불꽃처럼 거기 앉아 계시도록 하세요. 810
처녀 — 노예여, 그대의 팔은 힘차고 잔등은 튼튼합니다!
내가 웃는 까닭은 그대가 깃털처럼 가볍게 나를 들어 올리고
그대의 억센 손에 내 연약한 뼈가 부러질까 봐 걱정이 되어서예요.
저 노인만 없다면 우리 둘이서 실컷 웃었을 텐데요!
(황금빛으로 반짝이는 처녀가 황금빛 겉옷을 걸치고 815

황금 마차에 자리를 잡고 앉으니까 말들이 힝힝거렸고,
거룩한 대추야자나무가 과일 대신 불꽃을 맺었고
고행자의 영혼이 집안의 구렁이 신처럼 식식거렸다.
그러더니 피리의 선율이 격렬해지고 운명의 속도가 빨라졌으며,
그의 이마에서 모두가 제자리를 차지했음을 보고   820
고독한 자가 몸을 일으키고는 자랑스럽게 한참 웃었다.
그는 처녀의 영상으로 반짝이는 숲을 보았고
그는 정열의 절벽에서 캑캑거리는 노인을 보았고
그는 멀리서 성들이 불타고, 순박한 처녀가 시원한 허벅지로
남자들과 고르곤*의 매듭을 짓는 모습도 보았다.)   825
오디세우스 — 잘되었으니 선율의 속도를 빨리 하라, 피리여!
아기를 잉태하는 불길이 황금 의자에서 눈부시게 빛나고,
영혼의 대추야자는 절벽 위에서 불을 열매처럼 맺는구나!
비밀의 욕정에 그대의 떨리는 입술이 타오르는구나, 왕이여!
가자! 가벼운 마음으로 그대의 고통을 털어놓아라!   830

늙은 왕 — 너무 울어 머리가 어지러워 바위를 붙잡고 싶으니
고삐를 거두고 내가 내리도록 부축해 다오, 충실한 노예여!
노예 — 별들이 지워지고 구름들이 무너져 내렸고, 주인이시여,
유황 냄새가 코끝에 독하니 곧 폭풍이 불어 닥칠 모양입니다.
늙은 왕 — 곧 돌아올 테니 염려 말고 어서 고삐를 거두어라.   835
저기 그늘진 길에 이끼가 덮인 제단이 보이니,
나는 그곳으로 가서 신과 조용히 잠깐 얘기를 나누겠노라.
혼령들이 내 무거운 마음을 짓누르는구나, 충실한 노예여.
처녀 — 노인이 비틀거리며 가버렸고 우리들만 남아
나는 저쪽 풀밭에서 본 붉은 꽃을 따고 싶으니   840

그대의 검은 두 팔을 내밀어 나를 땅으로 내려 주어요.
노예 — 노인은 위안을 얻으려고 하늘을 올려다보고
우리 까다로운 처녀는 꽃이 그리워 땅을 굽어보고
한가운데서 나는 하늘도 못 보고 땅도 못 보겠군요!
왜 내 가슴을 파고들며 웃나요, 아가씨? 845
처녀 — 그대의 검은 수염이 날카로운 가시처럼 간지럽군요.
늙은 왕 — 그대는 왜 불꽃을 나에게 내려 주셨나요?
그대를 사랑하는 마음을 불쌍히 여기시고 늙은이를 존중하소서!
나는 항상 그대의 충실한 종이요, 그대가 손에 쥐고
깨끗하게 베어 넘기는 칼이요, 그대 날개의 깃털이 아니었나요? 850
처녀 — 굵은 빗방울들이 쏟아져 내 입술을 때렸어요!
검은 구름이 산봉우리를 짓누르고, 나는 벼갯불이 무서워요!
노예 — 비를 피해 외양간으로 얼른 들어갑시다, 아가씨.
처녀 — 후텁지근한 외양간에서 나는 냄새가 난 좋아요!
아, 아! 벼락이 치네요! 노예 — 번쩍인 것은 내 눈빛이었습니다. 855
처녀 — 나는 지금까지 이렇게 힘센 남자는 본 적이 없어요.
우리 아버지는 바람만 불면 가냘픈 갈대처럼 항상 휘어졌고,
대추야자 하나만 씹어도 땀을 뻘뻘 흘렸지만, 노예여,
그대는 가장 위대한 영혼보다도 튼튼하군요.
늙은 왕 — 한때 나는 명예와 존귀함의 샘이었지만 860
이제는 화원도 사라지고 샘도 말라 버려서
내 마음은 상처처럼 부어오르고 종기처럼 터지며
썩은 내 배 속을 가득 채운 흉측한 구더기들을 드러냅니다.
오늘까지 나는 그들을 빠뜨려 죽이며 함께 빠져 죽었지만
그대가 손을 높이 들어 내리쳤습니다! 나는 희망이 없어요. 865
그대는 약속도 지키지 않고 정당한 보상을 내리지도 않아요.

노예 — 그대는 독사처럼 웃으며 입맛을 다시는군요, 아가씨.
처녀 — 아무리 천둥 번개가 쳐도, 냄새가 지독한 외양간에
우리 단둘이 있는 한, 나는 무척 기쁘고 흐뭇하답니다.
하지만 그대의 얼굴이 일그러지고 이가 반짝이는군요! 870
고행자의 거룩한 딸을 존중하고, 나를 건드리지 말아요!
노예 — 나는 육체를 건드리지 못하는 영혼이라고 생각하지 않고,
그대는 하늘의 영혼이나 공중의 날개가 아니라
부드럽고 감미로운 살결이요 뻣뻣하고 보드라운 칼집이어서
손잡이가 검은 칼을 평생 동안 그리워했습니다. 875
처녀 — 짙은 어둠 속에서는 모두가 똑같아 보여서인지
입맞춤의 어지러움은 노예와 주인을 다 같이 신으로 만드는군요.
노예여, 힘찬 팔로 나를 짓눌러 장난감처럼 부숴 놓아요!
(그들은 뜨거운 오물과 쇠똥 속에서 뒹굴며 교미했고,
노예가 황소처럼 으르렁거렸으며, 처녀는 첫 햇살을 맞은 880
이른 아침의 작은 새처럼 노래를 지저귀었다.)

이성이 북풍처럼 불고 대지는 낙엽이 졌으며
노예는 실컷 입을 맞추고 왕은 실컷 기도했고,
방앗간은 삐걱거리는 날개가 돋아 다시 곡식을 갈았다.
황금 마차가 가고 채찍이 밤새도록 소리쳤으며 885
황금빛 성문들이 열리고 처녀가 발목이 장밋빛인 발로
하얀 상아 문턱을 밟으니
궁전의 기초들이 삐걱거리고 벽들이 갈라졌다.
마치 운명의 노예들이 신비한 약속이라도 한 듯싶었고,
마치 멀리서 군대를 이끌고 와서 성을 둘러싸라는 890
비밀의 입맞춤 신호를 그들이 기다리기라도 하는 것 같았다.

좌절하고 깊은 생각에 잠겨 늙은 왕은 왕좌에 앉아서
거룩한 호박 염주들을 딸각거리며 그의 미덕을 헤아렸다.*
「신이여, 나는 살인과 도둑질과 침대에서 부끄러운 짓을 하지 않았고,
마음이 찢어지면서도 고행자의 딸에게 손을 대지 않았는데,   895
왜 그대의 분노를 무서워하고 그대를 대하기가 두려운가요?」
그러자 조롱하는 신의 웃음소리가 궁전 전체에 울렸다.
「그들이 꾀를 부려 호랑이인 나를 잡으려고 하는구나!
선행을 함정으로 삼아 나를 잡겠다고 생각하지만,
나는 유령이 아니라 호랑이여서, 고기에 굶주렸단다!」   900
신이 요란히 웃고 뛰어들어 다른 무리와 어울렸다.
달이 꽃피었다가 시들고 뜨거운 태양이 솟았다가 졌으며,
보이지 않는 잔인한 살인자가 전율하는 주인들을 밀어내어
맹렬히 공격하여 성벽들을 무수히 투쟁하도록 만들었지만,
왕의 외아들은 주눅이 들어 그늘 속으로 물러나   905
고집스런 입을 꼭 다물고는 아버지를 노려보았다.
「내 이성이 영원히 마비될 때까지 내가 사랑하는 여인을 가두고
만나지도 못하게 하는 노인이여, 그대는 저주를 받아야 합니다.
그대 두개골이 산산조각 깨어지고 성벽도 초토화되기를 빕니다!」
허연 머리에는 미덕의 쓰라린 감람 화관을 자랑스럽게 쓰고   910
왕은 침묵을 지켰으며, 세월이라는 늙은 시간 자신에게도
섬기는 주인이 따로 있음을 알지 못했던 노예는,
모든 상처를 아물게 하는 세월의 위안에 모든 희망을 걸었다.
오디세우스는 피리를 닦고 바위에 몸을 기대고는
방아가 기운이 빠져 다시금 천천히 돌아가게 되자   915
맥 빠진 다섯 무희가 비척거리는 모습을 지켜보았다.
그러더니 이성이 재빠른 자가 바위에서 벌떡 일어났다.

오디세우스 — 운명의 바퀴를 내가 걷어찰 테니 어서 돌아가거라!
늙은이들이 침을 흘리고 죽은 자는 여전히 인내심이 많겠지만
우리들은 시간이 없어 가슴은 쇠망치로 두드리는 듯싶고   920
삶은 짧고도 짧은데, 쇠는 지금 시뻘겋게 달았구나!
여러 세대가 번갯불처럼 번득이며 지나가게 하고,
모든 나무가 땅 위에서 한순간 꽃 피었다가 썩게 하고,
왕국들이 어느 날 동틀 녘의 태양처럼 중천까지 솟아올랐다가
어느새 저녁이 되면 결국 지게 하여라.   925
삶의 바퀴도 내 마음처럼 빨리 돌아가게 하고,
총각이 소리치면 햇빛을 받고 처녀가 일어나게 하고,
발목이 붉은 사랑을 내가 땅으로 내려 보내게 하고,
초라한 사람들이 아궁이 속의 불쏘시개처럼 쓰러지게 하고,
오랜 세월에 걸쳐 만발한 꽃이 한 시간도 못 가게 하라!   930
어서 이리 나와 나쁜 소식을 전하거라, 충실한 노예여!

노예 — 왕이시여! 늙은 왕 — 염려 말고 어서 솔직히 얘기하라!
내 무거운 마음은 더 이상 괴로워하지 않을 테니 걱정하지 말라.
우리 편 군대가 꼬리를 감추고 도망친다는 걸 나는 안다.
노예 — 왕이시여! 늙은 왕 — 내 심장은 돌이 되어 버렸구나.   935
노예 — 폐하의 군대가 패배하여 안개처럼 흩어져 버렸습니다!
늙은 왕 — 미리 결정된 운명은 도끼로도 자를 길이 없느니라.
신이여, 내가 한 일에 보상을 잘 내려 주어 감사합니다!
노예 — 저는 두려워한 적이 없는데, 지금은 가슴이 떨립니다.
그들의 사나운 왕이 주홍빛 발로 우리들에게 덤벼들어   940
포도를 밟듯 우리들의 두개골을 짓밟습니다, 주인이시여.
그들의 말이 새벽에 달려와 도로가 요란하게 울리자……

늙은 왕 — 더 이상 듣고 싶지 않으니 그만 하거라, 노예여.
살육이 내 붉은 왕관이요 슬픔은 내가 거둔 결실이니,
현인들의 충고에서 내가 얼마나 얻은 바가 많으냐. 945
햇볕에 썩은 과일처럼 구더기가 가득 찬 이 세상이 싫고
내 외아들, 오직 너만이 남았으니 현인들은 모두 내 앞에서
물러가고, 가혹한 손이 우리들의 운명을 지배하고
그런 힘에 저항하는 일도 수치니, 아들아, 이리 가까이 오라.
신이여, 견딜 수 없이 부끄러운 내 불평을 들어 주오. 950
그대는 나에게 아들을 겨우 하나만 내려 주었는데, 그 아들은
무기를 들고 적과 싸워 백성을 구하려 하지 않나이다!
왕자 — 아버님이 제 여인을 감옥에서 풀어 주기 전에는
무기를 들거나 도시를 보호하지 않겠다고 저는 맹세했습니다.
손을 내밀고 선택하여 자신의 운명을 결정하십시오. 955
나는 한 쪽에 그대의 왕국을 다른 쪽에는 처녀를 제시합니다!
늙은 왕 — 하늘에 대고 나는 강력하게 맹세하겠는데,
나는 빗장을 열지 않고 너는 절대로 처녀를 얻지 못하리라!
내 영혼도 너만큼 슬프니, 운명을 그냥 따르기로 하겠다!
왕자 — 오, 험한 바람이 불어 성의 재를 멀리 흩어 버리고, 960
그의 허연 수염이 피에 젖고 모든 재산이 세상의 끝으로
날아가 없어져 왕국이 사라지게 하여라!
노예 — 들판이 불타고 군대가 가까이 밀고 들어왔으며
적이 도시를 포위하여 광란에 빠진 군중은 활활 타오르는
붉은 횃불을 들고 궁전을 태워 버리기 위해 몰려옵니다! 965
늙은 왕 — 신의 무서운 손에서 나는 솟아오르는 불길을 본다.
내 붉은 왕관으로부터 사람들이 원하는 바가 무엇이냐?
노예 — 아무런 이유도 없이 무서운 고행자의 외동딸을

부당하게 깊은 지하 감옥에다 폐하가 가두었기 때문에
사람들은 폐하께서 큰 죄를 지었다고 비난하며, 970
이제는 고행자의 영혼이 일어나 우리 성벽을 쳐부순다 합니다.
그녀를 풀어 주고, 이 무녀를 적에게 풀어놓는다면,
하얀 손과 애무로 적의 무서운 왕을 죽일지도 모르니
군대들보다도 훨씬 더 막강합니다, 주인이시여.
군중은 폐하가 고집 때문에 그들을 괴롭힌다고 불평하니, 975
그들의 소망대로 한 인간쯤은 그냥 넘기도록 하십시오.
늙은 왕 — 모든 인간이 잉태되는 순간에 구더기가 한 마리 태어나
그 사람을 잡아먹으려고 모든 들판과 산을 헤매고 다니지!
한 도시나 세상이 생겨날 때도 똑같은 일이 생겨나는데,
이제는 우리 도시의 구더기가 평원으로 가까이 기어왔으니 980
신이라고 해도 우리들의 운명은 바꿀 길이 없겠노라.*
노예 — 지하 감옥의 청동 빗장이 부서져 떨어지는 소리가 들립니다!
늙은 왕 — 영혼에서 육신이, 이성에서 안개가 떨어지는……
노예 — 그들이 빗장을 부수고 지하 감옥을 무너뜨리고는
위대한 고행자의 딸을 풀어 밝은 곳으로 데리고 나왔습니다! 985
늙은 왕 — 모두가 연기요, 수치요, 불타는 이성의 환상이니라.
운명이 서두르니 어서 달려가 처녀를 데리고 오라.
자물쇠를 튼튼히 만들어 너 자신을 단단히 잠그고, 마음이여,
이것은 번득이는 꿈이요 수탉이 울었으니
삶은 황금 옷을 벗고 바람이 되었노라고 말하라. 990
노예 — 회전하는 태양을 홀리고 달을 떨어뜨리며
하룻밤 사이에 적을 철저히 파멸시키는
가냘픈 처녀를 폐하의 발치에 데려다 놓았으니, 주인이시여,
눈과 이성을 깨우고 폐하의 거룩한 뜻을 명령하십시오.

늙은 왕 ─ 삶은 붉은 섬광, 나는 눈부신 광채 속을 걸으니,   995
모든 것을 겪었기 때문에 희망과 두려움도 없이 자유롭도다!
죽음은 내가 높이 치켜든 길고도 긴 깃털이니라.
왕자 ─ 어서 오라, 한겨울의 태양이여, 눈부신 초승달이여,
사랑하는 처녀의 시원한 품을 진심으로 환영하노라!
늙은 왕 ─ 내 아들을 잡아 철창 속에 던져 넣어라!   1000
남몰래 입을 맞추고 아무도 모르게 임신한 처녀여,
머리를 풀고 옷을 벗어 땅 위에서 빛나는 몸으로
대추야자나무의 거룩한 뿌리에 무릎을 꿇고 다시 한 번 울어라.
그대의 마술에 걸려 미쳐 버린 나는 온몸이 떨리지만
늙고 우아하지 못한 나를 버리고 사나운 왕에게로 찾아가   1005
그대가 또다시 혼자이고 짐승들을 무서워한다고 말하고는
그의 천막으로 들어가 그를 품에 안고 나서
독을 묻힌 칼로 그의 가슴을 찌르도록 하라.
처녀 ─ 신이여, 이제는 내가 세월의 농간에 걸렸나이다.
제 몸은 은신처이고 젖가슴은 저에게 방패와 마찬가지이니,   1010
사나운 왕의 머리를 자루에 넣어 폐하께 가져다 드리겠는데,
한 번의 입맞춤으로 흔들거리는 폐하의 성을 구하기는 하겠지만
저도 역시 값비싼 보상을 바라나이다, 왕이시여.
늙은 왕 ─ 남몰래 입 맞추고 남몰래 잉태하여 얻은 처녀여,
내 마음이 줄 수 없는 보상은 곤란하니 잘 생각해서 요구하라.   1015
처녀 ─ 폐하의 성문을 향해 하얀 손을 뻗고 애원하노니
폐하의 외아들을 어서 저에게 주소서, 주인이시여.
노예 ─ 짙은 어둠이 그대의 존귀한 영혼을 질식시키지만
그대가 왕이고 세상은 광대*라는 사실을 잊지 말고, 군주시여,
악몽에서 깨어나 못된 저주들을 모두 몰아내십시오.   1020

늙은 왕 — 오호, 갈보의 짐승 같은 자궁이 원하는 보상은
내 외아들과, 우리 왕좌와, 대지와, 우리들의 왕관이로구나!
육신은 돛을 모두 올리고 운명을 찾기 위해 미친 듯
깊고도 어두운 바닷물 위로 달려가는 배이고,
인간의 영혼은 섬광이요 일진광풍이니라. 1025
노예 — 그녀는 우리들의 마지막 희망이니 소원을 들어주셔요!
늙은 왕 — 나는 마음의 뿌리가 뽑혔으니, 아들을 가져가거라!
허연 내 머리에서 왕관을 벗어 나는
타오르는 불덩어리처럼 그것을 네 머리에 얹어 주겠다.
우리들은 대지에서 불을 찾아 이리저리 기어 다니고 1030
높다랗게 타오르는 두 장작더미 사이에서 춤추고 울지만
죽음은 불쌍히 여기지 않고, 삶은 우리들을 원하지 않는다.
노예 — 갈보가 다시 젊어져 모든 수치를 빨리 아물게 하고
영혼은 온 세상의 가장 쓰라리고도 험한 부패를 견딜 수 있으니
무슨 말을 그녀가 하더라도 울지 마소서, 주인이시여. 1035
(늙은 왕이 말없이 주간 망루로 올라가
젊은 처녀가 지나간 자리에 꽃 피는 거리들을 보았는데,
힘찬 순풍이 불어 그녀의 진홍빛 옷이 부풀어 올랐고
돛을 활짝 펼친 해적선처럼 머리카락이 나부꼈으며,
불꽃이 점점 밝아지며 빠른 걸음으로 평원을 가로질러 갔다. 1040
그러자 신을 죽이는 자도 유혹하는 걸음걸이로 처녀가
걸어가는 모습을 보고는 피리가 춤을 출 정도로 빨리 불었고,
진심으로 그녀에게 축복을 내리며 충고의 말을 전했다.)
오디세우스 — 그대는 이제 평범한 여자나 항구의 창녀가 아니고
굴레를 벗고 은빛 신발을 신고 달려가는 운명이니, 1045
부끄러워하지 말고 입술을 칠하고 엉덩이를 흔들어라!

인간이 불쌍하다는 값싼 얘기는 절대로 하지 말 것이며,
연민은 노예에게, 기절*은 못생긴 처녀들에게 맡겨라.
운명이여, 불길이 우리 가슴속에서 긴 혀로 말하는구나!
우리 영혼은 자비와 정의와 선과 진실을 경멸하고   1050
미덕이나 관념이나 인간이나 제신들에는 관심도 없으니
그들 모두 훌륭한 불쏘시개요, 굶주림이 영혼을 태워 버릴 뿐,
내 축복과 더불어 가서 네 모든 빚을 입맞춤으로 갚아라.
그가 말하자 자랑스러운 처녀가 평원을 활활 불붙여 태우고
불쏘시개를 보듯 군대와 그들의 왕을 굽어보았으며,   1055
그의 오만한 심장부, 그의 깊은 겨드랑이 속에서
작디작은 새처럼, 독사처럼 세 차례 몸을 틀었다.
석양이 한가하게 흘러갔고, 어둠 속에서 산들이 기어갔고,
대지와 모든 샘의 원천이 움직이고 짐승들이 목말랐으며
용맹한 왕이 욕정의 침대에서 몸을 뒤치는 사이에 날이 밝아   1060
모든 날개가 깨어나고 나무들이 붉은 장밋빛 미소를 지었고
햇살이 참새의 재잘거리는 머리를 비추었고
왕이 눈을 뜨자 그의 침대가 빛났다.
잠자리에서 여인의 얘기가 세상을 뒤흔드는 위대한 힘을 주었고
이성의 궁수는 미소를 짓고 황홀경에 빠진 피리를 가다듬고는   1065
침대 언저리에다 그의 나선형 귀를 가까이 갖다 대었다.

용사 — 영원히 날이 밝지 않게 수탉이 영원히 울지 말았으면 좋겠구나!
육체가 그토록 독을 품고도 감미로운 줄은 전혀 몰랐으니
나는 육두구(肉荳蔻) 꼬투리를 모아 그대를 때리고 싶으며,*
잠이 깨었지만 무성한 수염에서는 여전히 꿀이 흐르고   1070
꿈에서처럼 나는 그대를 가슴에 안고 있으니, 여인이여,

왜 그때 그대는 손을 들어 나를 죽이지 않았는가?
처녀 — 동틀 녘에 잠들어 얌전히 내 젖가슴에 머리를 얹고
그대는 머리가 곱슬거리는 아기처럼 착한 미소를 짓더니
어린 시절의 꿈이 머릿속에서 팔랑거리기라도 하는 듯   1075
벌거벗은 가슴이 오르락내리락거리며 나지막이 중얼거렸답니다.
그대는 털과 피로 범벅이 된 막강한 용사이고
흙투성이 무릎과 검은 주먹에서는 아직도 여전히
살육의 터전에서 포옹한 여인들의 시큼한 냄새가 나지만,
아기처럼 잠든 그대의 모습을 보고 감탄하던 나는   1080
처음으로 어머니의 두근거리는 마음을 느꼈습니다.
용사 — 그리고 나는 몰래 미소 지으며 감시를 계속했는데,
나는 잠이 들면 그대가 나를 죽이리라는 사실을 알았고 —
그대의 진홍빛 옷깃에 숨긴 독이 묻은 칼과
내 머리를 집어넣을 커다란 자루도 찾아내었지.   1085
뱀처럼 발가벗은 몸을 틀고 나무 옆에서 기다리던 그대가
손짓해 부르는 눈초리와 욕정이 이글거리는 허벅지를 보았을 때
나는 암살의 냄새를 맡았지만, 개의치 않고 그대를 데려다
사자의 날가죽을 덮은 내 침대에다 눕혔지.
나는 삶의 모든 함정을 알면서 눈을 뜬 채로 뛰어드니까!   1090
그리고 달콤하게 그대한테 입을 맞추자 신이 번득였지.
그대의 가슴 위에서 잠이 슬그머니 나를 사로잡았을 때
나는 계피와 월계수 가지들 속에서 불타
장미 기름에 젖어 요란한 불길과 함께 활활 타올라서
향기로운 그대의 가슴 위에서 재가 되는 꿈을 꾸었다네.   1095
하지만 잠이 깨어 보니 나는 아직 죽지 않았고
그대는 내 콧구멍 속에서, 털이 난 손과 발에서 기뻐하더구나.

처녀 — 여인의 젖가슴은 날개와 악마로 가득 찬
술꾼의 나라와 마찬가지여서, 사냥꾼들이 새벽에 사냥을 한답니다.
나무에서 당신이 나를 일으켰을 때 그토록 거칠고 역겨운   1100
추악함을 본 적이 없어서 내 눈이 두려움으로 떨었지만,
그대가 미소를 짓자 깊은 구멍이 꽃으로 가득 찼습니다.
우리 두 사람이 믿음직한 오랜 친구였던 듯 그대는
마음을 열어 슬픔과 기쁨의 모든 얘기를 해주었고
내가 어디에서 왔으며 무엇을 원하는지 묻지도 않았어요.   1105
날이 밝았고, 그대가 무장하고 성을 쳐부술 터이니,
나는 이 위대한 날을 숭배합니다! 어서 일어나세요!
용사 — 그대는 주홍빛 발톱이 달린 나의 새잡이 매고,
나는 군대로 그들의 싱을 빼앗고 싶지는 않으니
붉은 장미처럼 달콤한 그대의 손을 얻음으로 족하다.   1110
처녀 — 미소를 짓는 그대의 눈에서 목을 죄는 올가미가 보이니,
나를 들여보내려고 좁은 성문이 활짝 열리도록
갓 벤 목을 하나 내 커다란 자루에 넣어 주시고,
기뻐하며 그들이 성벽을 비운 다음에 그대는
굶주린 사자처럼 그들의 흉벽을 공격할 것이군요.   1115
용사 — 술꾼의 나라에서, 여인의 젖가슴 위에서
나는 밝기 전에 사냥을 한 적이 여러 번 있지만
이토록 불타오르는 먹이를 두 손에 쥔 지금처럼
크게 기뻐하거나 두려워했던 적은 없었다네.
나는 그대의 손과 발과 시원하고 상큼한 젖가슴에 입을 맞춘다.   1120
보라, 그대의 자루는 갓 벤 머리로 불룩해지겠고
백합 같은 그대의 두 발이 벌써 시뻘건 피 속에서 꽃피는구나!

오디세우스 — 아, 두뇌가 찌그러지고 머리에 깃털을 꽂은
수꿩 같은 남자가 알록달록한 모자를 쓴 모습을 나는 더 이상
보고 싶지 않구나! 내가 피리를 불면 운명이 길을 서두르지! 1125
그들은 도시를 월계수 가지로 장식하고 술통을 모두 열어
포도주가 피처럼 쏟아져 나와 그들의 피곤한 눈을 흐리게 하고,
초라한 왕이 왕좌에 앉아 두 손을 드는구나.
늙은 왕 — 세상을 슬퍼하는 거룩한 신에게 감사를 드립니다.
그대는 내 사랑을 시험하려고 내 잔에 쓰라림을 가득 채우고, 1130
내 영혼은 그대의 불타는 가마 속에서 순금으로 정화됩니다.
그대가 나의 구원을 두 손에 들고 있는 동안
내 마음이 나약해져서 지극히 몹쓸 말을 잠깐 입에 담았으니
내 죄를 용서해 주소서, 전지전능하신 신이여.
오디세우스 — 무슨 구원을 꿈꾸고 어느 신에게 소리치는가? 1135
땅이 매달리고 빛이 올가미처럼 대지의 목을 조르는구나.
평야 전체가 그대의 도시를 향해 움직이고,
그대의 마구간들은 말이 우는 소리로 가득하고 그대의 궁전도 우니,
황금빛 옷을 걸치고 그대 때문에 우는 왕들을 보라.
믿었던 그대의 노예가 적의 붉은 발밑에 엎드려 절하고 1140
황금 쟁반에다 도시의 열쇠를 담아 바치지 않느냐.
죽음의 카밀레 냄새가 천지에 진동하니
그만 갈고 방아를 멈추어도 충분하겠구나.

노예 — 오, 왕이시여, 성의 열쇠들을 여기 가져왔나이다!
그의 궁전은 연기와 잿더미요 거리마다 피가 넘쳐흐르며, 1145
아무런 저항이나 불평도 별로 없이 우리 늙은 왕이
연약한 목을 얌전히 내밀었으므로, 그의 허연 머리를 자루에

이렇게 담아 가지고 왔습니다. 지하 감옥에서 쇠사슬에 묶였던
그의 외아들은 도시가 불타 버릴 때 함께 타버렸으므로
그의 시체가 남긴 한 줌의 재도 이렇게 가지고 왔나이다. 1150
용사 — 신은 저마다의 영혼을 조심스럽게 저울에 달아 보고,
사랑이나 자비도 안 느끼고 친구들도 필요로 하지 않으며,
자비심이 없는 세상을 다스리라는 준엄한 명령과 더불어
신은 그의 운명을 가장 강력한 자에게만 맡긴다.
백합 같은 손으로 사랑을 펼치고 나에게 왕과 성을 넘겨준, 1155
여자의 젖가슴이 달린 달콤한 야성의 짐승은 어디 있느냐?
향기로운 나무의 불길이 활활 타오르게 하고
정향과 나르드,* 협죽도와 월계수 가지를 잔뜩 던져 넣고
장미 기름을 큰 독으로 퍼부어 불길이 치솟게 하여라.
그러고는 그녀의 몸뚱어리를 청동 방패에 얹고 1160
입술과 눈썹과 우뚝한 젖가슴에 칠을 하여 치솟는 불길 속에서
위대한 용사의 거룩한 영광과 더불어 타오르게 하라.
그녀는 용맹한 전투에서 방패처럼 그녀의 몸뚱어리를 사용하여
두 개의 침대를 부수고 힘찬 포옹으로 남자들을 죽였으니,
이제 순환이 끝나고 여자로서 그녀가 할 일은 완수한 셈이다! 1165

포근한 달빛을 받으며 오디세우스는 죽은 자의 뼈로 만든 피리를
밤의 어두운 무릎 위에다 놓았으며,
곱슬거리는 팥빛 머리채가 늘어진 그의 꿈도 곧 끝났다.
돌베개 위에, 신선하고 서늘한 절벽의 잡초 위에
위대한 이성의 약탈자가 지친 백발 머리를 가만히 얹으니 1170
그의 주변 다섯 영혼은 잠이 깨지 않았고
그들보다 훨씬 위대한 운명을 맞아 잠시 기쁨을 누렸다.

그러자 영혼을 훔치는 고행자가 눈을 감고는
교활하기 그지없는 요술쟁이 이성에게 두 손을 들었다.
모든 세월의 아버지여, 위대한 안내자여, 오, 이성이여,   1175
마음은 한 덩어리의 고기요 비계 한 조각에 지나지 않아서
자식들이나 비옥한 흙에 매달려 떨어지려고 하지 않으며,
내 미덕은 더러운 오욕의 더미 위에서 꽃이 피는구나!
오, 이성이여, 모든 여인이 내 가슴속에서 숨 막혀 울었고,
대지는 좁다란 침대여서 그들 모두를 재우지 못하였더라.   1180
정열의 짙은 연기가 피어오르고 내 머리가 어지러울 때까지
힘세고 정력적인 남자들이 흥분한 내 사타구니에서 질식한다.
씨앗들이 사타구니에서 소리치고 날카롭게 휘어진 줄기를 올린다.
〈아버지시여, 굶주리고 추운 우리들에게도 육신을 주고,
살아가는 데 필요한 이름과, 성장하기 위한 두뇌를 달라.   1185
즐겁게 교미하며 땅 위에서 짝을 지을 수 있도록
우리들도 암수 포자(胞子)가 되고 싶도다.
우리들은 더 이상 그대의 두뇌 덩어리 속에서 살고 싶지 않으며,
후궁의 수많은 처녀들처럼 입맞춤도 없이 시들어 가는 우리들은
창문에 귀를 기울이며 길거리의 소음과 남자의 욕정을   1190
우리 단단한 허벅지에 잔뜩 거느렸으니, 아버지시여,
빗장을 부수고 우리들이 해방되어 살아가게 해달라!
대지의 품에 안기고 나면 우리들은 사랑을 통해서
잉태하고 죽어 가며 땅 위에서 기쁨을 누릴 것이다!
어서 머리를 열고 우리들을 햇살이 뒤덮인 땅에다 심어라!〉   1195
태어나지 않은 모든 아이들이 내면에서 숨 막히게 소리 질렀고,
남성적인 나의 피가 깊고도 어두운 욕망에게 붙잡혔고
가장 맑은 생각이 취해서 몸에다 날개를 달아 장식했고

가장 점잖은 어휘들이 뻔뻔스러운 앵무새처럼 떠들며 날아갔고
내 영혼은 어두운 아프리카의 야만적인 환락이 되었도다. 1200
검은 악마들이 나를 둘러싸고 죽음이 제멋대로 날뛰니까
구원의 이성이 찾아와 무질서에다 질서를 부여했고,
지극히 허무한 놀이의 뒤흔들린 법칙들을 바로잡았는데,
그러다가 그리움이 시끄러운 살육처럼 그대를 둘러쌌고
맹렬히 타오르는 두뇌에서 담청색 연기가 치솟아 올랐다. 1205
〈이것은 갈망하는 새로운 인간과 떨리는 흙으로 가득 찬
자비도 아니요, 기쁨이나 슬픔도 아니며, 허공으로 솟아오르는
연기 고리들에 불과하다.〉 이렇게 그대는 신음했다.
눈과 귀와 혀, 냄새를 맡은 존귀한 귀부인, 더듬는 늙은이,
이렇게 잠깐만 존재하는 다섯 가지 기쁨이, 1210
다섯 길이 만나는 갈림길로 그대는 달려갔으며,
그대는 뛰고 춤추며 온갖 다양한 모습으로 변모한 다음
심한 광증의 어두운 바닷가에 앉아 그대의 놀이들을 벌였다.
그대는 모래를 집어 주무르고는 〈너는 살이다〉라고 말했고
그것은 정말로 영혼이 가득 넘치는 단단한 살이 된 듯 1215
어느새 사랑하고 흐느껴 울며 소리치기 시작했다.
나는 뱃속이 비어 가벼워지고 나의 모든 욕망은 육신을 얻어
마침내 모든 고통과 욕구로부터 해방되어
빛 속에서 뛰놀고 기뻐하며 춤추었다.
그들은 자랑스러운 육신을 잉태하기 때문에 영혼이라 불렀고 1220
모든 영혼을 잉태하기 때문에 육신이라 불렀으며, 이성이여,
그대는 소리를 지배하고, 태양의 크기를 줄이고,
귀와 눈을 속이며 마음의 욕망을 가져다주도다!
그리고 아무도 손대지 않은 처녀가 슬픈 탄식에 빠지면

그녀는 텅 빈 팔을 펼치고 깊은 생각에 잠긴다.
〈나는 듣고, 맛보고, 만지고, 냄새를 맡지만 다 소용이 없어
내 감각들은 하늘을 쳐다보며 탐욕스런 주둥이처럼 소리친다.〉
그러던 어느 날 밤 황소처럼 그대가 그녀를 올라타고
감각들이 충족된 처녀가 동틀 녘에 벌떡 일어나
태양을 맞으며 밝아 오는 세상을 향해 외친다.
〈삶과 입맞춤과 빵과 고기가 모두 훌륭하구나!〉
그리고 머리가 무겁게 짓누른다고 젊은 남자가 느끼면
그대는 위대한 사상이 되어 행동을 통해 내려오고
그러면 젊은이는 아들과 아버지와 어머니,
세 머리가 모두 하나인 듯, 아들을 품에 안은 듯 기뻐한다.
그대는 변화하며 희롱하고, 야만적인 힘을 누리며 환희하는데,
그대가 사랑하거나 증오하는 자가 이 땅에는 아무도 없고
그대는 아버지와 어머니, 자식들을 버리고 도망쳐
집도 없는 방랑자가 되어 집집마다 문을 두드린다.
희망이나 고난에도 속지 않고, 속이 빈 그대의 뼈들은
보이지 않는 양치기의 손에서 피리처럼 소리를 낸다.
검은 구름처럼 그대는 인간의 머리 위로 높이 지나가고
착한 아낙네들이 눈을 들어 그대에게 이런 인사를 보낸다.
〈비가 오면 땅이 시원해지고 씨앗은 싹이 트겠지.〉
그러나 그대는 바람과 물을 내리지 않고 그냥 지나간다.
그대가 입김을 불면 도시와 나라들이 일어나 군대가 행진하지만
곧 싫증이 나면 그대는 다시 입으로 불어 모든 것이 사라지게 한다.
이렇듯 번갯불이 심연의 배 속을 찢어 열어서
불멸의 죽음이라는 어둡고 푸른 나락에 매달린
우리 어머니 대지의 거룩한 몸을 보여 주었다.

번갯불이 꺼지면 만물은 다시 한 번 메마르고
꽃도 피지 않는 어두운 필연성의 껍질 속으로 밀려 들어간다.
그러면 부풀어 오르는 참나무들이 도토리 껍질 속에서 웅크리고
화려하고도 존귀한 공작새 같은 대지가 꼬리를 접고는
굶주린 암탉처럼 쇠똥 무더기를 쪼아 댄다.   1255
어지러운 술 취함으로부터 만물이 부끄러워하며 되돌아와서
때 묻은 작업복을 걸치고는 초라한 일상적인 일을 하면서
나무들과 물과 인간과 제신들이 다시 한 번 밀고 나왔다.
모두가 환상적인 꿈이요 춤추는 무희의 안개였고,
이성이 사랑의 바퀴를 조금 더 빨리 돌렸더니   1260
순식간에, 한꺼번에, 다섯 개의 바람개비가,
상상력의 다섯 가지 창조물이 사랑하고, 죽고, 썩었다.
오, 이성이여, 트로이아의 성벽 앞에다 성을 부수는 자들이
커다란 암말*을 세워 놓았던 꾀 많은 머리여, 최후의 악마여,
오, 자비를 모르는 순수한 눈이여, 우매한 밤을 채찍질하고   1265
번갯불로 밤의 육신을 짓이기는 빛의 섬광이여,
내 크나큰 고통을 달콤한 놀이로 흩어 놓았음을 감사한다!
가장 정력적인 인간이 삶의 무서운 열쇠를 쥐고
아무런 확실한 희망도 없이 잠그고 열기도 하며 분리시키고,
매를 맞아 신음하거나 무서워 떨지도 않고 용기를 과시하며   1270
공중에 지은 존재하지 않는 욕망의 궁전으로 쳐들어가
위대한 무(無)의 열쇠와 기꺼이 하나가 된다.

황금빛 연기로 덮인 웅장한 하늘의 날개 밑에서
낮별이 한참 웃고 태양은 아직도 태어나지 않았지만
궁수는 요술을 피우는 그의 이성을 축복하고 찬양했다.   1275

이제는 만족하고 흐뭇해진 그의 마음이 나락 언저리에서 희롱했고
크나큰 침착함 속에서 해가 떠오르기를 기다렸다.
천천히 가없는 햇살이 퍼지고 낮별이 스러졌으며
새벽이 황금빛 수건을 두르고 모든 잎사귀가 장밋빛이 되었으며
고독한 자의 허연 머리는 절벽의 언저리에서 붉은빛으로 변했고 1280
그의 마음은 산과 샛별과 날개들로 가득 찼다.
그는 벌떡 일어나 황금 테를 두른 무거운 바퀴,
이성의 진흙 속에 빠진 태양을 붙잡아 해방시켜 주었다.
그가 움직이자 산들이 햇빛을 받은 장미꽃들처럼 흔들렸고
그는 허리에다 연한 덩굴을 두르고, 꽃이 핀 지팡이를 꺾어 1285
이 바위 저 바위로 차분히 걸어 다녔고,
새로 태어난 살갗에 새벽의 솜털이 스치는 감촉을 느끼며 즐거워했다.
입 안을 향기로 가득 채우는 작은 월계수 가지를 물고 즐겁게
그날 새벽 꽃이 만발한 비탈을 그가 달려 내려가려니까
새벽빛이 그의 가슴속에서 터져 머리가 어지러웠고 1290
투명한 대기 속에서 혼자 떨어진 불처럼 뛰놀았다.
그는 입이 찢어질 정도로 크게 웃었다.
「이제는 두뇌가 맑아져 대지와 바다와 하늘이 눈의 창조물에
지나지 않음을 깨달았으니, 우물을 지키는 사나운 짐승*이 죽었고
불멸의 물*이 거침없이 흘러나와 1295
기억의 둑과 두뇌의 두터운 벽들을 무너뜨리고
인간의 머리 높다란 산들로부터 마구 쏟아져 내려
배와 물고기와 별과 나무들과 함께 들판으로 휩쓸고 들어가서
모든 이성의 물방아와 마음의 바퀴들을 움직이고
만물을 부르며 흘러 내려가 웃으며 심연으로 떨어진다. 1300
우리 목숨이 살아 있는 한 대지의 잔을 가득 채우고,

형제들이여, 한없이 목마른 우리 마음이 흡족할 때까지
시원하게 졸졸거리며 노래하는 불멸의 물을 마시자!」
마음속에서 〈이성〉과 〈전쟁〉 두 형제가 서로 포옹했으므로
그 말을 하던 그는 예기치 않은 감미로움에 사로잡혀   1305
가만히 서서 세상의 화해를 즐겼다.
그러자 침묵의 깊은 곳에서 그는 자신의 뼈들이
불타는 피리처럼 줄지어 터져 나와 노래 부르는 소리를 들었는데
마치 멀리서 부잣집 결혼식 행렬이 출발하여
신부를 찾으려고 산비탈을 서둘러 내려오는 소리 같았다.   1310
궁수는 다리에서 기운이 빠져 거친 땅바닥에 무릎 꿇고 앉아
공손히 절하고는 어머니 대지가 빵이기라도 한 듯 입을 맞추었고
그의 손길이 대지를 만지자 꿈이 천천히 펼쳐져서
옛날이 신화기 그의 떨리는 눈썹에 매달렸다.
그는 대지가 거대한 바위에다 젖통을 얹어 놓고   1315
따스한 냄새가 풍기는 흙으로 떨리는 손을 내밀고
가장 힘센 두 아들을 사랑스럽게 쓰다듬는 모습을 보았다.
두 아들이 사나워져서 일어났고, 그들의 사타구니에서는
숯불처럼 눈이 뜨거운 초록빛 독사 질투가 몸을 뒤틀며 도사렸다.
「어머니시여, 나는 그대의 힘찬 배 속에서 태어난 첫아들   1320
전쟁이어서, 그대의 모든 재산은 마땅히 내 소유여야 하므로
나를 무릎에 앉히고, 그대의 무릎을 나에게 달라.」
동생이 날카로운 독아처럼 식식거리는 목소리를 날름거렸다.
「어머니시여, 나는 그대가 귀여워하는 어린 아들 이성이니,
그대를 위해 새로운 길을 열어 주는 빛이니까, 눈먼 어머니시여,   1325
나를 무릎에 앉히고, 그대의 무릎을 나에게 달라.」
어머니가 두 손을 내밀어 어린 두 아들의 머리를 쓰다듬었다.

「애들아, 둘이서 같이 출발하여 지구를 한 바퀴 돌고
먼저 돌아오는 사람이 내 무릎에 올라앉아 왕이 되리라.」
첫아들이 팥빛 암말에 뛰어올라 달려갔고, 1330
동생이 땅에다 귀를 대고 들어 보니
멀리서 말발굽 소리가 들리며 돌멩이들은 불꽃을 튕겼고
그러자 동생은 어머니의 몸뚱어리를 세 차례 돌고 나서
넓고도 사랑스런 그녀의 무릎 위로 천천히 올라갔다.
세상의 머나먼 끝에서 거품을 입에 물고 돌아온 전쟁은 1335
격분하여 그를 움켜잡고 화를 내며 소리쳤다.
「어머니시여, 왜 그를 무릎 위에 올려놓았는가?
내가 오랜 세월 방랑하는 동안 그는 어머니 곁을 떠나지 않고
삶을 모두 낭비하고, 적과 싸우지도 않고 친구도 돕지 않으며
게으름을 피우면서 하얀 손으로 피리만 불지 않았던가!」 1340
어머니 대지가 어둠 속에서 동생의 머리를 쓰다듬었다.
「아들아, 너는 대지의 바깥 껍질을 한 바퀴 돌았지만
이 애는 중심의 알맹이를 번개처럼 세 바퀴나 돌았단다.
나는 야생 올리브나무 가지를 꺾어 그의 머리에 씌우리라.」*

땅 위에 엎드려 그의 뱃속 깊은 곳에서 나오는 두 소리를 듣고 1345
궁수는 기뻐하며 첫째 아들 전쟁과 귀여운 이성 가운데
누가 자기 자신인지 생각해 보고는
이것이 옛날 신화에 지나지 않으며
이성과 전쟁, 연약한 생각과 강인한 행동,
공작의 깃털이나 무자비한 칼날이 제멋대로 요술을 부리며 1350
그의 손에서 걸핏하면 자리를 바꾼다는 사실을 알고 웃었다.

제18편

대지의 꽃 핀 나뭇가지에 삶이 여왕벌처럼 매달리고
저마다 신랑인 네 바람이 그녀를 남몰래 끌어안고
미래의 기쁨과 머나먼 날개, 꿈으로 넘치는 부드러운 배를
만져 보지만 용감한 이성은 섬광의 한순간,
숨 한 번 쉴 동안만 검은 죽음과 싸우거나   5
혼돈 속을 거닐며 상상력의 약동을,
위대한 제신들과 사상들을 잉태하여
대지의 주름진 껍질에 숭고함과 존귀함을 부여한다.
세상에서 싹트는 가장 고귀한 꽃인 궁수는
제신들과 유령들과 함께 지극히 무서운 싸움을 벌인 다음   10
향수에 젖은 눈으로 대지를 걸었고
살아 숨 쉬는 모든 세계에 다정한 작별을 고해
꽃들은 눈물로, 잎사귀들은 이슬로 가득 찼다.
그가 많은 길을 지나가고 여러 숲을 지나가니
세상은 그의 영혼처럼 처녀가 된 듯 눈부시게 빛났으며   15
태양이 그들의 심장을 뚫고 들어간 듯 바위들이 웃었고
말라붙은 산사나무가 울고 웃으며 수정 눈물을 흘렸다.

그는 이제 마음과 이성을 양날 도끼처럼 손에 잡았고,
수많은 달콤한 기억이 솟아올라 꾸르륵거리는 비둘기들처럼
이성의 위대한 탑에 올라앉았으며   20
그의 내면에서는 시끄럽게 떠드는 도시처럼 여인들이 소리쳤고
마을들은 정열에 숨 막힌 가슴을 벗어 보였고,
육체는 취해서 영혼의 싹이 돋았고,
욕구의 굶주린 아들 이성도 역시 취해 노래를 부르기 시작했다.
어지러운 참새, 우둔한 새가 높이 날아가서   25
반짝거리는 검은 눈으로 궁수를 굽어보고는 기쁨이 넘쳐
그의 주변에서 지저귀며 그에게 행운을 빌었다.
교활한 새잡이가 손을 흔들고는 새를 소리쳐 불렀다.
「반갑구나, 귀여운 참새, 나의 가장 사랑스러운 피리여.
아, 곡식과 노래의 씨앗과 자그마한 알이 가득한   30
네 따스한 배, 작고 보드라운 네 몸을 나는 사랑한다.
인간의 영혼도 너 같다면 얼마나 좋겠는가!」
처음으로 풀 냄새를 맡고 나무들을 보기라도 한 듯
방랑자는 세상이 그의 고향이라는 기분을 처음으로 느꼈고,
그가 손을 뻗어 꽃 핀 세이지 가지를 하나 꺾으니   35
향기가 솟아 그의 두뇌에서는 산등성이 냄새가 났다.
처음으로 그는 눈을 들어 날아가는 새들을 보았고
그들의 몸에서 거룩한 따스함을 두 손바닥에 느꼈다.
벼슬이 돋아나고 거칠게 울부짖는 늙은 암탉처럼
하루가 언덕에서 솟아오르고 고독한 자는 걸었으며,   40
머나먼 마을들이 깨어나고 굴뚝마다 연기가 잔뜩 뿜어 나왔다.
문들이 열리기 전 동틀 녘에 갓 결혼한 흑인이 일어나
비척거리며 신부를 깨우더니 두 사람은 돗자리에 꿇어앉아

쇠구슬들을 앞에다 놓고 비계 기름을 몸에다 발랐으며
컴컴한 오두막에서 남자의 애원하는 목소리가 높아졌다.
「오, 내 아내의 소중한 혼수여, 나는 절하여 경배한다.
우리들이 굶어 죽지 않게 하라, 강력한 쇠의 신이여!
우리들의 불로 떨어져 들어가 조금 부드러워져
후려치는 양날 도끼가 되어 우리들을 잘 지켜 다오.
오, 담황갈색 사슴이여, 영양이여, 멧돼지여, 어서 이리 오라!
떨지 말고 내 손에 단단히 잡혀 힘껏 치거라, 도끼여!」
그가 말하고는 불을 지폈고, 정숙하고 젊은 그의 아내는
무릎을 꿇고 갈대로 부채질하여 불길이 활활 타오르게 해서
아궁이 속에서는 구슬들이 천천히 붉게 달아오르기 시작했다.
아프리카의 깊은 심장부에서 인간의 무리들이 잠을 깨었고
느릿느릿 강물이 깨어나 작은 배들이 기우뚱거리며 흔들렸고
음울한 농부가 허리 숙여 땅을 팠다.
콧김을 뿜는 두 마리 충실한 소 이외에는
초라한 삶에서 다른 친구가 아무도 없었기 때문에
농부는 그들에게로 돌아서서 그의 모든 고통을 얘기했다.
「이러, 누렁아, 이러, 흰둥아, 이것도 모두 한때니라.
높고 머나먼 하늘의 주인님이 무척 마음이 조급하여
막대기를 들어 불쌍한 우리 잔등을 자꾸 찔러 대고,
지상에서는 대지의 주인이 그늘에 앉아
역시 우리 잔등을 피가 날 정도로 찔러 대는구나.
세상의 무거운 멍에, 대지의 단단한 돌투성이 밭을 모두
배고픔이 무너뜨리고 말 터이니, 소야, 참도록 하라.
어디쯤 왔는지 모르겠지만 죽음이 하루하루 가까이 와서, 형제들아,
손에는 시원한 물, 무릎에는 건초를, 달콤하고 검은 밀빵을

우리들에게 가져다주고 곧 멍에를 벗겨 주리라. 70
이러, 누렁아, 이러, 흰둥아, 구원이 가까이 왔도다.」
허리를 숙이고 우는 소에게 농부가 이렇게 말하자
햇살이 그들의 잔등으로 쏟아졌고, 황금 공이
그들의 뿔 사이에 박히기라도 한 듯 이마에서 광채가 났다.
낮이 무르익어 하얀 돛처럼 대지 위로 높이 솟아올랐고, 75
선원들이 붉은 태양과 함께 일어나 하루의 일을 시작했고
3층 갤리선 지구가 눈부신 하늘에서 항해했으며
대지의 늙은 바다 늑대 궁수는 즐거운 마음이 바람으로 부풀어
거룩한 나침반처럼 가장 확실한 길을 보여 줄 때까지
발돋움을 하고 이 바위 저 바위로 돌아다녔다. 80
한낮에 눈이 반짝이고 얇은 날개가 연기처럼 은빛인
베짱이 한 마리가 그의 오른쪽 어깻죽지에 매달렸고,
베짱이의 떨리는 몸은 찌르륵거리는 노래로 가득 찼으며,
두 친구는 함께 산비탈을 달려 내려갔다.
그러자 이성의 강력한 군주가 그의 친구를 소리쳐 불렀다. 85
「새빨갛고 화려한 홍옥 세 개를 장식한 죽음의 머리에
네가 앉았으니, 환영하노라, 어린 베짱이야!
자그마한 운동선수여, 나는 그대의 고집과 용기를 찬양하니,
그대의 내장은 노래를 부를 수 있도록 든든한 음식을 원하고
그대는 하늘의 이슬과 텅 빈 바람만 먹고 살지는 않는도다. 90
죽음의 나무에 매달려, 그대의 배가 터져 나갈 정도로
꿀이 뿜어 나오도록 구멍을 잔뜩 뚫어야 하는데,
곧 밤이 되면 거대한 초록빛 메뚜기가 우리들의 목을 베러
덮쳐 내려올 테니 시간이 별로 없으므로, 어서 서둘러라!
밤의 어두운 나무에서 화려한 노래와 날카로운 목소리가 95

이 가지에서 저 가지로 늦기 전에 흘러 다니도록 하라.」
이렇게 말하면서 고독한 자가 친구에게 손을 뻗었지만
베짱이가 분노하여 찍찍거리며 펄쩍 뛰어 머리카락으로 들어갔고
산사나무처럼 높고도 가느다란 목소리가 날카로운 기쁨으로
주인의 두뇌를 두 토막으로 톱질하기 시작했다. 100
악마가 두들긴 대지의 산봉우리가 흔들리기 시작했다.
「언젠가 파란 바닷가를 향해서 내가 달려갔을 때
방금 약탈한 도시의 연기가 아직 내 잔등에서 휘돌았는데
왕의 배를 찢고 창자를 꺼내 먹어 부리가 피투성이인
굶주린 까마귀 한 마리가 내 어깻죽지에 앉았었지만,* 105
지금은 배불리 먹고 노래와 귀중한 꿀로 흐뭇해진
연약한 베짱이 한 마리가 매달렸구나.
마침내 모두가 영혼의 근심거리들과 조화를 이루었도다!」
풍요한 이성과 베짱이에게 이런 말을 한 다음 그는
꽃이 핀 양치기의 지팡이를 잔등에 메고 110
바람의 떼를 앞에 몰면서 산을 넘었다.
이제 그는 배 속을 괴롭히는 배고픔도 생각하지 않았고
옛날 선원들의 무거운 시체도 더 이상 관심이 없었으며
이성 속에서 대지와 하늘이 눈부신 두 개의 날개처럼 퍼덕였다.

비를 맞으며 소나무가, 눈을 맞으며 전나무가 환희하고 115
개들이나 신들을 동반하지 않고 머리카락에 앉은 베짱이와
단둘이 대지를 걸으며 훌륭한 인간도 역시 환희했다!
고행자의 왼쪽 관자놀이로 해가 기울었고
해가 지자 곧 대지는 가볍고 시원해졌으며,
아프리카의 머나먼 끝에서 모든 생명체가 숨 쉬었고, 120

사람들은 기운을 차리려고 서늘한 강물로 뛰어든 다음
감미로운 도취를 모두에게 베풀며 개밥바리기가 떠오를 때까지
북을 치고 소리를 지르며 빙글빙글 춤을 추었다.
파란 그림자들이 제비꽃 꽃밭처럼 펼쳐지며,
달콤하고 씁쌀한 포도주처럼 밤이 쏟아져 술 취한 두뇌가 비틀거렸고, 125
삶과 죽음이 하나가 되며 미망인들과 죽은 남자들도 결합했고
날이 저물자 숲속에는 장작더미가 높이 쌓였고
낙조 속에서 마지막 작별이 시작되었다.
미망인들이 뺨을 잡아 뜯으며 울었고, 믿음직한 노예들이 울부짖으며
살진 시체를 높다란 장작더미의 꼭대기에 얹어 놓은 다음 130
나무에다 기름을 부어 불을 붙였고,
불길이 치솟아 올라 축 늘어진 고기를 핥고 껴안으며 기뻐했다.
건장한 마술 의사가 장작더미를 향해 통통한 두 손을 내밀었다.
「솟아라! 불길아, 치솟아라! 잘 가거라, 친구여!
우리들이 그대에게 내린 여러 명령을 잊지 말라, 이성이여! 135
구덩이에 처넣어 잔뜩 쌓인 인간의 시체를 먹고, 큰 병에 담아
피를 마시고 싶다면, 전쟁의 북소리가 울릴 때
그들도 역시 우리들을 도우러 달려와야 한다고 조상들에게 말하라.
어제는 아무도 코를 내밀지 않았으니, 그들이 굶게 하라!
그들이 제물로 받아먹을 노예가 우리들에게는 하나도 없도다. 140
먹고 싶으면 칼을 차고 빨리 달려와야 하며
배고프다고 칭얼거리며 우리들에게 애원하지도 말라고 하라.
배가 고프면 헛소리를 하지 말고 어서 내려와 우리들을 도와라!
그들에게 세상이 가난하여 고기가 별로 없다고 말하라.
어서 달려가 우리들의 고통을 지하 세계에 전하라, 사신이여!」 145
이렇듯 저녁의 그늘에서, 밤의 포옹 속에서

슬픔과 기쁨이 자주 자리를 바꾸었고,
대지의 껍질은 희고 검은 표범의 얼룩을 서로 바꾸었다.
굶주린 운동선수 오디세우스는 어둠에 휩싸인 깊은 골짜기
가파른 언저리에 서서 저 아래 평원에서 150
부부가 허리 굽혀 거룩한 음식을 요리하느라고
연기가 피어오르는 오두막을 찾아보았다.
그는 숲속에서 조금 동요하는 소리를 듣고 눈을 돌렸지만
몸은 움직이지 않은 채로, 앙상하게 야윈 늑대 한 마리가
그의 체취를 양치기 개들이 맡지 못하도록 천천히 155
바람을 거슬러 그늘 속으로 이동하는 것을 보았다.
그러나 굶주린 짐승은 인간의 냄새를 맡더니 우뚝 멈추었고,
서로 시선이 마주치자 늑대의 위대한 형제가 미소를 지었는데,
하나는 검은 두뇌로 저 우뚝 선 상대에게 덤벼드느냐 아니면
꼬리를 감추고 슬그머니 도망쳐야 하느냐 곰곰이 생각했고, 160
상대방은 햇볕에 시달린 이성으로 화해를 생각했다.
「늑대 형제여, 그대의 사악한 길을 버리도록 하라.
양 떼가 그대를 기다리고, 험상궂은 양치기 개들이
북슬거리는 꼬리를 치며 그대가 오기를 사랑과 더불어 기다리니,
두려워서 바람을 피하느라고 그렇게 애쓰지 말라, 늑대여! 165
양치기가 어린 목동에게 단단히 명령을 내렸도다.
〈아들아, 때가 되었으니 어서 일어나 숲으로 가서
늑대의 위대한 집 앞에 겸손하게 서서 이렇게 말하라.
《수많은 양과 사나운 개들을 거느린 양치기가
숲속의 굶주린 추장에게 안부를 전하라 하는데, 170
개들은 묶어 놓았고, 문도 밤새도록 열렸으며,
튼튼한 양들이 늘어 가기만 하여 그는 할 일이 없어졌으며,

늑대와 양치기는 굶주린 몸으로 함께 양을 찾아 나섰던 옛날
여행을 같이 하던 친구였다고 합니다.
주인이시여,* 싸움을 끝낼 때니, 우리 친구가 됩시다. 175
내 풍요한 농장은 또한 그대의 훌륭한 집이기도 하니까요.
잔칫상을 차릴 터이니 어서 오시오, 늑대 추장이시여!
보시오, 양들이 그대의 냄새를 맡고 머리 숙여 절하며
양치기는 그대를, 오랜 세월 동안 어둠 속에서
비참한 유랑 생활을 하며 적과 싸우다가, 드디어 기뻐하면서 180
왕에게로 돌아오는 사랑스러운 족장처럼 환영하는군요.》」
이렇듯 고독한 자의 이성 속에서는 싸움과 우정이 결합하고,
늑대는 야수의 머리를 숙이고 꼬리를 다리 사이로 감추며
어둡게 그늘진 숲속에서 얌전히 걸어갔다.

한편 검은 밤이 거대한 성처럼 솟아오르는 사이에 185
당당한 용사는 참나무 뿌리에 몸을 웅크리고 누워
충실한 노예 잠에게 일을 시작하라고 일렀다.
축축한 대기 속에서 개똥벌레 암컷 한 마리가
볼록한 배에서 반딧불을 반짝이며 고독한 자의 수염을
꽃이 핀 환한 숲으로 잘못 알고 그날 밤 잠자리로 선택하여 190
신랑더러 어서 오라고 파란 광채로 불렀으며,
신과 싸우는 자가 눈을 감자 개똥벌레들이 모여들어
그의 환한 수염이 밤새도록 눈부신 푸른빛으로 반짝였다.
고행자의 잠이 깊은 감미로움과 경이로 가득 찼으며
바다의 잠수부가 파도를 헤치고 나와 묵직하고 귀한 산호를 195
손으로 높이 들자 신과 싸우는 자가 잠이 깨었고,
그의 뱃속은 산호 한가운데서 시원하게 빛났다.

다시 지팡이를 들고 남쪽으로 달려가던 그는
사람의 자취나 따먹을 과일을 하나도 보지 못했고,
햇살이 그의 몸을 비춰 배고픔의 고통을 가라앉혔으며, 200
죽음이 거대한 바다의 파리나 검은 밤의 나방처럼
보드라운 날개를 펼치고 담청색 하늘에서 선회하니
그는 눈이 부시면서도 소리는 들을 수 있었고,
그래서 두 손을 들고 궁수는 벅찬 마음으로 말했다.
「어서 오라, 최후의 안식처여, 어서 오라, 막강한 군주여, 205
어서 오라, 춤의 끝이여, 어서 오라, 삶의 말벌 침이여!
어서 오라, 깊숙한 술잔을 손에 들고 오는 자여,
우리들에게 취할 때까지 술을 주고, 음유 시인들을 불러
온갖 사람과 나무와 바다와 꿈과 생각이
당당하게 돌아오는 자 앞에서 노래 부르게 하라!」 210
나비 한 마리가 와서 비에 촉촉이 젖은 흙에 앉아
날개를 접고 다시금 벌레가 되었다.
그러자 오디세우스는 눈을 반쯤 감고는 교활한 시간이
재빨리 날렵한 솜씨로 그림자와 빛과 공기를 움켜잡은 다음
세상의 온갖 경이를 빚고 또 빚으며 희롱하는 215
눈부신 재주를 잘 알았기 때문에 마구 웃었는데,
세월은 타오르는 모래밭에서 대추야자의 말라 죽은 씨앗들을
암탉처럼 품고 앉아 부화를 시킬 줄도 알았다.
신이여, 말라 죽은 씨앗 속에 그토록 치솟는 대추야자나무와,
그토록 기다란 잎사귀들과, 햇볕을 받고 주렁주렁 열리는 220
그토록 달콤한 대추야자들이 담긴 줄 누가 알았겠는가?
연약하고 굶주린 목구멍에서 궁수는 대추야자의 모든 달콤함을
아쉬워하며 맛본 다음에, 배고픔으로 기진맥진하여

꽃 핀 대추야자나무 가지의 밑에 섰다.
반쯤 몽롱한 머리로 그는 뜨겁게 달아오른 돌멩이들 위에서
사납게 몸부림치며 싸우는 공작과 독사를 보았는데,
독사가 식식거리고 두 개의 독아를 번득이면서
깃털이 난 먹이를 물려고 미친 듯 날뛰었으며,
아름다운 새는 잔뜩 부풀린 날개를 퍼덕이면서 분노하여
도끼로 후려치듯 부리로 뱀을 내리찍었고,
날카로운 발톱으로 돌멩이에다 독사를 갈기갈기 찢어
옥색 가슴과 황금빛 무늬가 담긴 우아한 깃털들을 잘 먹이려고
뱀을 토막토막 잘라서 탐욕스럽게 삼켰다.
그러자 신을 죽이는 자가 마치 독사의 고기가 자기 배 속으로 들어가
불끈거리는 이마에 황금빛 무늬의 날개로
돋아나기라도 한 듯 흐뭇한 미소를 희미하게 지었다.
흡족해진 아름다운 새가 붉은 부리를 돌멩이에다 닦고
즐겁게 거센 소리를 지른 다음 거대한 삼나무에서
이 가지 저 가지로 뛰어다니다가 황금빛 열매처럼 앉았고
고독한 자는 기진맥진하여 기운을 잃고 쓰러졌다.

밤이 별과 유혹의 계략을 거느리고 숨 막히게 짓눌러 내려왔으며
허연 거품을 일으키는 파도처럼 그의 이성이 공허하게 울부짖고
소금물 냄새가 나는 깊은 기억 속에서 갈매기들이 날았으며
눈을 들어 보고 그는 우물 같은 밤하늘에서 가시들이 반짝이는
버즘나무 밑에 누워 있다는 생각이 들었다.
「옛 친구여, 오늘밤은 서로 껴안고 자야 되겠구나.」
그가 말하고 나무의 검고 단단한 가슴에 머리를 기대었더니
나무의 혼령이 일어났고, 머리카락이 초록빛이고 호리호리한

드리아스*가 외롭고 머리가 허연 현인을 다정하게 끌어안았고,
그래서 그의 두뇌 속에서는 숨겨진 커다란 공〔球〕들이 열렸다. 250
주렁주렁 보드라운 벌집들이 햇빛을 받고 매달렸으며,
산사나무가 만발하여 두루미들이 제비들을 데리고 돌아왔고
대기는 날개를 높이 펼치고 수탉처럼 울었다.
천천히 나무껍질들이 갈라지고 우물들이 넘쳐흘러
숨었던 모든 유령이 뛰쳐나오고 버즘나무들이 흔들렸으며 255
나무들은 저마다 발에 흙이 묻은 정령으로 변했고
털북숭이 꼬마 악마들이 말 꼬리를 뻣뻣이 치켜들고 춤추었으며
아름다운 갈색 머리의 네레이스가 꽃 핀 들판에서 비틀거렸다.
황홀경에 빠져 머리를 뒤로 젖힌 두 여자가 북을 두드렸고,
늙고 배가 나온 사티로스*가 술 자루를 등에 걸머지고 260
캑캑거리는 야윈 당나귀를 끌고 나왔다.
털투성이 젊은이가 희망의 당당한 머리 노릇을 하는
다산(多産)의 음경을 높이 들고 앞장서서 춤추었으며,
가슴을 드러낸 마이나스*들이 춤추고, 사과나무에서는
사과들이 부딪히고 또 부딪히며 밤의 어둠 속에서 빛났다.* 265
붉은 머리의 처녀가 머리카락을 풀어 내리자
불길이 그녀의 잔등을 타고 내렸으며,
다른 처녀가 표범 가죽을 깔고 허벅지를 험악한 하늘에 제물로 바쳤다.
결혼식 행렬이 빠른 개울물처럼 골짜기를 지나갔고
젊은 그리스의 담청색 바닷가들이 반짝이고 빛났으며 270
부드러운 광채가 늙은 올리브나무들 위로 가만히 쏟아졌고
벌거벗고 흐느적거리는 모든 산에서 백리향 냄새가 풍겼다.
그러자 꿈꾸며 멀리 방랑한 자가 황홀해진 눈을 깜박였고
모든 행렬이 파도 속으로 가라앉아 거품처럼 사라졌으며

바다의 함성이 퍼져 나가 쓸쓸한 황야에서 들끓었고
매끈한 배가 남자의 몸뚱어리처럼, 속을 파낸 관처럼,
거품을 일으키는 파도 속으로 뛰어들어 남쪽으로 달려갔다.
바다가 사나워져 배의 앞뒤에서 뛰어올랐지만
관(棺)은 당황하지 않고 이 파도에서 저 파도로,
돛이 찢어져 아우성을 치는데도 앞으로 뚫고 나아갔다.
오디세우스의 마음속에서는 환상이 꿀을 흘렸고
담청색 그리스는 이성 속에서 시원한 바람처럼 불어
이슬에 젖은 소나무와 야생 백리향의 향기로 가득 채우고
밤새도록 그의 두뇌와 숨을 안 쉬는 몸뚱어리를 휩쓸었다.
그는 지금까지 고향 땅을 그토록 감미롭게 느낀 적이 없었고,
그가 동틀 녘에 일어나 허연 머리를 흔들었을 때는
마치 백설 위에 파란 나비들이 앉은 듯싶었다.
「내 고향 땅은 너무 수줍어 환한 낮에는 들어오지 않고
밤이 될 때까지 토끼잡이 사냥개처럼 숨어서 기다리니,
훌륭하고 위대한 잠의 유혹은 축복을 받을지어다!」
몸을 일으킨 그는 먹고 마실 것이 없어 무릎에 기운이 없었고,
발밑의 땅이 얕은 함정처럼 꺼지는 기분을 느꼈으며,
몸을 움직여 멀리 햇살 속에서 피어나는 연기를 본 그는
풀을 뜯어 먹는 소들이 나지막이 우는 소리가 들려오는 기분이었고
마을의 강한 냄새가 그의 이성을 때려눕혔다.
그는 무릎에 기운이 없어 비틀거리고 고꾸라졌으며
허연 머리를 자꾸 꾸벅이다가 정신을 잃고 엎어졌다.
잠시 후에 흙길 저 아래, 시원한 물 한 병에
따끈한 빵과 쌀우유*를 담아 먼 곳의 밭으로
남편의 저녁밥을 가져다주려고 발걸음을 서두르며

엉덩이를 씰룩이는 호리호리한 여자가 나타났다.
갓 결혼한 그녀의 발에서는 놋쇠 발찌가 짤랑거렸고,
그녀는 어서 남편에게 가서 황소들의 멍에를 풀어 주고
땅바닥에다 시원한 잎사귀를 깔고 초라한 음식을 늘어놓고는
잘 먹은 다음 풀밭에 누워 신혼부부답게 희롱하고 싶었다. 305
하지만 땅바닥에 쓰러진 고독한 자를 보고 그녀는
마음이 어머니처럼 부풀었고, 지친 사람 때문에 아픔을 느껴
무릎을 꿇고 앉아, 그의 연약한 팔다리가 그녀의 손길에
부스러지기라도 할까 봐 조심스럽게 머리를 가만히 들어 올렸다.
여인의 따스한 체취가 그의 창백한 코를 찌르자 310
많은 고통을 겪은 자의 영혼이 그녀의 품에서 꿈틀거렸고,
그는 눈을 들었다가 포근한 신뢰감 속에서 다시 감았으며
삶이 그를 다시 품에 안았음을 알았다.
갓 결혼한 젊은 흑인 여자는 무서운 머리를 잡고
어린아이처럼 우유와 쌀을 천천히 먹였으며, 315
현기증이 가라앉은 그의 콧구멍은 넘치는 우유와
여인의 몸이 풍기는 아늑한 따스함의 냄새를 맡았으며
세상에서 그가 사랑했던 모든 처녀들의 얼굴이
이 여인의 상냥한 얼굴에서 뒤섞이고, 바뀌고, 빛났다.
빛나는 바닷가에서 마음처럼 깊은 동굴로부터 320
애통하는 한숨 소리가 들리고, 금발의 여신이 몸을 일으켜
어두운 동굴 입구에서 하얗게 흔들리다가 사라졌다.
다른 아름다운 여인들이 머리를 스치고 지나가며 눈물을 흘렸고
내리는 가을비에 맞아 흔들리는 사과*들도 머리에 떠올랐다.
그러자 오랜 방랑을 한 자가 손을 내밀어 그녀의 입술과 목, 325
태양에 그을은 어깨와 검은 머리카락을 쓰다듬었고,

호리호리한 여인은 낯을 붉히며 비명을 지르고는
아들처럼 땅바닥에다 그를 가만히 내려놓았다.
여인이 겁을 낼까 봐 그는 뜨거운 눈을 감았다. 「아, 어머니,
나의 어린 어머니에게 내가 어떻게 축복을 내리겠는가? 330
나는 그대에게 줄 더 좋은 선물이 없으니,
그대의 자궁이 나보다 훨씬 위대한 인간을 잉태하기만 바란다.」
그가 말하고는 몸을 일으켜 대추야자나무의 시원한 그늘을,
푸른 잎이 무성하고 노래를 부르는 꿈의 버즘나무를 소리쳐 부르고는
아기처럼 입에 우유 한 방울이 맺힌 채로 335
마음이 착한 여인에게 작별을 고했다.

이제 다시 기운을 차린 그는 고독한 길을 떠났고
여인의 체취와, 달콤한 쌀우유와, 포근한 꿈들이
재빨리 갈때기 같은 창자를 타고 내려가 튼튼한 육신이 되었고
절제하는 이성과 부드러운 숨결이 되었다. 340
그림자들이 길어지고 모든 새가 둥지로 모여들었으며
하늘의 촛불들이 줄줄이 반짝이자 위대한 여행자는
밤을 지내려고 벼락을 맞은 참나무에 몸을 기대었다.
공작의 기다란 꼬리처럼 그의 이성이 수많은 눈으로 가득 차자
그는 땅에 누워 모든 창조물이 신성해졌다고 찬양했으며, 345
새들의 경쾌한 지저귐과 나무들의 나지막한 한숨 소리를 들었고,
벌거숭이 벌레들이 흙 속에서 활짝 피어나려고, 무수한 눈과
날개를 펼쳐 햇빛을 향해 솟아오르려고 투쟁하는 소리를 들었다.
「아기가 넘치는 어머니 대지여, 배 속과 배 속이 입을 벌리고
기적과 기적이 지나가는 울창한 숲이여, 350
햇빛을 받아 부화하는 갖가지 알이 가득 찬 깊은 둥우리여!」

그가 말하고는 못이 박인 손으로 흙을 어루만졌으며,
공간의 층계에 앉아 넓은 대지가
해산의 고통을 겪는 여자처럼 흐느껴 우는 소리를 들었다.
「험악한 황야에서 새들과 나무들이 소리치고, 벌레들이 소리치고, 355
자랑스러운 이성이 창조한 모든 것이 소리치는구나.
바람과 비와 눈, 빵과 포도주와 고기를 가지고
우리들은 어둠 속에서 웅크리고 모두 다 같이 조용히 일하고
우리들의 고통스러운 투쟁을 통해 세상의 구원을 빚어내며,
어느 날 새벽에 아들이 하나 태어나면 세상이 숨을 쉬고, 360
모든 개들이 즐거워 꼬리를 흔들고, 물고기와 새들과
흙 묻은 벌레들과 희망 없는 두뇌들은 찬란한 날개가 돋아나고,
창백한 시체가 벌떡 일어나 활을 당기는 모습을 보고
모든 신들이 놀란 까마귀처럼 공중에서 흩어진다!」
벼락을 맞은 참나무 고목에 몸을 기대고 365
고독한 자는 황야에서 깊은 생각에 잠겨 성좌처럼 대지 위에서
감미롭게 반짝이는 이성의 무수한 눈을 통해 환희했으며
기억 속에서 그의 모든 삶이 선율처럼 흘러갔고
그의 뼈들은 자랑스러운 피리의 목시(牧詩)가 되었으며
평생 동안 그를 괴롭힌 모든 폭풍과 근심 걱정은 370
육신의 피리를 거쳐 승리의 노래로 바뀌었다.
그날 밤 시원한 북서풍과 희미한 별빛 속에서
그는 밤이 그의 이성 속에다 남긴 거룩한 맛을 느꼈고
땅 위에 누워 별들을 물끄러미 쳐다보며 기뻐하던 밤들은
저마다 나름대로의 달콤하거나 쓰라린 향기를 지녔다. 375
이제는 세상의 끝이 된, 머나먼 그의 고향 섬에서는
밤이 방금 꽃핀 아몬드나무처럼 사향 냄새를 풍겼고,

크레테에서는 부적으로 달을 차고 진주로 잔뜩 장식한 귀부인처럼
밤이 천천히 지나갔으며, 금으로 테를 두르고
개똥벌레 플레이아데스*로 반짝이며 활활 타오르는   380
밤의 치맛자락을 발가벗은 흑인 시종이 들고 따라갔다.
아프리카에서는 밤이 높다란 처녀림처럼 으르렁거렸는데,
숲에서는 별들이 어둠 속에서 무서운 눈으로 말없이 반짝여
마치 사나운 사자와 표범과 호랑이들이 숨어 기다리고
전갈이 몸을 도사리고 세상에다 독을 줄줄 흘리는 것 같았다.   385
때때로 밤은 인간을 날뛰게 만드는 검은 장미 같았고
죽음은 물 한 방울처럼 그의 마음속에 박혔으며,
때때로 밤은 젖이 너무 불어 광활한 하늘에다
하얀 방울을 뿌려 대거나 고요한 강물처럼 흐르게 하는,
섯가슴이 묵직한 어머니처럼 여겨지기도 했다.   390
신을 죽인 자의 입술은 그가 보낸 모든 밤의
달콤하고 쓰라린 온갖 추억으로 넘쳐흘렀으며,
그의 마음은 이성 속에서 까마득히 지저귀는 소리처럼
피리를 부는 꿀과 독과 짙은 향수의 소중한 황금으로 가득 찼고,
별을 명상하던 그의 커다란 이마는 빛과 감미로움으로   395
가득 넘치고 흘러 연기가 안 나는 불꽃처럼 빛나서,
삶의 욕망들로부터 해방되어 깊고도 깊은 생각 속에서 얻은
최후의 전리품처럼 빛을 높이 치켜든 보름달 같았다.
한밤중에 검은 〈유혹〉은 속이 빈 나무의 몸통 속에서
황금빛 알처럼 반짝이는 거룩한 불꽃을 보았다.   400
「대지가 자유의 불꽃을 너무 빨리 부화시켰으니
내가 일어나 무거운 먼지 구름으로 꺼버리겠노라!」
이 말을 하고는 어린 흑인 소년이 땅에서 뛰쳐나와

목에 금방울을 달고 손톱은 진분홍으로 칠하고
나무의 줄기를 향해 기어가 통통한 두 손으로 흙을 집어 405
고독한 자의 치솟는 불길 위에다 잔뜩 뿌렸다.
그러나 잠을 안 자는 눈이 어둠 속에서 온화하게 빛났고
검은 유혹자가 놀라 천천히 물러나면서
그의 상냥하고 아첨하는 목소리가 하늘을 타고 흘러왔다.
「오, 높고 깊고 가득 넘치는 구원의 배여, 410
그대는 세상의 가장 풍요한 모든 바닷가를 돌아다니며
모든 인간의 거룩한 진주 눈물과, 희망과 제신들,
기쁨과 고민을 푸짐하게 거두어들였고,
이제는 조용히 돛을 펼치고 신선한 순풍의 바람을 맞아
중간 돛대에는 포도가 주렁주렁 열리고 작은 새 한 마리가 415
꼭대기에 올라앉으니, 그대의 마음은 작고도 작은 새이며
친구들과 적들과 돌고래가 되어 작별을 고하는구나.
〈잘 가거라, 구원이 가득 넘치는 배여! 어서 가거라!
우리 초라한 땅의 가난한 항구들은 그대를 붙잡지 못하니
돌아올 생각은 아예 하지 말라, 오, 해방된 마음이여, 420
무존재의 꿈속에서 흩어진다는 것은 감미롭구나.〉」
그러자 완벽히 구비된 이성이 시선을 돌려 다정한 미소를 지었고
그래서 용기를 얻은 〈검은 유혹자〉가 가까이 기어가
궁전의 광대처럼 엉덩이를 씰룩이고 비비적거리며 다가가서
조심스러운 손으로 고독한 자의 팔다리를 대담하게 쓰다듬었고, 425
그의 부드러운 목소리가 공중에다 교활한 올가미를 얽었다.
「주인이시여, 내 이성이 놀랐나이다! 세어 보고 다시 세어 봐도
대지를 구원하는 자의 서른두 가지 징후가 모두 아직도
많은 고통을 받으며 분투하는 그대의 육신에서 반짝입니다.

보시오! 그대의 발 거룩한 반달문에서 운명의 바퀴들이 430
구원자의 전리품인 기쁨의 수레를 끌고 내달리며,
움직이지 않는 그대의 다리에서 모든 도시가 소용돌이치고
입맞춤에 얼이 빠지지 않은 그대의 허벅지에서는 자유가 빛나고
모든 욕정이 제거된 그대의 조용한 음경은 차분해지고,
그대의 배꼽은 어머니를 잊고 상처가 아물었으며 435
열두 가지 고역의 성좌가 그대의 허리를 감싸고,
그대의 가슴은 물과 흙과 공기와 이성에서 발견되는
모든 유령을 단단히 가둬 두는 이중 덧문이나 마찬가지이며,
그대의 심장은 아직도 대지를 신에게 묶어 두는
밧줄을 끊으려고 아주 침착하고도 무겁게 맥동 치며, 440
그대의 어깨는 부드러운 날개가 돋아나려고 불끈거리며,
빛의 악마가 오른쪽 어깻죽지 위에서, 어둠의 악마는 왼쪽
어깻죽지 위에서 웃는데, 둘 다 함께 새로운 길을 뚫는
두 개의 힘차고 균형 잡힌 날개처럼 끌어당기고 투쟁하며,
그대의 튼튼한 팔은 신랑처럼 대지를 껴안고, 445
그대의 널찍한 두 손바닥에 넘쳐흐르는 신비한 상징들은
독수리와 전갈과 백합과 강물과 커다란 깃털과 더불어
손가락의 틈바구니로 타고 올라가 절벽으로 떨어지고,
그대의 번득이는 손가락들이 만났다가 떨어지면서
삶의 가장 거룩한 놀이를 벌이는 다섯 부부처럼 재빨리 달라붙고, 450
그대의 단단한 목에서는 웃음의 천둥이 울려 나오고,
육체를 탐식했던 서른두 마리 야수 같은 이빨은
이제 길이 들어 컴컴한 굴 속에 얌전히 웅크렸으며,
날카로운 양날 칼 같은 그대의 입술은 모든 생각을 감시하고
쓸데없고 공허한 말이 지나가지 못하도록 막으며, 455

그대의 미소는 남몰래 타오르는 불꽃을 반사하고,
찝찔한 바닷물처럼 그대의 숨결은 모든 땅을 식히고,
그대 혓바닥의 야만적인 불길은 모든 머리를 핥으며 날뛰어
위대한 생각들을 당장 잿더미로 만들어 놓으며,
가장 깊은 침묵도 그대의 귓전에서는 노래로 바뀌고, 460
허옇고 속이 빈 그대의 관자놀이에서는 오래된 바위틈에서
흘러내리는 물처럼 빛이 한 방울 한 방울 천천히 떨어지고,
그대의 눈은 독사의 눈처럼 웃으며 절벽들을 유혹하고,
그대의 눈썹은 훌륭한 저울처럼 모든 행위를 세밀히 측정하여
너무 대담하거나 너무 신중하지 않도록 이끌어 주고, 465
그 사이에서 희미하게 나타나는 세 번째 초인간적인 희귀한 눈은
황홀하면서도 절망적인 달처럼 비춰 대지의 껍질이
지극히 얇은 꿈으로 수놓은 깃발처럼 펄럭이게 만들고,
그대의 이마는 높다란 부싯돌이어서 망치로 치면
어두운 밤에 별처럼 쏟아지는 무수한 생각으로 불꽃을 튀기고, 470
그대의 핏줄은 거룩한 머리 속에서 강물처럼 흘러
두뇌의 밭들에 물을 주고, 이성의 물레방아를 돌리며
구원의 씨앗에게 영양분을 줄 흙을 쓸어 내려오고,
그대의 높다란 머리는 빛이 뭉쳐 가득 찬 신전처럼 빛나고,
그대의 얼굴은 죽음의 절벽을 쏟아져 내려와 갖가지 모습으로 475
번득이고 웃다가는 혼돈으로 휩쓸려 들어가고,
그대의 목소리는 포식한 사자의 집보다도 더 깊고,
그대 머리의 높은 산봉우리 위압적인 등대에서는
잠을 안 자는 침묵의 파수가 황금 투구처럼 번쩍입니다.
오, 국경을 지키는 자여, 나는 그대 두개골 속으로 들어가 480
소용돌이의 심장부 깊은 곳에서 엄청난 현기증을 느끼며

구원자의 가장 힘차고 결정적인 요소를 보게 되었나니 —
그대의 이성은 움직이지 않으면서 모든 움직임을 압니다!」*
구원의 지도자는 유혹자의 말을 들었지만 침묵을 지켰고,
그는 검은 손들이 슬그머니 그를 더듬는다고 느꼈으며,   485
대지에서 울리는 웃음과 비통한 울음소리를 들었고,
숨겨진 거대한 날개와 영혼과 혀가 그를 말끔히 핥아 주었다.
겁이 나서 얼른 손을 치우며 유혹자가 소리쳤다.
「구원자의 서른두 가지 표시가 그대의 살에서 빛나고,
초승달이 빛나는 용골에 매달려 옛 모습의 검은 얼룩을   490
가볍게 핥아 대며 빨아먹듯이 그대의 오므린 두 손에서 나는
옛날의 검은 세계를 가려 볼 수가 있나이다.
욕망이나, 슬픔이나, 희망을 품지 말고 이제는 차분하게
비존재의 빗장들을 다시 지르고 피하소서!
그대는 대지의 첫아들이어서, 모든 갈증이 풀릴 때까지   495
불멸하는 자유의 물을 그대가 처음 마실 터이고,
삶은 더 높은 정상이나 더 큰 꽃을 베풀지 못합니다.」
이렇게 말하고 교활한 유혹자가 몸을 일으키자
높다랗고 뾰족한 모자의 별 같은 술이 빛났다.*
국경을 지키는 자가 잠이 들지 않은 눈과 침묵을 지키던 입을   500
검은 유혹자에게로 돌리니 거대한 숲도 역시 그쪽으로 돌았다.
「아, 늙고 교활한 동지여, 내 이성의 낡은 외투여,
그대는 가장 깊은 햇불을 감히 보여 주지 못했으니,
내 이성은 가장 높은 정상에 올라 이 진실을 터득했노라.
〈나는 구세주요, 세상에는 구원이 존재하지 않는다!〉」   505
장난스러운 자유의 샛별이 웃고 땅이 뱀처럼 식식거렸으며,
유혹자가 갑자기 모습을 감추었다.

모든 희망을 떨쳐 버린 용사가 그의 이성에게 미소를 지었다.
「자유의 가장 높은 정상을 우뚝한 〈웃음〉으로 하여금 뛰어넘게 하는
가장 위대한 최후의 과업을 교활하고 검은 군주가 받아들이기 전에   510
그대의 심한 초조감이 그를 쫓아 버렸구나!」
그가 말하고는 눈을 감고 영혼을 날개처럼 접었으며
낮은 별들에게 두 팔을 벌리고 고요한 잠이 들었다.

자유의 시원한 불길이 외투처럼 그를 감쌌고,
마치 그가 가만히 들고 있는 재스민과 4월 장미의 향기가 뒤섞이듯   515
삶과 죽음은 감미롭게 하나가 되었다.
그는 내면에 인간과 신의 기쁨을 둘 다 함께 거두었고,
향기로운 초원에서 꿈과 단단한 육신이 함께 풀을 뜯었으며,
그의 손이 위 세상을 모두 어루만지며 기뻐하는 동안
그의 이성은 그것을 널리 흩어 버리면서 기뻐했다.   520
그러자 그의 등뼈가 기다란 피리처럼 연주를 시작했다.
「내 집은 담청색 대기권이요 주춧돌은 구름이며,
태양과 달이 두 성문이요 대들보들은 꿈이고,
이성의 푸른 초원에서 모든 생각이 양 떼처럼 풀을 뜯고,
신들이 노예처럼 절하며 나에게 환상들을 가져다주고,   525
내 손가락에서는 성의 열쇠가 불꽃처럼 빛난다!
자유가 연기처럼 올라가 온 세상을 떠받들고
아이들과 바람과 바다는 번갯불의 섬광이며, 죽음이란
베어 먹은 사과요, 이성이 향기에 못 이겨 기절할 때까지
가슴에 내가 꼭 누르고 있는, 안으로 접힌 장미꽃이니라.   530
호박벌은 아픔이 잔뜩 담긴 노란 침을 잃었고
하얀 꽃이 핀 내 머리에 앉은 파리들은 한 마리 나방이요,

기쁨과 영광과 미덕과 슬픔은 이제 독으로부터 해방되어
허연 내 머리 위로 봄철의 구름처럼 흘러가는구나.
모두가 내 두뇌 속에서 본질적인 핵심으로 집약되고   535
푸른 연기 한 덩어리가 세상의 비밀이더라.」
이렇듯 그의 꿈이 기다란 뼈 피리로 연주되었고
깨어 있는 동안 그가 얻으려고 노력했던 모든 것이
잠 속에서 소리가 되어 흥얼거리는 노래처럼 흘러 나왔다.
괴로워하는 운동선수의 영혼과 흙에 뿌리를 박은 육신은   540
밤에 꿈으로 푹 젖고 잠으로 열매를 맺었으며
위대한 태양이 비춰 세상을 깨우자 그는
피로가 풀린 다정한 눈으로 은근하고 온화한 미소를 지었고,
깊은 잠과 깨어남을 갈라놓는 부드러운 담청색 공기의 경계선에서
재미있게 희롱하고는, 맑은 이성의 꼭대기 나뭇가지에서   545
아무런 모호함도 없이 가볍게 그네를 뛰었다.
푸른 산등성이에서 솟아 나와 그의 두뇌를 휩쓴
시원하고 새로운 소리와 꿈이 부드럽고 감미롭게 하나가 되었다.
산비탈이 흔들릴 정도로 많은 양을 데리고 오는 양치기인가,
아니면 더 많은 꿈이 무수한 종을 달고 도착하는 것일까?   550
황홀경에 빠져 눈을 감고 한참 동안 그는 방울처럼 짤랑거리며
그의 두뇌를 타고 쏟아져 내리는 개울물을 즐겼고,
요란한 소음이 나는 쪽으로 그가 눈을 조금 들어 보니
커다란 코끼리들이 꿈으로 넘치는 그의 시야로 터벅거리며 들어오는데,
목에는 알록달록한 등불과 청동 방울을 달았고,   555
잔등에는 높은 황금빛 탑에서 여자들이 킬킬거렸고,
발가벗은 남자들이 몸을 반짝이며 비탈을 올라왔다.
그러더니 노랗게 타오르는 왕의 깃발들이 공중에서 나부꼈고,

그 한가운데 나타난 늙고 하얀 코끼리의 목에서는
작은 황금 신상(神像)들이 짤랑거리며 춤추었다. 560

비탄에 빠진 왕자가 영혼의 상처를 치유하기 위해
고행자의 발밑에 엎드려 절하려고,
향과 깃털과 노예와 과일을 잔뜩 실은 부유한 대상을 이끌고
동틀 무렵에 거룩한 산비탈을 올랐다.
귀신이 붙고 악한 기운에 사로잡혀서 그는 565
마음이 죽음의 뱀들처럼 뒤엉켜, 이성은 두뇌 속에
눈먼 개똥지빠귀처럼 갇혀, 죽음의 노래를 불렀다.
그는 머리 위에서 선회하는 검은 죽음을 보고 두려웠으며
그런 수치스러운 두려움 속에서 더 이상 살고 싶지 않았으니,
황금 술잔과 잠자리의 처녀들을 그는 건드리지도 않았고 570
커다란 반지가 아물지 않은 상처처럼 손가락을 파고들었으며,
여자들이 탬버린을 두드리면서 발가벗고 그의 주변에서 춤추었고
그의 마음을 위로하려고 눈먼 시인들이 꾀꼬리처럼 노래했으며,
문을 열고 나가기만 하면 산책을 위한 향기로운 정원이었다.
이렇게 신은 많은 선물을 주었지만 마음에 상처를 하나 남겨서, 575
그림자가 짙은 허공에서는 썩어 가는 장밋빛 살이 보였고
춤추는 처녀들은 해골이 되어 돌바닥에서 덜그럭거렸고
입술과 목이 없는 눈먼 시인들이 퀭한 눈으로 쳐다보니
왕자는 고뇌에 빠져 곧 소리를 지르고 말았다!
신부의 베일처럼 알록달록한 모든 육체의 껍풀이 580
찢긴 누더기가 되어 허공으로 사라지더니
추악하고 하얀 뼈와 통통하게 살진 구더기만 남았다.
그는 두 손으로 얼굴을 가리고 나지막이 한숨을 지었다.

「나는 가늘고도 가는 비단 실로 내 목을 자르고,
더 이상 태양의 얼굴을 보지 않겠나이다, 신이여!」
그러나 충성스러운 그의 노예가 무릎을 꿇고 두 손을 들었다.
「왕자님, 어느 위대한 고행자가 높은 봉우리에서 명상하고
모든 신과 모든 질병을 두 손에 잡았는데, 그 고행자도
역시 마음을 괴롭히는 비밀의 난쟁이에게 시달립니다.
밤새도록 그는 절벽 위에서 불처럼 활활 타오르고
낮에는 하루 종일 흙을 가지고 희롱하며 그의 두 손은
신들을 빚어 입으로 불어서 흩어 버리고, 인간들을 만들어
영혼을 입으로 불어넣었다가 다시 부숴 버리고는 합니다.
고독한 자는 그렇게 시간을 보내고,
천박한 근심과 불만의 안개를 극복했기 때문에 웃으며,
지금은 산에서 우뚝 서 햇빛을 받고 희롱합니다.
위대한 왕자님, 부탁의 말과 값진 선물과 더불어
세 명의 사신을 제가 위대한 고행자에게 서둘러 보냈으니,
그대를 구원할 군주가 머지않아 이곳에 나타날 것입니다.」
그러자 포근한 새벽처럼 희망이 왕자의 마음으로 쏟아졌고
그는 성자를 만나기 위해 일행을 준비시켰다.
「하늘의 왕이요 정령들의 앞장을 서는 사람이니까
순례자 군주들이 향기롭게 단장하고 고행자의 발치에 엎드려
통곡하고 그의 무릎에 입을 맞춤이 올바른 일이며,
나는 더러운 흙의 왕이요 그는 푸른 하늘의 임금이시니 —
내가 곧 그를 찬양하게끔 일행을 준비시켜라!」
사흘 낮 동안 들판을 건너고 사흘 밤 동안 지친 코끼리들과
별들이 빛나는 하늘 밑에서 그들은 잠을 잤고,
그들이 산기슭에 이르니 땀을 줄줄 흘리는 은둔자에게서

발정기 짐승 같은 체취가 쏟아져 내려왔다. 610
산봉우리를 올려다본 왕자는 마음이 설레었으며,
햇빛을 받아 활활 타오르는 쇳덩어리의 불꽃들이
험한 산비탈을 타고 내려오며, 대기가 흔들리는 듯싶었다.
왕의 아들이 아무 말도 없이 하인들에게 손짓했고,
일행은 당장 멈추고 여자들이 뛰어내렸으며 615
노예들이 자리를 치우고 황금빛 천막을 쳤다.
「위대한 영혼을 만날 때 우리들은 순수하고 깨끗해야 하니
거룩한 산봉우리에 오르기 전에 마음을 깨끗이 하기 위해
우리들은 마땅히 손과 발을 씻어야 하느니라.」
그가 씁쓸한 표정으로 중얼거리고는 어릴 적부터 그를 620
안고 다녔던 충성스럽고 늙은 노예를 소리쳐 불렀으며
노인이 천막으로 들어와 절했다.「오, 충실한 종이여.」
젊은 왕자가 한숨을 짓더니 울음을 터뜨렸고,
노예는 떨리는 손으로 주인의 무릎을 잡았다.
「모테르트 왕자님, 거룩한 산까지 왔으니 두려워하지 마세요. 625
대지가 달라졌고, 태양이 맑아졌고, 코끼리들이 춤추며,
하얀 새들이 오른쪽에서 내려오니, 실수를 모르는 제 마음은
세월이 모두 만발하여 구원이 영글었음을 느끼고,
둔감한 몽롱함과 더불어 망각이 찾아오니 ─
세상에는 잊어버리는 망각보다 위대한 선은 없나이다.」 630
그러나 왕자는 분노하여 연약한 발로 땅을 굴렀다.
「노예들은 망각의 더러운 두뇌 속에 빠져 죽어도 괜찮지만,
위대한 군주는 이성이 무르익을 때까지 노예처럼 미천한 두려움을
느끼지 않으며 밤낮으로 모든 것과 대결해야 하느니라.
모테르트여, 군주의 막중한 책임들을 회피하려 하지 말고 635

두려움이 없는 밝은 눈으로 세상의 만사를 판단하도록 하라.
네가 승리로 가는 황금 코끼리의 길을 가로막았던
전능한 세 명의 사자(使者)를 마음속에 잘 새겨 두어라.
거품을 물고 발작을 일으킨 병든 인간을 항상 기억하라!
눈과 귀와 입이 고름처럼 땅으로 흘러내려 흙을 더럽히던　　　　640
노인의 썩어 가는 시체를 기억하라. 슬프고도 슬프구나,
용감한 젊은이처럼 당당하게 살아온 그의 종말을 보라!
젊음의 창백한 머리가 하얀 베개에 얹히고, 숨 막히는 꽃들 속에
움푹 잠긴 채 네 명의 상여꾼에게 순식간에 들려 나가던
무서운 광경을 허수아비처럼 네 두뇌 속에 잡아 두어라.　　　　645
그 세 가지 광경을 내가 목격한 날이여, 축복을 받으라!*
삶은 거대한 꽃처럼 피어나고, 그 열매는 죽음이다.
군주는 무서운 비밀을 항상 가까이하며
거울처럼 맑은 눈으로 명석하게 살펴보아야 하고,
자신의 얼굴에 비친 온 세상의 얼굴을 봐야 하느니라.　　　　650
육체는 빛나는 것이고 사향 냄새를 풍기며,
거룩한 머리는 값지고도 당당하게 상아로 만들어졌으며
곱슬머리는 몰약으로 씻겼고 입술은 분홍색으로 칠했으며,
그 머리를 더러운 구더기들이 기어 다니며 씹어 먹는다!
노예여, 영혼은 구원을 받지 못하겠는지, 가까이 와서 대답하라.　　655
빛나는 커다란 두 눈이 흙덩어리로 바뀐다는 말인가?」
불쌍한 노예는 주인의 가련한 눈에 눈물이 가득 괴어
방금 화장을 한 얼굴로 천천히 흘러내리는 것을 보았다.
「어머니 대지의 거룩한 베일을 들추고 부끄러운 곳을
훔쳐본다는 것은 지극히 흉악한 짓입니다, 왕자님이시여.　　　　660
동틀 녘에 우리들이 울지도 않고 저주하지도 않으며

밀 줄기처럼 솟아올라 정오가 가까워지면
씨앗이 가득 달린 황금빛 이삭을 맺고, 해 질 녘이 되면
흙으로 된 타작마당으로 다시금 떨어져야 옳지 않겠습니까?
구더기의 연약한 입으로부터 어느 누구도 구원을 받지 못합니다! 665
왕자는 이 법을 마땅히 이해하고, 그것을 받아들이고
비틀거리지 않으며 꿋꿋하게 머리를 높이 들고
지도자답게 지하 세계를 향해 나아가야만 하며,
씨앗이 썩지 않도록 모든 백성이 번식하게 해야 합니다.」
그러더니 슬픔에 젖은 젊은이가 창백한 머리를 저었다. 670
「왜 살아야 하나? 인간의 씨앗은 왜 구원을 받아야 하나?
왜 우리들은 아이를 낳아 한없이 죽음의 입에다 넣어 주는가?
그대여, 밀 빛 머리를 날카로운 낫* 앞에 내밀게 하는 자가 누구인지,
노예여, 어서 눈을 들어 나를 보고 대답해 달라.
죽음이라는 검은 백정을 우리들이 어떻게 정복하겠는가?」 675
충성스러운 종이 머리를 높이 들었고, 그의 눈이 빛났다.
「아기를 무수히 낳고 또 낳음으로써 정복합니다!
기진맥진한 아버지가 땅으로 쓰러져 썩으면
아들딸이 그의 뒤에 주렁주렁 매달려 있을 터이며,
그대의 궁전에 손자들과 증손자들이 넘쳐흐를 정도가 되면 680
그대는 삶의 나약한 빗장을 잠그고 떠나도 될 것입니다.
알과 어백(魚白)이 가득 찬 물고기의 배 속이나 마찬가지로
우리들의 배와 심장과 겨드랑이와 가슴과 옆구리와 검은 머리는
모두 딸들과 튼튼한 아들들이 가득 찼으므로
인간의 깊은 내장은 쉽게 속이 비지 않고, 685
인간이 죽음을 정복하는 길은 이 방법뿐입니다.」
그러나 대지의 지친 왕자가 슬퍼하며 소리쳤다.

「내 사타구니 깊은 곳에서 아기들이 뛰쳐나오려고 발길질을 하고,
열심히 먹고 마셔서 죽음을 위한 맛있는 고기가 되려고 하는구나.
우리들은 벌레의 먹이로 세상에 보내졌을 따름이다.
우리들을 제물로 쓸 짐승처럼 몰아넣고 목에다 진홍 띠*로
장식하는 대지의 흉악한 도살장이 무너지고
인간의 마음이 안식을 찾아야 할 때가 되었도다.
노예여, 울고 있는가? 내 썩어 가는 손에 입을 맞추지 말라!
보라, 내 지친 머리는 죽음을 금관처럼 쓰지 않았는가!」

황금빛 천막이 갑자기 열리더니 경비병이 달려 들어왔다.
「왕자님, 첫 번째 사자가 숨을 헐떡이며 돌아왔습니다!
그는 나무에다 새긴 위대한 고행자의 얼굴을 들고 왔습니다!」
그러고는 늙은 사자가 주인의 발밑에 몸을 던져 엎드렸다.
「왕자님, 저는 세계의 비밀을 이 손에 들고 있습니다!
이제 그대의 마음이 즐거워지고 영혼은 위안을 찾을 것입니다!
저는 모든 신들을 아기의 딸랑이라도 되는 듯
절벽 끝에서 희롱하는 위대한 고행자를 보았습니다.
그래서 저는 허리를 굽혀 나무토막을 하나 집어
아기처럼 웃는 고행자의 얼굴을 새겼으며, 왕자님,
그 아기를 그대의 거룩한 손에 쥐어 드리겠습니다.」
왕의 아들은 하얀 손으로 성스러운 가면을 잡았지만,
가면의 즐거운 표정을 살펴보는 동안 이성이 소용돌이를 쳤다.
「이것은 고행자일 리가 없어! 새빨간 카네이션을 귀에 꽂고,
새로 난 연약한 이빨에서는 아직도 엄마의 젖이 흐르고,
킬킬거리는 아기의 모습에 지나지 않아!」
그러자 늙은 사자가 왕자의 발에 입을 맞추고 소리쳤다.

「며칠 동안이나 저는 눈도 떼지 않고 지켜보았는데 —
그는 절벽 언저리에서 아기처럼 엉금엉금 기어 다니며
젖이 천 개인 늙은 대지의 품에서 놀았습니다.   715
저는 그에게 가서 왕자님의 큰 부탁을 전하고 싶어
사흘 동안 애를 썼지만 발이 떨어지지 않았습니다.」
황금빛 천막이 열리고는 경비병이 다시 달려 들어왔다.
「주인님, 두 번째 사자가 숨을 헐떡거리며 돌아왔습니다!」
건장한 남자가 부르르 떨며 황금빛 돗자리에 엎드렸다.   720
「무사히 도망쳐 제가 돌아왔으니, 참으로 다행입니다!
저는 절벽 위에서 그를 보자 심장이 멎었는데,
그의 겨드랑이에서 김이 나고 검은 수염은 번들거렸으며
두 팔을 벌린 모습은 넓은 세계를 휩쓰는 시늉 같았습니다.
사흘 동안 그는 칼을 찼지만, 따로 목적은 없었습니다!   725
그의 왼쪽은 우는 듯싶었고 오른쪽은 심각한 듯싶었으며
얼굴 전체를 보니 바위들이 무너져 내릴 정도로 웃더군요.
저는 높은 바위에 올라앉아 야생 털가시나무를 집어 들고
우리들의 이성으로는 이해가 안 가고,
바람이 불면 사라지는 영혼을, 그 아리송한 유령을 새겼으며,   730
그것을 그대의 거룩한 손에 쥐어 드리겠습니다!」
왕자가 식은땀을 흘리고는 단단한 나무를 움켜잡았다.
「신이여, 이것은 고행자의 얼굴도 아니고 인간의 얼굴도 아니며
이것은 얼굴이 험상궂고 수염이 시뻘건 괴물 〈전쟁〉이로다!」
황금빛 천막이 열리고 경비병이 다시 달려 들어왔다.   735
「왕자님, 세 번째 사자가 숨을 헐떡이며 돌아왔습니다!」
씩씩한 청년이 왕자의 앞에 몸을 던져 엎드려 소리쳤다.
「저는 그를 보았습니다! 높다란 절벽 위에서 늙은이처럼

그는 햇볕을 쬐었고, 덩굴들이 그의 몸을 친친 감고, 머리카락에는
새들이 둥지를 틀고, 살갗에는 짐승들이 걸어 다녔고,   740
허연 수염은 강의 늙은 신처럼 절벽에서 쏟아져 내렸으며,
그의 귀에는 붉은 장미가, 지는 해가 걸렸습니다.
저는 나무로 기어 올라가 〈할아버지, 왕자님이 부릅니다!〉 소리쳤지만
제가 외친 소리는 돌멩이처럼 부딪쳐 떨어지고 말았습니다.
그러자 집요한 마음이 들어 저는 떨리는 손으로 칼을 잡고   745
고목 올리브나무 가지에다 그의 얼굴을 새겼는데, 왕자님,
고행자의 얼굴을 그대의 손에 쥐어 드리겠습니다!」
그러자 마음이 상한 왕자는 땅을 굽어보며 소리쳤다.
「오, 무서운 혼령이여, 노른자가 셋인 허공의 알이여!」*

세 명의 사자가 황금빛 천막을 떠난 다음에   750
기가 막힌 왕자는 눈물로 얼룩진 눈을 들고
한쪽 구석에서 혼자 흐느껴 우는 충성스러운 노예를 보았다.
「충실한 노예여, 울지 말라! 나를 쳐다보며 대답하라.
인간의 육신이 무덤 속에서 한 달이 지나면,
한 해가 다 지나면 무슨 일이 일어나는가?」   755
「주인이시여, 그런 질문을 하지 않으시도록 탄원합니다!」
「내 질문은 명령이다! 어서 당장 대답하라!」
「오, 왕자님, 여섯 마리 살진 구더기가, 침략하는 여섯 군대가,
굶주린 구더기 여섯 무리가 파도처럼 재빨리 시체에게로 달려가
구더기의 파도는 저마다 높이 솟았다가 쏟아져 내려와   760
여유만만하게 한껏 먹은 다음 물러나 다른 파도가 먹도록 길을 비켜 주고,
전혀 싸우지 않고 질서 정연하게 그런 일이 이루어집니다!
시체가 제대로 숨을 거두기도 전에 그 기쁜 소식이 사방으로 퍼지고

배가 볼록한 똥파리들이 마당이나 똥 무더기,
외양간이나 마구간이나 더러운 뒷골목에서 몰려와
아직 발버둥 치며 죽어 가는 사람의 창백한 입술과
퍼런 콧구멍과 검은 눈이 움푹 들어간 구멍에 앉아서
재빨리 알을 여기저기 무더기로 낳아 놓습니다.
사람이 죽고 나면 당장 청파리들이 덤벼들고, 왕자님,
불룩한 뼈에 털이 난 역겨운 쉬파리들도 덤벼들어
따스한 시체 위에다 하얀 알을 잔뜩 싸갈깁니다.
그러고는 네 명의 상여꾼이 와서 무덤을 파헤쳤다가 메우고,
처음 며칠 밤 동안 시체가 천천히 뭉개지며 부풀고,
가슴이 퍼렇게 변하며 머리는 부드럽게 노란 밀랍이 되고,
배는 술 자루처럼 부어올라 푸르딩딩한 빛깔로 변합니다.
그러면 콧구멍, 눈, 귀 사방에서 알들이 깨어나고
순식간에 눈멀고 벙어리인 구더기의 대군(大軍)이 진군하여
시체에 올라가 차지하고는 먹어 치우기 시작합니다.
시간이 지나면 손톱이 빠지고 배가 갈라지며
인간의 시체는 비계가 두툼한 돼지 껍질이 되고
마지막으로 치즈 구더기처럼 하얀 새로운 구더기들이
파도를 이루며 나타나서 먹어 치우기 시작합니다.
육체는 검은 죽이 되어 물컹한 진창을 이루어 쏟아지고
그러면 세 번째 커다란 파도가 뛰어올라 잔뜩 몰려
높다란 구더기 무더기가 국물 속에 빠져 먹어 댑니다.
천천히 시체는 말라붙어 질긴 가죽이 되고,
그때는 보이지 않는 애벌레들이 깊숙이 생겨나
뼈와 두개골에 아직 남은 섬유질을 뜯어 먹습니다.
발뒤꿈치 가까운 곳에서는 턱이 든든한 벌레와 구더기로 이루어진

가장 탐욕스러운 다섯 번째 파도가 신경과 두뇌,   790
수의와 손톱 발톱을 썰어서 씹어 먹기 시작합니다.
마침내 3년이 지나면 마지막 파도가 높이 올라오는데,
마지막 식사 손님들이 땅속 깊은 곳으로부터 와서
시체 주변에 웅크리고 앉아 찌꺼기를 먹습니다.
결국 한때 그토록 당당했던 인간의 육신이나 영혼에게는   795
땅속에 흩어진 하얀 벌거숭이 뼈 이외에는
아무것도 남지 않아서, 오, 위대한 왕 중의 왕이시여,
전에는 신의 성채였던 그의 텅 빈 머리 속에는
물컹거리는 밀가루 반죽처럼 촉촉한 곰팡이만 빽빽합니다.
그리고 이것은 한때 거룩했던 인간의 두뇌가 아니어서 ─   800
이것은 두뇌가 아니라 찌꺼기요 오물이요 똥이요 침전물,
물결 지어 겹겹으로 지나가던 벌레들이 남긴 무수한 똥입니다!」
그러더니 노예는 두려워서 입을 다물고 잠잠해졌지만,
왕족의 나약한 씨앗은 죽음에 질식하여 아무 말도 못하고
한참 동안 노예의 목소리를 들으며 그의 이성 속에서   805
거대한 여섯 개의 파도를 이루며 물결치는 벌레들을 상상했다.
하지만 그는 갑자기 머리를 저었고 눈에서는 불길이 솟았으며
처음으로 용기를 내어 큰 목소리로 외쳤다.
「나는 그토록 무섭고도 힘찬 얘기는 처음 듣겠구나!」
그가 말하고는 머리를 가슴에 파묻고 생각에 잠겼는데,   810
검은 베일을 두른 기억은 머리를 빗었다 풀었다 하며
그의 어지러운 이성의 시끄러운 문턱을 굽어보며
줄지어 흘러내리는 벌레들을 거울처럼 들고 흐느껴 울었다.
파괴의 어지러운 안개 속으로 그의 영혼이 가라앉는 동안
갑자기 북 소리가 울리고 요란하게 환호하는 함성이   815

벌레에 사로잡힌 젊은이의 두뇌와 귓전에 울렸고
늙은 귀족이 앞에 나타나 무릎을 꿇고 절했다.
「왕의 아들이시여, 그대의 씨앗이 축복을 받아 백성은 튼튼하고
그대의 위대한 왕자는 튼튼한 참나무처럼 흙 속으로 뿌리내리며
저는 기쁜 소식과 무르익은 석류*를 그대에게 전하노니 — 820
어젯밤 그대는 아들을 얻었고 세상은 굳세어졌습니다!」
그러나 새로 아버지가 된 그는 겁이 나서 손을 높이 들었다.
「아, 도와주소서, 신이여! 새로운 쇠사슬이 나를 세상에 묶어 놓았으니,
나는 삶의 족쇄를 치며 허공에 소리칩니다!」
그러자 충성스러운 종이 왕자의 무릎을 끌어안았다. 825
「무서워 떨지 말고 마음을 단단히 가져야 합니다.
기쁨도 역시 인간의 피를 마시는 조급한 야수이지만,
그대 영혼이 기쁨도 견디지 못한다면 너무나 부끄러운 일입니다!
보세요, 열두 명의 매끄러운 무희가 왔고,
치터를 가지고 열두 음유 시인이 와서 목을 들고는 830
그대 첫아들의 황금빛 진홍빛 탄생을 노래합니다.」
그가 말하고는 석류를 젊은이의 손에 놓아 주었다.
「오, 왕자님, 그대의 궁전과 황금빛 방들이 딸과 튼튼한 아들로
탐스러운 과일처럼 넘치기 바랍니다!」
왕자가 씨앗이 잔뜩 담긴 과일을 사납게 움켜잡았고, 835
눈에는 눈물을 글썽이고 목구멍은 갈라졌다.
「이렇게 내 씨앗과 온 세상의 위대한 씨앗이 흩어져
땅에 떨어져 썩을 것입니다, 전지전능한 신이시여!」
그가 말하고는 과일을 땅에다 팽개치려고 손을 번쩍 들었다.

그러나 힘센 손이 튀어나와 치켜든 팔을 단단히 잡았고, 840

내리치려는 그의 거룩한 팔을 어떤 인간이 감히 막으려는지
시선을 돌려 살펴본 왕의 아들은
부드러운 미소를 지으며 앞에 선 고행자를 보았다.
무희들이 카멜레온처럼 재빨리 사라졌고, 노예들이 물러났고,
눈먼 음유 시인들이 노래하던 입을 다물었으며, 845
왕자는 두려워하며 현인의 무릎을 껴안았다.
「오, 무서운 영혼이여, 몸이 셋인 위대한 하늘의 인간이여!」
머리가 허연 사나이는 그의 억센 두 손을 내밀었고,
크나큰 온화함을 보이며 젊은이의 검은 머리를 쓰다듬었고,
왕자는 이성이 꿋꿋해지고 말투도 단호해졌다. 850
「도시들을 다스리기는 해도 아직 내 마음을 다스리지 못해서
나는 밤낮으로 허공에서 희미하게 나타나는 죽음이 보이고,
머리를 숙이면 밥그릇에 떠오르는 죽음의 얼굴이 보인다오.
빵을 먹으려고 집으면 내 손에는 벌레들이 가득하고,
여인을 품에 안으면 사랑하는 시체가 썩는 듯하여 855
나는 큰 소리로 통곡하기 시작합니다.
우리들의 삶과 죽음 사이에서 수직의 경계선을 이루는 성자여,
나는 그대의 발치에 순례자로서 엎드려 그대의 궁전에
우리 일행이 가져온 모든 향료와 보물들을 쌓아 놓겠으니
내 영혼에 어떤 치료를, 내 이성에 어떤 약을 주오. 860
그대는 한밤이 되면 천국의 약초를 따 모은다 하니,
나를 불쌍히 여겨 건강의 마력을 지닌 약초를 주어
땅의 벌레나 허공의 죽음이 내 눈에 보이지 않게 하소서.」
그러나 영혼의 약탈자는 나무 잎사귀 하나를 만지작거리고
태양의 무지개 빛깔 속에서 미소를 지었으며, 865
그의 작은 눈이 빛을 받아 번득이기 시작했다.

죽음에 사로잡힌 왕자는 대답을 기다렸지만
하나는 밝고 하나는 어두운 두 개의 큰 날개가 달린
위대한 이성은 혼자 미소를 짓고 잎사귀 장난에 몰두했으며,
왕자는 그의 어깨를 건드리고 목멘 목소리로 외쳤다. 870
「잎사귀에서 그대가 보고 얘기하지 않는 것은 무엇인가요?」
그러자 콸콸 쏟아지는 물처럼 고독한 자의 말이 쏟아져 나와
침묵의 성벽과 이성의 높은 절벽으로부터 떨어졌다.
「오, 왕의 아들이여, 사람 고기를 먹는 더러운 문둥이처럼
웅장한 도시가 치솟아 줄기를 일으켜 세우고는 875
싱싱한 잎사귀에서 천천히 더듬이들을 펼치는구나.
잎사귀의 핏줄에서는 시끄러운 도시들이 번득거리고,
허리가 굽은 일꾼들이 왕들과 나란히 햇볕을 받으며 걷고,
연약한 여자들이 아기를 신처럼 안고 한가하게 거닐며,
말을 탄 젊은이들이 넓은 성문에서 달려 나오는도다. 880
그리고 소리와 흐느낌, 웃음과 신음과 날개 소리가 들려오고,
잎사귀 가장자리에서 천천히 문둥병이 아물며
거대한 도시가 가라앉고 도시의 소음이 멀리 사라진다.
이것은 모든 마음을 치료하는 비밀의 약초니라!」
그가 말하고는 웃으며 젊은이의 손에 잎사귀를 놓아 주었고, 885
기쁘기도 하고 두렵기도 한 그는 붉은 장미처럼
잎사귀를 귀에 꽂고 큰 소리로 외쳤다. 「대지의 수호자여,
그대의 말은 기쁨이며 크나큰 위안입니다!
오, 현인이여, 그대가 죽음을 노려보면 군주국들과
도시들과 나라들과 백성들이 잎사귀처럼 뒤틀려 떨어집니다.」 890
그러자 죽음과 싸우는 자 그의 이성이 눈앞에서 주눅이 든
어리고 위축된 젊은이에 대한 사랑으로 넘치는 기분을 느꼈고,

그가 청년의 창백한 얼굴을 차분하게 물끄러미 쳐다보자
젊은이는 음산한 눈동자 속에서 하늘과 땅이 사막처럼 빛나고
머리 위에서는 자신의 얼굴이 지는 달처럼 내려앉는 것이 보여
두려움을 느끼면서 뒷걸음질을 쳤다.
「대지의 수호자여, 그대의 눈에도 죽음이 담겼습니다!」
신을 죽인 자가 천천히 젊은이의 검은 머리를 쓰다듬었다.
「아들아, 나도 밤낮으로 눈앞에서 죽음을 보는데,
이곳 땅 위에서 우리들을 결합시키는 가장 큰 기쁨은
제신들과 희망을 모두 우리 마음에서 비워 버리는 것이지만,
그래도 고독 때문에 미치고 자유가 머리를 둘로 갈라놓아
그대는 역시 땅바닥에 주저앉아 절망을 하는구나.
그러나 나는 죽음을 검은 깃발처럼 들고 나아간다!
기쁨이란 흘러가서 다시 돌아오지 않으니
물을 마시면 내 이성은 뿌리 깊숙이 시원해지고,
연약한 육신의 아궁이에 빵 부스러기를 넣으면 내 영혼이
활활 타오를 터여서, 빵을 먹으면 나는 기뻐 환희하고,
죽기 전에 나를 만지고 거룩한 후계자를 자궁 속에 받기 위해
내 품에서 온 세상이 웃고 다정하게 파고들 때까지
나는 여인에게서 기쁨을 누리겠노라.
감치는 맛을 인생에 부여하는 소금이 죽음이더라!」
당당한 방랑자는 황금빛 천막이 흔들릴 정도로 웃었고
젊은이는 이성이 평온해지고 목소리도 느긋해졌다.
「그대의 무릎을 잡으니 그대의 힘이 내 연약한 팔을 타고
내 마음 전체로 번져 나가는 것이 느껴지고, 고행자여,
산의 서리 속에서 우뚝 치솟은 전나무의 꼭대기처럼
인간의 거대한 나무는 그대에게서 기쁨을 얻나이다.

그대에게서 독수리가 사랑하는 높은 산봉우리를 느낍니다.
아버지시여, 내 이성이 크게 자랄 때까지 그대의 얘기를 듣게   920
내 옆에 앉아 그대의 거룩한 날개를 접으소서.」
현인이 웃고는 석류 열매를 집더니 두 개로 쪼개었고
시원한 홍옥 알맹이들이 반짝였으며,
신혼부부처럼 그들이 석류를 차분히 먹는 사이에
이성의 불길은 석류나무처럼 활짝 꽃이 만발했다.   925

하루가 번개처럼 지나갔지만 창백한 젊은이는
파닥거리며 늙은 검정 새의 충고에 귀를 기울이는 작은 새처럼
아직도 머리를 갸우뚱거리거나 높이 치켜들었다.
보름달의 빛 속에서 밤이 꿀로 변하자
일행은 흩어져 천막을 치고 여기저기 불을 밝혔으며   930
첫 번째 코끼리 안내자가 도시 쪽으로 얼굴을 돌렸다.
그러나 유령에게 홀린 왕자는 황금빛 천막에서 비명을 질렀고,
쓰라린 아픔이 팔을 저미고 하얀 살이 부어올랐으며
핏줄은 벌레들이 줄지어 흐르듯 그의 몸속에서 스멀거렸다.
충성스러운 노예가 굽어보니 젊은이의 팔에는 보이지 않는   935
무슨 벌레가 푸석푸석한 살을 게걸스러운 입으로 파먹은 듯
깊게 뚫린 작은 구멍 하나가 보였고,
겁이 나서 뒤로 물러난 그는 주인의 후계자들이
이미 행군을 시작했음을 알고는 혀를 깨물었다.
그러나 위대한 사나이는 미소만 짓고 노예를 밀어내고는   940
죽은 사람의 뼈로 만든 피리를 입술로 가져가더니
벌레를 유혹하여 마술을 거는 신비한 주문을,
감미롭게 설득하는 자장가를 천천히 불었다.

게걸스러운 입이 씹어 먹기를 멈추고 황홀경에 빠진 듯
매끄러운 몸뚱어리의 살에서 하얀 머리를 들더니 945
비단실처럼 왕자의 팔다리를 친친 감았다.
피리의 감미로운 유혹에 빠져 젊은이가 잠들었고
꿈속에서 안개처럼 홀가분하게 일어나 영혼과 육신이
이슬에 젖은 대기 속으로 사라지는 기분을 느꼈다.
잠이 깨었을 때는 팔이 가슴에 차분히 얹혔고 950
피리는 아는 것이 많은 마술사의 돌멩이 무릎에
포식한 독사처럼 길게 놓여 있었다.
왕의 아들이 웃고는 점쟁이에게 말했다.
「내 마음은 꽃이 피지 않는 가시나무였는데 그대의 손길이 닿자
새빨간 장미가 피어나 마음에 평온함을 가져다주었고, 955
그대는 모든 문을 여는 마력의 화초를 들고 있습니다.」
재주가 많은 이성의 마술사가 대답했다.
「나는 마술도 부리지 않고 마력의 화초도 없도다.
전설을 들어 보니 귀신이 출몰하는 어느 궁전에
그를 아름다운 모습으로 다시 바꿔 놓을 입맞춤이 찾아오기를 960
기다리는 사나운 괴물이 산다고 했다.
세상이 그 괴물이요, 우리 영혼이 그 입맞춤이니라!」
그러나 왕자가 빙그레 웃으며 점쟁이에게 말했다.
「추악한 세상의 삶에서는 죽음이 그 입맞춤입니다!」
그가 말하고는 늙은 조상인 하얀 코끼리를 데려오고 965
되돌아가는 길을 떠나야 한다고 명령했다.
눈이 검은 밤이 미소 짓고 수많은 별들이 반짝였으며,
이슬에 젖은 잎사귀에서 물방울들이 웃고 울었으며,
왕자의 수행원들이 모두 움직이기 시작하여

은방울이 골짜기를 쏟아져 내리는 물소리처럼 울렸고
여자들의 웃음소리가 황금빛 탑으로부터 쏟아져
한 줌의 작은 진주알처럼 돌멩이 위에서 짤랑거렸다.
밤의 심장이 활짝 펼쳐지고 검은 장미꽃 위에서는
거대한 쐐기벌레처럼 방울을 딸랑거리며
달빛 속에서 한없이 기어갔고, 끝없는 길을 가면서
사람들과 짐승들은 다 같이 흐뭇하게 눈을 감았다.
만일 몽롱한 달빛 속에서 꿈처럼 지나가는 하얀 행렬을
누군가 보았다면, 그는 두려워서 마력을 깨뜨리기 위해
나무를 붙잡고는 날카로운 비명을 질렀을 터이며,
그들의 야간 여행을 혹시 죽음이 어쩌다가 보았다면
죽음은 기뻐하며 그들을 맞으려고 손을 들었겠지만,
죽음이나 나그네가 우연히 그들과 만나지는 않았고,
일행이 밤으로부터 일어나 새벽을 향해 기어가려니까
가느다란 꼬리와 지저분한 엉덩이와 늘어진 귀에 이슬이 맺혔고,
사람들의 헝클어진 머리카락은 주먹 쥔 손가락처럼 엉켰다.
그들 한가운데서 하얀 왕실 코끼리가 나아갔고
황금빛 탑*에는 늙은 젊은이가 앉아 있었는데,
음산한 죽음이 문어처럼 그의 살을 다시금 빨아먹으며
아직도 푸르른 그의 욕망들을 거두어들였다.
충성스러운 노예에게 그는 천천히 그의 고통을 쏟았다.
「고행자는 내 마음을 지지는 번갯불이어서
나는 밤새도록 잠을 이루지 못했는데, 충성스러운 종이여,
심연 속에서 뒤엉킨 꽃과 벌레를 함께 보며
꽃과 몸부림치는 벌레들 사이로 두려워하며 지나가는 내 머리에
그의 씨앗이 떨어져 나는 두개골이 지끈거리는구나!」

무디고도 촌스러운 마음속에서 군주의 숭고한 책임들을 느낄
능력이 없었으므로, 노예는 잠자코 침묵을 지켰다.
여인과 아들과 왕관, 모든 훌륭한 것들을 소유하고도 어떻게
날개가 돋지 않거나, 기쁨으로 마음이 터지지 않을 수 있는가?
이른 새벽에 거대한 코끼리에 걸터앉아 1000
강인한 운동선수는 기다란 창처럼 빛을 들고
나무들과 새들과 넓고 안개 낀 평원을 찔렀으며,
가벼운 방울 소리와 푹신한 그림자들을 가지고 그는
살아 움직이는 세계의 사랑스럽고 따스한 몸뚱어리를 빚었다.
발톱처럼 날카로운 이성, 거룩한 자유의 독수리가 1005
공중에서 꽂히며 재빨리 선회하고 돌며 희롱했다.
「가자! 마음의 욕정과 병든 이성으로부터 구원을 받아
우리들은 탁탁거리며 타오르는 허공에다 마음대로
인류의 모든 기쁨을 매달고 불타는 역사를 기록한다!
어떤 미치광이들은 육체와 이성의 나뭇가지들 사이 어디에선가 1010
서성거릴지도 모른다고 생각하며 신을 찾으려 하고,
어떤 사람들은 공허한 바람을 쫓느라고 귀중한 삶을 낭비하고,
어떤 사람들은 더욱 우매하여 이미 신을 찾았다고 생각하고는
그들의 이성이 너무 많은 기쁨이나 고통으로 무너질 때까지
애걸하고 울부짖으며 신의 자비를 구하려고 애쓴다. 1015
그러나 두뇌가 위대한 궁수들은 신이란
헛된 바람을 통해 추구하는 대상이라는 비밀을 잘 안다!
그들은 가장 높은 산봉우리를 밟고, 배고픔으로 배가 부르며,
절망의 날카로운 언저리에서 용감히 싸우지만,
나는 내 발톱이 가장 높은 봉우리를 움켜잡았다고 생각한다.」 1020
코끼리 위에 높이 올라앉은 그의 이성이 허공을 찌르는 동안

1017

그의 머리는 햇살을 받으며 커다란 깃발처럼 펄럭였고
전령들이 마을마다 지나가면서 큰 소리로 외쳤다.
「비밀의 날개가 달린 당당한 구원자들이여, 형제들이여,
두뇌에 약초를 풍요하게 담은 위대한 고행자가   1025
하얀 코끼리를 타고 빛을 가르며 나아가노라.
그대들의 마음과 길을 열어 그가 지나가도록 하라!
그는 모든 기쁨을 초월하여, 흐뭇한 마음으로 황야를 걸어가며
고운 자유의 깃털로 우리들의 몸을 쓰다듬을 따름이요,
사랑스러운 처녀나 황금이나 음식은 원하지 않는다.」   1030
근처 마을 사람들이 이 소리를 듣고 일어나 문들이 쿵쾅거렸고
늙은 촌로들이 깨끗한 옷을 걸치고 지팡이를 들었으며,
젊은이들은 칼을 찼고, 처녀들은 머리를 감고 해바라기를 꽂고
겨드랑이에 감미로운 사향의 향기를 뿌렸으며, 모두들 길가에서
종려나무를 흔들며 지나가는 고행자를 구경했다.   1035

세계적으로 유명한 마르가로가 수많은 진주를 몸에 달고
갈대처럼 날씬하고 새하얀 사냥개들과 황금빛 공작새와 더불어
꽃이 만발한 그녀의 정원에서 하루 종일 홀로 거닐었다.
부유한 상인들이 값진 상품을 소유한 대상(隊商)을 끌고 와서
분홍색으로 발톱을 칠한 그녀의 발치에   1040
사향과 상아와 사자 가죽을 바쳤지만, 사랑은 하룻밤뿐이었다.
피투성이 발톱에 여자의 젖가슴이 달린 황금빛 새가
정원의 꼭대기 나뭇가지에 앉아 밤새도록 노래를 불렀다.
「남자들이여, 아내를 버리고 와서 잠자리의 기쁨을 애원하고,
삶은 짧고 밤이 되었으니 노인들도 어서 와   1045
황금과 진주를 손바닥에 가득 쥐어 주고는 값비싼 입맞춤을 누리고,

발정한 총각들은 젊음의 얘기에 귀를 기울이고
앵초의 길로 와서 새빨간 문을 두드려 나를 찾아라.
내 입술은 홍옥수(紅玉髓)요 가슴은 두근거리는구나!
입술과 젖가슴을 팔겠으니, 사고 싶은 사람은 어서 오라!」 1050
격렬한 전쟁이 휩쓸고 지나가며 모든 집을 무너뜨리듯
사랑의 폭풍에 모든 순진한 집들이 흔들렸으며,
나팔 소리가 높은 산들을 지나 날아가서 항구들을 뒤흔들고
바다 한가운데서 모든 배가 어리둥절하여 멈추게 만들었다.
「키잡이여, 키를 놓고, 선원들이여, 노를 버리고, 1055
마르가로가 부르니 배는 파선하라고 내버려 두어라!」
조가비처럼 생기고 작은 황금 방울이 달린 발그레한 귀에
마르가로가 신경을 집중한 것은 한낮이 되어서였다.
「대상이 오는 소리가 들리니, 연인들이 떼 지어 몰려오고
커다란 코끼리들이 지나가느라고 금방울이 울리는구나. 1060
어서 몸치장에 화장을 하고 침대에 누워 기다려야지.」
그러나 꽃 핀 나무들 사이로 흑인 하녀가 발가벗고 달려왔다.
「마님, 위대한 고행자가 찾아옵니다. 세상은 축복을 받았어요!」
그러자 마르가로가 벌떡 일어나 향수를 가져오라고 소리쳤다.
「하녀들아, 아프리카에서 가장 귀한 향유를 가져오고, 1065
그를 위해서 내 젊음이 감미로운 별처럼 빛나도록
내가 자랑으로 여기는 공작새 외투를 가져오너라.
내 몸을 곧 약탈하게 될 위대한 연인이 찾아오니
나는 크나큰 위기의 순간을 맞았도다, 노예들이여!」
그녀는 사랑스러운 손을 진홍으로, 젖꼭지를 붉게 칠했고, 1070
아몬드 같은 눈의 꺼풀에는 검푸른 빛깔을 칠했으며,
두 눈썹은 사이에 점을 찍어 이어 놓고, 하얀 발에는

황금빛 신발을 신고 진홍빛 문을 지나 밖으로 나갔다.
돌멩이들이 놀라고 거리마다 장미꽃이 만발했으며
어머니들은 창문을 닫고, 허리가 굽은 노인들이 한숨을 지었으며   1075
그녀의 발뒤꿈치가 웃고 지나가면 순박한 모든 집이 무너졌다.
풋내기 청년들을 거들떠보지도 않고 갈림길까지 다다른 그녀는
그곳에 아몬드나무처럼 서서 꽃들을 깔아 놓고는 눈을 감았고,
짤랑거리는 방울들이 가까워지자 대지가 흔들렸으며,
산들이 사향 냄새를 풍겼고, 다시 눈을 떠서 보니   1080
하얀 코끼리가 지나가기에 그녀는 향기롭고 아름다운 손을
갈림길에서 공손히 내밀고는 애원했다.
「오, 황야에서 모든 영혼을 불러 모으고 앞장선 주인이시여,
식탁에 음식을 가득 차려 놓고 내 정원이 그대를 기다리니
가서 드시고 휴식을 취한 다음 훌륭한 말씀을 해주신다면,   1085
고행자여, 나는 그 말을 젖먹이 아들처럼 가슴에 품겠나이다.
대지를 사랑하는 자여, 내려와서 나를 꼭 껴안아 주소서!」
유혹의 여인이 코끼리의 단단한 무릎과 황금 장식품을 어루만지자
머리가 허연 오디세우스는 빙그레 미소를 지었고,
그러더니 마음의 파괴자가 굵고도 우렁찬 목소리로 말했다.   1090
「내 험난한 투쟁에서 같이 싸우는 사랑스러운 용사여,
언젠가 그림자들과 싸울 때 나는 그대를 어디에선가 보았고,
목이 마른 나에게 그대는 가냘픈 손으로 물을 떠주었으며
나는 수줍은 아기 사슴처럼 무릎을 꿇고 물을 받아 마셔
기쁨으로부터 여러 갈래의 우뚝한 뿔들이 돋아난 적이 있으니,   1095
나는 내려가 그대의 시원한 정원 그늘에서 식사를 하겠노라.」

싱싱하고 달콤한 무화과처럼 햇빛이 대지로 줄줄 흘러내리자

붉은 인방돌 위에다 뻔뻔스럽게 선정적인 간판을 붙인
반달문 앞에서 인간의 결혼식 행렬이 멈추었고
늙은 운동선수가 젊은이처럼 창녀의 집 마당으로 뛰어 들어갔지만   1100
연약한 왕자는 늙은 노예의 팔에 힘없이 몸을 기대고는
부상을 당한 아기 사슴처럼 비척거리며 정원으로 들어갔다.
꿀벌들이 묵직하게 매달리고 꽃이 만발한 나무 밑에서
고독한 자가 늙은 사자처럼 향기로운 그늘에 길게 눕자
발가벗은 노예들이 오락가락 서둘러 돌아다니며   1105
달콤한 과일과 맑고 신선한 음료를 가져오느라고 재빠른 발들이
그늘진 잔디밭에서 빨간 사과처럼 진홍빛으로 번득였다.
그러자 마르가로가 뱀처럼 도사리고 그의 발치에 웅크려 앉았고
달콤히 깨물고 유혹하는 몸뚱어리는 지극히 은밀하고 새로운
기쁨을 밑없이 옴미하느라고 미소를 지었다.   1110
명주실 같은 그녀의 눈썹이 귀엽게 반원을 그렸고,
그녀의 눈은 머리가 허연 성자가 나무 밑에 앉아
불멸의 신처럼 수정 같은 과즙을 한 모금씩 천천히 마시고
푸짐한 음식을 맛보는 모습을 보고 기뻐했다.
만족한 다음에 그는 손을 씻고 시선을 돌렸으며,   1115
마르가로의 악명 높은 몸뚱어리가 벌겋게 상기되어 비틀거렸다.
「오, 불멸의 물*이 솟는 우물이여, 위대한 욕망의 샘이여,
여자는 텅 빈 항아리이니 어서 엎드려 가득 채워 주세요!」
그러나 마음을 아는 자가 미소 지었고, 찬란한 공작과 물,
나무들과 과일을 갖춘 그늘진 정원 전체가 부드럽게 빛났고,   1120
갑자기 기막힌 생각이 떠오르기라도 한 듯
조용히 오후의 기쁨을 누렸다.
빛나는 그의 손이 갓 씻은 머리카락 위로 천천히 미끄러지더니

부드럽게 그녀의 관자놀이와 귀와 입술과 뺨을 핥았고,
깜박이는 그녀의 눈썹에 잠깐 머물렀다가 다시금 천천히   1125
그녀의 향기로운 머리카락을 타고 매끄럽게 올라갔으며,
마치 만족을 모르는 손가락이 무자비하게 집어삼키듯
순식간에 그녀의 사랑스러운 얼굴이 희미해져 사라졌다.
강력한 영혼의 약탈자가 고통스럽게 그녀를 쳐다보더니
육체를 삼키며 더듬는 손을 그녀의 머리 위로 들어 올렸다.   1130
「일곱 가지 비밀의 길을 통해 구원을 찾을 수 있는데,
입맞춤을 많이 한 그대의 몸이 가장 신비스럽도다.
그대의 신선한 정원 깊숙한 곳 담청색 그늘에서
세상을 환히 알고 참을성이 많은 그대의 몸이
우리 구원의 빗장들을 밤새도록 어루만져 열어 놓으니   1135
그대가 일하는 푹신한 이부자리는 축복을 받을지어다.
어떤 사람들은 이성의 화려한 장난감으로 구원을 가져다주고
어떤 사람들은 마음의 고생스러운 선행이 거두는 결실이나
자랑스럽고 숭고한 침묵과 아기를 낳는 행위로 그렇게 하고,
어떤 사람들은 사나이다운 절망, 거룩한 한쪽 젖가슴이나,   1140
머리가 허연 기수(騎手)인 살인자 전쟁을 통해 그렇게 한다.
그러나 그대는 사랑의 길을 택해 살그머니 문을 열고는
도금양 가지를 입에 물고 레테의 꽃,
그대 가슴이 갈라진 사이, 절벽 위에다 푸른 꽃을 놓는다.
그대는 모든 몸을 하나로 만들고 장벽을 무너뜨리며,   1145
시원한 그늘에서 그대를 포옹하는 억센 남자들이 신음한다.
〈아, 삶과 죽음이 하나니 너도 없고 나도 없다!〉
그리고 내가 무릎에 앉혔던 영혼들이 소리친다.
〈아, 삶과 죽음이 하나니 너도 없고 나도 없다!〉」

고독한 자가 말하자 마르가로의 기쁜 마음은 토끼를 몰아내고   1150
크나큰 기쁨과 자부심을 느끼며 주인더러 죽이라고 짖어 대는
번쩍거리는 하얀 사냥개처럼 재빨리 달려갔다.
그녀는 고귀하고 향기로운 젖가슴이 갈라진 곳에다 대고 말했다.
「나 자신의 영혼을 구원하기 위해서는 사랑의 길이 좋겠구나.」
그러자 목마른 아기 사슴처럼 꿈에 사로잡힌 나약한 왕자가   1155
운동선수의 넘쳐흐르는 우물로 가서, 올라오는 시원한 말을
모두 받아 마시려고, 널찍한 가장자리에다 입술을 갖다 대었다.
나무들 사이에 서서 물끄러미 쳐다보며 기다리던 하인들은
시원한 그늘에서 검은 눈이 타올랐고
노예들은 큼직한 꽃을 따서 현인과 왕자의 몸을 치장했다.   1160
힘찬 〈대지의 꿀벌〉이 입을 다물고는, 사랑하는 약혼자를 기다리듯
그가 말하기를 기다리는 꽃나무 들과, 나지막하게 붕붕거리는
대지의 날개 소리와, 활활 타오르는 신부(新婦)처럼 떨면서
얌전히 기다리는 여인을 흐뭇해서 둘러보았다.
그는 여자의 눈부신 머리가 빛나는 부분에다 손을 얹었다.   1165
「허리띠를 풀어 놓고 고행을 같이 나누는 자여,
문턱에서 사향 냄새가 나고 자물쇠에서 향기가 흐르는 곳,
카론의 문을 여는 황금 열쇠를 들고 있으며
손톱에 헤나*를 칠한 그대의 손가락은 축복을 받을 터이니,
나도 역시 구원의 문을 여는 황금 열쇠를 꼭 잡고 있노라!   1170
그곳에 성자가 살기 때문에 뿌리에 이르기까지 모두 신성해진,
푸른 나무 냄새가 나는 그대의 머리도 축복을 받을 것이며,
한밤중에 그대가 숨 막힌 젊은이들을 감았다 풀었다 하는 동안
나도 역시 거대한 침묵의 빗으로 모든 웅장한 생각들을
엮었다 펼쳤다 하여 모든 남자들을 휘어잡으리라.   1175

오, 여인이여, 아직 만족하지 못한 입술에 달콤한 과일처럼
시원하고 기쁜 맛을 흠뻑 전하는 거룩한 입맞춤,
그대의 진홍빛 입술은 세 차례 축복을 받아야 마땅하고,
내 입도 역시 상처를 주는 가시로 새들을 유혹하는
지극히 감미로운 어휘들이 깃든 참피나무 가지니라.   1180
오, 강렬한 기쁨의 순교자여, 빼어난 아마존 여인이여,
나는 손을 내밀어 애원하노니, 나에게 적선을 해주고,
그대의 선정적인 투쟁이 맺은 시원하고 말랑말랑한 열매를
만지며 기뻐하도록 내 손에 놓아 주기를 바란다.」
많은 애무를 받은 마르가로가 처음에는 떨었고, 나중에는 웃었다. 1185
「오, 수벌 주인이시여, 거룩한 품에 세계를 안은
그대의 손에 내 하찮은 재산을 맡기겠습니다.
사랑하는 사람이 오는 모습이 멀리서 보이면, 정열로 마음이
두근거리고 무릎에서 기운이 빠지며 나는 이렇게 말합니다.
〈온통 초라한 세상이지만 그대와 나는 존재한다!〉」   1190
두뇌가 힘찬 해적이 여자의 말을 움켜잡고 대답했다.
「그대 사랑의 투쟁이 맺은 첫 결실은 감미롭고 자비로우며,
내 손은 기쁘고 목구멍은 시원해지니, 여인이여,
이제는 위대한 헌신의 열매를 나에게 다오.」
「사랑하는 남자를 무릎에 앉히고 나는 소리칩니다.   1195
〈그대여, 마침내 나는 우리 둘이 하나가 되었다고 느낍니다!〉
이것이 내 정욕의 투쟁이 맺은 두 번째 열매입니다.
아, 나는 보다 높은 열매는 절대로 딸 수가 없었습니다.」
만족하지 못한 용사는 주먹을 불끈 쥐고 말을 하지 않았는데,
무자비한 입이 힘찬 활처럼 노래를 부르자 그는   1200
자신의 힘이 초인간적인 수준까지 늘어난다고 느꼈으며,

그는 나약한 모든 영혼이 불쌍하여 떠나려고 몸을 일으켰지만,
창백한 얼굴을 옆으로 기울이고 커다란 눈을 감은 채로 떨며
그의 대답을 기다리던 왕자의 모습이 눈에 띄자,
거룩한 입을 열고는 이렇게 말했다. 1205
「혀로 핥았던 그대의 두 손을 참피나무 덫처럼 펴서 내밀면
가장 무겁고 가장 감미로운 투쟁의 열매를 내가 쥐어 주겠노라.
〈그 하나, 그 하나까지도 텅 빈 공허로다!〉」*
검은 눈의 여인이 소리를 지르고 땅바닥으로 엎어졌다.
「성자여, 그대의 무서운 말은 우리들을 모두 파멸시킵니다!」 1210
그러나 벌레에 사로잡힌 왕자가 벅찬 기쁨에 벌떡 일어섰다.
「자유의 열쇠를 손에 쥔 나는 가슴이 두근거린다!」
사자의 갈기처럼 검은 머리가 잔등으로 치렁치렁 늘어졌고,
눈에 보이지 않는 손이 허공에서 휘두르는 긴 칼처럼
그의 꼿꼿하고 젊은 몸이 석양을 받아 눈부시게 반짝였다. 1215
「성스러운 구원자여, 우리에게 훌륭한 말을 다시 해주소서!」
천천히 온화하게, 저물녘의 시드는 어둠 속에서
삶과 고행자의 가장 숭고하고 무서운 열매가 떨어졌다.
「그 하나, 왕자여, 그 하나까지도 텅 빈 공허로다!」

왕자의 핼쑥한 얼굴에 핏기가 돌고 눈이 맑아졌으며 1220
텅 비고 병든 내장이 내면의 평화로 아물었다.
「자유여, 절벽에 피어나는 망각의 약초여,
삶의 독을 제거하는 소중한 해독제여, 향유여,
가정을 파괴하는 자유여, 어서 오라! 건강을 빈다, 벌레들아!
잘 숨겨진 일곱 길이 구원의 은총으로 뻗어 나가고 1225
나는 가장 곧은 어두운 절망의 길을 택하여

슬픔과 욕정과 기쁨을 모두 내 마음에서 비우리라.
모테르트여, 눈과 귀와 코와 혀를 떨쳐 버리고,
모든 미덕과 영광과 행동과 이성을 단절시켜라!
대지의 창조물은 환상에 지나지 않으니 모두 떨쳐 버려라. 1230
우리들은 유령처럼 빠른 말을 타고 그림자들을 쫓으며,
죽음도 역시 그림자여서 삶이라는 그림자를 추적하고,
이 하나, 이 하나까지도 텅 빈 허공이라 하니, 알겠느냐?
눈과 귀와 코와 입을 다물어라, 오, 모테르트여!」
신을 파괴하는 자의 꽃핀 입을 쓰라림이 괴롭혔다. 1235
「오, 성숙하지 못한 영혼아, 너는 자유의 가장 무서운 꽃을
아직 떠받들 자격이 없어 미천한 노예처럼 무릎을 꿇는구나.
가자! 비록 삶이 텅 빈 그림자라 하여도 나는 그것을
흙과 공기, 미덕과 기쁨과 쓰라림으로 가득 채우리라!
내가 대지 위에서 걷는 한 대지는 내 옆에서 걷는다! 1240
나비들이 팔랑이며 지나가면 나는 그것을 내 이성에 집어넣고
내가 죽어 우리들이 다 같이 흙에 파묻혀 썩을 때까지
옷차림이 화려한 그들을 안전히 잡아 둘 터이니, 아들아,
대지를 나비처럼 네 이성 속에 담아 두어라.」
젊은이의 이성이 다 타버린 촛불 심지처럼 꺼졌다. 1245
「몽롱한 속에서 내가 어디로 가는지 모르게 될까 봐
나는 백정의 집 문 앞에서 독한 술은 받지 않겠고,
맑고 깨끗한 눈으로 날카로운 도끼 앞에 목을 내밀 것입니다!
그대의 훌륭한 얘기는 나를 무너뜨림으로써 튼튼하게 만들었어요.
도끼와 내 목은 모두 희미한 그림자에 지나지 않습니다.」 1250
그러자 마르가로가 세계를 파괴하는 자의 무릎을 끌어안았다.
「주인이시여, 나는 그대의 뼈아픈 말을 감당하지 못합니다.

내 마음은 위축되고 연약한 팔은 기운을 잃었으니, 신이여,
건장한 몸과 강한 체취를 사랑하는 내가 어찌 이제는
그림자에 지나지 않는 형상들만 껴안겠습니까?」 1255
그러나 양날 도끼의 고독한 자가 미소를 짓고는
눈이 검은 자의 머리에 오른손을 얹었고
왼손은 젊은이의 잘생기고 불행한 머리에 얹었다.
「찬양과 감미로움으로 가득 찬 시원한 바람이 불어오는구나!
해가 지니까 그림자들이 길게 늘어나고 1260
해 질 녘에는 내 두 손에서 버둥거리는 따스한 두 몸뚱어리와
위대한 개밥바라기가 눈썹 사이에서 느껴진다.
그것들을 나의 날개에 올려놓아, 죽음의 전체적인 모습을 보고,
진흙투성이로 얼룩진 대지를 모두 보여 주어, 자유의 외침이
우렁차게 터져 나오고 민물이 널리 퍼지도록 하고 싶도다! 1265
그러나 유혹의 여인이 절벽에 매달려 흐느껴 울고
마음속 깊이 불멸의 사랑을 그리워하며,
왕자는 절벽 위에 꿋꿋하게 서서 모든 것을 부정하지만
날개를 쳐 무덤 위로 날아오를 힘을 찾지 못한다.
나는 길고 억센 두 손을 지닌 대지의 인간을 아는데, 1270
따스한 빵이 먹고 싶으면 그는 흙을 먹고,
물을 마시고 싶으면 그는 야수의 눈물을 마시고,
저녁이 되어 시원한 잡담이라도 나누고 싶으면
그는 죽음과 친한 이웃처럼 말하며 밤새도록 웃는다.
〈어서 오라, 착한 이웃 카론이여, 오, 위대한 목자여, 1275
머리가 우매한 인간의 무리들은 목을 매라고 하라!
오늘 밤 우리들은 늑대 추장들처럼 앉아 잠깐 얘기를 나누자.〉
그들은 두 군주처럼 웃고 곡식과 포도밭 얘기를 하고,

살육과 항해와 전쟁에 관해서 한참 떠들고,
레니오의 출렁이는 젖통이나 랄라의 번들거리는 허벅지가 어떻다며   1280
욕정을 느끼는 젊은이처럼 살이 단단한 계집들 얘기도 한다.
〈아, 죽음이여, 미친 듯 펄럭이는 깃발 같은 인간의 마음은 훌륭하도다!〉
그들은 기쁨의 나지막한 담 위에 앉아 잘 먹고 한껏 마시고는
동틀 녘에 청동 방패처럼 술잔을 마주 부딪친다.
꿋꿋하고 맑은 인간의 이성은 따뜻한 햇볕에 만발한   1285
하얀 장미 같은 죽음의 숨결을 길게 깊이 들이마시지만,
이성의 웃음과 자유로운 마음의 대화가 너무 무거워
견디기 어려워진 카론이 말을 더듬는다.
〈친구여, 이 술은 너무 독해서 난 이제 가봐야 되겠네!〉
그가 비틀거리며 마당을 내려가 문턱에 발이 걸리고,   1290
거센 술에 속이 울렁거려 참다못해 결국 그는
먹고 마신 것을 모두 토해 땅바닥을 더럽히고,
그의 이웃인 나는 재미있다고 그를 놀리며 야유한다.
〈아, 카론이여, 술과 이성의 웃음은 둘 다 좋고
인간의 우정도 좋지만, 용감하고 대담한 벗이 필요하도다!〉」   1295
이렇게 말하며 궁수는 밤에 흐르는 강물처럼
널찍한 가슴으로 쏟아진 허연 수염을 쓰다듬고는
뱀 같은 눈으로 창백한 마르가로를 은근히 유혹했다.
대낮에 마신 포도주 같은 그의 멋진 말에 도취되어 그녀는
마음속에서 숲들이 피어나고, 새로운 종족의 멋진 청년들이   1300
커다란 양귀비꽃을 허리춤에 꽂고 으쓱거리며
높다란 나무들 사이로 걸어와 그녀의 입맞춤을 얻으려고
진홍빛 문을 두드리는 기분을 느꼈다.
「아, 마르가로, 죽음이 등 뒤에서 짖으며 쫓아오니, 서둘러라!」

마음이 부드러운 창녀는 그들을 맞으러 달려 나갔다. 1305
「그대들의 입술이 썩기 전에 내 입술을 마시고, 청년들아,
흙이 모두 삼켜 버릴 테니, 유혹하는 내 눈을 먹고,
잠깐 동안이나마 내 따스한 몸으로 와서 매달려라!」
오디세우스가 이렇게 말하는 사이 마르가로의 하얀 젖가슴에는
그늘과 꽃과 향기가 만발한 구원의 길이 펼쳐졌고, 1310
산호 같은 입술로 그녀는 고행자의 두 손에 입을 맞추었다.
「그대가 내 마음속에 준 상처가 붉은 장미처럼 피어난다!」
그러나 병들어 황폐한 왕자의 가슴속에서는
동지들과 그늘과 꽃들이 바람의 날개에서 모두 제거된
썰렁한 구멍이 자유의 봉우리 위에서 드러난다. 1315
병는 왕사가 벌떡 일어나 두 손을 날개처럼 치켜들었다.
「좋다, 모테르트여, 그대의 몸에 걸친 하찮은 황금 수의를 벗고,
검은 머리카락을 자르고는 월계수 기름으로 향수를 치고,
팔찌와 황금빛 신발은 흙 속에 던져 버리고,
사랑하는 아내와 아들, 눈과 귀도 모두 버려서 1320
아무런 미덕이나 날개나 옷도 걸치지 않은 벌거숭이가 되어,
하얀 손을 흔들어 이 검은 그림자들더러 사라지라고 명령하라.」
그가 말하고는 손뼉을 쳐서 충성스러운 노예들을 불렀다.
「내 흰 코끼리를 데리고 궁전으로 달려가서, 노예들아,
대리석 궁중에다 코끼리를 혼자 묶어 두고는, 1325
우리 늙은 아버님에게 엎드려 공손히 절한 다음
내 왕관을 가져다 강물에 던져 버리고,
내 모든 화려한 옷을 아내에게 주어 그녀로 하여금
몸치장을 하고 문간에 서서 새 약혼자를 구하게 하라.
육체여, 깨어나라! 영혼이여, 육체의 집으로부터 날아가라! 1330

노예들아, 그대들의 어깨에서 퍼덕이는 날개가 보이는구나!
군주들이여, 지하 창고의 열쇠를 깊은 우물에 던져 버리고,
음식과 술, 여자들로부터 그대 자신을 해방시키고,
두뇌와 신, 두려움과 희망으로부터 그대 자신을 해방시키고,
연약한 영혼을 육체로부터 해방시켜 솟아올라 날아가게 하라!」 1335

그리고 위대한 운동선수는 천천히 몸을 일으켜 별이 만발한
나뭇가지들 속에서 빛나는 마르가로의 자그마하고 보드라운 몸과
나무들과 시원한 물과 빵에게 축복을 내렸다.
「모든 것이 이성을 시원하게 하고 육신을 잘 먹여 주었으니,
나무들, 황금빛 옷들, 연인들, 가장 부러운 젊음 — 1340
그대를 감싸는 눈부신 빛깔들로 더욱 단단히 무장하도록
운명이 그대에게 더 많은 시간을 주기 바란다, 마르가로여.
〈나는 공허한 그림자들에게 입 맞추지 않겠다!〉라고 말하는 대신
굶주린 팔을 벌려 그림자들을 포옹하고,
망각의 젖을 빨아먹는 그림자들에게 지극히 다정하게 말하라. 1345
〈오 그림자들아, 위대한 그림자들아, 안식처로 오라, 나그네들이여!〉
그대의 검은 머리에 늙은 새 손을 얹겠으니, 마르가로여,
전쟁을 용감히 견디어 내고, 절대로 나를 버리지 말라!」
그러더니 그는 옷을 몽땅 벗어 버린 불모의 젊은이에게로 시선을 돌렸다.
「아, 나에게 그대처럼 꽃다운 젊음이 있다면 얼마나 좋으랴! 1350
수줍은 신부의 옷을 처음 벗기는 새신랑처럼
나는 대지를 발가벗기고 욕정과 기쁨에 젖어 소리친다.
그러나 검은 머리에 신랑의 얼굴을 갖춘 그대는 부끄럽게도
대지와 사랑스러운 신부를 버리고 놀이를 물리친다.
내가 얘기를 들은 바로는 옛날에 절친한 두 친구가 1355

해 질 녘에 처형을 당하려고 노예선으로 끌려갔다는데,
한 사람은 당장 낙심하여 두 눈이 움푹 들어갔지만
그의 친구는 꿋꿋한 정신으로 버티며 푸른 바다와 산을 노려보고
소금 냄새가 찝찔한 바닷바람의 냄새를 맡았으며,
포도주 한 잔을 맛보고 아름다운 아가씨를 소유했으며,   1360
흐뭇한 여러 해처럼 몇 순간이 흘러가는 동안 그는
대지와 삶을 어루만지며 작별을 고했다고 한다.
왕의 아들이여, 두 사람 가운데 그대는 누구를 사랑하겠는가?
누가 자유로운 영혼이고, 누가 노예라고 말하겠는가?
우리 둘 다 노예선을 탔으니, 어서 판단을 내리도록 하라!」   1365
그러자 황홀경에 얼이 빠진 젊은이는 말없이 땅에 웅크리고 앉아
황금빛 옷을 벗어서 접어 놓고, 왕족의 화려한 보석들을
곱슬거리는 머리에서 떼어내고, 황금빛 독이 오른 상처 같은
나라를 다스리는 자의 거룩하고 위대한 반지를 하얀 손에서 억지로 뽑아
혐오감을 보이며 쌓아 놓고는 충성스러운 노예를 불렀다.   1370
「사랑하는 친구여, 보라, 나는 다시 흙의 벌레가 될 때까지
나비의 모습과 알록달록한 날개를 하나씩 벗어 버렸도다.
나는 존경하는 마음으로 그대의 무릎을 잡는다, 충실한 친구여.
혹시 내가 그대를 노예라고 부르는 소리를 들은 적이 있다면,
이 두려운 시간에 나는 그대의 크나큰 용서를 빈다, 형제여.   1375
나는 내가 불멸의 황금 새이며, 그대는 내 발치에서
피어올랐다 사라지는 먼지쯤으로 생각했었다.
죽음의 번갯불 섬광 속에서 나는 그대가 누구인지 깨달았으니,
노예와 주인은 벌레의 잔칫상에서 모두가 형제로구나, 친구여.
나는 그림자로부터 해방되었으니, 울지 말라.   1380
나의 아버지, 어머니, 새로 태어난 아들, 다정한 아내,

내가 무척 사랑한 그림자들에게 나 대신 차례로 인사를 전하고,
내가 숲속에 숨어 대지를 해방시키겠으며,
비록 몸을 움직이지는 않더라도 이성의 힘을 풀어 놓아
북쪽으로 날아가서 수정 같은 차가운 얼음을 녹이게 하고, 1385
남쪽으로 가서, 왼쪽 오른쪽으로, 태양으로 향하거나 멀어지면서,
진홍빛 동쪽과 모든 것이 스러지는 서쪽에 이르게 하고,
사랑이나 분노를 보이지 않으며 하늘을 난도질하여
마침내 찬란하고 순결한 권력들을 쳐부수고
그러고는 타르타로스로 뛰어들어, 진홍빛 핏줄처럼 흐르며 1390
모든 영혼에게 물을 주는 검은 뿌리들을 거두어들이게 하리라.
공기와 물과 불과 흙과 인간의 가장 비옥한 두뇌,
이들 다섯 가지 요소가 이제는 헤어질 때가 되었도다.」

영혼의 약탈자는 젊은 창녀의 정원 마당을 가로질러 건너가다가
가슴을 두근거리며 문간에 멈춰 서서는 1395
여인의 향기로운 몸과, 솜털이 보드라운 젊은이,
땅에 엎드려 통곡하는 충성스러운 노예,
발그레한 발로 재빨리 돌아다니는 가녀린 하녀들,
모든 것을 마지막으로 찬찬히 둘러보았다.
순간적으로 두 눈이 번득이며 그는 인간을 불쌍히 여겼고, 1400
아직도 얕기만 한 그의 이성을 다시 때리며 꾸짖었다.
「내 두개골을 부수고 육중한 짐승처럼 뛰어나오기가 여러 번이니
그대가 진실로 아주 강하다고 느끼지만,
그래도 그대는 힘을 강력하게 휘어잡고 억제하는
가장 위대하고 숭고한 능력이 모자라는구나.」 1405
그러더니 고독한 자는 자랑스럽게 머리를 젖히고 웃었다.

「다 좋다! 아들에게 유산으로 주려고 깊은 궤짝 속에 숨겨 둘
순금은 아닐 테니까, 언어를 해방시켜
사나운 짐승처럼 풀어놓아 위대한 씨앗을 심도록 하라!
이곳 마르가로의 넓은 뜰에서 내가 한 말이 불처럼 뛰어올라   1410
일곱 가지 다른 과일이 주렁주렁 가지에 매달린
석류나무가 되는 광경을 보지 않았느냐.
관능적인 창녀는 가장 달콤한 열매를 따겠다고 안간힘을 쓰며,
슬픔에 젖은 왕자는 자랑스럽게 쓴 열매를 선택하고,
다른 굶주린 새들도 모여 과일을 쪼아 먹으리라.   1415
그러나 머지않아 같은 배에서 태어나 같은 젖을 먹은 듯
자유와 절망, 난폭한 형제와 야만적인 자매는
내가 한 밀에 따라 서로 만나고, 일곱 개의 다른 열매로 뭉쳐
하나의 완전한 과일이 될 날이 오리라.」
어둠이 모든 정원을 질식시키고 밤의 허벅지에서는   1420
수많은 태양이 수컷처럼 줄지어 매달려 춤을 추었으며,
담청색 어둠 속 향기로운 마당에서는
천 번 입 맞춘 여인의 모습이 여전히 빛났고,
왕자의 황금빛 옷과 방금 자른 머리카락은
장례식의 장식품들처럼 반짝이며 땅바닥에 놓였다.   1425
그러나 머리가 허연 운동선수는 수많은 사람들이 밟고 지나간
문턱을 넘어가려고 하다가 광활한 어둠 속에서 발이 걸렸고,
그래서 창백한 왕자가 얼른 별빛에 씻긴 얼굴을 들었는데 —
그의 눈과 벌거벗은 가슴이 빛났고, 탐욕스러운 입술은 마침내
삭막한 황야의 말라붙은 젖꼭지를 빨았다.   1430
짙은 어둠 속에서 쓰러지는 위대한 고행자를 보고,
그는 나그네가 가려는 길을 밝히려고 황금빛 옷으로 햇불을 엮어,

불꽃이 정원에서 활활 타오르고 뛰어올라서 웃는 하녀들과,
흐느껴 우는 노예들을 비추고, 소리가 안 나는 종을 단,
머리가 허옇게 센 대지의 현령양을 흠모하며 1435
허리를 숙이고 묵묵히 따라가는 마르가로를 환히 비추었다.
황금빛 불길 속에서 고독한 자의 두 어깨도 반짝였고
마르가로는 가만히 서서 감탄하며 황야를 둘러보았다.

천천히 그는 길거리를 건너 성문을 지나
숲으로 들어가서 탁 트인 개활지에서 걸음을 멈추고는 1440
수염을 쓰다듬으며 별빛의 고적함을 즐겼다.
또다시 혼자가 된 그는 백발 머리를 돌렸고,
그의 발은 어느 길을 택해야 할지 알지 못했으며
위대한 이정표인 이성은 어떤 명령을 내려야 할지 몰랐고,
그의 영혼만이 바다처럼 넓게 열리고 사방으로 길이 뻗어 나갔다. 1445

〈3권에 계속〉

풀이

제10편
53행 옛날 서양에서 주인보다 미리 가서 숙소 따위를 정하던 신하.
60행 악어의 이빨 사이에 낀 찌꺼기를 새가 쪼아 먹어 깨끗하게 해주는 공생 관계를 얘기한 것이다.
106행 그리스의 민속 신앙에서는 이 행위가 혁명의 깃발을 의미한다.
116행 미라로 만들어 매장했음을 뜻한다.
193행 고위 성직자와 황제를 상징하는 빛깔.
264행 앞에서도 자주 나온 표현이지만, 가슴에 두 손을 포갠다는 것은 죽음의 자세를 상징하며, 여기에서는 잠든 모습을 의미한다.
265행 꺾은 괄호를 사용한 이유는 이렇게 명사(名詞)로 표현한 개념을 카잔차키스는 신(神)으로 생각하기 때문이다.
267행 저승의 뱃사공 카론, 즉 죽음의 신을 의미한다.
269행 아프로디테(아프로스는 그리스 말로 〈거품〉이라는 뜻이다) 여신이 거품 속에서 생겨나 〈서풍〉에 실려 키프로스 섬 기슭으로 떠밀려 올라갔을 때 〈계절〉의 호라이 여신들이 이를 맞아 예쁜 옷과 보석으로 치장하고 신들의 연회장으로 데리고 갔는데, 이때 사랑의 소년인 에로스와 〈그리움〉의 히메로스 신녀(神女)가 동행했다. 아프로디테와 에로스가 같이 있는 조각이 로마 루도비스 저택에 소장되어 있다.
288행 그리스의 속담.
291행 카잔차키스는 나일 강을 바다와 마찬가지로 생각하여, 나일 강과 〈항해〉에 관한 얘기가 바다를 묘사하는 표현으로 이루어졌다.

464행 그리스 신화에 의하면 아마존들은 활을 쏘는 데 방해가 되는 젖가슴을 잘라 버렸다.

475행 인간의 다섯 가지 감각.

489행 그리스의 속담으로, 많이 돌아다니는 사람을 일컫는 말이다.

554~555행 오디세우스가 거지 모습을 한 신의 영상을 묘사한 내용은 제14편 1179~1196행을 참조할 것.

584~585행 베틀의 얘기는 호메로스의 『오디세이아』에서 페넬로페가 옷감을 짰다가 풀고는 했던 구절을 연상시킨다.

604행 그리스의 속담.

611행 그리스의 속담.

613행 그리스의 설화에 의하면 총명한 굼벵이는 가축들이 죽을 때 나타나서 두 눈썹 사이에 또아리를 튼다고 한다.

618행 그리스의 속담.

629~641행 카잔차키스는 이 편지의 내용을 키프로스의 어느 왕이 이집트의 왕에게 보냈던 실제 편지에서 인용했다고 한다.

633행 그리스의 속담.

649행 악귀를 쫓기 위해서 옷을 별들에게 보이도록 펼쳐 놓는 무속 신앙을 얘기한다.

850~851행 새침한 여자를 의미하는 토속적인 표현.

888행 그리스의 속담.

1175행 그리스의 속담.

1205행 오디세우스의 모자를 뜻한다.

1296행 포도주를 여자에 비유했다. 정부(情婦).

1302행 마찬가지로 포도주를 의미한다.

1360 그리스의 민속 설화에서는 전쟁터로 떠나는 젊은이들은 눈에 보이지 않는 진홍빛 끈을 목에 두른다고 생각했다. 제13편 122행, 제15편 1204~1209행, 제18편 691행, 제23편 920행에도 비슷한 내용이 언급된다.

1361행 그리스의 민속 설화에는 〈어둠의 왕〉에 관한 여러 가지 전설이 나오기는 하지만, 모든 얘기에서 한 가지 공통된 사실은 햇빛이 그의 몸에 닿기만 하면 그가 죽기 때문에 이런 이름이 붙었다는 점이다. 어느 전설에 의하면 그는 강가에 위치한 지혜의 어떤 궁전에서 살았으며, 밤이면 강을 건너가서 그의 정부인 에이레네를 만나고는 했다고 전해진다. 동이 트기 훨씬 전에 그가 항상 돌아간다는 사실을 눈치 채고 에이레네는 어느 날 밤에 그를 더 오래 붙잡아 두기로 작정하고는 그녀의 나라에 있는 모든 수탉을 잡아 죽이라는 명령을 내렸다. 그는 생각했던 것보다 늦게 출발했으며, 강에 겨우 다다를 때쯤 떠오른 해가 그의 모습을 보고는 죽여 버렸다고 한다. 제22편 822~823행에도 비슷한 내용이 언급된다.

제11편

1~2행 그리스의 민요.
10행 그리스의 모든 민요와 전설과 관습에서는 사과가 성적인 상징이다. 어느 처녀가 한 총각을 좋아하면 그녀는 깨물어 베어 먹은 사과를 남자에게 주고, 그녀의 사랑을 받아들이고 싶으면 남자는 그 사과를 먹는다.
117~119행 그리스의 민속 신앙.
340~341행 그리스의 속담.
367행 그리스의 민간 풍습.
440~442행 그리스의 민요.
454행 그리스의 속담.
499~500행 민요에 나오는 표현을 사용했다.
696~697행 그리스의 민요.
705행 죽음을 상징하는 나무. 제1편 604행의 풀이 참조.
1088~1090행 이집트의 『사자(死者)의 서』 제125장에 나오는 〈부정(不定)의 고백〉의 일부이다. 두 마아티의 신전에 있는 마흔둘의 제신 앞에서 죽은 자는 그가 저지르지 않은 죄들을 부정적으로 진술하는 지정된 내용을 읊어야 한다.
1190~1191행 그리스인들의 민속 신앙에 따른 풍습이다.
1322~1323행 그리스의 민요.

제12편

1~4행 그리스의 민요.
22~24행 활에 대한 비유는 카잔차키스의 자서전 『영혼의 자서전』 앞머리에도 나온다.

29행 그리스의 속담.
547~576행 그리스의 많은 설화가 겨우 맛을 보기만 한 포도주처럼 모두가 꿈에 지나지 않는다는 이런 결론으로 끝난다.
682행 그리스의 속담.
691행 그리스의 속담.
1091~1095행 제11편 10행의 풀이 참조.
1238~1248행 죽음이 없는 물, 즉 불사수(不死水)란 영생불멸과 젊음의 샘이나 마찬가지이며, 여기에서의 영생불멸이란 죽음 그 자체이기도 해서, 오직 죽음 안에서만 발견할 수가 있다.

제13편

122행 제10편 1360행의 풀이 참조.
232~235행 234행에서 단단한 막대기는 남자를 상징하고 부드러운 막대기는 여자를 상징한다. 제1편 633~34행의 풀이 참조.
309행 네레우스와 도리스 사이에서 태어난 50명의 자매로 바다의 요정이다. 이들 아름다운 금발의 처녀는 아버지와 함께 바다 속 궁전에서 살았으며 파도가 잔잔한 날이면 물 위로 올라가 트리톤(魚人)들과 함께 물결을 타고 떠돌며 놀기도 했다.
401행 별들을 의미한다.
538행 그리스의 속담.
568~569행 그리스의 민속 신앙.
645~646행 토속적인 표현을 빌어 썼다.
650행 그리스의 민속 신앙.
824행 마차부자리 성좌를 뜻한다. 〈일곱 자매〉는 묘성(昴星), 즉 플레이아데스 성좌를 말한다.
995행 그리스의 설화와 전설을 보면 눈이 근질거려서 자꾸 깜박이고 경련을 하게 되면 친구가 찾아온다는 의미이며, 손바닥이 가려워지면 우리나라의 〈손이 근지럽다〉처럼 어떤 사람을 때린다는 의미이거나, 손에 잔뜩 황금을 쥐게 된다는 뜻이 된다.
1197행 호메로스의 『오디세이아』에서는 오디세우스가 이타케로 돌아간 다음 페넬로페에게 구혼하는 자들을 죽이기 전에 자신의 정체를 증명하기 위해 열두 개의 도끼날을 나란히 꽂아 놓고 손잡이를 끼우는 구멍을 화살 하나로 쏘아 통과시킨다.

1274행 사람을 잡아먹고 어린애의 피를 빨아먹는 요귀.

1346~1351행 제12편 1238~1248행의 풀이 참조.

제14편

36행 제13편 995행의 풀이 참조.

151행 나무 속에 사는 요정. 그리스 신화에서는 스트리몬 강변 트라키아 부족의 왕 리쿠르고스가 미쳐서 포도나무를 찍는 줄 잘못 알고 도끼로 아들 드리아스를 때려 죽이고는 코와 귀, 손가락 발가락을 갈기갈기 도려내며. 그 벌로 트라키아 전역에 포도나무를 비롯한 모든 초목이 말라 붙고 큰 흉년이 들었다고 한다. Dryas. 영어 표기로는 Dryad. 여기에서는 나무에 사는 일반적인 요정을 뜻해서, 여성으로 표현했다. 네레이스가 여성이라는 사실은 제13편 309행의 풀이 참조할 것.

303행 토속적인 표현을 그대로 사용했다.

380행 본디 운명의 세 신은 여신으로, 인간이 생명을 실로 잣는 클로토, 그 실의 길이를 정하는 라케시스, 그 실을 끊는 아트로포스이다.

385행 탄탈로스는 신들이 먹고 마시는 암브로시아와 넥타르를 훔쳐다가 인간 친구들과 함께 나눠 먹었고, 올림포스의 제신을 초청했을 때 음식이 모자라자 아들 펠롭스를 죽여 그 살을 삶아서 대접했다가 발각되어 그 벌로 타르타로스에 갇혀 끝없는 갈증과 배고픔에 시달렸다.

394행 헤라클레스는 근육이 세고 체력이 강한 남자로 체력전에서 져본 적이 없다.

414행 헤라클레스는 열아홉 살 때 키타이론 산에서 내려와 동네 소를 잡아먹는 사자를 죽여 그 가죽을 벗겨서 어깨에 걸치고 입을 쩍 벌린 사자 대가리를 투구로 삼아 머리에 쓰고 다녔다고 한다. 제1편 1200행을 참조할 것. 헤라클레스는 신탁에 따라 티린스로 가서 에우리스테우스가 시키는 대로 열두 가지의 힘든 일을 해내는데, 네메아 숲속의 사자가 그 첫 번째였다.

424행 고대 그리스 사람들은 지브롤터를 〈헤라클레스의 기둥〉이라고 불렀는데, 그 본디 이름은 〈해협의 동쪽 끝에 솟아 있는 두 개의 바위〉를 가리킨다.

428행 키타이론 산에서 이른바 〈헤라클레스의 선택〉이라는 것이 이루어졌는데, 그의 삶이 어떤 길을 따라야 할지 그가 명상하려니까 〈쾌락〉과 〈미덕〉 두 여인이 그의 앞에 나타나서 한 여자는 기쁨의 삶을 제공하고 다른 여자는 고생과 영광의 길을 제시했다고 한다. 헤라클레스는 후자를 택했다. 카잔차키스의 작품 세계에서는 헤라클레스가 치른 열두 가지 고역이 그의 혼을 순화시키기 위해 주인공이 거쳐야만 하는 물질적인 사물들과의 치열한 투쟁을 나타낸다. 헤라클레스의 죽음도 역시 이런 해석에 입각한 상징적인 요소이다. 그의 아내는 독이 든 피가 묻은 옷을 어리석게도 남편에게 보낸다. 그 옷이 몸에 달라붙어 고통이 너무 심해지자 헤라클레스는 자기를 오이타 산으로 옮겨 놓게 하고 장작을 쌓은 다음 그 위에 눕히고 불을 지르라고 명령한다. 그의 육신은 불에 타서 사라지고 신들이 그를 올림포스로 데려가서 그를 반신반인(半神半人)으로 만든다. 제16편 1118~1121행 참조.

441행 414행의 풀이 참조.

451행 414행의 풀이 참조.

565행 호메로스의 『오디세이아』 제21편에 등장하는 열두 개의 도끼 얘기는 이미 제13편 1197행의 풀이에서 언급했는데, 카잔차키스의 『오디세이아』에서는 그 얘기가 헤라클레스의 열두 가지 고역과 동일한 의미를 지닌다. 카잔차키스가 내세우는 사상에 의하면 인간에게는 열세 번째이자 마지막인 도끼, 즉 최후의 모험이랄까 도전이 있는데, 그것은 곧 불멸성의 성취다. 대표작 가운데 하나인 『그리스인 조르바』에서 카잔차키스는 이런 질문을 던진다. 〈육체가 와해되어 버린 뒤에도 우리가 영혼이라고 부르는 것의 잔재가 남아 있을 수 있을까? 아무것도 남지 않는다면 영원불멸을 그리는 우리의 끝없는 염원은 우리가 영원불멸하다는 사실에서 유래한 것이 아니라 짧디짧은 우리 인생에서 무엇인가 영원불멸한 것을 섬기는 데서 유래하는 것은 아닐까?〉

581행 565행의 풀이 참조.

613행 여기에서뿐 아니라 카잔차키스는 인간이 섬기는 대상, 예를 들어 이 부분에서는 생명을 주는 씨앗처럼, 인간의 삶에서 중요성을 지니는 요소들을 모두 신이라고 칭하는데, 이 번역을 위해 원전으로 사용한 키먼 프라이어 Kimon Friar의 영역본에서는 우리들이 흔히 생각하는 신, 즉 만물을 창조한 신, 또는 궁극적인 존재는 대문자를 써서 God로 표현하고, 카잔차키스의 관념적인 신의 개념들은 소문자를 써서 *god*로 표현했다. 따라서 사람의 머리나 곡식이나 참나무라도 특별한 의미를 지니면 이 서사시에서는 〈신〉이라고 표현했으므로, 문맥을 살펴 독자가 가려서 이해해 주기 바란다.

653행 서양에서는 지구와 대지를 어머니라는 관념과 결부시킨다.

656행 출입구나 창 따위의 아래위에 가로놓여 벽을 받쳐 주는 나무 또는 돌.

784행 레비아단은 민간 신화적인 괴물이며, 옛 사람들은 이 괴물이 일식이나 월식을 일으킨다고 생각했다. 구약 성서 「욥기」 3장 8절에 나오는 〈날을 저주하는 자〉가 바로 그런 의미이다. 「이사야」 27장 1절에서는 바다 괴물로 해석하여 앗수르의 상징이 되고, 「욥기」 41장에서는 악어, 「시편」 74편 14절에서는 용으로 해석하여 이집트의 상징으로 쓰였다. 우리나라에서는 〈리바이어던〉 또는 〈레비아단〉으로도 표기하며, 영국인 홉스Hobbes가 1651년에 저술한 책의 제목이기도 한데, 홉스는 그 저서에서 국가를 하나의 거대한 인공적 인간에 비유하여 국가 유기체를 설명하기 위해 이 어휘를 사용했다.

990행 제12편 1238~1248행의 풀이 참조.

1094~1095행 이것은 그의 여러 항해에서 얻은 잡종 결실로, 하나는 육신이요 다른 하나는 영혼인 두 부모에게서 태어난 자식이라고 하겠다.

1165~1168행 탄탈로스의 신화를 참고할 것.

1170행 414행의 풀이 참조.

1172행 헤라클레스의 열두 고역 가운데 마지막 모험이 망령 세계의 문을 지키는 개, 케르베로스를 잡아오는 것이었다.

1186행 제10편 554~555행의 풀이 참조.

1385~1390행 크레테의 연구(連句)들이다. 연구, 또는 대구는 두 줄이 하나의 단위를 이루는 시구를 말한다.

1391~1393행 제11편 10행의 풀이 참조.

제15편

191행 민속 설화에서는 대지를 상징하는 황소가 하마처럼 육중한 짐승이며 대지의 배 속에서 으르렁거린다고 전해진다.

196~198행 민요에서 채집한 내용.

232행 그리스의 민요.

479행 호메로스의 서사시에 등장하는 영원히 안개가 낀 어둠의 서쪽 끝 세계에서 사는 사람들인데, 여기에서는 어둡고 음산한 것을 상징한다.

600~602행 『그리스인 조르바』에서 카잔차키스는 이런 질문을 한다. 〈법이 명하는 대로 자진해서 행하라고 제자들에게 가르친 현자가 누구였던가? 필연에 순응하고 필연적인 것들은 자유 의지의 행위로 바꾸어 놓으라고 한 사람은? 이게 해탈이나 구원에 이르는 유일한 길인지도 모른다. 비참한 방법이지만 다른 방법은 없는 것이다.〉

650~651행 민요에서 채집한 내용.

783행 표범이 암놈이기 때문에 사용한 표현이다.

786행 오디세우스.

857행 잠〔睡眠〕을 말한다.

1051행 서양 사람들은 실국화 같은 꽃의 꽃잎을 하나씩 따면서 사랑의 점을 치는 풍습이 있다. 제6편 416행의 풀이 참조.

1143행 그리스의 민속 신앙.

1147행 만물을 다스리는 신을 의미한다.

1202~1203행 여기에서 얘기하는 〈신〉은 불을 의미한다.

1204~1209행 제10편 1360행의 풀이 참조.

1370~1371행 터키의 풍습.

제16편

1~4행 민요에서 채집한 내용.

60행 제11편 10행의 풀이 참조.

68행 제11편 10행의 풀이 참조.

204~205행 제5편 691~703행 참조.

278행 그리스에서는 경멸한다는 시늉으로 사람의 얼굴을 향해 손가락들을 뻗치고 손을 내밀어서 악귀의 눈이라는 뜻을 표시한다.

605행 인간의 다섯 가지 감각.

615행 이 서사시에서 신의 개념이 한국인 독자로서는 납득하기가 때때로 모호해지는 경우가 있다. 혈연 관계도 마찬가지여서 〈할아버지〉나 〈아버지〉는 많은 경우에 단순히 조상이라는 뜻으로 쓰이기도 하며, 카잔차키스 나름대로의 격세유전적인 윤리 사상에서 볼 때는 여기에서처럼 텔레마코스의 아버지가 텔레마코스의 아들로, 즉 오디세우스 자신이

한 세대를 건너뛴 손자가 되기도 한다. 앞에서도 주인공이 조상과 대화를 나누는 여러 장면에서 존칭어를 쓰지 않았던 까닭은 바로 이렇게 조상과 자손의 위치가 상호 치환(置換)이 가능하기 때문이다.

635행 오디세우스와 세이렌 얘기는 호메로스의 『오디세이아』 제12편에 자세히 나온다.

639행 옛날 배의 뱃머리에 붙이는 조상(彫像)을 의미하는데, 바닷물에 젖어 시퍼렇게 변색되었다는 뜻으로 문둥병에다 비유했다.

671~673행 제11편 10행의 풀이 참조.

705행 민요에서 채집한 표현.

839행 서양에서는 대지나 지구를 어머니, 즉 여성으로 생각한다. 제14편 653행의 풀이 참조.

986~987행 아프리카 부족의 예식 중 한 부분.

1016행 물의 님프들은 그것이 사는 고장에 따라 분류되어 강물의 요정은 포타미데스, 개울의 요정은 여기 등장하는 나이아데스, 샘터의 요정이 그래니이, 고인 물에 사는 요정을 립나데스라고 했다.

1010행 나무의 요정.

1118~1121행 제14편 428행의 풀이 참조.

1219행 인간의 다섯 가지 감각.

제17편

125행 남성 생식력의 신.

178행 제11편 10행의 풀이 참조.

195~197행 노예가 늙은 왕에게 얘기하는 이 장면에서 왕과 노예는 두 사람 다 흰 코끼리를 타고 있다.

240~243행 결혼식 노래.

435행 제11편 10행의 풀이 참조.

665행 그리스의 민속 설화에 의하면 아직 밤일 때는 검은 수탉이 울고, 동이 트기 직전에는 붉은 수탉이 울고, 동이 틀 때는 흰 수탉이 운다고 한다.

668행 제11편 10행의 풀이 참조.

683행 참나무는 단단하기 때문에 남성을 상징한다. 제1편 633~634행의 풀이 참조.

687~688행 석류는, 우리나라 전통 혼례식의 폐백에서 대추가 그렇듯, 결혼하여 자손을 많이 두라는 상징이다. 새로운 가정을 이루어 문턱을 넘어설 때 신부는 석류를 땅바닥에다 던지고, 그러면 하객들은 깨져 흩어진 열매의 씨앗처럼 많은 자식을 두기를 기원한다. 제2편 1251~1257행을 참조하기 바란다. 제1편 691행에서도 비슷한 비유를 사용했다.

689~691행 제11편 10행의 풀이 참조.

825행 머리털이 뱀이어서 보는 사람들은 무서워 돌이 되어 버렸다는 세 자매인데, 그들 가운데 특히 메두사가 유명하다. 여기에서 〈매듭〉은 마구 뒤엉킨 고르곤의 머리카락을 의미한다. 제5편 958행 참조.

892~893행 그리스의 농민들 사이에서 아주 인기가 높은 콤볼로이라는 속인들의 염주는 남자들이 자주 가지고 노는데, 우리나라 노인들이 두 개의 호두알을 굴리듯, 걸어가거나 대화를 나누는 동안 염주알끼리 딸그락거리며 비벼 소리를 내고는 한다. 이런 염주들 가운데에 호박으로 만든 것을 최고급으로 친다.

977~981행 그리스 민속 신앙에 의하면, 인간이 태어날 때는 그의 죽음을 맡은 구더기도 동시에 태어나 그 사람을 만나 잡아먹으려고 찾아다니기 시작한다.

1019행 여기에서 얘기하는 광대란 왕의 여흥을 위해 궁중에 두는 광대, 즉 미천한 존재를 의미한다.

1048행 중세 유럽 문명권에서는 조그만 일에도 걸핏하면 기절을 하는 버릇이 연약한 여자의 미덕이라고 간주했다.

1069행 민요에서 채집한 표현.

1158행 향기로운 풀인데, 이것으로 만든 연고는 진통제로 쓰인다.

1264행 트로이아의 목마(木馬)를 의미한다.

1294행 그리스의 민속 설화를 보면 용이 우물을 휘감고 기다리다가 물을 길러 오는 처녀들을 모두 잡아먹는다고 한다.

1295행 제12편 1238~1248행의 풀이 참조.

1315~1344행 그리스 사람들의 민속 신앙.

제18편

102~105행 크노소스에서 일어났던 사건.

175행 여기에서의 〈주인〉은 아무런 주종 관계 없이, 우리나라의 〈선생님〉에 해당하는 존칭어이다. 제3편 1368행의 풀이 참조.

249행 디오니소스 신의 벌을 받아 정신 이상을 일으킨 트라키아 왕 리쿠르고스가 아들을 포도나무로 잘못 알고 도끼로 쳐 죽이고 코, 귀, 손가락, 발가락을 갈기갈기 도려냈는데, 그 아들이 드리아스이다. 나무의 정령. 258행에 등장하는 네레이스들은 바다의 님프이다. 제14편 151행의 풀이 참조.

260행 반은 인간이고 반은 짐승인 숲의 신으로 디오니소스를 섬기며 술과 여자를 대단히 좋아한다.

264행 주신 디오니소스의 여사제(女司祭).

265행 제11편 10행의 풀이 참조.

299행 쌀가루를 섞어서 끓인 우유.

324행 제11편 10행의 풀이 참조.

380행 비둘기 성좌의 일곱 별인데, 아틀라스와 플레이오네의 사이에서 태어난 자매들이다.

427~483행 불교의 사상에 의하면 세상을 구원하는 완전한 인간의 서른 두 가지 요소가 부처의 발바닥에 그려져 있다고 한다.

498~499행 물론 여기에 등장하는 〈유혹자〉는 오디세우스 자신의 한 부분이며, 이제는 다시 그와 하나로 되었음을 의미한다.

639~646행 모테르트 왕자의 생애에 관해서는, 여기 서술한 사건처럼 여러 가지 얘기를 붓다의 생애에서 인용했다. 카잔차키스는 『붓다』라는 제목의 시극(詩劇)도 썼으며, 불교가 그의 삶과 사상에 끼친 영향은 『영혼의 자서전』에도 많이 언급되었다.

673행 죽음의 신이 인간의 목숨을 거두어 갈 때 사용하는 큰 낫을 의미한다.

691행 제10편 1360행의 풀이 참조.

696~749행 비잔틴의 전설에 의하면 세 명의 동방 박사가 아기 그리스도를 찾아가는데, 첫 번째 동방 박사에게는 예수가 수염이 허연 노인처럼 보이고, 두 번째 동방 박사에게는 콧수염이 검은 한창 시절의 남자처럼 보이며, 세 번째 동방 박사에게는 어머니의 젖을 빨아먹는 아기처럼 보였다고 한다.

820행 제17편 687~688행의 석류에 관한 풀이 참조할 것. 832행부터

839행까지에서도 석류 얘기가 다시 등장한다.

987행 코끼리의 잔등에 사람이 앉도록 만들어 놓은 자리.

1117행 제12편 1238~1248행의 풀이 참조.

1169행 이집트산으로 향기로운 흰 꽃이 피며, 그 물감으로 머리카락과 수염 따위를 물들이다.

1208행 엘리 람브리디Elli Lambridi가 신문에 게재했던 「〈오디세이아〉의 형이상학The Metaphysics of the *Odyssey*」이라는 몇 편의 논문에 대한 답변으로 카잔차키스는 그녀에게 이런 내용의 답장 편지를 쓴 적이 있다. 〈나는 인간이 거쳐 가게 되는 단계가 넷이라고 생각하는데, 첫 번째 단계에서는 선과 악이 적이고, 두 번째 단계에서는 선과 악이 협동하는 상태이고, 세 번째 단계에서는 선과 악이 하나이고, 네 번째 단계에서는 그 〈하나〉가 존재하지 않는다. 모든 행동하는 인간은 첫 번째 단계에서 살고, 두 번째 단계에는 이론의 인간이 많으며(만일 그들이 행동에 참여하기를 원한다면, 그리고 그 행동에서 무슨 결실을 얻고 싶다면, 그들은 어쩔 수 없이 첫 번째 단계로 돌아가야 하고), 세 번째 단계는 유럽과 동양의 모든 신비론자들에게서 공통적으로 발견되는 사상이며, 네 번째 단계는 동양의 신비론자에게서만 발견된다. 〔……〕 어떤 사람들은 전진을 계속함으로써 끔찍하고도 비인간적인 (또는 신의 경지에 다다르는) 단계까지 이르러 이성의 반발을 초월하는 삶을 살아갈 수도 있다. 〔……〕 오랜 세월에 걸친 끈기 있는 투쟁을 치르고 난 다음에 오디세우스는 번갯불 같은 이런 환상의 섬광에 다다른다. 이렇듯 그의 《오디세이아》, 즉 전진하는 여행은 갑자기 해탈의 경지에 이른다. 해탈의 의미는 무엇인가? 그것은 번갯불의 섬광 속에서 활활 타오르고는 사라진다.〉

옮긴이 **안정효** 1941년 서울에서 태어났다. 서강대학교 영문학과를 졸업한 뒤 「코리아 헤럴드」 기자, 한국 브리태니커 편집부장 등을 역임했다. 지은 책으로 『하얀 전쟁』, 『은마는 오지 않는다』, 『헐리우드 키드의 생애』 외 다수의 소설 작품과 『걸어가는 그림자』, 『인생 4계』, 『글쓰기 만보』, 『신화와 역사의 건널목』 등이 있다. 니코스 카잔차키스의 『최후의 유혹』, 『전쟁과 신부』, 『영혼의 자서전』, 가브리엘 가르시아 마르케스의 『백년 동안의 고독』, 버트런드 러셀의 『권력』, 알렉스 헤일리의 『뿌리』, 조르지 아마두의 『가브리엘라, 정향과 계피』, 저지 코진스크의 『잃어버린 나』 등 150권가량의 작품을 번역했으며, 제1회 한국번역문학상을 수상했다.

오디세이아 ❷

발행일	2008년 3월 30일 초판 1쇄
	2023년 4월 5일 초판 3쇄
지은이	니코스 카잔차키스
옮긴이	안정효
발행인	홍예빈 · 홍유진
발행처	주식회사 열린책들

**경기도 파주시 문발로 253 파주출판도시
전화 031-955-4000 팩스 031-955-4004
www.openbooks.co.kr**

Copyright (C) 주식회사 열린책들, 2008, *Printed in Korea*.
ISBN 978-89-329-0801-4 04890
ISBN 978-89-329-0792-5 (세트)

이 도서의 국립중앙도서관 출판예정도서목록(CIP)은 서지정보유통지원시스템 홈페이지(http://seoji.nl.go.kr)와 국가자료공동목록시스템(http://www.nl.go.kr/kolisnet)에서 이용하실 수 있습니다.(CIP제어번호:CIP2008000697)